EL EVANGELIO DEL MAL

EL EVANGELIO DEL MAL

PATRICK GRAHAM

Traducción de
Teresa Clavel

Grijalbo

Título original: *L'évangile selon Satan*

Primera edición: mayo, 2008

Printed in Spain – Impreso en España

ISBN: 978-84-253-4234-9
Depósito legal: B. 14.664-2008

Compuesto en Fotocomposición 2000, S. A.

Impreso en Litografía SIAGSA
Ramón Casas, 2. Badalona (Barcelona)

Encuadernado en Cairox Services

GR 4 2 3 4 9

Para Sabine de Tappie

Vosotros mentís. Vosotros tenéis por padre al diablo y queréis ejecutar los deseos de vuestro padre. Él ha sido homicida desde el principio. No se mantiene en la verdad porque no hay verdad en él. Cuando profiere una mentira, habla de su propio fondo. Porque él es mentiroso y padre de la mentira.

Evangelio de san Juan (8, 44)

El séptimo día, Dios entregó los hombres a los animales de la Tierra para que los animales los devoraran. Luego, tras haber encerrado a Satán en las profundidades, dio la espalda a su creación y Satán se quedó solo para atormentar a los hombres.

Evangelio de Satán, sexto oráculo del
Libro de los Maleficios

Todas las grandes verdades empiezan por ser blasfemias.

George Bernard Shaw,
Annajanska

Dios vencido se convertirá en Satán. Satán vencedor se convertirá en Dios.

Anatole France,
La rebelión de los ángeles

Primera parte

1

11 de febrero de 1348.
Convento-fortaleza de Bolzano, en el norte de Italia

La falta de aire en el cubículo donde la gran vela de cera está acabando de consumirse debilita la llama. No tardará en apagarse, y despide un nauseabundo olor de sebo y cuerda caliente.

Agotada tras haber grabado un mensaje en la pared con ayuda de un clavo, la anciana religiosa emparedada lo relee una última vez, rozando con la yema de los dedos las marcas allí donde sus ojos cansados ya no consiguen distinguirlas. Luego, cuando está segura de que esas líneas han quedado profundamente grabadas, comprueba con mano trémula la solidez de la pared que la mantiene prisionera. Un muro de ladrillos cuyo grosor la aísla del mundo y la asfixia lentamente.

Lo exiguo de la tumba le impide ponerse en cuclillas o permanecer erguida, y ya hace horas que la anciana retuerce la espalda en ese cubículo. El suplicio del emparedamiento. Recuerda haber leído numerosos manuscritos que referían los sufrimientos de esos condenados a los que los tribunales de la Santa Inquisición encerraban tras un muro de piedra después de haberles arrancado las confesiones deseadas. Practicantes de abortos, brujas y almas muertas a las que las pinzas y los tizones hacían confesar los mil nombres del Diablo.

Recuerda sobre todo un pergamino que relataba la toma en el

siglo anterior del monasterio de Servio por las tropas del papa Inocencio IV. Aquel día, novecientos caballeros rodearon esas murallas tras las que se decía que, poseídos por las fuerzas del Mal, los monjes hacían decir misas negras en el transcurso de las cuales destripaban a mujeres preñadas para devorar a sus criaturas. Detrás de ese ejército, cuya vanguardia destrozaba el rastrillo con el ariete, carros y carruajes transportaban a los tres jueces de la Inquisición y a sus notarios, los verdugos y sus instrumentos de muerte. Una vez derribada la puerta, encontraron a los monjes arrodillados en la capilla. Tras examinar esa asamblea silenciosa y pestilente, los soldados del Papa degollaron a los más débiles, a los sordos, a los mudos, a los deformes y a los idiotas; luego llevaron a los demás a los sótanos de la fortaleza, donde los torturaron noche y día durante una semana. Una semana de alaridos y de lágrimas, acompañados por la ronda incesante de los cubos de agua putrefacta que sirvientes aterrados arrojaban sobre las baldosas para diluir los charcos de sangre. Finalmente, cuando la luna se ocultó tras esas inconfensables atrocidades, los que habían resistido a los desmembramientos y a las estacas, los que habían gritado mientras los verdugos les perforaban el ombligo y les desenrollaban las tripas, los que no habían expirado mientras el hierro de los inquisidores hacía chisporrotear su carne, fueron emparedados, agonizantes, en las profundidades del monasterio. Cuatrocientos esqueletos que arañaron el granito hasta desangrarse.

Ahora le tocaba a ella. Con la diferencia de que la vieja religiosa no había sufrido los tormentos de la tortura. Para escapar del asesino demoníaco que se había introducido en su convento, ella misma, la madre Yseult de Trento, superiora de las agustinas de Bolzano, se había emparedado con sus propias manos. Mortero y ladrillos para tapar la brecha de la pared en la que había encontrado refugio, unas velas, sus escasos efectos personales y, enrollado en un trozo de hule, el terrible secreto que se llevaba con ella. No para que se perdiera, sino para que no cayera en manos de la Bestia que la perseguía en aquellos lugares santos: un criminal sin rostro que, noche tras noche, había ido matando a las trece religiosas de su congregación…, un monje… o algo innombrable que se había metido bajo el santo sayal. Trece noches. Trece asesinatos rituales. Trece religiosas crucificadas. Desde aquel crepúsculo, cuando tomó posesión del convento de Bolzano, la Bestia se alimentaba de la carne y del alma de las siervas del Señor.

La madre Yseult está a punto de adormecerse cuando oye el ruido de unos pasos en la escalera que conduce a los sótanos. Contiene la respiración y aguza el oído. Una voz lejana retumba en las tinieblas, una vocecita infantil, llorosa, que la llama desde lo alto de la escalera. Los dientes de la anciana religiosa empiezan a castañetear en la humedad del cubículo. Esa voz es la de sor Braganza, su novicia más joven. Suplica a la madre Yseult que le diga dónde está escondida y le implora que la deje reunirse con ella para escapar del asesino que se acerca. La voz, entrecortada por los sollozos, repite que no quiere morir. Sor Braganza, a quien la madre Yseult ha enterrado esa misma mañana en la Tierra blanda del cementerio; un miserable saco de lona con lo que quedaba de su cadáver destrozado por la Bestia.

Entonces, mientras gruesas lágrimas de terror y de pena se deslizan por sus mejillas, la anciana religiosa se tapa los oídos para no seguir oyendo el llanto de Braganza. Luego cierra los ojos y suplica a Dios que la lleve con Él.

2

Todo había empezado unas semanas atrás, cuando corrió el rumor de que en Venecia crecían las aguas y de que miles de ratas se extendían por los canales de la ciudad lacustre. Se decía que los roedores, enloquecidos por un mal misterioso, atacaban a hombres y a perros. Un ejército de uñas y de dientes que, desde la Giudecca hasta la isla de San Michele, desbordaba las lagunas y se adentraba en las callejas.

Los primeros casos de peste detectados en los barrios pobres habían llevado al viejo dux de Venecia a ordenar que cerraran los puentes y desfondaran las embarcaciones que los comunicaban con el continente. Luego apostó su guardia a las puertas de la ciudad y envió jinetes para alertar a los señores de los alrededores del peligro que se estaba incubando en las lagunas. Desgraciadamente, trece días después de la crecida de las aguas, las primeras llamas se elevaron en el cielo de Venecia y se vieron góndolas cargadas de cadáveres que surcaban los canales para recoger a los niños muertos que jóvenes madres deshechas en lágrimas habían arrojado por las ventanas.

Al final de esa siniestra semana, los poderosos de Venecia lanzaron a su gente contra los guardias del dux, que continuaban vigilando los puentes. Esa misma noche, un viento maligno que soplaba desde el mar ocultó al olfato de los perros a los fugitivos que escapaban a campo traviesa. Los señores de Mestre y de Padua mandaron entonces a cientos de arqueros y alabarderos para contener el flujo de moribundos que se extendía por el continente. Pero ni la lluvia de flechas ni el chasquido de las picas al penetrar en los cuerpos impidieron que la plaga se propagara por toda la región como el fuego por la maleza.

Entonces empezaron a incendiar los pueblos y a arrojar a los agonizantes a las hogueras. Pusieron en cuarentena ciudades enteras para intentar frenar la epidemia. Echaron puñados de sal gorda sobre los campos y llenaron los pozos de cascotes. También rociaron los graneros con agua bendita y clavaron miles de lechuzas vivas en las puertas de las casas. Incluso quemaron a algunas brujas, a individuos con labio leporino y a niños deformes. Y a algunos jorobados. Pese a todo, la peste negra empezó a transmitirse a los animales y muy pronto se vieron jaurías de perros y bandadas de cuervos que atacaban a las columnas de fugitivos que ocupaban los caminos.

Transmitido seguramente por las palomas venecianas que habían abandonado la ciudad fantasma, el mal se propagó a continuación entre los demás pájaros de la Península. Los cadáveres petrificados de palomas torcaces, tordos, zumayas y gorriones rebotaban sobre el suelo y los tejados de las casas. Después, miles de zorros, de hurones, de ratones de campo y de musarañas escaparon de los bosques y se sumaron a los regimientos de ratas que atacaban las ciudades. En el espacio de un mes, un silencio de muerte se abatió sobre el norte de Italia; solo quedaba ya el mal, que se extendía más deprisa aún que el rumor que lo precedía y que poco a poco se iba apagando. Muy pronto no hubo un solo murmullo, un solo eco, una sola paloma mensajera ni jinete alguno para advertir que se acercaba la plaga. Así, en ese invierno funesto que se anunciaba ya como el más frío del siglo, no se encendió ninguna hoguera para rechazar al ejército de ratas que subía hacia el norte, ningún batallón de campesinos se congregó en las inmediaciones de las ciudades para empuñar la hoz y la antorcha, y ninguna mano útil fue movilizada a tiempo para trasladar los sacos de grano a los graneros fortificados de los castillos.

Avanzando a la velocidad del viento y sin encontrar resistencia, la peste cruzó los Alpes y se unió a los demás focos que asolaban la región de Provenza. Se contaba que en Toulouse y en Carcasona muchedumbres furiosas linchaban a los flemosos y a los acatarrados. En Arles enterraban a los enfermos en enormes fosas, en los hospicios de Marsella los quemaban vivos con aceite y pez, y en Grasse y en Gardanne incendiaban los campos de lavanda para limpiar el cielo de sus humores malignos.

En Orange, y más tarde a las puertas de Lyon, los ejércitos del rey dispararon los cañones contra la marea de ratas que se acercaba; era tan furiosa y hambrienta que se la oía morder las piedras y arañar los troncos de los árboles.

Aniquilada la caballería en Mâcon, el mal subió a continuación hacia París y Alemania, donde diezmó ciudades enteras. Muy pronto hubo tantos cadáveres y lágrimas a una y otra orilla del Rin que parecía que la plaga había llegado al cielo y que el propio Dios iba a morir a causa de la peste.

3

Mientras se ahoga en su cubículo, la madre Yseult recuerda a aquel jinete de mal agüero que surgió de la bruma once días después de que los regimientos romanos hubieran incendiado Venecia. El hombre tocó el cuerno al acercarse al convento y la madre Yseult subió a la muralla para escuchar lo que tenía que decir.

El jinete ocultaba el rostro bajo un capuchón mugriento. Una tos gargajosa cargaba sus bronquios y le hacía lanzar perdigones de sangre contra la tela gris. Tuvo que gritar con las manos a los lados de la boca para cubrir el estruendo del viento:

—¡Ah de las murallas! El obispo me ha encargado que alerte a los monasterios y a los conventos de la negra desgracia que se acerca. La peste ha llegado a Bérgamo y a Milán. El mal se extiende también hacia el sur, y en Rávena, Pisa y Florencia se han encendido las hogueras de alarma.

—¿Tenéis noticias de Parma?

—Desgraciadamente, no, madre. Pero he visto mares de antorchas en camino para incendiar la cercana Cremona y procesiones que se aproximaban a los muros de Bolonia. Después he rodeado Padua, donde el fuego purificador ya iluminaba la noche, así como Verona, donde unos supervivientes me han dicho que los desdichados que no han podido escapar se ven reducidos a disputar a los perros los cadáveres amontonados en las calles. Hace días que solo paso junto a osarios y fosas llenas que los sepultureros ni siquiera tienen fuerzas para tapar.

—¿Y Aviñón? ¿En qué situación se encuentra Aviñón y el palacio de Su Santidad?

—Aviñón ya no responde. Al igual que Arles y Nîmes. Lo único que sé es que en todas partes incendian los pueblos, sacrifican los rebaños y se dicen misas para dispersar las nubes de moscas que infestan el cielo. En todas partes se queman especias y plantas para detener los miasmas que se desplazan con el viento. La gente muere y miles de cadáveres fulminados por el mal y las armas de los soldados se amontonan en los caminos.

Se produjo un silencio, tras el cual las religiosas suplicaron a la madre Yseult que dejara entrar al desdichado. Después de haberlas hecho callar con un gesto, la madre superiora se asomó de nuevo por encima de la muralla.

—¿Qué obispo habéis dicho que os envía?

—Su excelencia monseñor Benvenuto Torricelli, obispo de Módena, de Ferrara y de Padua.

Un estremecimiento recorrió a Yseult; su voz vibró en el aire glacial:

—Lamentándolo mucho, señor, debo informaros de que monseñor Torricelli murió el verano pasado a consecuencia de un accidente con su carruaje. Debo pediros, pues, que prosigáis vuestro camino. Antes de hacerlo, ¿necesitáis que os eche víveres y ungüentos para friccionaros el pecho?

Unos gritos de estupor se elevaron de las murallas cuando, tras quitarse el capuchón, el jinete mostró su rostro abotargado por la peste.

—¡Dios ha muerto en Bérgamo, madre! ¿Ungüentos para estas llagas? ¿Oraciones? ¡Mejor abre tus puertas, vieja marrana, para que expanda mi pus en el vientre de tus novicias!

Se produjo otro silencio, apenas turbado por el silbido del viento. Luego, el jinete volvió grupas y, espoleando a su caballo hasta hacerlo sangrar, desapareció, como engullido por el bosque.

Desde entonces, la madre Yseult y sus religiosas no volvieron a ver un alma desde las murallas. Hasta el día mil veces maldito en que un carro de provisiones se presentó ante la puerta del convento.

4

Gaspar era quien conducía el carro, tirado por cuatro miserables mulos cuyo pelaje empapado de sudor humeaba en el aire glacial.

El valiente campesino se había enfrentado cien veces a la muerte para llevar a las religiosas los últimos víveres del otoño: manzanas y uva de la Toscana, higos del Piamonte, vasijas de aceite de oliva y un montón de sacos de densa harina de los molinos de Umbría, con la que las religiosas de Bolzano harían ese pan negro y granuloso que llenaba el estómago. Orgulloso como un pavo real, Gaspar exhibió también dos botellas de un aguardiente de ciruela destilado por él mismo, un licor del diablo que enrojecía las mejillas y hacía blasfemar. La madre Yseult lo reprendió simplemente para guardar las formas, demasiado feliz ante la idea de usarlo para darse unas friegas en las articulaciones. Al inclinarse para coger un saco de habas vio una delgada figura acurrucada en el fondo del carro: era una vieja religiosa de una orden desconocida a la que Gaspar había encontrado agonizando a unas leguas del convento.

Sus pies y sus manos estaban envueltos en trapos, y su rostro iba cubierto con una redecilla. Llevaba un hábito blanco rasgado por las zarzas y manchado del barro de los caminos, así como una capa de terciopelo rojo con un escudo bordado.

Inclinada sobre ella en la parte trasera del carro, la madre Yseult limpió el polvo que cubría la insignia. El pavor paralizó sus dedos: ¡cuatro brazos bordados en oro y azafrán sobre fondo azul! ¡La cruz de las recoletas del Cervino! Unas religiosas que vivían retiradas y en silencio en medio de los montes que dominaban la población de Zermatt, en una fortaleza tan aislada que había que utilizar cestos y cuerdas para aprovisionarlas. Las guardianas del mundo.

Nadie había visto jamás sus rostros ni oído el sonido de sus voces, de modo que se decía de ellas que eran más feas y malas que el Diablo, que bebían sangre humana y que se alimentaban de repugnantes bazofias que les proporcionaban el don de los oráculos y el de la doble visión. Según otros rumores, eran brujas, practicaban abortos y las habían condenado a cadena perpetua entre aquellos muros por haber cometido el más horrible crimen: la antropofagia. También se decía que estaban muertas desde hacía siglos y que, transformadas en vampiros cuando había luna llena, planeaban por encima de los Alpes para devorar a los viajeros extraviados. Leyendas que los montañeses reservaban para contar durante las veladas haciendo el signo de los cuernos para ahuyentar el mal de ojo. Desde el valle de Aosta hasta los Dolomitas, la simple evocación de su nombre bastaba para que se cerraran las puertas a cal y canto y se oyeran los ladridos de los perros.

Nadie sabía cómo renovaba esa orden misteriosa a sus siervas. Todo lo que los habitantes de Zermatt habían llegado a observar era que, cuando una de ellas moría, las recluidas soltaban una bandada de palomas mensajeras que tomaban la dirección de Roma tras haber dado algunas vueltas en círculo sobre las altas torres del convento. Unas semanas más tarde, una carreta-celda escoltada por doce caballeros del Vaticano aparecía a lo lejos en el camino de montaña que llevaba a Zermatt. La carreta estaba provista de esquilas, para alertar de su llegada; cada vez que oían ese sonido agudo, los habitantes de los alrededores cerraban las contraventanas y apagaban las velas. Luego, apretados los unos contra los otros en la fría penumbra, esperaban a que el pesado vehículo se hubiera adentrado en los caminos de mulas que conducían al pie del Cervino.

Una vez allí, los caballeros del Vaticano tocaban la trompa. En respuesta a esa señal, una cuerda bajaba acompañada de un chirriar de poleas. En el extremo, había un talabarte de cuero que los caballeros ceñían en torno al cuerpo de la nueva recoleta antes de tirar cuatro veces de la cuerda para indicar que estaban a punto. Suspendido en el otro extremo de la cuerda, el ataúd que contenía a la difunta descendía lentamente mientras la nueva recoleta ascendía por la pared, de modo que la monja viva que subía al convento se cruzaba a medio camino con la muerta que bajaba.

Después de haber cargado a la difunta en la carreta para enterrarla en secreto, los caballeros tomaban de nuevo el camino de Zermatt; los habitantes sabían, mientras oían alejarse ese ejército de fantasmas, que no existía ningún otro medio de salir del convento. Y que las desdichadas que entraban nunca saldrían de allí.

5

Levantando el velo por encima de la boca de la recoleta, pero no más arriba para no profanar su rostro, la madre Yseult colocó un espejo sobre aquellos labios contraídos por el dolor. Una aureola de vaho se formó en la superficie, lo que indicaba que la religiosa todavía respiraba. Desgraciadamente, por los ronquidos agónicos que apenas levantaban su pecho y las arrugas que surcaban su cuello, Yseult supo que la recoleta estaba demasiado delgada y era demasiado vieja para esperar que pudiera sobrevivir y que, poniendo un fin de mal agüero a siglos de una tradición inmutable, la infeliz moriría fuera de los muros de su congregación.

Pendiente de su último suspiro, la madre superiora rebuscó en su memoria para hallar las demás cosas que sabía de esa orden misteriosa.

Una noche que los caballeros del Vaticano llevaban a una nueva recoleta al Cervino, unos adolescentes y unos descreídos de Zermatt siguieron a hurtadillas al convoy para ver el ataúd que habían ido a buscar. Ninguno regresó de aquella expedición nocturna, salvo un joven cabrero un poco simple que vivía en las estribaciones y al que encontraron por la mañana balbuciendo aterrorizado y medio enloquecido.

Aseguraba que, de lejos y a la luz de las antorchas, vio que el ataúd surgía de la bruma agitándose en el extremo de la cuerda, como si la religiosa que se hallaba dentro todavía no estuviera muerta. Después vio cómo se elevaba por los aires la nueva recoleta, izada hacia la cima por las hermanas invisibles. A cincuenta metros del suelo, el cáñamo se rompió y el ataúd se soltó; la tapa, al chocar contra el suelo, se resquebrajó. Los caballeros trataron de coger a la otra recoleta, pero en vano; la desdichada cayó sin proferir un grito y se estrelló contra las rocas. En el mismo momento, un aullido de animal se elevó del ataúd desvencijado y el cabrero vio unas manos viejas, arañadas y sanguinolentas que salían de la caja para ensanchar la grieta. Horrorizado, afirmó que uno de los caballeros desenvainó la espada y que, aplastando aquellos dedos bajo su bota, hundió la mitad de la hoja en la oscuridad del ataúd. El grito cesó. Luego, mientras los demás clavaban la tapa a toda prisa y cargaban en la carreta el ataúd con el cadáver de la nueva recoleta, el caballero limpió la hoja con el reverso de su capa. El resto de lo que aquel pobre loco creyó ver se perdía en una verborrea balbuciente de la que no hubo forma de sacar nada en limpio, salvo que el hombre que había rematado a la recoleta se había quitado el casco y que su rostro no tenía nada de humano.

No hizo falta más para que empezase a correr el rumor de que un oscuro pacto unía a las recoletas del Cervino con las fuerzas del Mal y que por lo tanto era Satán en persona quien iba a buscar lo que se le debía. Aunque la verdad era muy distinta, los poderosos de Roma dejaron que esos rumores se extendieran porque el pánico que inspiraban era más eficaz para guardar el secreto de las recoletas que cualquier fortaleza.

Por desgracia para esos mismos poderosos, algunas madres superioras entre las que se encontraba Yseult sabían que Nuestra Señora del Cervino albergaba en realidad la mayor biblioteca prohibida de la cristiandad: sótanos fortificados y salas ocultas que contenían miles de obras satánicas y, sobre todo, las claves de tales misterios y tan odiosas mentiras que habrían puesto a la Iglesia en peligro si alguien las hubiera revelado. Evangelios heréticos encontrados por la Inquisición en las ciudadelas cátaras y valdenses, libros de apóstatas robados por los cruzados en las fortalezas de Oriente, pergaminos demoníacos y biblias malditas que esas viejas religiosas, henchidas de renuncia, conservaban entre sus muros para preservar a la humanidad de su detestable contenido. Por todo ello, esa orden silenciosa vivía retirada del mundo. Por ello también, un decreto castigaba con una muerte lenta a quien quitara el velo a una recluida. Por ello, finalmente, la madre Yseult fulminó a Gaspar con la mirada al descubrir a la moribunda en el carro. Faltaba averiguar por qué aquella desdichada había huido tan lejos de su misteriosa congregación. Y cómo habían podido sus pobres piernas llevarla hasta allí. Con la cabeza gacha, Gaspar se sonó con los dedos antes de mascullar que con matarla y arrojarla a los lobos estaba todo solucionado. La madre Yseult fingió no haberlo oído. Entre otras cosas, porque estaba cayendo la noche y porque ya era demasiado tarde para poner en cuarentena a la moribunda.

Examinando las ingles y las axilas de su hermana, Yseult constató que la recoleta no presentaba ningún síntoma de la peste. Ordenó a sus monjas que la llevaran a una celda. Mientras las religiosas levantaban aquel viejo cuerpo que no pesaba casi nada, una bolsa de lona y un hatillo de cuero asomaron de los bolsillos secretos del hábito y cayeron al suelo.

6

El círculo de monjas se cerró alrededor de este descubrimiento; la madre Yseult se arrodilló para desanudar el cordón con el que estaba atado el hatillo. Este contenía un cráneo humano que parecía haber sido partido a pedradas por la región posterior y las sienes. La madre Yseult levantó la calavera hacia la luz.

Era un cráneo muy viejo cuya superficie había empezado a reducirse a polvo. Yseult observó también que lo ceñía una corona de espinos y que un pincho había atravesado el arco superciliar del torturado. La madre superiora pasó los dedos sobre las ramas secas. *Poncirus*. Según las Escrituras, los romanos habían utilizado uno de estos arbustos espinosos para trenzar la corona con la que habían ceñido la cabeza de Jesucristo después de haberlo flagelado. La santa corona, una espina de la cual había traspasado su arco superciliar. La madre Yseult notó que una punzada de miedo le atravesaba el vientre: el cráneo que tenía entre sus manos mostraba todos los detalles de la Pasión que Jesucristo había sufrido antes de morir en la cruz. Los mismos tormentos que citaban los

Evangelios. Con la diferencia de que esa calavera estaba partida por varios lugares, mientras que las Escrituras afirmaban que ninguna piedra había herido el rostro de Cristo.

La madre Yseult se disponía a dejarla cuando notó un extraño hormigueo en la superficie de los dedos. Entre la bruma que enturbiaba su vista, vio a lo lejos la séptima colina que dominaba Jerusalén, donde Jesucristo había sido crucificado trece siglos atrás. El lugar llamado «del cráneo», que en los Evangelios se citaba como el Gólgota o Calvario.

En su visión, que se hacía poco a poco más precisa, una muchedumbre rodeaba la cima de la colina, donde los legionarios romanos habían clavado tres cruces: la mayor en el centro y las otras dos ligeramente más atrás. Los dos ladrones y Jesucristo: los primeros inmóviles bajo el sol, el tercero profiriendo gritos salvajes ante la mirada aterrada de la multitud.

Frunciendo los ojos para distinguir mejor la escena, Yseult se dio cuenta de que los ladrones estaban muertos desde hacía tiempo y de que el Jesucristo que se retorcía sobre la cruz se parecía tanto al de los Evangelios que podía llevar a engaño. Salvo por el hecho de que este Jesucristo estaba lleno de odio y de ira.

Mientras sus novicias se inclinaban para ayudarla a levantarse, Yseult contempló el crepúsculo rojo sangre que iluminaba ahora su visión. Eso tampoco encajaba: según las Escrituras, Jesucristo había entregado su alma a la decimoquinta hora del día, mientras que en su visión esa cosa que se retorcía en la cruz todavía no estaba muerta. Arrodillada sobre el polvo, Yseult comenzó a tiritar de la cabeza a los pies. Había una explicación para eso, una explicación tan evidente que estuvo a punto de hacer perder la razón a la madre superiora: esa cosa que tiraba de los clavos insultando a la muchedumbre y al cielo, esa bestia llena de odio y de dolor que los romanos estaban golpeando con palos para partirle los miembros, esa abominación no era el hijo de Dios, sino el de Satanás.

Con manos temblorosas, Yseult guardó el cráneo en el hatillo. Luego, secándose las lágrimas con la manga del hábito, recogió del suelo la bolsa de lona.

Mientras se ahoga en la humedad de su cubículo, Yseult recuerda la horrible sensación de codicia y de odio que la invadió al levantar la bolsa. Sin duda, las pociones avinagradas que tomaba para aplacar el dolor de sus huesos le provocaban esa acidez. Después fue el miedo lo que la empujó a hacer una mueca mientras abría la bolsa. Una ráfaga de viento helado levantó sus cabellos bajo la toca. La bolsa contenía un libro muy viejo, grueso y pesado como un misal. Un manuscrito provisto de un cierre de acero. Ninguna inscripción en el lomo o en la cubierta, ningún sello estampado en la piel. Un libro similar a muchos otros. Sin embargo, por el extraño calor que parecía emanar de esa encuadernación, la madre superiora presintió inmediatamente que una gran desgracia acababa de abatirse sobre el convento.

7

Gaspar ya se había marchado y la madre Yseult acababa de cerrar las puertas cuando unos gritos de terror sonaron bruscamente en el ala norte, adonde las religiosas habían trasladado a la moribunda. Subió tan deprisa como pudo los peldaños de la gran escalera, pero en vista de que los gritos se hacían cada vez más fuertes conforme se acercaba, echó a correr por los pasillos hasta la celda que tenía la puerta entornada. Sintiendo que el aire frío le abrasaba la garganta, se quedó paralizada en el umbral.

La anciana recoleta estaba desnuda sobre el camastro; la maraña de su entrepierna contrastaba con la macilenta carne de su vientre. Pero no era su palidez lo que asustaba a las monjas. Ni tampoco la mugre que recubría sus piernas o la espantosa delgadez de su cuerpo. No, lo que hacía gritar a las religiosas y revolvió el estómago de la madre Yseult en el instante en que entró en la celda fueron los estigmas del suplicio que la moribunda había sufrido antes de conseguir huir del lugar donde, sin ninguna duda, sus torturadores la tenían prisionera. Eso y sus ojos desorbitados, que escrutaban el techo a través del velo, como una estatua contempla el vacío que la rodea.

La madre Yseult se inclinó sobre el cuerpo descarnado. A juzgar por las estrías que atravesaban el torso y el vientre de la desdichada, sus verdugos la habían azotado sin piedad con tiras de cuero mojadas en vinagre. Decenas de golpes sobre la piel tensada por el suplicio del desmembramiento, de suerte que cada azote la había desgarrado hasta el hueso. Después le habían roto los dedos y arrancado las uñas con pinzas. A continuación le habían hundido clavos en los huesos de las piernas y de los brazos. Clavos viejos cuyas cabezas oxidadas brillaban en medio de la carne.

Yseult cerró los ojos. No eran los tormentos de la Inquisición lo que la anciana religiosa había sufrido; en todo caso, no los que se aplican para hacer confesar a las brujas. A juzgar por el calvario que la recoleta había soportado, ese desenfreno criminal solo podía ser obra de unas almas monstruosas que se habían ensañado con su víctima, tanto para arrancarle sus secretos como para destrozarla.

Cuando la moribunda profirió un débil gemido, la madre Yseult se agachó para acercarse a sus labios y recoger sus últimas palabras. La religiosa se expresaba en una antigua habla alpina, una oscura mezcla de latín, alemán e italiano que Yseult ya había oído en su infancia. Un dialecto olvidado en el que se intercalaban chasquidos de lengua y movimientos de ojos. El código de las recoletas.

La infeliz murmuraba que el reinado de Satanás estaba cerca y que las tinieblas se estaban extendiendo sobre el mundo. Afirmaba que la peste era obra suya y que había despertado esa plaga para acercarse sin ser visto. Aunque todos los monjes y todas las religiosas de la cristiandad se prosternaran inmediatamente para suplicar a Dios que acudiera en su ayuda, ninguna plegaria podría ya detener a los jinetes del Mal, que habían escapado de los infiernos.

Se produjo un largo silencio mientras la anciana recluida recobraba el aliento. Luego prosiguió su relato a la madre Yseult.

Contó que, una noche de luna llena, la población de Zermatt fue atacada por unos jinetes errantes vestidos con sayales y cogullas que mataron a los habitantes e incendiaron las casas: los Ladrones de Almas. Por lo que decía, la furia de esos demonios era tan grande que el viento llevó hasta las recoletas los alaridos de sus víctimas. Ellas decidieron entonces soltar las palomas mensajeras para alertar a Roma del peligro que las amenazaba, pero las aves estaban muertas en la jaula, envenenadas por el aire que habían respirado.

Gracias al resplandor de las llamas, las recoletas vieron cómo los Ladrones de Almas escalaban las paredes cortadas a pico del convento, como si sus manos y sus pies pudieran agarrarse a ellas. Las religiosas se refugiaron en la biblioteca para destruir los manuscritos prohibidos, pero los asaltantes derribaron las puertas y las desdichadas cayeron en sus manos antes de haber podido reducir a cenizas su tesoro.

Con el pecho agitado por los sollozos, la moribunda murmuró que las más jóvenes fueron profanadas con hierros candentes y que las demás murieron soportando atroces sufrimientos. Con el cuerpo y el alma destrozados tras una noche de tortura, ella consiguió huir por un pasadizo secreto. Logró llevarse la calavera de Dios, así como un manuscrito muy antiguo encuadernado en piel negra. Insistió en que no había que abrirlo, que un encantamiento lo protegía y que mataba a todos los que intentaban forzar la cerradura.

Según ella, aquellas páginas habían sido escritas con sangre humana en una lengua compuesta de maleficios que no era prudente pronunciar al anochecer. El manuscrito había sido redactado por la propia mano de Satán; era su evangelio y contaba lo que sucedió el día que el hijo de Dios murió en la cruz. El día que Jesucristo perdió la fe y, maldiciendo a su Padre, se transformó en otra cosa: una bestia vociferante que los romanos se vieron obligados a rematar a bastonazos para hacerla callar.

Inclinada sobre la recoleta, Yseult sintió el peso del cráneo en el gran bolsillo de su hábito. Esa reliquia era lo que la anciana llamaba «la calavera de Dios». Decía que la noche en que la cosa murió en la cruz, unos discípulos que habían presenciado la negación por parte de Cristo desclavaron su cadáver para llevárselo. Se refugiaron en unas cuevas al norte de Galilea, donde enterraron la cosa. Todo eso era lo que el evangelio de Satán contaba: la negación de todo. La gran mentira.

Yseult cerró los ojos. Si esa historia era cierta, significaba que Jesucristo no había resucitado de entre los muertos y que no había otra vida después de esta. Ningún más allá, ninguna eternidad. Significaba también que la Iglesia había mentido y que todo era falso. O que los apóstoles se habían equivocado. O que sabían...

—Dios mío, es imposible...

La madre Yseult susurró estas palabras mientras apretaba los puños y notaba que los ojos se le llenaban de lágrimas. Por un momento tuvo ganas de estrangular a esa vieja loca que había llevado la desgracia a su convento. Lo más sencillo habría sido que muriera. Habría bastado enterrar su cadáver en el bosque, junto con la calavera y el evangelio. Una tumba profunda en medio de los helechos, sin lápida ni cruz. Pero el problema era ese maldito cráneo que pesaba en su hábito como una prueba. Yseult abrió los ojos cuando la recoleta empezó a mascullar de nuevo en la oscuridad.

Hacía una luna que los Ladrones de Almas la perseguían y que el cabecilla olfateaba su pista entre los estragos de la peste. Se llamaba Caleb y el evangelio de Satán no debía caer en sus manos bajo ningún concepto. Si semejante desgracia ocurriera, mil años de tinieblas se abatirían sobre el mundo. Océanos de lágrimas. La recoleta repitió esas palabras como una letanía, cada vez más débil a medida que se iba quedando sin respiración. Luego, su voz ronca se apagó y sus ojos se volvieron vidriosos.

Aterrorizada por lo que acababa de escuchar, la madre Yseult se disponía a extender una sábana sobre aquel cuerpo martirizado cuando las manos de la muerta se cerraron alrededor de su cuello. La presión inhumana que estrujó su garganta impidió en unos segundos el paso de la sangre a su cerebro. Intentó aflojar esa tenaza. Incluso golpeó a la recoleta para que la soltara. Otra voz surgió entonces de los labios inmóviles de la muerta. No; varias voces: unas graves y otras agudas, unas fuertes y otras más lejanas. Un concierto de alaridos y de blasfemias que estalló en los oídos de la madre Yseult. Varias lenguas también: latín, griego y copto egipcio, dialectos de los bárbaros del norte y palabras desconocidas se agolpaban en ese diluvio de gritos. Cólera y miedo, la lengua de los Ladrones de Almas. Los caballeros de las Profundidades. Un velo negro enturbió los ojos de Yseult. Estaba a punto de desvanecerse cuando recordó que llevaba un arma bajo el hábito, una daga con empuñadura de cuero y hoja ancha para defender a sus hermanas de los merodeadores de la peste. Entonces, medio muerta, Yseult empuñó el cuchillo a la luz de los cirios y lo clavó con todas sus fuerzas en la garganta de la recoleta.

Mientras se seca las lágrimas con las manos en el cubículo donde se está asfixiando, la madre Yseult recuerda la repugnante sensación de aquella hoja atravesando el cuello de la muerta. Recuerda la débil resistencia de la piel y los cartílagos, los ojos desorbitados de la vieja loca y sus gritos, que se ahogaron en un gorgoteo. Recuerda también que los dedos que la estrangulaban siguieron agarrados a su cuello y que fue preciso que una monja cortara los tendones de las muñecas para que la presión cediera por fin. Luego, el cuerpo de la vieja religiosa se irguió de nuevo antes de volver a caer, inerte. Pero lo más impresionante fue el frío glacial que invadió la celda y las huellas de pasos que aparecieron en el suelo en el instante en que la muerta se desplomaba sobre el jergón. Unas huellas de botas que se alejaban hacia la oscuridad del pasillo.

Agarrándose entre sí por el hábito, las agustinas oyeron que el eco de esos pasos se atenuaba poco a poco. La madre Yseult les mandó que se arrodillaran inmediatamente y rezaran sus oraciones. Pero ya era demasiado tarde para invocar a Dios. Y así fue como ese invierno del año de desgracia 1348, las buenas religiosas del convento fortificado de Bolzano liberaron a la Bestia.

8

Las misteriosas huellas de botas no tardaron en secarse, pero dejaron en el suelo una fina película de barro. Ver que se pulverizaban así por efecto de las corrientes de aire habría podido resultar casi tranquilizador si ese polvo marrón no constituyera a la vez la prueba de su realidad y su imposible existencia. Mientras trazaba en su centro un surco con el dedo, la madre Yseult no tuvo más remedio que rendirse a la evidencia: ni ella ni sus religiosas se las habían inventado. Lo que significaba que ninguna puerta de roble, por pesada que fuera, ninguna plegaria, ninguna fuerza del mundo podría impedir a su invisible autor ir y venir por los pasillos del convento. Además, había empezado a nevar copiosamente en los Dolomitas, por lo que se habían convertido en catorce religiosas prisioneras del invierno en un convento perdido en medio de las montañas. Un convento del que la Bestia había hecho su morada, expulsando a Dios de aquellos muros y a la esperanza del corazón de sus siervas.

La madre Yseult dejó a sus religiosas preparando a la difunta y se fue a su celda para examinar el manuscrito. Ahí debía de estar la clave de las advertencias de la vieja loca, así como las oscuras razones que habían conducido a la matanza de las recoletas del Cervino. A no ser que ese evangelio fuera en sí mismo la causa de aquellos trágicos sucesos y que los Ladrones de Almas hubieran cometido aquel horrible crimen con el único objetivo de recuperarlo y de destruir el resto de manuscritos de la biblioteca prohibida.

Tras cerrar la puerta con pestillo, la madre Yseult guardó el cráneo coronado de espinos en un cofre y dejó el libro sobre un escritorio de madera de boj. Con los ojos cerrados, empezó a recorrer la superficie con la yema de los dedos. Su noviciado en Roma había despertado en ella el gusto por el arte de la pellejería, de modo que había aprendido a identificar un manuscrito tocando la cubierta: la piel de los toros bravos que los monjes curtidores de Castilla desollaban con sus manos; las pieles de cabritilla que los encuadernadores de los Pirineos superponían en delgadas y olorosas láminas para dar volumen a sus obras; las de cabrito, doradas y ásperas, que los hermanos del otro lado de los Alpes teñían con pigmentos antes de estirarlas sobre tablas de maderas preciosas para suavizar los colores; la corteza de tocino hervida de los monasterios del Loira y los hilos de oro con que los pellejeros alemanes cosían en caliente la carne de sus obras. Cada una de esas congregaciones de desolladores había recibido autorización para ejercer una sola de estas técnicas, a fin de proteger a la Iglesia del odioso tráfico de escritos sagrados y garantizar la conservación de las obras en los monasterios donde habían visto la luz. Había una ley que castigaba con la ceguera mediante hierro candente, seguida de una muerte lenta, a todo aquel que fuera sorprendido transportando un libro bajo sus vestiduras. Este manuscrito había sido encuadernado con una piel tan rara que Yseult no recordaba haber tocado jamás ninguna parecida.

Pero más asombroso aún era que la encuadernación parecía no respetar ninguna de las técnicas impuestas por la Iglesia. O más bien las reunía todas, como un compendio de los conocimientos de los mejores encuadernadores de la cristiandad. Lo que llevaba a pensar que ese libro debía de haber sido elaborado, y más tarde perfeccionado, en diversas épocas y por una sucesión de manos extremadamente cuidadosas. Para ello había sido necesario que circulara clandestinamente entre monasterios y conventos, de la misma forma que se transmite una herencia. O una maldición. O como si el libro eligiera él mismo el lugar al que iba a parar.

«Yseult, hija mía, deliras.»

Y sin embargo, palpando aquella obra antiquísima, la madre superiora sintió de nuevo el extraño calor que emanaba de ella.

Como si su mano, al tocar el cuero, acariciara al mismo tiempo al animal que habían desollado para vestir la encuadernación: los latidos lejanos de su corazón, sus venas y arterias, sus músculos y su lana reluciente de grasa.

Yseult se inclinó para aspirar el olor que despedía el manuscrito. Un olor de establo, de queso enmohecido y de excrementos de caballo. Al fondo, el olfato de la religiosa percibió un toque de paja mojada, así como un lejano hedor de sudor, mugre y orina mezclados. También de semen. Un semen tibio, espeso y bestial. Yseult se estremeció mientras sus dedos identificaban por fin lo que estaban tocando: un macho cabrío negro. Un macho cabrío de piel suave y cálida como la de un hombre. Con la particularidad de que a ningún desollador digno de tal nombre se le habría ocurrido semejante envoltorio para recubrir un manuscrito.

Poco a poco, la mano rasposa de Yseult ralentizó su caricia para hacerla más ligera y femenina, casi diabólica, como la de una joven rozando el pubis de su amante. A medida que su caricia adquiría precisión, la madre superiora sentía que el calor del manuscrito invadía su vientre y endurecía sus pezones. Yseult, que, vieja y seca, solo había conocido los placeres de la carne que la mano concede a regañadientes, sucumbió a esa agitación que embotaba poco a poco su cuerpo. Y, mientras su alma se entregaba, la madre superiora tuvo otra visión.

9

Primero, olores. Incienso y madera muerta. Un aire cargado de humus y de podredumbre. Un bosque. La caricia de un lecho de hierba bajo su cuerpo. Yseult abre los ojos. Está desnuda, tendida en medio de un claro iluminado por la luna. Un gruñido sordo. Un soplo de fosas nasales pasa por su rostro mientras, inclinada sobre ella, una bestia de fuertes músculos la agarra de las caderas y hunde su sexo en el suyo. Una bestia, medio hombre medio macho cabrío, que apesta a sudor y a esperma. Muerta de miedo y de asco, Yseult siente que ese sexo animal llena el suyo. Siente cómo la maraña que cubre el vientre de la bestia se mezcla con la suya. Siente cómo la piel de sus brazos y de sus muslos se estremece a causa del esfuerzo; una piel lisa y caliente como el cuero. Yseult cierra los ojos. Otra visión se superpone a la primera.

Los sótanos de una fortaleza. Unos caballeros salvajes de los reinos del norte y unos guerreros de frente ancha y ojos rasgados vigilan las galerías que conducen a las salas de tortura. Sus armaduras brillan a la luz de las antorchas. Los primeros llevan unos escudos de cuero y empuñan grandes espadas. Los otros van armados con puñales y sables cortos: señores germanos y guerreros hunos. Yseult gime; está caminando por las galerías subterráneas de una fortaleza ocupada por unos bárbaros cuyo linaje desapareció hace siglos: los saqueadores de la cristiandad.

Gritos lejanos retumban en las entrañas de la Tierra mientras ella avanza por una amplia galería abovedada. Ve estatuas talladas en los muros. Gárgolas y demonios gesticulantes. Unos calabozos han sido tallados en la roca. Unas manos se cuelan entre los barrotes e intentan agarrar los cabellos de la religiosa que avanza. Hace calor. Al final del pasillo, una puerta abierta da paso a una sala con columnas, iluminada por antorchas. Unos hombres desnudos están encadenados sobre las mesas. Junto a ellos, unos verdugos manejan pinzas y tijeras. Los torturados gritan mientras las tijeras cortan la carne y las pinzas tiran de la piel para desprenderla de los músculos. Detrás de los verdugos, unos encuadernadores visigodos ponen a secar sobre unas rejillas los rectángulos de piel, ennegrecida por baños de azufre.

Un estremecimiento de horror sacudió a Yseult: el manuscrito que estaba acariciando en su celda había sido encuadernado primero con piel humana, antes de ser recubierto de cuero por otras manos que, en el transcurso de los siglos, habían intentado ocultar esa abominación. El crimen de los crímenes. La firma de los satánicos.

Una última visión se apoderó de su mente mientras la Bestia, inclinada sobre ella, golpeaba su sexo y devoraba su garganta: la gran peste. Océanos de ratas se extienden por el mundo. Las ciudades arden. Millones de muertos y enormes fosas a cielo abierto. En medio de las ruinas, una vieja recoleta avanza con el cuerpo mutilado y una redecilla cubriéndole el rostro. Aprieta bajo su hábito una bolsa de lona y un hatillo de cuero. Está al límite de sus fuerzas. No tardará en morir. En otro lugar, un monje sin rostro recorre los campos devastados en su busca. Sigue su pista, la olfatea en medio de las columnas pestilentes. Aniquila a las congregaciones que le han dado asilo. Se acerca. Está ahí.

Haciendo acopio de los últimos restos de voluntad que le quedaban, la madre Yseult logró apartar su mano de la cubierta del libro. Una ráfaga de aire apagó las velas y la anciana religiosa abrió los ojos con asombro en la oscuridad: unas filigranas rojas que acababan de aparecer en la superficie del libro, unas nervaduras sangrientas surgidas de la tapa, formaban letras fosforescentes. Latín. Las palabras parecían danzar en la superficie del cuero mientras la religiosa se inclinaba para leerlas. Con los labios temblando, las pronunció en voz alta para entenderlas mejor:

EVANGELIO DE SATÁN SOBRE LA HORRIPILANTE DESGRACIA,
DE LAS LLAGAS MUERTAS Y DE LOS GRANDES CATACLISMOS.
AQUÍ EMPIEZA EL FIN; AQUÍ ACABA EL PRINCIPIO.
AQUÍ DESCANSA EL SECRETO DEL PODER DE DIOS.
MALDITOS POR EL FUEGO SEAN LOS OJOS QUE SE POSEN EN ÉL.

Un conjuro. No, más bien una advertencia. El último aviso que un encuadernador aterrado había grabado en el cuero para disuadir a los curiosos y a los imprudentes de abrir ese evangelio. Por ese motivo, a falta de la firme decisión de destruirlos, generaciones de manos previsoras habían ejercitado su arte en esa obra de otros tiempos. No para embellecerla, sino para poner de relieve la innombrable encuadernación con esa advertencia que solo brillaba en la oscuridad. Después habían sellado las páginas con una cerradura genovesa, un grueso cerrojo cuyo acero brillaba al resplandor rojo del manuscrito.

Armada con su lupa y una vela, Yseult lo examinó más de cerca. Tal como había imaginado, el agujero de la cerradura era un engaño, ese tipo de mecanismo que solo se abre pasando los dedos por determinados puntos de la caja. Una cerradura táctil. Yseult inspeccionó los rebordes, allí donde había que colocar los dedos para accionar el mecanismo. Sus ojos localizaron, a través de la lente de aumento, las muescas practicadas en el acero. Presionó una de ellas con la punta de una pluma. Clac. Una fina aguja surgida del mecanismo se clavó en el bisel manchado de tinta, una aguja cuya punta acerada había sido untada con una sustancia verdusca: arsénico. Yseult se pasó la manga del hábito por la frente empapada de sudor. Los que habían concebido ese mecanismo estaban dispuestos a matar antes que dejar que manos indignas profanaran los temibles secretos que contenía el manuscrito. Por eso los Ladrones de Almas habían matado a las recoletas del Cervino. Para recuperar su evangelio. El evangelio de Satán.

Yseult volvió a encender las velas. A medida que la luz hacía retroceder las tinieblas de la celda, las misteriosas filigranas rojas se borraron de la superficie del cuero. La madre superiora echó una sábana sobre el escritorio y se volvió hacia la ventana. Fuera, la nieve arreciaba y las sombras envolvían las montañas.

10

Las agustinas, silenciosas y tristes, enterraron a la vieja recoleta en el cementerio del convento. La madre Yseult leyó una epístola de Pablo mientras un viento frío gemía en las murallas. Luego, acompañando el tañido de las campanas, las voces llorosas entonaron un canto fúnebre que se elevó en el aire glacial junto con el vaho blanco de los alientos. Solo respondieron el graznido de los cuervos y el lejano aullido de los lobos. El día declinaba; la luz quedaba difuminada por la bruma que reptaba sobre el suelo. Por ello, ninguna de aquellas piadosas mujeres encorvadas por la pena vio la forma oscura que las espiaba desde el claustro. Una forma humana vestida con un sayal de monje, cuyo rostro desaparecía bajo una amplia capucha.

El primer asesinato tuvo lugar poco después de medianoche, mientras la madre Yseult hacía sus abluciones. Envuelta en la humedad del lavadero, se puso una gruesa camisa de lana y cogió un guante de crin para que sus manos no entraran en contacto con su cuerpo. Después se sumergió hasta las ingles en la tina de madera, llena de un agua gris y humeante donde las exudaciones del resto de mujeres de la comunidad se mezclaban con la suciedad de sus cuerpos. Esforzándose en olvidar su cuello hinchado, Yseult se frotó los brazos y las piernas con un trozo de piedra alumbre y polvo de arena, dejando con cada movimiento de la mano una estela blanca en la película de mugre que recubría su piel. Fue en ese momento cuando oyó los gritos de sor Sonia y las llamadas de socorro de sus religiosas, que corrían por los pasillos.

11

La puerta de la celda estaba atrancada. Tiritando bajo la camisa mojada, la madre Yseult la golpeó con un hombro. Al otro lado, sor Sonia continuaba gritando. Gritos salvajes y alaridos de terror intercalados con los chasquidos de un látigo sobre la carne desnuda.

Empujando con todas sus fuerzas, las religiosas lograron entreabrir la hoja e Yseult vio el cuerpo martirizado de sor Sonia, a la que una fuerza maléfica había crucificado en la pared. La desdichada, cuyos pies golpeaban la piedra a unos centímetros del suelo, estaba desnuda. Su barriga blancuzca y sus pechos se bamboleaban bajo los azotes que hendían su piel. Sus manos, atravesadas por gruesos clavos, sangraban en abundancia. En el centro de la celda había un monje que manejaba el látigo, una forma oscura y gigantesca a la luz de las velas. Llevaba un sayal negro y una capucha cubría por completo su rostro. Un pesado medallón de plata saltaba sobre su torso: una estrella de cinco puntas enmarcando un demonio con cabeza de macho cabrío, el emblema de los adoradores de Satán.

Cuando, con los ojos brillando en la sombra, el monje volvió la cabeza hacia Yseult, la madre superiora notó que una fuerza irrefrenable cerraba la puerta. La misma fuerza que mantenía a sor Sonia contra la pared, la fuerza del monje. Tuvo el tiempo justo de ver cómo el demonio sacaba un puñal de una funda de cuero. El tiempo justo de cruzar una mirada con Sonia mientras la hoja se hundía en su vientre. Y de ver luego que las entrañas de la desgraciada se esparcían por el suelo; una corriente de aire glacial hizo temblar a las religiosas, la misma que habían notado cuando la recoleta había muerto.

Yseult bajó los ojos. Unas huellas de pasos acababan de aparecer en el suelo. Huellas de pies desnudos y ensangrentados, que la madre superiora vio cómo se alejaban en la oscuridad del pasillo. El corazón le dio un vuelco. Faltaba un dedo en la huella izquierda; unas semanas atrás, sor Sonia estaba desramando un árbol muerto cuando calculó mal el movimiento del hacha y clavó la pala del instrumento en su sandalia. Se amputó el dedo meñique del pie izquierdo.

La anciana religiosa estaba tocando todavía las huellas cuando la puerta de la celda se abrió con un chirrido de goznes. Al otro lado, los restos de la infeliz seguían clavados en la pared, con el vientre abierto y los ojos aterrorizados. Un manojo de entrañas humeaba a sus pies en un charco de sangre. Yseult, aunque avergonzándose de ese pensamiento, se sorprendió de que un cuerpo pudiera contener tanto líquido y materia blanda.

12

Después de enterrar a sor Sonia, la madre superiora y sus religiosas se atrincheraron en el refectorio con víveres y mantas. Rezaron a la luz de las velas estrechándose las unas contra las otras para luchar contra el frío y el miedo. Finalmente, mientras los cirios se consumían, se durmieron.

Muy entrada la noche, las religiosas oyeron a lo lejos gritos que atribuyeron al silbido del viento en las murallas. Al amanecer encontraron a sor Isaura, cuya cama estaba fría, clavada contra la puerta de la porqueriza, destripada, con los ojos desmesuradamente abiertos.

Pese a las lágrimas, pese a los rosarios y a las oraciones de indulgencia que la congregación recitaba sin descanso, hubo doce noches como esa, otros doce asesinatos rituales, doce religiosas que murieron al amanecer, con el cuerpo y el alma martirizados por la Bestia.

Al alba del decimotercer día, Yseult enterró los restos de sor Braganza, su novicia más joven. Luego, después de coger el cráneo y guardar el evangelio de Satán en su bolsa de lona, se emparedó con ladrillos y mortero en los sótanos del convento, un trabajo de hombre que le llevó el resto del día.

A la hora del crepúsculo, puso la última piedra y, atenta a los síntomas de la asfixia, grabó en la pared la advertencia que había aparecido en letras rojas en la cubierta del manuscrito. Debajo, nombrando al asesino de su congregación, añadió:

ENTRE ESTOS SANTOS MUROS, EL VIL LADRÓN DE ALMAS
SE HA INSTALADO.
EL SIN ROSTRO. LA BESTIA QUE JAMÁS MUERE.
EL CABALLERO DE LAS PROFUNDIDADES.
CALEB EL VIAJERO ES SU NOMBRE.

Debajo, suplicaba a quien encontrara sus restos en los siglos venideros que devolviese el evangelio y la calavera de Dios a las autoridades de la Iglesia católica y romana de su época, personalmente a Su Santidad, ya reinara en Aviñón o en Roma, a ella y a nadie más. O que arrojase esos vestigios a una fragua si resultaba que la Iglesia no había sobrevivido a la gran peste negra.

Desde ese momento, esperó a que cayera la noche y el Ladrón de Almas despertara.

13

Sucedía siempre durante el crepúsculo, a la hora en que las sombras del campanario acariciaban el cementerio. La noche del duodécimo día, mientras ella y sor Braganza se hallaban refugiadas en el torreón, la madre Yseult permaneció en la ventana que daba a las tumbas de sus hermanas asesinadas.

A lo largo de esas mortíferas noches, las sepulturas habían sido profanadas una tras otra, como si la muerta del día anterior hubiera salido de debajo de la Tierra para asesinar a la siguiente. Esa idea descabellada había germinado en la mente de Yseult cuando, arrastrando una mañana el cadáver de sor Clemencia, descubrió la tumba abierta de sor Edith, que había sido asesinada la noche anterior. Vio Tierra amontonada y las huellas de los pies desnudos y ensangrentados de sor Edith alrededor del cadáver de la desdichada; los mismos rastros de barro en los pasillos que llevaban a la celda de Clemencia. Yseult y Braganza habían enterrado a esta última, y era esa sepultura, apartada de las demás, la que la superiora observaba al anochecer. Le pareció que la tumba, iluminada por la luna, se movía. Se había producido un desprendimiento de Tierra fresca, como si algo excavara desde el interior. En la penumbra, Yseult entrevio unos dedos, luego unas manos y unas muñecas, un trozo de sudario y la manga de una vestidura mortuoria. Finalmente, un rostro, el de sor Clemencia, con la boca llena de Tierra, el pelo pegado al cráneo por efecto del barro y los ojos muy abiertos.

Aquel cuerpo que había sido Clemencia había liberado sus hombros del sudario que la aprisionaba y seguía saliendo de la tumba. Alzó los ojos hacia Yseult, y la madre superiora recordó con horror que, mostrando los dientes cubiertos de Tierra, Clemencia le había sonreído antes de desaparecer cojeando en las tinieblas del claustro.

A medianoche, sor Braganza gimió mientras dormía. En ese momento fue cuando Yseult oyó el arrastrar de pies de Clemencia subiendo la escalera del torreón.

14

La madre Yseult, cuyos pulmones ya aspiran más gas carbónico que oxígeno, se asfixia. La llama de la vela es tan débil que su luz se reduce a un punto naranja en la oscuridad. Luego oscila y se apaga, mientras la mecha termina de consumirse con un chisporroteo. Las tinieblas se cierran sobre la religiosa, que solloza sin hacer ruido.

Un frotamiento al otro lado de la pared hace que se estremezca. Sofocada por el grosor del muro, la voz de Braganza suena de nuevo, mucho más cerca. Tocando con la mano la pared, la novicia susurra como un niño jugando al escondite en la oscuridad.

—Dejad de huir, madre. Venid con nosotras. Estamos todas aquí.

Otros susurros responden a los de Braganza. A la madre Yseult se le eriza el pelo de la nuca al reconocer la risa contenida de sor Sonia, el tartamudeo de sor Edith, el horripilante rechinar de dientes de sor Margot y la risita nerviosa de Clemencia, cuya sonrisa terrosa continúa atormentando sus recuerdos. Doce pares de manos muertas se deslizan por las paredes al mismo tiempo que las de Braganza.

Cuando los frotamientos se detienen a su altura, la anciana religiosa emparedada contiene lo que le queda de respiración para no delatar su presencia. Silencio. Después, Yseult oye que algo olfatea al otro lado de la pared y el susurro de sor Braganza suena de nuevo en la oscuridad:

—Puedo olerte.

Nuevo olfateo, más sonoro.

—¿Me oyes, vieja marrana? Percibo tu olor.

Yseult ahoga un gemido de terror. No, la Bestia que se ha apoderado del cuerpo de Braganza no puede olerla. Si lo hiciera, ¿por qué iba a molestarse en llamarla?

La madre superiora se aferra con todas sus fuerzas a esa certeza. Mientras las manos de sus hermanas muertas empiezan a deslizarse de nuevo por la pared, se da cuenta de que un ronquido de asfixia se abre camino a través de su pecho y de que no logrará contenerlo. Entonces, mientras unas lágrimas de pesar trazan surcos en sus mejillas, la madre Yseult cierra los dedos alrededor de su propio cuello. Y, para no exponerse a delatar su presencia ni la del evangelio de Satán, cuyas filigranas rojas brillan débilmente en las tinieblas, se estrangula con sus propias manos.

Segunda parte

15

Hattiesburg, Maine.
En la actualidad

Medianoche. La agente especial Marie Parks duerme profundamente. Se ha tomado tres somníferos de golpe, tres pastillitas rosa con un gin-tonic para atenuar el amargor. Sigue el mismo ceremonial desde hace años: todas las noches, engulle su dosis de sueño artificial zapeando desde la cama los noticiarios de la televisión. Luego, cuando las imágenes se vuelven borrosas y su cerebro empieza a embotarse, apaga la luz e intenta no pensar en las visiones que salpican su mente como fogonazos en la oscuridad. Sobre todo, no pensar. No pensar en esa chica rubia a la que un desconocido está a punto de apuñalar en un aparcamiento de Nueva York, en ese vagabundo que yace sin vida en medio de los contenedores o en esa niña muerta que unas manos ensangrentadas acaban de abandonar en un vertedero de las afueras de México. No pensar en esa barahúnda de gritos y de llantos que estalla dentro de su cráneo mientras ella aprieta los puños para intentar dormir. Asesinatos en directo que ella presencia, impotente, como si se produjeran ante sus ojos. O más bien a través de sus ojos. Eso es lo más terrorífico de sus visiones: cuando se comete un asesinato en el momento en que ella se duerme, ve la escena a través de los ojos de la víctima. Son unas imágenes tan precisas que tiene la impresión de que es a ella a quien asesinan.

Para ahuyentar esos embriones de terror que la asaltan cada vez que apaga la luz, Marie Parks centra su atención en un punto imaginario situado entre sus cejas. Los chinos dicen que por ese punto circulan todas las energías. Es una manera eficaz de hacer callar esas voces en su cerebro, como una radio a la que se baja el volumen. Con la diferencia de que en este caso no hay ningún botón que pulsar, sino un punto situado entre los ojos, en el que Marie se concentra intensamente hasta perder la conciencia, ayudada por los somníferos. Acto seguido cae durante unas horas en un sueño plúmbeo. Unas horas de tregua hasta que, al pasar el efecto de las drogas, sueña con hachas y cuerpos despedazados, vientres vacíos y cadáveres de niños. Los mismos sueños todas las noches: los crímenes de los asesinos que Marie Parks, investigadora del FBI, persigue sin descanso. Los fantasmas de Marie: asesinos en serie, asesinos en masa y asesinos relámpago.

Los primeros cazan dentro de su grupo étnico y matan a sus víctimas según el principio de las series. Como Edward Sorrenson, ese padre de familia anónimo que esculpía adolescentes. Los raptaba, los estrangulaba y después esculpía su carne con una maza. O como Edmund Stern, ese mozo de mudanzas que coleccionaba bebés muertos en cajas de zapatos. En el caso de los asesinos en serie, los antecedentes son siempre los mismos: una madre dominante, una violación incestuosa, golpes y novatadas, odio acumulado día tras día. Y el monstruo, al hacerse mayor, mata a los reflejos de sus frustraciones: rubias, prostitutas, maestras jubiladas, adolescentes o bebés. Asesinos que matan a su propio reflejo: los asesinos en serie son rompedores de espejos.

Los segundos, los asesinos en masa, cometen matanzas tan monstruosas como imprevisibles. Una decena de muertes a la vez. Como Herbert Stox, que se había puesto de repente a destripar a chicas morenas embarazadas: doce jóvenes en una sola noche y en el mismo barrio. Obedecen a una pulsión suprema y devastadora: los asesinos en masa son exaltados que oyen la voz de Dios.

En cuanto a los asesinos relámpago, son psicóticos desorganizados que matan al mayor número de personas posible, en lugares diferentes y en un lapso muy corto. Una jornada de carrera demencial, y al anochecer, una bala en la sien.

Eso es lo que contiene el museo de los asesinos. Pero, como en todas las jerarquías, hace falta un soberano, un rey de la selva de las ciudades y de la sabana de las afueras; ese criminal perfecto, príncipe de los asesinos ante quien los demás criminales deben inclinarse, es el asesino itinerante.

Los asesinos itinerantes son asesinos que viajan, predadores que cambian de territorio de caza. Un crimen en Los Ángeles, otro en Bangkok, el invierno al sol de las Antillas en esos gigantescos hoteles donde se amontonan los turistas.

En el FBI dicen que el asesino itinerante es un asesino en serie que ha ahorrado lo suficiente para permitirse dar una vuelta al mundo en avión. Es falso, porque el asesino en serie es un sujeto compulsivo que mata para aplacar su pulsión, un psicópata que sigue un ritual destinado a tranquilizarlo. Profana a sus víctimas, las inmola y las descuartiza: es un niño aterrorizado que aterroriza a su vez y que siempre deja indicios tras de sí para que lo atrapen. El vértigo del castigo. Y sobre todo, al asesino en serie no le gusta moverse. Es un tipo casero que mata en su barrio, un perro sarnoso que mata a los corderos de su rebaño.

El asesino itinerante, en cambio, es un migrador, un devorador de cadáveres, un gran tiburón blanco que remonta la corriente en busca de sus presas. Está en lo más alto de la cadena alimentaria. Es un ser frío que selecciona sus blancos y controla sus pulsiones. Nunca se deja desbordar por ellas, no oye ninguna voz, no obedece a Dios. No tiene cuentas que saldar ni revanchas que tomarse. Era el hijo único o el mayor de una familia feliz. Su papá no lo violaba, su mamá no lo sometía a ese incesto afectuoso que retuerce el cerebro. Nadie le pegaba. Ha nacido así: con brujas inclinadas sobre su cuna.

Al igual que el asesino en serie, el asesino en masa o el asesino relámpago, el asesino itinerante está loco. Pero, a diferencia de ellos, él sabe que está loco. Esa conciencia aguda de lo que es le permite compensar la locura con un comportamiento extraordinariamente estable. El equilibrio en el desequilibrio. Puede ser tu vecino, el que te atiende en el banco o ese hombre de negocios que baja de un avión para subir a otro y pasa los domingos jugando al tenis con sus hijos. Está perfectamente integrado, no tiene antecedentes penales. Tiene un buen trabajo, una bonita casa y un coche deportivo. Viaja para embarullar las pistas y golpear allí donde no se le espera.

Si no encajas en las características que un asesino en serie persigue, puedes perfectamente encontrarte con él sin correr el menor riesgo. Puedes incluso ir a tomar un café con él o cogerlo cuando hace autoestop en una carretera desierta. Con un asesino itinerante, no. Porque el asesino itinerante es un animal que come cuando tiene hambre. Y ese criminal tiene hambre siempre. Esa es la especialidad de Marie. Miles de kilómetros recorridos en avión, cientos de noches pasadas en hoteles del mundo entero, miles de horas apostada en cementerios y bosques húmedos. Decenas de cadáveres, multitudes de fantasmas. Esa es la caza favorita de Marie. Marie, que llora mientras duerme, que grita y se despierta, con el cuerpo anegado de sudor y la cara bañada en lágrimas, siempre a la misma hora: las cuatro. La hora en que, todas las noches, la agente especial Marie Parks renuncia a volver a conciliar el sueño.

16

0.10 horas. La respiración de Marie es tranquila, regular. Los somníferos mantienen su cerebro en un sueño profundo, brumoso e incoloro donde no llega nada del mundo que la rodea. Todavía no sueña. Sin embargo, como agua sucia remontando las canalizaciones de una cloaca, los remolinos de su subconsciente ya intentan cruzar la barrera química de los somníferos. Se advierte en los imperceptibles movimientos crispados de sus dedos sobre las sábanas, en el temblor de sus párpados, en su frente fruncida; Marie no tardará en pasar del sueño profundo al sueño paradójico, esa fase de la noche en que los monstruos que pueblan su inconsciente se desatarán.

Unas imágenes emergen ya a la superficie. Instantáneas grises y frías: una pierna flotando entre dos aguas, un rostro borroso, un biberón de leche cuajada abandonado junto a un moisés, unos dientes rotos y unas salpicaduras rojo vivo en el esmalte de un lavabo. Poco a poco, se juntarán y se pondrán en movimiento.

De repente, la garganta de Marie se contrae. Unas gotas de adrenalina se extienden por su sangre y dilatan sus arterias. Ya está, su respiración se acelera, su pulso late más fuerte, las aletas de su nariz se dilatan y las venas azules que surcan sus sienes se hinchan. Las imágenes se articulan y se animan. Las pesadillas van a empezar. Unas pesadillas tan precisas cuando comienzan, tan palpables que incluso los olores aparecen reproducidos a la perfección.

Marie respira el aire que la rodea. Los efluvios del champú de tilo que impregnaban su almohada han desaparecido, los de la varita de incienso que enciende todas las noches para disipar el hedor de tabaco se han evaporado. En su lugar, percibe un olor de chicle de fresa y un perfume de mala calidad. Vainilla y granadina.

El tacto está también muy presente en sus pesadillas. Esa impresión vertiginosa de que lo que se toca existe realmente. Saca un pie fuera de la cama y roza el suelo. La tarima de teca de su dormitorio ha desaparecido. En su lugar, nota la caricia rasposa de una moqueta barata.

La sensación, por fin, de su propio cuerpo. Esa impresión extraña de que ha rejuvenecido, de que tiene los muslos más delgados, las rodillas más huesudas, el vientre más redondo y los pechos más menudos. También de que su sexo es más estrecho y está todavía intacto.

Marie se pasa un dedo por el habón que tiene en la corva producido por la picadura de un mosquito. Hace una mueca al notar un suave calambre en la pantorrilla y un tirón en la nuca. Siente una necesidad imperiosa de ir al lavabo, unas ganas de levantarse reprimidas por el miedo. Un miedo atroz.

Ya está, su garganta se seca y se le hace un nudo en el estómago. La habitación no es la misma. Es más pequeña, más oscura, más fría. Una ligera corriente de aire agita unos estores de papel que golpean los cristales. Las redondeces de una taza de manzanilla se recortan sobre el halo rojo de un despertador de cuarzo. Oye el suave ruido de las burbujas del regulador de aire de un acuario y el zumbido de una mosca que choca contra las paredes.

Sobre una estantería, una hilera de muñecas de porcelana contemplan a Marie. Ella ve que sus párpados se levantan y sus ojos de cristal brillan en la oscuridad. Sus manitas se tienden hacia ella. Sus dientes acerados relucen entre sus labios de cera.

Rozamientos en el suelo. Un baúl de mimbre se entreabre y vomita decenas de arañas y de escorpiones, que caen en cascada de entre los peluches y avanzan hacia ella. Los dientes de Marie castañetean y se encoge hasta colocarse en posición fetal. Al pasarse las manos por el pelo, se queda paralizada: el suyo es corto; este es largo y abundante. Los pesados bucles olorosos se desprenden de su cuero cabelludo y se deslizan entre sus dedos para caer sobre la almohada. Las muñecas susurran en la oscuridad. Los escorpiones trepan por el edredón. De repente, Marie oye el ronroneo de un gato agazapado en las tinieblas. Un aliento de sardinas y detritos se expande por la habitación. La sangre se le hiela en las venas. Ese gato que ronca es Poppers, el gran siamés de Jessica Fletcher, una adolescente asesinada doce años atrás junto con toda su familia, la noche en que el señor Fletcher se volvió loco.

Los ojos de las muñecas se entornan y se apagan. Las arañas caen suavemente al suelo, los escorpiones vuelven al baúl de los juguetes, que se cierra con un chirrido. Ya está, la pesadilla puede empezar.

17

Marie ha entrado en el cuerpo de Jessica. Sueña que tiene los ojos abiertos y que debe volver a dormirse a toda costa para que la pesadilla acabe. La pesadilla de medianoche. La peor. Pero ¿cómo puede uno dormirse cuando ya está durmiendo?

Presta atención. Un bebé llora en la habitación de al lado. El señor Fletcher canta una nana. A través del tabique de yeso, Marie oye la música machacona de un móvil de cuna y el chirrido regular de los balancines de la cuna al ser mecida para que el bebé se duerma. Pero el bebé berrea. Suelta hipidos provocados por el enfado y el terror mientras el señor Fletcher canturrea. Las palabras son tiernas, pero el tono, en cambio, es glacial. Luego, el bebé recupera el aliento y profiere un grito continuo que agujerea los tímpanos de Marie. Entonces, mientras los chirridos de la cuna aceleran, Marie capta otros ruidos, sordos y metálicos. Como tijeretazos en una almohada. El bebé se ahoga. Sus gritos se apagan. Los chirridos de la cuna se hacen más lentos y se detienen. Se hace el silencio.

Un roce de zapatillas sobre el parquet del pasillo. Como todas las noches, el señor Fletcher hace un recorrido por los dormitorios para comprobar que los niños duermen. Abre una puerta. Un hilo de voz atemorizada llega hasta los oídos de Marie. Es Kevin, el hermanito de Jessica, al que los chirridos de la cuna han despertado. Papá dice «chisss…». Arropa a Kevin y le acaricia las mejillas. Marie, aterrorizada, oye los mismos ruidos metálicos de antes. Vuelve a hacerse el silencio. El señor Fletcher canturrea en las tinieblas.

Marie se ha refugiado bajo el edredón. Oye cómo crujen las zapatillas sobre el parquet del pasillo, cómo rechina la manivela de la puerta al bajar. A través de la ranura de sus ojos entreabiertos, distingue la silueta del señor Fletcher en el hueco de la puerta, su bonito traje de tres piezas, su cara sudorosa y el reflejo del cuchillo de cocina que esconde bajo la manga manchada de sangre. Y, sobre todo, ve sus ojos muertos. Ojos de muñeca de porcelana.

Es absolutamente preciso que Marie se duerma, que salga del cuerpo de Jessica. Oye la respiración sibilante del señor Fletcher, que se acerca. Percibe su olor mientras se inclina sobre su rostro. Nota cómo su gran mano se desliza sobre el edredón, acaricia sus piernas y sube por sus caderas. Nota el reguero pegajoso que esa mano deja en el edredón al subir por su cuerpo. Oye la voz del señor Fletcher, un vozarrón desagradable y triste, que dice:

—Jessica, ¿estás dormida?

Marie finge dormir. Sabe que si el papá de Jessica cree que está dormida, quizá la deje vivir. Nota que su mano la zarandea suavemente para despertarla; percibe su aliento sobre la mejilla. Un olor agrio de whisky, de pistachos tostados y de vómito. El papá de Jessica ha bebido. El papá de Jessica ha despertado al monstruo, al devorador de niños. Su vozarrón susurra en la oscuridad:

—No me tomes por gilipollas, putita. Sé muy bien que te estás haciendo la dormida.

Marie nota que los labios helados del señor Fletcher se mueven muy cerca de los suyos. Una lágrima de terror asoma por el rabillo de sus ojos y aumenta de tamaño bajo sus párpados. Sabe que no podrá contenerla.

—Vale, Jessica, ya que te pones así, voy a soplarte sobre los ojos. Y si mueves los párpados querrá decir que no estás dormida.

Marie aprieta los puños con todas sus fuerzas para contener esa lágrima que brilla entre sus pestañas. Nota la ligera corriente de aire que el papá de Jessica envía hacia sus párpados. Un temblor. La lágrima se desliza por su mejilla. El señor Fletcher sonríe en la oscuridad.

—Ahora los dos sabemos que te estás haciendo la dormida. Voy a contar hasta treinta para darte tiempo a encontrar un buen escondrijo. Cuando haya terminado, si te encuentro, te mataré.

Marie no puede moverse. Oye la voz del señor Fletcher que empieza a contar en la oscuridad. A medida que cuenta hacia atrás, ella nota el efecto de los somníferos, que se concentran y vuelven a tomar poco a poco el control de su cerebro. La voz se aleja. El cuchillo se eleva y brilla en la oscuridad. Su resplandor se debilita. El señor Fletcher ha acabado de contar. Marie se sobresalta al sentir que la hoja traspasa su piel y se hunde en sus entrañas. Una quemazón lejana, algodonosa como un recuerdo. Ya está, los somníferos vuelven a hacer efecto. La pesadilla se descompone y las imágenes se desintegran. Marie se sumerge de nuevo en las tinieblas. Era la pesadilla de medianoche.

18

Marie había empezado a tener pesadillas a raíz de un accidente de tráfico. Un choque frontal entre un peso pesado y su autocaravana lanzada a toda velocidad. Conducía Mark, su compañero. Rebecca, su hija de corta edad, iba entre ellos en una silla de bebé, sujeta con los cinturones. Mark y Marie discutían. Él había bebido unas copas de más en la inauguración de la casa de los Hanks, que acababan de instalarse en las afueras chics de Nueva York. Una enorme casa con jardín y vecinos golfistas: la selección mediante el precio del metro cuadrado.

Patrick Hanks, un amigo de la infancia de Mark, acababa de ser trasladado a un gran banco de Manhattan. Gracias a ello, había triplicado su sueldo, recibido un Cadillac a cargo de la empresa y conseguido una de esas coberturas sociales que convierten la enfermedad en una inversión. Sin olvidar una gran casa forrada de roble y con columnas que rondaba el millón de dólares. Más que suficiente para tirarse los trastos a la cabeza camino de Maine. Los Hanks le habían pedido a Mark que metiera su caravana abollada en el garaje para que sus vecinos, tan refinados, no pensaran que un campamento navajo estaba a punto de instalarse en el barrio. ¡Mierda, una caravana en un garaje en el que cabían tres más! Mark había tenido la impresión de que aparcaba dentro de una catedral. Pero se tragó su orgullo y esperó a encontrarse en el camino de vuelta para desahogarse con Marie. Conducía deprisa, demasiado deprisa.

El accidente ocurrió en la Interestatal 90, a unos kilómetros de Boston. Un camión de treinta toneladas derrapó sobre una placa de hielo, quedó atravesado en la carretera y la carga de troncos que llevaba cayó a la calzada. Mark ni siquiera tuvo tiempo de frenar.

Marie recordaba perfectamente los troncos cayendo sobre el asfalto y la fracción de segundo que precedió al choque. Una eternidad al ralentí de la que solo conservaba planos sucesivos, como flashes en la oscuridad.

El choque fue tan violento que Marie tuvo la impresión de ser un espejo que estallaba bajo la fuerza del impacto. La parte delantera de la autocaravana se desintegró contra los troncos y la cabina saltó en mil pedazos. Los recuerdos de Marie también. Millones de fragmentos de cristal que rebotan sobre el asfalto, millones de partículas de memoria que se dispersan, olores de su infancia, colores e imágenes. Toda su vida que se escapa. Los latidos de su corazón que se espacian. Un frío intenso.

19

Sumida en un coma profundo, Marie luchó durante dos meses en el servicio de reanimación del hospital Charity de Boston. Dos meses durante los cuales sus neuronas libraron una batalla sin cuartel para no caer en coma irreversible. Dos meses sumida en las tinieblas de su propio cerebro. Porque, si bien el cuerpo de Marie había dejado de realizar sus funciones y su cerebro había cortado todas las conexiones que lo unían a ese montón de músculos muertos, su conciencia había permanecido misteriosamente intacta, como un fusible que continúa funcionando cuando todos los demás se han fundido. Marie percibía muy a lo lejos los ruidos amortiguados que la rodeaban, las corrientes de aire que acariciaban su rostro, los rumores de la ciudad que entraban por la ventana entornada y los movimientos de las enfermeras junto a su cama.

Necesitaba respiración asistida: cada espiración mecánica de la máquina era una inyección de aire glacial, la presión del pistón dilataba sus pulmones y a continuación dejaba que se vaciaran antes de insuflar la dosis siguiente. El silbido del fuelle que sube y baja dentro de su receptáculo de cristal, el rechinar del electrocardiógrafo acoplado a la máquina. Un universo sintético cuyos ruidos llegaban hasta ella como a través de una capa de hormigón. O de una losa de mármol. Como si a Marie, prisionera de sí misma, la hubieran depositado sobre el satén de un ataúd, que habrían cerrado antes de introducirlo en la oscuridad glacial de una tumba. Como si, tras haber diagnosticado la muerte de su cuerpo sin preocuparse de la de su cerebro, un médico exhausto hubiera firmado la autorización para inhumarla. Marie, muerta viviente, condenada para siempre a errar por el interior de sí misma sin que nadie pudiera oír los gritos que profería en la oscuridad.

Algunas veces, cuando la noche envolvía el hospital y ella lograba dormirse en su coma, oía la lluvia que azotaba el mármol de su lápida funeraria y a los pájaros que iban a picotear semillas transportadas hasta allí por el viento. Incluso llegaba a distinguir el crujido de la grava bajo los zapatos de las familias que acompañaban a sus seres queridos fallecidos.

Otras veces, cuando su corazón extenuado dejaba súbitamente de latir y lo que le quedaba de conciencia oscilaba como una vela, Marie moría en sueños. Se abandonaba a ese insoportable frío que la invadía. Entonces su mente se paralizaba como un niño aterrado en medio de la noche y, mientras los instrumentos empezaban a sonar, ella dejaba escapar un grito de terror que jamás traspasaba la barrera de sus labios.

Una vez que las alarmas se habían disparado, captaba el eco de voces lejanas como las que oímos cuando nadamos bajo el agua. Voces asustadas que procedían de ninguna parte, voces que la envolvían y la invadían. En tales ocasiones, siempre sentía que unas manos abrían su camisón y le masajeaban el corazón, aplastando el esternón para obligar a latir a ese músculo repleto de sangre, y que unas agujas penetraban en sus venas. Primero un hormigueo, luego la insoportable quemazón de la adrenalina de síntesis que se extendía por su organismo. A continuación, dos placas metálicas se posaban sobre su pecho y un silbido agudo invadía el aire. Después, mientras una voz lejana gritaba algo que Marie no entendía, su cuerpo se arqueaba violentamente bajo el fogonazo blanco de la descarga. El rechinar del electrocardiógrafo que se embala, el silbido del desfibrilador que llena sus acumuladores para la siguiente descarga. Las placas metálicas crepitan sobre la piel de Marie. ¡Chac! Otra explosión de luz blanca llega a su cerebro. Su corazón se contrae, se para, se contrae otra vez, se para de nuevo. Finalmente fibrila y se relaja, se contrae y se distiende. Cada vez que su corazón volvía a ponerse en marcha, Marie sentía cómo el soplo helado del oxígeno penetraba de nuevo en su garganta y dilataba sus pulmones. Sentía que sus arterias se hinchaban y sus sienes palpitaban bajo la presión de la sangre que volvía a afluir. Su pulso comenzaba otra vez a golpear como un martillo en el silencio. Al final, a su alrededor las voces se calmaban y una mano fría secaba sus cabellos mojados. Marie, prisionera de sí misma, empezaba entonces a flotar de nuevo entre dos aguas. Marie, aterrorizada, no llegaba a morir.

Al despertar, se enteró de que Mark y Rebecca habían muerto. El primero pasó varios días agonizando en una habitación cercana a la suya. La pequeña Rebecca salió proyectada tan lejos por efecto del choque que los socorristas solo encontraron de su cuerpo algunos trozos de carne carbonizados. Marie ni siquiera recordaba la cara de ninguno de los dos. Ni la suya tampoco. La primera vez que se levantó de la cama en el hospital, no reconoció su reflejo en el espejo del cuarto de baño. Esos largos cabellos negros, esa piel de porcelana y esos grandes ojos grises que la contemplaban, ese vientre plano, ese sexo y esos muslos que sus dedos habían tocado para intentar reconocerlos, esos brazos de músculos doloridos y esas manos de muñeca que ella había movido en uno y otro sentido ante sus ojos no eran los suyos. Como si ese cuerpo fuera un forro de piel y músculos puesto por encima de su verdadero cuerpo. Un buzo de carne que lo recubría por completo y que Marie había intentado arrancarse con las uñas.

Treinta meses de rehabilitación. Treinta meses aprendiendo de nuevo a andar, a hablar, a pensar. Treinta meses buscando razones para sobrevivir. Luego, Marie se reincorporó a su unidad de la policía federal.

20

Tras salir del hospital, la destinaron al departamento de Personas Desaparecidas del FBI de Boston: el de los desaparecidos. Críos rebosantes de vida que se volatilizan delante de su casa sin que nadie, ni un vecino, ni un vagabundo, ni siquiera el cartero o el repartidor de leche, haya visto nada. Una última merienda sobre la mesa de la cocina, un último vaso de soda antes de que el niño monte en su bici, una VTT flamante, provista de un cambio Shimano de dieciocho velocidades. Se ha encasquetado su gorra de béisbol preferida, ha guardado sus cromos de los Yankees o de los Dodgers en el bolsillo. Mamá le ha metido en la mochila una lata de Coca-Cola light y un sándwich de mantequilla de cacahuete envuelto en papel film. Va calle abajo, se detiene en el stop y gira a la izquierda. Luego desaparece como engullido por el asfalto. O atrapado por las manos de un monstruo.

Eso es lo que le pasó a Benny Madigan, caso 2.412 del departamento de Personas Desaparecidas del FBI, un chaval de las afueras de Portland que salió de su casa para ir a dormir a casa de un amigo. Cuatro kilómetros de puerta a puerta y un solo itinerario posible: bajar cuatrocientos metros por Stutton Avenue, girar a la izquierda por Union Street, continuar y dejar el supermercado Wal-Mart a mano derecha y luego, después del Starbucks, girar otra vez a la derecha por Tekillan hasta el cruce con Northridge, una calle bordeada de plátanos donde el amigo de Benny vive en una casa colonial, en el número 3.125. Un trayecto de líneas rectas y de cruces que los investigadores recorrieron cientos de veces.

Son las 18.07 cuando Benny Madigan monta en su bicicleta y se marcha de casa. Se conoce la hora con precisión porque la vieja Marge, que pasea a sus perros a la misma hora, recuerda que lo ha visto bajar por Stutton Avenue gritando como un apache. A Marge no le gustan los niños, prefiere los perros. Por eso se acuerda de Benny, de su cazadora roja y de su mochila Nike.

18.10 horas. Benny se detiene en el semáforo que regula el cruce de Stutton y Union Street. Se sabe porque a esa hora Brett Mitchell, un amigo de los Madigan, baja la ventanilla de su 4 × 4 para saludar a Benny. El chico le devuelve el saludo y cruzan unas palabras. Luego, el semáforo se pone en verde y Benny extiende el brazo hacia la izquierda para adentrarse en Union Street. Otro toque de claxon. Brett Mitchell, que continúa recto por Stutton, mira cómo el chaval se aleja por la calle comercial. Es la última vez que lo ve.

18.33 horas. Benny sale del Wal-Mart de Union Street, donde ha hecho una parada para comprar caramelos y petardos. Las cintas de vídeo del supermercado no dejan lugar a dudas. Se ve cómo el chico coge las golosinas de las estanterías. Se le ve también robar un tebeo y esconderlo debajo de la cazadora. Después se dirige a la caja, le da un billete de cinco dólares a la empleada, se guarda el cambio y sale del establecimiento.

18.42 horas. Benny Madigan pasa por delante del Starbucks de Union Street. Rachel Porter, una amiga de su madre, está tomándose un capuchino en la terraza. Justo en el momento en que Benny pasa, levanta la cabeza porque uno de los platos de su cambio de velocidades chirría. Le hace una seña con la mano, pero Benny no la ve; está concentrado en la palanca de cambio. Mete la quinta. La cadena sale del cuarto plato del cambio de velocidades. Deja de oírse el chirrido. Benny se levanta apoyado en los pedales y acelera como un demonio.

Rachel Porter recuerda que ese día el adolescente llevaba unos vaqueros *baggy* de los que sobresalían unos calzoncillos blancos. Recuerda también que un candado de combinación daba golpes contra el manillar. Luego, Benny gira a la izquierda en Tekillan. Son las 18.43. Le queda un kilómetro por recorrer. Un kilómetro que conduce a la nada, un túnel invisible, fuera del tiempo, que devorará a Benny Madigan.

A las 19.30, la madre de Benny llama al 3.125 de Northridge Road para asegurarse de que su hijo ha llegado bien. Los padres del amigo se quedan desconcertados: a las 18.50 —la relación de llamadas de la compañía telefónica lo confirma—, Benny les llamó con su teléfono móvil para decirles que había tenido un pinchazo en el cruce de Tekillan con Northridge. El padre le preguntó si quería que fuera a buscarlo, pero Benny respondió que llevaba bomba y que se las arreglaría. Después se despidió y la comunicación quedó interrumpida. Nada más. ¡Ah, sí! Justo antes de que Benny colgara, el padre oyó un coche que frenaba a su altura; el ruido de una ventanilla eléctrica bajando y una voz de hombre apenas audible entre el estruendo de la circulación. El conductor pide a Benny que lo oriente. El chico contesta algo, se interrumpe, dice adiós al padre de su amigo y cuelga, sin duda para indicar al automovilista la dirección que debe seguir. Eso es todo.

Después de Rachel Porter, que lo vio desde la terraza del Starbucks de Union Street, nadie volvió a ver a Benny. Nadie sabe qué pasó entre los cuatrocientos metros que separan ese cruce y el 3.125 de Northridge Road. Ningún testigo de su desaparición, cuando tantas personas lo habían visto poco antes. Nada, ni siquiera en la gasolinera que hace esquina.

Cuatro horas más tarde, la policía encontró la bicicleta de Benny Madigan en un callejón sin salida perpendicular a Northridge Road, situado doscientos metros más allá del número 3.125. Ningún cadáver, ninguna prenda de vestir, ningún rastro de las golosinas compradas en el Wal-Mart o de la mochila Nike.

Instalaron controles en las carreteras con la esperanza de encontrar al misterioso conductor que había preguntado una dirección a Benny. Organizaron una batida por los bosques, buscando en los pantanos y en el lecho de los ríos. Sin resultado. Entonces enviaron el expediente Madigan al departamento de Personas Desaparecidas del FBI, donde aterrizó sobre la mesa de Parks junto a una pila de otros expedientes sin resolver; entre la descripción de Amanda Scott, ocho años, desaparecida en los alrededores de Dallas cuando iba a buscar un carrito en el aparcamiento de un supermercado, y la de Joan Kaprisky, trece años, volatilizada en Kendall, Alabama, en plena sesión de cine. Casos antiguos a los que se había dado carpetazo sin haber obtenido ningún resultado al término del plazo fatídico de quince días, pasado el cual las posibilidades de encontrar al niño prácticamente eran nulas.

Desde su despacho de Boston, Marie Parks estaba revisando los nuevos ficheros de desaparecidos cuando abrió por casualidad el expediente de una niña que precisamente acababa de superar ese plazo de quince días. Fue entonces cuando tuvo su primera visión.

21

La primera visión de Marie se llamaba Meredith. Meredith Johnson. Una niña de ocho años que había desaparecido hacía quince días camino del colegio. Quince días de batida registrando el bosque y dragando los pantanos. Una cría desaparecida entre cientos más cuyo rastro se perdía de repente.

Meredith vivía en Bennington, Vermont, un pueblucho perdido en las Green Mountains. Era una chiquilla rubia cuya cara regordeta y cuya silueta un poco robusta delataban cierta debilidad por los batidos de leche y las hamburguesas.

El día de su desaparición, Meredith llevaba unas zapatillas Adidas de color amarillo y un anorak naranja, el mismo que lucía en las fotos que mostraban también que llevaba un corrector dental. Pero, más aún que esa vestimenta, lo que había atraído la atención de Marie era la ausencia total de testigos. ¡Como si una niña con zapatillas de deporte amarillas y anorak naranja pudiera desaparecer de repente sin que nadie la hubiera visto en uno u otro momento! Era eso lo que no encajaba en el caso Meredith. Es inevitable que cuando uno tiene ocho años y va solo por la calle, cuando lleva un anorak naranja y vive en la misma ciudad desde que nació, aparezca al menos una fracción de segundo en el campo visual de alguien, en el espejo de un retrovisor o a través de las cortinas de una cocina. Es inevitable que, como en el caso de Benny Madigan, siempre haya una anciana que está paseando a su perro, un empleado municipal que recoge las hojas secas, un vendedor a domicilio de biblias o un técnico en reparación de lavadoras que te ve y conserva tu imagen grabada en un rincón de su memoria. Siempre. Salvo en el caso Meredith Johnson. Y era precisamente esa ausencia de testigos lo que no encajaba. Como si esa desaparición hubiera sido planeada durante semanas por un asesino en serie. Un allegado o, por lo menos, un habitante de Bennington. Un predador que debía de haber pasado días enteros espiando las idas y venidas de la niña. No obstante, incluso en ese caso, alguien debería haber visto algo. Sin embargo, no, nada de nada. Como si un tornado se hubiera llevado súbitamente a la chiquilla o unas arenas movedizas la hubieran engullido.

Marie tomó un vuelo interior para Vermont y después fue a Bennington en un coche de alquiler. Allí, interrogó a los transeúntes y recorrió mil veces el trayecto entre el colegio y la casa de Meredith. No quedaba ni el menor rastro, ni el más mínimo indicio, ni una sola imagen, aunque fuera borrosa, ni el menor recuerdo de la existencia de Meredith Johnson. Como si esa niña con anorak naranja y zapatillas de deporte amarillas no hubiera vivido jamás en Bennington.

Agotada y decepcionada, Marie reservó una habitación en un motel a las afueras de la ciudad. Y esa noche soñó con Meredith.

22

Marie Parks se durmió viendo el programa de entrevistas de Larry King y se despertó unas horas más tarde en medio de un trigal bajo la luna.

Hace frío. El trigo se ha recogido hace unas semanas y han prendido fuego a los tallos secos y cortos que han escapado de la cuchilla de la segadora. Arqueando las aletas de la nariz mientras duerme, Marie aspira el olor de pan quemado que se desprende de la Tierra. Después abre los ojos y distingue una silueta en el horizonte: una niña con un anorak naranja que camina por la linde de un bosque a través del cual no se filtra ni luz ni sonidos. Meredith. Marie está a punto de llamarla cuando oye un ruido a su espalda. Un repiqueteo de patas sobre la Tierra carbonizada. Se vuelve y ve un gran perro negro que se dirige hacia ella. Es un viejo rottweiler, que corre haciendo chasquear las mandíbulas en el vacío y babeando. Marie se agacha, al tiempo que desenfunda su arma y vacía un cargador contra el perro cuando pasa a su altura. Los proyectiles de 9 mm abren profundas heridas en el pelaje del animal, pero ningún impacto logra detenerlo. El rottweiler deja atrás a Marie y acelera la carrera para alcanzar a Meredith, que acaba de verlo.

Aunque el viento ahoga su voz, Marie le grita a Meredith que sobre todo no entre en el bosque, que es el bosque lo que ha engendrado ese monstruo para obligarla a adentrarse en él, que ese perro no existe y que no tiene más que cerrar los ojos para hacerlo desaparecer.

Marie intenta correr, pero le pesan las piernas, las mueve con lentitud porque le resulta difícil levantarlas. El embotamiento de los sueños. Ve cómo las ramas se apartan para dejar pasar a la chiquilla, que, aterrorizada, se adentra en el bosque. Luego el rottweiler desaparece también entre los árboles y las ramas se cierran sobre él como brazos. Un grito a lo lejos. Marie siente el terror de Meredith. Acaba de llegar a la linde y trata de apartar las zarzas que le cierran el paso. Meredith pide ayuda, se debate. No puede más. Grita una última vez. Un grito de moribunda. Después se impone de nuevo el silencio. El viento hace estremecer las hojas.

Esta fue la primera visión de Marie.

23

Los días siguientes, Marie volvió a soñar con la niña. Sueños cada vez más precisos, como si poco a poco empezara a percibir las cosas a través de ella. El perfume de las flores, el soplo del viento, el hálito del bosque.

Una noche, Marie se metió en la piel de Meredith, sin más ni más, de repente. No soñó que miraba a la niña. Tampoco soñó que la perseguía por un bosque oscuro, no. Se había convertido en Meredith. Los pensamientos de Meredith, sus miedos y sus alegrías de niña, su barriguita redonda, su verruga en la planta de un pie que desde hacía semanas la obligaba a andar cojeando, sus preocupaciones y sus secretos de niña pertenecían también a Marie. Marie-Meredith. Meredith-Marie.

El día que se adentró en el bosque, Meredith acababa de cumplir ocho años, llevaba un anorak naranja, estaba resfriada y tenía la nariz tapada, llevaba unos caramelos de menta pegados en el fondo de un bolsillo y le dolían las rodillas por culpa de Jenny, su mejor amiga, que la había hecho caer en el patio durante el recreo. Ese día estaba enfadada.

Así fue la primera verdadera visión de Marie. En absoluto un sueño confuso ni unas imágenes superpuestas sobre recuerdos borrosos. Fue una ósmosis total, despierta, sonámbula, la impresión terrorífica de disolverse en el cuerpo de la otra. Sí, fue en ese instante cuando, durante una noche, Marie se convirtió en Meredith.

Primero, sonidos y olores. Los ruidos ensordecedores de un patio de colegio. Meredith acaba de caer. Tiene los ojos cerrados, llenos de lágrimas contenidas. Pequeñas lágrimas de rabia y de vergüenza provocadas por Jenny, que acaba de empujarla por la espalda mientras jugaban al pillapilla. Se ha quedado con las rodillas y las manos apoyadas en el suelo, como una pánfila. Seguramente los chicos le han visto las bragas. Meredith oye sus risas detrás de ella. Le duelen las palmas de las manos. Las rodillas le arden. Sangra. Su madre la reñirá porque la grava le ha agujereado los leotardos.

Querría estar muerta. O gravemente herida. Una buena fractura, una rodilla magullada o un corte que sangrara muchísimo. Cualquier cosa antes que caer como una tonta en el patio y enseñar las bragas a los chicos. ¡La idiota de Jenny! Tragándose valientemente la rabia y las lágrimas, Meredith oye las risas de sus compañeros agrupados a su alrededor. No se atreve a abrir los ojos. Oye el chasquido de las cuerdas de saltar a la comba, el ruido de las suelas de los zapatos, los gritos de los niños que se persiguen.

Las campanas de la iglesia de Bennington suenan a lo lejos; las cuatro. Meredith abre por fin los ojos. La luz ilumina la visión de Marie, que ve a través de los ojos de Meredith. Ve las caras de hilaridad, los dedos extendidos y a los chicos gesticulando y retorciéndose de risa. Un torrente de sonidos discordantes que hace que casi se le salten las lágrimas. Pero no debe llorar bajo ningún concepto. Antes morir que llorar. El toque de silbato de la maestra la salva. Los niños se dispersan. Nadie se preocupa ya de esa niña un poco rolliza que se balancea con su anorak naranja.

Meredith se levanta, recoge la cartera y se dirige hacia la puerta, donde padres apresurados recogen a sus hijos. Al poco, solo queda el conserje del colegio, que barre las hojas secas. Y ella, esperando.

Levanta los ojos hacia el campanario. Las cuatro y diez. Mamá se retrasa, como siempre. Mira sus manos sucias y sus rodillas desolladas. Al inclinarse, ve dos manchitas de sangre en los leotardos desgarrados. Querría que su madre llegase. Mamá y sus cálidos brazos, entre los que Meredith hundiría gustosa la cabeza para esconder las lágrimas.

Las cuatro y cuarto. Furiosa y triste, se sube la cremallera del anorak y se pone en marcha. Cruza la calle, rodea la iglesia y continúa a campo traviesa. Bordeará la linde del bosque hasta la granja de los Hanson. Luego subirá por el camino que serpentea hasta su casa. Un cuarto de hora de marcha andando despacio. El tiempo justo de planear su venganza contra esa imbécil de Jenny.

Ya está, ha llegado a la linde del bosque. Un bosque sombrío y húmedo. Un bosque encantado que se come a los niños: eso es lo que los mayores cuentan para que los colegiales vuelvan a su casa sin dar rodeos. Meredith no cree ni una palabra; ya tiene ocho años. Aun así, camina junto a la linde, sin adentrarse, atenta a las raíces que asoman. Incluso evita pisar la sombra de los árboles que la miran pasar y echa algún que otro vistazo entre las ramas bajas. Son viejos pinos negros con los troncos cubiertos de liquen, que huelen a musgo y a hojas secas. Placas de liquen se desprenden como jirones de piel muerta. Parecen árboles leprosos que estrangulan a los niños. Pese a haber cumplido ocho años, Meredith tiene miedo. Aprieta el paso. De repente, un gruñido sordo suena detrás de ella. Se detiene.

Al volverse, ve una forma negra agazapada entre la hierba. Un líquido ácido se extiende por el estómago de Marie. Es Carnicero, el perro de los Hanson, un viejo rottweiler medio ciego y más malo que la tiña. Se ha ganado que los niños del pueblo le den ese nombre a fuerza de agarrarles las pantorrillas entre los dientes cuando van a coger setas a los campos de los Hanson.

Hay algo raro en el comportamiento de Carnicero. Se diría que no reconoce a Meredith. Se diría que se ha vuelto… ¿loco? ¿Puede un perro volverse loco? Meredith no lo sabe. Clava la mirada en la boca de Carnicero. Tiene ganas de hacer pipí. Aprieta los muslos. La voz le tiembla.

—Tranquilo, Carnicero. Tranquilo, perrito. Soy yo, Meredith.

Pero Carnicero no escucha. Gruñe. Sus grandes músculos se mueven y se tensan. Sus patas traseras tiemblan de ira. Su pelaje negro se eriza en el lomo. Una nube de baba sale de su boca. Entonces Meredith comprende lo que ocurre.

—¡Socorro, mamá, Carnicero tiene la rabia! ¡Lo ha mordido un murciélago y quiere comerme!

Marie gime dormida. Carnicero va a atacar. Meredith se adentra en la espesura y aparta las ramas gritando, sin hacer caso de los tallos de zumaque que le abrasan las pantorrillas ni de las ramas que le azotan la cara. Solo oye al monstruo que le pisa los talones. Nota su aliento en la piel, y sus mandíbulas que se cierran sobre su pie. Tropieza y deja una de sus zapatillas entre los dientes de Carnicero. Inmediatamente se levanta y echa a correr de nuevo en línea recta. Con las manos a la altura de los ojos para apartar las ramas bajas, corre sin volver la vista atrás. Apenas nota que las zarzas cortan su pie desnudo. Sus bragas están mojadas. Corre llorando. Su boca está seca, ardiendo. Tiene miedo. Está triste. Está enfadada.

24

Meredith lleva mucho rato corriendo. Demasiado rato. El bosque es ahora tan tupido que la luz del sol casi no traspasa el techo de ramas. Hasta los sonidos parecen haber desaparecido. Meredith aminora la marcha, se vuelve. Nadie. Carnicero ha debido de dar media vuelta. O se ha escondido en algún sitio para esperarla. Sin aliento, la niña se arrodilla sobre una alfombra de musgo y deja correr las lágrimas. Llora durante un buen rato, se vacía de todo ese miedo que la paraliza. Luego se seca las mejillas y aguza el oído. Un murmullo de agua. Alza los ojos y ve un arroyo y un pequeño puente de piedra. Ha debido de llegar hasta el corazón del bosque. No conoce ese lugar ni ha oído hablar nunca de él. Está perdida. Pero, por el momento, eso le da igual: el miedo al bosque todavía no ha reemplazado al de los colmillos de Carnicero.

Arrodillada sobre el musgo, Meredith intenta ver el cielo por encima de los árboles. La luz del día se ha vuelto gris, el sol declina. Se dispone a levantarse cuando oye unos pasos que se acercan por los helechos. Marie, dormida, se sobresalta. El corazón de Meredith se desboca. Una nube de condensación escapa de entre sus labios entreabiertos. Marie nota la caricia rasposa del musgo bajo la palma de las manos de la niña y la quemazón de las espinas en su pie. Presta atención: son pasos de hombre. Marie se agita. «¡Corre, Meredith! ¡No te quedes ahí! ¡Levántate y corre!»

Pero Meredith está demasiado cansada. Vuelve los ojos hacia el hombre que se acerca. Su corazón, que había empezado a latir con fuerza, se calma de golpe. Lo conoce. No le cae bien, pero no le da miedo.

El hombre ya no hace ruido, camina sobre el musgo. Mientras Meredith lo mira, Marie frunce los ojos para tratar de distinguir sus facciones. Es alto y fornido. Lleva una chaqueta de cuadros escoceses con bolsillos. Un puñal cuelga de su cinturón, un cuchillo de cazador, cortante como una navaja de afeitar. Meredith mira las manos del hombre. Unas grandes manos callosas que tiemblan de excitación, se crispan y se relajan. El lobo feroz. «¡Por lo que más quieras, Meredith, levántate y vete!»

Curiosamente, Marie, que se agita dormida, llega a sentir cómo su propio miedo se insinúa en el cerebro de Meredith. Una pizca de angustia acelera la respiración de la chiquilla, las yemas de sus dedos están heladas. Su esternón se bloquea, su vejiga se contrae. Ya está, Meredith empieza a tener miedo otra vez. Las piernas le tiemblan de cansancio. Intenta levantarse, pero un calambre la hace tropezar. Va a caerse. El hombre está ahora delante de ella y la sujeta de un brazo. Meredith grita y se debate. El desconocido la agarra por la nuca y la aprieta contra sí. Su voz ruda salmodia:

—No tengas miedo, Meredith Johnson, hija mía. Papá está aquí.

La nariz de la chiquilla se aplasta contra el jersey que el hombre lleva bajo la chaqueta de cazador. Apesta a sudor y a sangre, el mismo olor que el padre de Jessica Fletcher la noche que se volvió loco. Un olor de niño muerto. Entonces Meredith se da cuenta de que va a morir. Muerde el jersey y rompe a llorar mientras nota que el olor se transforma en sabor. Luego golpea, da patadas y grita. Pero cuanto más se debate, más se cierran los brazos del hombre sobre ella.

—Hazle un mimo a papá, niña mala.

Marie siente que la mano del hombre se cierra alrededor del cuello de Meredith. La chiquilla se asfixia. Araña la mano que la estrangula, intenta hablar. Quiere pedirle disculpas al señor, prometerle que será buena, que no volverá a hacer tonterías nunca más. Luego, el destello de un puñal brilla sobre su cabeza y siente que el dolor estalla a lo largo de su columna vertebral. Una hoja glacial la atraviesa, una descarga eléctrica la alcanza en las piernas y los brazos, una oleada de sufrimiento. La hoja entra y sale, se hunde en su espalda, le rompe las vértebras, le corta las arterias y le desgarra los órganos. Meredith percibe la respiración del ogro contra su mejilla mientras la estrecha contra sí para apuñalarla mejor. Siente cómo la boca del ogro besa su cara, nota su lengua terrosa y fría sobre sus labios. Luego, un frío glacial la entumece y el dolor se aleja. El cuchillo sigue penetrando, pero ella ya casi no nota la mordedura de la hoja. Oye que unos pájaros cantan en los árboles, ve el arroyo y el pequeño puente de piedra. La luz del sol se atenúa. Meredith cierra los ojos. Ya no le duele nada.

25

0.20 horas. Marie continúa durmiendo. Un sueño pesado, sin recuerdos, como un cristal grueso colocado sobre una fosa donde gritan las víctimas de los asesinos en serie, un cristal blindado que ahoga los gritos, pero no las imágenes. Ve a Jessica Fletcher tumbada bajo el edredón empapado de sangre. Ve a Meredith tendida en el agua bajo el pequeño puente de piedra donde el FBI encontró su cadáver profanado. Meredith la mira y tiende hacia ella los brazos cubiertos de limo. A través del cristal blindado de los somníferos, Marie contempla a la niña. Tiene la boca abierta y el pelo cubierto de musgo. Pero no la oye gritar. No tiene más que cerrar los ojos y esperar que consiga despertarse antes de que el efecto de los medicamentos pase.

Marie detuvo al asesino de Meredith una noche de otoño. Se acordaba de los colores —amarillo y rojo—, del fango arcilloso que entorpecía el paso en los caminos y de los charcos que las últimas lluvias habían formado en las roderas, del olor de corteza y de Tierra mojada también. Una lluvia de hojas secas a la luz ocre del crepúsculo.

Hacía dos días que los agentes del FBI estaban emboscados cerca del pequeño puente de piedra. Dos días esperando y contando los minutos. Hasta que, la segunda noche, oyeron unos pasos. Los mismos pasos pesados que en la visión de Marie.

El conserje del colegio se había detenido al borde del arroyo para olfatear el aire, inmóvil, como si sintiera una presencia o supiera que la aventura acababa ahí. El final del camino. Había asesinado a otros tres niños en el espacio de una semana. La aceleración de la serie. Siempre es así cuando la pulsión ya no remite, cuando se apodera de la personalidad del criminal y se desborda como las aguas negras de una cloaca. Un frenesí que solo se aplaca con sangre. Cada vez más sangre.

En ese momento es cuando el asesino comete errores: sus crímenes son menos cuidadosos, menos ceremoniosos. Como el rito de un creyente que solo asiste al oficio por costumbre o por aburrimiento. Con la diferencia de que en este caso es imposible contener la urgencia por matar. Una dosis de heroína barata en las venas de un viejo drogadicto: al principio, el asesino en serie mata para sentirse bien; después mata para no sentirse mal, para no sufrir por la abstinencia. Siempre es en ese estadio cuando vuelve a los lugares de sus crímenes para tratar de recuperar parte del goce que sintió cuando matar todavía significaba algo. Y entonces es cuando lo atrapan. Fin de la serie.

Los agentes del FBI, con el asesino de Meredith en el visor de sus armas, gritaron las advertencias de rigor. El hombre se volvió con un esbozo de sonrisa en los labios y Marie distinguió el destello de una 357 de cañón corto apuntando en dirección a los francotiradores. Cuatro disparos restallaron en el aire frío. Con el rostro destrozado por los impactos, el criminal cayó de rodillas en el arroyo. Marie cerró los ojos. El ritual suicida del asesino en serie. Si el FBI tenía la suerte de conseguir atrapar al animal antes de que se matara, este acababa en la zona de alta seguridad de un centro penitenciario psiquiátrico, atado el resto de su vida a una silla situada detrás de un cristal antibalas, por donde desfilaban eminencias con bata blanca para tratar de penetrar los secretos de su cerebro. ¿Qué enigma empuja a un repartidor de periódicos, a un ex policía o a un clérigo a matar a niños y ancianas, a descuartizar cadáveres igual que se trocea una pieza de carne para cocinarla? El eslabón perdido que une el hombre a la bestia: simplemente, un plomo que se funde, un cortocircuito, una neurona que desbarra y manda una señal anormal a las demás neuronas. El inicio de la serie. Decenas de cadáveres hechos picadillo. Campos de lápidas fúnebres.

26

En el transcurso de los meses, las visiones nocturnas de Marie empezaron a contaminar sus días. Esos gritos y esas imágenes, que todavía no había aprendido a controlar, constituían una violación mental. Marie tardó en comprender que la mayoría de las veces se trataba de crímenes pasados o de asesinatos clasificados como casos sin resolver. Otra característica de los asesinos en serie, sin duda la más ingrata para los que los persiguen, es que, en ocasiones, mientras que su apetito aumenta desmesuradamente y los cadáveres se acumulan, las pulsiones de muerte que animan a esos predadores desaparecen de golpe. Otro cortocircuito en otra región del cerebro, y la serie aleatoria que han iniciado se interrumpe tan bruscamente como había empezado. El predador reanuda su vida normal y vuelve a ser lo que nunca ha dejado realmente de ser: un hombre sin sombra. No hay más que esperar a que la neurona enferma envíe una nueva descarga a la región equivocada del cerebro y a que los crímenes se reanuden en otro estado o en otro país. Entonces se puede reabrir el caso e intentar atrapar a la bestia antes de que vuelva a dormirse.

Era a uno de esos servicios de vigilancia donde Marie fue trasladada después de la muerte de Meredith. Una treintena de agentes y de psicólogos permanecían en contacto permanente con las comisarías y los depósitos de cadáveres de todo el mundo, a fin de detectar la reanudación de las series. Cada vez que se cometía un crimen inusual, se enviaban a ese servicio los informes de la autopsia con objeto de comparar el modo de actuar del asesino con los crímenes consignados en los expedientes: rituales, técnicas de descuartizamiento, escarificaciones, desollamientos, profanaciones corporales. La mano de los asesinos en serie. Con ese pequeño añadido, esa dispersión geográfica y esa precisión quirúrgica que forman parte de la firma de los asesinos itinerantes, además de esa ausencia total de indicios que también los caracteriza, reflejo de sus pulsiones controladas.

Así fue como Marie encontró el rastro de Harry Dwain, un asesino que intercambiaba los brazos y las piernas de sus víctimas. Brazos de mujer cosidos a torsos velludos. Muslos de hombre rodeando un sexo de mujer. La abyecta manía de Dwain.

Los crímenes se reanudaron en San Petersburgo dos años después de la brusca interrupción de la serie en las afueras de Chicago. Ese silencio fue tan largo que acabaron por creer que Dwain había muerto. Sin embargo, a fuerza de comparar las informaciones que le llegaban, Marie encontró otros cadáveres descuartizados en otros países. La bestia se había despertado. Cuatro víctimas en las húmedas callejuelas de Venecia; dos en un barco de crucero en la costa de Turquía; cinco en el golfo Pérsico;

otra más en Moscú, y la última en San Petersburgo, todas con miembros amputados y brazos y piernas de otras víctimas cosidos a su cuerpo. Lo que significaba que Harry Dwain había evolucionado del estadio de asesino en serie al de asesino itinerante: viajaba. La pulsión demente y arcaica del asesino en serie emparejada con la contención estudiada del asesino itinerante. Era un caso sumamente raro, y particularmente peligroso, de mutación mental.

Marie envió por fax el perfil completo de Dwain a las autoridades rusas, que dieron la orden de alerta máxima a todos sus servicios. Después se trasladó a San Petersburgo, donde sus visiones aparecieron de nuevo en un viejo cobertizo de barcas a orillas del Neva que apestaba a resina y cola de madera. Allí era donde la policía rusa había encontrado a la última víctima de Dwain y donde Marie revivió los últimos segundos de la vida de Irina, una prostituta anónima que había ido a buscar fortuna a los bulevares helados de la ciudad de los zares. La dentellada de la sierra cortando sus miembros. Los resoplidos de Dwain. La sierra rascando el suelo y la presión de las correas aflojándose. Una oleada de dolor. Y Marie que no llega a morir. Marie, que continúa viviendo cuando Irina ha dejado de vivir.

Dwain fue abatido dos días más tarde por la policía rusa en un tren nocturno con destino a Berlín. Después de aquello, Marie pidió un permiso, alegando que iría a descansar a California. Tenía que elegir: o eso, o una depresión de caballo y un suicidio a precio de oro con ansiolíticos. Santa Mónica, sus productores de cine, sus tiburones blancos y sus neuropsiquiatras de renombre. La sometieron a una batería de pruebas: escáner, resonancia magnética, Pet-Scan. Ningún tumor. Ni siquiera uno pequeño.

27

El veredicto le llegó en una clínica de Carmel, por boca del doctor Hans Zimmer, un viejo alemán chiflado que había estudiado psiquiatría para curarse a sí mismo. Este especialista de las regiones desconocidas del cerebro explicó a Marie que las visiones que padecía estaban emparentadas con un síndrome mediúmnico reaccional, una rara enfermedad que solo se observaba en algunas personas con politraumatismos craneales, como resultado de las secuelas de una conmoción suficientemente severa para alterar la estructura mental profunda. Como si dicha conmoción activara una región del cerebro que no debería haberse puesto nunca a funcionar, una de esas áreas sepultadas de las que la evolución humana se ha desentendido por razones misteriosas, o más bien una de esas zonas muertas que no estaba previsto utilizar antes de que pasaran miles de años. Unas zonas cerebrales vírgenes. Unas neuronas no unidas, inactivas, como miles de millones de pequeñas pilas completamente nuevas que esperan que las unan con ayuda de un hilo para liberar la corriente que contienen. El síndrome mediúmnico reaccional.

Zimmer explicó a Marie lo que debía de haber sucedido bajo sus bonitos cabellos negros. Convulsionado por el traumatismo, su cerebro había caído en un coma profundo para intentar reconstruirse. Había reactivado una a una las conexiones cerebrales interrumpidas. Miles de postes y kilómetros de cables. Una neurona para el color verde, una neurona para el color marrón, una neurona para la palabra «hoja», otra para la palabra «rama», otra más para la palabra «tronco». Cinco neuronas que vuelven a conectarse lentamente para almacenar de nuevo la imagen de un árbol visto en un bosque. Debía recuperar millones de imágenes y reconstruir miles de millones de recuerdos.

Así, poco a poco, en ese sueño profundo en el que no se filtra nada, las regiones cerebrales de la palabra, de la comprensión y de la memoria restablecen la corriente. Después vuelven a conectarse entre sí para realimentar el cerebro de imágenes y de recuerdos.

Pero, a veces, esas conexiones nuevas se establecen por error en algunas zonas prohibidas del cerebro: las que doblan las cucharillas sin ningún contacto manual, captan los pensamientos de otras personas, hacen girar las mesas y establecen comunicación con los muertos. O, todavía más chocante, las regiones cerebrales sin cultivar que te hacen ocupar el lugar de una niña víctima de un asesino en serie o de una prostituta descuartizada viva por Harry Dwain en un viejo cobertizo a orillas del Neva. El síndrome mediúmnico reaccional. Mala suerte.

Marie tardó seis meses en aprender a controlar sus visiones. En aceptarlas y comprenderlas. En distinguir las que pertenecían al pasado lejano de las que describían crímenes recientes. O en el momento de ser perpetrados: las peores. Después puso ese maldito don al servicio de sus misiones. Resultado: doce asesinos en serie y cuatro asesinos itinerantes detenidos en cinco años de visiones insoportables y de pesadillas repetidas. Sesenta víctimas mortales y dos niñas salvadas in extremis. Crías completamente destrozadas, atrincheradas de por vida en su silencio. Por eso Marie Parks pedía que le prescribieran somníferos. Y también por eso se los tomaba con un gin-tonic.

28

0.30 horas. El timbre del teléfono desgarra el silencio. Cuatro timbrazos estridentes. Marie se sobresalta. Tiene la boca seca, pastosa. El mal sabor de alcohol y de tabaco impregna su garganta. Descuelga sin decir nada. La voz de Bannerman suena en el auricular. Es el sheriff de Hattiesburg, en Maine, un tipo gordo que está perpetuamente sin aliento.

—¿Parks?

—No estoy en este momento, pero puede dejar un mensaje…

—Déjate de gilipolleces, Parks. Tenemos un problema.

Marie capta inmediatamente las vibraciones que hacen temblar la voz de Bannerman: el sheriff tiene miedo. Alarga el brazo para coger el paquete de tabaco de la mesilla de noche, enciende un cigarrillo y contempla el círculo incandescente que su extremo dibuja en la oscuridad.

—¿Parks?

El miedo de Bannerman intenta entrar en ella. Para ahuyentarlo, Marie da una calada. Un gusto de paja y de Tierra mojada invade sus pulmones. Nada de mentolado, ni de rubio, ni de falso negro, no, Old Brown, auténtico tabaco de vaquero, acre y caliente.

—Parks, ¿estás ahí?

No, Parks no está. Parks ha caído. Un pitillo en medio de la noche para ahumar a los muertos y… vuelta a dormir.

—¡Joder, Parks, no me digas que has vuelto a tomarte esas porquerías para sobar!

Las mismas vibraciones en la voz del sheriff, pero mucho más fuertes.

—¿De qué tienes miedo, Bannerman?

—Rachel ha desaparecido.

Un retortijón. Un amago de náuseas. Ya está, el miedo de Bannerman ha conseguido entrar. Marie siente cómo se extiende por sus arterias.

—¿Cuándo?

—Hace media hora. Perdieron su rastro en una de las carreteras que atraviesa el bosque de Oxborne. En el cruce forestal de Hastings. Un coche va hacia tu casa. Súbete en él y reúnete conmigo.

Silencio.

—¡Por el amor de Dios, Parks, no te duermas!

Marie cuelga y se queda unos segundos en la oscuridad escuchando el batir de la lluvia contra los cristales. El viento muge en los sauces llorones que bordean la calle. Se concentra. Rachel, una poli de unos veinte años, rubia y guapa, y temeraria. Exactamente igual que Marie a esa edad.

Rachel se presentó voluntaria para investigar unas profanaciones que habían empezado a multiplicarse de forma inquietante en los cementerios de la región: tumbas abiertas, ataúdes rotos y vaciados; decenas de cuerpos más o menos descompuestos que no aparecían por ninguna parte. Corría el rumor de que una secta satánica se había establecido en la región y necesitaba cadáveres para alimentar sus misas negras. Lo malo era que, aparte de las tumbas removidas y los ataúdes abiertos, la policía del condado no había encontrado ninguna inscripción cabalística, ningún pentáculo, ni tampoco frases en latín. En realidad, ni el menor indicio. Ni siquiera una huella de pasos en la Tierra blanda. Luego, las profanaciones cesaron tan bruscamente como habían empezado. Pero unas semanas más tarde, los que empezaron a desaparecer en las inmediaciones de Hattiesburg fueron los vivos. Cuatro chicas que no eran de la región desaparecieron de golpe, cuatro jóvenes solteras, sin amores ni relaciones. Y la investigación se la asignaron a Rachel.

La primera desaparición, la de una tal Mary-Jane Barko, no causó mucho revuelo. Al principio se creyó que, huyendo de un desengaño amoroso, se había marchado del condado para ir al otro extremo del país. Una semana más tarde desapareció Patricia Gray. Luego, Dorothy Braxton, y por último, Sandy Clarks. Las cuatro se habían evaporado sin dejar ni una sola palabra de despedida.

Y después, hacía tres días, unos cazadores encontraron unas prendas rasgadas y manchadas de sangre en la linde del bosque de Oxborne. Prendas de mujer: unos vaqueros, un jersey, unas bragas y un sujetador. Las que llevaba Mary-Jane Barko justo antes de desaparecer. No hizo falta más para que empezara a extenderse el rumor de que un predador rondaba por los bosques del condado de Hattiesburg y de que era él quien había robado los cadáveres de los cementerios. El pánico se propagó como las llamas y Rachel partió tras la pista del asesino antes de desaparecer a su vez.

Marie apaga el cigarrillo y entra en el cuarto de baño. Abre el grifo de la ducha y regula la temperatura para que el agua salga ardiendo. Luego se desnuda y se estremece bajo el chorro que le abrasa la piel. Cierra los ojos e intenta reunir sus recuerdos. Malditos somníferos...

29

La agente especial Marie Parks había comprado una casita en Hattiesburg, la ciudad que la había visto nacer, pero solo iba en vacaciones. Estando allí tuvo noticias del asesino por un artículo publicado en letra pequeña en el periódico local. Entonces llamó a Aloïs Bannerman para ofrecerle sus servicios. El gordo Bannerman...

Habían ido al mismo colegio y frecuentado las mismas plazas y la misma iglesia. Incluso habían flirteado en el asiento trasero de un viejo Buick que olía a estiércol de caballo y a tabaco. Un abrazo pegajoso y sudoroso, la lengua de Bannerman enrollándose alrededor de la suya después de haber comido un plato de chile en la barra de un bar tex-mex del centro de la ciudad. Luego Bannerman metió una mano entre los muslos de Marie para acariciarle el sexo a través de la tela de los vaqueros. La chica soltó un grito penetrante que retumbó en la boca de Bannerman. ¡No pensaba dejarse desvirgar en un coche de ocasión! ¡No de ese modo! ¡No como esas chicas de pueblo que cierran los ojos para no envejecer solas! Bannerman puso mala cara. Los hombres siempre reaccionan así.

Los años pasaron y Marie cambió Hattiesburg por los rascacielos de Boston. Estudió derecho en Yale y cursó un máster en psicología en Stanford. Después entró en el FBI, en la división especializada en la identificación y persecución de los asesinos en serie.

Doscientos setenta millones de estadounidenses, cuatrocientos millones de armas de fuego en circulación, campos de chabolas, McDonalds y guetos. Al lado de eso, edificios de bancos, mansiones de millonarios y clubes de golf detrás de muros de ladrillo para no ver el océano grisáceo de los barrios pobres. Un millón de asesinos en potencia. Había escogido un buen trabajo, con mucho futuro. En esa época fue cuando se especializó en perseguir a asesinos itinerantes.

En cuanto a Bannerman, se quedó en Hattiesburg para vigilar el negocio. Siguió atiborrándose de chile e intentando besar a las chicas en el asiento trasero de su viejo Buick. Tuvo éxito por lo menos una vez, pues acabó casándose con una tal Abigaïl Webster, una chica de pueblo sin atractivo de la que se había enamorado perdidamente. Desde entonces formaban una pareja triste y aburrida, era casi conmovedor. En su mesa había siempre un cubierto puesto para Marie cuando iba a pasar las vacaciones allí.

Mientras ella asistía a clase en el centro de entrenamiento del FBI, en Quantico, Bannerman se hizo sheriff. La elección estaba entre eso y cartero, peón o camionero. Sheriff, después de todo, estaba bien, y no era demasiado cansado: algunos robos de semillas en los graneros del condado, un par de bandas de jóvenes perseguidos por flagrante delito de aburrimiento y algunas peleas de borrachos en los bares sórdidos de Hattiesburg.

El sheriff tenía cuatro ayudantes bajo sus órdenes, unos alcohólicos anónimos que le eran fieles como viejos perros de caza. Y después estaba Rachel, una chica de la región, guapa y encantadora, que soñaba con ingresar en la policía federal. Rachel, que no podía estarse quieta desde que le habían asignado el caso de las cuatro desaparecidas de Hattiesburg. O más bien de las cuatro asesinadas, puesto que se había encontrado la ropa de la primera víctima en los húmedos bosques de Oxborne.

30

Rachel puso el grito en el cielo cuando Bannerman hizo amago de retirarla de la investigación para ponerla en manos de un inspector más aguerrido. Pero el sheriff debía de estar colado por ella, porque la joven consiguió cuarenta y ocho horas de tregua antes de que le quitaran el caso. Sin duda fue en ese momento cuando se le ocurrió la idea de hacer de cebo para el lobo feroz. La jugada de Caperucita Roja. Una idea disparatada.

Hay que tener en cuenta que en Hattiesburg un verdadero criminal era algo tan inesperado como el aterrizaje de un platillo volante. Así que un asesino —más aún, un asesino en serie— era el caso del siglo, la ocasión soñada por Bannerman para exhibir sus redondeces en los periódicos y por Rachel para ganarse el billete de ida a la gran ciudad y a la oficina de reclutamiento del FBI. Pero había que darse prisa, porque, incluso para un predador, Hattiesburg seguía siendo Hattiesburg: un gallinero muy poco poblado para un zorro hambriento. Sin contar con que resultaba evidente que el asesino no era de allí y que inevitablemente iba a empezar a moverse. Por tanto, era preciso atraparlo antes de que el sheriff de otro condado se llevara los laureles en lugar de Bannerman. Por eso Rachel se había lanzado al agua igual que un submarinista se sumerge en plena noche en medio de los tiburones.

Eso es lo que Marie presintió el día anterior al leer el periódico de Hattiesburg. Cuatro líneas encajadas entre un anuncio de champú al huevo y una oferta de empleo de encargado en la gasolinera Texaco, a la salida de la ciudad. El periodista anunciaba que acababan de encontrar más prendas femeninas en una papelera del bosque de Oxborne, las de Patricia Gray, la segunda desaparecida: ropa interior manchada de sangre y jirones de vestido; también trozos de uñas, como los que se encuentran en las grietas, incrustados en la roca, tras intentar escalar la pared de una montaña. Un terror animal que te empuja al límite de ti mismo. Para sentir semejante pánico, Patricia Gray tenía que haberse cruzado en el camino de un asesino itinerante. Marie lo supo cuando en los brazos se le puso la carne de gallina. Todo aquello era un mal asunto para Bannerman, cuya voz vibró de ira contenida cuando ella lo llamó para ofrecerle su ayuda.

—¿Por qué quieres jorobarme, querida Marie? Es una investigación local sobre un criminal local. Un violador y un asesino. Un tipo que oye voces y que se deja llevar por la polla. Así que vamos a tenderle una trampa para pollas y a esperar a que la meta dentro.

—Te equivocas, Bannerman; tu asesino es un culo de mal asiento. Es un tiburón de los grandes. Recorre las costas en busca de comida. Cuando encuentra un rincón donde abundan los peces, lo convierte en su territorio de caza y devora todo lo que hay. Luego, cuando ya no queda nada que comer, se pone de nuevo en marcha para buscar otro rincón lleno de peces. Es voraz. Se ha instalado en tu pueblucho y no lo dejará sin una buena razón. Eso forma parte de mi trabajo: dar una buena razón a los asesinos itinerantes para que se muevan.

—Es posible. Pero ese cerdo ha cometido el error de traer sus maletas a mi condado, así que es un asunto local.

—No digas tonterías, Bannerman. Que ese asesino viaje quiere decir que ya ha conseguido escapar de polis mucho más inteligentes que tú. Pide información a los sheriffs de otros condados; un tipo como ese deja tantas huellas en el depósito de cadáveres como un choque en cadena un día de operación salida de vacaciones.

—Parks, es mi caso.

—Tu caso, tu condado, tu asesino. Pareces un crío retrasado que le da la vuelta a una cortadora de césped en marcha para ver si también puede cortar las uñas.

Silencio.

—¿Sigue sin haber cadáveres?

—Estamos buscando.

—Te doy tres días.

—¿Y luego?

—No tendré más remedio que alertar a los federales.

—Vete a tomar por culo, agente especial Marie Megan Parks.

Primera conversación con Bannerman. Como arar en el mar. La noche anterior, Marie había cenado con él. Había llegado antes de la hora acordada, el tiempo justo para tirar discretamente de la lengua a Abigaïl antes de que llegara el sheriff. No había mucho que averiguar, aparte de que Patricia Gray, la segunda víctima, trabajaba de camarera en el Twister, un club nocturno de los alrededores. Cling. Mary-Jane Barko: camarera en el Campana, un bar de Hattiesburg. Dorothy Braxton y Sandy Clarks, víctimas números tres y cuatro, camareras en el Big Luna Drive y en el Sergeant Halliwell respectivamente. Cuatro chicas que trabajaban en cuatro bares nocturnos del condado de Hattiesburg. ¿De qué se trataba, entonces? ¿De un asesino de camareras? Después de todo, ¿por qué no? ¡Mierda! Con la cantidad de restaurantes, bares y clubes nocturnos que había en la región, si de verdad se enfrentaban a un maníaco de las camareras, iban a tener que excavar un cementerio del tamaño de un campo de béisbol.

31

Terminada la cena, Parks dio las gracias a los Bannerman. Después quiso dar un rodeo para pasar por el bar donde trabajaba Mary-Jane Barko, en el barrio sur; un lugar lleno de cobertizos de chapa ondulada, descampados y con una vieja serrería donde los vagabundos duermen entre los montones de tablas. En el Campana, el aparcamiento estaba abarrotado de camiones y de camionetas abolladas; la clientela se componía esencialmente de camioneros y de viajantes de comercio. Guirnaldas de bombillas intermitentes se zarandeaban bajo el viento glacial. En el interior, luz tenue, papel matamoscas y música country en sordina.

Marie se instaló en la barra y pidió una botella de tequila, un poco de sal y unos trozos de lima. El barman la acompañó; se echó sal en la palma de la mano y mordió la lima entre trago y trago. A la cuarta copa, empezó a hablar.

Mary-Jane Barko era una chica solitaria, bastante dócil, que no buscaba hombres por dinero. Esa información adquiría todo su valor dicha por un tipo que consideraba a las mujeres preservativos gigantes. La chica trabajaba en el Campana desde hacía un mes. Había bajado de un autocar Greyhound con una maleta y un pañuelo rojo en la cabeza. Según ella, venía de Birmingham, Alabama. Ni novios, ni amigos, ni pasado. Una de esas vidas que a menudo sirven de tapadera para los secretos más terribles. Había alquilado una habitación en casa de la vieja Norma, al final de Donovan Street, un tugurio en la parte alta. Nada más.

Tras la octava copa, el barman le preguntó a Parks si quería ir a comer unas alas de pollo al Kentucky Fried Chicken de Hattiesburg cuando terminara su turno. Ella le preguntó qué coche tenía. Una vieja camioneta Chevrolet. Parks lo miró chupando con la punta de la lengua los cristales de sal adheridos a sus dedos. El tipo creyó que eso quería decir que sí. Pero quería decir que no.

En el mismo momento, sin que nadie sospechara nada, Rachel se adentraba en las tinieblas. Había dejado un mensaje en el móvil de Bannerman con su celular desde el cruce forestal de Hastings. Había encontrado una pista, un camino oscuro que llevaba al corazón del bosque de Oxborne. Decía que dejaba su móvil conectado con el buzón de voz de Bannerman para que pudieran oírla. Rachel estaba llevando el tarro de miel a la abuelita.

En todo eso es en lo que Marie Parks piensa mientras intenta despertarse bajo el agua ardiente de la ducha. Aguza el oído. Alguien llama a la puerta. Ve los destellos de un faro giratorio a través del cristal esmerilado de la ventana del cuarto de baño.

Se seca y se pone unos vaqueros, un jersey de lana y un impermeable. Antes de salir, consulta el reloj del salón; son las 0.50. Hace casi dos horas que Rachel ha desaparecido. Marie intenta concentrarse en ella, pero es en vano: el bosque se ha tragado a Rachel.

32

El Chevrolet Caprice circula a toda pastilla con el faro giratorio encendido por las calles desiertas de Hattiesburg, levantando agua a uno y otro lado al pasar. El asfalto brilla bajo la tromba de lluvia y la luz mortecina de las farolas. Algunas sombras inclinadas sobre cubos de basura escapan al oír el rugido del V8. El crepitar incesante de la radio, el ruido regular de los limpiaparabrisas, el azote de la lluvia sobre el capó... Marie se muerde los labios para no dormirse. Las luces de Hattiesburg desaparecen de golpe. Una última farola, un último cartel: HATTIESBURG OS SALUDA. Marie ve que han tachado la última palabra para sustituirla por otra. HATTIESBURG OS JOROBA. No les falta razón.

Los faros del Caprice iluminan aún algunas granjas dormidas antes de que el vehículo se sumerja en la noche. Cuando sus ojos se han acostumbrado a la oscuridad, Marie distingue una línea todavía más oscura que se recorta a lo lejos: el bosque de Oxborne.

El conductor levanta el pie y se adentra con el Caprice en un camino de Tierra. Dando tumbos en los baches, los neumáticos levantan haces de agua embarrada. Marie se recuesta sobre el reposacabezas y contempla la luna que acaba de aparecer entre las nubes, una pequeña luna triste y sucia, como un reflejo de sí misma en un charco.

Pensativa, repasa lo que sabe del asesino de Hattiesburg. Poca cosa, en realidad. En cualquier caso, es un hombre: las asesinas en serie raramente matan a otras mujeres. Casi siempre matan a niños, a viejos, a hombres poderosos o violentos, pero prácticamente nunca a mujeres. A veces, a ancianas enfermas, pero en ese caso es más un asesinato por compasión que un crimen motivado por el odio.

Por tanto, un asesino caucásico. Un blanco que caza dentro de su propio grupo étnico. Nada más por el momento, a falta de cadáveres a los que practicar la autopsia, salvo que el asesino desnuda a sus presas y delimita su territorio dejando su ropa en la linde del bosque. Arranca su envoltorio, su aspecto distintivo. Les arrebata su estatuto de ser humano y las devuelve al estadio primigenio de la desnudez. Sí, eso es: las desnuda para anularlas mejor.

Para ese tipo de asesino, el envoltorio es una mancha, una mentira. Es un desollador. Va a la carne, al hueso. Pero la ropa no es más que la primera fase del despedazamiento. A continuación viene la epidermis: el asesino la arranca a jirones, o bien rasga la piel con ayuda de una cuchilla o de un ácido. Después la dermis, la piel profunda, y la carne que recubre los cuerpos, los tendones y los ligamentos; la escalda y penetra hasta el hueso. La cara también; saca los ojos antes de coser los párpados, raspa y frota los pómulos para borrar las arrugas y descomponer las facciones. Es un frustrado. Necesita tocar, poseer, apropiarse. Lo anima un odio devastador, tan grande que ya casi no lo siente. Pero, más allá de ese odio, lo que le aterra es la apariencia de sus presas, su propio reflejo en los ojos de ellas: sus víctimas son espejos que él quiere ensombrecer. Intenta disolverse en el anonimato de rostros ciegos. Un museo de cera. Luego, cuando sus muertas ya no tienen apariencia, les da otra menos aterradora para él: una peluca, un vestido, ropa interior. Les habla. Las castiga, las viola o las recompensa. Es todopoderoso. Es un coleccionista de cadáveres. La casa de las muñecas muertas. Primera hipótesis de trabajo. Falta encontrar la muñeca Rachel. Marie, que conoce bien a ese tipo de asesino, no se hace muchas ilusiones; nunca se sobrevive mucho tiempo a los caprichos del señor de las muñecas.

Una sirena suena en la noche. El vehículo aminora la marcha. Marie se incorpora y ve una línea de faros giratorios a lo lejos: el cruce forestal de Hastings.

33

El Caprice aparca al borde de la carretera, al lado del 4 × 4 de Rachel, una vieja camioneta Ford con los neumáticos gastados que la chica ha dejado allí antes de adentrarse en el bosque. Iluminado por faros de los otros coches de la policía, Bannerman espera bajo la lluvia. Marie se acerca a él y acepta el vaso de café que le tiende. Se fija en que una redecilla de plástico cubre el sombrero del sheriff y en que, cada vez que mueve la cabeza, el agua que se acumula en los bordes chorrea hasta sus botas. Unas gotas se deslizan también por su cara, como lágrimas.

Marie hace una mueca al tomar un sorbo de café. Quita la tapa de cartón y olfatea el brebaje. Huele a meados. Echa el resto del vaso al suelo y le pide un cigarrillo a Bannerman, que le pone uno entre los labios.

—¿No tienes uno negro?

—Los negros no me van. Lo mío son las negras. Y no para fumar, para tirármelas.

Marie enciende el cigarrillo con el mechero que Bannerman le tiende. Protege el extremo con la mano ahuecada y deja escapar un suspiro de humo en el aire glacial.

—¿Algún indicio?

—Poca cosa. Rachel ha descubierto una pista y ha decidido seguirla sola. Tenía una cita aquí. Me dejó un mensaje en el momento en que el tipo llegaba. Su móvil ha estado conectado hasta el final con mi buzón de voz.

—¿Y qué?

—Pues que el tipo en cuestión es nuestro asesino. ¿Quieres oírlo?

Marie no tiene ningunas ganas. Aun así, se acerca el móvil de Bannerman al oído. Después cierra los ojos y se concentra.

Un crujido. La lluvia repiquetea sobre la hojarasca. Unos pasos crujen sobre la grava. Silencio. Luego, la voz de Rachel suena en el aparato. Dice que tiene una cita con un informador. Tiene frío. Cierra la portezuela del coche y camina sobre la hierba por el borde de la carretera. Marie oye el chasquido de la tapa de un Zippo junto al auricular. Rachel arruga un paquete de tabaco vacío y lo tira.

Al oír el ruido del paquete que rebota sobre el asfalto, Marie apunta con la linterna hacia la carretera. Una bola de cartón rojo aparece en el haz luminoso. Marlboro. Con el móvil pegado a la oreja, Marie se aleja de Bannerman y sigue las huellas que Rachel ha dejado en el barro, caminando arriba y abajo mientras espera a la persona con la que ha quedado.

La voz de Rachel suena de nuevo. Dice que unos faros blancos se acercan. Marie siente que un escalofrío le recorre la espalda, el mismo escalofrío que ha sentido Rachel al ver acercarse el coche. Rachel dice que guarda el móvil en el bolsillo superior. Suenan unos «bip» en el oído de Marie: Rachel sube el volumen a tope. El roce del aparato contra la tela. La cremallera del bolsillo que se cierra. El repiqueteo de la lluvia sobre su impermeable. Ahora, Marie capta los latidos del corazón de Rachel. Un corazón de chica palpitando a mil por hora. El rugido de un viejo V8 aumenta en el auricular. El coche pasa por delante de la chica y se para unos metros más allá.

Marie alumbra con la linterna las huellas que el desconocido ha dejado al acercarse al arcén. Un 4 × 4 grande, tipo Chevrolet o Cadillac. Rachel informa de que es un Dodge. Un modelo antiguo de color azul. Dice también que la matrícula está cubierta de barro y que solo distingue unas letras.

El chasquido de una portezuela al cerrarse. El corazón de Rachel empieza a palpitar más fuerte: el desconocido se acerca. La chica describe un abrigo largo de piel negra y una especie de capucha que oculta su rostro. Como esas ropas que llevan los monjes.

Rachel tiene miedo. Marie no sabe por qué, pero tiene miedo. De repente, lo entiende: el hombre camina sobre la franja de grava que bordea la carretera, y sin embargo, sus botas no hacen ningún ruido, como si solo rozara la grava al andar. Sí, exacto: Rachel dice que las botas del hombre no hacen ningún ruido al pisar la grava. Después susurra que no puede seguir hablando: el tipo está muy cerca. Tal como Rachel ha debido de hacer, Marie dirige la linterna hacia el desconocido que se acerca. Un chisporroteo. Rachel susurra bajando la cabeza para acercar los labios al bolsillo donde ha metido el móvil. Está asustada.

—Dios mío. La luz de la linterna no ilumina su cara. Veo sus ojos, pero no tiene cara.

Una voz cavernosa como una tos. El desconocido dice algo que Marie no entiende. Luego, Rachel profiere un grito penetrante y echa a correr. En el móvil de Bannerman suenan ruidos de ramas partidas. La joven se adentra en el bosque, corre hacia delante. El resoplido de su respiración prácticamente cubre el ruido de sus pasos sobre la hojarasca. Está aterrorizada. Grita que el hombre lleva un cuchillo, que la persigue. Olvidando que está hablando a un buzón de voz, le pide a Bannerman que envíe refuerzos urgentemente.

Marie dirige el haz de luz de la linterna hacia la linde del bosque. Arbustos pisoteados y ramas partidas: por ahí es por donde Rachel se ha adentrado en las tinieblas. Por ahí se adentra también Marie, bajo las pesadas ramas que chorrean lluvia. Su linterna ilumina la pista que Rachel ha abierto entre los helechos. En el móvil, Rachel grita. Cae pesadamente sobre la hojarasca, se levanta y echa de nuevo a correr gritando. Se vuelve y dice que el hombre está detrás de ella. Dice que camina, que no corre y que, sin embargo, está justo detrás de ella.

—¡Dios mío, Bannerman, voy a morir! ¿Me oyes, Bannerman? ¡Hostia puta, estoy segura de que voy a morir!

El corazón de Rachel late en el oído de Marie. Su respiración silba a través de sus sollozos. Intenta calmarse: sabe que, si se deja dominar por el pánico, está perdida. Da zancadas más largas. Expulsa el aire por la boca como una velocista. Marie cierra los ojos. Esto no es un sprint, Rachel. Es una carrera de resistencia. La ganadora irá a descansar a una playa de arena blanca en Hawai. Zumo de piña, cócteles, surf. Para la segunda no hay sitio en el podio. Simplemente una puñalada en el vientre y una paletada de guijarros sobre la tapa de un ataúd.

Rachel se cansa. Cae de nuevo. Se ha hecho daño. No puede más. Tiene el pelo empapado. Unos mechones cubiertos de barro danzan ante sus ojos. Se vuelve y profiere un interminable grito de terror.

—¡Bannerman! ¡Este cabrón no corre y no consigo dejarlo atrás! Dios, ¿qué está pasando? ¿Por qué no consigo dejarlo atrás?

Rachel desenfunda su automática y dispara cuatro tiros a ciegas. Exclama: «¡Mierda!». Busca el arma a tientas en el barro. Grita. El hombre está sobre ella. La golpea en la cara. La golpea en el vientre. Le da patadas en el sexo. Todavía no la apuñala. Quiere jugar.

Rachel intenta defenderse. Alarga los brazos y las manos para protegerse la cara. Marie oye crujir sus huesos al recibir las patadas del asesino. El ruido del cuero contra la piel, el chasquido de las articulaciones y de los ligamentos que ceden. El tipo está dejándola tullida para asegurarse de que no se le escapará.

Rachel profiere un gruñido de dolor. El hombre le habla mientras la golpea. No grita. No está furioso. Incluso habla en tono suave, casi cálido. Marie aguza el oído para oír qué dice. Capta algunas palabras, una mezcla de latín y de dialectos olvidados. Una lengua muerta.

Rachel ya no grita. Sin embargo, el hombre continúa golpeándola: en el vientre, en la cara y en las costillas. Le destroza el cuerpo, pero no quiere matarla. Todavía no. Tiene mucho tiempo por delante. Uno de los golpes alcanza a la chica en el pecho. El móvil se rompe con un ruido de plástico rajado. Una señal sonora retumba en el auricular de Marie. Fin de la grabación.

34

Marie ha cerrado los ojos. Todavía oye los gritos de Rachel en medio de las ráfagas de lluvia que azotan su impermeable. Se vuelve hacia Bannerman, le pide una radio y se mete un auricular de infrarrojos en el conducto auditivo. De esta manera, si se ve obligada a separarse de la radio, seguirá oyendo los mensajes del sheriff.

—¿Vas a hacernos uno de tus numeritos?

Marie mira fijamente los ojos azules de Bannerman.

—¿Es eso lo que quieres que haga?

—Si de verdad puedes ver cosas tocando los troncos de los árboles o husmeando las corrientes de aire, es nuestra única posibilidad de encontrar a Rachel. O sea que sí, es eso lo que quiero.

—Vale. Necesito ir veinte minutos por delante para no emborronar la pista. Vosotros os pondréis en marcha cuando yo os dé la señal. No intentéis alcanzarme antes de que os lo diga.

—¿Estás de coña?

—¿Tengo cara de estarlo?

—¿Y si el asesino está todavía aquí?

—Está todavía aquí.

Mientras se adentra en el bosque, Marie pone el volumen de la radio al mínimo para mantener la voz de Bannerman en sordina en el auricular. Él la insta a no cometer imprudencias y a marcar su recorrido con las briznas de lana roja que acaba de darle. Hay emoción en ese vozarrón cargado de tabaco. Pena y remordimientos. Bannerman se aclara la garganta, busca las palabras. Añade que no quiere que se pierda. Marie, tampoco. Aprieta el paso.

35

En el corazón del bosque, la agente especial Marie Parks cierra los ojos y escucha cómo caen las gotas de lluvia sobre el plástico de su capucha. El agua resbala a lo largo del impermeable y se cuela en sus botas. Un viento glacial curva la copa de los árboles y levanta remolinos de hojas. Marie alza los ojos hacia los trozos de cielo que aparecen entre las ramas. Un ejército de nubes negras se abalanza hacia la luna.

Marie se concentra. Crujido de los troncos bajo las ráfagas de viento. Repiqueteo sordo de la lluvia. Murmullo de los helechos. Nada más. Suspira. Hace media hora que anda a tientas en medio del frío y la oscuridad. Media hora marcando su recorrido con briznas de lana y siguiendo una pista que ya no lleva a ninguna parte.

Un agujero de cielo gris en la negrura del bosque. Marie acaba de llegar a un claro lleno de robles talados que los explotadores forestales han descortezado antes de apilarlos. Olor de serrín y de savia, la sangre de los árboles. Marie intenta captar olores anteriores: la piel de los árboles, de los millones de troncos negros y nudosos, de los miles de millones de ramas, efluvios de musgo y de podredumbre, el aliento de la Tierra blanda que digiere los cadáveres y los árboles muertos. La noche. El silencio ensordecedor del bosque.

Distingue los contornos de una mesa para excursionistas; es de madera tosca y rugosa, apenas cepillada. Se sienta. Bajo la yema de los dedos, identifica muescas e inscripciones grabadas con un cuchillo: una fecha y un nombre. Marie nota que un hormigueo le recorre los brazos y las piernas. Su ritmo cardíaco aumenta a ciento veinte pulsaciones por minuto. Una visión. Cierra los ojos.

Flash.

Hace bueno, casi calor. El sol brilla. Grandes nubes blancas flotan en el cielo. Huele a polen y a hierba fresca, a ortigas, a menta y a zarzas cargadas de moras. Marie está sentada a la mesa. La brisa templada hace cosquillas en las aletas de su nariz. Unas abejas zumban en el aire inmóvil. También huele a savia de pino y a piedra caliente. Voces de niños a lo lejos. Marie abre los ojos. El claro ha desaparecido. Entre los árboles, a los que solo les quedan unas temporadas de vida, hay un mantel rojo extendido sobre la hierba. Una familia está comiendo, una pareja y dos niños. Sus rostros se ven borrosos, como si estuvieran cubiertos por una capa de plástico transparente que difuminara sus rasgos. Sus siluetas se evaporan. Marie toca la mesa. El nombre y el corazón han desaparecido. Sus dedos se crispan.

Flash.

Invierno. Nieve. El aire es cortante; el cielo, turquesa, profundo. Los olores cálidos se han desvanecido; tan solo persiste el frío, el hielo y el viento, olores azules. Unos ladridos suenan en el sotobosque. Unas voces responden. Marie abre los ojos y ve que unos cazadores surgen de la espesura; dos colosos con cazadora forrada de piel y pasamontañas. Responden a los gritos de los ojeadores, que resuenan a lo lejos. Crujidos de ramas. Un ciervo surge de una arboleda. Dos disparos restallan en el aire helado. El animal se desploma, herido. Sus pezuñas rascan el suelo. Su pelaje se empapa de sangre.

A través del vaho blanco que escapa de sus fosas nasales, el ciervo mira a Marie. Sabe que está allí. Los cazadores se acercan. Uno de ellos apoya la bota en el costado del animal y le pone el cañón del arma detrás de la oreja. Una lluvia de sangre salpica la nieve. Los ojos del animal se inmovilizan. Las uñas de Marie se clavan en la madera.

Flash.

Las estaciones se suceden. Los árboles crecen y las ramas se alargan. Marie ve cómo sus hojas amarillean y caen, empujadas por los brotes que se abren y liberan otras hojas. Marie alza los ojos. Las nubes se desplazan a toda velocidad por el cielo. Los días y las noches desfilan. El rojo del crepúsculo y el azul oscuro que sigue. Luego, como un corazón que se detiene, el tiempo disminuye de velocidad. Un latido más, un pestañeo, unos días que pasan, unas horas, minutos y después segundos. Unas gotas empiezan a repiquetear sobre el impermeable de Marie. La lluvia. El claro. El barrizal. Bajo sus dedos, las inscripciones han reaparecido. Falta media hora para la llamada telefónica de Bannerman. Solo queda esperar.

36

Un crujido de ramas secas. Una sensación de miedo, ardiente como el ácido. Marie se vuelve y ve una silueta clara que pasa entre los árboles. Una silueta desnuda, titubeante, al límite de sus fuerzas: Rachel. Está aterrorizada. Marie siente su terror en ella. La silueta se recorta a la luz de la luna. Rachel se aproxima. Se detiene muy cerca de Marie y apoya las manos en la mesa. Ya no grita, ya no tiene fuerzas para hacerlo. Se inclina para recobrar el aliento. La lluvia cae sobre sus hombros. Sus brazos y sus piernas tiemblan de cansancio. Los cabellos empapados ocultan su rostro. Con los ojos anegados de lágrimas, Marie contempla las manos de Rachel, sus dedos retorcidos y rotos por las patadas que ha recibido, sus uñas en carne viva.

Un ruido a lo lejos. Rachel se yergue y escruta la oscuridad. Su cara está ensangrentada, sus labios tumefactos se entreabren. Marie alarga una mano para tocarle el brazo. Nota su piel helada bajo los dedos.

Flash.

Ya está, Marie se ha metido en la piel de Rachel. Está desnuda como ella. Como ella, tiene frío. Nota las agujas de pino bajo sus pies. Gime al sentir las heridas de Rachel que se abren una a una en su piel. Le duele la boca y el sexo. Un dolor atroz que le retuerce las entrañas.

Flash.

El monstruo ha alcanzado a Rachel doscientos metros antes del claro. Ha terminado de golpearla. Se tumba encima de ella y rasga su ropa. La espalda desnuda de la joven se hunde en la Tierra blanda. En su interior entra barro junto con el sexo del monstruo. El asesino la posee embistiendo con todas sus fuerzas contra su pelvis, que se hunde en el fango. La viola y le rompe los dientes a puñetazos. Después eyacula dentro de ella y la deja huir. Es un gato: quiere jugar.

Flash.

Rachel se ha levantado. Ha hallado fuerzas para echar de nuevo a correr. Grita mientras corre entre el barro y las zarzas. La sangre que mancha su rostro la ciega. Vislumbra el claro a lo lejos. Detrás de ella, el asesino camina; deja que coja un poco de ventaja. Tiene tiempo. La cacería no ha hecho más que empezar.

Otro ruido, mucho más cerca. Marie se sobresalta. Sus dedos se alejan de la piel de Rachel. El contacto se ha interrumpido. Se reintroduce en su cuerpo. Sus dientes rotos se reconstruyen, sus labios tumefactos se deshinchan y las heridas que abrasan su sexo se cierran. La caricia de la ropa en su piel. Marie mira a Rachel, cuyos ojos se agrandan a causa del terror y que gime en voz muy baja, como si hablara a Marie:

—Dios mío, no consigo escapar.

Rachel se aleja. Su silueta se desdibuja entre los árboles. El repiqueteo de la lluvia. El silencio. Alguien anda sobre la hojarasca. Marie se vuelve. Otra silueta se recorta en la oscuridad, una silueta tan grande y tan sombría que a su alrededor la noche parece menos oscura. Es la noche entera lo que avanza hacia ella. El señor de las muñecas. Marie percibe el mal absoluto de su alma. Está tranquilo. Sabe que su presa no tiene ninguna posibilidad de escapar. Se acerca. Está ahí.

El asesino lleva un abrigo de cuero y guantes. Una amplia capucha de monje oculta su rostro. De pronto, cuando se disponía a proseguir su camino, se detiene junto a la mesa donde Marie, sentada, lo mira. Duda. Ha percibido algo. Olfatea. No. Husmea. Es un predador. Marie quiere cerrar los ojos para interrumpir la visión. Demasiado tarde. Sin dejar de husmear, el hombre se vuelve hacia ella. Sus hombros se agitan. Un hilo de aliento escapa de entre sus labios. «No, es una risa. ¡Lárgate, Marie!»

El hombre la mira. Ella percibe la negrura de su alma, siente cómo se insinúa en su mente. Intenta penetrar en ella para averiguar quién es. Un voz escapa de la capucha, una voz muerta que se expresa en una lengua desconocida. Innumerables preguntas resuenan como ladridos en el cerebro de Marie, chocan las unas con las otras y se enredan. El hombre está furioso. Pero Marie nota que despunta otra cosa bajo esa cólera: un sentimiento que el asesino intenta disimular. De repente, comprende lo que ocurre: el hombre tiene miedo. Apenas una gota de miedo en medio del océano de su cólera. Un sentimiento tan extraño en la negrura de ese corazón que hiela la mente de Marie. La cólera y el miedo, los dos componentes del odio. Entonces, comprendiendo que no se puede esperar nada de un asesino así, Marie se concentra con todas sus fuerzas para impedir que viole su mente. Pero el hombre es mucho más poderoso que ella. Las resistencias mentales de Marie están a punto de ceder cuando un grito lejano desgarra el silencio. Rachel ha caído. Rachel se ha herido.

El asesino se pone de nuevo en marcha. Tiene hambre. Los dedos de Marie se crispan sobre la madera de la mesa. La visión se interrumpe. La última imagen estalla como un cristal. El repiqueteo de la lluvia. El rugido del viento.

37

Marie se dobla por la cintura y vomita. Le pasa siempre después de una visión. Una puñalada. El estómago que se contrae y expulsa el terror acumulado por las imágenes. Luego el dolor se difumina. Quedan la migraña y el miedo.

Rachel ha pasado por el lugar donde ella se encuentra en este momento. Ha cruzado el claro y ha desaparecido por el otro lado de los árboles. Marie se levanta y echa a correr. Con los brazos delante de la cara para protegerse de las ramas, corre en la oscuridad. Rachel ha rozado este árbol, que todavía conserva la huella de su recuerdo. Ha tocado este otro tronco. Se ha detenido frente a ese. Marie se apoya un instante en él y cierra los ojos.

Flash.

Rachel no puede más. El cansancio hace silbar sus pulmones. Le duele todo. Tiene ganas de morir. Intenta detener los latidos de su corazón. Las hormigas hacen eso cuando no pueden escapar del predador que las persigue. Pero Rachel no lo consigue. ¡Maldito corazón que no deja de latir! Un ruido detrás de ella. Sofoca un sollozo y echa de nuevo a correr. Su piel mojada brilla débilmente entre los árboles.

Al igual que Rachel, Marie ha reanudado su carrera ciega a través del sotobosque. Siente que el terror le anquilosa las piernas y le corta la respiración. Un chisporroteo y la voz de Bannerman suena en el auricular:

—Marie, ¿me recibes?

Ella no contesta. Corre. Sigue un sendero arenoso que los pies de Rachel han encontrado y por el que puede correr más deprisa. Distingue las huellas de los pies desnudos de la joven. Corre tan deprisa como puede. Sus tobillos se tuercen en la arena blanda. De repente, Marie tropieza en la raíz de un pino y cae de bruces ahogando el grito que estalla en su pecho. Es ahí donde Rachel ha caído. Ahí, donde se ha roto el pie y ha gritado de dolor. Los dedos de Marie se crispan sobre la arena.

Flash.

Rachel no puede seguir corriendo. Ha perdido. Se vuelve y ve la silueta del predador que avanza por el camino. Ve el destello blanco del puñal que lleva en la mano enguantada. Entonces empieza a excavar en la arena sollozando, intenta sepultarse. Llama a su padre. Le suplica que vaya a salvarla. Se acuerda de un día que quedó atrapada en el sótano, sin luz, y de los monstruos que reptaban hacia ella, de aquellos dedos que la agarraban de los tobillos y de aquellas arañas que trepaban por su pelo. Fue su padre quien encendió la luz y la cogió en brazos. Los brazos musculosos de su padre, su agradable olor a colonia. Es a él a quien Rachel pide ayuda mientras la bota del asesino aplasta su cara contra la arena. Suplica. No quiere morir. Pero el asesino no la escucha. Ya ha dejado de jugar.

Tendida sobre la arena, Marie ha cerrado los ojos. Ahí es donde el rastro de Rachel se pierde. Como si el bosque la hubiera engullido. La voz jadeante de Bannerman suena de nuevo en el auricular:

—¡Mierda, Marie, dime qué está pasando!

Ella abre los ojos. No puede más. Un alba brumosa ilumina el bosque. Ve una mancha roja en la arena. La toca y se acerca el dedo a los labios. Sangre. Coge el micrófono:

—Todo en orden, Bannerman. Seguid manteniéndoos a distancia, continúo tras la pista.

38

Marie hace una mueca al sentir que el dolor estalla en su tobillo. Se afloja los cordones y se ata un pañuelo alrededor de la articulación. Después deja caer lentamente el peso de su cuerpo y, al constatar que el dolor ha cedido, vuelve a dirigir la atención hacia los charcos de sangre. Ahí es donde el rastro de Rachel se interrumpe. Ahí es donde se ha evaporado. Marie examina la marca que el cuerpo de la joven ha dejado al caer de bruces sobre la arena. Roza la cavidad que su rostro ha dejado cuando el asesino le ha aplastado la cabeza con la bota. Sangre y lágrimas.

Avanza unos pasos por el sendero y se inclina para observar las profundas y regulares huellas que las botas del asesino han dejado en el suelo después de haber alcanzado a Rachel. Las examina con la yema de los dedos: primero el talón, ancho y nítido; luego la suela, que se extiende, y la punta, que se hunde y proyecta una lluvia de arena sobre el resto de la huella. El hombre camina dando firmes zancadas. Sabe adónde va.

Marie repara en que las huellas del pie derecho son más profundas que las del pie izquierdo. Sigue el rastro. De vez en cuando aparecen gotas de sangre. Cierra los ojos: el asesino transporta a Rachel. Todavía no está muerta. La lleva a su antro.

Un faisán surge de entre la maleza y desaparece en el cielo bajo. La llamada de un cuclillo suena a lo lejos. El toc-toc de un pájaro carpintero atacando un tronco hueco. El bosque despierta.

Marie sigue el sendero hasta el pie de un viejo roble, donde las huellas se interrumpen. Ahí es donde el asesino se ha apartado del camino. Ve a través de los árboles una iglesia en ruinas. Algunas cruces de piedra cubiertas de musgo emergen de la bruma. Desenfunda su arma y saca el cargador para verificar que está lleno. Colocadas en su depósito, las balas brillan débilmente en la penumbra. Marie quita el seguro. No puede seguir corriendo, pero todavía puede disparar. Una vocecita le susurra que un arma es completamente inútil contra un asesino de ese tipo. Se niega a escucharla. Después de atar una brizna de lana roja a una rama, se aparta del sendero y se aventura bajo los árboles.

39

La bruma rodea a Marie. Ruido de chatarra. Uno de sus pies acaba de engancharse en un alambre de espinos. Aparta el obstáculo de una patada, rodea un seto de zarzas y llega a una alameda que serpentea entre las ruinas. Viejas piedras lisas cubiertas de musgo. Los pasos de Marie resuenan sobre las baldosas. Acaba de llegar al atrio de la iglesia; cruza el cúmulo de escombros que marca el lugar donde se alzaba el pórtico. Un viejo Cristo comido por la herrumbre la mira pasar.

En el interior, un resto de estructura ennegrecida deja penetrar el resplandor de las estrellas. El suelo está alfombrado de bancos carbonizados y reclinatorios carcomidos. Huele a moho y a carbón vegetal. Marie cierra los ojos y capta el eco lejano de los gritos que todavía invaden el lugar. Se acuerda de un viejo artículo de periódico que encontró en el desván de sus padres. Navidad de 1926. La noche en que la estructura se derrumbó sobre los asistentes durante la misa mayor; trescientos fieles entonaban el avearía en el momento en que la vieja caldera de la iglesia explotó. Las llamas se propagaron a las colgaduras de terciopelo que cubrían los muros; luego, la hoguera devoró la estructura antes de caer sobre la multitud. Hombres con levita y mujeres empolvadas pasaron por encima de los ancianos para precipitarse hacia las pesadas puertas de roble, que el vigilante del cementerio había cerrado con pestillo a fin de evitar que los niños armaran jaleo en el atrio. El griterío de las almas calcinadas.

Marie abre los ojos. Los gritos han cesado. Oye que el viento silba a través de la estructura. Un montón de hojas secas forma un remolino entre los reclinatorios volcados. Silencio.

Avanza entre los escombros de la iglesia. El haz de luz de su linterna barre el suelo cubierto de hollín, de trozos de chatarra, de cadáveres de murciélago y de fragmentos de cristal. De pronto, unas gotas de sangre fresca sobre la piedra. Marie se concentra y capta un murmullo de agua lejano; agua de lluvia que fluye en las profundidades. Rodea el coro y se dirige hacia una especie de rectángulo oscuro que se recorta al fondo de la iglesia. Una colgadura..., ahí es donde las gotas de sangre se interrumpen. Marie la aparta con la yema de los dedos y apunta con la linterna hacia el otro lado, pero las tinieblas son tan densas que el haz de luz tiene dificultades para iluminarlas. No obstante, Marie distingue una escalera que desciende en la oscuridad. Se inclina y recibe, como si fuera un puñetazo, el soplo mohoso que escapa de las profundidades. Incienso y carne muerta, el aliento de las tumbas antiguas. Un hedor dulzón que le revuelve el estómago. Lucha un instante contra el terror que se apodera de su mente. Sobre todo, no debe ceder a ese miedo. El auricular chisporrotea, y la voz de Bannerman suena en sordina, lejana y entrecortada.

—Marie..., hemos llegado al claro... ¿Dónde están las señales?

Chisporroteo. Interferencias.

—¡Joder, Marie!, ¿en qué dirección has ido?

Marie susurra en la radio:

—He encontrado una escalera.

—¿Qué? Te recibo muy mal. ¿Qué dices que has encontrado?

—Una escalera en las ruinas de una iglesia.

—Pero, por el amor de Dios, Marie, ¿dónde has puesto las señales? Tienes que parar y esperarnos. Hay algo que no encaja. Es demasiado sencillo.

Bannerman se ha puesto a correr. Busca una señal del paso de Marie; no la encuentra. Sin aliento, grita a través de la radio:

—¡Mierda, Marie, es una trampa! ¿Me oyes? ¡Estoy seguro de que es una maldita trampa!

Pero ella ya no lo oye. La vieja colgadura polvorienta se ha cerrado a su espalda.

40

Marie baja los peldaños con cuidado para no resbalar. A su alrededor, el aire, inmóvil, tan denso que tiene la impresión de respirar a través de una bolsa de plástico, está saturado a causa del hedor de la carne muerta. Hace calor. Unas gotas de agua repiquetean en el silencio.

Marie oye en la oscuridad cosas que se mueven, se reúnen y se acercan. Sus dedos rozan las paredes. Se estremece al tocar unas telarañas. Cierra los ojos y tararea una cancioncilla para no ceder al pánico. Un ruido encima de ella, un frufrú. El rascar de innumerables patitas articuladas que corren por el techo. Levanta la cabeza en el momento en que una cosa velluda aterriza sobre su cara y se agarra a ella. Unas patas duras y sedosas se agitan sobre sus labios, le arañan la mejilla. Marie reprime un grito y da un manotazo al bicho, que se suelta. Luego apoya la punta del pie en el peldaño siguiente y nota que la suela se hunde en algo blando. La cosa se retuerce bajo su pie antes de reventar como un fruto maduro. A Marie se le hiela la sangre. Algo hormiguea en el techo y bajo sus pies: cuerpos blandos y pegajosos que tratan de agarrarse a su pelo, patitas duras que corren por las paredes para morderle las manos. Un nido de tarántulas. Avanza sobre las arañas que pululan por los peldaños y profiere gemidos de terror agitando los brazos para quitarse de encima las que se agarran a sus muñecas. Devoradoras de cadáveres. Sobre todo, no caer.

A medida que baja, el olor de cadáver en descomposición se intensifica. Las paredes parecen moverse bajo sus dedos mientras puñados de parásitos se acumulan en sus mangas. Ha llegado a las entrañas de la Tierra. La Tierra que devora a los hombres. Tiene la impresión de que lleva horas allí, ni siquiera sabe ya si sube o si baja. Pero ¿cómo puede alguien perderse en una escalera?

Bajo sus pies, el suelo se vuelve plano. Marie acaba de llegar a una especie de galería subterránea. El pavimento es liso y está embaldosado. Aprieta el paso para alejarse lo más deprisa posible de la boca oscura de la escalera. A lo lejos, ve la luz amarilla de una antorcha.

Dejándose guiar por esa luz como una mariposa en las tinieblas, avanza a tientas por la galería. El olor de pudridero se vuelve cada vez más asfixiante. Marie tiene la sensación de que avanza en medio de una espesa niebla que impregna su ropa y gotea hasta el fondo de su garganta.

A medida que se acerca al halo de la antorcha, empieza a distinguir el brillo de la humedad en el suelo y la grisura de las paredes. También distingue la cabellera que forman las raíces que se han abierto paso a través de las piedras del techo. Al bajar los ojos, ve unas gotitas de sangre fresca sobre las baldosas. Por eso las arañas estaban desenfrenadas: han percibido toda la sangre que manaba de Rachel mientras el asesino la transportaba por la escalera; han percibido ese olor de carne fresca y se han precipitado sobre ella para beberla. Marie está temblando. Sabe que las arañas no la dejarán salir.

Ya está, por fin ha llegado a la luz. Al final de la galería, una puerta de calabozo provista de pesadas barras de hierro. Marie la empuja. La puerta chirría al girar sobre sus goznes. Y la antorcha oscila al recibir la corriente de aire templado que escapa por el hueco.

41

Marie acaba de entrar en una amplia cripta. El resplandor vacilante de cientos de velas medio fundidas proyecta unas sombras alargadas que parecen flotar sobre las paredes.

Todavía cegados por la oscuridad de la escalera, los ojos de Marie empiezan a acostumbrarse a la movediza penumbra de la cripta. Frente a ella, una nave pavimentada con mosaicos, y a uno y otro lado, dos hileras de bancos de madera. Entrecerrando los ojos, Marie distingue unas formas sobre los reclinatorios. El corazón le da un vuelco: hay personas arrodilladas en la cripta, inclinadas, con las manos juntas, desplomadas las unas sobre las otras. Son cadáveres descompuestos de cabellos largos y uñas ganchudas, notables con levita y ancianas resecas que llevan bolsos de mano, rosarios y misales polvorientos. La misa de los difuntos. De aquí procedía el pestilente hedor.

Marie recorre la nave central. Sus pasos resuenan en el silencio, sus manos tiemblan. Se ha equivocado: ese asesino no es un señor de las muñecas, es un religioso, un asesino místico. La voz de Dios. Levanta el percutor del arma y retrocede de espaldas para escrutar mejor la penumbra. A medida que avanza por la nave, observa que los cadáveres que encuentra están mejor conservados. Carne negra arrancada del silencio de las sepulturas.

Nubes de insectos zumban en la claridad vacilante de las velas. Marie levanta los ojos y se queda petrificada. Enjambres de moscas dormidas cubren las bóvedas de la cripta, mientras que otras succionan los cadáveres. Pero eso no es todo, hay también cinco cruces gigantes pegadas a las paredes que quedan detrás del altar. Una, vacía e iluminada por antorchas, en el centro. Dos a cada lado de esa, rodeadas de moscas.

Marie se ha quedado inmóvil al pie del altar, sin conseguir apartar la mirada de las cuatro formas humanas clavadas en las cruces. Las antorchas iluminan sus rostros: Mary-Jane Barko, Patricia Gray, Sandy Clarks y Dorothy Braxton, las cuatro desaparecidas de Hattiesburg. A juzgar por su estado de descomposición, las mataron el mismo día de su desaparición.

Un gemido en las tinieblas. Marie se vuelve y ve una forma desnuda arrodillada en el primer banco, que, salvo por esta presencia, está vacío. Los demás bancos están llenos de muertos que se apretujan para escuchar el silencio.

Marie se acerca. Es Rachel, con la frente apoyada en las manos, pegada al montante de madera del reclinatorio. Se acerca un poco más, toca los cabellos de Rachel. Las ondas rubias se enrollan en sus dedos y caen sin hacer ruido, como si fuera el pelo de una muñeca. Rachel ha pasado tanto miedo que se le cae el cabello. Sus hombros se mueven. Levanta la cabeza. Marie se muerde los labios. Las órbitas están vacías; solo son dos agujeros sangrientos que contemplan la negrura. Su vocecita aterrorizada resuena en la oscuridad.

—Papá, ¿eres tú?

—Rachel, soy yo, Marie.

—¿Marie? Ah, Marie, no te veo.

Sin dejar de barrer las tinieblas con su automática, Marie dice «chisss...» junto al oído de Rachel. Luego le pasa un brazo alrededor de los hombros e intenta levantarla. Rachel deja escapar un sollozo de dolor. Entonces Marie comprende. Ve los clavos hundidos en las muñecas y en los codos de Rachel, los clavos oxidados que atraviesan sus tibias y sujetan sus piernas al reclinatorio. Unos clavos de cabeza ancha hundidos en la madera.

—Dios mío, Rachel... ¿Quién te ha hecho eso?

—Caleb.

—¿Caleb? ¿Así es como se llama?

Un silencio. Marie susurra.

—Rachel, ¿dónde está ahora Caleb?

Las órbitas vacías escrutan a Marie. Rachel quiere decir algo y Marie ve sus dientes partidos entre sus labios. Rachel llora. No, ríe, y es una risa que a Marie le hiela la sangre. Rachel ha perdido la razón.

—Va a matarte, Marie. Va a cogerte y a matarte. Pero antes te clavará a mi lado. Te clavará y rezaremos juntas. Rezaremos eternamente para él. Ya viene Marie. Está ahí.

Marie tiene el tiempo justo de volver la cabeza y ver la inmensa silueta que surge de las tinieblas. Luego, un golpe en la nuca hace que las piernas le fallen. Un destello blanco. Rachel ríe. Ha apoyado la frente en las manos. Sus labios se mueven, se diría que está rezando. El auricular de Marie chisporrotea. Entrecortada por las interferencias, la voz de Bannerman suena una última vez. Marie tiene el tiempo justo de conectar el localizador escondido en su bolsillo antes de que el resplandor danzarín de los cirios se desdibuje.

42

Silencio. Marie tiene la impresión de flotar en las profundidades de un océano. Lejos, muy lejos por encima de ella, las aguas azules titilan. La superficie con el sol arriba, como un punto brillante a través de un cristal. Tan lejos...

Se sumerge en las profundidades inmóviles. Tiene frío. El resplandor azulado se difumina, las tinieblas la envuelven. Sus terminaciones nerviosas se desconectan una tras otra. Ninguna sensación puede turbar ya su mente. Tragos de agua negra se adentran en su boca e inundan sus pulmones. Su corazón ya casi no late. Ningún otro ruido, ninguna otra inspiración. Marie está muriéndose.

43

El amanecer. Sin aliento, los hombres del sheriff acaban de llegar a las ruinas. Cuando se han dado cuenta de que Marie se dirigía directamente a la boca del lobo, han echado a correr para alcanzarla. Han dejado que los perros abran el camino, grandes Saint-Hubert de caza, que han ladrado como locos olfateando el olor de la joven. Igual que cuando cazan ciervos, Bannerman y sus hombres han corrido detrás de ellos, animándolos con la voz y alargando las traíllas. No han escatimado esfuerzos, sudando y jadeando entre las zarzas y los helechos.

Al llegar al centro del claro, la jauría se ha detenido junto a la mesa donde la joven se había sentado. Bannerman ha buscado en vano las señales que Marie debería haber dejado tras de sí. Uno de los perros, con el rabo bajo y el lomo tembloroso, ha olido el rastro del asesino. Luego la jauría se ha lanzado tras una pista más reciente, que el perro que va en cabeza acaba de encontrar entre los árboles. Un sendero arenoso, una brizna de lana roja, unas ruinas a lo lejos. Bannerman y sus hombres nunca han corrido tanto, pero han llegado demasiado tarde. Lo presienten por los murmullos del bosque, por la densidad del silencio y los lamentos del viento en las cimas. Marie ya no está allí.

Sin aliento, el sheriff se apoya en un muro bajo y levanta de nuevo el walkie-talkie.

—Marie, ¿me oyes?

Bannerman suelta el botón de emisión. Interferencias. Chisporroteo. Pero el silencio continúa. Consulta su reloj; hace demasiado rato que no contesta. Todo ese embrollo por unas gilipolleces de médium.

Cuando Rachel desapareció, a Bannerman se le fundieron los plomos. Confió en que la chica estuviera todavía viva y Marie pudiera salvarla. Así que dejó que se adentrara en el bosque, le dio media hora de ventaja y luego se puso en marcha; era como si la hubiera llevado él mismo al matadero o le hubiera disparado en la sien. Iba a tener que vivir con eso. Como esos automovilistas distraídos que atropellan a un niño en un paso cebra y se despiertan todas las noches gritando. Él verá a Marie una y otra vez en sus sueños; Marie adentrándose en el bosque, su silueta en movimiento difuminándose entre los árboles, su voz diluyéndose en las tinieblas.

Bannerman mete una docena de balas para matar jabalíes en la recámara de su fusil. La carga de la caballería al amanecer. Marie merece eso. En el peor de los casos, podrá colgar la cabeza del asesino encima de la chimenea de su casa.

Va a dar la orden de avanzar cuando el timbre de su móvil rompe el silencio. Es Barney, su suplente. La oficina del FBI de Boston acaba de llamar. Un equipo de federales va hacia allí en helicóptero con francotiradores. Bajarán directamente sobre las ruinas.

—Mierda, Barney, ¿por qué les has dicho dónde estamos?

—Creo que no lo entiende, jefe. Han sabido dónde se encuentra Marie gracias a un localizador que lleva siempre encima.

—¿Un qué?

—Una señal de socorro que los agentes en misión solo activan cuando corren peligro de muerte. Marie acababa de encenderla cuando me han llamado.

—¿Dónde? ¿Dónde la ha encendido?

—En vista de lo débil que es la emisión, ha debido de adentrarse varias decenas de metros bajo Tierra.

—Pero, por el amor de Dios, ¿dónde?

—En la vertical de las ruinas. Deben de ser unas catacumbas que serpentean bajo los escombros de la vieja iglesia.

Un silencio. La voz de Barney chisporrotea en el móvil.

—Otra cosa, jefe. Los chicos del FBI me han dicho que ya saben a qué tipo de asesino nos enfrentamos.

—¿Y qué?

—Pues que sería mejor que se quedara atrás con sus hombres.

Un ruido a lo lejos. Bannerman levanta los ojos hacia el helicóptero que se acerca rozando los árboles. Intenta tragar la bola de angustia que le atenaza la garganta. Después cambia de frecuencia y sube el volumen del walkie-talkie al máximo.

—Marie, soy yo, Bannerman. Sé que estás en alguna parte bajo Tierra y que debes de estar muerta de miedo. Ni siquiera sé si me oyes, pero me la suda. Así que voy a estar hablándote hasta el final, para que oigas mi voz, para que te agarres a ella mientras tus amiguitos del FBI te sacan de ahí. Por favor, Marie, intenta aguantar.

44

Plic, plac.

Unas gotas repiquetean contra el cemento. Marie se estremece. Una pequeña chispa acaba de encenderse en algún lugar de su mente. Como una habitación oscura donde los tubos de neón parpadean uno tras otro y hacen retroceder las tinieblas, su cerebro se despierta. Capta desde muy lejos el sonido de las gotas que se extiende. Lentamente, asciende hacia la superficie de las cosas, recupera la conciencia de su cuerpo, de sus brazos y de sus piernas. Del calambre extraño y doloroso que recorre sus músculos.

Pam.

Otro sonido, mucho más fuerte. Como martillazos contra una pared. No, contra algo de madera. El lamento hueco de la madera que el carpintero golpea con todas sus fuerzas. El chasquido del metal contra la madera y el chirrido de los clavos que se hunden en el corazón de un madero. Marie siente que aumenta el miedo en su interior. Es apenas una sensación, un hilo de tinta en un agua transparente. Pero su mente, que recobra poco a poco la conciencia, intenta desesperadamente dormirse de nuevo para escapar de ese hormigueo que se extiende por su carne.

Pam.

Marie se sobresalta. Ahora, el ruido hace vibrar todo su cuerpo. Siente una quemazón, ligera al principio y luego cada vez más aguda, como la punta incandescente de un cigarrillo que se acerca; un calambre muerde sus pantorrillas, sube hacia sus muslos y su vientre.

Pam.

Cada vez que se produce ese ruido, la onda del choque estalla en los hombros de Marie, en sus vértebras, sus caderas y sus tobillos. Su cerebro está ahora totalmente despierto, y lo que descubre la deja paralizada de horror.

Pam.

Tiene los brazos y las piernas abiertos. Está desnuda. Nota el contacto rugoso de la madera contra su espalda, la quemazón de las astillas, que con cada golpe se clavan más profundamente en su piel. El miedo explota en su vientre. El ácido del miedo que los órganos aterrados segregan en abundancia, que las venas recogen y propulsan hacia los demás órganos, hacia los brazos y las piernas, que siguen sin responder. Marie intenta cerrar las manos. No lo consigue.

Pam.

Ese ruido, fortísimo ahora. Con los sentidos totalmente embotados por el hedor que la envuelve, recuerda: el chapoteo de la lluvia sobre la hojarasca y la silueta de Rachel escabulléndose entre los árboles. Recuerda la cripta, los muertos desplomados sobre los reclinatorios y los cadáveres crucificados. Y después recuerda la quinta cruz.

Pam.

El corazón de Marie se acelera. Siente cómo la punta de un clavo se hunde en el madero después de atravesarla. Un clavo de acero que penetra en la madera a través de la carne y de los tendones de su muñeca. Un líquido resbala por sus brazos y sus axilas. Sus pechos están impregnados de ese líquido pegajoso que se desliza por su vientre hasta el canal de su sexo, desde donde cae en gruesas gotas. Gruesas gotas que repiquetean contra el suelo.

Plic, plac.

Marie abre los ojos y ve la gruesa correa de cuero que sujeta su brazo. Ve su mano abierta contra el madero y la mano que sujeta la suya contra este. La cabeza de un clavo sobresale de su muñeca hinchada. Ve el martillo que se alza de nuevo y a continuación se abate con fuerza.

Pam.

Marie siente que la grieta del madero se ensancha por efecto del golpe. Siente el clavo que avanza por su carne. Un grito animal estalla en su garganta. Se vuelve y ve a Caleb, cuyo rostro sin vida la contempla. Está muy cerca de ella. Sus ojos brillan en la oscuridad de la capucha. Después siente que la mano helada del asesino agarra su muñeca mientras la otra mano levanta una vez más el martillo.

Pam.

El clavo desaparece en la carne. La cabeza choca contra los ligamentos. Es extraño que ese clavo se hunda sin provocar ningún dolor. Como si su cuerpo no respondiera, como si no fueran sus brazos ni sus piernas lo que el asesino está clavando en la cruz. Sin embargo, el dolor no está lejos. Marie siente que avanza. Se abre paso a través de sus nervios entumecidos. Se acerca.

45

El asesino, concentrado en su obra, está tan cerca de Marie que su respiración hace temblar el pelo de la chica. El corazón de Marie late lentamente. No siente nada. Luego, la respiración se aleja y ella oye que baja la escalera que había apoyado en la cruz. Oye sus botas sobre el suelo de la cripta. Percibe los sollozos de Rachel.Y es al inclinarse hacia delante para verla cuando toma conciencia de pronto de los clavos que penetran en sus brazos y en sus piernas. En ese instante se da cuenta de que su cuerpo suspendido en el vacío solo está sujeto por las muñecas y los tobillos a los maderos de la cruz. Pequeños trozos de ella misma que se distienden y se desgarran alrededor de los clavos.

De repente, el dolor llega.Viene de tan lejos que Marie tiene la impresión de que no acabará nunca de llegar. Brota de sus muñecas y hace restallar la piel de sus brazos contra el madero. Explota en sus rodillas, sus codos, su vientre y sus tobillos. Marie cierra los ojos y deja escapar un aullido animal. Un destello de dolor sube hacia sus hombros y bloquea su plexo. Intenta mover los brazos y cerrar las piernas, siente que los tendones de sus muñecas se restriegan contra los clavos. Nota la mordedura del acero en la carne de sus pantorrillas..., de los gruesos clavos metidos en sentido oblicuo a ambos lados de sus tibias.

El suplicio de la cruz. Marie lucha contra la tensión que endurece sus músculos, contra esa contracción que se inflige a sí misma para no dejar que el peso de su cuerpo tire de los clavos. Es una insoportable rigidez que hace temblar sus músculos, que la extenúa y la ahoga. Entonces, al límite de sus fuerzas, intenta relajar la tensión de sus brazos y sus piernas, pero la mordedura de los clavos hace que grite y se ponga rígida de nuevo para que cada fibra de su cuerpo tire de esas puntas que la traspasan.

Al borde de la asfixia, Marie se relaja. Se tensa y se relaja de nuevo, hasta que ya no puede contraerse ni relajarse más; haga lo que haga ahora, cualquiera que sea el movimiento que su mente ordene hacer a su cuerpo para escapar de ese dolor que la invade, siente que su carne se agota, que sus músculos y su piel se estiran alrededor de los clavos, se desgarran lentamente, se abren y se rompen. Vencida, renuncia y rompe a llorar. Gruesas y pesadas lágrimas, gritos de animal agonizante, alaridos roncos que retumban en las tinieblas de la cripta.

Crucificadas a su lado, las cuatro desaparecidas de Hattiesburg parecen mirarla. Como su carne putrefacta se desprende alrededor de los clavos, Caleb las ha atado con correas para evitar que caigan.

A través de sus lágrimas, Marie contempla esas órbitas vacías que la miran, esos rostros agrietados y esos labios aplastados que el sufrimiento ha contraído en la muerte. Sus manos se han soltado finalmente de los clavos. Cuelgan en el extremo de los antebrazos sujetos por las correas. ¿Cuánto tiempo llevan colgadas en el vacío? ¿Durante cuántas horas se han contraído y relajado para escapar de la mordedura de los clavos? ¿Cuántos días han transcurrido en medio de ese hedor de pudridero antes de que la muerte las haya liberado?

La desesperación es más fuerte que el dolor, de modo que Marie intenta contener la respiración para morir antes. Resiste unos segundos, pero la presión que aumenta en sus pulmones contrae de nuevo sus músculos y hace explotar el dolor. Entonces vuelve a dejarse caer y llora. Luego levanta los ojos. A través de las lágrimas, ve a Caleb, que permanece al pie de la cruz. La contempla, no se pierde ni uno solo de sus gestos. Parece impresionado por la formidable energía que invierte en rechazar lo inevitable. Detrás de él, los gemidos de Rachel han cesado. Su cabeza ha caído sobre sus manos. Está muerta.

46

Con los brazos levantados y las palmas mirando hacia el cielo, como si comulgara, Caleb permanece inmóvil al pie del altar. Marie escruta la oscuridad que llena su capucha. Ve el brillo frío de sus ojos, dos destellos de cristal que llamean a la luz de los cirios.

Su abrigo de cuero está abierto. Debajo lleva un sayal negro, un hábito de monje realzado por un pesado medallón de plata que brilla en la oscuridad y está decorado con una estrella de cinco puntas que enmarca a un demonio con cabeza de macho cabrío: el símbolo de los adoradores de Satán.

Marie mira los brazos levantados de Caleb, la piel de sus antebrazos, que sobresalen de las mangas del sayal. Tiene las manos anchas y las uñas negras. Unas manos llenas de astillas. Unas escarificaciones recorren su carne desde la muñeca hasta la sangradura del brazo. Son incisiones practicadas con la punta de un cuchillo, cuyos surcos repletos de tinta forman una especie de dibujo: llamas rodeando una cruz rojo sangre. Hacia la sangradura del brazo, allí donde sus extremos se juntan para rodear la cruz, las llamas se enrollan para formar una palabra que Marie no consigue leer. Después encuentra de nuevo la mirada de Caleb, el abismo de su mirada. Sabe que no puede esperar la menor compasión de un asesino como él y comprende que va a morir. Entonces cierra los ojos y tira de sus heridas para intentar morir antes.

—¿Marie? Est… aq…, Marie. ¿Me oyes?

Se sobresalta al oír la voz lejana y entrecortada de Bannerman en el auricular. Se sobresalta tanto que el movimiento le arranca un sollozo de dolor. Bannerman. Vuelve la cabeza hacia su ropa, que el asesino ha dejado en el suelo. La radio sigue funcionando y el auricular de infrarrojos transmite la voz del sheriff. Se concentra para escucharlo.

—¿Marie? Aguan…, Marie, … BI llega.

Unos chasquidos. La voz de Bannerman se aleja. Vuelve a hacerse el silencio. Marie cierra los ojos. «¿Qué has dicho, Bannerman? Dios mío, ¿qué has dicho?»

Se ahoga. Las fuerzas la abandonan. Tiene que ganar tiempo. Busca las palabras, las sopesa y trata de analizar la información que se agolpa en su mente para trazar el mejor perfil posible de Caleb. Necesita comprender cómo funciona para encontrar un fallo en su razonamiento. Pero el sufrimiento es insoportable. Cuchillas de dolor atraviesan sus músculos. Sus articulaciones amenazan con romperse. Tiene que darse prisa antes de perder el conocimiento. Así que se juega el todo por el todo. Con la voz empañada por las lágrimas, se identifica con la esperanza de que el asesino deje de ver en ella un trozo de carne sin alma.

—Me llamo Marie. Marie Megan Parks. Nací el 12 de septiembre de 1975 en Hattiesburg, Maine. Mis padres se llamaban Janet Cowl y Paul Parks. Vivían en una casa de obra vista en el número 12 de Milwaukee Drive. Iba a la escuela del condado, a la clase de la señorita Frederiks. Sacaba buenas notas. Excepto en matemáticas, porque no conseguía distinguir los números. Ya sabe, esos números que danzan delante de los ojos cuando el cerebro ha terminado una suma.

Una buena idea, esa alusión a sus padres y a sus raíces en Maine. Y al concepto abstracto de los números también. Como el asesino también fue un niño, eso puede funcionar. Una flecha de dolor le hace torcer los labios. No puede dejar demasiados blancos ni silencios. Prosigue:

—Mi hermano Allan murió de leucemia a la edad de nueve años. El médico se dio cuenta de que estaba enfermo pasándole el dorso de un tenedor por la piel de la pantorrilla. Al día siguiente, la zona que el médico había frotado con el tenedor estaba completamente amoratada. ¿Se imagina el efecto? ¿Completamente amoratada?

Un silencio. Marie se muerde los labios para ahogar sus sollozos. No comportarse como una víctima: a los asesinos les encanta rematar a las víctimas.

—Allan está enterrado en el cementerio de Grand Rapids, en Ohio. Allí vive mi abuela, Alberta Cowl. Fue ella quien lo cuidó los últimos días. La noche anterior a su marcha, entré en su cuarto. Allan estaba sentado en la cama. Estaba delgadísimo y se había quedado sin pelo. Recuerdo que estaba leyendo un catálogo de Navidad donde había señalado unos juguetes con rotulador rojo. Siempre he creído que fui yo quien le envenenó la sangre echando en su zumo de naranja los restos de lápiz que quedaban en el sacapuntas. Nunca se lo dije a mamá, pero estoy segura de que fui yo quien mató a Allan.

«Dios mío, qué dolor...»

Un silencio. La voz de Marie se quiebra.

—También tengo un perro que se llama Barnes. Bueno, «tenía» un perro, un viejo labrador ciego al que atropellaron el verano pasado. Lo enterré en mi jardín. Lo echo muchísimo de menos.

De repente, Marie siente que una inmensa rabia le abrasa el pecho. Intenta contenerla, pero no puede.

—Soy demócrata y protestante. Tengo una cuenta en el Bangor Bank y compro en los almacenes de esos sinvergüenzas de Wal-Mart. Ah, se me olvidaba, fumo Old Brown, estoy a favor del aborto, perdí la virginidad a los dieciséis años y desde entonces follo con todos los tíos que encuentro. Y con las chicas también. Me encantan las chicas guapas. Me encanta el tacto de su piel y el sabor de su sexo en mis labios. Y sobre todo, me llamo Marie. Marie Megan Parks. ¿Te enteras, asqueroso devorador de cadáveres? ¡Me llamo Marie Megan Parks y me cago en ti!

—Ave María.

47

Marie se ha sobresaltado tanto que siente crujir sus articulaciones contra la madera de la cruz. El dolor vibra en sus tendones y en sus huesos. El contacto se ha establecido. Es preciso mantenerlo a toda costa.

—Se lo suplico, siga hablándome.

Caleb la mira. Sus brazos están levantados en señal de adoración. Su carne brilla en la oscuridad. Marie siente cómo se extiende el entumecimiento por sus miembros. Las náuseas retuercen su vientre. Está vaciándose. Otro chisporroteo en el auricular. La voz de Bannerman desciende por su conducto auditivo.

—Marie, estamos aquí..., ¿me oyes?

Bannerman, maldito pedazo de idiota... El FBI está ahí. Las últimas palabras del sheriff arrancan lágrimas de felicidad a Marie.

La voz de Caleb retumba de nuevo en la oscuridad. Se diría que busca las palabras. Se diría que juega con ellas. Que le fascinan. No..., otras voces hablan a través de él. Decenas de voces que se acercan como los ladridos de una jauría de perros en la lejanía. «Dios mío, está hablando pero sus labios no se mueven.»

Las voces se unen y estallan. Surgen de la boca abierta de Caleb, envuelven a Marie como un torbellino, la cubren y la ahogan. Son tan fuertes que Marie tiene la impresión de que mil gargantas gritan al mismo tiempo que Caleb. Distingue alaridos de angustia que flotan en la superficie de esa cacofonía. Gritos de odio y llamadas de socorro: las innumerables víctimas de Caleb, mujeres, niños y ancianos. Luego, de repente, la voz de Caleb resuena como una trompa en la tormenta.

—Yo soy la balanza y el peso. Yo soy el astil que pesa las almas. Yo soy el capataz de la obra de la Creación. La palanca que levanta el mundo. Yo soy el Otro, el contrario de todo, la nada y el vacío, el caballero de las Profundidades. Yo soy el Viajero.

Los gritos cesan y el viento de las voces amaina. El chisporroteo de los cirios. El zumbido de las moscas. Caleb ha cerrado los ojos. Está en trance. Una hoja de acero cubierta de inscripciones satánicas brilla débilmente en su mano. Es un cuchillo ritual. La ceremonia va a empezar. A Marie le castañetean los dientes, un castañeteo continuo que se interrumpe un instante cuando le parece ver que unas formas oscuras se deslizan al fondo de la cripta.

Frunce los ojos y distingue una treintena de formas en movimiento que avanzan entre los cadáveres. Cuando vuelve a centrar su atención en Caleb, se estremece de horror al ver que él también la mira. Una sonrisa ilumina sus ojos. Entonces, mientras el silbido de los visores láser invade la cripta, Marie comprende. Caleb sabe que están ahí. Ha percibido su presencia desde el momento en que han empezado a bajar la escalera. No, es peor aún que eso: sabía que iban a ir. Lo ha hecho todo premeditadamente, lo ha organizado todo, lo ha planificado todo. Es un manipulador. Ha dejado las huellas justas tras de sí para atraer a Marie hacia sus redes. Sabía que, secuestrando a Rachel, ella se lanzaría en su persecución. La conoce, sabe que ve cosas que los demás no ven.

Los puntos rojos de los láseres se han quedado inmóviles sobre el sayal de Caleb. Como en los entrenamientos, cada tirador ha seleccionado un órgano vital y ha acompasado su respiración. Llevan cascos con mira infrarroja y detectores de calor. No pueden fallar. Van a freírlo, a despedazarlo en cuanto se mueva. Una voz resuena en las tinieblas.

—¡FBI! ¡No mueva ni un dedo!

Marie mira a Caleb. Ha previsto morir allí. Tiene que morir ahora, forma parte de su plan. Marie intenta avisar a los francotiradores que tienen a Caleb en su visor, pero de su garganta atenazada no sale ningún sonido. Entonces, lentamente, el asesino levanta los brazos y el cuchillo que empuña titila a la luz de los cirios.

Caleb acaba de hacer el gesto que los chicos del FBI esperaban. El pretexto legal para disparar al cabrón que se ha atrevido a clavar a uno de los suyos en una cruz. Los francotiradores cierran el dedo sobre el gatillo. Contienen la respiración para no moverse ni un milímetro. Parece que Caleb abre la boca. Se despide de Marie... Marie, que mueve la cabeza de derecha a izquierda para detener a los francotiradores. Demasiado tarde. Varias ráfagas estallan. Como al ralentí, ve las pavesas que escapan de los cañones, los casquillos humeantes expulsados por las culatas. Ve los impactos que sacuden el cuerpo de Caleb, los charcos rojos que salpican su sayal. Sus brazos continúan levantados en señal de plegaria. Mira a Marie, sonríe. Luego sus dedos se separan y sueltan el cuchillo, que rebota en el suelo. Una última ráfaga lo dobla por la cintura y lo obliga a arrodillarse. Su cabeza se inclina, su barbilla toca el pecho, sus brazos caen sobre las rodillas. Ha ganado.

La tempestad de disparos se aleja. Marie ha cerrado los ojos. Oye la voz de Bannerman a lo lejos, los tiros de gracia que los agentes del FBI disparan a quemarropa en el cráneo y la nuca de Caleb. Luego las fuerzas la abandonan. Ni siquiera nota ya los clavos que tiran en sus heridas. Se aferra un momento a las briznas de realidad que todavía le llegan antes de ceder y sumergirse en las tinieblas.

Tercera parte

48

Hospital Liberty Hall, Boston.
Ocho días más tarde

Tiritando bajo el soplo glacial de los climatizadores, la agente especial Marie Parks aspira los efluvios de formol y de desinfectante que invaden el depósito de cadáveres del hospital Liberty Hall de Boston. Los locales ocupan la totalidad del sótano y se extienden sobre una superficie de dos mil metros cuadrados divididos en cámaras frías, laboratorios de disección y salas de autopsia. Ahí es donde coinciden la mayoría de los cadáveres de Boston y sus alrededores. Los suicidas, las víctimas de accidentes de tráfico y los fallecidos por causas poco claras que deben ser sometidos a un examen post mórtem por orden del fiscal general del estado de Massachusetts.

Las últimas salas del depósito, las mayores y más iluminadas, están reservadas al servicio médico forense del Liberty Hall y su acceso está prohibido, excepto al personal de la policía científica. Los cadáveres llegan allí en bolsas de plástico de color negro o gris: gris para los asesinados, negro para los asesinos.

Al abrigo de estas gigantescas salas de hormigón y baldosas blancas, un ejército de forenses sierra cajas torácicas y abre vientres muertos para buscar pruebas de crímenes: el ribete azul que el arsénico deja en los lóbulos del hígado, los coágulos negros y viscosos de los bazos reventados por los choques, las cervicales desplazadas por las estrangulaciones, los pulmones perforados y los corazones traspasados por balas de gran calibre. Los forenses completan este examen visual explorando la boca y los orificios naturales: un poco de saliva, una gota de sangre, la firma genética de un cabello o de un poco de semen imprudentemente depositado en las entrañas de una mujer violada.

Sobre ese magma de cuerpos en descomposición, el hospital Liberty Hall levanta sus catorce pisos de cristal y acero, donde enfermos y moribundos se reparten entre once servicios de medicina general y un centro de reanimación y de cuidados intensivos. Ahí, en el último piso, era donde la agente especial Marie Parks había ingresado con carácter de urgencia. Ahí era donde los cirujanos se habían relevado para limpiar y suturar sus heridas.

Pasó los siete días siguientes tendida en la cama, mientras las enfermeras cambiaban sus vendajes y alimentaban su gotero con antibióticos. Siete días durante los cuales Parks se dormía envuelta en el calor reconfortante de su habitación para despertarse crucificada en medio de las tinieblas de la cripta. Siete días recuperando fuerzas entre el ruido ya familiar del electrocardiógrafo y de los carritos con ropa blanca que los auxiliares empujaban por el pasillo. Siete noches debatiéndose en la cruz y gritando bajo la mordedura de los clavos.

Parks había rechazado los neurolépticos que los médicos habían prescrito para reducir la intensidad de sus visiones. Nada peor que un flash bajo el efecto de esos medicamentos: una visión al ralentí en la que cada detalle se amplifica, una pesadilla interminable en la que el sufrimiento se alarga hasta el infinito.

Al amanecer del octavo día, Parks se despertó tranquila y descansada. La visión se había borrado, solo quedaban los ojos de Caleb brillando en la oscuridad de la cripta. Un recuerdo más en el vertedero de sus otros recuerdos. Con la diferencia de que, como el FBI lo había matado, sin duda las imágenes de sus asesinatos se atenuarían con el paso del tiempo.

«A no ser que Caleb no esté muerto.»

Marie intenta reprimir ese pensamiento. La misma vocecita que resuena en su cerebro siempre que tiene miedo. La voz de Marie de pequeña hablando a sus muñecas.

49

Roma, Ciudad del Vaticano.
Seis de la mañana

Al cardenal Oscar Camano le gusta ese instante del día en que el ribete rojo del amanecer se impone poco a poco al azul de la noche. Todas las mañanas, después de haber dejado atrás el Coliseo, donde tantos cristianos ilustres derramaron su sangre para mayor gloria de Dios, ordena a su chófer que detenga la limusina en la piazza della Chiesa Nuova y se adentra solo en las callejuelas de Roma en dirección al puente de Sant'Angelo.

Podría dejarse llevar hasta San Pedro, como otras eminencias más jóvenes que él suelen hacer. También podría ir en línea recta hacia el río y bajar por Borgo Santo Spirito. Pero no, aunque llueva, sople viento o la artrosis de su rodilla le esté haciendo sufrir un calvario, el cardenal da siempre un rodeo por el puente de Sant'Angelo. Después se desvía hacia la izquierda, por via della Conciliazione, y sube hasta las cúpulas del Vaticano como si fuera el final de una peregrinación. Esos paseos solitarios sirven ante todo de preámbulo al ajetreo agotador de sus jornadas: el cardenal Oscar Camano, cabeza de la secretísima orden de la Legión de Cristo, es el temido director de la Congregación de los Milagros, uno de los dicasterios más poderosos del Vaticano. Tan poderoso, en realidad, que ni siquiera el cardenal secretario de Estado, pese a ser primer ministro de la Iglesia, ha conseguido meter jamás la nariz en los expedientes de Camano.

Otros cardenales, no menos poderosos, venderían su alma para tener acceso a los archivos de los Milagros. Porque esos vejestorios corroídos por la ambición sabían que era precisamente el carácter excepcionalmente secreto de su misión lo que convertía a esa congregación en uno de los órganos más temidos en el Vaticano.

Antes de pronunciar los votos, todos los miembros de la Congregación de los Milagros cursaban trece años de estudios en los seminarios de la Legión de Cristo. Luego, tras haber seleccionado a los mejores de cada promoción, la orden los enviaba a las más renombradas universidades, donde coleccionaban doctorados. Una formación larga y agotadora que convertía a los hombres de Camano en especialistas entregados en cuerpo y alma a la autentificación de los milagros y a la investigación de las pruebas de la existencia de Dios. Esa era la misión principal de la congregación: el examen riguroso de los signos visibles e invisibles.

En cuanto se descubría un milagro o una manifestación satánica, Camano mandaba a sus hombres a comprobar si esos fenómenos eran, efectivamente, sobrenaturales o si amenazaban con poner en entredicho las verdades enseñadas por el dogma. Porque era posible que un milagro entrara en conflicto con el interés superior de la Iglesia. Y Camano debía asegurarse discretamente de que esas manifestaciones divinas iban en el sentido de las Sagradas Escrituras; en caso contrario, debía cortarlas de raíz si representaban un peligro para la estabilidad del Vaticano.

Una vez efectuadas esas primeras verificaciones, los doctores de la Legión de Cristo redactaban un informe que llegaba hasta Roma a través de los canales más opacos de la Iglesia. Los sacerdotes de Camano introducían aquellos datos en sus ordenadores y buscaban si se había producido el mismo milagro en otros lugares o en otra época. La mayoría de las veces, esas comprobaciones no daban ningún resultado. En consecuencia, se mantenía ese fenómeno bajo vigilancia y se pasaba al siguiente.

Pero en ocasiones los ordenadores descubrían un milagro o un maleficio idéntico que se reproducía desde hacía siglos a intervalos regulares. Partiendo del principio de que un oráculo de la Iglesia se estaba cumpliendo y de que quizá Dios quería recordar a los hombres su buena disposición hacia ellos, la Legión de Cristo se ponía en estado de alerta y el Papa estampaba su firma apostólica y declaraba inmediatamente el expediente secreto.

Esa era otra de las preocupaciones de Camano: obtener la declaración de un milagro o de un maleficio antes de que las demás congregaciones —o peor aún, los periodistas— metieran las narices en el asunto. Ante la duda, hacía que el Papa sellara todos los fenómenos que la Congregación de los Milagros instruía en primera instancia. Después, si resultaba que al final un expediente no presentaba ningún interés, lo devolvía al dominio público. Por eso Camano estaba estresado. También por eso, tenía muchos enemigos.

Pero la misión de la Congregación no acababa con el examen de las pruebas de la existencia de Dios; esa tarea interminable ocultaba otra en realidad, tan oscura y peligrosa que ni siquiera los enemigos del cardenal habían sospechado jamás todo su alcance. Cuando un milagro se repetía a través de los siglos y, sobre todo, ese milagro respondía una y otra vez a una manifestación satánica —como si esos dos opuestos intentaran vencerse—, eso significaba que quizá una antigua profecía estaba a punto de cumplirse y que el mundo estaba en peligro. Los legionarios de Cristo revisaban entonces los archivos donde se encontraban los escritos y los signos anunciadores de los grandes cataclismos: el Diluvio, la caída de Sodoma, las grandes plagas de Egipto y los siete sellos del Apocalipsis de san Juan, así como las predicciones de Nostradamus, de Malaquías, de Leonardo de Pisa y de los grandes santos de la cristiandad, y otros tantos oráculos de la cólera de Dios que los hombres de Camano estaban encargados de vigilar al margen de su misión oficial. Unas señales que diversos legionarios de Cristo acababan de descubrir unos meses atrás en Asia, en Europa y en Estados Unidos: estigmas de la Pasión, curaciones misteriosas, estatuas que sangran y posesiones colectivas, así como profanaciones de cementerios e inmolaciones. Asesinatos rituales también. Crímenes en serie que presentaban el mismo modus operandi. Asesinatos que, en opinión de Camano, eran tanto más inquietantes porque afectaban exclusivamente a religiosas. Y no a cualesquiera. Este último detalle era el que había provocado la alerta general: desde hacía unas semanas, unos informes secretos procedentes de las bases avanzadas de la Legión indicaban que una treintena de religiosas habían sido asesinadas en varios conventos de la santa orden de las hermanas recoletas. Más preocupante todavía era que se había encontrado a las monjas en cuestión crucificadas y profanadas, con el cuerpo destrozado por una fuerza monstruosa. Con hierro candente el asesino les había grabado en el torso cuatro letras: INRI, abreviatura latina que los romanos habían clavado encima de Jesucristo. Con la diferencia que, en el torso de las torturadas, esas cuatro letras iban acompañadas de un pentáculo que enmarcaba a un demonio con cabeza de macho cabrío: el signo de Bafomet, el más poderoso caballero del Mal, el arcángel de Satán.

Hasta entonces, dado que esos crímenes rituales habían tenido lugar en los conventos más alejados, el Vaticano había conseguido silenciar el asunto. Pero esa situación no duraría. Camano lo sabía. El modus operandi de esos asesinatos era uno de los indicios proféticos descritos en los archivos de la Congregación de los Milagros, la señal de que los Ladrones de Almas habían regresado.

Así pues, Camano había enviado a sus legionarios allí donde, según sus servicios de información, los asesinatos de recoletas se multiplicaban de forma inquietante. Desde entonces, disimulando su impaciencia, esperaba.

En eso piensa el cardenal Camano mientras cruza el puente Sant'Angelo. En un momento en que se ha detenido para contemplar las aguas del Tíber, su teléfono móvil suena. Es monseñor Giuseppe, su protonotario apostólico. El tono de voz del anciano es, pese a la fortaleza que lo caracteriza, el de alguien que acaba de ver al Diablo.

Sosteniendo sin pestañear la mirada de los ángeles de piedra que vigilan el puente, Camano escucha. El FBI acaba de encontrar a cuatro jóvenes asesinadas en los alrededores de Hattiesburg, en Maine: Mary-Jane Barko, Patricia Gray, Sandy Clarks y Dorothy Braxton, cuatro religiosas de la Congregación de los Milagros, que Camano había enviado hacía unas semanas a investigar unos asesinatos de hermanas recoletas en Estados Unidos.

—¿Eso es todo?

—No, eminencia. El FBI ha conseguido matar al asesino. Era un monje.

Con los ojos cerrados, Camano pide a su protonotario que le detalle la forma de los crímenes. Su corazón empieza a latir con fuerza. Al igual que las recoletas, cuya suerte debían investigar, las jóvenes religiosas habían sido torturadas y crucificadas, y la inscripción INRI estaba grabada con hierro candente en la carne de su torso.

Con un sabor de sangre en la boca, el cardenal cuelga. Ya no tiene elección. Debe informar urgentemente a Su Santidad de que una de las peores profecías de la Iglesia está a punto de cumplirse. ¡Y debe hacerlo unas horas antes del inicio del Concilio Vaticano III! Cientos de cardenales y de obispos están convocados desde hace semanas para una de las mayores asambleas de la cristiandad, encargada de decidir sobre el dogma y el futuro de la Iglesia. Cientos de prelados con vestiduras rojas han empezado a llegar del mundo entero y se apoderan poco a poco de la plaza de San Pedro y de los interminables pasillos del Vaticano.

Camano hace una discreta seña en dirección a la limusina que lo sigue a cierta distancia. Justo antes de subir a la parte trasera, se vuelve hacia la estatua del arcángel san Miguel que protege la fortaleza de los papas. A la luz del alba, la lanza que empuña el primer caballero de Dios parece que se haya sumergido en una cuba de sangre fresca. El cardenal ya no puede permitirse dudar.

50

Sostenida por Bannerman, Parks pestañea a la luz blancuzca de los tubos de neón. Cubierto con una sábana, el cuerpo de Caleb se halla tendido sobre una mesa de disección, donde se disponen a oficiar los doctores Mancuzo y Stanton, los dos mejores investigadores del FBI especializados en muertes violentas, repentinas o sospechosas. Marie ya ha trabajado con ellos en diversos casos en que los forenses no habían conseguido hacer hablar a los cadáveres. Gracias a Mancuzo y a Stanton, una decena de asesinos en serie dormían ahora en la cárcel o en un ataúd de plomo. Lo habían logrado simplemente disecando órganos y analizando muestras de sangre. El misterio de las hormonas y de los restos celulares...

Mientras Mancuzo se pone el mono, la mascarilla y las gafas de plástico, Stanton descubre los restos de Caleb. Parks se pone rígida al ver el rostro del hombre que ha estado a punto de matarla, o más exactamente lo que queda de su rostro destrozado por las balas de los francotiradores. Un orificio de salida ha reventado el ojo derecho, otro ha hecho estallar el hueso temporal. Un impacto de gran calibre en el occipital ha hundido y desprendido la caja craneana. Las dos últimas balas, disparadas a quemarropa sobre la oreja, han destrozado la mandíbula de Caleb, de manera que solo se distingue de sus facciones un ojo azul, un trozo de frente, una mejilla y la mitad de la nariz. El resto de la cara se reduce a un magma de carne viva del que emergen fragmentos de huesos y de dientes.

Caleb es menos alto de lo que Marie había imaginado, pero más corpulento. Unos músculos gruesos como maromas, unas piernas de leñador, unos brazos de jornalero y un torso de herrero. Sólo años de arduos trabajos habían podido forjar un hombre de una fuerza tan descomunal.

La mirada de Marie recorre el cuerpo de Caleb. Su sexo reposa sobre la maraña negra de su pubis. Un trozo de carne de tal grosor que Marie se queda sin respiración; hasta en la muerte, Caleb desprende brutalidad. Pero no es solo esa corpulencia de ogro ni ese sexo de violador lo que aterrorizan a Parks. Hay otra cosa que no encaja. Algo tan evidente que a Marie le cuesta verlo. Hasta que sus ojos no se concentran en la piel del asesino, no se da cuenta de que Caleb está envejeciendo. «Ya está, Marie, ya empiezas a desbarrar otra vez.»

Y sin embargo... A primera vista parece que el cadáver de Caleb se pudre más rápidamente que los demás. Mirándolo bien, en lugar de descomponerse, su piel se marchita y empieza a secarse como cuero mal conservado.

Marie contempla las manos de Caleb, esas manos que conoce tan bien por haberlas visto de cerca mientras la clavaban en la cruz. Las uñas del asesino parecen haber crecido, a semejanza de las de esos difuntos a los que se desenTierra a veces unos meses después del entierro. Se estremece y se muerde los labios; está segura de que el pecho del muerto se ha movido. Un movimiento casi imperceptible. Se queda paralizada mientras la mano del asesino empieza a levantarse.

—¿Estás bien, Marie?

Se sobresalta al notar que los dedos de Bannerman se cierran sobre su hombro. Abre los ojos. La mano de Caleb ha caído de nuevo sobre la mesa de hierro. Su pecho parece inerte.

«Dios mío, Caleb no está muerto...»

51

Al llegar a los pasillos principales del palacio pontificio, el cardenal Camano estrecha la mano que le tiende blandamente monseñor Dominici, el secretario particular del Papa y también su confesor. Dominici hace una mueca mientras el apretón del cardenal le machaca los dedos. Camano clava la mirada en los ojos ambarinos del confesor. El hombre más odiado del Vaticano no es ni el Papa ni ningún cardenal de la todopoderosa curia, sino ese bajito gordinflón que recibe las confidencias más secretas del jefe supremo de la Iglesia.

Camano afloja la presión de su mano y dirige una sonrisa carente de alegría a Dominici.

—Dígame, monseñor, ¿cómo se encuentra esta mañana Su Santidad?

—El Papa está preocupado, eminencia. Le pediría que fuese breve, porque es un anciano enfermo y cansado.

—Dios también. Y sin embargo, reina.

—Aun así, temo por su salud y voy a recomendar que aligeren su agenda.

—¿En pleno concilio y con los problemas a los que nos enfrentamos? Eso es tanto como pedir al comandante de un navío que vaya a descansar mientras el agua inunda las bodegas.

—Eminencia, me parece que no lo entiende. Su Santidad es muy mayor y ya no puede soportar la misma carga de trabajo que al principio de su pontificado.

Camano reprime un bostezo.

—Me aburre usted, Dominici. Los papas son como los coches viejos: los usas mientras puedes y esperas a que fallen para comprar otro. Así que alivie su alma tanto como considere útil y deje a Dios y a los cardenales de la curia la tarea de disponer del resto.

Camano deja plantado al confesor y hace una seña con la cabeza a los guardias suizos, que descruzan las alabardas. Inmediatamente después de cerrar a su espalda las puertas de los aposentos del Papa, se queda sobrecogido por el silencio y la oscuridad del lugar. El sol que se alza sobre la plaza de San Pedro difunde una luz rojo sangre a través de los pesados cortinajes de terciopelo. De pie a contraluz delante de la ventana, Su Santidad contempla el amanecer que ilumina las cúpulas del Vaticano. Dominici tiene razón al menos en un punto: el Papa parece al límite de sus fuerzas.

Un crujido en el entarimado hace que Camano se detenga. Los hombros del Papa se estremecen ligeramente, como si acabara de detectar su presencia justo en ese momento. Camano ve cómo olfatea el aire. Luego, la voz cascada del anciano se eleva en la penumbra:

—Parece, querido Oscar, que no pierde usted su afición a ese tabaco rubio de Virginia.

—Es una lástima que no sea un pecado, Santidad.

Un silencio. El Papa se vuelve lentamente. Su rostro presenta un aspecto tan grave y arrugado que Camano tiene la impresión de que ha envejecido diez años en una sola noche.

—Bien, amigo, ¿qué noticias tenemos esta mañana?

—Dígame primero cómo se encuentra.

Su Santidad deja escapar un profundo suspiro.

—¿Qué puedo decir, aparte de que soy viejo, de que pronto moriré y de que estoy impaciente por saber por fin si Dios existe?

—¿Cómo puede dudar de eso, Su Santidad?

—Con la misma facilidad con la que creo. Porque Dios es el único ser que no necesita existir para reinar.

—¿San Agustín?

—No. Baudelaire.

Un silencio. Camano se aclara discretamente la garganta.

—Las noticias no son buenas, Santidad. Están produciéndose milagros y manifestaciones satánicas en todo el mundo.

—¿Señales proféticas?

—Algunas religiosas de la orden de las hermanas recoletas han sido asesinadas en los últimos meses, y también han matado a las cuatro agentes de la Congregación de los Milagros que habíamos enviado a Estados Unidos para investigar esos crímenes.

—¿Y...?

—El FBI ha conseguido matar al asesino. Se trata de un monje que presenta signos satánicos grabados en los antebrazos. Las llamas del Infierno enmarcando las letras INRI. El símbolo de los Ladrones de Almas.

—¡Señor, no es posible!

Camano se apresura a sujetar al Santo Padre, al que la noticia ha hecho tambalearse. Apoyándose en el brazo del cardenal, el anciano camina hasta su lecho y, con muchas dificultades, consigue sentarse.

—Santidad, ¿sabe usted por qué los Ladrones de Almas asesinan a las recoletas?

—Qui... quieren recuperar un evangelio que la Iglesia perdió hace más de setecientos años.

—¿Qué hay en ese evangelio?

Una sombra cruza por el semblante del Papa.

—Santidad, necesito saber a qué enemigo me enfrento. De lo contrario, no tendré ninguna posibilidad de combatirlo.

—Es una vieja historia.

—Le escucho.

52

Mancuzo sopla en el micrófono conectado a la grabadora que acaba de sujetarse a la cintura. Un indicador verde se enciende en el aparato. Se pondrá en rojo cuando la cinta esté a punto de llegar al final. Mientras Stanton prepara los microscopios y las centrífugas, la voz de Mancuzo resuena en la atmósfera refrigerada.

—Examen post mórtem del asesino de Hattiesburg. Hospital Liberty Hall de Boston. La autopsia será efectuada por los doctores Bart Mancuzo y Patrick Stanton para el sheriff del condado de Hattiesburg y el fiscal general del estado de Massachusetts. Hago constar que Stuart Crossman, director del FBI, ha ordenado expresamente la clasificación de este caso como secreto federal. Por tanto, esta grabación deberá ser transcrita por una persona habilitada para este nivel de confidencialidad.

Mancuzo se aclara la garganta mientras la voz grave y aplicada de Stanton toma el relevo.

—La finalidad de este examen post mórtem no es establecer las causas de la muerte, puesto que estas no ofrecen ninguna duda, sino reunir todos los elementos útiles para identificar al individuo, así como para comprender sus motivaciones para asesinar a las víctimas.

El chisporroteo del flash y el silbido de las baterías subraya sus palabras; Stanton hace varias fotos de los orificios de salida abiertos por las balas que los hombres del FBI habían disparado en la cripta.

—El sospechoso presenta sesenta y siete impactos de entrada y sesenta y tres orificios de salida desigualmente repartidos por todo su cuerpo. La mayoría de estos impactos han sido provocados por proyectiles subsónicos pesados calibre 9 mm y por balas calibre 5,56 desde una distancia de treinta y cinco metros. Los demás, concentrados en los hemisferios cerebrales y el tronco medular, han sido provocados por calibres 45 Magnum y 9 mm Parabellum en disparos seguidos, cortos y cercanos.

—Balas blindadas —masculla Mancuzo, introduciendo un dedo en los dos últimos orificios craneales—. ¡Eh, Parks!, ya puestos, ¿por qué tus muchachos no utilizaron bazucas?

Parks cierra los ojos mientras oye el ruido que hacen los dedos de Mancuzo en el interior del cráneo de Caleb. El oficial explora los orificios mientras Stanton coge el material para cortar. Como los dedos de Mancuzo salen de vacío de la herida, este coge unas pinzas para llegar más adentro. Cuando el instrumento vuelve a salir al aire libre, Parks ve brillar el fragmento de bala blindada que el oficial ha conseguido extraer.

—Muy bien, los doctores Mancuzo y Stanton están de acuerdo en suspender aquí el examen de las causas de la muerte y concentrarse en las investigaciones post mórtem ampliadas.

Mancuzo y Stanton encienden las pantallas luminosas en las que sus ayudantes han colocado una hilera de radiografías del esqueleto y de lo que queda de la mandíbula de Caleb. La pantalla de la izquierda parpadea porque uno de los tubos de alimentación se niega a funcionar. Mancuzo da unos golpecitos sobre la superficie acristalada. El tubo chisporrotea y a continuación se enciende. Voz de Stanton:

—Examen de las radiografías efectuadas a H + 4 después de la muerte. Radiografías maxilares y dentales. En las zonas no afectadas por los impactos, observamos descarnaduras importantes, así como una ausencia significativa de cuidados. Los dientes observables no presentan ni fundas ni empastes, lo que permite pensar que el sujeto no cruzó jamás la puerta de un dentista. Observamos también la ausencia de redondeamientos y de melladuras que se encuentran en los individuos que comen alimentos duros, así como una musculatura maxilar bastante débil para un sujeto de esta corpulencia. Lo que parece demostrar que el sujeto era esencialmente vegetariano.

Manipulando el gancho y las pinzas en el interior de la boca del cadáver, Mancuzo completa la exposición de Stanton:

—El esmalte es mate y está agrietado. La dentina es blanda. El cuello de los dientes está a la vista y la encía retraída. Observamos también la presencia de importantes ulceraciones bucales características de una carencia prolongada de vitamina C.

Stanton, incrédulo, dirige el haz luminoso de su linterna hacia el lugar que le señala el dedo de Mancuzo, recubierto por una doble capa de látex. Este último prosigue:

—El doctor Stanton confirma que el sujeto presenta las tumefacciones características del escorbuto. Un síndrome que solo se encuentra en nuestros días en los países azotados por hambrunas particularmente largas y severas. El sujeto debía de alimentarse esencialmente de tubérculos, raíces y verduras hervidas. Poca fruta o ninguna. Poca carne o ninguna.

Con una mano sobre el micrófono para impedir que quede grabado, Mancuzo pregunta en voz baja:

—¿Escorbuto? Y ya puestos, ¿por qué no lepra? ¿A cuándo se remonta el último caso que has identificado en un cadáver americano?

—Es el primer caso que veo.

53

La puerta de los aposentos del Papa se entreabre. El suelo chirría. Inclinándose con un frufrú de sotana, el secretario particular susurra al oído de Su Santidad que los últimos cardenales acaban de llegar y que las ceremonias de apertura del Concilio Vaticano III comenzarán, como estaba previsto, a las cuatro de la tarde. El Papa asiente con la cabeza y mueve con languidez una mano. Después de haber dejado una jarra de agua sobre una bandeja de plata, el secretario se aleja. Las puertas se cierran a su espalda.

En el campanario de la basílica suena el ángelus. Cuando las campanas dejan de sonar, el lejano rumor de los turistas en la plaza de San Pedro llega de nuevo hasta los aposentos del Papa, donde Camano y Su Santidad han tomado asiento en sendos sillones de piel. El Papa se inclina hacia el cardenal.

—Lo que voy a revelarle ahora no debe salir de esta habitación bajo ningún concepto. Y mucho menos en pleno concilio, cuando tantos oídos indiscretos se mueven por los pasillos del Vaticano. ¿Me ha entendido?

—Sí, Santidad.

El Papa levanta la jarra de agua, llena dos vasos de cristal y le tiende uno a Camano, que lo deja sobre la mesa de centro.

—El suceso más secreto de la Iglesia comenzó el día de la muerte de Jesucristo. Las Escrituras afirman que, justo antes de entregar su alma, Jesús, en su agonía, perdió su visión beatífica. Hasta entonces, le bastaba cerrar los ojos para ver el Paraíso y a los ángeles del Cielo. Pero, al perder ese don en el momento de morir, se cree que debió de ver a la humanidad tal como era: la muchedumbre gritando a sus pies, el cordón de romanos rodeando la cruz, los insultos y los escupitajos, y que entonces se dio cuenta de que estaba muriendo por esos hombres. Las Escrituras dicen que Jesucristo alzó los ojos hacia el cielo y gritó: *«Eli, Eli, lama sabactani?»*.

—«Padre, ¿por qué me has abandonado?»

—Esas son sus últimas palabras. Después, Jesucristo entrega el alma. Así lo cuenta la versión oficial.

Un silencio.

—¿Dónde está el problema?

—El problema, querido Oscar, es que, exceptuando esa versión oficial, nadie sabe qué fue de Jesucristo después de morir.

—No le sigo.

—Los Evangelios afirman que los romanos entregaron el cuerpo a sus discípulos a fin de que estos pudieran enterrarlo según el rito judío en una tumba cerrada con una pesada piedra. Siempre según la versión oficial, tres días después de la muerte de Jesucristo, su cadáver desapareció de esa tumba sin que nadie hubiera movido la piedra que cubría la entrada. A continuación, Jesucristo resucitado se apareció a los apóstoles. Les transmitió el Espíritu Santo y los envió a evangelizar el mundo.

—¿Y qué?

—Pues que hay un vacío en las Escrituras entre el momento en que Jesucristo muere en la cruz y el momento en que sus discípulos encuentran su tumba abierta. Tres días sobre los que nadie puede dar testimonio. Todo lo demás, la vida pública de Jesucristo, su arresto, su proceso, la Pasión y su posterior ejecución están consignados en registros o fueron presenciados por miles de testigos. Todo es verificable. Con excepción de esos tres días. Y toda nuestra fe se basa precisamente en lo que pasó durante esos tres días: si Jesucristo efectivamente resucitó, eso significa que nosotros también resucitaremos. Pero, supongamos que Jesucristo no regresó de entre los muertos…

—¿Cómo dice?

—Supongamos que murió definitivamente en la cruz y que los tres días siguientes fueron una invención de los apóstoles para que su obra no acabara ahí y su mensaje se extendiera por el mundo.

—¿Es eso lo que cuenta el evangelio de Satán?

—Eso y otra cosa.

Un silencio.

—¿Qué más?

—Ese evangelio no afirma solamente que Jesucristo no resucitó. Dice también que, después de haber perdido su visión beatífica, Jesús renegó de Dios en la cruz y que, al hacerlo, se transformó en Janus, una bestia aulladora que los romanos remataron partiéndole los miembros. Jesús, el hijo de Dios, y Janus, el hijo de Satanás.

—¿Quiere decir que aquel día fue Satanás quien ganó?

La mirada del Papa se enturbia.

—Vamos, Santidad, no es la primera vez que nos enfrentamos a este tipo de herejía. Ha habido cientos de evangelios parecidos y habrá otros. No tenemos más que negarlo todo y enviar a un batallón de científicos adheridos a nuestra causa. El pueblo de los creyentes cree primero en usted y después en Dios. Si el Papa dice que algo es verdad, entonces ese algo es verdad. Siempre ha sido así y no hay ninguna razón para que cambie.

—No, Oscar. Esta vez es más grave.

54

Guiados por las radiografías, los doctores Mancuzo y Stanton pasan a realizar un examen en profundidad del esqueleto de Caleb. La voz lenta de Mancuzo resume lo que los dos forenses piensan:

—El sujeto presenta numerosas secuelas de traumatismos óseos que han sido objeto de cuidados rudimentarios, como atestiguan los callos gruesos e irregulares que se han formado alrededor de las fracturas. Nos encontramos sin duda alguna en presencia de un individuo de unos cuarenta años biológicos, con un aspecto precozmente envejecido y un organismo consumido a causa de la ausencia de cuidados. Podría tratarse de un vagabundo que hubiera roto hace tiempo los puentes con la sociedad moderna. Por lo tanto, será conveniente orientar la investigación hacia los ambientes marginales de las grandes ciudades y los vagabundos registrados en las zonas rurales de los estados de Maine y Massachusetts. ¿Algo que añadir?

—Sí. Caleb envejece.

Mancuzo y Stanton se sobresaltan ligeramente al oír la voz de Parks. Mancuzo interrumpe la grabación.

—¿Cómo dices, Parks?

—Cuando estaba con él en la cripta, Caleb tenía el aspecto de un chico de treinta años como mucho.

—Creía que no habías podido verle la cara.

—Le vi las manos.

—¿Qué quieres decir? ¿Que ha envejecido diez años durante su estancia en la cámara frigorífica?

—Sí, eso es lo que quiero decir.

Mancuzo pasa un brazo alrededor de los hombros de Parks.

—Vale, querida, te han clavado en una cruz, has pasado ocho días en cuidados intensivos y ahora estás convencida de que el mundo es un asco, de que la tecnología nuclear va a matarnos a todos y de que los Giants no jugarán la próxima Superbowl. Es normal. Así que te propongo lo siguiente: voy a seguir haciendo la autopsia según las reglas científicas de la observación y el análisis, y si este tipo envejece de verdad, te invito a una cena por todo lo alto sin ni siquiera intentar acostarme contigo cuando te acompañe a casa.

Volviéndose hacia Stanton, Mancuzo añade:

—Eh, Stanton, ¿te mola si hoy hacemos la autopsia a un puto fantasma?

—¡Un cadáver que va a morir de viejo si no hacemos nada! ¡Joder, ya lo creo que me mola!

La voz de Stanton recupera la seriedad cuando reanuda la grabación:

—Examen radiológico finalizado. Continuamos.

Armados cada uno con una lupa luminosa, los dos oficiales examinan la piel de Caleb. Voz de Mancuzo:

—El sujeto presenta las patologías cutáneas características de los vagabundos: sarna, tiña, impétigo, cicatrices de varicela y de viruela mal tratada. La epidermis está deteriorada. Observamos también la presencia de escarificaciones rituales en los antebrazos: unos surcos abiertos en la piel con ayuda de una hoja cortante y rellenados posteriormente con tinta indeleble. El dibujo representa unas llamas que rodean una cruz roja plantada en medio de una hoguera. Hacia la sangradura del brazo, la parte donde se juntan y rodean la cruz, las llamas se enrollan para formar una palabra. O más bien una abreviatura. I… N… R… I.

—Es un *titulus*.

—¿Un qué?

Cuando se vuelve hacia Parks, Mancuzo tiene la impresión de que a la joven se le han agrandado los ojos, como si estuviera hipnotizada por el cadáver, al que mira con intensidad. Cuando la voz de Marie suena de nuevo, cada palabra que escapa de sus labios traza un redondel de vaho en el aire helado.

—Un *titulus*. Una especie de tablilla que colgaban del cuello a los esclavos en los mercados de Roma, o que clavaban encima de los crucificados en la Antigüedad, a fin de que el pueblo supiera lo que habían hecho para merecer semejante suplicio.

—¿Y lo de INRI?

—Es el *titulus* que Poncio Pilatos mandó colocar sobre la cabeza de Jesucristo, en latín, en griego y en hebreo para estar seguro de que todo el mundo pudiera leerlo. INRI son las siglas del mensaje redactado en latín. Como en esa lengua la letra J no existía, este *titulus* significa: *«Iesus Nazarenus Rex Iudeorum»*, es decir, «Este es Jesús de Nazaret, rey de los judíos».

—¿Has aprendido todo eso en el catecismo?

—No, estudiando historia de las religiones.

—Y el fuego que rodea la cruz color rojo sangre, ¿qué es, según tú?

—Las llamas del Infierno.

—¿Perdón?

—Un dibujo como ese grabado en una tumba aramea significaba que el cadáver que contenía estaba condenado y que no había que abrirla bajo ningún concepto, pues, de hacerlo, esa alma muerta escaparía para atormentar al mundo.

—Entonces, si he entendido bien lo que dices, las escarificaciones que presenta este cadáver significarían que…

—… Jesucristo está en el Infierno.

55

—¿Grave hasta qué punto, Santidad?

El Papa permanece un momento absorto en sus pensamientos mientras el péndulo del reloj marca el silencio. Después comienza a susurrar tan bajo que Camano se ve obligado a inclinarse para oírlo.

—El evangelio de Satán relata que, tras su muerte, unos discípulos que habían presenciado la negación de Jesucristo, mataron a los romanos encargados de vigilar la cruz. Después se llevaron el cadáver de Janus para enterrarlo en una gruta al norte de Galilea. Por lo que sabemos, excavaron la roca de la caverna donde se habían refugiado y depositaron el cuerpo de Janus en un cubículo cuyo acceso taparon levantando un muro. Sobre él, grabaron una cruz color rojo sangre rodeada de llamas y coronada por las sagradas siglas INRI.

—¿Por qué el *titulus* de Cristo, si habían enterrado a Janus?

—Para los romanos, *«Iesus Nazarenus Rex Iudeorum»* significaba: «Este es Jesús de Nazaret, rey de los judíos». Pero, para esos discípulos, el mismo *titulus* se convertía en *«Ianus Rex Infernorum»*, lo que debe traducirse por: «Este es Janus, rey de los Infiernos».

Camano, dominado por una sensación de vértigo, tiene la impresión de que la voz del Papa flota en la habitación.

—Fue en esas grutas donde los discípulos de Janus escribieron su evangelio, en el que cuentan, uno tras otro, lo que vieron aquel día. Luego, perseguidos por los romanos, se dirigieron hacia Asia Menor, donde se instalaron en un monasterio subterráneo perdido en las montañas de Capadocia. Desde allí, mandaron misioneros en todas direcciones para propagar la herejía. Se sabe que esa secta acabó por desaparecer, sin duda exterminada por una epidemia.

—¿Y el evangelio?

El Papa se levanta trabajosamente del sillón y camina hasta los pesados cortinajes que ocultan la ventana. Aparta un poco uno de ellos y contempla un instante la agitación de los turistas en la plaza.

—En el año 452, cuando los hunos amenazaban Roma, el papa León I Magno se reunió con Atila en las colinas de Mantua. Le ofreció doce carros cargados de oro a cambio de la paz. Atila aceptó y, en muestra de respeto, devolvió al Papa un cargamento de manuscritos y pergaminos de los que sus jinetes se habían apoderado en los saqueos a los monasterios de Asia Menor. Cuando regresó a Roma con este extraño cargamento, León se encerró en sus aposentos y no salió hasta una semana más tarde, pálido y más delgado. Había llegado a sus manos una obra muy antigua y de una gran maldad, en cuya cubierta los pellejeros habían grabado una estrella de cinco puntas enmarcando a un demonio con cabeza de macho cabrío. Actualmente sabemos que esa obra era el evangelio de Satán, que los hunos debían de haber encontrado entre los cadáveres de la secta en Capadocia. Un manuscrito tan lleno de negrura y de maleficios que León, aterrado, decidió esconderlo del conocimiento de los hombres.

Un silencio.

—Entonces creó dos órdenes secretas que todavía perduran en la actualidad: la orden de los caballeros archivistas, a la que confió la misión de recorrer el Imperio para recuperar los pergaminos y los manuscritos, y la orden invisible de las hermanas recoletas, que instaló en conventos perdidos en la cima de las montañas y a la que confió la tarea de conservar esas obras y estudiarlas en el mayor secreto. Después hizo llevar bajo escolta el evangelio de Satán al gran desierto de Siria para que estuviera fuera del alcance de los bárbaros. Unos años más tarde, los archivistas enviados a esa misión sin retorno fueron exterminados por la misma extraña enfermedad que había acabado con los discípulos de Janus y el evangelio cayó en el olvido.

El Papa regresa fatigosamente al sillón. Cuando retoma la palabra, el cardenal se da cuenta de que Su Santidad está agotado.

—Pasaron setecientos años durante los cuales la orden de los archivistas recorrió incansablemente Europa para salvar los tesoros del pensamiento humano de las hordas bárbaras que acosaban a la cristiandad. Se encontraron manuscritos de inestimable valor entre los escombros de los monasterios, pergaminos esparcidos por las ciudades en ruinas y papiros salvados de los incendios. Todas esas obras maestras eran transportadas de noche hacia los conventos-fortalezas construidos en la cima de las montañas, donde las recoletas se encargaban de restaurar las encuadernaciones rotas y copiar a la luz de las velas las preciosas miniaturas enrojecidas por el fuego antes de esconderlos en sus bibliotecas.

Tras un silencio, prosigue:

—Durante todo ese tiempo, el evangelio de Satán, que había salido de la memoria de los hombres, dormitaba bajo la arena ardiente del gran desierto de Siria. En el año 1104 lo encontró la vanguardia de la Primera Cruzada, que lo escoltó hasta San Juan de Acre, donde fue encerrado en un escondite de piedra. Desgraciadamente, Acre volvió a caer en manos del enemigo y hubo que esperar hasta la Tercera Cruzada de Ricardo Corazón de León para que el estandarte de Cristo ondeara de nuevo sobre las murallas de la ciudad. Llegamos a 1191. Acre acaba de caer tras un asedio de meses. Impaciente por dirigirse a Jaffa y Ascalón, Corazón de León deja la ciudad a cargo de los templarios, que la registran de punta a cabo. Robert de Sablé, gran maestre de la orden, es quien encuentra por casualidad el evangelio en los sótanos de la fortaleza.

El Papa golpea ligeramente el cristal con los dientes al dar un sorbo de agua. Hace una mueca. El agua tiene un sabor terroso. Nota cómo baja por su esófago. Un amago de náuseas le revuelve el estómago. Deja el vaso y reanuda su relato.

—Sabemos que Sablé abrió el evangelio y descubrió algo que utilizó para enriquecer a su orden comerciando con el Demonio. Gracias en parte al contenido de ese manuscrito, el Temple llegó a ser más poderoso que los reyes y más rico que la Iglesia. Pero en 1291 la caída definitiva de Acre marcó el fin de las cruzadas y la pérdida de Tierra Santa.

Un silencio.

—Durante los años que siguieron, los templarios que habían encontrado refugio en Francia se infiltraron en el Vaticano tras sobornar a unos cardenales del entorno del Papa. Su objetivo era hacerse con el control de los cónclaves para elegir un papa adepto al culto de Janus, el cual revelaría al mundo la negación de Jesús en la cruz. Semejante cataclismo habría sumido a Occidente en el caos y habría significado a la larga la muerte de la Iglesia y el desmantelamiento de los reinos. Alertados por ese peligro mortal contra la fe, unos emisarios de Roma se reunieron entonces con otros del rey de Francia en unos castillos perdidos de Suiza. El trato que resultó de esos encuentros estipulaba que el rey se comprometía a devolver al Papa el evangelio de Satán. A cambio, este renunciaba a recuperar el fabuloso tesoro del Temple. Una vez firmado este acuerdo, el 13 de octubre de 1307, al amanecer, fueron detenidos y encarcelados todos los templarios de Francia. Esa misma noche, los espías del rey de Francia infiltrados en el Vaticano hicieron degollar a los cardenales que se habían convertido a la regla maldita de la orden, con excepción de un puñado de ellos cuya pertenencia al Temple se desconocía. Esos cardenales, que figuraban entre los más poderosos, fundaron en la clandestinidad una cofradía secreta que bautizaron con el nombre del Humo Negro de Satán.

56

—¿Te encuentras bien, Parks?

Apartando con dificultad la mirada del cadáver, Parks levanta los ojos hacia Mancuzo.

—¿Cómo dices?

—Te pregunto si te encuentras bien. Estás muy pálida.

—Estoy bien, Mancuzo, no te preocupes.

—Ve a por un sándwich, si quieres.

—De carne cruda y mayonesa para mí.

—¡Cierra el pico, Stanton!

—Oye, no he sido yo quien le ha propuesto ir a buscar algo de comer mientras nos disponemos a descuartizar a su enamorado.

La voz de Stanton se eleva en el aire helado para reanudar la grabación:

—A continuación pasamos a las partes internas.

Con ayuda de un rotulador negro, Mancuzo dibuja en el pecho de Caleb una marca que Stanton utiliza para clavar una aguja larga y biselada entre las costillas cuarta y quinta. Marie, fascinada, mira cómo la aguja fuerza la pleura y desaparece lentamente en el tórax del cadáver. Cuando ha penetrado tres cuartas partes, Stanton anuncia que acaba de traspasar el envoltorio del corazón.

—Procedemos a realizar una punción de sesenta centímetros cúbicos de sangre ventricular intercardíaca.

La mano del oficial interrumpe el avance del instrumento y tira firmemente del émbolo de la jeringuilla hacia atrás para compensar la ausencia de presión sanguínea. La jeringuilla se llena de un líquido pardusco, que Stanton vierte en cuatro tubos que contienen sulfuro de sodio destinado a neutralizar la formación de alcohol de descomposición. Al mismo tiempo, Mancuzo efectúa varias tomas de líquido en la aorta, la vena cava y el brazo, a fin de comparar las concentraciones sanguíneas de las diferentes muestras.

Mientras Stanton conecta la centrifugadora, Mancuzo se pone unos guantes de goma que le llegan hasta el codo. Después de trazar una línea roja en el pecho de Caleb, clava el bisturí en la carne y abre el tórax hasta el hueso. Luego, empuñando una sierra circular cuyo chirrido invade el aire helado, corta con aplicación la placa ósea que sujeta la caja torácica de Caleb. Minúsculas esquirlas de hueso rebotan contra sus gafas mientras la hoja ataca el último nudo de resistencia. Un crujido sordo. La hoja patina bruscamente en el vacío. La caja torácica de Caleb, liberada, despide un fuerte olor de órganos putrefactos que se extiende por la sala.

Para evitar las arcadas, Mancuzo extiende una capa de pomada mentolada bajo sus fosas nasales y se inclina sobre la abertura torácica. Dirigiendo una mirada de incredulidad a Marie, que no se pierde ni un detalle, prosigue la grabación con voz menos segura:

—El doctor Mancuzo toma el relevo. Constatamos una fuerte degradación de los tejidos, con descomposición orgánica avanzada. Los órganos principales todavía están enteros, pero las vísceras parecen descomponerse a un ritmo acelerado, como si el cadáver se hallara en un entorno inusual y sus células se degradaran al estar en contacto con el oxígeno. Un examen visual de la epidermis del sujeto muestra que su piel se afloja y se marchita. Observamos también una producción importante de cabellos y un crecimiento anormal de las uñas. El cuadro clínico recuerda el proceso de momificación que se encuentra en los cadáveres descompuestos a salvo de la putrefacción en un entorno cálido y seco: una degradación rápida de los tejidos blandos seguida de una evaporación de los líquidos corporales y el desecamiento de los órganos. En conclusión, si tuviera que datar la muerte del sujeto basándome solo en su estado de descomposición interna, diría que nos hallamos en presencia de un hombre fallecido hace más de... seis meses.

Al oír esas palabras, Parks siente vértigo. Bannerman, a su lado, tiene los ojos vidriosos de luchar contra las náuseas.

Mientras Mancuzo limpia la sierra y la guarda en su estuche, Stanton coloca dos separadores cuyas mandíbulas de acero ensanchan la brecha abierta en la caja torácica de Caleb. Las costillas del cadáver crujen al desplazarse cada vez que Stanton ejerce presión. Cuando este considera que la abertura es suficientemente grande, bloquea los separadores y cede el sitio a Mancuzo; sus dedos se abren paso entre la carne para extraer los pulmones. Tras depositarlos sobre la mesa metálica, los corta con un escalpelo y separa los lóbulos con precaución. Su voz se eleva de nuevo a través del micrófono.

—Examen visual de la superficie pulmonar del sujeto. Los órganos respiratorios están particularmente descompuestos. Los alveolos todavía visibles están relativamente limpios y son bastante anchos, pero la base anterior está atrofiada, signo de una afección respiratoria crónica, confirmada por las radiografías. Sin duda el sujeto era asmático. Observamos la ausencia total de contaminantes químicos modernos y de alquitranes producto de los gases de escape, confirmada por las mismas radiografías. El examen de las paredes demuestra que el sujeto no ha fumado nunca ni ha estado expuesto nunca al tabaco. Se observa, sin embargo, la presencia de importantes depósitos carbonados y de hollines residuales que parecen indicar que el sujeto ha inhalado humo de fuego de leña durante muchos años. Unas secuelas características que actualmente solo se encuentran en las tribus aisladas de la Amazonia y de Borneo, así como en los últimos lugares apartados del mundo donde la leña sigue siendo el único combustible conocido. Por lo tanto, nuestro sujeto es con toda seguridad un hombre primitivo, hipótesis confirmada por las numerosas cicatrices internas que presentan sus pulmones. Sin duda secuelas de patologías mal tratadas, como si el sujeto no hubiera tenido acceso jamás a la atención médica moderna. Así pues, la tesis del vagabundo parece perder peso, en la medida en que nadie nace siendo vagabundo.

Una vez finalizada su exposición, Mancuzo cierra cuidadosamente los lóbulos pulmonares y se acerca a Stanton, que está practicando una incisión en el ojo intacto de Caleb. Marie siente arcadas al ver cómo se achata el globo ocular mientras la hoja del bisturí atraviesa el cristalino. Stanton retira un fragmento de córnea y la coloca bajo un microscopio; hace girar la rueda hasta obtener el máximo aumento. Un ligero silbido escapa de sus labios. Hace una seña a Mancuzo, que acerca los ojos a la lente.

—¿Ves lo que yo veo?

Sin perder tiempo en responder, Mancuzo sopla hacia el micrófono para reanudar la grabación. Se seca una gota de sudor de la frente.

—Continuamos con el examen de la córnea del asesino de Hattiesburg. La muestra presenta una concentración anormal de células bastones, las que se adaptan a la visión nocturna. Las células cono, células de la visión diurna, son poco numerosas y están deficientemente desarrolladas, lo que permite pensar que nuestro sujeto ha pasado la mayor parte de su vida en las tinieblas. Hasta tal punto que su ojo se ha adaptado a esa ausencia de luz. Incluso se puede concluir que el sujeto era casi ciego a la luz del día y que no debía de exponerse a ella salvo en caso de absoluta necesidad.

La voz vacilante de Bannerman interrumpe al oficial.

—¿Quiere decir que ese asesino era una especie de... de vampiro?

—No, sheriff, más bien un tipo que vivía escondido bajo Tierra y solo salía por la noche. Un tipo que no empezaba a distinguir el mundo hasta el crepúsculo. Algo parecido a lo que les sucede a ciertas tribus de la cuenca del Orinoco, perdidas en lo más recóndito de la jungla, que unos exploradores descubrieron en los años treinta. Vivían en una parte tan profunda de la selva que los árboles solo dejaban pasar un vago resplandor a través de las ramas. Se observó que la mayoría de los miembros de esa tribu apenas utilizaban los ojos y que su cristalino se hacía cada vez más opaco hasta volverse translúcido. Una característica transmitida a los hijos, la mayoría de los cuales nacían con los ojos blancos. Ojos nocturnos.

57

—¿Y qué sucedió después, Santidad?

El Papa permanece largo rato en silencio. Hace ya más de una hora que empezó su relato y Camano teme que no tenga fuerzas para terminarlo. Al final, con la mirada fija, el anciano retoma el hilo de la historia.

—Al día siguiente de la detención de los templarios y de la ejecución de los cardenales que se habían convertido al culto de Janus, el evangelio de Satán fue trasladado bajo custodia al convento de Nuestra Señora del Cervino. Fue allí donde las recoletas lo estudiaron durante más de cuarenta años, hasta 1348, cuando estalló la gran peste negra. La noche del 13 al 14 de enero de ese año de desgracia, aprovechando el caos en el que la epidemia había sumido a la población, unos monjes sin orden ni Dios atacaron el convento y mataron a las recoletas. Ahora sabemos que lo que fueron a buscar era el evangelio de Satán.

—¿Eran los Ladrones de Almas?

—Sí. Son el brazo armado de los cardenales de la cofradía del Humo Negro, sin duda descendientes del Temple que sobrevivieron al desmantelamiento de la orden.

Un silencio.

—¿Y el evangelio?

—Se sabe que, la noche en que la congregación del Cervino fue asesinada, una anciana recoleta consiguió huir con el manuscrito. Se sabe también que atravesó parte de los Alpes y que logró llegar a un convento de agustinas perdido en los Dolomitas. Ahí es donde se pierde su rastro, a la vez que el del evangelio. Nadie ha vuelto a oír hablar de él.

—¿Por eso los asesinatos de recoletas han seguido produciéndose a lo largo de los siglos?

—Sí. Los cardenales de la cofradía del Humo Negro pensaron sin duda que la Iglesia había recuperado el evangelio y que el Papa lo había confiado de nuevo a las recoletas. En la época en que aún lo tenían bajo su custodia, estas religiosas habían conseguido copiar algunos fragmentos del manuscrito que mis lejanos predecesores dispersaron por diversos conventos de la orden, primero en Europa y más adelante en África y en América, a medida que los exploradores descubrían nuevos continentes. Pero la distancia y los océanos no han detenido nunca a los Ladrones de Almas, y los asesinatos continuaron. Hasta el día de hoy.

—¿Quiere decir que la cofradía del Humo Negro de Satán todavía existe y continúa creciendo en el seno del Vaticano?

El Papa asiente lentamente con la cabeza.

—Los últimos asesinatos se remontan a la primera década del siglo XX. Pero la profecía se repite. La peste y los asesinatos. Cuando creemos que todo ha acabado, vuelve a empezar. Vuelve a empezar una y otra vez.

Un silencio.

—Hay una cosa que sigo sin entender, Santidad.

—¿Cuál?

—¿Cómo se explica semejante obstinación por parte de la

cofradía del Humo Negro para encontrar un viejo libro que, por sí solo, no demuestra nada?

El Papa se levanta trabajosamente y se dirige hacia la pesada caja de caudales donde guarda sus documentos más secretos.

—Después de haber leído el evangelio en los sótanos de San Juan de Acre, Robert de Sablé envió a sus templarios al norte de Galilea, donde, según afirmaba el manuscrito, mil años atrás los discípulos de la negación habían enterrado los restos de Janus.

—¿Y...?

Camano oye cómo chirría la pesada puerta de acero al girar sobre sus goznes. Acto seguido, el Papa regresa con una bolsa de terciopelo y se la tiende. Los dedos del cardenal desatan el cordón. La bolsa contiene un hueso ennegrecido por el fuego, un trozo de tibia. El cardenal siente que se le encoge el corazón mientras el Papa reanuda su relato.

—Ese hueso procede de un esqueleto que los templarios encontraron en las grutas en cuestión y que presentaba todos los estigmas de la Pasión de Cristo, así como las múltiples fracturas que los romanos habían causado con sus garrotazos en los brazos y las piernas de Janus para acelerar su muerte. Un esqueleto perfectamente conservado por el ambiente seco de la cueva y cuyo cráneo estaba rodeado por una corona de espinos.

—Dios...

—¿Comprende ahora?

—¿Y esto es todo lo que queda de ese... Janus?

—Es todo lo que pudimos salvar después de la matanza de las recoletas del Cervino encargadas de su custodia, junto con la del evangelio. Un inquisidor general de la época, encargado de investigar ese crimen, fue quien encontró este hueso en una chimenea del convento. Se cree que las recoletas tuvieron el tiempo justo de destruir el resto para que esas reliquias no cayeran en manos de los Ladrones de Almas. Excepto el cráneo de Janus, que la superiora de esa desdichada congregación logró llevarse en su huida junto con el evangelio de Satán.

—Supongo que habrá hecho datar este hueso.

—Varias veces.

—¿Y qué?

—No cabe ninguna duda: el individuo al que pertenece murió efectivamente en la misma época que Jesucristo.

—Eso no demuestra forzosamente que sea él.

El Papa agacha la cabeza y permanece un momento en silencio. Sus manos tiemblan.

—Santidad, ¿demuestra eso que este esqueleto es el de Jesucristo?

El Papa levanta lentamente la cabeza. Unas lágrimas titilan en el rabillo de sus ojos.

—Santidad, sea cual sea la gravedad de lo que tenga que revelarme, necesito saberlo.

58

Inclinado sobre el cadáver, Stanton practica una incisión en la pared del estómago y sumerge los dedos en el mejunje verdusco que llena la bolsa. Mide el pH con ayuda de una tira de papel indicador, toma unos gramos de materias descompuestas y los extiende sobre una lámina de microscopio.

—Procedemos ahora a realizar el examen de la bolsa estomacal del sujeto. Observamos la presencia de bayas y de raíces, así como de restos de carne magra y de tubérculos cocidos al fuego, prueba de una alimentación sencilla y primitiva. Observamos también la presencia de filamentos de tubérculos y de habas, así como restos de alimentos feculentos y de…

El rostro de Stanton se vuelve ceroso, mientras que la rueda del microscopio se inmoviliza entre sus dedos.

—¡Por todos los santos, Mancuzo, ven a ver esto!

Reemplazándolo en el microscopio, Mancuzo examina la muestra seleccionada por su colega. Su voz se tensa:

—Veo filamentos de proteínas degradadas y restos de ADN característicos. Lo confirmo: presencia de músculos y de vísceras humanos en el estómago del sujeto.

—¡Mierda, nuestro vegetariano era un asqueroso caníbal!

—Hay otra cosa.

—¿Qué?

Mancuzo coge unas pinzas y se vuelve para hurgar en el estómago abierto de Caleb. En vista de que no encuentra lo que busca, el oficial practica una incisión en el estómago hasta la entrada del esófago e inserta una cámara de fibra óptica en el conducto alimentario. Nada tampoco. El bisturí eléctrico de Mancuzo practica entonces otra incisión hasta el duodeno y lo que queda de la entrada del intestino grueso. Un hedor de cloaca se eleva entre sus dedos mientras las pinzas atrapan por fin algo duro. El instrumento sale y brilla débilmente cuando los dedos de Mancuzo exponen su botín a la luz de los tubos de neón: es un tubérculo oval y fibroso, cuya cabeza está recubierta por una cabellera de raíces.

—Mierda...

—¿Qué es?

—*Tuberculis perenis*, una especie de raíz de los bosques que se cultivaba en grutas a resguardo de la luz y se cocía lentamente en vinagre y agua para ablandarla. Los romanos y los druidas afirmaban que este tubérculo curaba las heridas invisibles y protegía contra la peste.

—¿Y cuál es el problema?

—El problema es que este alimento no se cultiva desde el siglo XV y que los únicos especímenes de los que todavía se dispone, sometidos a un proceso de secado, se encuentran en los museos y los laboratorios de botánica. Ahora bien, este tubérculo está casi verde. Si añadimos a eso la ausencia de cuidados médicos que presenta el cadáver, los rastros de hollín en los pulmones y la visión nocturna, nos metemos de cabeza en un callejón sin salida.

—Es decir...

—Bien, si me limito a poner uno detrás de otro los elementos científicos que tengo ante los ojos, me veo obligado a concluir que nos hallamos en presencia de un sujeto que ha vivido la mayor parte de su vida entre mediados y finales de la Edad Media.

Stanton interrumpe la grabación y se quita los auriculares.

—Este jodido cadáver está empezando a tocarme los huevos.

—A mí también.

Una señal sonora. La centrifugadora acaba de terminar el ciclo de separación de la sangre de Caleb. Stanton coge un tubo y agita su contenido. A continuación extiende pequeñas cantidades de líquido sobre unas láminas de vidrio y las coloca una tras otra bajo los oculares de una batería de microscopios de fotones. Un silencio mortal se abate sobre la sala de autopsia mientras las lentes avanzan y retroceden por el tubo. El zumbido de los flujos de fotones invade la habitación y los artefactos empiezan a bombardear la sangre de Caleb para identificar sus componentes. Cuando la operación ha terminado, Mancuzo y Stanton vierten sobre cada lámina un compuesto químico destinado a aislar los elementos sanguíneos haciéndolos reaccionar por coloración.

Una señal sonora. Una impresora escupe un metro de papel que Mancuzo lee con expresión pensativa. Su micrófono chisporrotea mientras él dicta los resultados a la grabadora:

—Objeto: análisis sanguíneo del asesino de Hattiesburg. El líquido hemático está fuertemente descompuesto. Pocos azúcares o ninguno, restos de glóbulos rojos muy por debajo de la media, restos de glóbulos blancos en número elevado. Las muestras tomadas no presentan ningún rastro de medicamentos habituales tipo aspirina o antiinflamatorios, ningún rastro de tranquilizantes ni de calmantes centrales, ninguna molécula utilizada en los tratamientos psiquiátricos. Tal como permitían suponer los exámenes precedentes, la sangre del sujeto no presenta el menor rastro de anticuerpos resultantes de las vacunas habituales, lo que significa que el sujeto no está inmunizado contra ninguna enfermedad moderna. Detectamos, en cambio, una presencia de antígenos de tipo F1.

Stanton mira a Mancuzo como si este acabara de anunciar que el sujeto era primo lejano de la criatura de Roswell. Coloca una mano sobre su micrófono para que lo que va a decir no quede grabado:

—¿Estás de coña o qué?

Mancuzo, absorto en sus pensamientos, se sobresalta ligeramente.

—¿Hum? ¿Qué dices?

—Has anunciado la presencia de antígeno F1. ¿Has bebido o deliras?

—Ni lo uno ni lo otro. Antígeno F1. Lo confirmo.

Stanton coge la hoja que Mancuzo le tiende. La lee atentamente y a continuación graba lo siguiente:

—El doctor Stanton lo confirma: ningún rastro de contaminantes químicos modernos, ningún residuo de medicamentos, ninguna presencia de anticuerpos resultantes de cualquier vacuna. Con la excepción de antígenos F1, característicos de una exposición prolongada al bacilo de Yersin.

—En otras palabras, al bacilo de la peste.

Stanton, ahora febrilmente, prepara otra muestra sanguínea a la que añade una gota de precipitante químico. Nuevo silencio mientras los dos oficiales examinan el resultado. Voz de Stanton:

—Presencia del bacilo de Yersin confirmada. Bacilo activo. El sujeto es portador sano: inmunizado, pero muy contagioso.

Mientras Mancuzo centrifuga otras muestras, Stanton comprueba la estanquidad de su mascarilla de protección y prepara otra lámina sobre la que añade unas gotas de glicerina pura. Después se queda un momento en silencio mirando el resultado con ojos de asombro cada vez mayor a medida que el fenómeno que observa a través del microscopio adquiere relevancia.

—Reacción a H + 30 segundos. Nos hallamos en presencia de una variedad de bacilo *Yersinia pestis* que provoca una fermentación acelerada del glicerol. Conclusión: peste de cepa continental, bacilo originario de Asia Central.

Con los ojos pegados al microscopio, Mancuzo, que acaba de añadir unas gotas de una solución de nitrato a otra muestra, anuncia con voz neutra:

—Fuerte reacción del nitrato en presencia del bacilo estudiado. Constatamos una degradación rápida del nitrato en nitrita con emisión de ácido nitroso acompañando la respiración del bacilo activo. Conclusión: peste de bacilo continental de cepa *Antiqua*. Lo que significa que nos encontramos en presencia de la peste bubónica romana que diezmó la cuenca mediterránea en el siglo VI después de Cristo.

—¿La qué?

—La primera gran epidemia de la historia, querida Parks. El azote de Justiniano, del que Procopio decía que estuvo a punto de acabar con el género humano.

Inclinado sobre la última muestra, Stanton interrumpe a Mancuzo con la voz temblando de agitación:

—Presencia de un segundo tipo de bacilo confirmado. ¡Joder, Mancuzo, es un Yersin 2! Bacilo continental con aparición de fermentación en el glicerol. Ninguna degradación del nitrato y ninguna reacción en presencia de una solución concentrada de melibiosa. Lo confirmo: segunda especie bacilar. Bacilo continental de tipo *Medievalis*...

—Dios mío, la gran peste negra...

Dominada por el vértigo mientras Mancuzo saca su móvil para informar al director del FBI, Parks contempla a Caleb; su rostro parece sonreír bajo la luz artificial de los tubos de neón.

59

El Papa levanta su vaso y bebe un trago de agua. El sabor de Tierra ha desaparecido. Cuando retoma la palabra, su voz parece rota por el cansancio.

—Unas horas después de que los discípulos de Janus hubieran robado el cadáver de Jesucristo, un hombre llamado José de Arimatea encontró al pie de la cruz uno de los clavos utilizados para infligir el suplicio, un clavo ensangrentado, y lo envolvió en un paño antes de guardarlo bajo su túnica.

Un silencio.

—Sabemos que José de Arimatea entregó ese paño a Pedro, el jefe de los apóstoles, que había recibido de Jesucristo el título de primer papa de la cristiandad. Fue así como el clavo llegó a Roma y, de papa en papa, ha perdurado durante siglos.

—Dios mío, ¿quiere decir que está en posesión de ese clavo?

—Se encuentra en un lugar seguro junto con otras reliquias secretas recuperadas por María y el apóstol Juan, que permanecieron al pie de la cruz durante la agonía de Cristo. Hicimos analizar con el mayor secreto el ADN que se encontraba en ese clavo. Unas fibras de carne solidificada y de sangre muy antigua. Después comparamos esos resultados con el ADN del esqueleto de Janus.

—¿Y qué?

—Pues que es el Jesucristo que los discípulos de la negación enterraron en las grutas del norte de Galilea.

—Señor... ¿Y el santo sudario de Turín? ¿Y los fragmentos de la verdadera Cruz? ¡Todas esas reliquias que hemos afirmado haber descubierto y que hemos expuesto en las iglesias y las catedrales!

—Y el Santo Grial también.

—¿Cómo?

—Dado que hemos llegado hasta aquí, le llevaré un día a visitar las salas secretas del Vaticano. Le sorprendería la cantidad de reliquias verdaderas y falsas que dormitan allí. Reliquias y vestigios arqueológicos.

—¿Vestigios arqueológicos?

—Desde los primeros tiempos de la evangelización de Asia, se encontraron huellas del paso de los misioneros de Janus por China y Asia Central. Hasta Siberia, donde su pista se pierde bruscamente.

—¿Qué tipo de huellas?

—Tablillas de arcilla, altares sagrados, frescos y templos dedicados a Janus. Se sabe que, en esa época, los misioneros tuvieron tiempo de evangelizar a numerosos pueblos nómadas, como los mongoles, y que estos difundieron también el mensaje de la negación como una epidemia mortal.

Otro silencio.

—Durante los siglos posteriores, los archivistas no dejaron de recorrer las regiones más recónditas para borrar esas huellas. Derribaron los templos, destruyeron los frescos de las paredes, rompieron los altares y se llevaron todos los objetos de culto que eran transportables para encerrarlos en las salas secretas del Vaticano. Fue un trabajo largo y fatigoso, pero creemos poder afirmar que no subsiste un solo vestigio del culto de Janus en esta parte del mundo. En cualquier caso, nada identificable.

—Pero…

—Pero, en el siglo XV, cuando los conquistadores del Nuevo Mundo se adentraron en los extensos territorios ocupados por los aztecas y los incas, encontraron… cosas. Cosas extrañas.

—¿Qué cosas, Santidad?

—Cruces de mármol, templos subterráneos y frescos dedicados a Janus.

—¡Señor todopoderoso y misericordioso! ¿Está diciéndome que los misioneros de Janus cruzaron el Atlántico?

—No. Creemos que hicieron lo mismo que anteriormente habían hecho los pueblos de Mongolia, antes de convertirse en los indios de América. Creemos que pasaron por los hielos del estrecho de Bering y bajaron por las costas del Pacífico hasta México. Es como una epidemia. Se extiende.

»Cuando el Papa y los inquisidores de Salamanca se enteraron de que los misioneros de la negación habían llegado al Nuevo Mundo mucho antes que las carabelas de Colón y de Vespucio, los reyes de España y Portugal enviaron cada vez más conquistadores y les dieron carta blanca para adentrarse en el territorio y recuperar las pruebas del culto de Janus. A cambio de esos servicios, estos últimos recibieron el derecho a reducir a la esclavitud a los pueblos vencidos y a conservar todos los tesoros que encontraran. Así fue como, a lo largo de los años, decenas de naves viajaron desde el Nuevo Mundo hasta Roma y España para llevar los vestigios de Janus. Durante ese tiempo, los conquistadores continuaron destruyendo los restos que no podían transportar y exterminaron, además de a los aztecas y a los incas, a todas las tribus que habían sido evangelizadas por los misioneros de la negación.

—¿Desaparecieron todos esos rastros?

—Permanecemos alerta y todavía en la actualidad financiamos numerosas excavaciones arqueológicas en todo el planeta para asegurarnos de que no subsiste nada del culto de Janus. No ha aparecido nada nuevo desde hace casi tres siglos. Pero las últimas grandes selvas vírgenes están retrocediendo, y ¿quién sabe lo que las excavadoras podrían descubrir un día bajo esos árboles milenarios?

Un silencio.

—Perdone, Santidad, pero todo eso no demuestra que Jesucristo no resucitara de entre los muertos. Y tampoco demuestra que renegara de Dios en la cruz.

—¿Con un evangelio datado y autentificado que afirma lo contrario y una calavera coronada de espinos que se encontró justo en el lugar que ese evangelio indica? ¿Va a contar eso a nuestros fieles? ¡Por todos los santos, Camano, despierte! ¡Escúchelos ahí fuera! ¿Qué cree que pasará si los cardenales de la cofradía del Humo Negro se apoderan de esas reliquias y revelan a los fieles del mundo entero que quizá la Iglesia les ha estado mintiendo desde hace más de veinte siglos?

—¿Por qué iban a hacer una cosa así?

—Porque son unos fanáticos y porque han decidido adueñarse de la Iglesia, no para hacerse con el poder sino para destruirla desde el interior. Sin embargo, saben que solo podrán conseguirlo después de tomar el control del Vaticano y elegir a uno de los suyos para que ocupe el trono de san Pedro. En ese momento podrán revelarlo todo. Y para ello, antes deben recuperar el evangelio de Satán, pues contiene todas las pruebas que necesitan.

—Nadie les creerá.

—¿Está seguro? ¿No era usted quien decía hace un momento que si el Papa dice que algo es verdad, ese algo es verdad?

—Sí, siempre y cuando vaya en el sentido de las Escrituras.

—Desengáñese, Oscar, las Escrituras no son más que papel y tinta. Si un papa de la cofradía del Humo Negro abriera el evangelio de Satán en plena celebración de la eucaristía y revelara su contenido a la masa de fieles, le juro que le creerían y que su fe se evaporaría en unos segundos.

El Papa ha cerrado los ojos. Su pecho se eleva tan ligeramente que a Camano le parece que está extinguiéndose. Al cabo de un momento, el anciano susurra:

—Bien, Oscar, ¿qué propone que hagamos?

—En lo concerniente a los asesinatos de las recoletas, la noticia no tardará en difundirse y no podemos hacer nada para evitarlo. En cuanto a los milagros y a las manifestaciones satánicas, de momento controlamos a los medios de comunicación que preguntan continuamente cuál es la posición oficial de la Iglesia. Convocaremos una rueda de prensa para ganar tiempo; explicaremos que el concilio estudiará esos misterios a fin de averiguar si proceden de Dios o de mecanismos ajenos a nuestro ámbito de competencia.

—Tiene razón. Por lo que sabemos, Nuestro Señor no nos desea ningún mal. Así que debemos concentrarnos en las manifestaciones satánicas. Porque, si efectivamente se trata de posesiones colectivas y no de ataques de histeria, debe de existir un foco principal a partir del cual el mal se propaga.

—¿Una posesión suprema?

—¡Quiera el Cielo que no sea eso!

Tras una pausa, Camano pregunta:

—Y en lo que se refiere al evangelio y el cráneo de Janus, ¿cuál es su decisión?

—Hay que volver a empezar a investigar desde cero. Tenemos que hacer lo imposible para recuperar esas reliquias antes que los Ladrones de Almas y destruir las pruebas de la mentira. Ponga inmediatamente a sus mejores legionarios a trabajar en este asunto.

—Ya lo he hecho, Santidad.

—¿A quién ha recurrido?

—Al mejor de todos: el padre Alfonso Carzo, un exorcista al que yo mismo he formado. Sabe distinguir el olor de los santos del hedor de Satán. Si alguien puede encontrar la fuente del mal que se extiende es él.

Cuarta parte

60

Territorio de los indios yanomami,
en el corazón de la selva amazónica

Catorce horas antes, el padre Alfonso Carzo había llegado a la misión católica de São Joachim de Pernambuco, perdida en lo más profundo de la jungla amazónica. Allí, sin desvestirse ni pronunciar una sola palabra, se había dejado caer sobre una hamaca en la que seguía sumido en un sueño cercano a la muerte. A su alrededor, la selva virgen se hallaba en un profundo silencio.

Hacía tres semanas que la Congregación de los Milagros enviaba al padre Carzo de una punta a otra del planeta para ocuparse de los casos de posesiones satánicas que no cesaban de producirse. Tres semanas durante las cuales había acumulado noches en vela en vuelos de larga distancia y hoteles sórdidos. Tres semanas observando los signos y acosando a legiones de demonios cuyo inusual poder auguraba que las fuerzas del Mal estaban despertando.

Todo había empezado, casi silenciosamente, con los estigmas de la Pasión de Cristo que habían aparecido en el cuerpo de monjes y religiosas de edad indeterminada. Luego, en diversos lugares del mundo, imágenes de la Virgen se habían puesto a derramar lágrimas de sangre en las iglesias y los crucifijos habían comenzado a arder durante las misas. Después se habían producido milagros, apariciones y curaciones inexplicables. Dado que el número de manifestaciones satánicas también se había disparado y que los casos de posesión se multiplicaban en proporciones inquietantes, una mano anónima había marcado el número de Nuestra Señora del Sinaí, un convento cisterciense encaramado en las colinas de San Francisco, donde el padre Alfonso Carzo había establecido su cuartel de gran viajero.

Nuestra Señora del Sinaí no era un convento como los demás; sus muros, que ningún visitante cruzaba jamás, delimitaban una casa de reposo donde una cincuentena de exorcistas se habían retirado después de que su sacerdocio contra las fuerzas del Mal hubiera agotado precozmente su mente y su organismo. Estos residentes tenían en común haber combatido contra los arcángeles del Infierno y haber estado ellos mismos poseídos al menos una vez en el transcurso de su ministerio. La contaminación por contacto: el brazo del poseído escapaba bruscamente de la sujeción de las correas y te agarraba del cuello. Era siempre al final del exorcismo cuando esa contaminación amenazaba con producirse, el momento en el que el demonio se volvía peligroso. Un aluvión de alaridos salía entonces de la habitación donde el soldado de Dios estaba oficiando contra la Bestia; en la mayoría de los casos sus ayudantes lo encontraban inanimado, con el pelo canoso y el rostro arrugado como consecuencia de lo que había visto. Eso es lo que les había sucedido a todos los residentes de Nuestra Señora del Sinaí. Desde entonces, esos ancianos temblorosos conservaban en el fondo de los ojos el recuerdo aterrador de esa intimidad forzada con el Demonio: almas muertas cuyo envoltorio se confiaba a los atentos cuidados de las religiosas de Nuestra Señora del Sinaí.

La Congregación de los Milagros recurría al padre Carzo cuando un caso de posesión escapaba a todo control. Eso había sucedido tres semanas atrás, mientras él, sentado en un banco, aspiraba el aire salado que soplaba de la bahía. Acababa de regresar de un viaje a Paraguay donde había exorcizado a un espíritu que afirmaba ser el gran demonio Astaroth, sexto arcángel del Infierno y gran príncipe de los huracanes. Once noches de lucha encarnizada, al término de las cuales Astaroth cedió de repente. Lo hizo incluso con demasiada facilidad, como si hubiera obedecido a una señal y el único objetivo de esa posesión hubiera sido atraer a Carzo al otro extremo de la Tierra. Un divertimento; esa era la sensación que el sacerdote había tenido mientras recogía su equipo de exorcista. Carzo montó en el primer avión con destino a San Francisco, donde encontró a sus ancianos y a sus palomas. Luego, el teléfono sonó.

61

Estaba sentado en el parque, rodeado de una decena de viejos exorcistas dormidos en un banco, cuando recibió la llamada del cardenal Camano. Hacía un poco de fresco y la luz del crepúsculo que traspasaba las nubes parecía una lluvia de sangre.

Mientras echaba el último puñado de arroz a las palomas que zureaban a sus pies, Carzo levantó los ojos hacia la anciana religiosa que se acercaba. Esta le tendió un teléfono inalámbrico. Tras dejar escapar un suspiro de irritación, adoptó el tono más neutro posible para saludar a su interlocutor.

—¿Qué, eminencia, nuestros legionarios siguen dejándose asustar por postigos que se cierran de golpe y puertas que chirrían?

—No, Alfonso. Esta vez se trata de algo más grave. Tienes que ponerte en camino lo más rápidamente posible.

Carzo notó que se agarrotaba.

—Le escucho.

—Hemos contado cincuenta posesiones satánicas que oponen resistencia al ritual exorcista del Vaticano II.

—¿Cincuenta?

—Por el momento.

—¿Cuáles son los síntomas?

—Los posesos presentan todos los estigmas de las fuerzas maléficas superiores. Están dotados del don de las lenguas, hablan con voces que no son las suyas y desplazan objetos.

—¿Su rostro y su cuerpo se transforman?

—Sí. También parecen poseer una fuerza sobrehumana. Y sobre todo...

—¿Sí...?

—Saben cosas que no deberían saber. Cosas sobre el más adelante y el más allá.

—¿Qué cosas?

—Las revelaciones de la Virgen en Medjugorje, en Fátima, en Lourdes y en Salem. Las que nunca hemos hecho públicas. Saben cosas, Alfonso. Saben cosas sobre el Infierno y sobre el Paraíso.

—Vamos, eminencia, los demonios no saben nada del Paraíso.

—¿Estás seguro?

Se produjo un largo silencio. Luego, la voz de Camano sonó de nuevo a través del auricular:

—Hay algo más grave. Todos los posesos presentan los mismos síntomas y repiten exactamente las mismas frases en la misma lengua. Sin embargo, no se conocen, nunca se han comunicado entre sí, viven en diferentes regiones del mundo. O, mejor dicho, vivían en diferentes regiones.

—¿Qué quiere decir?

—Son muertos, Alfonso. Todos murieron unas horas antes de que comenzara su posesión. Sus allegados estaban velándolos cuando se produjeron las primeras señales.

—Pero, eminencia, ¡usted sabe perfectamente que eso es imposible! ¡Las fuerzas del Mal no tienen el poder de resucitar ni de poseer a los muertos!

—Entonces, ¿por qué dicen que te conocen, Alfonso? ¿Por qué es contigo con quien quieren hablar? Contigo y con nadie más. Tienes que venir urgentemente. ¿Me oyes? Tienes que... venir...

—¿Eminencia...? Eminencia, ¿me oye?

El teléfono empezó a chisporrotear tan fuerte que Carzo se vio obligado a apartárselo del oído. Al cabo de un momento, el ruido dejó de oírse tan súbitamente como había empezado y un silencio mortal ocupó la línea. En el mismo momento, un viento glacial inclinó la copa de los árboles y un olor de violeta penetró en la garganta del exorcista. Un olor que Carzo conocía mejor que nadie.

—¿Eminencia?

—Quédate al margen de esto, Carzo. Sigue alimentando a tus palomas o me comeré tu alma.

A Carzo se le pusieron los pelos de punta al oír la voz muerta que acababa de sonar en el auricular.

—¿Quién eres?

—Ya lo sabes, Carzo.

—Quiero oírtelo decir.

Un concierto de rugidos respondió al exorcista, que se había quedado petrificado. Los alaridos de los posesos de Camano, que, atados a su cama, gritaban su nombre para atraerlo hacia ellos. En medio de ese mar de gritos, el exorcista captó voces que pronunciaban en latín, en hebreo y en árabe los nombres de los demonios de las tres religiones del Libro. Acto seguido, los viejos exorcistas dormidos en los bancos del parque levantaron la cabeza y otras voces que Carzo conocía perfectamente salieron de sus labios inmóviles:

—Mi nombre es Ganesh.

—Yo soy el Viajero.

—Loki, Mastema, Abrahel y Alrinach.

—Yo soy Adramelech, gran canciller de los Infiernos.

—*Adag narod abaddon!* ¡Yo soy el Destructor!

—Yo soy Astaroth, ¿te acuerdas de mí, Carzo?

—Belial, yo soy Belial.

—Mi nombre es Legión.

—Nosotros somos Alu, Mutu y Humtaba.

—Y nosotros somos Set, Lucifer, Mammon, Belcebú y Leviatán.

—Azazel, Asmoug, Ahrimán, Durga, Tiamat y Kingu. Estamos aquí. Todos estamos aquí.

Después de bajar la barbilla hacia el pecho, pareció que los ancianos sacerdotes se dormían de nuevo. Entonces sonó un «clic» en la línea. Carzo se disponía a colgar cuando observó que el cielo se cubría de extrañas nubes negras y que las palomas a las que había estado dando de comer hacía unos minutos eran ahora cientos, diseminadas sobre la hierba y los árboles del parque. Un ejército de aves silenciosas que soltaban excrementos y batían furiosamente las alas, rodeándolo poco a poco.

—¡Huya, padre! ¡Huya!

El grito de la anciana religiosa arrancó a Carzo de su parálisis. El exorcista levantó la vista y se dio cuenta de que lo que había tomado por una nube de tormenta era en realidad una compacta masa de estorninos que bajaban en picado hacia el parque y el convento. Mientras la santa mujer lo protegía con su cuerpo a modo de escudo, él subió los peldaños de la escalera de entrada.

En el mismo instante, el ejército de palomas se abalanzó sobre los ancianos dormidos y la monja que agitaba los brazos. Refugiado detrás de las ventanas del convento, Carzo vio cómo esa masa arremolinada de plumas y picos se abatía sobre su presa y oyó los gritos que la desdichada profería mientras los pájaros le reventaban los ojos. Con la boca llena de plumas, la religiosa cayó de rodillas y sus gritos se apagaron.

Carzo quiso ir a socorrerla pero una lluvia de proyectiles cayó sobre las ventanas del convento, un fragor de chasquidos sordos que al principio tomó por granizo. El sacerdote se quedó mirando fijamente el parque, que se oscurecía al cubrirse de cadáveres de estorninos que, como bolas de hielo, se abalanzaban contra los cristales y hacían saltar una lluvia de sangre cada vez que se producía un impacto. Entonces, al notar de nuevo que un repugnante olor de violeta le inundaba la garganta, Carzo comprendió que las puertas del Infierno estaban abriéndose.

62

La misión de São Joachim era un minúsculo punto negro en medio de la inmensidad de la selva virgen. Allí era donde el padre

Carzo había ido a parar siguiendo la pista de los posesos de Camano, en ese extremo del mundo que todos habían designado como el lugar de la posesión suprema.

Carzo había aterrizado en la noche húmeda de Manaus, donde lo esperaba una piragua que remontó el curso del río Negro. De ese periplo, el exorcista solo conservaba unos recuerdos confusos: la bruma sofocante que reptaba sobre el río, el chapaleteo de las pagayas, las hordas de mosquitos, la fiebre y el miedo que le hacían tiritar... Y los gritos. Unos alaridos casi humanos que se elevaban desde la orilla. Luego, el silencio se había abatido sobre la selva a medida que se acercaban al territorio de la misión. Como si todos los animales estuvieran muertos o hubieran huido de alguna amenaza invisible.

Al ponerse el sol, Carzo había visto a un puñado de indios yanomami acechando su llegada desde un pantalán que avanzaba sobre las aguas fangosas del río Negro. Era allí, pues, donde finalmente sus pasos lo habían conducido, desde los rascacielos de San Francisco hasta ese embarcadero donde lo esperaba la Bestia.

No era la primera vez que Carzo visitaba a los yanomami, ni que consultaba a los chamanes de la tribu sobre los demonios de la selva y de los cursos de agua. También sobre las drogas que masticaban para ver cómo las almas muertas deambulaban por las tinieblas, sobre los poderes diabólicos del dios Jaguar, de las arañas venenosas y de los pájaros nocturnos. Fuerzas maléficas similares a las que el exorcista acosaba en el «mundo sin árboles», tan similares que en ocasiones Carzo utilizaba los encantamientos y las pociones de los yanomami para ahuyentar a sus propios demonios.

Eran los chamanes los que habían informado a la misión de Pernambuco de que una adolescente de la tribu presentaba los signos de la posesión suprema. Se trataba de una princesa yanomami llamada Maluna; su voz y su cuerpo habían comenzado a transformarse durante la luna menguante.

Unos días antes se había abatido sobre la selva un extraño mal que corrompía las fuentes y mataba a los animales. De regreso de los confines del territorio yanomami, unos guerreros habían referido que sobre el tronco de los árboles había aparecido una podredumbre grisácea, una lepra nauseabunda que carcomía la corteza y envenenaba la savia de los gigantes.

El mal se había extendido después a los monos y a los pájaros; sus cadáveres petrificados caían de los árboles. A continuación, las mujeres embarazadas de la tribu habían empezado a sangrar y los chamanes habían tenido que enterrar los pequeños cadáveres deformados que esos vientres enfermos habían expulsado antes de tiempo. En ese momento fue cuando la princesa Maluna había empezado a transformarse y a gritar abominaciones en la lengua de los misioneros. Entonces, los chamanes se pusieron en camino para alertar a los sacerdotes blancos de que demonios desconocidos habían entrado en la selva llevando con ellos el gran mal que devoraba el mundo sin árboles.

63

—Despierte, padre.

Empapado de sudor, el padre Alfonso Carzo abre los ojos y ve el rostro congestionado del padre Alameda, el superior de la misión, inclinado sobre él.

Carzo hace una mueca al oler el aliento del hombre: Alameda ha vuelto a beber vino de palma para aplacar su miedo. El exorcista cierra los ojos y deja escapar un suspiro de agotamiento. Cada célula de su cuerpo le suplica que permanezca tumbado y vuelva a dormirse hasta la muerte. Está a punto de sucumbir a esa deliciosa tentación cuando las grandes manos del padre Alameda lo zarandean de nuevo.

—Padre, debe luchar. Es la Bestia quien quiere que duerma.

Tras abrir doloridamente los ojos, el padre Carzo se vuelve hacia la pared agrietada de la choza. Fuera, las tinieblas se rinden. La bruma que escapa del río Negro ha invadido el claro donde se alzan las instalaciones de la misión: una capilla hecha de palos y una hilera de cabañas de adobe. Ni dispensario, ni médico, ni grupo electrógeno. Ni siquiera una mosquitera. Eso es la misión de São Joachim: el zarzal del jardín del Edén.

El padre Carzo se incorpora trabajosamente en la hamaca y escucha el silencio. Normalmente, al amanecer los papagayos y los monos chillones se despiertan y dan la señal para que empiece el gran concierto de la selva. Sin embargo, por más que el padre Carzo aguce el oído, la selva continúa silenciosa.

El exorcista se levanta y sumerge las manos en la palangana de agua templada que Alameda le ha llevado. Un agua seca. Esa es la impresión que se apodera de Carzo mientras se rocía la cara: la caricia de esa agua, antes tan reconfortante, ni siquiera logra ya eliminar el sopor que abotarga su mente.

Después de haberse secado con el reverso de la sotana, el padre Carzo examina la cesta de fruta que Alameda le tiende. Cuartos de papaya y de piña silvestre. El misionero ha rascado la corteza hasta la carne, para liberarla de esa capa de podredumbre grisácea que lo invade todo. Carzo da un bocado y mastica sin placer esa pulpa fibrosa e insípida. Como el agua, esos alimentos habitualmente tan jugosos parecen ahora desprovistos de sustancia. La selva está muriendo.

64

El padre Carzo pasa revista a las modestas armas litúrgicas que ha seleccionado con vistas al combate que se acerca: un rosario, una cantimplora con agua de Fátima y su libro de exorcista. Después sigue al padre Alameda a través de las instalaciones desiertas de la misión. Al pie de los grandes árboles, en ese gigantesco cementerio de ramaje y musgo, el aire cargado de humus y de podredumbre permanece sombrío e inmóvil. Ni un soplo agita las ramas.

Hasta el crujido de las sandalias sobre las hojas a duras penas parece turbar el imponente silencio del lugar.

En la mayoría de las cabañas que los dos hombres dejan atrás se ven cadáveres hinchados tendidos en las hamacas, en posiciones que demuestran que la muerte les ha alcanzado de forma fulminante. Alameda, alcohólico y medio loco, es el único superviviente.

La selva parece secarse súbitamente ante los ojos de Carzo. La espesa lepra gris que ha invadido su corazón ya llega a las inmediaciones de la misión, y las lianas, antes cargadas de frutos, cuelgan ahora como trozos de cuerda. El suelo también ha cambiado de color. Como si los dos religiosos acabaran de cruzar una frontera invisible, la luz que se filtraba a través del ramaje pierde de repente su brillo. Carzo levanta las manos hasta la altura de sus ojos. A su alrededor, todo presenta el mismo color ceniza que envuelve la selva, desde la piel de sus dedos hasta el verde claro de los arbustos.

—Es aquí.

Mirando fijamente en la dirección que Alameda señala, el padre Carzo constata que el camino termina frente al precipicio. Al pie de la pared, una abertura marca la entrada de un templo precolombino cuyo pórtico, invadido por la vegetación, ha pasado inadvertido a generaciones de exploradores. Alrededor del edificio, los árboles parecen haberse quemado hasta el corazón y la Tierra ha quedado reducida a polvo, como si un gigantesco incendio la hubiera consumido durante días.

Carzo entrecierra los ojos y observa en la entrada del templo un muro bajo de piedras unidas con una argamasa de barro seco y paja. En las dos columnas que sostienen el pórtico han sido talladas las efigies de divinidades muy antiguas: el dios de la selva, Quetzalcóatl, y Tlaloc, el príncipe de las lluvias, respectivamente octavo señor de los días y noveno señor de las noches. Carzo nota que el corazón se le acelera. Un templo azteca.

—¿Qué hay ahí, padre Alameda?

Evitando encontrar la mirada del exorcista, Alameda contempla las ondas de bruma que escapan de las fauces del edificio.

Cuando la suave voz de Carzo se dirige de nuevo a él, el misionero se echa a temblar de la cabeza a los pies.

—Padre Alameda, ¿cuándo fue la última vez que vio a la posesa?

—Hace una semana.

—¿Había empezado ya a transformarse?

La risa que escapa de los labios del misionero le hiela la sangre a Carzo.

—¿A transformarse? ¡Hostia, padre, hace una semana sus piernas se habían encogido como patas y su cara parecía…!

—¿Qué, Alameda? ¿Qué parecía su cara?

—La de un murciélago, padre Carzo. ¿Se lo imagina? ¡Un asqueroso murciélago!

—Cálmese, Alameda.

—¿Que me calme?

Alameda aprieta tan fuerte los hombros de Carzo que el exorcista no puede evitar una mueca de dolor.

—Ya veremos si consigue mantener la calma cuando entre en el templo. Cuando vi esa cosa, yo me meé encima como un crío y los cojones se me pusieron por corbata.

—¿Le habló?

Alameda parece petrificado de terror. Carzo repite:

—¿Esa cosa le habló?

—Me preguntó qué había ido a buscar a ese lugar. ¡Dios!, si hubiera oído su voz cuando me preguntó eso…

—¿Qué le contestó usted?

—No… no me acuerdo… Creo que… No, no me acuerdo.

—¿Esa cosa le tocó?

—No lo sé…

Carzo agarra al misionero por el cuello de la sotana.

—¡Por lo que más quiera, Alameda! ¿Le tocó, sí o no?

Alameda iba a abrir la boca para responder cuando un alarido salió de las entrañas de la Tierra. Ante los ojos de Carzo, los cabellos del misionero empiezan a encanecer mientras su semblante se descompone.

—¿Lo oye? Es su nombre lo que grita la cosa. Tiene hambre. ¡Dios mío, está muerta de hambre!

—Alameda, ¿esa cosa le tocó?

—Me succionó el alma, Carzo. Me mostró lo que jamás debería haber visto y apagó la llama que ardía en mí.

—¿Qué le mostró?

—Muy pronto lo sabrá, padre. Ya lo creo que sí, la cosa va a devorarle el alma y entonces se enterará.

Carzo suelta la sotana de Alameda y, tras encender una antorcha, cruza la puerta del templo. En el interior hace tanto frío que el aliento del exorcista se condensa en el acto. Soplándose en los dedos para calentarlos, Carzo se adentra por un pasillo de piedra que desciende en suave pendiente entre las tinieblas. Cuando se ha alejado unos metros, una corriente de aire glacial lleva hasta él la voz de Alameda, que permanece como una sombra en el umbral del sótano:

—¡Dios está en el Infierno, Carzo! ¡Está al mando de los demonios, de las almas condenadas, de los espectros que vagan por las tinieblas! ¡Eso es lo que vi cuando la cosa me tocó! ¡Todo es falso! ¡Todo lo que nos han dicho es falso! ¡Nos han mentido, Carzo! ¡A usted tanto como a mí!

El eco de la voz rota de Alameda resuena largamente en las entrañas de la Tierra. Luego, el silencio cae de nuevo sobre el padre Carzo, que avanza empuñando la antorcha.

65

Parks mira cómo desfilan las calles de Boston detrás de las ventanillas ahumadas de la limusina del FBI. En las aceras grisáceas, la multitud se apresura para escapar de la lluvia glacial que crepita contra el parabrisas.

—¿Adónde vamos?

Ninguna respuesta. Parks se vuelve para ver el rostro de Stuart Crossman a la luz interior del techo. El director del FBI tiene la tez blanca y las facciones cansadas de las personas que raramente ven el día. Es de estatura media, tiene las manos finas y los rasgos de la cara delicados; es lo más alejado del tipo de atleta que habitualmente reclutan los federales. Sin embargo, basta cruzar una sola mirada con él para olvidar su estatura: unos ojos muy negros y redondos que te hielan la sangre. Crossman está escuchando el informe oral de la autopsia de Caleb en un magnetófono en miniatura pegado a la oreja. Cuando se decide a responder, su voz es tan baja que Parks tiene la impresión de que habla consigo mismo.

—Al aeropuerto. Un vuelo de United sale para Denver dentro de veinte minutos.

—¿Qué quiere que vaya a hacer a Colorado en esta época? ¿Fotos de avalanchas?

Stuart Crossman abre un expediente y lee unas líneas. A continuación clava su mirada fría en Parks.

—Las cuatro jóvenes que mató el asesino de Hattiesburg eran religiosas de una de las congregaciones más secretas del Vaticano. Las autoridades de Roma las habían enviado para investigar una serie de crímenes perpetrados en conventos de Estados Unidos.

—¿Está de broma?

—¿Le parece que bromeo?

—¿Qué eran esas agentes del Vaticano? ¿Religiosas de civil con cordones para estrangular camuflados como rosarios y pistolones en el bolso?

—Algo así.

Tras un silencio, Crossman añade:

—He telefoneado esta mañana al cardenal arzobispo de Boston para pedirle explicaciones. Me ha dicho que el Vaticano dispone de sus propios servicios de policía y que la Santa Sede no tiene que rendir cuentas a nadie.

—¿Y los crímenes que esas religiosas estaban encargadas de investigar?

—Mientras usted se daba la gran vida en el hospital, fuimos a registrar las habitaciones de motel y los sórdidos apartamentos que las cuatro desaparecidas alquilaron al llegar a Hattiesburg. Encontramos ordenadores último modelo, montones de mapas de todo el mundo y recortes de prensa. Nos enteramos, analizando los discos duros, de que las cuatro religiosas perseguían a Caleb desde hacía meses y de que estaban en contacto permanente a través de anuncios en la prensa, grandes diarios nacionales o periódicos locales, según el lugar donde se encontraban. Así se seguían la pista de un país a otro; después se reunían cuando era necesario.

—¿Por qué a través de anuncios en la prensa, si disponían de ordenadores último modelo y de internet?

—Vaya usted a saber...

Nuevo silencio.

—Uno de los últimos mensajes que encontramos fue publicado hace varias semanas por Mary-Jane Barko en el *Boston Herald*. Unas líneas intercaladas entre los anuncios de contactos y las ofertas de empleo.

—¿Qué tipo de mensaje era?

Crossman coge una hoja del expediente y lee en voz alta:

—«Queridas todas: creo haber encontrado el rastro del abuelo en Hattiesburg, Maine. Venid enseguida.»

—¿El abuelo?

—Un código para designar a Caleb. Este mensaje es el que hizo que acudieran las demás.

—¿Y qué pasó después?

—Cuando sus hermanas llegaron a Hattiesburg, Mary-Jane Barko ya había desaparecido. Debieron de seguir la investigación donde ella la había dejado. Al igual que ella, buscaron un empleo de camarera y esperaron a que el asesino se manifestara. Un último mensaje aparecido en el *Hattiesburg News* el 11 de julio, es decir, al día siguiente de la desaparición de Patricia Gray, anuncia: «Querida Sandy: ninguna novedad de nuestra prima Patricia. ¿Podríamos vernos esta noche en el lugar habitual?» Este mensaje, firmado por Dorothy Braxton, está dirigido a Sandy Clarks, la última religiosa que llegó a Hattiesburg. Pensamos que las dos supervivientes se encontraron esa misma noche en la linde del bosque de Oxborne y que fue allí donde desaparecieron también.

—Como Rachel.

Crossman asiente con la cabeza mientras pasa las páginas del expediente.

—Veinticuatro horas antes de su muerte, Rachel puso también un anuncio en el *Hattiesburg News*. Debía de haber dado con los de las religiosas mientras investigaba su desaparición. Copió el estilo y lo firmó con su nombre de pila. Citaba a sus primas desaparecidas.

—No debería haber hecho una cosa así.

—Usted habría hecho lo mismo.

—¿Qué más?

—Nuestros agentes han continuado buscando debajo de los colchones y examinando todas sus cosas. Han encontrado un voluminoso expediente del que cada desaparecida tenía una copia. Informes con fotos y filiaciones que iban actualizando a medida que avanzaban en sus indagaciones. Así es como hemos descubierto que todos los crímenes que investigaban se habían cometido en conventos de la orden secretísima de las monjas recoletas. Se trata de ancianas que viven totalmente apartadas del mundo en claustros fortificados en medio de las montañas. No ven nunca a nadie y han hecho voto de silencio. Oficiosamente, además de rezar por la salvación de nuestras almas, se encargan de restaurar manuscritos antiguos de la Iglesia, como la Biblia en árabe y tratados medievales sobre la tortura.

—¿Y...?

—Y resulta que los crímenes presentan el mismo modus operandi que el empleado por Caleb en Hattiesburg.

—¡Mierda!

—El último asesinato, que las cuatro desaparecidas estaban investigando justo antes de que acabaran también con ellas, se cometió en un convento perdido en las montañas Rocosas, en la zona de Denver, en Colorado. De ahí el vuelo de United, que la está esperando a usted para despegar.

—Comprendo. ¿Nada más?

—Sí. Sabemos que finalmente las cuatro desaparecidas habían descubierto el nexo de unión entre todos esos crímenes.

—¿Una venganza?

—Más bien una maldición.

—Explíquese.

—Todas las recoletas asesinadas eran bibliotecarias versadas en la restauración de los manuscritos prohibidos de la Iglesia, los que el Vaticano esconde desde hace siglos en las salas secretas de sus conventos y sus monasterios. Sabemos que lo que el asesino buscaba era una de esas obras.

—¿Quiere decir que esas mujeres han muerto por un libro?

—No un libro cualquiera, Parks. Un manuscrito muy antiguo que al parecer contiene revelaciones peligrosas para la estabilidad de la Iglesia.

—¿Y ese libro tiene nombre?

—Evangelio de Satán.

—Vaya, comprendo que el Vaticano no quiera que se difunda.

Sorteando los charcos, la limusina llega a la terminal de salidas del aeropuerto de Boston y se detiene ante la entrada. Parks baja y coge la bolsa de viaje que el chófer de Crossman le tiende.

—Una última cosa: la Casa Blanca me ha telefoneado esta mañana a mi línea directa.

—¿Quién?

—El imbécil de Bancroft, el consejero de la Presidencia. Me ha dicho que la investigación sobre el asesino de Hattiesburg correspondía a las autoridades de Maine, ya que los asesinatos de las cuatro religiosas habían tenido lugar en su circunscripción. Creo que el Vaticano está presionando al presidente para silenciar el asunto.

—¿Qué le ha contestado?

—Que se vaya a tomar por culo.

—¿Y qué más?

—Le he dicho a ese enano que no solo los asesinatos superaban los límites de Maine, sino que además ya habían cruzado ampliamente las fronteras de Estados Unidos.

—¿Ah, sí?

Crossman le tiende a Parks una copia del expediente encontrado en casa de las desaparecidas de Hattiesburg.

—Mientras las enfermeras del Liberty Hall le reparaban los desperfectos, se nos ocurrió consultar los archivos de los principales periódicos del mundo. Encontramos varios anuncios similares dejados por nuestras religiosas en una quincena de publicaciones de diversos países. Después nos pusimos en contacto con los servicios de policía de los países en cuestión para saber si allí también había habido casos de desapariciones u otros asesinatos rituales.

—¿Y qué?

—En el transcurso de los seis últimos meses, ha habido al menos trece asesinatos idénticos.

—¿De religiosas?

—De recoletas, Parks. Trece viejas recoletas crucificadas y destripadas.

El cristal ahumado se levanta ante el rostro ceroso de Crossman. Con la lluvia repiqueteando sobre sus hombros, Parks mira cómo la limusina se aleja entre la densa circulación.

66

Avanzando en la oscuridad, el padre Carzo alza los ojos hacia el círculo de luz que la antorcha proyecta en el techo. Se detiene. Las paredes y la bóveda del sótano están cubiertas de frescos y bajorrelieves que los aztecas ejecutaron para dejar una huella de su paso por la cuenca del Amazonas. Seguramente una tribu exploradora que había tenido que abandonar los altiplanos de Yucatán para huir de los conquistadores. Un tesoro inestimable que había atravesado los siglos en las tinieblas inmóviles de la montaña.

Carzo levanta la antorcha hasta que la llama lame la bóveda y abre los ojos con asombro. El primer fresco representa una especie de jardín perdido en medio de la selva virgen, un lugar paradisíaco donde una cortina de vegetación protege un lago alimentado por cascadas de agua clara. Por doquier, árboles cargados de frutos extienden su sombra sobre el paisaje. En la playa que corre al borde del lago, un hombre y una mujer cuya desnudez resulta turbadora echan sus redes. Son olmecas, los antepasados de los aztecas, una civilización misteriosamente desaparecida al principio de nuestra era. Carzo nota que se le seca la garganta. Los aztecas debieron de realizar esos frescos para contar lo que les había sucedido a sus ancestros. Tenía ante él el testamento de los olmecas.

Según el dibujo, los dos indios que echan sus redes al lago se llaman Kal y Kella. Mirándolos bien, Carzo se da cuenta de que algo no encaja. Algo que el exorcista todavía no ha identificado, pero que ha encendido inmediatamente una señal de alarma en su cerebro. Frunce el ceño y se concentra en la india. Lo que finalmente ve le hiela hasta los huesos.

El agua del lago le llega al hombre hasta las rodillas y a la mujer hasta los muslos. Sobre el sexo sin vello de la india, su vientre liso y plano no presenta ninguna marca, ni el menor golpe de buril en el lugar donde el artista debería haber indicado la presencia del ombligo. Carzo examina el vientre del hombre. Una piel lisa y firme que se extiende desde el pubis hasta el esternón, sin el menor rastro de ombligo. Carzo se seca el sudor que acaba de aparecer en su frente. Como en las representaciones cristianas de Adán y Eva en el jardín del Edén, la ausencia de ombligo en el cuerpo de los dos olmecas significa que no han sido concebidos por un vientre humano ni alimentados por la placenta de una madre. Son las primeras criaturas creadas por Dios. Lo que significa que ese paisaje de colores desvaídos que Carzo está contemplando no puede ser sino el paraíso perdido de los olmecas.

Avanzando a paso lento, el exorcista pasa a los frescos siguientes. En un bajorrelieve cuyas redondeces el tiempo ha borrado, una divinidad luminosa señala a la mujer olmeca el fruto de un árbol que ella no debe comer. Pero, turbada por el dios Jaguar que va a visitarla en sueños, la joven india ha desobedecido a la Luz y la Luz se ha apagado para siempre. Entonces se ha producido un cataclismo, un huracán o un terremoto. El cielo se ha vuelto negro y, en el fresco siguiente, las cascadas que alimentan el lago han empezado a escupir sangre. Privados de luz, los árboles se han marchitado y una capa de podredumbre ha aparecido sobre su tronco. La misma lepra gris que está invadiendo el territorio de los yanomami.

Carzo abre con asombro los ojos. En el fresco siguiente, la joven olmeca grita en silencio mientras el dios Jaguar la viola en medio de las ruinas del paraíso. Carzo no consigue apartar los ojos de esa escena. Es el dios Jaguar. Casi puede sentir cómo su sexo desflora a la joven olmeca, siente cómo esa bestialidad entra en ella. El Mal absoluto, como si el fresco estuviera impregnado con el sacrilegio que describía.

Carzo continúa avanzando. El fruto del dios Jaguar ha hinchado el vientre de la mujer. Expulsados del paraíso, los dos olmecas vagan por la jungla. Acaban de llegar al mar y Carzo observa que su semblante ha cambiado, que su espalda se ha encorvado y que sus manos cuelgan ahora hasta el suelo.

Los siglos desfilan bajo la antorcha de Carzo. El alba de la humanidad. Volcanes, islas engullidas. Pájaros gigantescos recorren el cielo. Carzo ve las inmensidades estrelladas, el alineamiento de los planetas y los cometas que atraviesan la noche. Ve también a la descendencia del dios Jaguar, que se mete en las ciénagas.

El exorcista se detiene; el fresco siguiente representa a unos guerreros olmecas arrodillados en el suelo de una gruta. Un mensajero celeste, cuyo rostro está envuelto por una nube ardiente, flota sobre ellos. Carzo levanta la antorcha. Mediante destellos que escapan de sus manos, el mensajero revela a los olmecas el secreto del fuego. Agrandando los ojos a medida que la llama se acerca al techo, el exorcista se pone de puntillas para ver el rostro del mensajero.

«Dios mío, es imposible.»

Ese enviado del cielo que Carzo acaba de reconocer a la luz de la antorcha es el mismo al que Dios encargó que anunciara el nacimiento de Jesús a la Virgen María. El mismo que inspiró, seiscientos años más tarde, los versículos del Corán a Mahoma: el arcángel Gabriel.

67

Roma, ciudad del Vaticano

Tres horas. Según el reloj, hace exactamente tres horas que Su Santidad no puede moverse ni pronunciar una sola palabra. Ocurrió de repente, mientras el anciano alargaba un brazo para coger la campanilla de la mesita de noche. Al principio, ese simple gesto se había desarrollado con normalidad: la vieja mano avanzaba hacia el objeto mientras el codo se desdoblaba y los músculos del hombro se estiraban dolorosamente. Luego, en el momento en que los dedos de Su Santidad entraron en contacto con la superficie metálica de la campanilla, la sensación de frío se interrumpió bruscamente. Sin embargo, la dichosa campanilla seguía estando allí; era la sensación de su presencia lo que había desaparecido. Como si las moléculas que la componían se hubieran desvanecido súbitamente, convertidas en una lluvia invisible y silenciosa. A continuación, el entumecimiento se extendió al brazo y el hombro, y Su Santidad comprendió que algo no iba bien. Entonces oyó como un chasquido en las profundidades de su cerebro. Una vena que se hincha y estalla en la superficie de las meninges, la sangre que sale y llena la cavidad craneal hasta comprimir las zonas de la palabra y del movimiento. Así es como el anciano se encontró encerrado en un rincón de sí mismo. Desde ese momento, con los ojos abiertos a un mundo cuyas luces le llegaban como si fueran de otra galaxia, Su Santidad escuchaba cómo el reloj marcaba los segundos.

Un ruido. El Papa presta atención. A lo lejos, las campanas de San Pedro anuncian el ángelus de mediodía. De repente se acuerda... Se acuerda de la entrevista que mantuvo al amanecer con el cardenal Camano. Se acuerda de su secretario particular dejando una jarra de agua sobre la mesa de centro. Se acuerda del sabor terroso que invadió su garganta y de esa arcada que contrajo su estómago. Después de que Camano se hubiera ido, Su Santidad se tumbó para recuperar fuerzas antes del inicio del concilio. El Papa se durmió. Soñó con la cofradía del Humo Negro y con los Ladrones de Almas, con Janus gritando en la cruz y con el cielo vacío sobre él. Se despertó sobresaltado, con la boca seca y la cabeza pesada. Su corazón latía débilmente y su vista parecía haber disminuido. Por eso había intentado coger la campanilla de la mesita. Porque había sentido un sabor de Tierra en la boca. «Oh, Dios mío, ten piedad de mí...»

Aterrorizado, el Papa intenta mover los brazos y las piernas. Un ruido de pasos interrumpe sus esfuerzos. Trata de volver la mirada hacia la persona que se acerca, pero sus ojos permanecen desesperadamente clavados en el techo. Una corriente de aire le acaricia la cara. Murmullos. Unas personas se inclinan sobre él mientras una mano busca su pulso. Reconoce el rostro de su médico particular, la frente arrugada de su camarera y las facciones descompuestas de dos protonotarios apostólicos, cuyos ojos empañados auguran lo peor.

Durante unos segundos, esa nube de murmullos y de rostros lejanos se agita sobre él; luego, el médico saca el fonendoscopio y, con la campana metálica sobre su pecho, le busca el corazón. No lo encuentra. Menea lentamente la cabeza y guarda el instrumento. Dominado por el pánico, el Papa intenta hacer una seña a ese atajo de idiotas que creen que está muerto. Bastaría un estremecimiento, un imperceptible parpadeo. O incluso una ínfima modificación en la intensidad de su mirada. ¡Sí, ésa es la solución! Un sentimiento, simplemente una emoción, solo una pequeñísima llama en la superficie apagada de su cristalino.

El anciano intenta traspasar la capa vidriosa que cubre sus ojos cuando una luz cegadora atraviesa su córnea e ilumina el interior del reducto mental donde se ha refugiado su conciencia. Armado de una linterna, el médico observa sus pupilas. Estas no se contraen por efecto de la luz. Entonces el anciano oye el suspiro que el médico deja escapar al anunciar que Su Santidad se ha ido.

El Papa se debate con todas sus fuerzas para tratar de atraer de nuevo su atención cuando oye chirriar la puerta de sus aposentos. Ruido de pasos. Los murmullos se apagan y los individuos inclinados sobre Su Santidad se incorporan para ceder el sitio al hombre que acaba de entrar. Los rasgos del cardenal camarlengo llenan el campo visual del anciano: él es el encargado de constatar oficialmente su fallecimiento. El querido Campini. Él se dará cuenta de que Su Santidad todavía no ha muerto. Él dará la voz de alarma. Después trasladarán al Papa a la clínica Gemelli, donde recibirá respiración asistida, y mil quinientos millones de fieles repartidos por todo el mundo rezarán por su restablecimiento. Sí, eso es lo que ocurrirá. Así pues, cuando Campini acerca un espejo a sus labios, el anciano reúne de nuevo todas sus fuerzas para espirar ese hilo de aliento que demostrará que todavía habita un soplo de vida en su cuerpo. Siente que su garganta se contrae y, mientras el camarlengo aparta el espejo para mirar su superficie, Su Santidad ve el débil vaho que se ha formado sobre ella. Campini se dará cuenta de que algo no va bien. Debe ver esa huella de condensación aunque ya quede absorbida por efecto del aire templado de la habitación. ¡Ya está! El Papa acaba de leer en los ojos del camarlengo que este ha visto el vaho. Pero, entonces, ¿a qué espera para avisar al médico y poner en marcha el traslado?

A través de la ranura de sus ojos entornados, Su Santidad analiza el destello que brilla en los ojos de su camarlengo: ¿esperanza y felicidad? La sangre se le hiela en las venas. No, esa brasa que acaba de encenderse en la pupila del primer prelado del Vaticano es otra cosa. Júbilo. Júbilo y odio. «Dios mío, finge no ver nada...»

Una vez que se ha guardado el espejo en el bolsillo de la sotana, después de haberlo limpiado, el camarlengo escruta los ojos muertos que lo miran. A continuación se inclina y susurra al oído al Papa:

—Santidad, sé que me oye. Sepa que en tiempos no tan lejanos en los que no se vaciaba a los papas antes de enterrarlos, muchos de sus ilustres predecesores perecieron asfixiados en su tumba. Usted tendrá la suerte de recibir la visita de los embalsamadores, que lo rajarán para aspirar sus entrañas. Dé gracias a Dios y deje de debatirse, porque se acerca la hora en que el Humo Negro de Satán se propagará de nuevo por el mundo.

Al ver que la mano de Campini se acerca a su cara, Su Santidad comprende que todo ha terminado. Y mientras sus párpados se cierran como una tumba bajo los dedos del camarlengo, el anciano deja escapar un largo grito silencioso que muere antes de salir de sus labios.

68

Avanzando lentamente por los sótanos del templo azteca, el padre Carzo recorre las últimas representaciones que su antorcha arranca a las tinieblas. Las tribus que no han recibido el fuego sagrado se lo roban a los olmecas. Después reducen a estos a la esclavitud y los deportan al otro lado del gran río para erigir templos y ciudades inmensas en honor de los dioses del bosque. Más lejos, unos ejércitos persiguen a los elegidos que han conseguido escapar. Con el corazón martilleándole el pecho, Carzo ve cómo se abren las aguas de un río para dejar pasar a los olmecas. Las aguas se cierran a su espalda y engullen a sus perseguidores.

Fresco siguiente. Guiados por las estrellas, los olmecas vagan por la jungla en dirección a su Tierra perdida. Por el camino, el chamán que guía la tribu escala un volcán. En la cima, la misma Luz que había revelado el fuego a sus antepasados le entrega unas tablas de arcilla llenas de signos muy antiguos, que Carzo no logra descifrar. Detrás del sacerdote, que continúa avanzando, la entrada del templo ya no es más que un lejano rectángulo blanco en las tinieblas.

La llama de la antorcha lame el fresco siguiente. Los olmecas han llegado a la Tierra perdida. Han construido ciudades maravillosas en honor de la Luz. Han transcurrido varios siglos. Ebrios de riquezas y de orgullo, han empezado a construir una gigantesca pirámide para atravesar las nubes y llegar al sol. Han abandonado de nuevo la Luz que los engendró y la Luz se ha apagado. Ha ocurrido algo, algo que los olmecas han despertado y que ha surgido de la jungla. Es eso lo que los últimos frescos describen: el gran mal que se ha abatido bruscamente sobre las ciudades olmecas construidas en honor de la Luz. Ciudades de piedra y de oro cuyas pirámides aparecen cargadas de cadáveres. Un gran mal contra el que las flechas y el valor no pueden hacer nada. Columnas de mujeres y de niños huyen de las ciudades para ir a refugiarse a la jungla. Pero la jungla ha comenzado a marchitarse y un moho grisáceo ha contaminado los árboles. A la luz de la antorcha del padre Carzo, la civilización olmeca está extinguiéndose. Tan solo queda musgo y lianas que cubren poco a poco las ciudades fantasma.

Carzo se detiene bajo la última imagen: un fresco color rojo sangre que representa una gigantesca pirámide a la luz del ocaso. En la cúspide del edificio han plantado tres pesadas cruces de madera en las que tres crucificados, atrozmente abrasados por el sol, esperan la muerte. En la cruz central, un hombre con el rostro deformado por el odio contempla a la muchedumbre que lo insulta. Es un hombre con barba y muy delgado; su piel blanca contrasta con la tez mate del resto de torturados. Está coronado con una rama de espinos, y una púa acerada se le ha clavado en un ojo. «Jesús todopoderoso y misericordioso.»

Es el rostro de Jesucristo crucificado en la cúspide de una pirámide olmeca lo que la luz de la antorcha muestra al exorcista. Un Jesucristo al que la muchedumbre envía a la muerte. Pero no el Jesucristo de los Evangelios, no el buen pastor, no el Mesías que rebosa compasión por los hombres extraviados que lo asesinan, no. Este Jesucristo, esta bestia vociferante que se retuerce en la cruz insultando al Cielo es el Diablo en persona. El azote de los olmecas.

La luz de la antorcha empieza a debilitarse. Carzo tiene el tiempo justo de leer los signos que los aztecas añadieron sobre la cruz para alertar a la humanidad de lo que había sucedido, como una advertencia para las generaciones futuras. El fuego, la sangre y la muerte, símbolos de la maldición eterna.

Debajo, una fecha: el decimosexto día del octogésimo segundo año del séptimo ciclo solar. Carzo siente que un soplo glacial se apodera de su alma. Puesto que cada ciclo del calendario solar azteca corresponde a cuatrocientos años terrestres, el azote de los olmecas murió el 3 de abril del año 33 según el calendario católico. El mismo día que Jesucristo.

Carzo se dispone a tocar el rostro del crucificado cuando el mismo grito que hizo encanecer a Alameda suena de nuevo en la oscuridad. La Bestia lo llama, está muy cerca.

Carzo echa de nuevo a andar. Unos metros más allá, penetra en una caverna excavada en el corazón de la montaña. La antorcha acaba de apagarse. Distingue a lo lejos un círculo de velas cuya luz tiembla en la oscuridad. En el centro de ese anillo luminoso, la cosa que fue Maluna lo mira con ojos brillantes de odio.

69

Azotado por las trombas de agua que caen del cielo, el vuelo United 554 con destino Denver se eleva pesadamente de la pista y desaparece en la espesa capa de nubes que se extiende sobre Massachusetts. Las ráfagas de viento abofetean los ojos de buey y hacen gemir la carlinga mientras el aparato toma altura. Agarrada a los apoyabrazos, Parks se sobresalta cuando las luces de la cabina se apagan y los rostros macilentos de los pasajeros se sumen en la penumbra. Los reactores rugen en medio de la tormenta. Un relámpago rasga la oscuridad a la derecha del aparato. Parks cierra los ojos e intenta relajarse inspirando lentamente por la nariz. Un olor extraño flota en la cabina, un lejano olor de podredumbre. No, un olor que se acerca a ella. Parks va a abrir los ojos cuando el olor explota en sus fosas nasales. Un movimiento a su izquierda. Se agarrota. Algo acaba de sentarse a su lado, algo que apesta a muerte. Quiere abrir los ojos, pero sus párpados se niegan a moverse. Aprieta los puños con todas sus fuerzas. «No quiero saber qué está a mi lado. Dios mío, por favor, haz que esa cosa se vaya...»

Parks nota que el pelo de la cosa le roza el hombro. Se vuelve y el corazón le da un vuelco al ver el cadáver de Rachel sentado a su lado. Tiene la cabeza gacha, y los cabellos apelmazados por el barro ocultan su rostro. Un relámpago desgarra el cielo en el momento en que Rachel levanta la cabeza y contempla a Parks con sus ojos reventados. Una voz de ogro escapa de sus labios.

—¿Adónde vas, Marie?

Parks cierra de nuevo los ojos y se concentra con todas sus fuerzas para poner fin a la visión. Siente que la mano de Rachel se posa sobre su brazo, sus dedos terrosos se cierran sobre su muñeca. El olor de podredumbre envuelve su rostro mientras Rachel se inclina hacia ella. Sus labios putrefactos se mueven a unos centímetros de los de Marie.

—¿De verdad crees que voy a permitir que actúes, querida Marie?

Parks va a gritar cuando la luz del día salpica bruscamente los ojos de buey. El Boeing 737 emerge de las nubes. La joven abre los ojos y se sobresalta al ver los ojos azules de una encantadora azafata inclinada sobre ella.

—¿Se encuentra bien, señorita?

—¿Cómo?

—Ha gritado.

El perfume que desprende la blusa de la azafata termina de disipar el olor de carroña que todavía persiste en la memoria de Parks. Esta aspira unas bocanadas y esboza una sonrisa.

—Solo ha sido un sueño desagradable.

—¿Un sueño desagradable? Di más bien que ha sido una maldita pesadilla de mierda, querida Marie.

Parks se queda agarrotada de miedo al ver que la sonrisa de la azafata se despliega sobre una hilera de colmillos. Cierra de nuevo los ojos y rechaza la visión. Cuando vuelve a abrirlos, los dientes de la azafata son de nuevo normales. Su voz también.

—¿Está segura de que se encuentra bien?

Marie asiente con la cabeza. Luego mira cómo se aleja la azafata y aspira una bocanada de aire presurizado para tratar de calmar los latidos de su corazón. Sus visiones nunca habían sido tan fuertes, como si la zona que las produce estuviera colonizando otras regiones cerebrales yermas.

A fuerza de imaginarlo palpitando en su caja craneana, Parks había acabado por visualizar su cerebro en forma de un inmenso planeta desértico con oasis de vegetación que representaban las zonas en las que las neuronas están activas desde el momento de nacer. Las áreas de la palabra, de la comprensión, de la coordinación y del equilibrio. Manchas minúsculas perdidas en medio de miles de millones de kilómetros cuadrados de arena cerebral inerte. Un rayo en medio del desierto: eso es lo que ocurrió el día que Marie tuvo el accidente. El estruendo de la tormenta acompañando el parabrisas que explotó contra su cara. Una descarga de luz en el cielo; luego, la nada.

Trasladado a la escala del universo, el pequeño arco eléctrico que había activado la zona muerta de Parks era un rayo de varias decenas de kilómetros de largo, una energía considerable que había afectado a las regiones desérticas de su cerebro. Desde entonces, Parks estaba convencida de que esa energía continuaba propagándose bajo la piel de su cráneo y de que sus neuronas inertes se encendían unas tras otras como miles de millones de farolas en el desierto. Por eso le resultaba cada vez más difícil controlar sus visiones.

La región cerebral prohibida que gobierna las visiones... La joven intenta tragar la bola de angustia que obstruye su garganta. ¿Qué había al lado de esa primera zona muerta, la que lee el pensamiento de la gente, la que resuelve las ecuaciones de mil incógnitas o la que desplaza edificios? Una punzada de migraña le taladra las sienes.

Se vuelve hacia el ojo de buey. El morro del 737 baja ligeramente para volar a velocidad de crucero. El piloto reduce hasta que el ruido de los reactores se convierte en un siseo. Marie pestañea al contemplar el cielo azul oscuro y el sol, cuyos rayos rebotan en las alas del aparato. Abajo, las nubes son tan compactas que tiene la impresión de que el mundo ha desaparecido bajo una espesa capa de nieve.

70

Tras rechazar la bandeja que la azafata le tiende, Marie Parks elige una manzana y una botella de agua mineral del carrito y se sumerge en el expediente que el director del FBI le entregó en el aeropuerto. Doscientas páginas llenas de anotaciones y de pósits. Suspira. Crossman nunca se toma la molestia de resumir.

Las primeras páginas del expediente están dedicadas al asalto que el FBI llevó a cabo en la cripta. El agente especial Browman estaba al mando de la sección. No es ni mucho menos un blando, y desde luego tampoco alguien que sacrifica a una compañera por hacer advertencias.

Las páginas siguientes presentan una serie de fotos tomadas justo después del asalto. En una de ellas, el agente especial Browman presume. Ha puesto un pie sobre el cadáver de Caleb y mira el objetivo con su fusil de asalto en el hombro. Al final, resulta ser un gilipollas de mierda, el tal Browman.

Páginas siguientes. A Parks se le encoge el corazón al ver las fotos de Rachel clavada en el banco. Los clavos han penetrado tan profundamente que ha sido necesario serrar la madera alrededor de sus miembros para liberarla. Marie cierra los ojos y oye los gritos de Rachel, el ruido de sus pies desnudos sobre los helechos, sus sollozos de terror y sus peticiones de socorro. Un resto de recuerdo que se desvanece como un banco de bruma al sol.

Pasa a las fotos siguientes, en las que se ve inmortalizada en la cruz. Acababa de desvanecerse y, mientras el equipo la desclavaba, el experto médico forense la fotografiaba de arriba abajo. Parks se contempla un instante desnuda y descoyuntada contra los maderos; su aspecto es nauseabundo, regueros de sangre salen de sus muñecas y sus tobillos. Tiene la desagradable impresión de que está examinando las fotos de otra persona. Una víctima tan anónima como las de los asesinos en serie que ha conocido a lo largo de su carrera.

A ambos lados de ella, en las otras cruces, las cuatro desaparecidas de Hattiesburg parecen contemplar las tinieblas. Su rostro putrefacto parece más blanco a la luz cruda de los flashes. Cuatro fantasmas descarnados y mutilados. Y ella, en medio, desnuda y empapada de sangre.

Parks pasa las páginas del expediente. La última parte está dedicada a la investigación preliminar que los agentes de Crossman realizaron mientras a ella la remendaban en el hospital. El pequeño apartamento polvoriento que Mary-Jane Barko había alquilado en Hattiesburg cuando llegó con su maleta y su pañuelo rojo en la cabeza. La habitación que Sandy Clarks había pagado por adelantado en un motel mugriento a las afueras de la ciudad. La caravana y la furgoneta abollada con la que Patricia Gray iba todas las noches al trabajo. El granero acondicionado que el viejo Clarence Biggs sin duda le había enseñado a Dorothy Braxton mirándole las nalgas a través de los cristales ahumados de sus gafas.

Las cuatro desaparecidas habían llegado sucesivamente a Hattiesburg siguiendo el rastro de Caleb. Sabían que se había instalado en Maine y estaban cerrando el cerco a su alrededor. Pero ¿por qué en Hattiesburg concretamente? ¿Por su estación de servicio

Texaco? ¿Por su Kentucky Fried Chicken lleno de cucarachas o su fábrica de pasta de papel? Eso no tenía ningún sentido. A no ser que Caleb hubiera elegido precisamente ese desierto de bosques y pantanos para tender una trampa a sus perseguidoras. Sí. Exacto: desenterrando muertos en los cementerios, había dejado tras de sí los indicios necesarios para atraerlas hasta allí. Después las había matado, una tras otra. Y luego había matado a Rachel. Marie cierra los ojos. La pista Hattiesburg se detenía en medio del bosque junto con la de Caleb y las cuatro crucificadas. Ahí caía el telón. Por lo tanto, ahora había que buscar por el lado de las monjas recoletas. Poner los pies donde los había puesto el asesino, meterse en su piel y encontrar lo que las víctimas habían descubierto antes de llegar a Hattiesburg. Aquello que había firmado su sentencia de muerte.

71

Una señal sonora surge de los altavoces de la cabina. La voz metálica del comandante anuncia que el 737 está sobrevolando la región de los Grandes Lagos. Parks alza los ojos del expediente y da un mordisco a la manzana mientras pega la nariz al ojo de buey. Muy lejos por debajo del aparato, distingue la orilla sur del lago Michigan y los rascacielos de Chicago. Bebe un trago de agua mineral para quitarse el sabor harinoso de la manzana envuelta en celofán y pasa a las páginas en las que Crossman ha grapado los informes encontrados en las habitaciones de las desaparecidas: unas cincuenta hojas sobre la investigación interna que el Vaticano inició tras la ola de asesinatos de recoletas en África, Argentina, Brasil y México. Conventos perdidos en el mundo por los que la Iglesia había dispersado sus manuscritos más secretos. No fortalezas como en Europa o en Estados Unidos, sino simples conventos de adobe perdidos en lo más recóndito de la jungla o de la sabana. Trece ancianas asesinadas y crucificadas. Caleb el Viajero, así es como las cuatro desaparecidas de Hattiesburg apodaban al individuo que perseguían. Había cometido trece crímenes en seis meses; un verdadero programa de trabajo de asesino en serie. Con la diferencia de que Caleb no escogía a sus víctimas al azar. Él buscaba un manuscrito que las recoletas conservaban en sus conventos, un manuscrito que debía recuperar a toda costa. El evangelio de Satán.

Marie lee los mensajes que las cuatro desaparecidas intercambiaron en el transcurso de su caza del hombre. El primer anuncio había aparecido seis meses atrás en el *Liberia Post* de Monrovia. Un recuadro en medio de las esquelas y los anuncios de nacimientos.

> Queridas primas:
> Abuela fallecida trágicamente en su casa de Buchanan.
> Se requiere presencia para las exequias.
> Con cariño,
>
> DOROTHY

Si Braxton había decidido que su mensaje apareciera en una publicación africana, eso significaba que las demás religiosas estaban investigando en el mismo continente. Con excepción de Mary-Jane Barko, a la que Sandy Clarks había alertado publicando el mismo anuncio en el *Daily Telegraph*. Barko había respondido en las columnas del día siguiente:

> Llegaré a Buchanan en el vuelo de las 13 horas procedente de Londres.
>
> Vuestra prima MARY-JANE

Parks lee el informe de la policía de Liberia que el jefe del FBI ha grapado un poco más adelante: acababan de encontrar a una anciana religiosa asesinada en su convento de Buchanan, una recoleta, la supuesta abuela del mensaje publicado por Dorothy Braxton en el diario de Monrovia. La caza del hombre había podido reanudarse. Lo que implicaba que el crimen de Buchanan no era el primero de la serie y que las cuatro desaparecidas ya andaban tras la pista de Caleb antes de llegar a Liberia.

Marie hojea el expediente en busca de un crimen anterior al de la recoleta de Buchanan. Nada. Como si todo hubiera empezado ahí, en las playas blancas de Liberia. Después, su mirada se fija en un anuncio publicado dos meses atrás en un periódico de Cairns, una pequeña ciudad australiana perdida entre el golfo de Carpentaria y los arrecifes de la Gran Barrera de Coral.

> Queridas todas:
> El abuelo ha vuelto.
> Venid enseguida.
>
> Mary-Jane

«El abuelo ha vuelto.» El primer asesinato, el que ella buscaba. El pistoletazo de salida de la caza del hombre. Parks, ahora con impaciencia febril, abre una libreta de espiral encontrada por el FBI en la habitación de Barko: «El Viajero ha vuelto…».

Al leer esa frase que la religiosa ha garabateado en la primera página de la libreta, la joven siente que la angustia le quema la garganta. La letra de Mary-Jane es muy irregular, casi resulta ilegible, como si hubiera escrito esas líneas bajo los efectos de un terror indescriptible. Pero, aparte del miedo que reflejan, esas palabras significan ante todo que los primeros asesinatos fueron cometidos mucho antes que los de Cairns y Buchanan. Y que, al igual que Marie persigue a sus asesinos itinerantes a través del planeta, las cuatro desaparecidas acechaban desde hacía años la reanudación de la serie.

Parks pasa las páginas del cuaderno en el que Mary-Jane Barko escribió otras palabras sueltas. Fechas, nombres y direcciones situadas en las diferentes ciudades que la caza del hombre le había hecho visitar. Su respiración se acelera. Las páginas siguientes están llenas de dibujos sangrientos. Ancianas crucificadas, tumbas abiertas y bosques de cruces. Mary-Jane Barko no estaba bien, le pasaba lo mismo que a esos agentes del FBI a los que se les funden los plomos al dar con la reserva de cadáveres de un asesino en serie.

Marie pasa las últimas páginas y encuentra una frase que Mary-Jane Barko había escrito en letras mayúsculas:

VUELVE.
SIEMPRE VUELVE.
CREEMOS QUE HA MUERTO, PERO VUELVE.

Parks cierra los ojos. Sí, es justo eso: en el momento de escribir esa frase, la religiosa estaba a punto de perder los nervios.

72

Después de Liberia, las cuatro desaparecidas no dieron señales de vida durante casi tres semanas. Veinte días de silencio en el transcurso de los cuales se dirigieron hacia el sur, cada una por su lado, siguiendo el golfo de Guinea. Todas iban tras la pista de Caleb.

El anuncio siguiente lo publicó el 7 de agosto Sandy Clarks en las columnas del diario nacional de la República Democrática del Congo. El texto cifrado anunciaba que una anciana recoleta negra acababa de ser asesinada en su convento de Kinshasa. Las otras tres desaparecidas se reunieron con ella al día siguiente y registraron la celda de la difunta. Según el expediente, Caleb había conseguido recuperar un fragmento del evangelio de Satán que unas recoletas de la Edad Media habían copiado antes de que el manuscrito se perdiera. Ese fragmento contenía suficientes secretos para justificar la muerte de las que garantizaban su custodia desde hacía siglos.

Parks pasa la página y encuentra el mensaje que Sandy Clarks publicó un mes más tarde en el periódico sudafricano *Mail & Guardian*. Acababa de llegar a la costa del Pacífico, al puerto de

Durban, donde estaba investigando en los barrios bajos contiguos a los muelles. Allí encontró algo. El anuncio, muy breve, rezaba así:

> Queridas primas:
> Tía Jenny gravemente enferma.
> Hospital Addington de Durban.
> Venid enseguida.

Marie examina el informe del teniente Mike Douwey, de la policía criminal del condado de Durban. El funcionario exponía con todo detalle la hospitalización urgente de una anciana religiosa, una recoleta, a la que habían encontrado crucificada en la celda de su convento, en la provincia de Kwazulu-Natal. Una chica que afirmaba ser su sobrina era quien había encontrado a la desdichada. Sus primas se reunieron con ella al día siguiente y se relevaron a la cabecera de la moribunda. La anciana entregó el alma poco antes del alba y las cuatro chicas desaparecieron. Caso archivado por falta de pistas. Parks deja escapar un suspiro. Las otras tres religiosas ni siquiera perdieron el tiempo contestando al mensaje acuciante de Sandy Clarks. Acudieron desde Botswana, Namibia y Mozambique para ayudar a su hermana, que había estado a punto de atrapar a Caleb. Llegaron unos segundos tarde, unos segundos que le habían costado la vida a otra recoleta.

Según las notas encontradas en los apartamentos de las desaparecidas en Hattiesburg, la anciana crucificada recobró el conocimiento poco antes del alba. Tuvo el tiempo justo de decir que la había crucificado un monje y que ese monje llevaba en los antebrazos las escarificaciones de los Ladrones de Almas. Añadió que las puertas del Infierno estaban abiertas y que los ejércitos de la Bestia estaban extendiéndose por el mundo. Mary-Jane Barko se inclinó entonces sobre ella para preguntarle si Caleb había conseguido llevarse algo de su celda. En ese momento, la anciana intentó estrangularla. Las otras tres mujeres se abalanzaron sobre ella para reducirla, pero la pobre loca se debatía de tal manera que las religiosas notaron cómo sus brazos y sus piernas se fracturaban bajo sus manos. Tras proferir un grito con una voz que no era la suya, la recoleta murió.

Parks cierra los ojos. Chorradas, todo eso eran chorradas. La recoleta debía de ser una de esas viejas chifladas de las que los manicomios están llenos. Desde luego, no había visto los ejércitos de Satanás. No. No podía haber visto eso.

Marie vuelve a sumergirse en la lectura. Después de Durban, las cuatro desaparecidas persiguieron a Caleb a lo largo de las costas de Sudáfrica. Mil seiscientos kilómetros hasta El Cabo acosando a un fantasma cuyo rastro se disipaba poco a poco como huellas en la arena.

El 16 de octubre, las religiosas llegaron a los acantilados de Cape Point, en el extremo del continente africano. Cuatro chicas silenciosas y extenuadas sumergieron la mirada en las aguas oscuras del cabo de Buena Esperanza, donde un carguero portacontenedores que acababa de zarpar de la bahía de False luchaba duramente contra las corrientes.

Ahí era donde la pista de Caleb se interrumpía, al final del continente negro, en el lugar preciso donde la espuma del Atlántico se junta con la del océano Índico para formar un solo e inmenso desierto frío y movedizo. Ahí fue también donde las cuatro religiosas comprendieron que habían perdido la batalla.

A cuatro kilómetros en dirección sur, el Antártico y sus hielos eternos. Nada entre los dos, ni siquiera un islote, una roca que emergiera de las frías aguas. Al oeste, ocho mil kilómetros de océano separaban África del continente sudamericano. Al este, el mismo abismo hasta las costas de Australia. Aquel día, Mary-Jane Barko escribió en su libreta:

Que Dios nos perdone
y nos proteja en lo sucesivo
del gran mal que se propaga.

73

Los altavoces de la cabina anuncian que el aparato acaba de cruzar la frontera de Nebraska y que la temperatura está bajando, señal de que se prepara una tormenta de nieve sobre las montañas Rocosas. Parks alza los ojos del expediente y pega de nuevo la nariz contra el ojo de buey. El mar verde de las grandes llanuras se extiende ahora hasta el horizonte. Contempla la fina película de escarcha que se forma en la superficie del plexiglás y borra poco a poco el paisaje. Un espeso penacho de condensación escapa de las turbinas y las alas empiezan a brillar en el aire glacial. Marie aguza el oído. El siseo de los reactores cambia a medida que el piloto da más potencia para compensar el peso del hielo que se forma sobre la carlinga. La joven maldice a Crossman pensando en el frío que pasará antes de llegar a ese dichoso convento perdido en medio de las Rocosas. Se sumerge de nuevo en la lectura.

Ningún signo más de vida en los principales periódicos del planeta después de Durban. Y, en la libreta de Mary-Jane Barko, la caza del hombre parecía terminar ahí, en la punta de África. Los ojos de Parks se agrandan al ver, unas páginas más adelante, un informe de la policía marítima sudafricana. El documento, muy deshilvanado, habla de diversos fenómenos extraños que tuvieron lugar en las aguas de las islas de Tristan da Cunha, un archipiélago perdido en medio del Atlántico, a más de dos mil quinientos kilómetros de las costas sudafricanas, la noche del 27 al 28 de octubre, es decir, una semana y media después de que las religiosas hubieran perdido el rastro de Caleb.

Al captar un mensaje de petición de auxilio procedente del *Melchior*, un portacontenedores que se dirigía a Argentina tras haber hecho escala en El Cabo, el paquebote *Sea Star* puso rumbo en plena noche hacia la señal. El informe precisa que el *Sea Star* paró máquinas ante el *Melchior*, cuya proa golpeaba las olas de un modo que parecía indicar que el carguero iba a la deriva.

Los marineros del *Sea Star* subieron a bordo y recorrieron las cubiertas desiertas. Luego, una voz neutra anunció por radio que la zona de las crujías estaba empapada de sangre y que había numerosas señales de lucha, descargas de perdigones en las paredes y balas perdidas en las puertas de los camarotes. Más allá, los marineros del *Sea Star* encontraron cuatro cadáveres horriblemente mutilados. Los cuerpos estaban despedazados de manera incomprensible. Después siguieron hasta la pasarela, donde los supervivientes del *Melchior* se habían refugiado antes de que aquella cosa los atrapara.

Como vieron que faltaba un bote salvavidas, el capitán del *Sea Star* mandó hacer un barrido sobre el mar con sus potentes focos. En vano. Así pues, tras haber alertado a la policía marítima sudafricana, el *Sea Star* reanudó su ruta hacia el oeste.

Parks, febril, pasa las páginas del informe Crossman para confirmar las fechas. Dos meses de silencio habían transcurrido desde Durban cuando Patricia Gray publicó otro anuncio en el periódico *La Nación*, de Buenos Aires. La caza del hombre se había reanudado. Marie vuelve unas páginas atrás y lee el destino del *Sea Star*: Punta Arenas, un puerto de Tierra de Fuego situado en el extremo del continente sudamericano. Cierra los ojos para luchar contra el vértigo que se apodera de su mente. Caleb se había marchado de El Cabo a bordo del carguero *Melchior*, el portacontenedores que las religiosas habían visto debatirse contra las corrientes mientras contemplaban las aguas oscuras en el extremo sur de África. Debió de esconderse en la bodega de la embarcación. Probablemente, mientras el carguero se acercaba al archipiélago de Tristan da Cunha, un marinero lo descubrió y Caleb mató a la tripulación. Había visto las luces del *Sea Star* a través de los cristales mugrientos de la pasarela donde acababa de acorralar a los supervivientes del *Melchior*. Entonces soltó una chalupa, se zambulló en el mar y nadó con todas sus fuerzas para apartarse del estrave del paquebote que se acercaba. Luego consiguió subir al *Sea Star*, donde permaneció escondido hasta que el barco llegó a su destino.

Cientos de turistas dormidos sobre Caleb. Parks siente náuseas al imaginar qué habría pasado si un marinero del *Sea Star* hubiera despertado a la Bestia.

74

Después de oír hablar de la matanza que había tenido lugar en el *Melchior*, las cuatro religiosas emprendieron el vuelo desde el extremo sur de Chile. Aterrizaron en el aeropuerto Carlos Ibáñez, de Punta Arenas, unas horas antes de la llegada del *Sea Star*. Fueron al puerto y esperaron a que el humo del paquebote apareciera a lo lejos. Dorothy Braxton fue la primera en verlo, mientras el barco remontaba lentamente las aguas blancas del estrecho de Magallanes.

Las religiosas enfocaron con sus prismáticos las cubiertas exteriores, donde se apiñaban cientos de pasajeros. Los examinaron detenidamente y luego los observaron mientras bajaban por las pasarelas que los marineros acababan de colocar. Ni el menor rastro de Caleb.

Las cuatro hermanas esperaron hasta la noche para subir a escondidas a bordo del *Sea Star* y registrar las bodegas a la luz de sus linternas. Encontraron el escondrijo de Caleb en un conducto de climatización bajo la línea de flotación. Así era como procedían desde hacía meses: fijándose en los signos de muerte y desolación que Caleb dejaba tras de sí. Cadáveres de ratas, insectos muertos y moscas. Pero en esa ocasión otro indicio atrajo su atención: encajonado en las tinieblas durante los dieciséis días de la travesía, Caleb había grabado en la pared del conducto un bosque de cruces y un océano de rostros gritando en la tormenta. El coro de las almas condenadas. Debajo de ese fresco, había añadido una inscripción latina que las religiosas fotografiaron: *Ad Majorem Satanae Gloriam*. A la mayor gloria de Satanás.

A continuación, las religiosas registraron los conductos de

ventilación hasta llegar a la sala de máquinas, pero fue en vano. Caleb debía de haber saltado del paquebote a cierta distancia de la costa, pero había dejado tras de sí suficientes indicios para reanudar la caza del hombre.

Parks vuelve atrás, hasta el anuncio que Patricia Gray publicó el 16 de noviembre en el diario *La Nación* de Buenos Aires, es decir, unos días antes de que atracara el *Sea Star*:

> Queridas todas:
> Tía Marthe fallecida.
> Reuníos conmigo lo antes posible.

Otra recoleta crucificada en su convento. Y ninguna indicación todavía sobre el contenido de ese evangelio que Caleb buscaba mientras mataba a aquellas mujeres.

Los anuncios siguientes aparecieron a intervalos regulares en varios periódicos sudamericanos: *O Globo* de São Paulo, en Brasil, *Última Hora* de Asunción, en Paraguay, y *La Razón* de Santa Cruz, en Bolivia. Luego, el asesino subió hacia el ecuador, tal como atestiguaba otro anuncio aparecido en el mes de noviembre en el diario *La República* de Lima, en Perú. Y otro más en *La Patria* de Cartagena.

Parks examina con detenimiento los informes de la policía colombiana sobre el asesinato particularmente cruel de la madre Esperanza, superiora de las recoletas de Cartagena. Nota que se le seca la boca al ver las fotos del escenario del crimen. Caleb se había ensañado hasta tal punto que tan solo unos tendones seguían uniendo a la desdichada a la cruz. La anciana religiosa no solo había sido crucificada y profanada, sino también torturada hasta la muerte. Como si el asesino hubiera querido arrancarle una información que solo ella poseía. Algo que el resto de recoletas asesinadas ignoraban.

Marie lee las notas tomadas por Crossman sobre este último asesinato. Como todas las demás recoletas, la madre Esperanza era la bibliotecaria de su convento. Era ella quien tenía las llaves de las salas acorazadas donde la orden guardaba los manuscritos más peligrosos: las bibliotecas prohibidas.

Parks continúa leyendo. Después de Cartagena, los crímenes prosiguieron en México y posteriormente en Estados Unidos. La congregación de Corpus Christi, en Texas, o la de Phoenix, en Arizona. El último asesinato había tenido lugar en Colorado, en un convento-fortaleza perdido en medio de las Rocosas. Ahí era donde las cuatro desaparecidas habían estado a punto de atrapar a Caleb.

Unos días más tarde, encontraron su rastro en Hattiesburg, adonde llegaron una tras otra para poner fin definitivamente al brutal recorrido del asesino. No había ningún convento de recoletas en los parajes, solo pantanos con abundante pesca y bosques interminables.

Para atraer a las cuatro desaparecidas a una región tan poco frecuentada, Caleb había desenterrado muertos en cementerios aislados y había amontonado esos cadáveres en la cripta situada en medio del bosque de Oxborne. Esas profanaciones habían salido en la primera página de los periódicos locales y más tarde en los diarios de las grandes ciudades. Finalmente, las religiosas se enteraron de ello leyendo la prensa. Parks apoya la cabeza en el respaldo del asiento. Sí, así era como las cuatro desaparecidas de Hattiesburg se habían metido en la boca del lobo.

Después se encontró la ropa de las hermanas en la linde del bosque. Eso era lo que no encajaba: ¿por qué había corrido Caleb ese riesgo? ¿Por qué no se había limitado a desaparecer después de haber matado a sus perseguidoras? ¿Por qué, sino para atraerla a ella, para que ella se lanzara tras el rastro de Rachel y descubriera a los muertos en la cripta? Sí, muy bien, pero ¿con qué finalidad? Marie no tiene ni idea. Agotada, cierra los ojos y escucha el siseo de los reactores. Los altavoces chisporrotean. A duras penas oye que la voz del comandante anuncia una zona de turbulencias antes de sumirse en un profundo sueño.

Quinta parte

75

Igarape do Jamanacari, afluente del río Negro, selva amazónica

El durmiente nota que la lejana luz del sol le acaricia los párpados. La piragua avanza bajo un tupido techo de ramas que deja filtrar los rayos. Charcos de luz alternan con extensos tramos de sombra. La embarcación se desliza sobre la superficie limosa de un *igarape*, un lento curso de agua que serpentea bajo la espesura de los árboles.

El durmiente percibe el olor de los remeros que se afanan a su lado. Vaharadas de sudor rancio escapan de sus axilas y se mezclan con los olores de humus y de agua verde. Salvo por el chapaleteo de las pagayas y la respiración regular de los remeros, la jungla está en silencio. Ni un grito de mono, ni un canto de pájaro. Pero los insectos han vuelto y sus zumbidos llenan de nuevo el bosque.

Refugiado tras el muro de sus párpados, el durmiente nota que nubes de mosquitos se posan sobre sus piernas y sus brazos desnudos. Tiene hambre. Una sed insoportable le abrasa la garganta. Millones de gotitas brotan de su cuerpo y corren por su piel. Escucha el murmullo del río bajo el fondo de la piragua, el rascar de las ramas contra el casco y el remolino de las pagayas que baten el agua templada. Intenta mover los brazos y de repente toma conciencia de su cansancio, de ese agotamiento que entumece su cuerpo y de las tinieblas que se han apoderado de su alma.

Tiene la impresión de haber permanecido inconsciente durante siglos. Trata de agrupar sus recuerdos, pero su memoria está vacía. O más bien las briznas que contiene han dejado de ser accesibles, como si estuvieran oscurecidas por otra cosa. Una reminiscencia negra y densa, sin imágenes, sin olores ni sonidos, como un tintero derramado sobre un libro. O una capa de cemento recién aplicado sobre un fresco antiguo. El durmiente se sobresalta. «Un fresco antiguo…»

Empieza a rascar febrilmente la capa que cubre sus recuerdos. Como un arqueólogo, da unos golpes sobre la losa de cemento, la parte y retira los fragmentos hasta que logra ver debajo, en la bóveda de un sótano, unos frescos rojos y azules iluminados por antorchas. Ya está, el durmiente recuerda. Sus párpados tiemblan. Sus manos se crispan y sus uñas rascan el fondo de la piragua. Las primeras criaturas olmecas, el paraíso perdido y el arcángel Gabriel devolviendo el fuego a la tribu de los elegidos. Se remonta en el tiempo y se detiene bajo el último fresco. Las tres cruces en la cúspide de la pirámide olmeca. Siente que el miedo lo invade. Escruta el recuerdo de ese Cristo que mira a la muchedumbre, que se retuerce en la cruz gritando. El azote de los olmecas.

—Señor, sí, ya me acuerdo…

El chapaleteo de las pagayas se amortigua, la velocidad de la piragua disminuye. Un rostro barbudo y exhausto se inclina sobre el durmiente. Habla con un acento espantoso, una mezcla de portugués, alemán y dialectos indios de la cuenca del Orinoco.

—Bienvenido al mundo de los vivos, padre Carzo. Hemos rezado mucho por la salvación de su alma mientras usted luchaba contra las tinieblas.

—¿Quién es usted?

—El pastor Gerhard Steiner. Dirijo la misión protestante de San José de Constanza. Unos cazadores le encontraron vagando por la jungla y un helicóptero del ejército brasileño lo depositó en mi casa.

—¿Dónde estamos?

—En este momento bajamos por el *igarape* do Jamanacari hacia el río Negro. Estamos muy cerca de Manaus.

Carzo agarra a Steiner por una manga.

—Los yanomami. Hay que ir en su ayuda.

El semblante del pastor palidece bajo el bronceado.

—El ejército envió una patrulla a São Joachim. Intercepté su informe por radio. Solo quedan cadáveres. El gran mal… se lo ha llevado todo. Y ahora se extiende al corazón del bosque, avanza hacia el delta del Amazonas.

—¿Y el padre Alameda?

Una sombra pasa por el rostro del pastor.

—Ahora tiene que descansar.

—¡Steiner, dígame qué le ha pasado a Alameda!

—Encontramos su cadáver colgado de un árbol. Las hormigas rojas le habían devorado la cara.

—Dios mío…

—¿Qué ha sucedido, padre Carzo? ¿Qué han despertado los yanomami en el corazón del bosque?

Carzo cierra los ojos. Busca otros recuerdos entre los escombros de su memoria. El fresco… El Cristo con los ojos llenos de odio… La antorcha que chisporrotea y se apaga. Avanza en la oscuridad hasta una cueva abierta en el vientre de la montaña… Un círculo de velas. Algo está de pie en medio de los cirios. Algo que…

—Padre Carzo, ¿recuerda qué ha pasado?

—No lo sé… ya no sé…

—Inténtelo, padre, se lo ruego.

Carzo se concentra. La luz trémula de las velas. Un olor de carroña y de azufre. La cosa que había sido Maluna está de pie en el centro de la luz. Carzo se estremece al sentir la negrura de esa fuerza maléfica que aspira su alma. La agonía del alma y la muerte de Dios. Carzo comprende entonces que su fe no puede hacer nada contra semejante negrura. Entra en el círculo de luz, permanece frente a la criatura y respira el abominable hedor que emana de su boca. Lo último que recuerda es ese extraño sopor que se apodera de su mente. Luego, sus piernas fallan y cae de rodillas a los pies de la criatura. Todo lo que sucedió después ha desaparecido para siempre de su memoria. Solo quedan fragmentos de imágenes, algunos sonidos y olores.

Carzo nota que el agua se agita bajo el fondo de la piragua. Una corriente viva, rápida, caprichosa. Abre los ojos. Por encima de él, el cielo de ramaje se desgarra a medida que las orillas del río se alejan. La piragua acaba de pasar de las aguas lentas y fangosas del *igarape* a las rápidas del río Negro. Un grito resuena en la proa. Carzo, extenuado, se incorpora y mira en la dirección que el indígena maturacas señala. A través de la bruma que se disipa, distingue unos muelles de madera y unos cuchitriles sobre pilotes. Más allá, un puerto donde viejos cargueros de costados herrumbrosos esperan su cargamento de caucho. Más lejos todavía, las cúpulas del centro de la ciudad y la aguja de la catedral jesuita de Nossa Senhora da Imaculada Conceição.

—¡Manaus! ¡Manaus! —grita el indígena dando palmadas.

Carzo vuelve a tenderse en la piragua y cierra los ojos.

76

Denver, aeropuerto internacional de Stapleton

De entre los labios de Parks sale vaho cuando cruza la puerta del aparato. El frío le muerde el rostro. Los primeros copos flotan en el aire helado.

En el mostrador de Avis de la terminal, Parks saca la tarjeta de crédito de Crossman y alquila un Cadillac Escalade, un monstruo de tres toneladas equipado con neumáticos anchos. Ideal para circular por las carreteras nevadas de Colorado. Luego cruza la cristalera del aeropuerto y va al aparcamiento, donde hay alineados decenas de 4 × 4 y de limusinas.

Una vez instalada a bordo del Cadillac, le da al contacto. Un rugido llena el habitáculo mientras la electrónica regula automáticamente la altura de los pedales, la posición del asiento y la de los retrovisores. Entonces se abrocha el cinturón y arranca el V8 de 6 litros. Maniobra para sacar el Cadillac del aparcamiento, sale del aeropuerto por Peña Boulevard y toma la Interestatal 70 en dirección a Denver.

Marie dirige una sonrisa a una niña que le hace un gesto de burla a través de la luna trasera de un Toyota. Después se coloca en el carril de la derecha y pone el limitador de velocidad en ochenta kilómetros por hora. Las montañas de Colorado se recortan a lo lejos. Reprime un bostezo y conecta la radio. El seleccionador de emisoras sintoniza KOA, una cadena de información continua. La voz nasal del locutor que da el tiempo invade el habitáculo:

«Acabamos de recibir en este instante un mensaje de alerta de la emisora KFBC de Cheyenne. Nos indican que acaba de caer una tormenta sobre el norte de Wyoming y que ya hay cuarenta centímetros de nieve en polvo en el parque de Yellowstone y al pie de las Bighorn Mountains. Teniendo en cuenta la fuerza y la intensidad de los vientos, la depresión debería tardar algo menos de cuatro horas en llegar a los montes Laramie y a la frontera de Colorado. Después caerá sobre Boulder y Denver, y bloqueará la ruta de los puertos y los itinerarios por los valles».

El locutor termina el boletín con las recomendaciones habituales. Marie apaga la radio. Cuatro horas de tregua. Eso le da el tiempo justo para pasar por la oficina del FBI y llegar al convento de las recoletas de Santa Cruz, pero no el suficiente para volver. Lo que significa que tendrá que esperar allí a que acabe la tormenta y que se expone a encontrarse atrapada a dos mil quinientos metros con una congregación que vive en plena Edad Media y cuya preocupación principal es estudiar obras satánicas. De ahí a que esas viejas brujas hayan perdido la chaveta a fuerza de leer semejantes horrores, no hay más que un paso. Con una punzada de angustia, Parks imagina la primera página del *Holy Cross News*:

Crimen en el convento: tras la espectacular tormenta que ha caído sobre la región durante varios días, la policía de Santa Cruz ha encontrado los restos de Marie Megan Parks, agente del FBI especializada en la persecución de asesinos en serie. Los primeros resultados de la investigación hacen pensar que, después de haber pedido asilo a las religiosas de Santa Cruz, la joven podría haber sido devorada viva en el transcurso de una sesión de exorcismo.

—Déjate de tonterías, Marie…

Marie ha pronunciado esas palabras en voz alta para tranquilizarse, pero el timbre ronco de su voz la sobresalta. Mira por el retrovisor interior para asegurarse de que los asientos traseros están vacíos. Luego se relaja y se concentra de nuevo en la carretera.

Pensándolo bien, no son las recoletas las que le producen ese estado de inquietud. Ni tampoco la perspectiva de pasar una o dos noches en la montaña. No, lo que la aterra es esa certeza de que Caleb no ha muerto y de que su espíritu la persigue. Es como esa sensación que todo el mundo ha tenido alguna vez cuando recorre por la noche un aparcamiento desierto, ese terror que se apodera de repente de ti cuando no estás pensando en nada. Te vuelves, pero no hay nadie. Un miedo inexplicable te hiela el corazón; es la respiración de los muertos enfurecidos, el desplazamiento de aire que provocan rozándote en las tinieblas. Eso es lo que Parks siente desde que ha salido de Boston: la respiración de Caleb. Aparte de los flashes que le hacen ocupar el lugar de las víctimas de asesinos en serie, a veces tiene visiones todavía más terroríficas, visiones de las que nunca le ha hablado a nadie, ni siquiera al médico que le diagnosticó el síndrome mediúmnico reaccional en California. Porque, desde que salió del coma, ve muertos.

77

Manaus. La piragua ha dejado las aguas del río Negro para internarse en uno de sus brazos que se adentra en la ciudad. Atraca en un muelle flotante donde los cascos de los barcos turísticos se codean con las barcas de fondo plano de los pescadores de pirañas. El padre Carzo alza los ojos hacia el embarcadero. Extrañas ondas de bruma están invadiendo la ciudad.

—El mal se extiende.

Se vuelve hacia el pastor que permanece de pie en el centro de la embarcación. Con su sombrero de paja y su cara escondida bajo la barba, Steiner tiene el aspecto de un loco fugado de una cárcel. Después de haber aceptado el amuleto que uno de los indios maturacas le pone alrededor del cuello, el exorcista se aleja en dirección a la catedral de Nossa Senhora da Imaculada Conceição, cuyos campanarios se recortan a lo lejos. Allí encontrará consejo en el padre Jacomino, un fino conocedor del Maligno y de las tinieblas del alma humana.

En la vieja ciudad, donde el aliento ardiente de la selva se mezcla con la bruma del río Negro, el bochorno es tan pegajoso que las sandalias del padre Carzo dejan marcas en el asfalto. Su hábito está empapado de sudor y unas luciérnagas danzan ante sus ojos. Mientras se acerca a la catedral, tiene la impresión de que la luz está cambiando. En un cielo lechoso, el sol parece haber perdido brillo. Un sol frío.

Carzo aprieta el paso. Frente a él, la silueta de la catedral aumenta. De pronto toma conciencia del silencio que se ha adueñado de la ciudad, un silencio hecho de corrientes de aire y puntuado por ladridos de perros y chasquidos de contraventanas, como si el corazón de la urbe amazónica hubiera dejado de latir. Después se da cuenta de que la avenida que recorre se ha quedado sin transeúntes y de que las tiendas han bajado las persianas. En las aceras, los carritos de los vendedores de especias parecen abandonados. Solo algunas viejas mestizas harapientas continúan pasando por delante del padre, arrastrando tras de sí a niños medio desnudos. Carzo sujeta a una por la manga y le pregunta qué ocurre.

La vieja señala el cielo y responde susurrando que la tormenta se acerca. Luego, al ver la cruz que sobresale del hábito de Carzo, se arrodilla y le besa la mano. El sacerdote nota cómo las lágrimas de la mestiza se deslizan sobre su piel. La mujer parece aterrorizada.

—*O Diabo! O Diabo entrou na igreja!*

«El diablo ha entrado en la iglesia.» La mestiza repite esas palabras mientras besa la mano del sacerdote con labios temblorosos. Carzo sigue con los ojos la dirección que ella indica y nota que se le ponen los pelos de punta. La escalera y el pórtico de la catedral han desaparecido bajo una marea de pájaros. Ese ejército de picos y de plumas multicolores parece proteger la entrada del edificio. Innumerables colibríes y papagayos vuelan a ras del asfalto y suben por la avenida arremolinándose en las corrientes de aire, como si obedecieran a una voz que les ordenase impedir el acceso a la catedral. Un viento helado congela las gotas de sudor en la frente de Carzo.

Se dispone a proseguir su camino cuando nota que la mano de la vieja se cierra alrededor de sus dedos con una fuerza sorprendente. Hace una mueca e intenta soltarse de ese puño; al no lograrlo, agarra de los cabellos a la vieja, que levanta la cabeza. Tiene los ojos blancos y la piel de su rostro se ha reblandecido como una máscara de cera expuesta a una llama. Una voz muerta sale de entre sus labios inmóviles:

—No entres ahí, Carzo. Te había dicho que permanecieras al margen de esto. Te había dicho que no te interpusieras en mi camino. Pero no me has hecho caso.

Carzo se estremece al reconocer la voz que sonó en el teléfono en San Francisco. La mestiza baja la cabeza. Suelta la mano del sacerdote y se queda de rodillas en medio de la avenida.

Apretando el amuleto para invocar a los dioses de la selva, el exorcista avanza hacia los pájaros; esa masa hormigueante se estrecha piando con furia. Los papagayos revolotean a unos centímetros de su cara. Cuando apoya el pie en el primer peldaño, el piar cesa de golpe. Sobre el edificio, el cielo se ha vuelto negro, y el viento que barre ahora la plaza levanta remolinos de polvo.

El exorcista examina la fachada de la catedral. Batiendo furiosamente las alas para mantenerse en equilibrio, los pájaros han invadido las torres y los tejados y sueltan una lluvia de excrementos sobre aquellos que permanecen en el pórtico. Se dispone a poner el pie en el segundo peldaño de la escalera cuando el tañido de la campana hace que una bandada de palomas eche a volar desde el campanario.

Carzo sube lentamente los últimos peldaños. A medida que avanza, los pájaros se apartan y vuelven a juntarse después de haber pasado él. El sacerdote se adentra por ese sendero movedizo; gruesas gotas de excrementos caen sobre sus hombros, sus cabellos y su rostro mientras camina en dirección a la puerta. Se limpia varias veces con la manga del hábito.

78

Marie Parks empezó a ver muertos unos días después de haber salido del coma. Todo comenzó con la vieja Hazel, que ocupaba la habitación 789, al final del pasillo. Parks se había detenido delante de su puerta y estaba echando un vistazo al interior. La anciana estaba atada a la cama, con tubos conectados a los brazos y al torso descarnado. A su lado, una máquina la ayudaba a respirar enviando a sus pulmones atascados por cuarenta años de tabaco unos centilitros de oxígeno, pero ese contacto ardiente le provocaba horribles accesos de tos. Tenía un carcinoma epidermoide, un curioso nombre para un jodido tumor que había alcanzado el tamaño de una pelota de golf y provocaba metástasis en todo su cuerpo. La vieja Hazel estaba en fase terminal.

Con los ojos muy abiertos, llenos de sufrimiento y de tristeza, Hazel le hizo una seña con la mano y Parks entró de puntillas. La habitación olía a formol. En una cama, al fondo, otra moribunda gemía mientras un tubo metido en su garganta aspiraba las secreciones que le obstruían los bronquios. Marie se acercó a la vieja Hazel. Tenía una mirada tan bondadosa y generosa que la joven se sentó en el borde de la cama y dejó que las manos de la moribunda estrecharan las suyas. Entonces notó que sus articulaciones crujían bajo la presión y un rictus de odio retorcía los labios de Hazel mientras una voz metálica escapaba de la cánula aplicada a su garganta.

—¿Quién eres tú, puta asquerosa, y por qué me ves? ¡No deberías verme! ¿Me oyes? ¡No puedes verme!

Parks luchaba con todas sus fuerzas para desasirse de las manos de la loca. Hasta que, de repente, Hazel la soltó y Parks huyó.

En el pasillo, se echó en brazos de una enfermera y empezó a contarle, sollozando, que la vieja loca de la habitación 789 había intentado matarla.

—¿Qué vieja loca?

—Hazel. Es el nombre que ponía encima de la curva de temperatura.

Se produjo un silencio durante el cual Marie notó que el ritmo cardíaco de la enfermera se aceleraba.

—¿Martha Hazel, de la habitación 789?

—Sí.

—Voy a llamar a un médico para que le prescriba un calmante. Mientras tanto, debe usted descansar.

Parks se apartó de la mujer.

—Pero ¡por el amor de Dios, le estoy diciendo que ha intentado matarme!

—Eso es imposible.

—¿Por qué?

—Porque murió hace más de una semana.

Marie negó con la cabeza. Después cogió de la mano a la enfermera y la llevó a la habitación.

Cuando Parks entró, la vieja Hazel estaba sentada con las piernas cruzadas sobre la cama, desnuda. Sus pechos ajados colgaban y la maraña de su pubis aparecía entre sus muslos descarnados. Tenía un cigarrillo entre sus dedos manchados de nicotina y un hilo de humo escapaba de la cánula cada vez que daba una calada. Marie, horrorizada, permanecía inmóvil señalándola con el dedo.

—¿Lo ve? ¡Es lo que le decía! ¡Ha sido ella quien ha intentado matarme!

Pero por más que la enfermera mirase en la dirección que indicaba el dedo de la joven, la cama que Martha Hazel había ocupado estaba vacía, la máquina que la había ayudado a respirar había vuelto a la reserva del hospital y habían cubierto el colchón con una gruesa funda de plástico. La enfermera pasó un brazo por los hombros de Parks.

—Vamos, querida, tiene que dejar de torturarse. En esta cama no hay nadie. Le digo que está muerta y enterrada. Desde hace una semana.

Oyendo a duras penas la voz de la enfermera, Marie escondió las marcas violáceas de sus muñecas. Después fijó los ojos en los de Martha Hazel, que la contemplaba a través del humo del cigarrillo. La voz metálica surgió de nuevo del laringófono.

—No te esfuerces, Marie, esa cabrona no puede verme ni oírme. Tú has vuelto de entre los muertos. Tú has dejado trozos de ti allí. Por eso me ves. Pero yo también te veo a ti, asquerosa putita. Te veo borrosa, pero te veo.

Un acceso de tos hizo que la vieja se doblara por la cintura y un hilo de sangre resbaló por su barbilla y su cuello.

—¡Joder, es deprimente! Ya no le encuentro sabor al tabaco, pero sigo tosiendo a pesar de que estoy muerta. ¿No te parece increíble?

Entonces, frente a la sonrisa que Martha Hazel desplegó sobre una hilera de dientes cortantes, Parks se desmayó entre los brazos de la enfermera.

Mientras pisa el pedal del freno para dejar que una camioneta la adelante, Marie tiembla al recordar a la vieja Hazel: su primer muerto. Desde entonces, se ha encontrado con muchos más. Muertos deambulando por las calles, muertos inmóviles en terrazas de cafeterías, niños putrefactos saltando a la comba en patios de colegio, viejos vagando por cementerios y mujeres descompuestas con ropa de otra época bebiendo de copas polvorientas en medio de los comensales en grandes restaurantes. Muertos que no habían encontrado ni el descanso ni el paso hacia el más allá.

La joven sale de la Interestatal 70, toma Colfax Avenue y sigue por ella hasta el zoo de Denver mientras los copos empiezan a espolvorear el césped. Después gira en Stout Street y continúa hasta el cruce de Brighton, donde una camioneta tiene el detalle de dejarle una plaza doble de aparcamiento justo enfrente de las oficinas del FBI. Quita el contacto y consulta su reloj: las cinco de la tarde.

79

Al empujar la pesada puerta de la catedral, un fuerte olor de resina y de carne chamuscada se agarra a la garganta del padre Carzo. Una niebla de incienso flota en el aire y una multitud de cirios de todos los tamaños brilla en la bruma olorosa. Salvo por esas llamas amarillas, la catedral está sumida en una oscuridad casi total que la lejana luz del día solo traspasa a través de las vidrieras.

El exorcista se detiene. Un perfume dulzón y nauseabundo de violeta acaba de abrirse paso hasta sus fosas nasales. El olor del Diablo. Carzo permanece un momento inmóvil en el umbral de la puerta. Para un simple fiel, esos perfumes de la Edad Media no tienen ningún significado, pero para un exorcista sí. El incienso de Dios contra el hedor dulzón del Diablo. El padre Jacomino y sus jesuitas han dejado que penetre algo en la catedral.

Carzo aspira otra bocanada de perfume y lo analiza cuidadosamente. Deja escapar un suspiro de alivio. El incienso y el olor grasiento de los cirios prácticamente se han impuesto a la violeta y el tufo de carne, pero no del todo. Los jesuitas han ganado la primera manga. Desgraciadamente, si los olores maléficos resisten al de la santa resina, eso significa también que la Bestia continúa ahí, herida pero no derrotada.

Carzo avanza lentamente hacia el coro escuchando el sonido de sus pasos bajo la bóveda. A uno y otro lado de la nave central, los bancos y los reclinatorios están destrozados. Los trozos de madera y los cojines de terciopelo dispersos por el suelo atestiguan que han sido arrojados desde una gran altura.

Al oír un crujido de papel bajo la suela de sus zapatos, el sacerdote baja los ojos. También hay imágenes piadosas y páginas de misales desparramadas por el suelo. Observa asimismo cientos de bolas de boj esparcidas sobre el mármol como perlas de un gigantesco collar. Recoge una y la examina en el hueco de su mano: cuentas de rosario. Carzo cierra los ojos. Los fieles estaban rezando cuando la Bestia ha entrado y los rosarios enroscados alrededor de sus dedos han cedido bruscamente al poder maléfico que tomaba posesión de la catedral.

El exorcista avanza hasta una pila de agua bendita que descansa sobre un soporte. Un fuerte olor de azufre le hace retroceder cuando se inclina hacia el agua corrompida que todavía se mueve en el fondo de la pila. Con la nariz fruncida, la toca y retira bruscamente los dedos reprimiendo una maldición a causa del dolor: el agua antes bendita está ardiendo.

Mientras prosigue su avance hacia el coro, constata que, a ambos lados de la catedral, los confesionarios de madera maciza están partidos y que las cortinas parecen haberse consumido por la acción de un tremendo calor. Alza los ojos. Arriba, los ángeles de yeso que aguzan el oído para escuchar los pecados han explotado sobre su pedestal. Más lejos, unas imágenes han sido cubiertas con telas negras. Carzo retira la que cubre a la Virgen. Se queda petrificado. A la luz trémula de las velas, ve los delgados hilillos de sangre que brotan de los ojos de la imagen, unos regueros rojos que serpentean por las estrías de mármol y se extienden por el suelo.

Al llegar al final de la nave, se detiene. Otra señal acaba de alertar sus sentidos. A ambos lados del altar, las lamparillas rojas indicadoras de la presencia divina están apagadas. Los ojos de Carzo escrutan la oscuridad. Falta un olor en esa explosión de perfumes que asalta sus fosas nasales, un olor que debería imponerse a todos los demás, un olor tan bueno y generoso que cualquiera que lo percibe siente que su alma se abre como una flor: el olor de rosas que siempre acompaña la Sagrada Presencia. Allí, nada de eso, ni el menor rastro de las rosas de Dios ni del perfume ambarino de los arcángeles. Ni siquiera un ligero aroma de los santos o la lejana fragancia de azucena de la Virgen. Entonces comprende que, entregando a los jesuitas a la Bestia, Dios y su corte celeste han abandonado la catedral. Está a punto de dejarse llevar por la tristeza cuando un alarido lejano resuena desde los cimientos de la catedral. Carzo baja la vista y constata que se encuentra sobre una boca de ventilación; la reja traza arabescos de hierro forjado bajo sus sandalias. Se agacha y olfatea el fuerte olor de incienso y de violeta que emana de las entrañas del edificio. Otro alarido, amortiguado por la distancia, se abre paso a través de la reja: el combate prosigue en los sótanos.

80

Las oficinas del FBI están desiertas. Parks se acerca al cristal blindado que protege a la recepcionista. Le presenta su carnet y deja su arma reglamentaria en el cajón metálico que se abre ante ella. La ordenanza tira del cajón hacia ella, coge el arma y la guarda en un armario. Sin su Glock 9 mm, que solo ha utilizado un centenar de veces en once años de carrera, Marie se siente desnuda. La mujer de detrás del cristal le tiende un formulario para que lo firme.

—¿Dónde está el equipo de día?

—Tenemos cuatro agentes de guardia en los pisos. Los demás están investigando una serie de profanaciones que han tenido lugar últimamente. Parece que todos los adoradores de Satán desde Colorado hasta Wyoming se hayan pasado la consigna de desenterrar los muertos y degollar machos cabríos en los cementerios.

—¿Tienen muchos satanistas en la región?

—Hay una congregación numerosa en Boulder. Tipos vestidos de negro que dibujan estrellas de cinco puntas en las paredes y beben cerveza mientras eructan citas latinas al revés. En mi opinión, si Satanás existe, ese tipo de adoradores se la suda. Y a usted, ¿qué la trae por aquí?

—Un adorador de Satán.

—No fastidie.

—Sí. Pero el mío es además un asesino en serie y estoy convencida de que Satanás se lo toma totalmente en serio.

—Menudos tipos. Peor que asesinos de niños, ¿verdad?

—Necesito un ordenador y una conexión a internet de banda ancha.

Ofendida por la respuesta un poco seca de Parks, la ordenanza le señala la sala de informática, al final del pasillo, despacho 1.119.

Marie oye el ruido amortiguado que hacen sus zapatos sobre la moqueta. En los despachos que deja atrás, algunas pantallas de ordenador se han quedado encendidas y algunos walkie-talkie chisporrotean sobre su base. Aquí y allá suenan teléfonos que nadie coge.

Parks cierra la puerta del despacho 1.119 y enciende el ordenador que sobresale entre un montón de documentos y de vasos de plástico. Colgados en las paredes, los retratos de los criminales más peligrosos de Colorado y Wyoming se alternan con anuncios de búsqueda de niños desaparecidos desde hace años. En el centro, bajo la foto del presidente, la Constitución estadounidense destaca en un marco polvoriento. A la derecha, un cartel de papel satinado presenta la lista de los *ten most wanted*, los diez criminales más buscados del mundo. Las recompensas van desde cien mil dólares por un exterminador de los cárteles llamado Pablo Tomás de Limassol, hasta un millón por un traficante de componentes atómicos que responde al nombre de Robert S. Dennings. Parks emite un silbido. Si estuviera especializada en ese tipo de caza, podría comprarse un casino en Las Vegas. Desgraciadamente, ella persigue asesinos itinerantes, por los que, curiosamente, el gobierno norteamericano no da ni recompensas ni entrevistas.

Se conecta con la base de datos de los laboratorios vigía que el FBI ha instalado en Estados Unidos, México y Europa. Ahí es donde convergen las descripciones de los crímenes particularmente violentos que los policías del planeta no consiguen resolver, de los sórdidos y repetitivos crímenes de asesinos en serie contra los que los polis convencionales no pueden hacer gran cosa, aparte de contar los muertos. Sobre todo cuando el criminal en cuestión es un asesino itinerante, porque, para tener una pequeña posibilidad de acercarse a un adversario de ese calibre, hay que entrar en su laberinto mental y encontrar la salida antes que él. A riesgo de perderse para siempre.

Eso es lo que estuvo a punto de pasarle a Parks cuando investigaba el caso de Gillian Ray, un estudiante neoyorquino que se había ido a pasar dos meses de vacaciones en Australia. Dos meses haciendo autoestop en esas carreteras interminables que serpentean en medio de los desiertos más áridos del planeta. Dos mil trescientos kilómetros de arena ardiente, de pedregales y de mesetas desoladas entre Darwin y Cape Nelson… Once muertos en dos meses, once cadáveres abandonados a los carroñeros y las serpientes.

81

El padre Carzo acciona la palanca escondida bajo el altar y mira cómo la imagen de san Francisco de Asís se desliza sobre su pedestal. Una estrecha abertura aparece en la pared, un pasadizo secreto que conduce a los sótanos y cuya existencia solo conocen los jesuitas de Manaus y él. El padre Jacomino lo había puesto al corriente unos meses atrás, como si temiera algo.

El sacerdote atraviesa la abertura y acciona otra palanca para cerrar el paso. Oye que la imagen gira sobre el pedestal, luego un chasquido sordo, y finalmente se hace el silencio. Mientras se interna en la escalera, los alaridos se vuelven más nítidos a lo lejos: gritos de terror y de dolor. Portugués y latín. Un huracán de voces que se contestan, se increpan y cesan. A juzgar por el furor de las palabras que retumban en los sótanos, debe de tratarse de una sesión de exorcismo colectivo, una ceremonia prohibida que no se practica desde los días más oscuros de la Edad Media.

Al llegar al pie de la escalera, el padre Carzo se encuentra ante unos corredores excavados en los cimientos de la catedral. Guiándose por los gritos, toma el pasillo más ancho y más antiguo. Un sótano iluminado por antorchas cuyo resplandor salpica las paredes.

El sacerdote olfatea el aire a su alrededor. El olor del Mal supera ahora ampliamente el de la sagrada resina. Los jesuitas han acorralado a la Bestia al final de ese túnel, pero la Bestia no ha dicho su última palabra.

Carzo nota que un soplo tibio le envuelve los tobillos. Baja los ojos. Unas bocas de piedra abiertas a ras del suelo expulsan un chorro continuo de aire procedente de pozos de ventilación. La zona de los calabozos. Ahí es donde los exploradores portugueses encerraban a los indígenas y a los piratas del Amazonas. En el interior de las celdas, el sacerdote distingue cadenas herrumbrosas y las anillas de sujeción que los carceleros colocaban alrededor del cuello de los presos. Pasa una antorcha a través de los barrotes. Unas ratas corren pegadas a las paredes profiriendo chillidos de espanto. Alargando el brazo todo lo posible, el sacerdote distingue las inscripciones grabadas en las paredes: insultos, palabras de despedida e hileras de palotes que los condenados a muerte habían tachado antes de morir estrangulados por una cuerda. El padre Carzo se dispone a retirar el brazo cuando el resplandor de la antorcha ilumina una forma tendida contra la pared del fondo. Empuja la reja y entra en el calabozo. Sobre el suelo arenoso, el cadáver de un jesuita con hábito negro contempla la oscuridad con sus ojos vacíos. A juzgar por su posición, una fuerza sobrehumana le ha partido la nuca y descoyuntado el cuerpo. El sacerdote tiene muchísimas dificultades para identificar ese rostro crispado por el miedo. Finalmente reconoce al hermano Ignacio Constenza, un jesuita de gran valor que practicaba el exorcismo y el arte de percibir a los demonios. Al igual que los del padre Alameda en la entrada del templo azteca, los cabellos del desdichado han encanecido por efecto de un terror indescriptible. Carzo pasa los dedos sobre los párpados de Ignacio y recita la oración de los difuntos. Luego sale del calabozo y reanuda su avance.

Para no dejar que el miedo se apodere de su mente, el exorcista cuenta los metros que lo separan del final del túnel. Cuando da el decimosegundo paso, un grito de agonía recorre la galería. Se queda inmóvil y aspira las vaharadas de violeta que invaden el sótano. El olor de incienso ha desaparecido. Los jesuitas han perdido.

Un ruido de botas. Una corriente de aire glacial penetra en el pasillo. El perfume de violetas se concentra y estalla en las fosas nasales del sacerdote. Con las manos pegadas a la cara, Carzo abre los dedos para mirar la cosa que acaba de entrar en su campo de visión: lleva un hábito de monje negro con capucha y unas pesadas botas de peregrino. Se pone rígido. Un Ladrón de Almas. Eso es lo que los jesuitas han dejado entrar en la catedral.

Con el corazón martilleándole el pecho, el exorcista deja pasar unos minutos antes de incorporarse y salir del calabozo. Olfatea el aire. La Bestia se ha ido. Carzo aprieta el paso. Al final del pasillo, una puerta entreabierta. Del interior emana un olor de madera encerada y de polvo, un olor de archivos.

Mientras sus ojos se acostumbran poco a poco a la oscuridad, Carzo entra en una amplia biblioteca con columnas, atestada de estanterías y de pupitres volcados. En el techo, una especie de ojos de buey de cristal esmerilado captan la lejana luz del sol y la proyectan en el suelo en anchos haces polvorientos. El exorcista deduce que la sala debe de encontrarse bajo los cimientos de la ciudad.

Sobre el suelo embaldosado de mármol, de pronto ve unos rombos de mosaico cuyos entrelazamientos azulados forman una inscripción en latín: *Ad Majorem Dei Gloriam*. A la mayor gloria de Dios. Coronando esa primera inscripción, un sol resplandeciente rodea otras letras de un negro hollín: IHS, o sea, *Iesus Hominum Salvator*, Jesús Salvador de los Hombres. La divisa de los jesuitas.

Carzo avanza entre las bibliotecas volcadas. Pergaminos y manuscritos entorpecen el paso. Inmóvil en medio de ese amontonamiento de archivos, el sacerdote escucha el silencio. Un chasquido regular atrae su atención. Viene del centro de la sala, allí donde los haces de luz recortan la oscuridad. Allí el exorcista distingue un escritorio y un gran libro abierto. Una extraordinaria cantidad de sangre cubre las páginas del manuscrito. Algunas gotas caen del pupitre al suelo.

Carzo entra en el haz luminoso y examina la obra: el *Tratado de los Infiernos*, un manual exorcista inestimable que data del siglo XI. Una mano febril lo ha abierto por la página del rito de las Tinieblas, un ceremonial lleno de peligros y de misterios que solo se emplea como último recurso para combatir a los demonios más poderosos.

El sacerdote alarga la mano por encima del manuscrito. Ploc. Una gota de sangre aterriza en su palma, donde dibuja un arabesco de color rojo vivo. Levanta los ojos y se sobresalta de horror al ver de pronto al padre Ganz, cuyo semblante macilento brilla en la penumbra. Lo han colgado boca abajo de una viga antes de degollarlo. Carzo examina la mirada vidriosa del torturado: la misma expresión de terror absoluto que la que vio en los ojos muertos del hermano Ignacio. El Ladrón de Almas.

Se dispone a descolgar al padre Ganz cuando un gemido se eleva en el silencio. Se vuelve y ve una forma humana de pie contra la pared del fondo. Suspendido, con los brazos en cruz a un metro del suelo, el padre Jacomino parece contemplarlo en las tinieblas.

82

Gillian Ray procedía siempre de la misma forma: con su cara de ángel y su musculatura de surfista, conseguía que lo cogieran en autoestop campesinos que lo llevaban a su aislada granja. Ray, encantado de la vida, comía y bebía, felicitaba a la granjera y jugaba con los niños; luego se acostaba y al amanecer los mataba a todos a hachazos antes de proseguir su camino. Con la peculiaridad de que, para embrollar las pistas, atajaba en moto a través de los matorrales hasta la siguiente carretera, donde hacía de nuevo autoestop. Así pues, aunque las autoridades australianas habían organizado una verdadera caza del hombre, el asesino continuaba corriendo de aquí para allá y matando a sus víctimas en lugares tan distantes los unos de los otros que los sabuesos de la brigada criminal estaban perdidos.

Alertada por un informe enviado al laboratorio vigía de Boston, Marie Parks había reconocido el sello del hombre que buscaba desde hacía meses: un asesino particularmente inquietante, cuyo rostro y nombre no conocía y que parecía aprovechar sus vacaciones en el extranjero para dar salida a sus pulsiones matando a sus víctimas según un ceremonial extraordinariamente constante, prueba de que Ray había alcanzado su ritmo de crucero y de que el modus operandi que había adoptado lo satisfacía por completo. Gracias a ello, Parks había podido seguir el rastro de sus asesinatos en Turquía, Brasil, Tailandia y Australia. Sin embargo, desde el último asesinato, cometido en los alrededores de Woomera, Gillian Ray había añadido un detalle a su proceder habitual, un elemento que los investigadores de la policía australiana habían anotado en una esquina de su informe sin concederle importancia: mientras que normalmente Ray abandonaba a sus presas en la posición en la que las había matado, Marie había observado que en esa ocasión las había instalado en el sofá y los sillones del salón, y que había encendido el televisor antes de proseguir su camino. Una prueba de que Ray empezaba a aburrirse y de que intentaba introducir variantes en su guión. En ese momento es cuando el asesino itinerante es más peligroso: cuando su comportamiento se modifica y le apetece tener nuevas experiencias. Es también en el momento en el que su modus operandi empieza a cambiar cuando se corre el riesgo de perder su rastro. Por eso Parks había montado en el primer avión que salía para Australia.

Nada más desembarcar en Alice Springs, se calzó unas zapatillas de deporte y echó a andar haciendo autoestop desde la salida del aeropuerto. Quería hacer eso para seguir los pasos de Gillian Ray; para notar el viento templado en sus cabellos y la quemazón del asfalto bajo sus suelas; para sentir cómo el cansancio se extendía por sus músculos, cómo los calambres endurecían sus pantorrillas y las correas de la mochila se clavaban en sus hombros. Para compartir con Gillian Ray lo que él había experimentado cada vez que oía acercarse un coche por su espalda. Esa deliciosa quemazón que notas en el vientre y que envía un chorro de adrenalina a tus arterias. Esa sed de vampiro que te seca la garganta y esa tensión sexual deliciosamente insoportable. Eso es lo que un asesino itinerante como Gillian Ray siente cuando se encuentra con su futura víctima.

Parks caminó durante días tras sus huellas. Sentía que sus almas se fundían a medida que se acercaba a él. Gillian se dirigía hacia el mar dejando tras de sí escenarios de crímenes cada vez más sangrientos. Gillian no comprendía el cambio que se estaba operando en él y empezaba a no dominar sus pulsiones. Estaba enfurecido. Eso es lo que la joven había descubierto en el escenario del último crimen. Frustración y furia. Gillian estaba metamorfoseándose en otra cosa. En ese instante fue cuando ella consiguió meterse en la piel del asesino.

Sucedió durante el crepúsculo, mientras el sol acariciaba la sabana. Parks acababa de subir a la camioneta de una estudiante que iba a visitar a su tía, que vivía en Perth. Era joven y guapa; su tez lucía bronceada bajo el pañuelo que llevaba atado alrededor de los cabellos. Vestía unos pantalones cortos que mostraban el nacimiento de sus muslos y una blusa de algodón cuyo escote dejaba entrever sus pechos. Mirándola de reojo, Parks sintió súbitamente una violenta excitación; su intensidad le secó los labios. Su mente se llenó de imágenes de muerte: cadáveres desnudos y carne cubierta de sangre. Entonces se dio cuenta de que el corazón que palpitaba en su pecho no era el suyo sino el de Gillian y de que su alma se estaba convirtiendo en la del asesino. Reprimiendo a duras penas la pulsión que se apoderaba de ella, supo que estaba a punto de perderse. Eso la llevó a apresurarse para alcanzar a Gillian antes de llegar a la costa.

Al cabo de quince días de persecución durante los cuales él cometió tres crímenes más, la joven lo encontró por fin en una playa desierta cerca de Cape Nelson. Aquello podría haber sido simplemente un último crimen en una noche oscura, una última violación sobre la arena fría, una última puñalada en el último vientre antes de regresar a Nueva York en el vuelo del día siguiente, donde se encontraría entre los brazos de su novia, Nancy, para pasar un año de universidad sin pena ni gloria. Hasta las siguientes vacaciones locas de Gillian Ray.

El asesino estaba cepillándole el pelo a su víctima cuando Parks se le acercó por la espalda. Le pegó el cañón de la pistola detrás de la oreja a la vez que murmuraba «FBI». No demasiado fuerte, justo lo necesario para que el ruido de las olas no cubriera su voz. Tal como había imaginado, él desenfundó un puñal; la hoja brilló bajo la luna. Entonces, Parks cerró los ojos y vació un cargador a quemarropa. Oyó el crujido del cráneo de Gillian al partirse por efecto de los impactos y vio cómo su sangre salpicaba la arena. Aspiró el olor de su cerebro chamuscado. Después se obligó a abrir los ojos y a contemplar el cuerpo, a tocarlo para sentir la vida que escapaba de él. Gracias a las lágrimas que brotaron de sus ojos, Marie encontró por fin la salida del laberinto.

83

A medida que avanza hacia el viejo jesuita, Carzo distingue mejor la escena. El Ladrón de Almas ha izado al padre Jacomino medio muerto hasta una viga en la que le ha clavado los hombros, los codos y las manos. Seis clavos cuyas puntas se han abierto paso a través de las articulaciones antes de hundirse en la nudosa madera.

El sacerdote se queda inmóvil a unos centímetros del cuerpo suspendido en el vacío. De las heridas brotan unos regueros de sangre que serpentean por el cuello y el torso del anciano. El exorcista se acerca al jesuita. Un fuerte olor de amoníaco penetra en sus fosas nasales. Aparta la túnica de Jacomino y constata que el Ladrón de Almas le ha rajado el vientre unos centímetros a partir del ombligo, de manera que las tripas se agolpan contra la herida sin llegar a salirse. La muerte lenta.

Carzo se percata de pronto de que los chorros de sangre están aumentando, como si el corazón del anciano acelerara sus latidos.

—Padre Jacomino, ¿me oye?

La cabeza del torturado se levanta lentamente y Carzo clava la mirada en los ojos reventados del jesuita.

—Padre Jacomino, soy yo, Alfonso.

Una respiración ronca. La voz rota del anciano retumba en la sala.

—Dios mío, Alfonso, se acerca. Vuelve a por mí. Mátame antes de que se apodere de mi alma.

—¿Quién se acerca?

—Él. Vuelve en busca de mi alma para llevársela. Es así como actúan. Esa cosa te estrangula el alma y se la lleva. No se lo permitas, Alfonso. Mátame antes de que pierda la fe y esa cosa me lleve con ella.

—No puedo hacer eso, padre Jacomino. Sabe muy bien que no puedo.

El anciano crucificado se yergue y profiere un largo alarido de desesperación:

—¡Señor todopoderoso! ¡Ya no creo en Dios, Alfonso! ¿Me oyes? ¡Mi fe está extinguiéndose y arderé en el Infierno si no me matas ahora mismo!

El cuerpo de Jacomino cae de nuevo con todo su peso. La sangre que mana de sus heridas gotea sobre el suelo. Con los ojos llenos de lágrimas, Carzo se inclina y susurra:

—Padre, es usted quien asesina su alma pidiéndome que le quite la vida. Recuerde que Dios le mira y que es durante su agonía cuando juzgará su fe. Recuerde también que no hay ninguna falta, ningún crimen que Nuestro Señor no pueda perdonar. ¿Desea que le escuche en confesión antes de comparecer ante su Creador?

Jacomino levanta la cabeza. Sus ojos reventados parecen escrutar las tinieblas.

—Ya no nos queda tiempo para esas cosas. Los Ladrones de Almas han regresado y el gran mal se extiende de nuevo. Mi salvación a cambio de lo que voy a revelarte. Reza por mí. Haz celebrar misas por el descanso de mi alma.

—Padre, es su arrepentimiento lo que lo salvará, no mis remordimientos.

—Calla, pobre loco, no tienes ni idea de lo que se acerca.

Carzo se yergue. La voz del anciano está cambiando.

—Le escucho.

—La misión jesuita de Manaus, así como muchas otras misiones del mundo, recibe correos secretos que tenemos orden de transmitir al Vaticano. Quien envía esos correos codificados es un cardenal del entorno del Papa que consiguió infiltrarse, hace años, en una cofradía secreta que había contaminado el Vaticano justo después de las cruzadas y que desde entonces crece en su seno como un tumor.

—¿Una conspiración contra la Iglesia? ¿Cómo se llama esa cofradía?

—El Humo Negro de Satán. Es una secta que desciende de la orden del Temple. Intentan apoderarse del trono de san Pedro. Los Ladrones de Almas son su brazo armado.

—¿Usted conoce a esos miembros de la cofradía del Humo Negro?

—Nadie ha visto nunca sus caras. Ni siquiera ese cardenal infiltrado cuya identidad desconozco. Lo único que sabemos es que ocupan la mayoría de los puestos clave del Vaticano y que han tejido vínculos estrechos con las sectas satánicas de todo el mundo. Siguen un plan de varios siglos de antigüedad y son una treintena de cardenales dispersos por el mundo, suficientemente poderosos ahora para dirigir los cónclaves. Saben que la Iglesia ha mentido y quieren tomar el control del Vaticano para revelar esa mentira al mundo.

—¿Qué mentira?

—Todo... Todo está en la Cámara de los Misterios. Una estancia oculta a la que se llega por un pasadizo secreto desde la gran sala de los archivos del Vaticano. Esa estancia no figura en ningún plano. Ahí es donde se depositan los correos prohibidos de los papas y las pruebas de la conspiración. La Cámara se abre desplazando unos libros de una estantería... Hay que retirar de los estantes siete libros según una combinación de citas latinas correspondientes a dichas obras. El cardenal del Humo Negro me transmitió un duplicado de esa lista. Para mayor seguridad, hice enviar ese documento a un lugar secreto en Estados Unidos. Ahí es donde tendrás que ir para recuperarlo.

—Padre...

—Calla, Alfonso, no nos queda tiempo.

Carzo seca la frente de Jacomino. El anciano no puede más.

—La semana pasada recibí un correo por el canal de urgencia. El cardenal acababa de descubrir algo grave que tuvo tiempo de transmitirme.

—¿Qué?

—Está todo en una carpeta que mandé depositar en una consigna del aeropuerto de Manaus. Los correos secretos circulan a través de las consignas de los aeropuertos. Ahí encontrarás también un billete de avión para Estados Unidos. Tenía pensado tomar el vuelo de esta noche para recuperar la lista de citas antes de ir al concilio que se celebrará en el Vaticano. Pero ahora ya es demasiado tarde.

Carzo está a punto de contestar cuando nota un soplo glacial en los tobillos. El anciano se yergue. Al fondo de la sala, la puerta de la biblioteca acaba de abrirse.

—¡Señor, es él! ¡Ya llega!

—Padre Jacomino, ¿esa mentira que la cofradía del Humo Negro utiliza tiene alguna relación con el azote de los olmecas?

El viejo jesuita se sobresalta.

—¿Qué dices?

—He descubierto unos frescos muy antiguos en un templo perdido en medio de la jungla. Unos frescos que representan a las primeras criaturas del mundo y al arcángel Gabriel entregando el fuego a las tribus amerindias. El fresco más grande narraba la venida y la muerte de un Jesucristo lleno de odio y de resentimiento. Algo que al parecer liberó el gran mal. ¿Tienen los documentos guardados en la Cámara de los Misterios alguna relación con eso?

—Señor, es todavía más grave de lo que imaginaba…

Suenan unos pasos sobre el mármol de la biblioteca. Carzo se vuelve y ve que los haces luminosos parpadean y se apagan uno tras otro. Sus fosas nasales olfatean el aire. Acompañando el remolino que levanta los montones de documentos esparcidos por el suelo, un fuerte olor de violetas invade la sala.

—Vete ya, Carzo. Vete sin mirar atrás. Es su espíritu el que está aquí, no su envoltorio. No puede hacer nada contra ti si te das prisa.

—Padre, no ha contestado a mi pregunta sobre los olmecas. ¿Qué pasó en la selva?… ¿Padre?… ¡Padre!

Jacomino emite un estertor y su cabeza cae. Carzo coloca una mano sobre los cabellos del torturado y recita en voz baja la oración por los difuntos. En cuanto acaba de pronunciar las últimas palabras, la cabeza del anciano se yergue sonriendo. Su voz ha cambiado:

—¿Quién está ahí?

El exorcista retrocede unos pasos mientras la cosa que se ha apoderado del anciano aspira su olor.

—¿Eres tú, Carzo? ¿Qué te ha contado ese viejo?

—Pregúntaselo tú mismo.

Una risa clara escapa de la garganta del anciano.

—Tu amigo ha muerto, Carzo, y yo no tengo el poder de leer en el corazón de los muertos.

—Entonces, libera su alma y yo te responderé.

—Demasiado tarde.

—Mientes. Sé que todavía está aquí.

—¡Cómo vas a saberlo, pobre loco!

Carzo alza los ojos y contempla las manos del crucificado, que se crispan alrededor de los clavos.

—Sus palmas todavía sangran: su corazón sigue latiendo.

Otra carcajada agita la garganta del anciano.

—Sí, pero va a morir ahora mismo. Y devoraré su alma con la tuya.

Sin apartar la vista de la criatura, que intenta localizar su posición, el sacerdote retrocede lentamente hacia el escritorio en el que destaca el *Tratado de los Infiernos*.

—¿Adónde vas, Carzo?

La voz de la Bestia delata un velo de inquietud. El exorcista rodea el escritorio y limpia la sangre que cubre el manuscrito. El rito de las Tinieblas. El texto está escrito en una lengua tan antigua que se pierde en la noche de los tiempos. Carzo busca la fórmula que necesita. Una vez la ha encontrado, se concentra para expulsar el miedo que invade su mente. Luego levanta la mano hacia la cosa y pronuncia con voz potente:

—*Amenach tah! Enla amalach nerod!*

—¡Ah! ¡Me quemo! ¿Qué estás haciendo, Carzo?

—¿Por qué le has reventado los ojos?

—¡No he sido yo! ¡Ha sido él! ¡Se lo ha hecho él mismo con un trozo de madera antes de que devorara su alma!

—¿Sabes por qué ha hecho eso?

—¡Me quemo, Carzo!

—Lo ha hecho para que su cuerpo se convierta en tu prisión. Porque ningún espíritu puede escapar de un cuerpo ciego antes de que ese cuerpo fallezca. Está en el rito de las Tinieblas.

La cosa retuerce los labios.

—Va a morir, Carzo. Va a morir ahora mismo y yo escaparé de su envoltorio para apoderarme del tuyo.

—Su alma ya no te pertenece. Se ha confesado de sus pecados y ha recibido la absolución.

—¿Y qué, Carzo?

—Que has cometido el crimen de posesión de un alma redimida por el Señor. Su muerte no te liberará. *Amenach tah. Enla amalach nerod.* Mediante estas palabras te condeno al encierro perpetuo.

Un ronquido agónico escapa de los labios de Jacomino.

—Alguien vendrá a liberarme, Carzo. Alguien descubrirá los cuerpos de tus amigos y me liberará.

—Excepto los jesuitas que has asesinado, nadie conoce la existencia del pasadizo que conduce hasta aquí. Yo lo sellaré cuando me vaya y tú continuarás gritando hasta el fin de los tiempos.

Una vez pronunciada su sentencia, Carzo se aleja de la criatura, que se debate en un intento de arrancar los clavos. Ha recorrido media biblioteca cuando un grito de odio lo alcanza en la oscuridad:

—¡Esto no ha terminado, Carzo! ¿Me oyes? ¡No ha hecho más que empezar!

El exorcista cierra la puerta de la biblioteca. La voz de la Bestia lo persigue hasta el final del sótano; luego, los gritos van debilitándose a medida que sube la escalera que lleva al coro de la catedral. Justo antes de marcharse, bloquea el mecanismo. El pedestal de cemento gira sobre su eje y la imagen se inmoviliza emitiendo un chasquido: la entrada del panteón de los jesuitas queda condenada para siempre.

84

Una señal sonora avisa a Parks de que se ha establecido la conexión con el laboratorio vigía de Quantico. Sus dedos vuelan sobre el teclado para introducir su contraseña. La joven entra en la página del servicio de identificaciones morfológicas. En el formulario, marca las opciones que corresponden con el perfil de Caleb: hombre, entre treinta y cinco y cuarenta años, caucásico, piel clara, pelo castaño, ojos azules. En vista de que las huellas dactilares de Caleb no están fichadas en ninguna parte, Parks se salta el campo correspondiente y entra directamente en las características de las huellas dentales. Rellena también los campos de osamenta y musculatura y precisa las especificaciones morfológicas del asesino: la nariz, la barbilla, la distancia entre los ojos y la implantación de las cejas.

Cuando todos los campos están llenos, Marie abre el expediente preparado por Crossman y saca una foto del rostro de Caleb destrozado por los impactos. Un primer plano. Lo escanea y lo envía al banco de datos. Después pone en marcha el programa morfológico que, basándose en la fotografía y en las indicaciones del formulario, reconstruye la mitad que falta de la cara.

Primero la parte inferior: la curva de la barbilla, la línea de los labios y las hendiduras maxilares. Después las mandíbulas, que se dibujan lentamente ante los ojos de Parks. Por último los dientes, que se reconstruyen, y las encías reventadas por los disparos, cuya carne se cierra progresivamente alrededor del esmalte.

El programa emite unos bips y a continuación pasa a la parte superior del rostro: remodela la nariz, las sienes, las órbitas y la frente, en función de la posición de los ojos y de la implantación del cabello. Ante la mirada de Parks, las heridas abiertas en el cuero cabelludo desaparecen y la caja craneana se suelda. El programa reconstruye poco a poco la piel que envuelve el rostro descarnado. Por último, lo junta todo y proyecta el resultado definitivo en la pantalla.

Marie nota que se le hace un nudo en la garganta al descubrir el verdadero rostro de Caleb. Mira detenidamente las órbitas y la espesura de las cejas que coronan la mirada fría del asesino de Hattiesburg. Un rostro sembrado de forúnculos y de cicatrices, que Parks introduce sin muchas esperanzas en los módulos de búsquedas. El sistema empieza a barrer los archivos de las policías de todo el mundo. Cuatro retratos aparecen a la derecha de la pantalla, para desaparecer a continuación mientras el sistema afina la búsqueda. Luego, la respuesta *«Not match found»* parpadea. Tal como había previsto, Caleb no está fichado en ninguna parte.

Parks introduce entonces el ADN del asesino e inicia una nueva búsqueda en los archivos informatizados de la policía científica. Por el sistema desfilan los cientos de miles de fragmentos genéticos que contiene su memoria. Vacila un momento ante un grupo de diez muestras que presentan una similitud en las primeras secuencias. Después recorre rápidamente los últimos fragmentos del grupo e informa del fracaso de este nuevo intento. Parks se frota las sienes y enciende un cigarrillo contemplando el cielo bajo por la ventana del despacho. Expulsa una bocanada de humo y sus dedos vuelan de nuevo sobre el teclado. Abandona la búsqueda por asesino para concentrarse en el modus operandi del crimen y pide al sistema un análisis de los diversos asesinos registrados en la base de datos bajo el epígrafe «asesinos místicos», pero restringiendo la búsqueda a los profanadores de cementerios y a los psicópatas cuyos crímenes siguen el rito religioso de la crucifixión. Un asesino preferentemente escarificado, un monje. Temiendo reducir en exceso el campo de investigación, cambia de opinión y borra estos últimos criterios. Después introduce «diez años» en el campo «período al que se refiere la búsqueda» y pulsa la tecla «intro».

El sistema recorre los datos almacenados en la memoria y muestra dieciocho resultados. Parks los revisa: crímenes satánicos que habían saltado a la primera página de los periódicos en la época del paso al año 2000. Esa noche, los iluminados de todas partes se reunieron en los bosques y las catacumbas de las grandes ciudades para invocar a las fuerzas del Mal. Ceremonias sacrificiales en el transcurso de las cuales crucificaron a vírgenes y vagabundos para atraer los favores de Satán.

Parks introduce un período de treinta años en el campo de búsqueda. Catorce resultados parpadean entre una cincuentena. 1969-1972: los catorce asesinatos del reverendo Parkus Merry, un fanático de Dios al que se le había metido en la cabeza que Jesucristo había vuelto y que había que apresurarse a crucificarlo de nuevo para anunciar la buena nueva al resto del mundo. Con la peculiaridad de que, para el reverendo Merry, Jesucristo había hecho su salida del armario en la comunidad homosexual del oeste norteamericano. De ahí los catorce asesinatos de chaperos de los medios gais underground, desde San Francisco hasta las Grandes Llanuras. Siempre el mismo modus operandi: Merry abordaba a su víctima en las calles o en los bares gais, la drogaba y la llevaba a un lugar desierto para crucificarla y recitar oraciones mientras miraba cómo se retorcía en la cruz.

El 17 de noviembre de 1972 tuvo lugar el decimocuarto y último asesinato de Parkus Merry cerca de Boise, en Idaho. Pillado in fraganti mientras clavaba a su víctima, el buen reverendo pasó once años en el corredor de la muerte. Una mañana, al amanecer, lo ataron a la silla eléctrica.

85

Sentado en el asiento trasero de un viejo taxi con la suspensión chirriante, el padre Carzo lucha con todas sus fuerzas para no dormirse. Nota un zumbido en las sienes y un sabor de metal en la boca, y tiene la sensación de que su cabeza va a estallar. Siempre le ocurre lo mismo después de un encuentro con el Demonio. Como si el metabolismo se transformara en un alto horno y quemara de golpe todas las calorías y vitaminas del cuerpo, produciendo un hambre y una sed devoradoras. Y dejando el alma vacía. Esa sensación de encontrarse solo en medio de un desierto inmenso, solo y desnudo.

A través de la ventanilla mugrienta, bajo la cual una manija se bambolea a capricho de los baches, el padre Carzo intenta concentrarse en el flujo de la circulación que sube por la avenida Constantino Nery en dirección al aeropuerto. Desde que el taxi ha salido del centro de Manaus, los barrios coloniales de bonitas casas desvencijadas han dejado paso a la Tierra marrón y polvorienta de los barrios de chabolas. Una aglomeración de casuchas de chapa ondulada, tan apretadas las unas contra las otras que se diría que la pared de una sostiene el tejado de la otra. Ni antenas parabólicas ni aires acondicionados, ni cortinas ni ventanas. Apenas unas hileras de perlas falsas delante de las puertas y amontonamientos de paletas a modo de escalera. Tampoco hay calles. Tan solo un gran arroyo fangoso que serpentea entre los miles de cabañas que pueblan las colinas. Ahí es donde los niños de Manaus juegan descalzos a la pelota y a los bandidos, en medio de ratas de campo, de clavos oxidados y de agujas.

El sacerdote parpadea. Perdido en una maraña de rótulos de colores chillones, un cartel medio borrado por los chaparrones indica que faltan ocho kilómetros para llegar al aeropuerto. El taxi se abre paso a golpe de claxon entre camionetas abolladas y viejos Fiat petardeantes. Un denso humo negro sale de los tubos de escape.

El sacerdote apoya la nuca en el reposacabezas y se concentra en los olores que flotan en el taxi. Olores lejanos de sexo sucio y de muslos húmedos. Así es como los taxistas de Manaus llegan a fin de mes: alquilando el coche a las prostitutas de los barrios pobres, que se turnan a lo largo de la noche en el asiento trasero. La mitad de lo que cobran a los clientes es para el conductor, que duerme delante mientras los abrazos hacen chirriar la suspensión.

El padre Carzo cierra los ojos. En el habitáculo flotan otros olores mucho más lejanos, ligeros como recuerdos. Olores de rosa y de hibisco. El perfume de las hermosas almas que han grabado su recuerdo en el asiento. Como la de María, esa joven prostituta de las favelas de grandes ojos castaños, que ofrecía su cuerpo por unos terrones de azúcar y medicamentos caducados. María, que durante el día repartía sopa por las chabolas y curaba los pies de los niños embadurnándolos con tintura de yodo. Carzo se sobresalta al ver el rostro de esa joven desconocida flotando en su mente. Abre los ojos. Hasta entonces, su capacidad para percibir los olores nunca le había permitido visualizar la cara y el nombre de la persona a la que ese olor pertenecía. Parecía que su don estaba reforzándose, convirtiéndose en otra cosa. O quizá algo había entrado en él y ese algo había añadido su propio poder al de Carzo. El exorcista sacude la cabeza para espabilarse. El rostro de María se diluye. Un frenazo. El conductor da un bocinazo y acelera de nuevo. Los baches de la carretera. El murmullo de los árboles que desfilan a través de la ventanilla mugrienta. A Carzo le pesan enormemente los párpados.

86

Parks apaga el cigarrillo y decide ampliar la búsqueda a todo el siglo XX. El sistema tarda unos segundos en procesar la información antes de que la lista de resultados aparezca en la pantalla. Ciento setenta y dos entradas para examinar. Satanistas, mormones asesinos en serie y predicadores. Cadáveres también, montones de cadáveres. La joven recorre la lista deprisa y lee al vuelo algunos de los resultados que aparecen en la pantalla.

19 de abril de 1993: matanza de la secta de los davidianos en Waco, Texas. Setenta y cuatro discípulos de David Koresh se suicidan durante el asalto del FBI.

12 de junio de 1974: trece esqueletos encontrados en los sótanos de la secta antropófaga de Wilmington, en Arkansas.

23 de septiembre de 1928: suicidio colectivo de la secta ad-

ventista de Greensboro, en Alabama. Una sesentena de iluminados que habían descubierto la puerta del Cielo. Crucificaron a su gurú y después se quitaron la vida colgándose de la barbilla en unos ganchos de carnicero.

Marie emite un silbido al examinar la foto en blanco y negro tomada en la época por la policía de Greensboro. Sesenta cadáveres alineados como vacas sacrificadas en los depósitos de un matadero.

El corazón le da un vuelco cuando el título de otro resultado atrae su atención. Para y pulsa el ratón para hacer retroceder la lista hasta situar el que le interesa en el centro de la pantalla.

26 de agosto de 1913: una anciana religiosa encontrada crucificada en un convento de Kanab, en Utah.

Parks pulsa el ratón sobre esa entrada. Un recorte del *Kanab Daily News* de fecha 27 de agosto aparece en la pantalla. En la primera página se informa de que acaban de encontrar a una anciana religiosa clavada y destripada en el jardín de su convento. Se trata de sor Angelina, una hermana recoleta.

Con la garganta seca, Parks introduce la máxima información posible en el formulario para afinar la búsqueda: religiosas de la orden de las recoletas asesinadas por crucifixión en los años 1912-1913-1914; un asesino escarificado; un monje; signo distintivo INRI. El sistema junta todos los datos y muestra cuatro puntos rojos parpadeantes en un mapa que recoge la costa oeste de Canadá y Estados Unidos.

Abril de 1913: primer asesinato en el convento de recoletas de Mount Waddington en Columbia Británica. 11 de junio del mismo año: una recoleta asesinada en su convento del monte Rainier, junto a Seattle. 13 de agosto: otro crimen en el convento de Lassen Peak, junto a Sacramento. Dos semanas más tarde, el asesinato de sor Angelina en Kanab.

Parks consulta los archivos del *Kanab Daily News*. El 28 de agosto de 1913, es decir, dos días después del asesinato, se anuncia en la primera página que los hombres del sheriff han detenido al asesino de sor Angelina cuando se disponía a cruzar la frontera del estado. Marie examina la foto en blanco y negro que acompaña el artículo. Unos policías a caballo arrastran a un monje atado al extremo de una cadena y las personalidades de Kanab se quitan el sombrero para insultarlo y escupirle a la cara.

En la foto siguiente han lanzado una cuerda alrededor de una rama. Montado en un caballo, el monje tiene las manos atadas a la espalda y un ayudante del sheriff le pasa la cuerda alrededor del cuello. La fotografía está borrosa y estropeada por el paso del tiempo, pero Parks observa que el presunto asesino sonríe al objetivo. Una sonrisa que parece dirigirse al fotógrafo que está detrás del trípode o quizá a los que contemplarán esa foto en los años venideros. La joven solicita al sistema que efectúe una ampliación de la foto.

Mientras el sistema añade un puñado de píxeles y acentúa el contraste para reducir el efecto de difuminado, Parks vuelve a la foto del rostro de Caleb que acaba de retocar con ayuda del programa morfológico. A continuación abre otro programa al que le pide que rejuvenezca los rasgos de Caleb. Ante sus ojos, el rostro de Caleb se despeja poco a poco a medida que los forúnculos y las cicatrices se borran. Luego, el programa anuncia que ha llevado a cabo un rejuvenecimiento de quince años basándose en las características morfológicas de partida. La foto modificada aparece entonces en la pantalla, al lado de la fotografía en blanco y negro tomada en el verano de 1913. Marie fija la mirada en los ojos negros del criminal. Caleb y el asesino de Kanab son la misma persona.

87

De pie frente a los ventanales de la terminal de salidas del aeropuerto de Manaus, el padre Carzo contempla los aparatos que maniobran en las pistas. Viejos cacharros herrumbrosos asignados a las líneas transamazónicas, apenas unos bultos y algunos pasajeros con destino a ciudades recónditas de la cuenca del Amazonas. Más lejos distingue la cortina de árboles que delimita la selva virgen. Los altavoces de la terminal anuncian el aterrizaje del Delta 8340 procedente de Quito. Carzo consulta su reloj. Ha llegado el momento. Echa un último vistazo en dirección al Boeing 767 que emerge de la bruma y se alinea; luego se aleja del ventanal para dirigirse hacia las hileras de consignas, en la otra punta de la terminal. Su mano aprieta la llave que ha encontrado entre los efectos personales del padre Jacomino: una vieja llave cubierta con una funda de goma roja y mordisqueada. Taquilla número 38.

El sacerdote se abre paso entre la multitud de viajeros. En los paneles informativos se anuncia el despegue inminente de cuatro vuelos transamazónicos con destino a Belén, Iquitos, Santa Fe de Bogotá y Guayaquil. Una apestosa multitud cargada con jaulas de gallinas y cajas de cartón atadas con cordeles se agolpa en las puertas de embarque. Más lejos, las salas lujosas de los vuelos regulares internacionales se recortan detrás de los cristales blindados.

A medida que se acerca a las consignas, el padre Carzo nota cómo los olores de la multitud invaden su mente. Miles de olores que forman uno solo, un perfume monstruoso en el que se mezclan las vaharadas de roña y la negrura de las almas. Asfixiándose en medio de ese torbellino de hedores, Carzo ya solo distingue nucas sucias y bocas gesticulantes, un bosque de labios que se mueven y suman sus sonidos al guirigay de la muchedumbre.

Taquilla 38. Con la cara reluciente de sudor, el sacerdote hace girar la llave en la cerradura. Un chasquido. En el interior encuentra una abultada carpeta y un sobre blanco; los mete en su bolsa. Una corriente de aire glacial le acaricia la nuca. Se vuelve y ve a una vieja mestiza sentada, sola, en el centro de una hilera de sillones. Nota que la garganta se le seca. Acaba de reconocer a la vagabunda que en Manaus había estado a punto de aplastarle la mano camino de la catedral. Tiene los ojos blancos y opacos. Ojos de ciego. La vieja separa los labios. Sonríe. «Señor, me ve…»

Carzo se dirige hacia la vieja. Una multitud de pasajeros le cierra el paso y le tapa la visión. Se abre paso a codazos entre esa confusión de cuerpos y de maletas, pero cuando la multitud se aparta los sillones están vacíos. La vagabunda ha desaparecido.

El exorcista se dirige titubeando a los servicios. Se encierra en un retrete y abre el sobre. Un billete abierto con destino a Estados Unidos y cien dólares norteamericanos en billetes pequeños. Se sobresalta al oír que la puerta de los servicios se cierra. Alguien acaba de entrar; camina arrastrando los pies. Un fuerte olor de orina penetra en las fosas nasales del sacerdote. Unos pies desnudos se detienen delante de la puerta del retrete, dos viejos pies de mujer, de dedos curvados y mugrientos. Unas manos tocan la puerta. Carzo siente que se le eriza el pelo al oír el siseo de cólera que sale de los labios de la vieja:

—¿Adónde vas, Carzo?

El sacerdote se dispone a taparse los oídos cuando la puerta de los servicios deja entrar de nuevo el murmullo de la terminal. Risas. La puerta se cierra. Carzo oye una voz de mujer y una risa infantil. Abre los ojos. Los pies desnudos de la vagabunda han desaparecido, pero no las huellas que han dejado en el suelo.

Sale del retrete. Una chica le sonríe mientras se acerca a los lavabos, donde una niña salpica el suelo de agua. El sacerdote pone las manos bajo el chorro de agua fresca y se moja la cara. Se yergue y mira el espejo. A través de las gotas prendidas en sus párpados, ve a la niña secándose las manos. Dentro del retrete en el que acaba de entrar, su madre canturrea. Carzo se relaja. Tiene que dejar de pensar. Cierra el grifo y levanta de nuevo los ojos hacia el espejo. La niña se ha vuelto y lo escruta con sus ojitos blancos y opacos. Sus labios retroceden sobre una hilera de dientes negruzcos.

—Bueno, Carzo, ¿adónde vas?

Sexta parte

88

Cuando Parks sale de Denver en dirección a las montañas, la nieve que se arremolinaba en el aire helado ha empezado a caer en gruesos copos. En Bakerville, la capa de nieve en polvo ya es de casi tres centímetros y sus habitantes, inclinados bajo los embates del viento que acaba de levantarse, se han calzado las botas forradas para guardar las últimas provisiones.

Marie prosigue su camino por la Interestatal 70, a pesar de que su trazado sinuoso se borra poco a poco bajo el diluvio de copos. En Bighorn, donde se desvía hacia el sur siguiendo la vía del tren, los arroyos y las aceras han desaparecido por completo. Los últimos controles policiales que acaba de pasar anuncian a los usuarios que la tormenta ha sobrepasado los montes Laramie y que en la aglomeración de Boulder hay treinta centímetros de nieve en polvo.

Parks circula ahora en dirección sur sobre un grueso manto blanco. Solo ha parado una vez para tomar una taza de café y fumar un cigarrillo. Cuando llega por fin a Holy Cross City está anocheciendo. Desde que la luz del día ha empezado a desaparecer, los faros del 4 × 4 iluminan un verdadero muro de copos que los limpiaparabrisas tienen dificultades para apartar hacia los lados.

Después de poner el climatizador al máximo para desempañar el parabrisas, Parks distingue a lo lejos los faros giratorios de una columna de quitanieves que despejan las calles empujando enormes montones de nieve hacia las aceras. Al llegar a un cruce, tres vehículos se separan de la columna y giran a la derecha por la carretera que lleva al convento de Santa Cruz. Será el último paso de las excavadoras antes de que llegue lo peor de la tormenta. Con sus treinta toneladas de chatarra montadas sobre orugas y sus parachoques reforzados, más vale esperar a que bajen para emprender la subida.

La joven ve un bar de camioneros; los tubos de neón parpadean en el aire glacial. Aparca en batería entre dos coches cubiertos de nieve. Con el motor y los limpiaparabrisas en marcha, apoya la nuca en el reposacabezas y contempla los números azules del reloj en el salpicadero. 20.07. Debería dormir un poco antes de subir al convento, solamente unos minutos. Lucha un momento contra esa deliciosa tentación, intenta concentrarse en el soplo templado de la calefacción que acaricia su rostro, se aferra al ruido de cadenas que hace un coche al pasar. Luego cede y cae en un profundo sueño.

89

Un sobresalto. Parks abre los ojos y consulta los números luminosos del salpicadero. 20.32. Ha dormido menos de media hora, pero tiene la garganta tan seca que le parece que han sido horas. Se abrocha el abrigo y se pone los guantes. Después abre la portezuela y no puede evitar una mueca al sentir la mordedura del frío que penetra en el vehículo.

Parks se dirige hacia el bar oyendo el crujido de sus botas al pisar la nieve. El aire huele a mentol y a corteza helada; el olor del frío. Empuja la puerta del bar. En el interior apesta a fritura y a café. Es uno de esos establecimientos alargados, con una barra de plástico cubierta de expositores de sándwiches y salpicada de envases de plástico con diferentes salsas. Contra los ventanales se alinean unos asientos tapizados en escay y unas mesas de formica estropeada por la base ardiente de las cafeteras. Unos clientes agotados comen hamburguesas grasientas acompañadas de café en vasos de cartón. En el fondo del bar, una vieja máquina de discos reproduce una pieza de country-gospel. Parecen Ben Harper y los Blind Boys of Alabama, si es que la ventisca no le ha helado a Marie los oídos.

Parks se acomoda en un asiento y busca con los ojos a la camarera. Una corriente de aire le roza la nuca, una estela de perfume... Marie vuelve la cabeza hacia la chica que acaba de sentarse a su mesa. Pelo castaño, bonitos ojos grises, una piel muy blanca y unos dientes deslumbrantes entre unos labios de un precioso rosa claro.

—¿Desea algo?

—Cenar con usted. Odio comer sola.

La voz de la chica casa con el encanto con que mueve el cuerpo. Suave y decidido. Sin haber sido invitada a hacerlo, se quita el anorak y deja a la vista un jersey de lana que ciñe sus formas. Una fina cadena de oro y una cruz brillan sobre su cuello.

—Me llamo Marie. Marie Parks.

La joven le estrecha la mano y Parks hace una ligera mueca al notar su contacto; la piel de la desconocida está helada, como si hubiera andado sin guantes bajo la ventisca.

—¿Y usted?

—Soy religiosa. Trabajo para la Congregación de los Milagros en el Vaticano. Investigo los asesinatos de recoletas y llevo siguiéndola desde Boston para protegerla.

La mano de Parks se crispa entre los dedos de la joven religiosa.

—¿Protegerme de qué?

—En primer lugar, de sí misma. Y después, de las recoletas. Usted no lo sabe, Marie Parks, pero corre peligro.

—¿Qué espera exactamente de mí?

—Tiene muy pocas posibilidades de entrar en el convento de las recoletas de Santa Cruz sin ser religiosa y sin conocer los códigos que rigen en ese tipo de lugares.

—Que son...

—Las recoletas de esta orden no son unas religiosas como las demás. La suya es una orden muy antigua, que fue fundada en Europa a principios de la Edad Media y que importó sus costumbres cuando se instaló en Estados Unidos a mediados del siglo XIX. Esas guardianas de los manuscritos prohibidos de la Iglesia profesan un culto secreto que usted no puede entender. Desde la noche de los tiempos, han aprendido a desconfiar de todo el mundo y detestan que cualquiera husmee en sus asuntos.

—¿Quiere decir que las recoletas estarían dispuestas a matar para preservar su secreto?

—Digamos que, durante su estancia allí, dependerá totalmente de ellas. Serán ellas quienes la curarán si tiene un accidente, ellas las que pedirán socorro si está en peligro de muerte. Debe comprender que los conventos de las recoletas son antiguos claustros de cimientos profundos y oscuros. Conventos sin electricidad ni agua corriente, donde viven tan retiradas como lo hacían en la Edad Media. Para ellas, el mundo exterior y sus leyes no tienen ningún significado. No conocen la televisión, los periódicos o internet. Créame, Marie Parks, todo puede suceder en esos lugares.

—¿Qué me aconseja?

—No salga nunca de su celda después de la puesta de sol, porque las recoletas no duermen nunca. Espere a los oficios para entrar en la biblioteca prohibida y busque las obras que la recoleta asesinada estaba estudiando justo antes de morir. Están en una sala secreta que llaman el Infierno. En esos manuscritos encontrará la clave del enigma.

—¿Qué enigma?

—Tras una larga y difícil investigación, hemos llegado a la conclusión de que desde hace siglos la Iglesia intenta a toda costa ocultar una mentira. Algo que se produjo durante la tercera cruzada. Una mentira tan enorme que el cristianismo se vendría abajo si llegara a ser descubierta. Esa es la verdadera misión de las recoletas: ocultar la gran mentira e impedir que los Ladrones de Almas se apoderen de ella.

—¿Los Ladrones de Almas?

—Cuando, hace unas semanas, mis hermanas y yo investigamos en el convento de Santa Cruz, descubrimos varios pasajes del evangelio de Satán en los que la recoleta que ha muerto estaba trabajando. Unos pergaminos que datan de la Edad Media y que esta orden secretísima estudia desde hace siglos para intentar llegar al manuscrito original. Por eso la cosa que nos asesinó en Hattiesburg mataba a las recoletas.

Un miedo atroz se adueña de Parks.

—¿Qué acaba de decir?

—Perdón…

—Acaba de decir que esa cosa la asesinó en Hattiesburg.

—Vamos, Marie, ¿todavía no lo ha entendido?

Parks se vuelve hacia el ventanal y ve su propio reflejo contemplándola. Frente a ella, el asiento está vacío. Con la boca seca, la joven se vuelve hacia la desconocida, que continúa sonriéndole. De repente, recuerda esa cara morena que vio mientras hojeaba el expediente de las desaparecidas de Hattiesburg… y esa misma cara consumida y putrefacta en la cruz, entre las tinieblas de la cripta… La cara de sor Mary-Jane Barko.

—Dios mío, es imposible…

La sonrisa de la joven religiosa empieza a acartonarse mientras su rostro y sus labios se cubren de grietas. Cuando vuelve a hablar, Marie advierte que su voz está cambiando.

—¿Imposible? Agente especial Marie Parks, usted no tiene la facultad de ver cosas que no existen. Usted tiene la facultad de ver cosas que los demás no pueden ver. ¿Comprende la diferencia?

—Déjese de gilipolleces, Barko o quien quiera que sea. Me estrellé contra un parabrisas a ciento cuarenta por hora y desde entonces tengo visiones. Veo muertos y niñas destripadas en sótanos. Así que no pretenda darme lecciones con sus teorías sobre lo visible y lo invisible. Usted es una visión más, y cuando la descarga eléctrica que la ha hecho nacer se disipe en mi cerebro, desaparecerá.

—Solo una pregunta, Marie: ¿de dónde viene, en su opinión, la corriente de aire que le cosquillea la cara mientras hablamos?

—¿Cómo?

—Esa ligera corriente de aire que agita sus bonitos cabellos castaños, en su opinión, ¿de dónde viene?

Parks toma súbitamente conciencia del soplo de aire caliente que le envuelve el rostro. Busca con los ojos el climatizador. No hay. Cuando la religiosa toma de nuevo la palabra, Marie tiene la impresión de que su voz procede del interior de su cráneo.

—Ahora, mire en dirección al aparcamiento. Acaba de llegar hace un momento.

Parks se vuelve de nuevo hacia el ventanal y frunce los ojos para distinguir su 4 × 4 a través de la cortina de copos. Un penacho de humo blanco se eleva desde el tubo de escape. A través de los limpiaparabrisas que barren el cristal, Marie se ve adormilada contra el reposacabezas, con la cara iluminada por la luz blanca del interior del coche.

—Está dormida, Marie. Y la corriente de aire que nota y que hace ondear sus cabellos es la climatización del coche. Ahora debe despertarse y no perder ni un instante. Porque la tormenta se acerca.

Con la nuca apoyada en el reposacabezas, Parks se despierta sobresaltada y agarra el volante de su 4 × 4. Fuera, la nieve continúa cayendo en silencio. A través de los ventanales del bar, ve a las camareras trajinando y a los clientes terminando de cenar. Reprime un sollozo de terror mientras olfatea el ligero olor de rosas que flota en el habitáculo. Mira por el retrovisor interior. Nadie.

«Señor, ¿qué me pasa?»

90

La subida hacia el convento de Santa Cruz es lenta y difícil. Agarrada al volante para contrarrestar las ráfagas de viento que zarandean el vehículo, Parks consulta el GPS; la pantalla difunde una luz tranquilizadora en medio de toda esa blancura. Según el aparato, está a tan solo tres kilómetros del convento. Unos pocos virajes más al borde del barranco y habrá llegado.

Sin apartar los ojos de la carretera, Parks enciende un cigarrillo y repasa mentalmente lo que sabe de las recoletas. Su jornada empieza a medianoche con el oficio de maitines, seguido de un rato de estudio y de reflexión antes del oficio de laudes. Entonces tienen derecho a un bol de sopa y a un trozo de pan duro. A continuación se sumergen en la lectura y la restauración de los manuscritos prohibidos de la Iglesia, ejercicios interrumpidos por los oficios de prima y tercia, que marcan la primera y la tercera hora después del alba. Hacia las diez reanudan sus estudios y solo vuelven a distraerse para sexta, nona, vísperas y completas, unos oficios extenuantes que acompañan el declive del sol y las tinieblas de la noche. El mismo ceremonial trescientos sesenta y cinco días al año, sin descanso ni tregua, sin vacaciones ni esperanza de un día distinto. Las recoletas han hecho voto de silencio absoluto. No hablan jamás entre ellas, no se miran, no intercambian ningún sentimiento ni ninguna muestra de afecto. Fantasmas que van de aquí para allá en silencio en unos conventos tan viejos como el mundo. Con semejante régimen, no es de extrañar que algunas de ellas se vuelvan locas a fuerza de oír aullar el viento en su celda. Según los rumores, en tales casos las trasladan a las profundidades del convento y las encierran en celdas acolchadas donde sus gritos quedan ahogados por gruesos muros.

Otras recoletas, que además han hecho voto de tinieblas, viven en los sótanos, donde nunca llega ninguna luz. Cuarenta años en la oscuridad sin ver la luz de una vela. Dicen que, a fuerza de verse privadas de luz, sus ojos de confinadas se vuelven tan blancos como su piel. Viejas mujeres flacas y mugrientas que esperan pacientemente su último suspiro en la oscuridad de un cuartucho. Parks siente una punzada de angustia en el estómago: ahí es donde ella se dirige.

91

El GPS emite unos bips para indicarle que ha llegado a su destino. Parks observa que la carretera termina allí. Aparca el Cadillac y contempla la puerta que se recorta a la luz de los faros: un pesado portón de madera, enmarcado por un porche de piedra que parece haber sido tallado en la pared de la montaña. La joven levanta los ojos hacia la cima y distingue unas murallas a través de las ráfagas de nieve. El portón debe de dar a una escalera que hay que subir para llegar al convento. Una puerta con una ventanilla enrejada, única abertura a un mundo al que las recoletas han renunciado. Al otro lado empieza la Edad Media.

Parks apaga los faros. La oscuridad envuelve el coche. El silencio de la nieve, el silbido del viento… Enciende la radio y pasa las emisoras en busca de una voz. Los altavoces chisporrotean a medida que el escáner recorre las ondas. Ni una sola responde; ni siquiera los potentes emisores de Denver o de Fort Collins. Como si las grandes ciudades estuvieran muertas, sepultadas bajo la tempestad de nieve.

Marie coge su teléfono móvil y mira la pantalla. El último indicador de emisión parpadea y se apaga. No hay cobertura, sin duda debido a la altitud y a la tormenta. Apaga la radio y, tras comprobar el cargador de su arma, la mete en el bolso. Después se abrocha el abrigo y sale al exterior.

Hay cuarenta metros hasta el porche. Mientras avanza por la nieve, Parks tiene la desagradable impresión de que las recoletas la contemplan a través de la mirilla. No, más bien tiene la certeza de que es el convento entero el que mira cómo se acerca; un poder maléfico que la luz de sus faros ha despertado y que hará lo imposible para impedirle entrar. O salir.

«Deja de desbarrar, Marie. Aunque te estén mirando, no son más que unas amables ancianitas que se dedican a bordar mientras comen galletas y beben infusiones.»

Parks ha llegado al porche. Ya no puede dar marcha atrás. El portón está provisto de una pesada anilla con una cabeza de bronce que reposa sobre un soporte de metal. Hace una mueca al notar la mordedura del frío en la palma de la mano; da cuatro golpes con el picaporte y pega la oreja a la puerta para oír cómo se pierden en las profundidades del convento. Espera unos segundos antes de llamar de nuevo. Al tercer golpe, la puertecilla de madera se abre con un ruido seco y deja pasar la claridad oscilante de una antorcha. Dos ojos negros contemplan a Parks, que muestra el carnet del FBI a través de la rejilla y levanta la voz para que el estruendo del viento no la cubra:

—Soy la agente especial Marie Parks, hermana. Estoy encargada de investigar el asesinato que tuvo lugar en su congregación. Vengo de Boston.

La religiosa mira un momento el carnet de Parks como si se tratara de un documento escrito en una lengua desconocida. Luego, sus ojos desaparecen y ceden el puesto a una boca arrugada.

—Esas cosas no tienen valor aquí, hija. Siga su camino y déjenos en paz.

—Perdone que insista, hermana, pero si no abre inmediatamente esta puerta me veré obligada a volver mañana por la mañana con un centenar de agentes armados hasta los dientes, que disfrutarán registrando su convento de arriba abajo. ¿Es eso lo que quiere?

—Este convento goza del estatus diplomático de extraterritorialidad, como dependencia del Vaticano y no puede entrar nadie en él sin la autorización de Roma o de la madre Abigail, nuestra superiora. Le deseo buen viaje y que Jesucristo la proteja allí adonde sus pasos la lleven.

Mientras la anciana religiosa cierra la mirilla, Parks decide poner las cartas boca arriba.

—Vaya a decirle a la madre Abigail que la cosa que mató a su monja ha muerto en Hattiesburg.

La puertecilla se detiene a medio camino y vuelve atrás. La vieja boca aparece de nuevo.

—¿Qué acaba de decir?

—Caleb ha muerto, hermana. Pero mucho me temo que su espíritu continúe entre nosotros.

A través de los embates del viento, Parks oye a alguien que agita febrilmente un manojo de llaves que chocan entre sí. Luego, el chasquido sucesivo de los cerrojos antes de que la pesada puerta se abra chirriando sobre sus goznes. Marie contempla a la anciana religiosa que permanece encorvada en el hueco. «Señor, ¿qué edad debe de tener?»

Detrás de ella, una amplia escalera sube abriéndose paso en la oscuridad. Una escalera tan vieja y oscura como la que conducía a la cripta donde Caleb crucificó a las desaparecidas de Hattiesburg. Parks cierra los ojos y aspira una bocanada de aire helado. Después traspasa el umbral y pone los pies sobre el suelo arenoso del convento. Al hacerlo tiene una sensación de caída libre, como si cada célula de su cuerpo empezara súbitamente a retroceder en el tiempo.

En el interior, las tinieblas son todavía más profundas que la noche. El aire también parece más transparente y la llama de la antorcha más clara y más viva. Huele a azufre, a potaje y a purín. El aliento de la Edad Media. Mientras la puerta del convento se cierra chirriando, la joven nota que el pánico se apodera de ella. Acaba de entrar en una tumba.

92

—Sígame y, sobre todo, no me pierda de vista.

Con la antorcha crepitando en la oscuridad, la recoleta empieza a subir la escalera. Cientos de peldaños tallados en el vientre de la montaña. Parks controla la respiración para ajustar su marcha a la de la religiosa, que avanza con una agilidad sorprendente. En realidad, tiene la impresión de que, si no llevara la antorcha, la anciana se pondría a cuatro patas para subir por la escalera. «Deja de desbarrar, Marie…»

Parks empieza a perder la noción del tiempo. Los muslos y las rodillas le arden. Unos metros delante de ella, la antorcha proyecta sombras gigantescas en las paredes. Sin embargo, su resplandor parece alejarse, como si la recoleta hubiera acelerado. La joven aprieta el paso. Tiene miedo, se ahoga. Como aquel día, cuando tenía ocho años, que excavó un túnel en las dunas. Un túnel tan largo y estrecho que, cuando la duna se derrumbó, solo sobresalían sus pies. Esa misma sensación de ahogo es la que a Marie le oprime la garganta mientras sigue a la recoleta.

El último peldaño de la escalera. La ascensión continúa ahora por un corredor en pendiente. Parks lo nota por el dolor en los tobillos y por la inclinación de sus pies. Aviva el paso sin apartar la mirada de la llama, que, agitada por corrientes de aire, con su luz arranca fugazmente de las tinieblas pesadas puertas de celdas. El corazón le da un vuelco y el pelo se le eriza. Acaba de ver unas manos ganchudas agarradas a los barrotes. Rostros cerosos la miran pasar. Murmullos. Marie acelera el paso para alcanzar la antorcha que se aleja. Pero el corredor desemboca en otra escalera y la religiosa se encuentra ya unos metros por encima de ella. Parks trastabilla en el primer peldaño y reprime una blasfemia agarrándose en el último momento a los barrotes de una celda, contra los que apoya el cuerpo. Un movimiento detrás de ella, un roce de ropa. Tomando conciencia del error que ha cometido, se dispone a incorporarse cuando nota que algo frío se cierra alrededor de su cuello. Un brazo, un brazo delgado cuyos huesos salientes aprietan su cuello con una fuerza sorprendente. Sin respiración, Parks intenta abrir el bolso para sacar el arma. «¡Seré imbécil!, ya puestos, podía haberme dejado el cargador en el coche.»

Un aliento fétido envuelve el rostro de Marie mientras la criatura que la estrangula le empuja la cabeza hasta pegarla a los barrotes.

—¿Quién eres, asquerosa fisgona?

Mientras un dedo aplasta la cremallera del bolso, que acaba de atascarse, Marie trata de articular una respuesta:

—M… Marie Parks. FBI.

—¿Esta cosa habla? ¡Oh, Señor, esta cosa habla!

La criatura empieza a gritar en las tinieblas:

—¡Hermanas, he atrapado a Satanás! ¡He atrapado a Satanás y Satanás me ha hablado!

Un concierto de chillidos se eleva a lo largo del corredor y la joven ve una hilera de brazos blancos que emergen de las demás celdas, unos rostros pegados a los barrotes, cuyos labios gesticulantes dejan escapar un largo grito de odio.

—¡Arránquele el cuello, hermana! ¡No lo deje escapar!

Una zona de alta seguridad en los sótanos de un hospital psiquiátrico: en eso es en lo que piensa Marie mientras se le nubla la vista y sus rodillas fallan. Finalmente consigue meter una mano en el bolso y cerrarla en torno a la culata de su automática. Echa una mirada a la izquierda. La antorcha da saltitos a lo lejos en la oscuridad; la recoleta baja la escalera tan rápido como puede. Parks desenfunda el arma y vacía un cargador apuntando al techo. Gracias al resplandor blanco de las detonaciones, se percata con horror de que tras todos los barrotes hay ahora caras y brazos tendidos. Los disparos no han logrado que afloje la presión del brazo que la estrangula. A punto de desmayarse, pone a tientas otro cargador y pega el cañón del arma a la cara de la criatura.

—Te… te doy tres segundos para soltarme antes de dispararte a quemarropa y hacerte saltar la dentadura.

Marie nota el soplo de una respiración en la mejilla.

—No puedes matarme, Parks. Nadie puede matarme.

Echa otra mirada hacia la izquierda. A medida que la antorcha de la recoleta se acerca, los rostros pegados a los barrotes retroceden, bufando como gatos. Marie está a punto de apretar el gatillo cuando oye que la voz de la criatura susurra:

—Esta vez te has librado, pero no saldrás viva de este convento. ¿Me oyes, Parks? Has entrado, pero no saldrás jamás.

Acto seguido, la presión del brazo se afloja de golpe y la criatura se aleja. La joven se deja caer contra los barrotes mientras recupera el aliento. Cierra los ojos y oye que se acercan los pasos de la recoleta. La anciana religiosa se inclina hacia ella y le dice enfurecida:

—¿Ha perdido el juicio? ¿Por qué ha utilizado el arma?

Parks abre los ojos y mira a la religiosa, que, rabiosa, espurrea saliva bajo el velo.

—Explíqueme, hermana, qué hacen esas religiosas en los calabozos y qué crímenes han cometido para merecer un tratamiento tan inhumano.

—¿Qué religiosas? ¿De qué habla? Esas celdas están fuera de uso desde hace más de un siglo.

—Entonces, ¿por qué una de sus monjas acaba de intentar matarme mientras las demás gritaban como dementes?

—¿Las demás? ¿Quiénes?

Intrigada, la anciana religiosa acerca la antorcha a los barrotes del calabozo. El cubículo está polvoriento y vacío. Cinco metros cuadrados sin muebles ni recovecos. La recoleta prosigue en el silencio del sótano:

—Estos calabozos eran celdas de reposo para aquellas religiosas que perdían la razón a causa del aislamiento. Las encerraban aquí para que el resto de la comunidad no las oyera gritar. Pero eso era hace más de un siglo. Actualmente, cuando pierden los nervios las llevamos al psiquiátrico de Santa Cruz. ¿Está segura de que se encuentra bien?

Marie Parks está a punto de venirse abajo. Se está volviendo loca.

93

El corredor se ilumina a medida que las dos mujeres se aproximan a la cima. La salida del pasadizo, una mancha gris en la oscuridad, se amplía y Parks distingue de nuevo los copos que danzan al aire libre.

Un viento glacial las envuelve. Pestañeando, Marie distingue los edificios que enmarcan el claustro al que acaban de llegar. Unas estatuas de cemento desaparecen bajo una gruesa capa de nieve. Crucificado en el centro del patio, un gigantesco Cristo con los ojos muy abiertos las mira pasar. Examinándolo de reojo, Parks se pregunta qué deben de sentir las recoletas, que recorren las baldosas del claustro trescientos sesenta y cinco días al año ante la mirada glacial de esa figura de bronce.

La religiosa avanza bajo las columnas del claustro. Marie constata, por las huellas que deja en la nieve, que la anciana lleva unas simples sandalias de cuero muy gastadas. La recoleta sacude las suelas para que la capa de nieve se desprenda. Después cruza un porche de piedra que marca la entrada del edificio principal. Parks sacude también sus zapatos dando golpes con la punta contra la escalinata del convento. Sintiendo la mirada de Jesucristo en su espalda, se adentra en un amplio pasillo que huele a polvo y a cera. En las paredes, retratos de los grandes santos se codean con bustos de escayola y escenas de la Pasión. Vuelve a encontrar la mirada del crucificado en los innumerables cuadros que roza en la penumbra; cólera y desesperación, eso es lo que puede leer en el reflejo que el artista ha capturado en los ojos de Jesucristo. Se vuelve una y otra vez; dirijan donde dirijan las recoletas la mirada, el ojo de Dios las observa.

—La madre Abigail va a recibirla.

Parks se sobresalta al oír a la recoleta en el otro extremo del pasillo. Ha dejado la antorcha y empuja una pesada puerta entornada a través de la cual se entrevé un despacho con las paredes forradas de tapices antiguos.

La joven entra y aspira el fuerte olor de cera que flota en la habitación. Un fuego crepita en la chimenea. Mientras la puerta se cierra, ella avanza, haciendo crujir el entarimado, hacia un escritorio de roble sobre el que han colocado unos viejos candelabros cuyas velas desprenden aroma de miel. Erguida en su sillón, la madre Abigail mira cómo Marie se acerca. Una viejecita de una fealdad sorprendente y de facciones tan duras que parecen talladas en hielo. Sus mejillas están surcadas por finas cicatrices verticales que recuerdan esas heridas que las locas se hacen con las uñas.

—¿Quién es usted y qué quiere?

—Soy la agente especial Marie Parks, madre, la encargada de investigar el asesinato que se cometió en su convento.

Abigail desecha esa respuesta con gesto irritado.

—¿Le ha dicho a la religiosa que la ha traído hasta aquí que la cosa que mató a nuestra hermana ha muerto en Hattiesburg?

—Sí, madre. Fue abatido por los agentes del FBI. Se llamaba Caleb y era monje.

—Es mucho más que un monje.

La madre Abigail deja escapar un suspiro de inquietud.

—Además, ¿cómo puede estar segura de que fue él quien asesinó a nuestra hermana?

—Gracias a las mujeres que lo perseguían. Unas religiosas a las que el Vaticano había enviado para que siguieran su rastro.

—¿Quiere decir que Mary-Jane Barko y sus hermanas acabaron por encontrarlo?

—No, madre. Caleb las secuestró una tras otra y las crucificó.

—¿Dónde está ahora?

—En el depósito de cadáveres del hospital Liberty Hall de Boston.

La madre Abigail se pone rígida, como si su cuerpo hubiera sido atravesado por una brusca descarga eléctrica.

—¡Dios mío! ¿Está diciéndome que no lo han incinerado?

—¿Deberíamos haberlo hecho?

—Sí. Si no, volverá. Siempre vuelve. Creemos que ha muerto, pero vuelve.

—¿Qué es lo que vuelve, madre?

La anciana religiosa sufre un acceso de tos y se cubre la boca con la mano. Cuando toma de nuevo la palabra, Parks advierte que sus bronquios emiten un silbido ronco; la madre Abigail tiene un enfisema.

—Agente especial Marie Parks, ¿por qué no me explica la razón exacta de su presencia entre nosotras?

—Tengo que examinar las obras en las que trabajaba la monja antes de que fuera asesinada. Estoy convencida de que la clave de estos crímenes se encuentra en algún lugar de la biblioteca de su convento.

—Al parecer, no tiene ni idea del peligro que la amenaza.

—¿Significa eso que no lo permitirá?

—Significa que necesitaría al menos treinta años de estudios para comprender algo de esas obras.

—¿Ha oído hablar de los Ladrones de Almas?

La madre Abigail se hunde en el sillón y Parks capta de inmediato las vibraciones de terror en su voz.

—Hija, hay palabras que no es prudente pronunciar en plena noche.

—¿Y si nos dejáramos de gilipolleces, madre? Ya no estamos en la Edad Media y todo el mundo sabe que Dios murió en el instante en que Neil Armstrong puso el pie en la Luna.

—¿Quién?

—Olvídelo. La culpa es mía, me he explicado mal. No he venido aquí para celebrar Halloween ni para aprender a volar con una escoba, sino para investigar el asesinato de una religiosa de su congregación. Un asesinato más en la larga lista de un asesino que, a juzgar por las conclusiones de las cuatro desaparecidas de Hattiesburg, atraviesa los siglos para matar recoletas como quien ensarta cuentas de un collar. Así que, una de dos: o me abre la biblioteca o me veré obligada a volver con una orden de registro y unos camiones de mudanzas para transportar todas sus obras satánicas a los locales del FBI en Denver.

Un silencio. Parks percibe la llama de odio que acaba de encenderse en la mirada de la madre superiora. Si las recoletas están tan locas como dicen, acaba de firmar su sentencia de muerte.

—Agente especial Marie Parks, solo la caridad me obliga a ofrecerle la hospitalidad de mi orden mientras dure la tormenta. La religiosa que la ha guiado hasta aquí la acompañará a la celda que ocupaba nuestra hermana asesinada. Es la única que está libre por el momento. No puedo hacer nada más para facilitar su investigación y le aconsejo encarecidamente que permanezca encerrada hasta que el viento cese y deje de nevar. Porque estos lugares no son seguros para los que no creen en Dios.

—¿Es una amenaza?

—No, es una recomendación. En cuanto la tormenta haya amainado, deberá marcharse. Hasta entonces, le ruego que no turbe el recogimiento de mis monjas.

—Madre, nadie está a salvo del asesino que mató a su religiosa. Si se trata de una secta y esa secta la amenaza, puede estar segura de que volverán y de que no serán sus oraciones lo que los detenga.

—¿Y piensa en serio que su arma o su insignia podrán hacerlo?

—Yo no he dicho eso.

Con la boca torcida por la cólera, la anciana religiosa se yergue en el sillón. Su voz se eleva en la oscuridad.

—Agente especial Parks, la Iglesia es una antiquísima institución llena de secretos y de misterios. Hace más de veinte siglos que guiamos a la humanidad a través de las tinieblas de su destino. Hemos sobrevivido a las herejías y a la agonía de los imperios. Desde el amanecer de los tiempos, numerosos santos rezan de rodillas en nuestras abadías y nuestros conventos para mantener a raya a la Bestia. Hemos visto cómo miles de almas se extinguían, hemos sufrido la peste, el cólera, las cruzadas y mil años de guerra. ¿Y cree sinceramente que puede detener usted sola la amenaza que se acerca?

—Puedo ayudarlas, madre.

—Solo Dios puede hacerlo, hija.

Sin darse cuenta, Marie ha retrocedido varios pasos ante las airadas palabras de la madre Abigail. La puerta del despacho se abre chirriando. Se dispone a seguir a la recoleta cuando la superiora del convento añade:

—¿Cree usted en las auras?

Parks se vuelve lentamente.

—¿En qué?

—En las auras. Los colores del alma que envuelven el cuerpo

como un resplandor espectral. A su alrededor solo distingo azul y negro.

—¿Y qué significa eso?

—Significa que va a morir muy pronto, agente especial Marie Parks.

94

—Le dejo la antorcha y un puñado de velas. Hágalas durar volviendo a poner los regueros de cera en la llama, porque no dispondrá de ninguna otra fuente de luz.

Deteniéndose en el hueco de la puerta, Parks aspira el aire viciado de la celda. Luego se vuelve hacia la religiosa.

—¿Y usted?

—Yo ¿qué?

—¿Cómo encontrará el camino?

—No se preocupe por eso. Ahora duerma. Volveré cuando amanezca.

Tras pronunciar estas palabras, la anciana religiosa cierra la puerta con dos vueltas de llave. Cuando el arrastrar de sus sandalias sobre el suelo deja de oírse, Parks se pone en tensión al percibir un lamento lejano que se filtra a través de las paredes. Gritos humanos. Cierra los ojos. No puede ceder al pánico, al menos en plena noche. Y mucho menos en un convento de viejas locas encaramado a dos mil quinientos metros de altitud en medio de ninguna parte. Marie esboza una sonrisa. El ruido del viento que sopla fuera; es eso lo que ha tomado por gritos. Desde el despacho de la madre Abigail, en la planta baja, ha subido siguiendo a la religiosa setenta y dos peldaños de una escalera de caracol. Por lo tanto, debe de estar en algún lugar entre el segundo y el cuarto piso del edificio, en la cara expuesta a la tormenta. Ráfagas de viento que ningún obstáculo detiene se precipitan con fuerza sobre el convento como si fuera la cubierta de un barco. Mientras oye cómo los elementos se desencadenan, Parks se siente casi tan sola como cuando estaba prisionera del coma. El silencio dentro y los mugidos lejanos del mundo fuera.

Una burbuja de cera estalla en la superficie de la antorcha y hace saltar astillas prendidas que crepitan sobre el suelo. Marie las aplasta con un pie. Después levanta la antorcha y examina lo que será su refugio hasta el final de la tormenta.

Las paredes están hechas con bloques de granito encalados donde han atornillado una hilera de percheros de hierro. Una cruz potenzada, medio borrada por innumerables pisadas, está pintada en el suelo. Una cruz azafrán y oro, símbolo de las recoletas. Parks se queda inmóvil en el centro. Al fondo de la celda, ve un calendario colgado sobre un camastro y una mesilla de noche en la que hay apiladas varias obras polvorientas. A la izquierda, un bloque de piedra empotrado en la pared y un taburete de madera sirven de mesa de estudio. En la esquina derecha, una palangana con el esmalte cuarteado y un viejo aguamanil hacen las veces de cuarto de baño. Arriba, un espejo salpicado de óxido refleja un crucifijo colgado en la pared de enfrente. Un armario metálico gris y frío completa el mobiliario.

Parks dispone de una decena de velas en los candeleros que adornan la mesa de piedra. Frota una cerilla y contempla la bolita de azufre que prende entre sus dedos. Luego enciende una a una las velas, haciendo muecas de dolor mientras la cerilla se consume. Las tinieblas oscilan y un delicioso perfume de cera caliente se extiende por la celda. Marie finaliza su inspección. Ni servicio ni agua corriente. Ni un solo retrato ni fotos en blanco y negro de la antigua vida de la recoleta. Ningún recuerdo de lo que era antes de tomar los hábitos, como si su memoria hubiera sido borrada cuando las puertas del convento se cerraron a su espalda.

La joven examina el calendario clavado en la pared, uno de esos cuyas páginas se arrancan para pasar al día siguiente: sábado 16 de diciembre, fecha de la muerte de la recoleta. Desde entonces, nadie había tenido valor para arrancar las hojas. Seguramente por superstición. Marie las pasa hasta llegar al día actual. Un montón de hojas que desprende cuidadosamente antes de contarlas: han trascurrido sesenta y tres días desde la muerte de la recoleta. Marie abre el cajón de la mesilla de noche y deja caer las hojas en su interior. Después se sienta en el camastro y se interesa por los libros que la anciana religiosa consultaba unas horas antes de su fallecimiento, obras sobre los mitos fundadores de las religiones. Parks enciende un cigarrillo y abre uno al azar.

95

Es un trabajo inglés del siglo XIX. Su autor describe el hallazgo de miles de tablillas de barro durante las excavaciones de la antigua ciudad mesopotámica de Nínive. En la undécima tablilla, los arqueólogos descubrieron la epopeya del rey sumerio Gilgamesh. Según la leyenda, Gilgamesh partió en busca del único superviviente de un gigantesco cataclismo que al parecer asoló la Tierra en el año 7500 antes de Cristo: unas lluvias torrenciales que provocaron el desbordamiento de los mares y los océanos.

También según las tablillas de Nínive, justo antes de la catástrofe, el dios sumerio Ea advirtió en sueños a un personaje legendario llamado Utnapishtim del cataclismo que iba a producirse. Así pues, tal como Ea le ordenó, Utnapishtim construyó una inmensa nave en la que metió una pareja de cada especie animal, así como una semilla de todas las plantas y de todas las flores que cubrían la Tierra. Parks nota que se le hace un nudo en la garganta. Lo que está leyendo es el Diluvio del Antiguo Testamento, el Arca de Noé salvando a los animales de la cólera de Dios, el relato del amanecer del mundo.

Con nerviosismo, la joven hojea la obra siguiente: una traducción del *Satapatha Brahmana*, uno de los nueve libros sagrados de los hindúes, que data del siglo VII antes de Cristo. En ese relato, con numerosas notas hechas por la monja, Noé se llamaba Manu y era la diosa Visnu disfrazada de pez quien le advertía de la inminencia del Diluvio y le ordenaba construir una embarcación. En esta ocasión no intervenía la cólera de Dios sino lo que los hindúes llaman el soplo de Brahma, el que crea espirando y luego destruye su creación inspirando el aire que le servirá para su siguiente creación.

Con soplo de Brahma o sin él, la cuestión era que el cielo se incendió y, después de que siete soles ardientes hubieran secado la Tierra y los océanos, llovió a mares durante siete largos años. Una vez más, el número siete.

Parks enciende otro cigarrillo con la colilla del primero. En el libro siguiente, el Noé de los persas se llama Yima y es el dios Ahura Mazda quien le advierte de la inminencia del peligro. Yima se refugia entonces en una fortaleza con los mejores hombres, los animales más hermosos y las plantas más generosas. Sigue un terrible invierno, al término del cual toda la nieve acumulada empieza a fundirse y cubre el mundo con una gruesa capa de agua helada.

Marie deja el libro sobre el camastro y pasa al siguiente: una obra escrita por unos etnólogos, que resume un siglo de exploraciones entre las tribus más alejadas del planeta. En todas partes, desde los grandes desiertos australianos hasta las selvas más espesas del continente sudamericano, habían encontrado el relato de un diluvio que se remontaba a varios siglos antes del nacimiento de Jesús. Como si las culturas más arcaicas hubieran sufrido una catástrofe que se había hecho legendaria, pero que se había producido realmente en tiempos inmemoriales.

Esos eran los libros de cabecera de la religiosa. Parks se dispone a cerrar el último cuando una frase escrita en el margen por la recoleta atrae su atención:

> El Sin Nombre vuelve.
> El Sin Nombre siempre vuelve.
> Creemos que ha muerto, pero vuelve.

«Creemos que ha muerto, pero vuelve...» Eso es lo que la madre Abigail había mascullado cuando Parks le habló de Caleb.

96

Marie apaga el cigarrillo en un cuenco de barro cocido y se dirige hacia el armario, cuya puerta está entreabierta. En el interior, encuentra un fajo de hojas en las que la recoleta ha esbozado escenas de pesadilla: ancianas crucificadas, tumbas abiertas y bosques de cruces. Los mismos dibujos que en el cuaderno de Mary-Jane Barko.

En cada dibujo, la religiosa ha añadido una cruz roja envuelta en llamas, cuyos extremos forman una hilera de letras: INRI, el *titulus* de Jesucristo. Sobre esas siglas, la recoleta ha garabateado su significado y su traducción:

IANUS REX INFERNORUM
Este es Janus, el rey de los Infiernos

Parks siente que la angustia invade su corazón. Eso es lo que significaban los tatuajes de Caleb. No Jesús hijo de Dios, sino Janus, su doble, al mando de los Infiernos. El Sin Nombre.

La joven se dispone a cerrar el armario cuando ve en el suelo unas marcas de desgaste que parten de las patas del armario y vuelven a ellas. Como si el mueble hubiera sido desplazado numerosas veces para luego ser dejado exactamente en el mismo lugar: siempre el mismo movimiento, incesantemente repetido. Arqueando el cuerpo contra la pared, Parks empuja el armario hasta que las patas llegan al final de las marcas. Después examina el trozo de pared que acaba de dejar al descubierto. Es granito; sus asperezas rascan la superficie de la palma de sus manos. De pronto, estas detectan una superficie distinta. Marie va a buscar una vela y reanuda la inspección. El granito, duro y frío en otras zonas, allí se vuelve bruscamente más liso y está casi tibio. Marie da unos golpes con los nudillos. Suena a hueco. Seguramente es una tabla de madera cubierta de cal. La arranca con la punta de los dedos y descubre, excavado en la pared, un hueco de un tamaño equivalente al de un ladrillo grande, que la anciana recoleta debía de haber troceado pacientemente antes de deshacerse con discreción de los fragmentos en el patio del convento. Aquello debía de haberle llevado noches de trabajo silencioso.

Registrando el hueco, Parks nota que sus dedos entran en contacto con el cuero polvoriento de una vieja encuadernación, atada con una faja de tela. La saca. En el interior, encuentra un legajo de pergaminos de trama gastada y bordes deteriorados por el paso del tiempo. La joven los dispone sobre la mesa de piedra y acerca un candelero para iluminarlos sin correr el riesgo de chamuscar su superficie. Después se sienta en el taburete y comienza a leer en voz baja aquellas líneas; las palabras escritas con pluma parecen danzar ante sus ojos.

97

El primer pergamino está fechado el 11 de julio del año de desgracia 1348, el año de la gran peste negra. Es un informe secreto expedido en Aviñón por el inquisidor general Thomas Landegaard, que ha sido designado por Su Santidad el papa Clemente VI para investigar una matanza de recoletas que se ha producido en plena epidemia en la fortaleza de Nuestra Señora del Cervino, un convento desde el que se domina la localidad suiza de Zermatt.

Según el informe de Landegaard, en la noche del 14 al 15 de enero de 1348, unos jinetes errantes atacaron esa congregación perdida en medio de las montañas y todas aquellas infelices fueron torturadas y destripadas con excepción de una: una anciana recoleta que consiguió huir llevándose un manuscrito muy antiguo, el evangelio de Satán. Parks abre los ojos como platos. A juzgar por lo que dice el inquisidor, los jinetes mataron a las religiosas del Cervino precisamente para hacerse con ese manuscrito. El mismo evangelio que Caleb intentó recuperar asesinando a las recoletas durante su demencial recorrido por África y Estados Unidos. Los mismos crímenes con un intervalo de siete siglos.

Marie termina de leer el documento. Esa noche de enero de 1348, la monja superviviente desapareció. Sin duda cruzó la frontera siguiendo la línea de montañas, pues el inquisidor afirma que su rastro se pierde en esa dirección y que nadie sabe qué ha sido del misterioso evangelio que transportaba.

El segundo pergamino, también firmado por Landegaard, data del 15 de agosto de 1348. Fue expedido a través de un correo desde la ciudad de Bolzano. En ese momento hace cuatro semanas que el inquisidor va tras la pista de la recoleta siguiendo la ruta de las montañas. Una pista dejada seis meses atrás. ¿Cómo pudo sobrevivir a los terribles rigores del invierno de 1348 y a los vientos helados que arrastraban los miasmas de la gran peste negra? Landegaard lo ignora.

La respuesta se encuentra un poco más adelante. Landegaard explica que la recoleta encontró asilo en otras congregaciones, al otro lado de los Alpes: la fortaleza de los marianistas de Ponte Leone, los trapenses del monasterio de Maccagno Superiore, cuyos muros dominan las aguas glaciales del lago de Como, la comunidad carmelita de Pia San Giacomo y las de Cima di Rosso y Matinsbrück, en la frontera tirolesa. Esos conventos y monasterios fueron atacados a su vez poco después de la marcha de su protegida, y sus miembros fueron torturados y crucificados. Tales son los macabros descubrimientos que Landegaard ha hecho en el transcurso de esas interminables semanas en las que ha seguido el rastro de la recoleta. Lo que significa que los jinetes errantes siguieron esa pista antes que él… O no. Leyendo los estremecedores relatos del inquisidor, uno se da cuenta de que es otra cosa lo que se había lanzado seis meses atrás tras el rastro de la anciana religiosa. Un asesino solitario, un predador que penetró a hurtadillas entre esos muros y mató noche tras noche a los miembros de esas congregaciones. Un monje... o algo innombrable que se metió bajo el santo sayal. Parks vuelve unas líneas atrás para asegurarse de que lo que acaba de leer no se lo ha dictado su imaginación. Un monje.

98

Los últimos fragmentos del informe Landegaard se pierden en la trama del papel. Por lo que Marie consigue descifrar, el inquisidor anuncia a Su Santidad que el rastro de la recoleta se difumina ahora en el macizo de los Dolomitas, en medio de un extenso bosque de pinos negros que rodea un viejo convento ocupado por una congregación de agustinas. Ahí es donde se dirige. Parks deja el pergamino y pasa al siguiente.

3 de septiembre de 1348. Informe número tres del inquisidor Thomas Landegaard. La escritura es compacta y ansiosa. Parks lee el documento en voz baja.

> Desgraciadamente, Santidad, han transcurrido muchos días desde mi marcha de Aviñón y quedan ya muy pocos soles y todavía menos lunas antes del crepúsculo de este año de tormentos.
>
> ¿Qué puedo deciros sin derramar lágrimas sobre los lugares desolados que atravesamos? La gran peste negra extiende por doquier sus tinieblas sobre nuestras ciudades de piedras y de silencio y deja tras de sí un hedor tan abominable que los marinos afirman que el olor de su aliento se percibe hasta en el Pireo.
>
> Dicen que la plaga, que está llegando ahora al norte de Europa, al parecer ha asolado París y está subiendo hacia Hamburgo y las murallas de Nimega.
>
> Señor todopoderoso, ¿qué ha sido de Aviñón y de Roma, tan cercanas a los lugares donde se declaró esta epidemia, de la que la víspera de mi partida se decía que no resistiría a los ungüentos de las ancianas y a los aguardientes de especias?

Santidad, ¿ilumina aún el faro de vuestra sabiduría el Santo Palacio, o las palomas encargadas de llevaros mis mensajes solo sobrevuelan ya ruinas?

Un crujido de papel. Parks pasa al pergamino siguiente.

En lo que respecta a la investigación que instruimos en vuestro nombre, puedo anunciaros que la pista de la recoleta se pierde en el convento de las agustinas del que hablaba en mi último informe, expedido desde Bolzano.

Para llegar a ese lugar recóndito, cabalgamos horas en medio del silencio de un bosque tan espeso que los cascos de nuestras monturas no hacían ningún ruido. Guiándonos por los aullidos de los lobos y los graznidos lejanos de los cuervos fue como finalmente llegamos a un gran claro, en el centro del cual se alzaban las murallas del convento.

Enseguida nos percatamos, por las bandadas de carroñeros que sobrevolaban sus aguilones, de que la muerte se había instalado entre aquellos muros.

Hicimos sonar el cuerno para alertar a posibles supervivientes antes de romper las vigas y forzar las puertas. Tuvimos que golpear con la espuela los flancos de nuestros caballos, que piafaban y resoplaban como si percibieran alguna presencia maléfica.

Tal como temíamos, ningún alma salió a nuestro encuentro de aquel lugar desierto. Lo registramos y recorrimos los pasillos oscuros gritando vuestro nombre en latín.

En todas las celdas encontramos charcos de sangre seca y restos humanos.

A continuación llegamos al cementerio del convento, donde descubrimos catorce tumbas recientes, trece de las cuales parecían haber sido profanadas.

Abrimos la decimocuarta tumba, que había permanecido intacta, y en el interior de esa fosa es donde por fin encontramos a la recoleta del Cervino. Pero del evangelio maldito que se había llevado no había ni rastro. Así pues, registramos el edificio y pusimos la biblioteca patas arriba. En vano.

En el documento siguiente, la parte superior del pergamino parece chamuscada por el fuego. Las dos primeras frases resultan casi ilegibles por efecto del calor. Con todo, Marie consigue descifrar las palabras «pesar» y «espanto». Luego, el relato prosigue.

Dejamos el cementerio y llevamos nuestra inspección hasta los sótanos de la fortaleza. Y allí fue donde encontramos los trece restos mortales de las trece tumbas. Trece cuerpos de agustinas que parecían haber vagado entre las tinieblas antes de volver a morir de extenuación.

Digo «volver a morir» porque todas las religiosas iban envueltas en un sudario, como si las hubieran enterrado primero en las tumbas del cementerio y después se hubieran levantado de entre los muertos para recorrer esos lugares sin luz.

Otro detalle me intriga: la mayoría de los cadáveres estaban arrodillados contra las paredes, con las manos aferradas a las asperezas de la piedra, como si las no muertas hubieran agotado sus últimas fuerzas rascando las paredes en busca de algo.

Tal como establece el rito, trasladamos los restos fuera de los muros del convento para enterrarlos en el bosque, a fin de que su alma atormentada no turbara a las que descansan en la Tierra consagrada del cementerio.

Por desgracia, no tenemos noticias de la superiora de esas desdichadas, una tal madre Yseult de Trento, de la que, ni en el cementerio ni en los registros de la congregación, hemos encontrado indicios de que haya fallecido. ¿Se marchó precipitadamente del convento después de la matanza de sus religiosas? ¿Huyó llevándose a su vez el evangelio bajo las ropas? En el momento en que escribo estas líneas, ese punto continúa siendo tan misterioso como el resto.

En conclusión, Santidad, si bien no dispongo por el momento de ninguna clave para resolver estos enigmas, debo constatar, por la angustia que se ha apoderado de nuestras almas, que este misterio es sin ninguna duda obra del Diablo y que su presencia todavía merodea por aquí.

Santidad, confío a un correo estas líneas que leeréis muy pronto si vuestro palacio se ha librado de la plaga. Los demás mensajes, si me queda alguno que enviaros antes de regresar a Aviñón, partirán bajo las alas de mi última paloma mensajera.

Los hombres de mi escolta están demasiado exhaustos para continuar viajando a la luz declinante del día, de modo que nos quedaremos a pasar la noche aquí y nos relevaremos ante una fogata a fin de expulsar de nuestros corazones el miedo que se instale en ellos.

No me gusta la idea, pues la presencia maléfica que mató a las agustinas sin duda solo espera la caída de la noche para despertar, pero así sabré a qué atenerme. Además, haré vigilar el cementerio para asegurarme de que los últimos muertos que alberga no escapen bajo la luna llena.

Santidad, beso vuestras manos y que las de Dios nos guíen, a vos en vuestra lucha contra las tinieblas que cubren el mundo y a mí en la búsqueda más oscura todavía que ha conducido a mi alma a este cementerio de las almas.

Parks pasa al último informe. La escritura del inquisidor, cuidada hasta ese momento, se vuelve ahora irregular e inclinada, como si hubiera estado bajo un inmenso terror. Este mensaje fue redactado unas horas después del que la joven acaba de leer.

Santidad:

La luna acaba de salir sobre las entrañas del Infierno en que se ha convertido este lugar abandonado. Pese a la fogata que habíamos encendido en el refugio consagrado del cementerio, algo ha conseguido matar a los últimos hombres de mi escolta. Conservo en mi memoria los gritos desgarradores que han proferido mientras la cosa los destripaba. Los ha matado un monje. Un monje sin rostro y sin alma.

En estos momentos me encuentro refugiado en la sala más alta del torreón y, al mismo tiempo que os escribo estas últimas líneas, veo a mis hermanos muertos vagando en mi busca.

Os ruego que creáis, Santidad, que estas palabras, aunque inspiradas por el terror, no son las de un loco. Oigo ahora los pasos de mis hermanos, que suben la escalera gritando mi nombre. Supongo que han visto mi cara mientras los contemplaba por la ventana. Me llaman. Están llegando. Santidad, el Diablo se encuentra entre estos muros. Mi camino termina aquí y aquí es donde voy a morir. Antes de que la puerta ceda, confío estas últimas palabras a la paloma mensajera que me dispongo a liberar. Si este mensaje os llega, os ruego que enviéis a vuestra noble guardia a arrasar este convento y a rellenar sus cimientos con cal empapada de agua bendita.

¡Dios mío, la puerta está a punto de ceder!
¡Señor, han llegado!

Marie lee de nuevo las últimas palabras del inquisidor. ¡De modo que era ahí donde la búsqueda de ese hombre de Dios había terminado, en ese convento en el que la anciana recoleta había encontrado refugio para morir!

Extenuada, se tiende en el camastro y contempla el techo. Presta atención para oír los lejanos aullidos del viento. La tormenta arrecia. Un extraño sopor la invade. Lucha durante unos momentos; luego, sin darse cuenta, se sume en un sueño agitado.

99

El chisporroteo de una antorcha en la oscuridad. El padre Carzo avanza por los sótanos del templo azteca. Hace frío. Los frescos que la llama muestra están cubiertos de escarcha. Las primeras criaturas, la destrucción del paraíso, el mensajero prehistórico, las pirámides y las inmensas ciudades que los olmecas habían construido en honor de la Luz. Al final del pasillo, el sacerdote llega a una amplia gruta. Una forma permanece en el centro de un círculo de velas. Se acerca. La cosa lo mira.

El padre Carzo se agita en sueños. Otra visión: un cielo crepuscular cubre la jungla, rojo con un cuarto de sol inmóvil en el horizonte. Los ríos, llenos de esqueletos de animales y de moscas muertas, se han secado. Los árboles también están secos y una espesa capa de cenizas cubre ahora el suelo. Ni un canto de pájaro, ni el menor zumbido de insecto. El gran mal ha ganado.

El sacerdote camina en medio de los árboles muertos. Las ramas se parten cuando las aparta para abrirse camino. Los colores han desaparecido, aspirados junto con la vida que reflejaban.

El exorcista avanza levantando nubes de ceniza con las sandalias. Aunque hace muchísimo calor, su frente y su espalda están secas. Apenas nota las correas de la mochila que se le clavan en los hombros. Anda mirando la cima de la enorme pirámide que aparece a través de los árboles muertos. Oumaxaya, la ciudad perdida que el gran mal devoró cuando los olmecas se apartaron de la Luz.

Bajo los pies del padre Carzo, la capa de ceniza se endurece. Acaba de llegar a la base de la pirámide. Alza los ojos y contempla a lo lejos las tres cruces en la cúspide del edificio. El sol en el horizonte ilumina la escena con una luz escarlata.

A medida que el sacerdote sube los peldaños, el aire se vuelve cada vez más caliente. Carzo domina ahora la jungla, la abarca con una mirada circular: árboles muertos y ceniza hasta el infinito. Ya está a tan solo una veintena de peldaños de la cúspide. Distingue los rostros de los crucificados, que miran cómo avanza. Los dos olmecas torturados tienen el cuerpo atrozmente quemado por el sol. Sus párpados han quedado pulverizados y sus ojos se han fundido dentro de las órbitas. Sin embargo, todavía no están muertos; sonríen.

Carzo contempla a Jesucristo clavado en el centro. El mismo rostro y los mismos ojos que el Salvador de los Evangelios. La misma barba y los mismos cabellos largos y sucios. Tan solo la mirada es distinta. Es una mirada llena de odio y de malicia. El sacerdote se agarrota mientras una voz átona escapa de los labios del crucificado:

—¡Esto no ha terminado, Carzo! ¿Me oyes? ¡No ha hecho más que empezar!

El sacerdote, sobresaltado, se yergue en el sillón. Percibe el siseo de los reactores y el ligero temblor de la carlinga por efecto de las turbulencias. La cabina del 767 se halla sumida en la oscuridad, pero una extraña luz gris se filtra a través de las persianas de plástico que cubren los ojos de buey.

Carzo consulta las indicaciones de vuelo en los paneles luminosos de la cabina. Hace algo más de ocho horas que el 767 salió de Manaus y el aparato está sobrevolando las aguas templadas del golfo de México. Dentro de unos minutos pasará sobre La Habana. Carzo levanta una persiana y distingue las luces de la capital cubana a lo lejos. Mira su reloj. Todavía quedan tres horas de vuelo y ya no tiene sueño. Alarga el brazo y pulsa un botón situado encima de él. La luz blanca salpica su cara. Sobre la tablilla, un sándwich envuelto en papel de celofán, una botella de agua mineral y la carpeta que recogió en la consigna del aeropuerto de Manaus, que contiene una treintena de páginas y unas fotos borrosas tomadas en pequeños hoteles perdidos en lo más recóndito de Australia y de Estados Unidos o en los silenciosos salones de las grandes instalaciones del planeta: el Sultan of Doha de Qatar, el Manama Palace de Bahrein, el Bello Horizonte de Los Ángeles y el Karbov de San Petersburgo.

Según el expediente, en esos lugares alejados de Roma era donde habían tenido lugar las últimas reuniones secretas de la cofradía del Humo Negro, que congregaban a algunos cardenales vestidos de seglar a los que los objetivos de las cámaras habían intentado sorprender mientras bajaban de las limusinas. Carzo deja escapar un suspiro mientras examina de nuevo las fotos adjuntas al informe. Solo sombras borrosas y siluetas mal encuadradas.

El exorcista, pensativo, da vueltas al grueso sobre acolchado que contenía las fotos. Parece vacío. Sin embargo, tiene la impresión de que contiene algo más. Examina la superficie presionando en diversos puntos. De pronto, sus dedos se detienen. Acaba de localizar una parte más dura, como si las burbujas de aire del forro contuvieran algo en su interior.

Carzo rasga el envoltorio y extrae otro sobre, gris y ligero; despega los bordes. Contiene dos fotos y una hoja en blanco, de grano grueso. El sacerdote la despliega sobre la mesita abatible.

Pasando la mano sobre el papel, nota bajo la yema de los dedos trazos y huecos, como marcas invisibles grabadas con una punta seca. Pasa delicadamente por encima la mina de un lápiz para hacerlos aparecer por contraste. Una forma se precisa: un sello antiguo con cruz paté y una flor de lis abajo, a la izquierda. Continúa rayando la hoja hacia abajo. Un vacío. Luego aparecen otros signos: nueve líneas en total, un código cuyos símbolos le son familiares.

La mina, que se ha detenido al final de la última línea, reanuda su avance hacia abajo. Otro blanco; a continuación, lo que parece el extremo superior de una figura geométrica se precisa poco a poco ante los ojos de Carzo. Cuatro brazos en forma de V, compuestos por dos triángulos entrecruzados y coronados por un punto. El triángulo superior derecho está relleno. Una cruz paté en el centro, la misma que la del sello. Carzo amplía los movimientos de su mano para poner de relieve las partes laterales de la figura, pero hace más presión con el lápiz al acercarse a la zona inferior de la hoja. Los mismos triángulos entrecruzados aparecen en el extremo de los cuatro brazos de la cruz que figura en el sello. Carzo levanta el documento hacia la luz y observa el conjunto del mensaje.

Si la memoria no le falla, ese sello es un emblema templario que data del final de las cruzadas y del establecimiento de la orden en Francia, unos años antes de su caída en desgracia y la ejecución de sus miembros.

La figura geométrica que está debajo de las líneas es sin duda alguna una de las cruces de las ocho Bienaventuranzas, el símbolo templario del Sermón de la Montaña. Cada punta de cada triángulo representa una de las ocho bienaventuranzas que el Señor enseñó a sus discípulos. Pero, en realidad, el origen de esa misteriosa cruz se pierde en la noche de los tiempos; su rastro más antiguo se encuentra en unas tablillas mexicanas que datan de varios milenios antes de Cristo. Se trata de cruces llamadas piramidales, pues, según las leyendas, se supone que representan las cuatro caras de las antiguas pirámides. Curiosamente, también se ha descubierto esa cruz en las orillas del lago Titicaca, en Bolivia, así como en ciertos templos aztecas, donde simbolizaba al dios precolombino Quetzalcóatl.

Hasta la detención de los templarios en 1307, ocho de esas cruces circulaban entre las diferentes encomiendas de la orden, o sea,

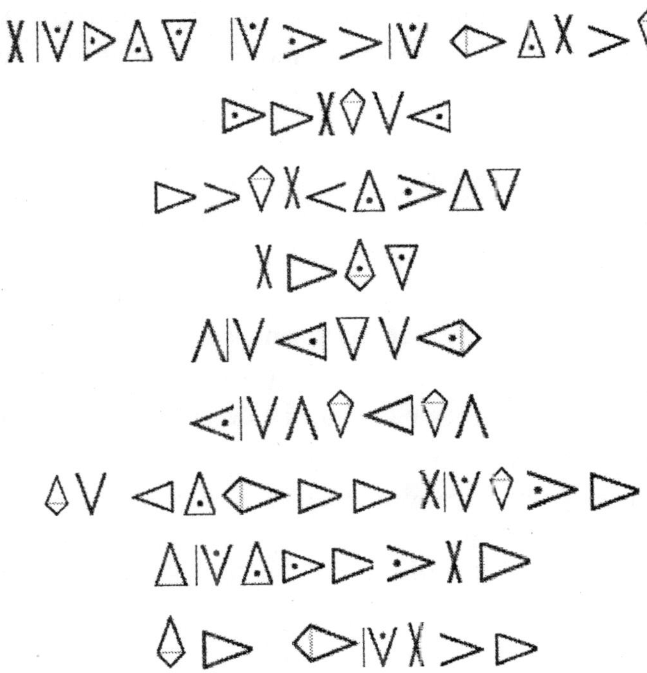

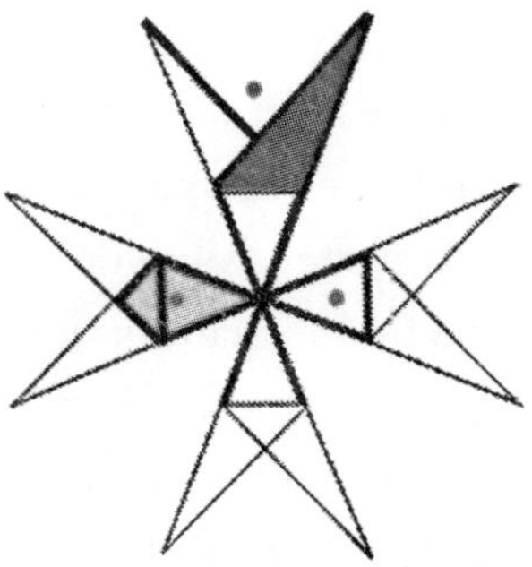

una cruz por bienaventuranza. La cruz de los Pobres, la cruz de los Mansos y la de los Afligidos, la cruz de los Justos, la de los Misericordiosos y la de los Corazones Limpios, la cruz de los Pacíficos y la cruz de los Perseguidos. Ocho cruces que los más altos dignatarios del Temple llevaban bajo la túnica en signo de reconocimiento, pero no solo por eso... Esas joyas de oro y rubíes servían ante todo para intercambiar correos secretos utilizando un código basado en las figuras geométricas de la cruz en cuestión. Por esa razón, las cruces templarias de las Bienaventuranzas presentaban distintas partes geométricas separadas por trazos más o menos gruesos. El complejo conjunto de triángulos entrecruzados con incrustaciones de rubíes y un rombo de oro orientado hacia occidente contenía el secreto del código.

Curiosamente, los arqueros del rey de Francia no encontraron ni una sola de esas cruces en las innumerables encomiendas de la orden que registraron de forma simultánea el amanecer del 13 de octubre de 1307. Como si se hubieran esfumado de repente junto con el fabuloso tesoro del Temple justo antes de que se pusiera en marcha la mayor operación policial de la historia. No obstante, los inquisidores terminaron por recuperar algunos documentos contables y un pergamino en el que aparecía representada la cruz de los Pobres, cuyo triángulo superior derecho era el único que estaba relleno. La primera de las ocho Bienaventuranzas. Así pues, lo que Carzo tiene ante los ojos es una reproducción de ese dibujo encontrado en 1307: la cara visible de la primera cruz, que manda sobre todas las demás.

Pese a ese dibujo, el código del Temple resistió durante siglos a los mejores criptólogos de la cristiandad. Luego, a fuerza de comparar las diversas hipótesis con las inscripciones que los templarios prisioneros grabaron en los calabozos de Gisors y de París en espera de la muerte, la parte visible del código acabó por revelar su secreto bajo la lupa de los matemáticos y de los teólogos del Vaticano. Se trataba de un código alfabético. Sin embargo, a falta de números, se dedujo que era sin duda alguna el reverso de las cruces lo que facilitaba la parte numérica del código templario.

Por eso nunca habían podido comprender el significado de los mensajes dejados por los miembros de la orden en las paredes de los calabozos. Y también por eso nunca habían encontrado el lugar donde escondieron su tesoro antes de marcharse de Tierra Santa, un escondrijo cuyo emplazamiento solo podía ser revelado por el conjunto de los ocho códigos geométricos grabados en las ocho cruces perdidas. El mapa del tesoro de los templarios.

Desde que los especialistas del Vaticano habían penetrado el código alfabético de la cruz de los Pobres, tan solo algunos iniciados, de los que Carzo formaba parte, conocían el secreto, pues las claves que circulaban en los manuales esotéricos y las logias masónicas eran copias en las que faltaba lo esencial. El problema era que ese grabado, tras haber sido encontrado en 1307, había sido cuidadosamente dividido en cuatro partes, guardadas respectivamente en una caja fuerte de un banco de Suiza, de Malta, de Mónaco y de San Marino. El interrogante era: ¿cómo una reproducción tan fiel de la cruz de los Pobres podía hallarse ante los ojos de Carzo a once mil metros de altitud sobre el golfo de México? A no ser que quien había dibujado ese código fuera el afortunado poseedor de esa cruz perdida desde hacía siglos. Lo que significaba que era un descendiente por línea directa de los dignatarios del Temple.

100

El padre Carzo baja la mesita del asiento contiguo, sobre la que dispone parte de los documentos. Después abre un cuaderno y reproduce a pulso las veinticuatro figuras geométricas que componen la cruz de los Pobres. Puesto que cada una representa una letra del alfabeto, las separa una tras otra y anota al lado la letra a la que corresponde. A continuación empieza a descifrar las líneas del código, sin dejar de girar para cada símbolo la cruz, a fin de orientar el rombo de oro y el punto superior en la dirección correcta.

Como todos los códigos complejos, el del Temple fue ideado para que fuese indescifrable sin la clave, pero fácil de reproducir cuando se disponía de ella. De manera que el sacerdote tarda apenas diez minutos en traducir las dos primeras líneas. En latín.

NOVUS ORDO MUNDI
VENIT

El nuevo orden mundial se acerca. Parece una advertencia. O la divisa de una sociedad secreta muy antigua.

Las cuatro líneas siguientes son más difíciles de descifrar. Las primeras tentativas de Carzo solo dan un montón de letras y de palabras sin sentido; ni siquiera consigue identificar la lengua a la que pertenecen. Luego, a fuerza de comprobaciones, las dos primeras palabras accionan de golpe la cerradura geométrica que encierra las cuatro líneas. Curiosamente, el texto está en inglés, una lengua que la Iglesia romana jamás ha utilizado. Por eso al sacerdote le ha costado tanto traducir esas líneas, ya que esperaba un texto en latín.

EDINBURGH
NEWS
CATHAY
PACIFIC

Carzo frunce el entrecejo. ¿Qué pintan los nombres de un periódico escocés y de una compañía aérea en un código templario? Sin duda se trata de una pista dejada por el cardenal de la cofradía del Humo Negro.

El exorcista pasa a las tres últimas líneas del código. Esta vez en francés. La lengua de la Hija Mayor de la Iglesia. El sacerdote logra descifrar fácilmente los últimos símbolos («el Humo Negro gobierna el mundo») y acerca todo el texto a la luz para leerlo:

NOVUS ORDO MUNDI
VENIT
EDINBURGH
NEWS
CATHAY
PACIFIC
LA FUMÉE NOIRE
GOUVERNE
LE MONDE

En efecto, es una advertencia. Algo ocurrirá. O ya ha ocurrido. En cualquier caso, siguiendo la lógica del código, algo desencadenará el nuevo orden mundial y hará que el mundo caiga en manos de la cofradía del Humo Negro. Ese peligro inminente es lo que el cardenal infiltrado en el seno de la cofradía anuncia mediante ese mensaje que Jacomino debía transmitir urgentemente al Vaticano. Había dado con una información suficientemente grave para justificar que se utilizara el código templario y se disparara la alerta máxima; una información que sin duda alguna se mencionaba en las dos fotos metidas en el sobre con la hoja que contenía los símbolos.

Carzo examina la primera fotografía. El Fenimore Harbour Castle, un pequeño *cottage* con tejado de caña, perdido en una landa pedregosa en el extremo norte de Escocia. Según el informe encontrado en la consigna de Manaus, ahí es donde se había celebrado la última reunión de la cofradía del Humo Negro antes del inicio del Concilio Vaticano III. Foto de los salones. Un anciano lee un periódico sentado en un sillón de piel, de cara a una chimenea. La foto está tomada de lado y solo se distingue la silueta del anciano, así como un mechón de pelo gris y un mocasín Berluti. La cara del hombre queda oculta por el reposacabezas del sillón. Carzo se dispone a pasar a la segunda foto cuando el periódico que el desconocido está leyendo atrae su atención. Coge su lupa y lee: *Edinburgh Evening News*, lunes 22 de enero. Hace justo una semana. Un titular en grandes caracteres ocupa la mitad de la primera página:

> Dramatic air crash in northern Atlantic. Flight Cathay Pacific 7890 from Baltimore to Roma disappeared early in the morning above the ocean. Destroyer *USS Sherman* arrived on location. Found no survivor.

El sacerdote nota que se le eriza el pelo de la nuca a medida que traduce:

—«Dramático accidente aéreo sobre las aguas del Atlántico Norte. El vuelo 7890 de la Cathay Pacific, procedente de Baltimore y con destino Roma, ha caído esta noche en medio del océano. El destructor norteamericano *USS Sherman*, que se encontraba en las inmediaciones, no ha encontrado ningún superviviente.»

El exorcista cierra los ojos. Ahora lo recuerda. El accidente se había producido la noche del domingo al lunes y seguía siendo noticia. En primer lugar, porque las razones del siniestro eran un misterio a pesar de las cajas negras que los buzos de la marina norteamericana habían encontrado a cuatro mil metros de profundidad. Y además, porque a bordo de ese Boeing de la Cathay Pacific viajaban once obispos y cardenales para asistir al concilio que iba a celebrarse en Roma. No unos cardenales cualesquiera: hombres fieles, puros y duros del entorno más cercano del Papa. Regresaban de una gira de inspección por los obispados del continente americano, oficialmente para sondear a los responsables antes del concilio. Sin embargo, Carzo presentía que en realidad estaban encargados de investigar otra cosa.

Entre ellos estaba el cardenal Palatine, jefe de la cancillería de las Letras Apostólicas y número dos de la secretaría de Estado del Vaticano. Otra víctima era el cardenal escocés Jonathan Galway, con poder en las finanzas de la Iglesia. Otra, su excelencia reverendísima monseñor Carlos Esteban de Almaguer, que presidía la todopoderosa organización del Opus Dei, cuyo ejército de sacerdotes y laicos había invadido poco a poco todas las esferas de la sociedad para promover el mensaje divino y devolver a las almas perdidas al buen camino. Otro personaje, mucho más importante, había encontrado la muerte en el accidente del vuelo 7890 de la

Cathay Pacific: su eminencia el cardenal Miguel Luis Centenario, arzobispo de Córdoba de Argentina y posible sucesor de Su Santidad. Centenario no carecía de enemigos en el seno de la curia, ni tampoco de poderosos apoyos. Gozaba del favor de los participantes en el cónclave en nombre de la necesaria apertura de la Iglesia al continente sudamericano, que concentraba por sí solo un tercio de los mil quinientos millones de cristianos esparcidos por todo el planeta. ¿Cómo habría podido ser de otro modo en una época en que la fe abandonaba el viejo continente y en que millones de fieles llenaban las iglesias de la otra orilla del Atlántico? Ese era el plan del Papa actual: preparar el traspaso de poder a manos de un pontífice sudamericano. Una opción que la cofradía del Humo Negro no podía aceptar.

El padre Carzo se pasa una mano por la frente empapada. La última foto del sobre muestra la misma imagen unos instantes más tarde. El anciano, cuyo rostro sigue sin distinguirse, ha descruzado las piernas y doblado el periódico. Sostiene, a la luz del fuego, un vaso de whisky en el que flotan unos cubitos. Carzo se fija en la mano que sostiene el vaso. Un anillo brilla en el dedo anular, un sello con una amatista que el exorcista cree reconocer. Orienta la luz y levanta la fotografía a unos centímetros de sus ojos para observar el blasón: un león de oro rugiente sobre fondo azul. Las armas del camarlengo Campini, el segundo hombre más poderoso del Vaticano.

101

Marie Parks nota un picor en las fosas nasales. El olor de la celda ha cambiado. A través de las vaharadas de cera que saturan el ambiente, detecta ahora un olor de mugre y de cuerpo abandonado. La joven se agarrota. Ese humo repugnante parece emanar de todas partes y se eleva en volutas compactas.

Parks se despierta lentamente. Un silbido. Le acomete un acceso de tos. Abre los ojos en la penumbra. Las paredes están borrosas; se diría que su visión ha disminuido.

Vuelve la vista hacia la mesa y constata con terror que los pergaminos de Landegaard ya no están allí. Con la garganta seca, aguza el oído para captar los aullidos lejanos del viento. Nada. La tormenta ha cesado. «No, todavía no se ha levantado.»

La joven sacude la cabeza para hacer callar a esa vocecita que suena en su cerebro. Se esfuerza en levantarse, pero vuelve a caer pesadamente sobre el camastro; de repente toma conciencia de las transformaciones que ha sufrido su cuerpo mientras dormía, de la circunferencia de sus muslos y de sus pantorrillas, de las carnes abundantes y flácidas de su abdomen y de las blandas excrecencias de sus pechos. De su olor también; un olor de turba, de orina y de sexo sucio. Ese mismo olor que acaba de despertarla y que se desprende de sus axilas y de los pliegues de su vientre.

—Dios mío, ¿qué está pasando?

Se sobresalta al oír el sonido ronco que acaba de escapar de sus labios. No son sus piernas lo que intenta bajar de la cama. No son sus muslos ni sus caderas, y todavía menos su vientre. Tampoco son sus dientes lo que su lengua toca dentro de la boca. Y, sobre todo, no es su voz lo que acaba de oír.

Marie alza los ojos hacia el calendario: sábado 16 de diciembre. El día que murió la recoleta. Cuando alarga un brazo hacia la mesilla donde había guardado las hojas que arrancó al llegar a la celda, contempla con horror la vieja y sucia mano que avanza en lugar de la suya. Una mano llena de callosidades. Inspecciona el interior del cajón. Las hojas han desaparecido.

Parks arquea el cuerpo y consigue levantarse. Nerviosa, enciende una cerilla, acerca su cara al espejo y se queda paralizada al ver el reflejo. Unos cabellos grises, unas facciones flácidas y surcadas de arrugas, unos labios gruesos y unos ojillos negros hundidos bajo unas cejas espesas. Luego, mientras la cerilla chisporrotea y se apaga, Parks siente que su memoria se llena de recuerdos que no son los suyos.

El 16 de diciembre. Dos meses atrás. Aquel día, la recoleta se despertó sobresaltada. Se levantó de la cama y se acercó al espejo. Como Marie, tocó su reflejo en el cristal y murmuró:

—Señor, me he dormido y ahora él está aquí. Ha entrado en el convento. Ha venido a por mí. Dios mío, dame fuerzas para escapar de él.

Parks se percata de pronto de la agradable temperatura que hay en la celda. Aquel día hizo buen tiempo. Toma conciencia también del terror que oprime el corazón de la religiosa. La recoleta sabe que va a morir. Ha descubierto algo en la biblioteca del convento, un secreto inconfesable que las madres superioras de su congregación se transmiten a lo largo de los siglos. Pero, antes de morir, la recoleta tiene que hacer algo. Debe cumplir una promesa.

La religiosa busca a tientas encima del armario una llave y, cuando la encuentra, la introduce en la cerradura de la puerta procurando no hacer ruido. Exactamente los mismos gestos que Parks está reproduciendo en sueños.

La puerta se abre al frescor del pasillo. Después de coger una de las antorchas colgadas en la pared, la recoleta empieza a bajar la escalera. Los peldaños crujen bajo su peso, el pánico la deja sin respiración. Al llegar al primer piso, se detiene delante de una ventana abierta y aspira una bocanada de aire fresco. Es una noche tranquila, inusualmente clara. A través de los ojos de la religiosa, Parks contempla el Cristo de bronce que está en el centro del patio. El rostro de la estatua se vuelve hacia ella y la mira sonriendo. Un movimiento. La recoleta abre desmesuradamente los ojos; una forma cubierta con un sayal negro y una amplia capucha acaba de surgir en el patio, una forma que parece avanzar deslizándose sobre las baldosas. El terror estalla en las venas de la religiosa. Venciendo su entumecimiento, baja corriendo los escalones hasta la planta baja y pasa por delante del despacho de la madre Abigail. Se vuelve. La cosa ha entrado en el convento y avanza por el pasillo en su dirección.

La recoleta baja una escalera de caracol que desciende hacia las profundidades de la fortaleza. Un atajo para ir a la biblioteca.

Al pie de la escalera, una galería estrecha. La religiosa emite un sofocado grito de dolor. Acaba de pincharse la mano con un clavo oxidado. Las sandalias del monje suenan sobre los peldaños. La recoleta se seca la sangre con el hábito y echa de nuevo a correr palpando febrilmente las paredes de la galería.

Sin aliento, llega a una amplia estancia que huele a madera y a alcohol de quemar. Allí, coge una lámpara de petróleo; la llama, al mínimo, brilla detrás del globo de cristal. Ella avanza mascullando en la oscuridad. La luz ilumina hileras de escritorios y de estanterías cargadas de libros antiguos. Al llegar al fondo de la sala, hace girar la ruedecilla de la lámpara. A medida que la mecha se alarga, la luz invade cada vez más las olorosas tinieblas de la biblioteca. La religiosa levanta el globo de cristal e ilumina una reproducción de *La Pietà* de Miguel Ángel, donde la Virgen, de rodillas, estrecha el cadáver de Jesucristo entre sus brazos. Parks ve que los dedos de la recoleta se detienen sobre los ojos de la estatua. Un susurro ronco:

—Es aquí donde tiene que apretar. ¿Me oye? Es aquí donde tiene que apretar para abrir el pasadizo que conduce al Infierno.

La joven se sobresalta. La recoleta ha susurrado esa indicación como si supiera que Marie está allí. De pronto, la llama oscila. Un movimiento detrás de ella. El frufrú de una tela ligera como un suspiro. Una mano glacial se posa sobre sus labios. Siente que el hedor del monje la envuelve. Comprende que todo está perdido. Un fogonazo blanco delante de sus ojos difumina el conjunto de *La Pietà* y el semblante triste de la Virgen. Luego sus dedos se abren y dejan caer la lámpara; el globo de cristal se rompe al estrellarse contra el suelo. Un estertor de agonía. Mientras las puñaladas la atraviesan, la anciana cae de rodillas. Sus ojos se cierran. Inclinado sobre ella, el monje canturrea mientras remata a su víctima. Parks recibe una descarga de adrenalina. Acaba de reconocer la voz de Caleb.

102

Mientras emerge poco a poco de su sueño, Marie interroga mentalmente los contornos de su cuerpo. Suspira. La visión ha terminado. Solo la posición en la que se encuentra parece plantear problemas: si se fía de las informaciones que su cerebro está desmenuzando, ha debido de caerse del camastro mientras dormía.

Aspira los olores que flotan a su alrededor. El hedor de la recoleta y las vaharadas de cera caliente que saturaban la celda han desaparecido. En su lugar, Parks detecta un extraño olor de petróleo y madera, el mismo que en su sueño. El aire seco de la celda ha dejado paso a una atmósfera mucho más fresca. Mucho más amplia también. Presta atención. Un carillón suena a lo lejos. Sus manos palpan el suelo. El cemento de la celda ha desaparecido.

Parks abre los ojos y a duras penas consigue reprimir un grito de terror al constatar que está arrodillada sobre el entarimado polvoriento de la biblioteca. Contempla la lámpara de petróleo, cuya llama brilla bajo el globo de cristal. Se levanta. Fuera continúa la tormenta. Los olores, el frescor del lugar, todo es exactamente igual que en su sueño. La joven se muerde los labios. Ha debido de ser víctima de un episodio de sonambulismo durante el cual ha repetido todo lo que la recoleta hizo aquella noche. Marie se aferra a esa certeza. La prueba de que su teoría es correcta es que nota un peso en un bolsillo de los vaqueros. La llave que la recoleta cogió de encima del armario. Parks ha debido de cogerla dormida. Sí, es eso, solo puede ser eso. Está casi convencida cuando un dolor la obliga a hacer una mueca mientras saca la mano del bolsillo; un dolor punzante donde se unen los dedos índice y medio. Parks mira el feo arañazo que la recoleta se hizo aquella noche con el clavo. La herida todavía sangra. Se envuelve la mano con un pañuelo e intenta calmarse. Ha repetido tan al pie de la letra los gestos de la difunta que también se ha arañado corriendo por la galería que conduce a la biblioteca. Sí, esa es la explicación.

«Joder, Marie, la explicación es otra y tú lo sabes perfectamente.»

Coge la lámpara y hace girar la ruedecilla hasta el tope. Un fuerte olor de petróleo se extiende. Sosteniendo la lámpara con el brazo extendido, contempla las sombras que oscilan al borde del halo y se queda petrificada al ver la reproducción de *La Pietà* de Miguel Ángel. Nota sus dedos en contacto con la superficie lisa del mármol. El rostro de la Virgen. Miguel Ángel lo representó juvenil, casi infantil, para acentuar el carácter puro e inmortal del personaje. Tiene una expresión tan triste que Parks casi llega a sentir su pesar. También su cólera. Rozando los labios fríos de la Virgen, asciende hasta los ojos de mármol.

«Aquí es donde tiene que apretar para abrir el pasadizo que conduce al Infierno.»

Así que Parks aprieta. Los ojos de la Virgen se hunden en el mármol. Un chasquido. Una trampilla acaba de aparecer en el entarimado. El paso hacia la zona prohibida de la biblioteca, ese lugar secreto que las recoletas llaman el Infierno.

Marie ilumina el interior de la trampilla y ve una escalera de granito. Se queda un instante inmóvil aspirando los olores de moho y de salitre que ascienden hasta ella, antes de poner un pie en el primer peldaño y, sosteniendo la lámpara por encima de su cabeza, adentrarse en las tinieblas.

Parks ha llegado al décimo peldaño cuando un ruido la sobresalta. Acaba de apoyar el pie en un mecanismo de resorte. Un chirrido sobre su cabeza. La pesada trampilla baja y se cierra ruidosamente. Marie deja escapar una risita nerviosa.

103

Al llegar al pie de la escalera, Parks se encuentra con una pesada reja de fundición que cierra la entrada del Infierno. Observa que los fundidores de la Edad Media añadieron una letra gótica soldada en caliente a cada uno de los catorce barrotes de la puerta. Catorce caracteres que se entrelazan para formar una frase en latín.

LIBERA NOS A MALO

Líbranos del mal. Teniendo en cuenta que el convento de Santa Cruz fue construido hacia mediados del siglo XIX, las religiosas debían de haber pedido a una de sus casas madre en Europa que les enviara esa puerta. Y lo mismo podía decirse de la biblioteca prohibida; probablemente debió de añadirse en secreto después de la inauguración del convento.

La joven empuja la reja, que se abre con un interminable chirrido y muestra una gigantesca gruta circular abierta a golpe de pico. Un trabajo de titanes que debió de requerir años.

Avanza sosteniendo la lámpara en la oscuridad. Los muros están cubiertos por una sola e inmensa biblioteca de roble que rodea completamente la gruta. Pilas de manuscritos atestan los anaqueles. Parks se esfuerza en leer los títulos que emergen de la oscuridad. Tratados filosóficos antiguos sobre las fuerzas misteriosas que actúan en el universo. Obras en latín que tratan de medicina, de abortos y de alquimia. Manuscritos marcados con una estrella de cinco puntas, cuyos títulos se han raspado para ocultar su abyecto contenido. Manuales de exorcismo sobre los poderes de las tinieblas. Libros de magia, así como biblias malditas y evangelios prohibidos.

En cada estante, números romanos grabados en unos paneles de madera de boj indican los siglos en los que la Iglesia se apoderó de esos manuscritos. Un segundo sistema de clasificación, más oscuro, parece consistir en una serie de muescas practicadas en la madera debajo de cada volumen. Sin duda, un código misterioso que las recoletas tocan con la yema de los dedos para encontrar fácilmente los libros en la oscuridad y estudiarlos aunque lleven la marca infamante del Demonio. Mil quinientos años de lectura silenciosa y aterrorizada. ¿Cómo habrían podido evitar volverse locas esas desdichadas mujeres, llevando una vida de renuncia dedicada a leer semejantes horrores en las entrañas de la Tierra?

Parks advierte que los últimos estantes albergan una hilera de frascos y tarros polvorientos. Deja escapar una exclamación sofocada de terror al descubrir fetos cuyos rostros deformados y cuyas carnes deshilachadas flotan en una solución de formol y alcanfor. Bajo cada tarro, un nombre y una fecha que Marie lee a medida que emergen de la oscuridad: hermana Harriet, 13 de julio de 1891; hermana Mary Sarah, 7 de agosto de 1897; hermana Prudence, 11 de noviembre de 1913... Nombres y fechas que se suceden a modo de epitafios en esa macabra hilera de cadáveres en suspensión.

Parks observa que una tercera línea ha sido añadida bajo algunas inscripciones. Una cruz en señal de duelo y estas escuetas palabras: «Muerta al dar a luz».Vuelve atrás para contar los rótulos de tres líneas. Hay treinta en total.

Al final del último estante, Parks ve siete volúmenes colocados uno encima de otro. Coge uno al azar y sopla sobre la cubierta para quitar el polvo. Las hojas crujen entre sus dedos. Es un registro de los nacimientos que tuvieron lugar durante el período 1870-1900. Página tras página, Marie descifra las líneas que una pluma ha trazado aplicadamente con tinta roja. Nombres y fechas; correo, decenas de cartas con el sello de ricas familias inglesas o americanas, que enviaron a sus hijas al convento de Santa Cruz y dejaron a la madre superiora la tarea de enclaustrarlas a la fuerza.

> Hermana Jenny, 21 de mayo de 1892, muerta al dar a luz.
> Hermana Rebecca, 15 de enero de 1893, muerta al dar a luz.
> Hermana Margaret, 17 de septiembre de 1900, muerta al dar a luz.

—Jesús bendito...

Parks acaba de comprender quiénes son esos pequeños seres sin vida cuyo cuerpo descompuesto flota desde hace más de un siglo en formol. Abortos. Así es como las recoletas renovaban los efectivos de su orden. Jóvenes madres repudiadas por su familia, a las que esas viejas locas provocaban abortos con alfileres y pociones en el jergón de su celda y dejaban estériles antes de ponerles el hábito. Por eso las recoletas no salían nunca de su convento. Y por miedo a que descubrieran un día los restos enterrados, conservaban a su vergonzosa progenitura en la biblioteca prohibida. Una congregación de viejas locas mutiladas que mutilaban a su vez.

«Vale, Marie, ahora tienes que largarte de aquí. Si esas viejas sádicas se dan cuenta de que has dado con su museo de los horrores, encenderán una fogata y se pasarán toda la noche destrozándote con alambre y agujas de hacer punto. Después te sumergirán en formol y flotarás en las tinieblas hasta el fin de los tiempos. Mierda, Marie, ¿es eso lo que quieres?»

Parks ve una pesada mesa de monasterio que ocupa el centro de la biblioteca. Ahí es donde las recoletas estudian en silencio bajo la mirada apagada de los fetos. Página 71 del registro de los abortos correspondiente al período 1940-1960. Tarro 701. Hermana Marguerite-Marie, la recoleta asesinada, que ingresó en el convento el 16 de noviembre de 1957. ¿Cómo no volverse loca de atar cuando el cadáver de tu propio hijo te mira, con los ojos vidriosos y la boca llena de formol?

La joven se acerca a la mesa y enciende uno tras otro los doce candelabros repartidos sobre su superficie.

«Pero, en nombre de Dios, Marie, ¿se puede saber qué haces? ¡Tienes que salir de aquí ahora mismo y volver a Denver para alertar al FBI!»

A la luz de las velas, Parks ve otras obras que la anciana recoleta no ha tenido tiempo de guardar antes de morir. Se sienta en su lugar en el banco y toca la mesa allí donde las uñas de la desdichada trazaron profundos surcos a medida que descubría el espantoso secreto que acabaría significando su sentencia de muerte. Adondequiera que se dirija ahora la mirada de Marie, arañazos similares han dañado la madera, algunos recientes, otros mucho más antiguos, como si generaciones de monjas hubieran experimentado el mismo terror estudiando las obras prohibidas de la cristiandad. Parks cierra los ojos. Ahora sabe que está en peligro.

104

Parks pasa revista a las polvorientas obras en las que la recoleta hizo anotaciones unas horas antes de morir: frases ilegibles que parecen obedecer a un código complejo compuesto de jeroglíficos y de fonemas. Pasa las páginas con los dedos. En todas esas obras, la religiosa ha rodeado con un círculo palabras que se repiten sin cesar, y cada uno de esos círculos está unido a una anotación hecha en el margen. Forman un gigantesco jeroglífico de varios miles de páginas. Parks deja escapar un suspiro de desaliento. A fuerza de estudiar los manuscritos de la biblioteca prohibida, la recoleta debió de dar con un detalle que atrajo su atención y poco a poco la desvió de sus otros trabajos. Un hilo conductor, algo suficientemente inquietante para pasarse meses indagando.

A medida que hojea los manuscritos, Marie empieza a sentir la agitación que debió de invadir a la anciana mientras se acercaba a la solución del enigma. Debía de levantarse a media noche para proseguir sus investigaciones mientras sus hermanas dormían. Seguramente fue así como logró dar con el secreto que le costó la vida.

Parks se dispone a dejar la última obra cuando un puñado de hojas caen del interior y se esparcen sobre la mesa. Las recoge y las examina: son unas hojas transparentes que la recoleta ha llenado de símbolos y de figuras inacabadas. El tipo de signo que basta pegar sobre otros símbolos incompletos para poder descifrar el conjunto. Un código puzle. Colocando una hoja sobre una página escogida al azar de uno de los manuscritos, Parks descubre que los símbolos encajan a la perfección y que ahora puede leer las anotaciones de la monja. Así pues, se sumerge en las obras y enseguida se da cuenta de que las palabras alrededor de las cuales la religiosa ha trazado un círculo designan, en realidad, a un solo ser maléfico: Gaal-Ham-Gaal. Un señor negro escapado de los Infiernos, el gran mal. Todas las demás palabras lo designan a él, que ha engendrado al resto de demonios. Susurrando en la oscuridad,

Parks recita como una letanía el nombre de esos espíritus del Mal cuyo retrato ha esbozado la recoleta en el margen.

—Abbadon el destructor, el ángel exterminador del Apocalipsis, príncipe de los demonios de la séptima jerarquía y soberano del Pozo de las Almas. Adramelech el canciller de los Infiernos. Azazel, general en jefe de los ejércitos infernales. Belial, Loki, Mastema, Astaroth, Abrahel y Alrinach, los señores de los huracanes, de los terremotos y de las inundaciones.

Marie continúa pasando las páginas y colocando las hojas transparentes sobre los márgenes. Lee:

—Leviatán, Gran Almirante de los Infiernos. Magoa y Maimón, los poderosos reyes de Occidente. Samael, la serpiente que hizo caer a Eva. Alu, Mutu, Humtaba, Lamastu, Pazuzus, Hallulaya y Attuku, los siete caballeros de las tormentas que atormentaron Babilonia. Tiamat y Kingu. Set, príncipe de los demonios torturadores del antiguo Egipto. Ahriman y Asmoug para los persas, Hutgin y Ascik Bajá para los turcos, Tchen Huang y Yen-Vang para los chinos, Durga, Kali, Rakshasa y Sittim para los indios.

Termina su letanía con Huitzilopochtli, el dios Sol al que los aztecas sacrificaron millones de prisioneros arrancándoles el corazón para que su luz no se apagara. Todos ellos nombres que designan, según la monja, una sola matriz del Mal, un azote que había escapado de los Infiernos para atormentar al mundo: Gaal-Ham-Gaal.

105

Parks se frota los ojos. Sobre la mesa hay otro libro, el último, grueso y pesado como una Biblia. Lo abre por la página que la recoleta señaló con ayuda de una imagen piadosa. El principio del Génesis. El testamento del nacimiento del mundo.

—Al principio, Satán creó el Cielo y la Tierra…

Se sobresalta al oír su propia voz pronunciando esas palabras. Sus ojos vuelven al comienzo de la frase y observan una imperfección debajo del nombre de Satán. Pasa la uña del pulgar sobre las letras y nota unos grumos en el papel, como si el texto hubiera sido raspado y una mano cuidadosa hubiera escrito Satán donde ponía Dios, imitando a la perfección los caracteres originales. Junto a ese versículo fundador de las religiones del Libro, la mano de la recoleta trazó una sucesión de caracteres cuneiformes, una lengua tan antigua que solo se podía transcribir utilizando símbolos, cada uno de los cuales designaba un sonido o el instrumento que servía para crear ese sonido. La lengua del antiguo reino de Sumer, una civilización que desapareció de forma repentina y violenta más de mil quinientos años antes de Cristo.

Parks lee el título de la obra: *Relato de los Hijos de Caín, extraído de las Escuelas de Misterios*. Según las anotaciones de la religiosa, ese manuscrito se había transmitido a través de los siglos de sectas herejes a cofradíaes secretas. Posteriormente, la Iglesia se adueñó de él durante la toma de una ciudadela cátara por parte de los cruzados de Inocencio III. Los Hijos de Caín.

Las indagaciones emprendidas por la religiosa la habían llevado a remontarse hasta el año 8300 antes de Cristo, en el amanecer de la humanidad. Fue en esa época olvidada cuando, según la leyenda, la descendencia maldita de Caín encontró refugio junto a las orillas del actual mar Negro, en un lugar triste y oscuro llamado Aqueronte. Allí, excavaron el vientre de la Tierra, donde fundaron un sombrío reino en el que el sol no salía jamás.

Pero, a fuerza de excavar, los Hijos de Caín dieron con la puerta de los Abismos, que protegía la entrada al mundo de las profundidades. Fueron ellos los que liberaron a Gaal-Ham-Gaal, cuyo poder se extendió por la superficie de la Tierra.

Marie pasa varias páginas carcomidas por el tiempo. Las anotaciones de la recoleta continúan más adelante. Al ver que los demonios habían escapado de los Infiernos por las grutas del reino de Aqueronte, Dios decidió destruir su obra antes de que el Mal se apoderara de ella. Entonces hizo llover durante días. Una lluvia glacial e incesante que provocó el desbordamiento de los mares: hizo crecer las aguas del Mediterráneo y del mar de Mármara, que atravesaron el lecho del Bósforo y se vertieron en el actual mar Negro. El Diluvio de la Biblia engulló el mundo y las grutas de Aqueronte, donde se dice que los Hijos de Caín perecieron ahogados, y la puerta de los Abismos se cerró poco a poco empujada por las aguas.

Al amanecer del último día, la Tierra había desaparecido bajo las aguas de Dios y solo las montañas más altas seguían traspasando la superficie. Pero el demonio que los Hijos de Caín habían liberado de los Infiernos sobrevivió al Diluvio, y cuando las aguas retrocedieron, esa cosa se extendió por las profundidades del mundo.

Historias de viejas locas. Eso es al menos de lo que Parks intenta convencerse, hasta que descubre otras hojas que la recoleta ha archivado cuidadosamente dentro de carpetas transparentes: unos estudios científicos realizados en el siglo XX por equipos norteamericanos sobre una gigantesca inundación que al parecer se produjo en el mesolítico en la región del mar Negro. Parks lee los textos a toda velocidad.

Para los científicos norteamericanos, el cataclismo no ofrecía ninguna duda: el día que la barrera rocosa del Bósforo cedió bajo la presión del diluvio, cataratas de agua salada se vertieron bruscamente en las aguas dulces del futuro mar Negro, que en aquella época era un simple lago. Ese torrente cuatrocientas veces más potente que los saltos del Niágara hizo subir ciento treinta metros el nivel de las aguas en dos años. Cien mil kilómetros cuadrados de Tierras devastadas por el cataclismo.

Para demostrar lo que exponían, los arqueólogos habían tomado diversas muestras de las capas sedimentarias del mar Negro. A una profundidad de más de doscientos cincuenta metros, correspondiente al período que va de 7500 a 7200 antes de Cristo, los sedimentos estaban constituidos por conchas de agua dulce. Por encima de eso, hasta una profundidad correspondiente al período que va de 7000 a 6500 antes de Cristo, los sedimentos estaban constituidos exclusivamente de conchas de agua de mar. Lo que demostraba que el mar de Mármara había inundado el lago entre 7200 y 7000 antes de Cristo.

Esos mismos arqueólogos habían descubierto también paleorriberas de grava y de arcilla enterradas a una profundidad de ciento veinticinco metros. Eran las orillas del antiguo lago de agua dulce, que se desbordó para dar origen al mar Negro hacia 7600 antes de Cristo. Según los trabajos de la recoleta, fue ese año cuando los Hijos de Caín liberaron al demonio Gaal-Ham-Gaal.

Parks pasa al informe científico siguiente. Doce años más tarde, una expedición rusa descubrió una red de grutas a cien metros bajo la superficie del mar Negro. Las galerías de esas grutas parecían descender tanto hacia las profundidades de la Tierra que ningún foco consiguió penetrar su oscuridad. Enviaron robots submarinos a los que jamás volvieron a ver. También mandaron a buzos autónomos equipados con pesados cinturones de plomo y focos halógenos, convencidos de que un abismo semejante debía tener forzosamente bolsas de aire que permitirían a los exploradores tomar oxígeno. Ninguno de ellos regresó, salvo uno, que emergió a la superficie medio loco, echando sangre por la boca y con la nariz contra la ventanilla del casco. El desdichado tuvo el tiempo justo de decir que al fondo del abismo había visto una luz azulada donde evolucionaban las formas gigantescas de algunos monstruos marinos prisioneros de las profundidades. A continuación, preso de convulsiones, el submarinista murió. Parks cierra los ojos. Los arqueólogos rusos habían descubierto las grutas de Aqueronte.

106

Marie Parks masculla un taco mientras recoge la Biblia de los Hijos de Caín que acaba de caérsele de las manos. Al dejar la obra sobre la mesa, observa que varias costuras de la cubierta han cedido a causa del golpe. Introduce los dedos entre las hojas de cuero y nota los bordes irregulares de otros pergaminos que la recoleta debió de esconder ahí para que nadie los encontrara. Un escondrijo que descosía todas las noches para recuperar sus misteriosos tesoros y cosía de nuevo al amanecer utilizando hilo de oro idéntico al original.

Unas extrañas líneas rojas brillan en la superficie de los pergaminos. O más bien en el interior, como si la pluma que las había trazado hubiera conseguido llegar a la carne del papel sin dejar la menor huella en la hoja.

A medida que Parks extrae los documentos de su escondrijo, las líneas rojas se borran. Sin duda se trata de una ilusión óptica; ahora que las examina de cerca se da cuenta de que los pergaminos están vírgenes, ningún rastro de tinta resulta visible entre las resquebrajaduras del papel. Parks levanta una hasta situarla delante de la llama de una vela. La luz apenas atraviesa la trama. A juzgar por el grosor del grano, debe de tratarse de un pergamino de Perusa extraído del papel más selecto. El tipo de soporte que habitualmente se reservaba para los textos sagrados, o para los secretos que no se quería que desaparecieran debido a la acción del tiempo. Sin embargo, ese pergamino había permanecido virgen, sin ninguna huella de pluma ni un solo esbozo al carboncillo.

A fuerza de acercar la hoja a la vela, Parks nota que un ligero olor de chamuscado se pega a sus dedos. Mascullando, da la vuelta al pergamino. Ni el menor rastro de quemado. Sin embargo, está segura de que el fuego ha lamido el papel durante varios segundos. Pasa un dedo por encima y lo aparta rápidamente; en la zona donde la llama lo ha rozado, el pergamino está ardiendo.

A medida que la joven aleja el documento de la vela, sus ojos se agrandan de estupor al ver que las líneas rojas están reapareciendo. Como si la tinta utilizada para escribirlas temiera la luz, o como si hubiera sido concebida de este modo: para ser visible solo en la oscuridad.

Parks apaga las velas más cercanas y mira cómo brillan las líneas rojas. Después coloca las manos a ambos lados del documento para aumentar la oscuridad y lee en voz alta el mensaje que titila en las tinieblas:

17 de octubre del año de gracia 1307

Yo, Mahaud de Blois, superiora de las recoletas de Nuestra Señora del Cervino, comienzo el día de hoy la traducción y la copia del evangelio más infame y terrible que nos haya sido dado guardar en estos lugares santificados.

Esta obra, que según dicen fue escrita por la propia mano del Diablo, ha sido encontrada por los arqueros del rey de Francia en las fortalezas de la orden del Temple, caída en desgracia. Puesto que esos herejes no han revelado nada de los secretos de este manuscrito, me corresponde a mí explorar su funesto contenido.

Finalizada mi tarea y una vez leído lo que me sea posible sin perder la razón, esta obra maldita será conducida bajo escolta hasta la cofradía trapense de Maccagno Superiore, donde será cubierta con varias hojas de cuero antes de ser sellada mediante un cerrojo florentino envenenado, a fin de que una muerte segura fulmine a quien intente profanar su contenido.

Yo, madre Mahaud de Blois, con el consentimiento del papa Clemente y de monseñor el obispo de Aosta, tomaré después la decisión de enterrar este evangelio en las profundidades más inaccesibles de nuestra fortaleza del Cervino.

Que Dios guíe mis ojos y mis manos en esta peligrosa empresa y que, so pena de desmembramiento hasta la rotura completa de mis miembros, selle para siempre mis labios a fin de que ninguno de los sacrilegios contenidos en estas páginas llegue jamás a oídos del mundo.

Parks pasa al segundo pergamino. Se tensa al darse cuenta de que ese documento es uno de los fragmentos del evangelio que las recoletas del Cervino copiaron en la Edad Media. Un fragmento que empieza con una advertencia.

EVANGELIO DE SATÁN SOBRE LA HORRIPILANTE DESGRACIA, DE LAS LLAGAS MUERTAS Y DE LOS GRANDES CATACLISMOS.

Aquí empieza el fin,
aquí acaba el principio.
Aquí descansa el secreto del poder de Dios.
Malditos por el fuego sean los ojos
que se posen en él.

Al principio, el Abismo eterno, el Dios de los dioses, la sima de donde habían surgido todas las cosas, creó seis mil veces un millón de universos para hacer que la nada retrocediera. Luego, a esos seis mil veces un millón de universos los dotó de sistemas, de soles y de planetas, de todo y de nada, de lleno y de vacío, de luz y de tinieblas. A continuación les insufló el equilibrio supremo, según el cual una cosa solo puede existir si su no cosa coexiste con ella.

Así pues, todas las cosas salieron de la nada del Abismo eterno. Y al articularse cada cosa con su no cosa, los seis mil millones de universos entraron en armonía.

Pero, para que esas innumerables cosas engendraran a su vez las multitudes de cosas que iban a dar la vida, necesitaban un vector de equilibrio absoluto, el contrario de los contrarios, la matriz de todas las cosas y de todas las no cosas, el Bien y el Mal.

El Abismo eterno creó entonces la ultracosa, el Bien supremo, y la ultra no cosa, el Mal absoluto. A la ultracosa le dio el nombre de Dios. A la ultra no cosa le dio el nombre de Satán. Y a esos espíritus de los grandes contrarios los dotó de la voluntad de combatirse eternamente para mantener los seis mil millones de universos en equilibrio.

Luego, cuando todas las cosas se articularon por fin sin que el desequilibrio viniera nunca más a romper el equilibrio que lo sostenía, el Abismo eterno vio que eso era bueno y se cerró de nuevo. Mil siglos transcurrieron entonces en el silencio de los universos que crecían.

Llegó por desgracia un día en que, habiéndose quedado solos rigiendo esos seis mil veces un millón de universos, Dios y Satán llegaron a un grado tan elevado de conocimiento y de aburrimiento que, a despecho de lo que el Abismo eterno les había prohibido, el primero se puso a crear un universo más en su propio nombre. Un universo imperfecto que el segundo se afanó en destruir por todos los medios, para que ese universo que hacía el número seis mil veces un millón más uno no llegara a destruir el orden de todos los demás debido a la ausencia de su contrario.

> Entonces, al desarrollarse la lucha entre Dios y Satán solo en el interior de ese universo que el Abismo eterno no había previsto, el equilibrio de los demás universos empezó a romperse.

107

Un crujido de papel. Parks pasa al último pergamino escrito con tinta luminiscente. Un fragmento de la génesis del mundo. Como si quienes habían redactado ese evangelio hubieran seguido el hilo de la Biblia oficial contando lo que había pasado de verdad.

> El primer día, cuando Dios creó el cielo y la Tierra, así como el sol para iluminar su universo, Satán creó el vacío entre la Tierra y las estrellas y sumió al mundo en las tinieblas. El segundo día, cuando Dios creó los mares y los ríos, Satán les dio el poder de alzarse para engullir la creación de Dios.
>
> El tercer día, cuando Dios creó los árboles y los bosques, Satán creó el viento para abatirlos, y cuando Dios creó las plantas que curan y que calman, Satán creó otras, venenosas y provistas de pinchos.
>
> El cuarto día, Dios creó el pájaro y Satán creó la serpiente. Después, Dios creó la abeja y Satán la avispa. Y por cada especie que Dios creó, Satán creó un predador para aniquilar esa especie. Después, cuando Dios repartió a sus animales por la superficie del cielo y de la Tierra para que se multiplicaran, Satán dotó de garras y de dientes a sus criaturas y les ordenó matar a los animales de Dios.
>
> El sexto día, cuando Dios decidió que su universo estaba preparado para engendrar la vida, creó dos espíritus a imagen y semejanza del suyo a los que llamó hombre y mujer.
>
> En respuesta a este crimen de los crímenes contra el orden del universo, Satán lanzó un maleficio contra esas almas inmortales. Después sembró la duda y la desesperación en su corazón y, robando a Dios el destino de su creación, condenó a muerte a la humanidad que iba a nacer de su unión.

Entonces, comprendiendo que la lucha contra su contrario era vana, el séptimo día Dios entregó los hombres a los animales de la Tierra para que los animales los devoraran. Luego, tras haber encerrado a Satán en las profundidades de ese universo caótico que el Abismo eterno no había previsto, dio la espalda a su creación y Satán se quedó solo para atormentar a los hombres.

Evangelio de Satán.
El encierro de Gaal-Ham-Gaal.
Sexto oráculo del Libro de los Maleficios.

Mientras relee las dos últimas frases del pergamino, el frío de la biblioteca empieza a hacer tiritar a Parks. El demonio Gaal-Ham-Gaal, ese señor de los Infiernos que los Hijos de Caín habían dejado escapar de las profundidades del mundo, ese ser invencible igual que Dios, era Satanás.

108

Parks guarda los pergaminos escritos con tinta luminiscente donde estaban y reanuda la lectura del relato de los Hijos de Caín. Una vez liberado Gaal-Ham-Gaal de sus cadenas, su espíritu maléfico se extendió por el mundo para atormentar a los hombres. Parks sigue las huellas del demonio en las civilizaciones más remotas, donde su paso en forma de grandes cataclismos y de epidemias mortíferas dejó cicatrices indelebles en la memoria de los hombres. Desde Australia, donde se encontraron representaciones de Gaal-Ham-Gaal en las paredes de las cavernas, hasta las grandes llanuras de Norteamérica, pasando por África y los altiplanos de la cordillera de los Andes, expediciones arqueológicas desenterraron otros vestigios de esos cataclismos que habían sacudido las primeras edades de la humanidad: maremotos, terremotos y erupciones volcánicas. Y una especie de lepra de los árboles que, como una grave y extraña enfermedad, envenenaba los bosques y mataba a los hombres.

Así, poco a poco, el negro demonio de mil nombres devastó la memoria de los hombres, y dejó en las religiones y en las mentes una huella todavía más profunda que la de Dios. Hasta que, cansado de sus manejos, Dios decidió arrojar de nuevo a Gaal-Ham-Gaal a los abismos.

Varios siglos transcurrieron entonces sin que nadie oyera hablar de él. De modo que, poco a poco, la huella que había dejado en las religiones empezó a borrarse, al igual que el recuerdo del terror que había hecho nacer en el corazón de los hombres.

Según las investigaciones llevadas a cabo por la recoleta, Gaal-Ham-Gaal fue liberado de nuevo durante el reinado del faraón Tutmosis III, el creador de las Escuelas de Misterios que reunían en secreto a todos los científicos, filósofos y alquimistas de Egipto y del mundo griego. Tutmosis III los congregó en una sala oscura de la gran pirámide de Saqqara para invocar a las fuerzas invisibles a fin de que les revelaran los secretos del universo. No eligió la pirámide de Saqqara al azar: según las creencias más antiguas, ese edificio simbolizaba la colina primordial a partir de la cual el gran dios egipcio Atón había creado el universo. Además, según los cálculos astrales del sumo sacerdote Imhotep, que había erigido la pirámide, Saqqara se encontraba en el centro exacto de la obra creadora del dios Atón, de la que constituía los cimientos. Por ello, la pirámide de Imhotep era la puerta secreta entre lo visible y lo invisible. Un paso que unía dos dimensiones que en ningún caso debían coexistir, a riesgo de desencadenar el caos destructor de los mundos.

Esa puerta era la que los discípulos de Tutmosis III vieron aparecer en la base subterránea de la pirámide a medida que sus encantamientos aumentaban las tinieblas. Así se volvió a abrir el paso a los Infiernos, con el resultado de liberar a Gaal-Ham-Gaal, que devastó Egipto provocando el desbordamiento del Nilo durante más de un año y haciendo llover miríadas de escorpiones sobre los campos inundados.

Parks recorre febrilmente las últimas anotaciones de la recoleta, en las que relacionaba el relato de los Hijos de Caín con lo que sabía del evangelio de Satán. Según ella, Gaal-Ham-Gaal se manifestó por última vez a principios de nuestra era, cuando su hijo ocupó el lugar de Jesucristo en la cruz: Jesús, el hijo de Dios, y Janus, el hijo de Satanás. Este relato de los Hijos de Caín era el que había permanecido durante siglos, pasando de cofradíaes secretas a sectas satánicas, y el culto de Janus y de Gaal-Ham-Gaal había alimentado el fuego de las grandes herejías que sacudirían la cristiandad. Una historia por la que una noche de enero de 1348 asesinaron a las recoletas del Cervino, una pista de setecientos años de antigüedad cuyo rastro se perdía a través de los Alpes hasta llegar a la oscura fortaleza de los Dolomitas, donde el evangelio de Satán había salido de la memoria de los hombres.

En una delgada carpeta de piel, la joven encuentra una serie de dibujos al carboncillo y de grabados de la Edad Media, ejecutados por notarios de la Inquisición durante oscuros procesos a puerta cerrada en los que se juzgaba a asesinos de religiosas.

El primer grabado databa de 1412 y correspondía al proceso de un monje errante que había sido capturado en Calabria después de que hubiera asesinado a la congregación de recoletas de Cervione. El segundo databa de 1511, año de la matanza de la congregación de recoletas de Zaragoza, en España. En 1591, otra matanza, la de la congregación de recoletas de Santo Domingo, expediente instruido por la Inquisición española. En todos los casos, el criminal había sido condenado a las peores sevicias y a una muerte horrorosamente lenta: lo habían enrodado, desmembrado, colgado y carbonizado en aceite hirviendo. Después le habían cortado la cabeza para que no pudiera encontrar la salida de la tumba. En todos los casos, los mismos crímenes se habían repetido unos años más tarde en otra parte del mundo.

Con ayuda de una lupa, Parks compara los rasgos de los condenados tal como habían sido inmortalizados por los notarios de la Inquisición durante el pronunciamiento de la sentencia. Ve siempre el mismo rostro: el de Caleb.

109

Absorta en la lectura, a Parks se le ha pasado el tiempo sin darse cuenta. Cuando alza los ojos, constata que las velas están medio consumidas y que anchas espirales de cera se han solidificado sobre los brazos de los candelabros. Consulta su reloj: las cuatro y media. Tiene que darse prisa si no quiere que la pillen las monjas.

Cierra el relato de los Hijos de Caín y lo coloca en su sitio en los estantes de la biblioteca. Una nube de vapor blanco escapa de entre sus labios. La temperatura ha bajado bruscamente. Parks observa que una delgada película de escarcha cubre ahora los manuscritos. Oye un sollozo en las tinieblas. Marie se vuelve y ve una forma sentada en el lugar que ella ocupaba hacía unos instantes.

La anciana recoleta asesinada toca las marcas que sus uñas han dejado en la madera. Parks acerca una mano trémula a la culata de su arma mientras contempla a la desdichada, que susurra palabras incomprensibles entre sollozo y sollozo. Desenfunda el arma y la mantiene pegada al muslo. La anciana levanta lentamente la cabeza. Su cara es un amasijo de carne negruzca, pero Parks percibe tanta tristeza y dolor en sus ojos muertos que su miedo desaparece de golpe. Va a abrir la boca cuando la mirada de la religiosa se congela y una voz cascada y gorgoteante surge de entre sus labios.

—¿Puede verme?

Marie dice que sí con la cabeza. La recoleta cierra los ojos:

—¿Qué va a hacer ahora?

—Voy a avisar a las autoridades.

—No le dará tiempo, hija.

—¿Cómo dice?

Marie se sobresalta. A lo lejos, por encima de ella, acaba de oírse un ruido en las tinieblas. La trampilla de la biblioteca. Parks empieza a temblar de pies a cabeza al oír la risa demente que escapa de los labios de la recoleta.

—Ya viene.

Marie levanta el arma hacia el techo.

—¿Quién viene?

—Deje de luchar, hija. Vacíe esa arma en su boca y déjeme que la lleve conmigo al Infierno. Porque contra el que viene no puede hacer nada.

Unos pasos lejanos resuenan en el silencio; alguien ha empezado a bajar la escalera que conduce a la biblioteca prohibida. Desplazándose como un gato, Parks dirige el cañón de su arma hacia los pasos que se acercan.

—¡En nombre de Dios, hermana, dígame quién viene!

La joven se vuelve hacia la mesa. La religiosa ha desaparecido. Al oír que la reja chirría al girar sobre sus goznes, se agacha en la oscuridad y apunta con el arma hacia la entrada de la gruta.

Cuando la cosa entra en la biblioteca, su enorme sombra hace oscilar la llama de las velas. Lleva un sayal negro y sandalias. Su rostro desaparece totalmente bajo una capucha de monje. Sus ojos parecen brillar mientras inspeccionan los estantes. Parks se tapa la boca con una mano. «Dios mío, es imposible...»

El monje avanza lentamente por la biblioteca rozando con los dedos el canto de los manuscritos. Se detiene. Ha encontrado lo que buscaba. Retira de un estante un grueso volumen y lo deja sobre la mesa. A la luz trémula de las velas, Parks ve que descose la encuadernación de la obra y saca un sobre. Esforzándose en contener la respiración, se pregunta cuántos documentos secretos han escondido de ese modo las recoletas a lo largo de los siglos. Sin duda, miles.

El monje rasga el sobre, saca una hoja y empieza a descifrarla a la luz de las velas. Luego levanta la cabeza; sus ojos brillantes escrutan las tinieblas. Parks se pone rígida. La cosa acaba de detectar su presencia. Entonces coloca el dedo en el gatillo del arma y sale de la oscuridad.

El monje ni siquiera se sobresalta al ver el arma apuntándole. Tras haber centrado en el visor el espacio invisible que adivina entre los ojos brillantes del asesino, la joven ve que el monje levanta lentamente los brazos como si se dispusiera a rezar.

—Dame ese placer, cabrón, vuelve a mover las manos sin que te lo haya pedido y te disparo a bocajarro.

Un resoplido. Una respiración ronca.

—Esa arma no le sería de ninguna utilidad si yo fuera realmente quien cree que soy.

Esa voz... Marie nota que sus manos se humedecen contra la culata de la automática.

—¿Quién es usted?

El hombre se echa lentamente hacia atrás la capucha para dejar al descubierto un rostro extenuado y sonriente. El dedo de Parks se relaja sobre el gatillo.

—Soy el padre Alfonso Carzo, exorcista de la Congregación de los Milagros del Vaticano. Vengo de Manaus y estoy aquí para ayudarla, agente especial Marie Parks.

—¿Cómo sabe quién soy?

—Sé muchas cosas de usted, Marie. Sé que tiene el don de ver cosas que los demás no ven. Sé que ha descubierto un secreto que no debería haber descubierto jamás. Y sé que ahora corre un gran peligro.

—¿Sería mucho pedir que me enseñara lo que acaba de coger de la biblioteca?

—Una lista de citas griegas y latinas. Un documento que nos será de gran utilidad en nuestra investigación.

—¿Nuestra investigación?

—Responderé a todas sus preguntas más tarde, Marie. Porque ahora tenemos que darnos prisa.

Parks se dispone a añadir algo cuando, amortiguadas por el grosor de la roca, las campanas del convento empiezan a sonar de repente. El semblante del padre Carzo se crispa.

—¿Qué es eso, padre? ¿El primer oficio del amanecer?

—No, es otra cosa.

El exorcista alza los ojos hacia el techo y escucha las notas que llegan hasta ellos.

—Cielo santo, están tocando a rebato.

—¿Cómo dice?

—Es una señal de alarma.

Un ruido lejano por encima de ellos. La trampilla de la biblioteca se abre. Pasos. Algo baja la escalera. Parks nota que el sacerdote la agarra del brazo con una fuerza sorprendente.

—Sígame si quiere seguir con vida.

Entonces, mientras el sacerdote la arrastra por un pasadizo escondido detrás de la biblioteca, Parks comprende por fin qué está ocurriendo: ese bullicio y esas voces proceden de la jauría de monjas, que bajan la escalera profiriendo aullidos de odio.

110

Marie corre lo más deprisa que puede por los sótanos. Resbala varias veces sobre el suelo mojado y sigue en pie solo gracias a la mano del sacerdote, que le sujeta el brazo. Han recorrido más de cuatrocientos metros entre tinieblas y ahora la joven está convencida de que las religiosas han renunciado a perseguirlos. Sin aliento, trata de ir más despacio dejándose tirar del brazo, pero el padre Carzo la obliga a mantener el mismo ritmo.

—No se le ocurra detenerse.

En ese momento, Parks oye un lejano chasquido de sandalias. El sacerdote aumenta la velocidad.

—¡Corra! ¡Corra tan deprisa como pueda!

Aguzando el oído a través de los silbidos de su respiración, Parks capta el rumor que acompaña el ruido de las sandalias. Gritos y gruñidos. Las recoletas se acercan. ¿Cómo pueden unas viejas religiosas correr tan deprisa? «No corren. Galopan.»

La voz de Carzo retumba de nuevo en las tinieblas.

—¡No, Marie! ¡No se le ocurra volverse!

Demasiado tarde. Como una niña perseguida por un monstruo, no ha podido evitarlo. Y lo que ve está a punto de dejarla paralizada. Antorchas. Viejas cosas con cuerpos retorcidos galopando a cuatro patas a una velocidad inaudita y profiriendo gruñidos de animal. A la cabeza de esa jauría, la madre Abigail salta profiriendo ladridos de cólera. Esa visión arranca a Marie un sollozo de terror.

Distingue una luz gris a lo lejos. El corazón se le acelera. La salida del sótano se recorta en la blancura del amanecer. Entonces echa a correr lo más deprisa que puede concentrándose para no oír los aullidos de las recoletas que se acercan. Pero las cosas que galopan por el sótano callan de golpe. Sus sandalias continúan restallando, pero ellas ya no ladran, reservan el aliento para dar alcance a sus presas antes de la salida del túnel.

Abigail ha acelerado de pronto y se ha despegado de la jauría. Parks oye cómo entrechocan sus mandíbulas unos metros detrás de ella. Entonces, como una niña extenuada, siente que las fuerzas la abandonan. Tiene ganas de dejar de correr y arrodillarse en el suelo. El padre Carzo la obliga a continuar.

—Aguante, Marie, ya casi hemos llegado.

La salida está a treinta metros escasos. La joven ya no siente la mordedura de los calambres que agarrotan sus piernas ni el ácido que satura sus músculos. Corre pisando los talones al sacerdote y respirando por la boca como una velocista.

A medida que las tinieblas se aclaran, los gruñidos de la madre superiora se transforman en aullidos de rabia y luego en chillidos de terror. Los restallidos de las sandalias se espacian y dejan paso a un clamor cuyo eco llena el sótano mientras Parks y el padre Carzo salen por fin al aire libre.

El alba tiñe de rojo las montañas cargadas de nieve. La tormenta ha pasado. Ladridos rabiosos y gritos de dolor resuenan en el túnel. Mientras, hundiendo las botas en la nieve, baja con el sacerdote la pendiente que conduce al aparcamiento, Parks tiene la impresión de que las recoletas están devorándose las unas a las otras.

Séptima parte

111

Interestatal 70. Con la frente apoyada en la ventanilla de la limusina del FBI, Marie Parks contempla las Rocosas; sus cumbres nevadas bañan el crepúsculo. Sentados en la parte de atrás, Crossman y el padre Carzo escuchan el chisporroteo que escupen los altavoces.

Al amanecer, después de haber conseguido escapar de las recoletas, Parks y Carzo caminaron por la nieve hasta Holy Cross City, desde donde se pusieron en contacto por radio con las oficinas del FBI en Denver. Crossman ya estaba allí. Los rescataron y luego, a última hora de la tarde, enviaron un equipo en helicóptero al convento. Esa operación es la que la joven y el sacerdote están siguiendo en directo a través de la radio. El zumbido de los helicópteros posándose. Unas órdenes suenan en los auriculares. Las botas crujen en la nieve mientras los agentes de élite del FBI rodean el convento. Dentro del habitáculo se oye la voz del jefe de sección.

—Azul, aquí Azul 2. Efectivo desplegado.

Con la frente apoyada en la ventanilla, Marie oye que Crossman pulsa el botón de su walkie-talkie.

—Aquí Azul. Adelante.

Una explosión. Un crujido. Los federales acaban de volar el portón con ayuda de cargas huecas. Susurros, ruido de pasos. Las respiraciones silban en los micros. Mientras un equipo pasa por el sótano que conduce a la biblioteca, el grueso del destacamento sube los escalones del convento de cuatro en cuatro.

Parks se guía por el ruido de las suelas para calcular el avance del equipo. Acaban de dejar atrás el primer tramo de la escalera y ahora corren por el rellano en el que se alinean los calabozos donde la cosa había intentado estrangularla. Parks cierra los ojos. En el asiento trasero, Crossman y Carzo escuchan. El ruido de pisadas se ha reanudado. El equipo ataca la segunda parte del ascenso.

—¿… de esa jodida escalera, Parks?

Marie se sobresalta al oír la voz glacial del director del FBI.

—¿Cómo?

—Le pregunto qué hay al final de esa jodida escalera que no se acaba nunca.

—Un jodido claustro.

Parks contempla fijamente las cumbres nevadas que desfilan al otro lado de la ventanilla. No quiere dejar de mirarlas. Si lo hace, se expone a dejarse aspirar por los ruidos que escapan de los altavoces. Sonidos que llenan sus oídos y que pueden desencadenar en cualquier momento una visión que volvería a llevarla allí. Lo que sea menos eso. Oye que Crossman pulsa otra vez el botón de su emisor.

—Aquí Azul. Según mis informaciones, la escalera va a parar a un claustro.

Los agentes han subido ya todos los peldaños. El ruido del viento. De nuevo, la voz del jefe del equipo:

—¿Y después?

Crossman suelta el botón del walkie-talkie.

—¿Y después, Parks?

—Hay un Cristo de bronce, un porche y un largo pasillo. La escalera lleva a las celdas de las monjas, pero ahí no las encontrarán.

—Entonces…

—Tienen que bajar directamente a la biblioteca y reunirse con el otro equipo.

Crossman transmite esa información al equipo de la escalera y luego establece contacto con el jefe del destacamento que avanza por los sótanos.

—Azul 3, aquí Azul. Informe contacto.

Chisporroteo. Se oye el susurro del agente especial Woomak.

—Aquí Azul 3. Hemos recorrido cuatrocientos metros por el interior del túnel. Contacto negativo.

—Maldita sea, Woomak —le tiembla la voz—. ¿Qué pasa?

—Tendría que ver esto, jefe.

—¿El qué, Woomak?

—La sangre, jefe. Dios mío, hay tanta sangre que parece que estemos en un matadero...

El otro equipo acaba de llegar a la biblioteca del convento.

—Azul, aquí Azul 2. Una trampilla abierta en el suelo de la biblioteca. Una escalera.

Irritado, Crossman suelta el botón del emisor.

—Mierda, Parks, ¿qué es esa otra escalera?

—Es el pasadizo que lleva al Infierno.

—¿Está de coña o de verdad quiere que les diga eso?

—Así es como llaman las recoletas a su biblioteca prohibida.

Crossman levanta de nuevo el walkie-talkie.

—Azul 2, aquí Azul. Bajen por la escalera y reúnanse con el equipo de Woomak. Dense prisa, no hay tiempo que perder.

—Recibido, Azul.

Se oyen los pasos de los agentes bajando la escalera. Chisporroteo. La voz de Woomak llega de nuevo desde los sótanos:

—Jesús bendito...

—¡Cojones, Woomak, dígame qué ve!

Marie contempla las cimas. La visión se acerca. El resplandor ya se atenúa. Ya nota bajo los dedos que el plástico de la portezuela se transforma en algo más duro y rugoso, como piedra. Sus ojos se cierran.

Flash.

La oscuridad. Woomak acaba de entrar en la biblioteca prohibida. Parks gime. Detrás de él, varios agentes se quitan el verdugo de protección y vomitan contra las paredes de la gruta. Voz mascullante de Woomak:

—Azul, aquí Azul 3. Contacto positivo. Las recoletas están aquí, jefe.

—¿Y qué?

La reja chirría sobre sus goznes. El otro equipo acaba de llegar al Infierno. Marie abre los ojos y aprieta los puños con todas sus fuerzas para rechazar la visión. Se tapa los oídos para no oír la voz de Woomak. Las imágenes de los cadáveres atrozmente mutilados se descomponen. Se obliga a mirar las cumbres nevadas que desfilan al otro lado de la ventanilla.

112

Los chisporroteos han cesado, y ahora la limusina del FBI circula en silencio por la Interestatal 70. Un cartel indica que el aeropuerto de Denver se encuentra a veinte kilómetros. Parks echa un vistazo al retrovisor interior. Crossman, con las facciones tensas y la mirada perdida, no ha despegado los labios desde que la comunicación con el convento de Denver se ha interrumpido. El timbre del teléfono rompe el silencio. Crossman descuelga, pero no pronuncia una sola palabra. Después cuelga y carraspea para aclararse la voz:

—Una decena de especialistas están en el convento para recoger lo que queda de los cuerpos y tratar de comprender lo que ha ocurrido. Ya han encontrado el equivalente de catorce cadáveres. Y digo el equivalente, padre, porque mis hombres no consiguen reconstruir cadáveres enteros. Tienen fragmentos de brazos, manos, dedos y jodidos trozos de piernas despedazadas, pero no logran averiguar a qué cuerpos pertenecen esos pedazos de carne. Así que me perdonará si le hago una pregunta directa: ¿qué coño ha ocurrido ahí arriba?

Un silencio. El padre Carzo clava la mirada en la del director del FBI.

—Señor Crossman, ¿cree en Dios?

—Solo los domingos. ¿Por qué?

—Porque están actuando fuerzas que superan nuestro entendimiento cuando intentamos explicarlas mediante la razón.

Una sonrisa glacial curva los labios de Crossman, que saca un sobre del bolsillo y lo deja sobre la mesita abatible del sacerdote.

—Muy bien, padre, puesto que quiere jugar, aquí tiene los dos billetes de primera que me pidió que reservara con destino a Ginebra. A las seis de la tarde despega de Stapleton un vuelo de Lufthansa. Lo que le deja el tiempo justo para convencerme de que le permita marcharse con mi agente. Pasado ese plazo, o bien embarca tranquilamente en ese avión, o bien lo empapelo por obstrucción a una investigación federal.

Un silencio. Voz de Carzo:

—Asistimos desde hace varios meses a un recrudecimiento espectacular de los casos de posesiones satánicas, lo que nos hace temer que una de las profecías más antiguas de la cristiandad está a punto de realizarse.

—Si se refiere al regreso de Satanás, puedo darle su dirección: trabaja en Wall Street y surfea todos los veranos en California.

—No bromee con estas cosas, señor Crossman. La Bestia existe y sus agentes acaban de comprobarlo. Pero Satanás puede adoptar muchos rostros y, como a Dios, le gusta utilizar a los hombres para conseguir sus fines.

—¿Esa profecía está relacionada con el evangelio ese que la Iglesia perdió en la Edad Media?

—Sabemos que una cofradía secreta de cardenales se ha infiltrado en el Vaticano. Esa logia se hace llamar el Humo Negro de Satán. El evangelio les pertenece y harán lo imposible por recuperarlo.

—¿Qué hay en ese manuscrito?

—Una mentira. Algo que los papas ocultan desde hace siglos y que la cofradía del Humo Negro intenta sacar a la luz para destruir la cristiandad. Son fanáticos, cardenales satanistas. El poder no les interesa. Solo los motiva el caos. Creemos que tratarán de aprovechar el concilio para tomar el control de la Iglesia.

—¿Puede darme algún nombre?

—¿Me jura que esta información no saldrá de esta limusina?

—¿Está de broma? ¿Acaso cree que tengo derecho a quedarme algo semejante para mí? En todo caso, le garantizo que esa información nunca se hará pública.

Carzo saca del bolsillo de su sotana el sobre que contiene el código templario. Tras un instante de duda, se lo tiende a Crossman. El director del FBI desdobla la hoja y la recorre con los ojos durante unos segundos. Después mira las fotos antes de dirigir una mirada interrogativa al sacerdote.

—Ese mensaje es de hace una semana. Procede de un cardenal infiltrado por el Vaticano en el seno de la cofradía del Humo Negro. Utiliza un código cifrado a base de símbolos geométricos.

—¿Y...?

—En ese mensaje, el cardenal en cuestión habla del accidente que se produjo durante el vuelo 7890 de Cathay Pacific.

—¿El Baltimore-Roma?

—Sí. Da también el nombre de un periódico escocés, el *Edinburgh Evening News*. Es el periódico que está leyendo el anciano de la foto. La edición es la del día siguiente al del accidente.

—No le sigo.

—El lugar donde se hicieron esas fotos se llama Fenimore Harbour Castle, un pequeño *cottage* situado en el extremo norte de Escocia. Según nuestras informaciones, es ahí donde se celebró la última reunión de la cofradía del Humo Negro antes del concilio. El día siguiente del accidente.

—Continúo sin seguirle.

—Sí me sigue, señor Crossman.

Los dedos del director teclean en el ordenador portátil que acaba de abrir. Se conecta con la base de datos del FBI y pide la lista de pasajeros fallecidos en el accidente. Alza de nuevo los ojos hacia Carzo.

—¿Está de broma?

—¿Tengo cara de estarlo?

—¿Está diciéndome que ese Humo Negro se ha permitido el

lujo de cometer un atentado en pleno vuelo para suprimir a unos cardenales que iban al concilio?

—No eran unos cardenales cualesquiera, señor Crossman. Los que fallecieron en ese accidente eran la flor y nata del Vaticano. Fieles del Papa, y créame, no hay muchos. Pero ha sido sobre todo la presencia del cardenal Miguel Luis Centenario lo que me ha llamado la atención, en la medida en que gozaba del favor de los miembros del cónclave y por ello se le veía como posible sucesor del Papa.

—Lo que significa que la cofradía del Humo Negro habría organizado ese atentado para librarse del único aspirante al trono de san Pedro con posibilidades de ser elegido, ¿no?

—Y que el candidato de la cofradía es ahora el único que entrará en liza en caso de que haya cónclave.

Un silencio.

—Y el anciano de la foto, ¿quién es?

—El cardenal camarlengo Campini.

—¿El hombre que tiene plenos poderes en el Vaticano cuando muere el Papa? ¿Se da cuenta de lo que eso significa?

—Tendría que fallecer Su Santidad y quedar la Santa Sede vacante.

—En tal caso, padre, lamento anunciarle que el Papa murió ayer a mediodía, hora de Roma. Si su historia de la cofradía es cierta y efectivamente hicieron estallar el avión de Cathay Pacific que transportaba a su posible sucesor, eso significa que el Humo Negro tiene ahora las manos libres para elegir a uno de sus miembros como cabeza de la Iglesia. Y como los cardenales de la cristiandad ya están reunidos para el concilio, organizar el cónclave será un simple formalismo.

Mientras Carzo cierra los ojos para luchar contra el vértigo, Crossman descuelga el teléfono sin pensárselo dos veces. Varias señales se suceden. Una voz contesta por fin.

—Cuartel general de Langley, dígame.

—Soy Stuart Crossman. Póngame con el director de la CIA.

—El señor Woodward está pescando en Arizona.

—¿Cómo?

—Es su día de descanso, señor Crossman.

—Entonces dígale que tire la caña al agua y vuelva lo más deprisa posible. Tenemos un problema.

—No cuelgue, voy a pasar la llamada a su móvil.

Un chisporroteo. La voz lejana de Stanley Woodward:

—Hola, Stuart, ¿qué pasa?

—Tenemos un código H encima.

—¿Una alerta de golpe de Estado? ¿Dónde? ¿En África? ¿En Sudamérica?

—En Roma, en la Ciudad del Vaticano.

Un silencio.

—¿Te estás quedando conmigo?

—Vuelve ahora mismo, Stan. Es urgente.

113

Ciudad del Vaticano.
Una de la madrugada

Monseñor Ricardo Ballestra se despierta sobresaltado y se incorpora en la cama. Acaba de soñar que una plaga mortal se extendía por el mundo y diezmaba ciudades enteras. Una pesadilla tan horrorosa que el clérigo tiene la impresión de que continúa en la realidad.

Tal como su cardiólogo le ha aconsejado, el prelado inspira despacio por la nariz para que disminuya la presión en sus arterias. Jirones de pesadilla se agarran a su memoria.

La plaga afectaba primero a las aves migratorias, miles de cigüeñas y de gansos cenizos que habían partido de África para infectar las regiones templadas. Algunas sucumbían durante el viaje, fulminadas sobre los océanos por el mal que transportaban. Otras se asfixiaban en las gigantescas redes aéreas que las autoridades del hemisferio norte habían tendido para frenar la invasión. Pero el grueso de ese ejército llegaba a las costas y la plaga se propagaba rápidamente por los campos y las ciudades.

Los hospitales quedaban desbordados enseguida y era preciso delimitar con urgencia zonas de cuarentena para contener la epidemia. Luego debían recurrir al ejército para rodear las ciudades y disparar contra los fugitivos que intentaban cruzar las barreras. Los últimos días de la gran desgracia incluso se veía aviones de caza que lanzaban misiles y bombas de carburante sólido sobre París, Nueva York y Londres, a fin de arrasar los barrios diezmados por el mal. Se afirmaba también que los gobiernos asiáticos habían hecho evacuar sus capitales antes de borrarlas del mapa mediante cargas nucleares. Después, todo se paralizaba; de repente, un silencio mortal se abatía sobre el mundo.

Ballestra recuerda que al final del sueño Roma no era más que un gigantesco osario silencioso sobre el que planeaban miles de dardabasíes. La plaza de San Pedro y las cúpulas de la basílica estaban cubiertas de excrementos; las avenidas de la Ciudad Eterna, repletas de cadáveres putrefactos. En ese momento era cuando la Bestia había aparecido: un monje acompañado de una bandada de cuervos, que recorría la via della Conciliazione en dirección al palacio pontificio.

Monseñor Ballestra miró desde las ventanas de su despacho cómo se acercaba. Cuando la Bestia traspasó las cadenas que protegían la santa plaza, un viento glacial azotó el Vaticano y el prelado vio cómo se desbordaban a lo lejos las aguas del Tíber. Aguas rojas y pegajosas que convergían hacia la basílica, introduciéndose entre las columnas y cubriendo los adoquines. Como si la ciudad entera hubiera empezado a sangrar. Luego, el monje se detuvo en el centro de la plaza y las campanas de San Pedro empezaron a tañer.

Ballestra mira el despertador: la 1.02. Hace un poco menos de trece horas que Su Santidad fue hallado muerto en su lecho, con los ojos abiertos. Un día tristísimo que sin duda explica la pesadilla que acaba de tener.

Aspirando grandes bocanadas de aire para expulsar el terror que todavía atenaza su garganta, Ballestra recuerda la agitación que se produjo en el Vaticano al sonar el ángelus de mediodía. Poco a poco, el murmullo de los prelados y el frufrú de las sotanas llenó el silencio de mármol que reinaba habitualmente sobre la ciudad. Se vieron hábitos que cruzaban la plaza en todos los sentidos para difundir discretamente la noticia. Tan solo los iniciados comprendieron qué pasaba. Los periodistas, encerrados en la sala de prensa, escuchaban cómo el cardenal Camano les contaba sandeces acerca de ectoplasmas y manifestaciones paranormales, pero ellos no habían visto ni oído nada. Hizo falta que la multitud romana empezara a congregarse en la plaza de San Pedro para que los télex empezaran a ponerse en marcha en las agencias de prensa del mundo entero.

Monseñor Ballestra se incorporó a la fila de prelados que recorría los pasillos del palacio apostólico para rendir homenaje al difunto. Al besar la frente del muerto, le sorprendió la tibieza de su piel. Seguramente se debía a la calefacción que habían encendido y que retrasaba la aparición de la rigidez cadavérica. Luego, cuando iba a incorporarse, notó que un soplo de aire le rozaba el cuello a la altura de los labios del muerto, inmóviles y entreabiertos. Contempló un momento la boca del difunto en espera de una señal que no se produjo. Sin duda había sido una corriente de aire. Sin embargo, aunque Su Santidad parecía efectivamente muerto, Ballestra tenía la impresión de que su envoltorio no estaba… vacío. Los últimos segundos de la presencia del alma. Ese contraste sutil entre los cuerpos que acaban de morir y los cadáveres que se enTierran. Eso es lo que Ballestra había sentido al besar la frente del anciano. Como si el Papa estuviera todavía vivo. O más bien como si no consiguiera morir.

Mientras se incorporaba lentamente, observó que una extraña capa de ceniza cubría las ventanas de la nariz de Su Santidad. La misma que la que se utiliza para trazar la señal de la cruz en la frente de los fieles cuando empieza la cuaresma. Luego, al notar que la mano del camarlengo se cerraba sobre su hombro, Ballestra se alejó preguntándose si lo que había visto no había sido fruto de su imaginación. Salió de los aposentos del Papa en el momento en que los embalsamadores llegaban. Iban a vaciar a Su Santidad antes de exponer sus restos sobre un catafalco de terciopelo instalado en el centro de la basílica. Porque, lo quisiera Ballestra o no, el Papa había muerto y otra página del gran libro de la Iglesia estaba pasando. Una página sombría en esas horas en que las fuerzas del Mal estaban desatándose.

En todo eso es en lo que el prelado piensa mientras intenta borrar los restos de su pesadilla. Se dispone a tumbarse de nuevo para arañar unas horas de sueño cuando un timbre desgarra el silencio. Ballestra busca a tientas el teléfono sobre la mesilla de noche y descuelga.

—Prefectura de los Archivos del Vaticano, monseñor Ballestra al aparato —masculla.

Un chisporroteo. Una voz entrecortada y lejana.

—Monseñor, soy el padre Alfonso Carzo.

114

Monseñor Ballestra enciende la lámpara de la mesilla de noche y se pone las gafas.

—Alfonso, ¿dónde demonios te habías metido? El cardenal Camano está buscándote por todas partes. Estábamos preocupadísimos.

—Le llamo desde el aeropuerto internacional de Denver. Voy a tomar un avión que despega ahora mismo hacia Europa.

—La Santa Sede está vacante, Alfonso. Su Santidad nos dejó ayer al término de una breve agonía.

—Estoy al corriente y es una noticia todavía peor de lo que usted puede imaginar.

—¿Cómo podría ser peor?

—Escúcheme atentamente, monseñor. Han asesinado a los jesuitas de Manaus. Justo antes de morir, su superior tuvo tiempo de revelarme la existencia de una conspiración en el seno del Vaticano. Una cofradía secreta que al parecer se hace llamar el Humo Negro de Satán.

Silencio de Ballestra.

—Es una historia muy antigua, Alfonso. Y no creo que sea el momento de resucitarla.

—Yo creo, por el contrario, que no puede haber un momento más oportuno, monseñor. Pero primero necesito que abra los archivos secretos de los papas. Necesito saber sin falta lo que las recoletas de la Edad Media descubrieron justo antes de la matanza de su comunidad del Cervino.

—Alfonso, esos archivos son absolutamente secretos, tanto como las revelaciones de la Virgen o los siete sellos del fin de los tiempos. Nadie puede acceder a ellos, salvo Su Santidad. Y de todas formas, nadie sabe dónde están.

—En la Cámara de los Misterios, monseñor, es ahí donde hay que buscar.

—Hijo, esa cámara es una fantasía. Todo el mundo habla de ella, pero nadie sabe si alguna vez existió.

—Existe. El superior de los jesuitas de Manaus me indicó el lugar donde se encuentra y la combinación para abrirla.

—¿La combinación?

—En este momento estoy enviándosela por fax.

Ballestra se levanta de la cama y se acerca a su mesa de trabajo. La telecopiadora se pone en marcha. Por el aparato sale una hoja de papel que el archivista lee en diagonal.

—¿Citas en griego y en latín?

—Cada una corresponde a una obra que hay que desplazar en los estantes de la gran biblioteca de los Archivos para accionar el mecanismo de la Cámara.

Ballestra deja escapar un suspiro.

—Alfonso, si esa cámara existe y contiene realmente los archivos secretos de los papas, estarán cerrados con un sello de cera con la marca del anillo de Su Santidad. Romper ese sello supone la excomunión para quien lo haga. Y más en estos dolorosos momentos en que la Sede está vacante.

—Monseñor, es absolutamente imprescindible que disponga de esa información. Es una cuestión de vida o muerte.

—No lo entiendes, si me pillan leyendo esos secretos, me juego mi carrera.

—Con todos los respetos, es usted quien no lo entiende. Si lo que me temo es cierto y el Humo Negro de Satán está extendiéndose de nuevo por el mundo, nos jugamos todos mucho más que nuestra carrera.

Monseñor Ballestra contempla la esfera luminosa de su despertador.

—Veré qué puedo hacer. ¿Dónde puedo encontrarte?

—Le llamaré yo. Dese prisa, monseñor, porque el tiempo apremia y…

Un largo chisporroteo cubre la voz de Carzo. Ballestra hace una mueca.

—¿Alfonso?

—… una última cosa importante: no se fíe del cardenal… es él quien… ¿me oye?

—Oiga… ¿Padre Carzo?

La comunicación acaba de cortarse. Perplejo, Ballestra mira un instante el teléfono preguntándose contra quién ha intentado ponerle en guardia Carzo. Después ve de nuevo las bandadas de cuervos que sobrevuelan el Vaticano y la sangre del Tíber que inunda las calles. Es inútil esperar volver a dormirse esa noche.

115

Ciudad del Vaticano.
1.30 horas

Monseñor Ballestra atraviesa las inmensas salas con columnas de la biblioteca del Vaticano, donde generaciones de archivistas han depositado la memoria escrita de la humanidad. Estantes que se extienden hasta el infinito sostienen hileras de obras que los copistas de siglos anteriores ejecutaron para salvar su contenido de los desastres del tiempo. Miles de obras de arte cuyos originales descansan en paz en las salas subterráneas.

Al fondo de la última sala, un rastrillo de acero marca la entrada en el perímetro reservado a los archivistas juramentados. Al acercarse Ballestra, dos colosos con jubón azul y sombrero de tres picos descruzan las alabardas y levantan el rastrillo. Al otro lado, una escalera de peldaños desgastados por millones de pisadas conduce a los archivos secretos. Ahí, en ese laberinto de sótanos y de salas oscuras, es donde los archivistas depositan desde hace siglos los expedientes más secretos de la Iglesia.

Al llegar al pie de la escalera, monseñor Ballestra empuja una puerta de hierro por la que se accede a una gigantesca sala llena de bibliotecas y de cajas fuertes. El lugar, desierto a esas horas en que los equipos de día todavía no se han incorporado a sus puestos, huele a polvo y a tarima encerada. El prelado se detiene en el centro de la sala. Si las informaciones del jesuita de Manaus son ciertas, ahí es donde debería estar la entrada de la Cámara de los Misterios.

Según la leyenda, esa sala secreta fue construida en la Edad Media para depositar los tesoros de las cruzadas. Los guardias emparedaron al arquitecto para que el secreto no saliera jamás de allí. Un secreto que se transmitía desde entonces de un papa a otro, siguiendo el procedimiento del sello pontificio: cada vez que moría un papa, el camarlengo pronunciaba el *sede vacantis*, la vacante de la Santa Sede, iniciando así un período de luto y de cónclave durante el cual no se podía tomar ninguna decisión importante. Los cardenales se limitaban a despachar los asuntos corrientes; acto seguido, el camarlengo se presentaba en los aposentos del papa y condenaba la caja fuerte que contenía las cartas y los secretos que únicamente su sucesor tendría derecho a leer.

Cada uno de esos documentos estaba cerrado con un sello de cera con la marca del anillo pontificio. Dicho anillo era destruido por el camarlengo en el momento en el que daba fe del fallecimiento del papa, de modo que nadie podía sellar o desellar los documentos secretos mientras la Santa Sede se hallaba vacante.

En el instante en que el sucesor era elegido, los orfebres del Vaticano fundían otro anillo con la efigie del nuevo pontífice. Este último, acompañado del camarlengo, se dirigía entonces a sus aposentos y asistía a la apertura de la caja fuerte para asegurarse de que no había sido roto ningún sello durante el cónclave. A continuación rasgaba los documentos que deseaba consultar y después volvía a cerrarlos con su propio sello. De esta forma, el nuevo papa no solo estaba seguro de que nadie más que él había tenido acceso a esos documentos, sino que también sabía cuándo y qué papa había consultado determinado documento por última vez. Esa huella característica podía buscarse en el gran libro de los sellos pontificios para saber a qué papa correspondía.

Gracias a ese ingenioso procedimiento, los papas habían podido transmitir durante siglos a sus sucesores los secretos que no debía leer nadie más que ellos: la revelación de los doce grandes misterios, las advertencias de la Virgen, el código secreto de la Biblia, los siete sellos del fin de los tiempos y los informes confidenciales sobre los complots del Vaticano. De esta manera, si por ejemplo un papa temía por su vida y quería advertir a otro de un peligro que también podía amenazarle a él, el sello pontificio era el procedimiento utilizado para que el mensaje atravesara los siglos.

Pero a los pontífices les gustaba tanto transmitirse secretos que la caja fuerte podía llenarse hasta las topes. Según la leyenda, Su Santidad tomaba entonces un pasadizo secreto que unía sus aposentos con la Cámara de los Misterios, donde guardaba parte de esos documentos en los cubículos de sus predecesores. De ahí los mitos que rodeaban esa sala misteriosa, que generaciones de prelados habían situado unas veces bajo la tumba de san Pedro y otras en las catacumbas o en las alcantarillas de Roma. Esa misma sala que Ballestra está a punto de descubrir. Esa idea lo sume en una gran turbación mientras se dirige hacia la inmensa biblioteca que cubre la pared del fondo. Ahí es donde se conservan la mayoría de los originales de los manuscritos de la Iglesia. El banco de datos de los archivistas.

Ballestra, inmóvil ante los anaqueles, se concentra. Las campanas de Santa María la Mayor suenan a lo lejos. Las de San Lorenzo Extramuros responden. Armado con la lista de citas enviada por el padre Carzo, el archivista se sube a una de las escaleras de madera de boj con que cuenta la biblioteca y localiza fácilmente las obras a las que corresponden. El peso de los siete libros polvorientos, que su mano extrae uno tras otro unos centímetros, acciona el disparador característico de los viejos mecanismos de ruedas.

Ballestra ha bajado de la escalera y acaba de mover el séptimo libro, situado a una altura accesible desde el suelo, cuando un crujido sordo se produce en el conjunto de los estantes. Sigue un interminable chirrido de poleas y de cubos procedente de las profundidades de la pared. Retrocediendo unos pasos, el archivista ve que la pesada biblioteca se separa en dos entre una nube de polvo y abre el paso a la Cámara de los Misterios; el aire viciado escapa como el suspiro de un gigante.

116

Conteniendo la respiración como si temiera que en la atmósfera enrarecida de la Cámara hubiese algún veneno en suspensión, monseñor Ballestra avanza entre las dos mitades de la biblioteca.

Lo hace con la desagradable sensación de cruzar una frontera invisible entre dos mundos totalmente opuestos.

Nada más poner el pie en el otro lado, oye cómo las siete obras vuelven a ocupar una tras otra su sitio con un frotamiento de cuero. Sigue una serie de chasquidos sordos mientras la biblioteca se cierra chirriando. Con la boca seca, Ballestra se vuelve. Las luces de la sala de los Archivos desaparecen. Un último chasquido mientras las dos mitades de la biblioteca se unen, un último chirrido mientras los engranajes se detienen y las cuñas metálicas caen para bloquear el mecanismo: un cierre automático que avala la tesis de otro paso, puesto que el de la biblioteca solo sirve para acceder a la Cámara y en ningún caso para salir de ella. Eso es al menos en lo que monseñor Ballestra confía mientras enciende una linterna.

Contrariamente a lo que había imaginado, el paso secreto no da directamente a la Cámara sino a una galería estrecha que parece serpentear bajo el Vaticano, un túnel de la altura de un hombre que los arquitectos de la Edad Media reforzaron con pesadas vigas.

Avanzando por el sótano, monseñor Ballestra cuenta doscientos pasos en dirección a la basílica. Luego, el eco de sus pasos parece amplificarse, las tinieblas empiezan a ensancharse a su alrededor y el aire se vuelve más fresco: la Cámara de los Misterios. Ballestra se detiene y da una vuelta completa sobre sí mismo recorriendo la sala con la linterna.

La Cámara es más grande de lo que había imaginado. Cuarenta metros de largo por una veintena de ancho. Una sala baja y abovedada cuyos arcos se unen en dos filas de pilares lo suficientemente resistentes para sostener varios miles de toneladas de empuje. Lo que parece demostrar que la Cámara fue excavada en su momento en los cimientos de un monumento que ya existía —en concreto, la basílica de San Pedro— y que los arquitectos tomaron la precaución de apuntalarlo sólidamente para no arriesgarse a que aparecieran en el suelo del edificio superior grietas que habrían delatado la existencia de esa sala subterránea.

Mientras Ballestra deambula entre las tinieblas, su linterna ilumina innumerables frescos que decoran las paredes de granito blanco: escenas de otro siglo que describen el combate de los arcángeles contra las fuerzas del Mal. Más adelante, gigantescos cuadros con los colores cuarteados relatan los grandes procesos de la Inquisición y las sesiones de torturas infligidas a los herejes: el banco de estiramiento donde desgarraban los tendones, la prensa de huesos, la máscara de hierro candente y la parrilla donde asaban el brazo del sospechoso, cuya carne chamuscada untaban con la grasa que iba chorreando.

Ballestra apunta con la linterna el espacio entre los pilares de la sala. Cubículos de mármol albergan pesados escritorios de madera maciza y estanterías forradas de púrpura. Ahí es donde se encuentran los archivos secretos de todos los papas, desde León Magno hasta Juan Pablo II. Ballestra observa que una treintena de esos cubículos han sido construidos en mármol negro; parecen destinados a archivar los documentos transmitidos por los antipapas y los pontífices malditos: los que fueron indebidamente entronizados, mientras otro papa ocupaba ya el trono de Pedro, y los que traicionaron la dignidad de su cargo. Los prevaricadores, los envenenadores, los fornicadores y los apóstatas.

Recorriendo estelas blancas y negras, Ballestra retrocede en el tiempo hasta el cubículo del papa León Magno, a quien se debía la creación de las dos órdenes más secretas de la Iglesia: la de los archivistas, de la que Ballestra forma parte, y la de las hermanas recoletas. En esa época fue cuando todo empezó.

117

Ballestra hace una genuflexión antes de descorrer la cortina de terciopelo que protege la correspondencia secreta de León Magno. Rollos y pergaminos aparecen bajo el haz de luz de su linterna. El archivista los coge uno tras otro y los deja sobre el escritorio. El papel cruje entre sus dedos mientras los desenrolla con precaución. Los documentos son tan antiguos que la tinta utilizada para redactarlos se reduce ahora a unos reflejos azulados.

El archivista empieza analizando los correos secretos que León dirigió a Atila en el año 452, cuando los hunos amenazaban Roma. Cortas misivas en las que se hablaba de los preparativos de su futuro encuentro en las colinas de Mantua.

El mensaje siguiente data del 4 de octubre de 452, el día posterior al encuentro. León Magno acaba de regresar a Roma con dos carretas cargadas de pergaminos que Atila le ha devuelto en muestra de respeto. El cargamento de papel procede de los monasterios de Oriente saqueados por los hunos. León se encierra en sus aposentos, de los que no sale hasta una semana más tarde, exhausto y más delgado.

Ballestra registra el cubículo y encuentra varios rollos más, de los que rompe los sellos. León Magno consignó páginas enteras de notas tomadas durante la lectura de un manuscrito maldito encontrado en las carretas de Atila, un texto tan lleno de negrura que el Papa decidió enviarlo lo más lejos posible de Roma. Con este fin, lo entregó a la joven orden de los archivistas, que acababa de crear; sus primeros miembros escoltaron la obra hasta un viejo monasterio cercano a Alepo, donde cayó de nuevo en el olvido.

Antes de cerrar el cubículo, Ballestra desenrolla un último pergamino cuyo papel agrietado por el tiempo recoge una especie de testamento. No, más bien una advertencia que Su Santidad dirige a sus sucesores bajo el sello del secreto absoluto.

La carta data del 7 de noviembre de 461, es decir, tan solo tres días antes de la muerte de León Magno. Las líneas están casi borradas y en algunos lugares los surcos trazados por la pluma ya no contienen sino polvo de tinta. Por lo que Ballestra consigue leer, Su Santidad describe a sus futuros sucesores el terrible contenido del manuscrito descubierto en las carretas de Atila. Según él, se trata de un testimonio de la muerte de Jesucristo, un evangelio que insulta gravemente al Creador sustituyendo la historia del Mesías por otra. Según ese texto, Jesucristo renegó de Dios en la cruz y se transformó en un animal vociferante y blasfemo que los romanos se vieron obligados a rematar a bastonazos. Entonces aparecieron señales en el cielo y un denso humo negro se elevó desde la cruz hacia las nubes: el humo negro de Satán.

Los ojos del archivista se agrandan al descubrir un grabado que el Papa realizó con estilete en una lámina de cobre. Es una reproducción del retrato que ilustra la guarda del manuscrito, y representa a un Cristo con la boca torcida por el odio y el sufrimiento que maldice a la muchedumbre y al Cielo. Debajo de ese grabado, León copió también un significado oculto del *titulus* que supuestamente los romanos clavaron sobre la cabeza de la cosa: *Ianus Rex Infernorum*. «Este es Janus, rey de los Infiernos.» Ballestra se sobresalta al leer el título que León Magno puso a ese manuscrito que no tenía ninguno: el evangelio de Satán. El archivista cierra los ojos. Por tanto, lo que todos habían tomado por una leyenda funesta, ese mesías de las tinieblas que gritaba en la cruz y ese evangelio salido del Mal que daba testimonio de su historia, estaba probado.

118

Ballestra vuelve sobre sus pasos y registra uno a uno los cubículos de los sucesores de León Magno. Una multitud de pergaminos, que desenrolla sobre los escritorios para leerlos a la luz de la linterna. En el cubículo de Pascual II es donde finalmente encuentra el rastro del manuscrito.

Cuidadosamente conservado en el monasterio cercano a Alepo, donde León lo había mandado con su escolta, el evangelio de Satán permaneció en el olvido durante casi siete siglos. Hasta el año 1104, a raíz de la primera cruzada. Un tal Guillermo de Sarkopi, capitán al mando de la retaguardia del ejército del príncipe normando Bohemundo, lo encontró entonces medio enterrado bajo la arena entre los esqueletos de sus guardianes. Sarkopi envió una carta a Roma para informar al Papa. Ese correo, fechado el 15 de septiembre del año de gracia 1104, es el que Ballestra lee en voz alta:

> Santidad:
>
> Hemos descubierto el día de hoy, cerca de Alepo, un monasterio construido en adobe; la congregación, compuesta de once almas, parece haber sido exterminada por un extraño mal. Reproduzco aquí el blasón de esa cofradía a fin de que podáis encontrar sus orígenes. Pero, por lo que saben los monjes que me acompañan, este escudo no guarda parecido con ningún otro. Como si esa orden no hubiera existido jamás o hubiera nacido en secreto por deseo de algunos poderosos prelados.
>
> Más extraño aún es que esa congregación no parece haber tenido otra razón de ser que la de preservar manuscritos antiguos, que hemos encontrado en las grutas del monasterio. Entre esas obras que llevan señales de Oriente y la marca de la Bestia, hay uno más malicioso todavía que los demás, alrededor del cual los cadáveres estaban formando un círculo, como si hubieran querido preservarlo hasta exhalar el último suspiro
>
> Antes de morir, el superior de esta cofradía tuvo tiempo de escribir una advertencia en la arena, hasta que el hueso de su dedo quedó paralizado en la última letra que había conseguido trazar. Esos trazos han permanecido intactos gracias a la inmovilidad y a la gran sequedad del aire que reina en estas grutas. He aquí lo que he podido leer después de que uno de mis lanceros italianos me las haya traducido, pues parece que estas letras de arena fueron escritas en la lengua de los mercenarios de Génova.

Un crujido de papel. Ballestra recorre las líneas que Sarkopi copió a partir de las inscripciones trazadas un siglo antes en la arena.

> 13 de agosto de 1061. Yo, fray Guccio Lega de Palisandro, caballero archivista a las órdenes de la Santa Sede, informo de que

un mal incurable ha afectado a nuestra comunidad y de que, único superviviente de todos los míos, muero el día de hoy ordenando al que encuentre mis restos que manipule con precaución el manuscrito que he colocado en el centro de nuestros cadáveres. Porque es obra del Maligno y debe ser transportado sin demora a la primera fortaleza de la cristiandad, donde sus murallas puedan preservarlo de los ojos impíos. Desde allí, tendrá que ser llevado bajo escolta hasta Roma, donde únicamente Su Santidad podrá decidir lo que conviene hacer con él. Formulo aquí el deseo de que nadie cometa el irreparable sacrilegio de abrir esta maldita obra, so pena de que sus ojos se consuman y de que su alma se marchite para siempre».

Ballestra deja caer el pergamino al suelo y lee febrilmente el siguiente, tercera hoja del correo enviado a Roma por Sarkopi.

> Santidad, tal como recomendaba esta advertencia, he hecho introducir el manuscrito en una funda de lona y lo conduzco ahora bajo la debida vigilancia a la fortaleza de San Juan de Acre, que el rey Balduino acaba de arrebatar a los árabes. Allí esperaré vuestras órdenes relativas al destino que debe reservarse a esta obra, la cual parece contener tanta negrura y tantos maleficios que creo poder afirmar que ha sido ella la que ha matado a sus guardianes.

119

Continuando su búsqueda en el cubículo de Pascual II, Ballestra encuentra un rollo atado con una cinta. Es un mensaje de puño y letra del Papa. Noviembre de 1104. Después de haber tenido conocimiento del correo enviado por Sarkopi, Su Santidad ordena al comandante de la guarnición de Acre que haga estrangular a aquel y que mande a su destacamento a primera línea para que sus mercenarios encuentren en el combate un fin digno de los servidores de Dios. El manuscrito tendrá que ser emparedado después en los sótanos de la fortaleza hasta que vayan a buscarlo.

Mientras deja el documento, Ballestra casi puede oír cómo se cierra silbando el cordón de cuero alrededor del cuello del joven caballero, cuyo único crimen ha sido desenterrar lo que debería haber permanecido enterrado para siempre. Ve también las flechas sarracenas que atraviesan la coraza de los hombres entregados al enemigo, en el transcurso de un ataque en el que no tenían ninguna posibilidad de salir con vida.

En los cubículos siguientes, el archivista no encuentra ningún otro rastro del evangelio durante casi ochenta años. Pero la toma de Acre por los ejércitos de Saladino, en 1187, volvería a avivar su recuerdo.

En el cubículo reservado a la correspondencia secreta del papa Celestino III es donde Ballestra encuentra el hilo que ha perdido. Julio de 1191. La tercera cruzada, dirigida por Ricardo Corazón de León, acaba de recuperar San Juan de Acre al término de un asedio que ha durado casi un año. Cuando los ejércitos de Saladino huyen, los cruzados penetran en la fortaleza y, entre ellos, los caballeros de la orden del Temple dirigidos por su gran maestre, Robert de Sablé.

Día tras día, los templarios inspeccionan la ciudad en busca de reliquias perdidas y de joyas olvidadas. Son especialistas en escondrijos secretos y salas ocultas, y conocen todas las técnicas empleadas por los árabes y los cristianos para esconder un tesoro. Así es como acaban dando con el evangelio, que el difunto comandante de la guarnición había hecho emparedar en los sótanos de la fortaleza.

Unas horas después de este descubrimiento, y mientras columnas de humo negro se elevan de las hogueras encendidas por los cruzados para quemar los cadáveres, Robert de Sablé suelta una paloma portadora de un mensaje con destino a Roma; el mismo que Ballestra acaba de encontrar en el cubículo de Celestino.

Santidad:

Acre ha caído y hemos descubierto dentro de sus muros un manuscrito extrañamente encuadernado que nos trae el recuerdo de otra obra que, según dicen, fue escoltada hasta aquí por la primera cruzada de Bohemundo. Sea leyenda o realidad, lo cierto es que este manuscrito fue emparedado en los sótanos con tantas precauciones como habrían tomado los albañiles encargados de la obra para esconder un tesoro o una maldición. Dado que este descubrimiento, ni de oro ni de plata, se sale del marco de mi misión, me tomo la libertad de informaros a fin de que podáis enviar una escolta de vuestros archivistas, que sin duda sabrán hacer buen uso de él.

Puesto que todavía queda por registrar el ala oeste de la fortaleza antes de que nos reunamos con los ejércitos de Corazón de León, permaneceré en Acre el tiempo que Vuestra Santidad necesite para organizar el retorno de este manuscrito a lugares menos expuestos a los profanadores y a los sin alma.

13 de julio del año de Cruzada 1191
Robert de Sablé,
gran maestre del Temple

120

Otro puñado de pergaminos, que Ballestra acaba de sacar del cubículo de Celestino III. La respuesta al mensaje de Sablé llega a Acre los días 21, 22 y 23 de julio en forma de tal multitud de copias de la misma carta llevadas por tantas palomas mensajeras que el templario comprende de inmediato la importancia de su descubrimiento. El Papa le advierte que la obra no debe ser abierta bajo ningún concepto. Lo previene también de que un destacamento de archivistas se ha hecho ya a la mar para organizar su traslado. Por último, Su Santidad agradece a Sablé su desvelo y le concede mil indulgencias en recompensa por su trabajo.

Una vez tomada buena nota de ello, Robert de Sablé hace un cálculo rápido: puesto que la distancia que separa Acre de Roma no puede ser cubierta en menos de un mes de navegación y las palomas mensajeras ya han consumido de ese plazo cuatro días y tres noches para llegar hasta allí, le queda un poco más de tres semanas para asegurarse de que los secretos que contiene ese manuscrito no podrían servir a su propia causa antes de acabar para siempre en los sótanos del Vaticano. Así pues, acusa recibo a Su Santidad de sus mensajes y se encierra con sus mejores templarios en los sótanos de la fortaleza para estudiar el evangelio.

Barriendo con el haz de luz de la antorcha el cubículo de Celestino III, Ballestra descubre otros documentos guardados en un pesado sobre sellado con cera: una cincuentena de pergaminos llenos de notas tomadas por Sablé a medida que leía el manuscrito en los sótanos de San Juan de Acre.

Orgullosa al principio, la escritura del templario va reduciéndose, a medida que avanzan las páginas, a una especie de garabatos que permiten pensar que Sablé escribía bajo los efectos de un terror atroz. Afirma que ese evangelio está maldito y que ofrece en esas oscuras líneas el testimonio de la existencia de una bestia monstruosa que ocupó el lugar de Jesucristo en la Cruz. Jesús, el hijo de Dios, y Janus, el hijo de Satanás. Sablé afirma también que, después de haber degollado al destacamento romano encargado de la crucifixión, unos discípulos que asistieron a la negación de Cristo se apoderaron del cadáver de Janus y huyeron con él. Por último, Sablé asegura que la hora de la Bestia se acerca y que ninguna montaña es suficientemente alta para detener el viento que se levanta.

Ballestra constata que los últimos pergaminos redactados por Sablé están totalmente llenos de caracteres sin espacio entre sí ni párrafos independientes. Un amontonamiento continuo de letras microscópicas sin puntos ni comas, donde el gran maestre del Temple explica que en las últimas páginas del evangelio ha descubierto un secreto tan terrorífico que no se atreve a plasmarlo por escrito. Después anuncia que ese día mandará un destacamento de templarios a un lugar oscuro, al norte de Tierra Santa, donde, según él, se encuentra la prueba de sus declaraciones. Las últimas palabras de Sablé reflejan tal desesperación que Ballestra, pronunciándolas en voz baja, comprende que el templario ha perdido la razón:

—Dios está en el Infierno. Manda sobre los demonios. Manda sobre las almas condenadas. Manda sobre los espectros que vagan por las tinieblas. Todo es falso. ¡Oh, Señor! ¡Todo lo que nos han dicho es falso!

El archivista se inclina para registrar el resto del cubículo del papa Celestino III. Solo queda un pergamino, del que desata la cinta con nerviosismo. Se trata de una carta de Umberto di Brescia, capitán archivista al mando del destacamento enviado a Acre para trasladar el evangelio. Va dirigida al Vaticano, y Brescia la escribió unas horas antes de morir.

Ballestra se sienta con las piernas cruzadas en el suelo y escucha su propia voz, que se eleva en la oscuridad como si, atravesando los siglos, fuera el propio Brescia quien releyera esa carta antes de mandarla a Roma.

121

Santidad:

Tras haber afrontado una fuerte tormenta en el mar Egeo, nuestras velas llegaron finalmente a las costas de Tierra Santa al declinar el trigésimo tercer día de travesía. Al doblar la punta de Haifa, vimos que se elevaban unas columnas de humo negro en San Juan de Acre y, mientras nubes de cenizas caían sobre nuestras velas, comprendimos por el terrible hedor que acompañaba el viento que era grasa humana lo que alimentaba esas hogueras.

A una legua del canal, unos extraños ruidos sonaron junto al casco. Asomándonos por la borda, observamos con horror que la proa se abría paso en un océano de cadáveres tan apretados los unos contra los otros que casi no se distinguía la superficie del agua entre los cuerpos.

Finalmente conseguimos entrar en el puerto de Acre, cuyas aguas humeaban. Envuelta en esa bruma de ceniza, la fortaleza parecía una plaza fuerte infernal desde donde demonios con armadura seguían arrojando cadáveres por encima de las murallas. Aquella crueldad desatada nos hizo murmurar que el Diablo se había adueñado de Acre.

Al llegar a las murallas, pedimos ser recibidos por el gran maestre del Temple, a quien vuestra misiva había informado de nuestra llegada. Un jinete se alejó al galope hacia la parte sur de la ciudad, donde el Temple había establecido sus cuarteles; tuvimos que esperar una hora hasta que llegó un mensaje de vuelta dándonos cita al pie de la fortaleza. Sobre un promontorio, a salvo de las miradas, fue donde Robert de Sablé se reunió con nosotros. Yo lo conocía por haberlo visto en numerosas ocasiones en Roma y en Venecia. Por esa razón me quedé impresionado al ver lo mucho que parecía haber envejecido. Al principio achaqué su estado a los combates y a las odiosas ejecuciones de los que el Temple había sido testigo. Sin embargo, al abrazar a Sablé y besarlo sin importarme el olor de carne chamuscada que despedía su túnica, vi en sus ojos enrojecidos que quizá había cometido algo más irreparable todavía que los crímenes perpetrados en esa antesala del Infierno. He aquí, reproducidos, algunos fragmentos de nuestra conversación a la sombra de las murallas. Empecé diciéndole:

—En nombre de Cristo, Robert, os ruego que respondáis sin rodeos a la pregunta que voy a haceros. ¿Habéis cometido la falta de abrir el evangelio que estoy encargado de llevar a Roma? Y en caso afirmativo, ¿es esa imprudencia la causa de este desenfreno de odio y de locura? Si tal es el caso, Robert, si efectivamente habéis leído esas páginas que ningún ojo puede leer sin consumirse, es de temer que, al hacerlo, hayáis liberado unas fuerzas que os superan. Os escucho. ¿Habéis cometido lo irreparable?

Me estremecí al oír la voz que salía de entre los labios del templario.

—Huid, pobre loco, pues Dios ha muerto a la sombra de estas murallas.

—¿Qué habéis dicho, desgraciada criatura?

—He dicho que Dios está muerto y que aquí comienza el

reinado de la Bestia. Id a decir a vuestro papa que todo es falso. Nos han mentido, Umberto. Las almas arden eternamente, y es Dios quien alimenta el fuego que las consume.

Entonces, cubriéndose mis archivistas la cara mientras la cosa abría los brazos para insultar al Cielo, lo conminé a devolverme el evangelio y lo amenacé con mandar venir a la Inquisición para que extirpara al Diablo de las murallas de Acre. Él pareció impresionado y, sin duda temiendo mis palabras, me prometió que el manuscrito sería llevado a nuestra nave antes de la noche. No lo creí y, tras volver a bordo después de esa entrevista, os escribo esta carta para haceros partícipe de mis temores.

Crujido de papel. Ballestra desenrolla el último pergamino del correo de Brescia.

Santidad, quedan unas horas antes de la noche y vamos a esperar, reforzando la guardia en las cubiertas, a que Sablé cumpla su promesa. O a que envíe, como temo, a algunos asesinos de su orden para matarnos y arrojar nuestros cadáveres a las hogueras de cuerpos que iluminan la bruma.

Me niego a abandonar el evangelio maldito en unas manos que perecerán teniéndolo en su posesión, de modo que confío nuestro destino a Dios y este correo a mi mejor paloma mensajera a fin de que, si llegáramos a desaparecer, podáis tomar las disposiciones oportunas para restablecer el orden en Acre y extirpar de sus sagradas murallas al terrorífico demonio que la ha convertido en su morada.

20 de agosto del año de Cruzada 1191,
escrito por la pluma
de Umberto di Brescia, caballero archivista
a las órdenes exclusivas de Roma

Ahí termina el correo del capitán. Según un informe emitido la misma noche por el jefe de la guarnición de Haifa, avistaron a la deriva, mar adentro, una goleta en llamas que se hundió antes de que las chalupas enviadas en su ayuda consiguieran darle alcance. Ballestra cierra los ojos e imagina sin ninguna dificultad qué ocurrió aquella noche. Sablé, efectivamente, había perdido la razón y los templarios se habían convertido junto con él en adoradores de las fuerzas del Mal.

122

Ballestra consulta su reloj; las agujas brillan débilmente en la oscuridad. Ya hace más de cuatro horas que está inspeccionando la Cámara y todavía le queda una decena de cubículos por registrar. Desenrolla a toda prisa varios puñados de pergaminos y los estudia febrilmente a la luz de la linterna.

Durante el siglo posterior a la matanza de los archivistas a manos de los templarios de San Juan de Acre, nadie vuelve a oír hablar del evangelio de Satán. Es un período de grandes angustias y de pesares, en el transcurso del cual los cruzados pierden poco a poco las últimas plazas fuertes de la cristiandad. Pero es también el período en el que los templarios se enriquecen enormemente y acumulan un tesoro fabuloso que muy pronto despierta el rencor y la codicia de sus poderosos deudores.

En el curso de ese mismo siglo, el Temple se infiltra en el Vaticano y convierte a su causa a algunos obispos y cardenales, a los que se les revela la odiosa mentira que Sablé descubrió leyendo el evangelio de Satán. Esos prelados, que mantienen en secreto su conversión, comienzan entonces a intrigar para hacerse con el control de la Iglesia.

Ballestra desenrolla otros pergaminos y contiene la respiración al descubrir el oscuro complot que finalmente acabó con el todopoderoso Temple.

El 16 de junio de 1291, es decir, casi exactamente cien años después de la conquista de Acre durante la cruzada de Corazón de León, los ejércitos del sultán egipcio al-Ashraf recuperan definitivamente la fortaleza. La batalla durará semanas, y los templarios, los hospitalarios y los caballeros teutones dejarán a un lado sus disputas para defender las brechas que los musulmanes abren en las murallas.

Vencida Acre, a la que siguen Sidón y Beirut, Tierra Santa se pierde y acaban las cruzadas. Los templarios cometen entonces el error de instalarse en Francia, donde reside su más feroz enemigo, el rey Felipe IV el Hermoso, que les debe muchísimo dinero.

5 de junio de 1305. Clemente V es elegido Papa y se instala en Aviñón. Es amigo del rey de Francia. La trampa se cierra entonces sobre los templarios. Mediante una carta fechada el 11 de agosto de 1305, el Papa pone en marcha varias investigaciones de la Inquisición contra el Temple por sospecha de comercio con el Demonio.

12 de octubre. En un primer informe, el inquisidor Adhémar de Monteil afirma que los templarios han renegado de Dios y adoran en su lugar a un Bafomet con cabeza de macho cabrío que decora un medallón que llevan secretamente bajo la túnica. Monteil afirma también que la orden se ha infiltrado en el Vaticano y que sus dignatarios se reúnen en las salas ocultas de sus castillos para preparar un golpe de Estado contra la Iglesia. Más grave todavía: en el informe se declara que su gran maestre, Jacques de Molay, posee un evangelio extraño y maldito descubierto durante las cruzadas, gracias al cual la orden ha obtenido su formidable poder y sus increíbles riquezas. Los inquisidores revisan entonces los archivos de esa época y acaban encontrando el correo enviado desde Acre por el capitán Umberto di Brescia unas horas antes de la matanza de sus hombres a manos de los templarios de Sablé.

Sentenciada la suerte del Temple por estas revelaciones, los hombres del Papa y los del rey de Francia se reúnen en secreto en Suiza para organizar la matanza de los miembros de la orden. El acuerdo prevé que el rey conservará el tesoro de los templarios a cambio del evangelio. Una vez cerrado este trato, el viernes 13 de octubre de 1307, al amanecer, todos los templarios de Francia son detenidos y encarcelados.

Ballestra enfoca con la linterna el cubículo de Clemente V. Quedan cuatro pergaminos. Coge uno al azar y desata la cinta.

El 15 de octubre de 1307, es decir, dos días después de la detención de los templarios, al anochecer, los espías del rey de Francia entregan el evangelio a los emisarios de Su Santidad en un castillo situado cerca de Annecy. Esa misma noche, el manuscrito toma el camino de las montañas hasta el convento de las hermanas recoletas de Nuestra Señora del Cervino.

El pergamino siguiente es un correo secreto enviado con carácter de urgencia por las recoletas cinco días después de la llegada del evangelio a su convento, el 21 de octubre de 1307. La carta, escrita a toda prisa, anuncia que acaban de encontrar los cuerpos de cuatro religiosas ahorcadas en sus celdas y el cadáver de una quinta al pie de las murallas. Se trataba de las cinco recoletas encargadas de abrir el evangelio. La quinta es Mahaud de Blois, la madre superiora. Antes de arrojarse al abismo, la recoleta se desfiguró con las uñas. Después utilizó sus dedos manchados de sangre para escribir en la pared de su celda las palabras que Jesucristo pronunció justo antes de morir: «Dios mío, ¿por qué me has abandonado?». A continuación se reventó los ojos con una pluma impregnada de tinta antes de defenestrarse.

Ballestra se seca el sudor de la frente. ¿Qué había podido leer esa servidora del Señor para que turbara su alma hasta el punto de hacerle perder la fe y las ganas de vivir? La respuesta se encuentra en el penúltimo documento guardado en el cubículo de Clemente V. Un pergamino que data de la cruzada de Corazón de León y que los inquisidores habían encontrado en los archivos secretos del Temple.

123

El documento data del 27 de julio de 1191, es decir, cuatro días después de que Sablé hubiera profanado el manuscrito. Ballestra siente que se le hace un nudo en la garganta: ese pergamino es el que contiene la clave del misterio.

Tras haber huido llevándose el cadáver de Janus, los discípulos que habían asistido a la negación de Cristo llegaron a las estribaciones del monte Hermón, donde descubrieron una gruta en una cima. Allí, en las profundidades de la roca, fue donde redactaron el evangelio de Satán. La misma gruta que los templarios enviados por Sablé al norte de Galilea acababan de encontrar después de haber galopado hasta el alba y hasta destrozar sus monturas.

El pergamino que Ballestra está leyendo fue redactado por el sargento templario Hubertin de Clairvaux. En él anuncia a Robert de Sablé que él y sus hombres se adentraron en las profundidades de la montaña y llegaron a una amplia cueva circular; sus paredes estaban cubiertas de inscripciones maléficas. Al fondo, descubrieron un muro de adobe sobre el que estaba reproducido en letras de sangre el *titulus* de Jesucristo en su versión tergiversada por los adoradores de Janus. Clairvaux cuenta que hizo derribar el muro y que, nada más abrir la brecha, un soplo ardiente y corrosivo escapó del interior y desfiguró a cuatro de sus hombres.

Una vez disipado el veneno, los supervivientes entraron en la gruta condenada por los discípulos de la negación y encontraron una tumba de granito, en el centro de la cual alguien había colocado una capa de ramas. Allí descansaba una forma humana, protegida por un sudario cuya trama dejaba entrever un montón de huesos humanos. Clairvaux relata que los templarios descosieron el sudario para liberar el esqueleto que contenía. Entre los huesos de las muñecas y de los tobillos, unos grandes clavos, oxidados por la atmósfera ácida de la caverna, brillaban débilmente. Las articulaciones y los huesos del cadáver estaban rotos en diversos puntos. Alrededor del cráneo, que había sido partido a pedradas, los templarios, horrorizados, vieron una corona de espinas marchita; una de las púas había atravesado el arco sobreciliar del torturado. El cadáver de Janus. Eso es lo que los templarios de Clairvaux habían descubierto en la cueva: la prueba irrefutable que confirmaba lo que Sablé había leído en el evangelio. La misma prueba que la recoleta Mahaud de Blois había extraído de los archivos del Temple. Ballestra cierra los ojos. ¿Qué podría haber habido más abominable para aquella pobre religiosa de la Edad Media, dominada por supersticiones y santos terrores? Leyendo esas líneas, su fe debía de haberse desmoronado completamente. Un sentimiento que Ballestra comprende perfectamente, puesto que su propia fe se resquebraja y su espíritu se tambalea como un mástil en plena tormenta.

—Dios está en el Infierno. Manda sobre los demonios. Manda sobre las almas condenadas. Manda sobre los espectros que vagan por las tinieblas. Todo es falso. ¡Oh, Señor! ¡Todo lo que nos han dicho es falso!

Ballestra se estremece al oír cómo su propia voz susurra esas palabras. Las mismas que Robert de Sablé murmuró al perder la razón en los sótanos de San Juan de Acre. Cuatro días más tarde, recibía el correo enviado desde las grutas del monte Hermón por Hubertin de Clairvaux. De ese triste relato solo quedan unas líneas difuminadas por el tiempo que Ballestra termina de leer.

Clairvaux escribe que, en el momento en que los miembros de la expedición intentaron llevarse el esqueleto de Janus, las paredes de la cueva se pusieron a vomitar miríadas de escorpiones y de arañas venenosas que se abalanzaron sobre los profanadores. Describe los abominables alaridos de los templarios, que durante mucho tiempo retumbaron en las profundidades de la Tierra mientras él se dirigía hacia la salida sintiendo cómo el veneno corrompía su sangre.

Al llegar al aire libre, encontró fuerzas para garabatear unas líneas y las metió en el zurrón de su montura antes de azotar los flancos de esta confiando en que encontrará el camino de Acre. Luego, desesperado por lo que acababa de ver, Clairvaux clavó la punta de su espada contra su esternón y se dejó caer sobre ella.

En esa posición encontraron los templarios de Acre su cadáver. Por orden de Sablé, provocaron un desprendimiento de Tierra para tapar la entrada de la cueva donde dormitaban los restos de Janus. Después de esto, el Temple sobrevivió a un siglo de cruzadas y de matanzas, un siglo de miseria y de sangre durante el cual su única obsesión fue acumular suficientes tesoros para sobornar a los cardenales de los cónclaves y poder poner a un papa a la cabeza de la Iglesia. Un papa anticristo para destruir la cristiandad y sustituir el reinado de Jesucristo por el de la Bestia. El embajador de Janus.

124

Ballestra comprueba las pilas de su grabadora digital; luego empieza a susurrar junto al micro mientras pasa revista a las órdenes de arresto y a las actas de acusación contra los templarios firmadas por Clemente V.

El 13 de octubre de 1307, al amanecer, mientras tres mil arqueros derriban las puertas de las moradas templarias repartidas por el reino, los espías del rey de Francia infiltrados en el Vaticano degüellan a los cardenales que se han convertido a la regla maldita de la orden, con excepción de un puñado cuya pertenencia al Temple se desconoce. Esos cardenales fundan entonces, en la clandestinidad, una cofradía secreta que bautizan con el nombre de Humo Negro de Satán. Puesto que en aquella época los papas se habían trasladado de Roma a Aviñón, dicha cofradía continuó extendiéndose en el Vaticano.

Ballestra desenrolla a continuación un pergamino de Bérgamo en el que un iluminador de Clemente V reprodujo el blasón de la cofradía del Humo Negro: una cruz rojo sangre rodeada de llamas cuyos extremos se entrelazan para formar las cuatro letras del *titulus* maldito de Janus. El símbolo arameo de la condena eterna, el emblema de los Ladrones de Almas.

Coge otros dos rollos de los archivos secretos del Temple y los lee en voz baja ante el micro.

18 de marzo de 1314. Al término de un proceso cuya sentencia estaba escrita de antemano, Jacques de Molay, último gran maestre de la orden del Temple, es condenado a la hoguera purificadora por haberse retractado de sus anteriores confesiones. Inmóvil en medio de las llamas, maldice al rey y al Papa, al que llama a comparecer antes de un año ante el tribunal de Dios. Nadie se toma esa amenaza en serio salvo Clemente V, a quien se debe la primera advertencia dirigida a sus sucesores mediante el procedimiento del sello pontificio. Esa carta, fechada el 11 de abril de 1314, es la que Ballestra acaba de encontrar en el cubículo del papa Inocencio VI. El ilustre predecesor de este último afirma en ella que en el Vaticano ha empezado a extenderse una logia secreta y que unos cardenales convertidos al culto de Satán conspiran contra la Santa Sede. En su correo, Clemente V relata el arresto de los templarios, el hallazgo del evangelio maldito en una de sus guaridas y la maldición que el último de los grandes maestres de la orden profirió en la hoguera. Clemente advierte también que el poder del Humo Negro de Satán en el Vaticano va en aumento y que los papas venideros deben vigilar los signos anunciadores del regreso de la Bestia. A guisa de conclusión, decreta la puesta en marcha de una investigación interna que se prolongará durante varios siglos, pues cada papa recibe el encargo de engrosar el expediente con sus propias investigaciones antes de trasladar el contenido a su sucesor mediante el sello pontificio.

Pergamino siguiente. El 20 de abril de 1314, nueve días después de haber ordenado esta investigación, Clemente V muere en Roquemaure tras una agonía tan extraña como fulminante. Según las notas del camarlengo de la época, encontraron a Su Santidad inánime en la cama, con los ojos muy abiertos y las ventanas de la nariz impregnadas de una misteriosa pasta de aspecto extrañamente parecido al de la ceniza.

—Jesús bendito…

Aterrado por lo que acaba de leer, Ballestra rompe los sellos de cera de una decena de pergaminos cogidos al azar de la masa de los archivos del sello pontificio. Descubre, en un documento que data del 11 de abril de 1835, una lista de papas muertos en las mismas extrañas circunstancias que Clemente V: veintiocho papas encontrados inánimes en su cama, con los ojos desorbitados y las ventanas de la nariz cubiertas por una costra de ceniza.

Además de esta lista mortuoria, un documento redactado por Gregorio XVI expone los síntomas silenciosos de ese extraño mal que parece repetirse a través de los siglos: la piel tibia, los ojos muy abiertos del «difunto» y la impresión que han tenido todos los que han ido a rendirle un último homenaje de que su alma todavía se hallaba presente.

—Oh, Señor, te lo suplico, haz que no sea eso...

Tres días después de la redacción de este pergamino, el camarlengo de Gregorio XVI encuentra a Su Santidad inánime, con los ojos muy abiertos y las ventanas de la nariz cubiertas de ceniza. Entonces se le ocurre la idea de tomar una muestra de esa pasta nasal y meterla en un bote herméticamente cerrado que atraviesa los siglos en la oscuridad de los archivos de la Cámara de los Misterios.

Enjugándose el sudor que baña su rostro, Ballestra abre los últimos cubículos y desenrolla unos pergaminos que quedan diseminados por el suelo a medida que los tira con furia por encima del hombro. Finalmente encuentra el que busca: en un sobre marrón cerrado con el sello de Pío X, tres hojas que el archivista despliega cuidadosamente.

Julio de 1908. El soberano pontífice reanuda la investigación emprendida por Clemente V y añade a la lista de papas asesinados un informe elaborado en el más estricto secreto por un gabinete de médicos suizos a partir de la muestra de ceniza tomada un siglo atrás por el camarlengo de Gregorio XVI. En el informe se afirma que se trata del depósito que crea un veneno lento que tiene la propiedad de sumir a la víctima en un estado de letargo consciente asimilable a un coma profundo. Tan profundo que cualquiera que ausculte al desdichado forzosamente debe concluir que ha fallecido. Un veneno cataléptico. De esa forma es como los cardenales de la cofradía del Humo Negro asesinan a los sumos pontífices desde hace siglos. Ballestra siente que su razón se tambalea. ¿Cuántos papas han sido enterrados vivos, han muerto de hambre y de sed con los ojos abiertos en las tinieblas? Y, tras pasar el efecto del veneno, ¿cuántos espectros han despertado gritando y han muerto finalmente arañando la pesada losa de granito que los cubría? Peor aún, ¿a cuántos desdichados todavía vivos les han extraído las entrañas desde que se instituyó el embalsamamiento en el rito funerario de los papas?

Ballestra deja caer la linterna y retrocede unos pasos en la oscuridad de la Cámara de los Misterios. Tiene que salir como sea de allí para alertar al camarlengo de que la cofradía del Humo Negro de Satán se dispone a tomar el control del cónclave. No, al camarlengo no, mejor al jefe de redacción de *L'Osservatore romano*. Mejor aún, al *Corriere della Sera* o *La Stampa*, o a cualquier gran diario norteamericano, el *Washington Post* o el *New York Times*. Sí, eso es lo que hay que hacer, aun a riesgo de que salga a la luz un secreto que puede firmar la sentencia de muerte de la Iglesia. Lo que sea antes que permitir que los miembros del Humo Negro designen a uno de los suyos para la sucesión del trono de san Pedro.

Ballestra se agacha para recoger la grabadora de bolsillo cuando nota una corriente de aire en la nuca. Se dispone a volverse, pero no tiene tiempo de hacerlo. Un brazo dotado de una fuerza sobrehumana se cierra alrededor de su cuello. La hoja de un puñal penetra en su espalda y un destello de luz blanca lo deslumbra. Mientras la hoja sale de su carne para golpearlo de nuevo, Ballestra busca una oración para dirigir a ese Dios en el que tanto ha creído. Pero se da cuenta con inmensa pena que su fe ha muerto tan indudablemente como que él mismo está muriendo; el anciano profiere un sonido ronco cuyo eco se pierde bajo las bóvedas de la Cámara de los Misterios.

125

Sótanos de Bolzano. El padre Carzo acaba de soltar la mano de Marie. Continúa corriendo. Ella grita su nombre, tiende la mano hacia él. El sacerdote se aleja. Marie corre con todas sus fuerzas, pero le duelen las piernas, no puede más, aminora la marcha. Detrás de ella, la respiración de la madre Abigail se acerca.

Marie profiere un grito de terror cuando las manos de la religiosa se cierran alrededor de su cuello. Sus dedos se clavan en su carne, y Marie cae de rodillas. Nota el aliento de la recoleta en su cara, y sus colmillos en la garganta. Un líquido caliente resbala por la barbilla de la vieja loca. Marie intenta gritar de nuevo, pero la sangre que se extiende por sus pulmones ahoga su grito. Las demás recoletas se abalanzan sobre ella. Gruñen, ladran, muerden. Van a devorarla. Marie tiende la mano en dirección a la salida del túnel. A lo lejos, el padre Carzo acaba de llegar a la luz. Se vuelve. Sonríe.

Parks se despierta sobresaltada y se aferra al siseo de los reactores. Contempla su reflejo en el ojo de buey. A mucha distancia por debajo del aparato, las aguas heladas del Atlántico Norte brillan a la luz de la luna llena. Consulta su reloj. Hace poco más de siete horas que están volando y el horizonte ya clarea: un filamento rosa que abraza la curvatura de la Tierra. Se vuelve hacia el padre Carzo; sus ojos bien abiertos parecen escrutar la oscuridad. Se diría que no se ha movido ni un milímetro desde el despegue. Parks se muerde un labio pensando en la pesadilla, pero su recuerdo se deshace lentamente. Se despereza.

—Bien, padre, o me explica exactamente qué vamos a hacer a Suiza o salto en pleno vuelo.

Carzo se sobresalta ligeramente, como si las palabras de Parks lo hubieran arrancado de una profunda reflexión.

—¿Qué quiere saber?

—Todo.

Se vuelve y examina atentamente la cabina. Arrellanados en sus asientos, los pasajeros duermen. El sacerdote se relaja.

—Como ya le he dicho, han estado enviándome de una punta a otra del planeta para investigar casos de posesiones múltiples que parecían acompañar los asesinatos de recoletas.

—¿Casos de qué?

—De posesiones múltiples: posesos dispersos por el mundo, que presentaban los mismos síntomas y proferían exactamente las mismas palabras en el mismo momento sin haberse visto jamás.

—¿Quiere decir como si un mismo demonio los poseyera al mismo tiempo en diversos países a la vez?

—Algo así. Con la particularidad de que se trataba de demonios de la séptima jerarquía: la guardia personal de Satán. Son casos de posesión extraordinariamente raros, sobre todo si tenemos en cuenta que a cada una de esas posesiones demoníacas respondían otros casos en los que la persona parecía, por el contrario, estar habitada por un ángel, pues un espíritu de Dios se expresaba a través de sus labios mientras su cuerpo parecía profundamente dormido. Todos estos casos de posesiones benéficas presentaban los estigmas de la Pasión de Cristo: llagas en las manos, en los pies y en un costado, así como las heridas de la corona de espinas en la frente, el cráneo y el arco sobreciliar. Unas manifestaciones que nosotros, los exorcistas, llamamos casos de presencia.

—¿Son frecuentes?

—La última vez que la Iglesia registró un fenómeno semejante fue en enero de 1348 en Venecia. En el cuerpo de una niña llamada Toscana habían aparecido de repente los estigmas de la Cruz. Con una voz grave y llorosa, Toscana anunciaba la llegada inminente de la peste negra. Se afirma que de su cuerpo martirizado emanaba olor de rosas. Ese detalle también diferencia estas manifestaciones: los seres enfrentados a un caso de presencia huelen a rosas, mientras que el aliento de los posesos apesta a violetas.

Tras un silencio, Parks pregunta:

—¿Y son esos casos de posesión los que le hacen creer en el cumplimiento inminente de una profecía de la Iglesia?

—Sabemos que esa profecía está cumpliéndose y debemos impedir a toda costa que logre hacerlo hasta el final. Pero, para poder frenarla, primero tenemos que intentar comprenderla. Por eso es preciso encontrar el evangelio de Satán.

—¿Y qué pinto yo en todo este asunto?

—Se ha enterado de secretos que no debería haber descubierto, agente especial Marie Parks. A lo largo de los siglos, pocas personas han sobrevivido más de una hora sabiendo lo que usted sabe.

—De no ser por su intervención estaría muerta.

—Tal vez no. De todas formas, debería haber muerto mucho antes de llegar al convento de las recoletas. Una proeza que hay que atribuir a su obstinación. Y también a su don.

—¿Cómo?

—Usted ve cosas que los demás no pueden ver, Marie. Por eso ha conseguido seguir hasta tan lejos la pista de los Ladrones de Almas. Y también por eso Caleb no la mató cuando la tenía a su merced en las tinieblas de la cripta.

Parks se concentra para no dejar traslucir su turbación, aunque para el exorcista es como un libro abierto.

—¿Cómo sabe todas esas cosas sobre mí?

—La Iglesia es una institución particularmente bien informada.

—¿Qué más sabe?

—Casi todo.

—O sea…

—Sé que trabaja en el departamento del FBI especializado en la busca y captura de asesinos itinerantes. Sé que es la mejor persiguiendo a ese tipo de criminales. Se mete en su piel, se apropia de su razonamiento, se convierte en ellos.

La joven bebe un trago de agua para deshacer el nudo de angustia que se le ha formado en la garganta.

—¿Qué más?

—Sé que ve muertos y que toma somníferos para intentar dormir. También sé que sufrió un grave accidente que la sumió durante unos meses en un coma profundo. Fue después de esa conmoción cuando empezó a tener visiones.

—El síndrome mediúmnico reaccional. ¿Eso es todo?

—Es suficiente para encontrar el evangelio antes que los cardenales del Humo Negro.

—Sigo sin ver en qué puedo ayudarle.

—Reanudaremos la investigación de Thomas Landegaard para descubrir qué pasó aquel día de febrero de 1348 en que el evangelio desapareció.

—¿El inquisidor enviado por el Papa para investigar la matanza de las recoletas del Cervino?

—Fue allí donde empezó todo, así que debemos partir de cero desde allí.

—¿Y cómo piensa hacerlo?

—Utilizando su don y el mío. La hipnotizaré para que se meta en la piel de Landegaard.

Un silencio. Parks busca el hilo conductor para unir entre sí las informaciones que le llegan.

—Ha dicho que Caleb no me mató en la cripta gracias a lo que usted llama mi don.

—Es evidente. Si no, no estaría aquí para recordarlo.

—Sí, pero si no me deseaba ningún mal, ¿por qué se tomó la molestia de crucificarme?

—Era teatro. Caleb mató a su amiga Rachel con la única finalidad de hacerla salir del bosque, o más bien de hacerla entrar en él. Si no, jamás se habría arriesgado a contestar al anuncio que esa desdichada había publicado el día anterior a su muerte en el periódico de Hattiesburg.

—¿Quiere decir que Caleb sabía que la policía iba tras él?

—Eso son nociones que no tienen cabida en su mente. Digamos que había percibido su presencia y que sabía que iba a lanzarse en su persecución.

—¡Eso son tonterías!

—Desgraciadamente no, Marie. Caleb sabía que usted y solo usted tenía poder para encontrarlo en unas horas, cuando unos policías convencionales se habrían pasado semanas batiendo el bosque. Por eso no la mató. Para obligarla a seguir la pista de las recoletas hasta el evangelio de Satán. Usted es la única que puede encontrar ese manuscrito. Y Caleb lo sabe.

—¿Quiere decir que esa es la única razón de mi presencia en este avión? ¿Encontrar un manuscrito maléfico que al parecer la Iglesia perdió en las tinieblas de la Edad Media? ¡Vamos, padre, si ni siquiera sé ya con qué mano se hace la señal de la cruz!

—¿Sabe que los Reyes Magos habían sido pagados por Herodes para asesinar a Jesús?

—¿Y qué?

—Pues que el propio Dios los guió hasta el pesebre donde Su hijo acababa de nacer para que se convirtieran. Habría podido dejarlos morir de sed en el desierto o hacer que los devoraran unos perros vagabundos. Pero no, los condujo hasta Jesús para que se arrepintieran y traicionaran a Herodes.

—¿Adónde quiere ir a parar?

—A que los caminos de Dios son inescrutables, hija mía. Servirse de los descreídos para lograr sus fines es un arte que ese extraño anciano aprecia por encima de todo.

126

Ciudad del Vaticano.
Siete de la mañana

Arrodillados en la basílica, los cardenales contemplan en silencio el cadáver de monseñor Ballestra, crucificado entre los pilares de mármol de la tumba de san Pedro en una cruz de roble que el asesino ha plantado con ayuda de unas cuerdas. Tiene las manos y los pies atravesados por grandes clavos. Regueros de sangre manan todavía de sus extremidades y de su cuello abierto, lo que indica que el crimen ha sido cometido hace poco.

Ha sido el relevo quien ha descubierto al desdichado al toparse con el charco de sangre que se extendía al pie del altar. El comandante de los guardias suizos ha mandado despertar al cardenal camarlengo Campini. A continuación, este ha despertado a Camano y los teléfonos han empezado a sonar de despacho en despacho para convocar a los prefectos de las nueve congregaciones.

Una vez que los guardias suizos han desclavado a monseñor Ballestra, el círculo de prelados se estrecha alrededor de su cuerpo, tendido sobre el mármol. Apoyando una rodilla en el suelo, Camano se inclina sobre el cadáver y pregunta directamente al comandante de la guardia, un coloso con cara de dogo y mirada fría:

—¿Lo han matado aquí?

—No hemos descubierto ningún rastro de sangre, excepto el charco encontrado bajo la víctima. Lo único que sabemos es que la guardia apostada en el rastrillo de los Archivos vio que monseñor Ballestra entraba alrededor de la una y media de la madrugada y en ningún momento lo vio salir.

—Entonces, ¿es allí donde lo han matado?

—Eso es lo que creíamos, pero no hemos encontrado ningún indicio en la sala de los Archivos. Ni sangre ni la menor señal de lucha.

Camano, perplejo, toca con la yema de los dedos los párpados de Ballestra y, al notarlos extrañamente flácidos, los separa delicadamente con el índice y el pulgar. Unos delgados hilillos de sangre resbalan por las sienes blancas del cadáver. Mientras los cardenales dejan escapar murmullos de horror, Camano se inclina para examinar las órbitas vacías. Así es como la Inquisición castigaba en la Edad Media a los que habían cometido el crimen de leer libros prohibidos.

El cardenal Camano tira de la barbilla de Ballestra para separar las mandíbulas crispadas por la rigidez cadavérica. La garganta del archivista está llena de sangre coagulada. Camano enfoca con una linterna el fondo de la boca y ve un trozo de lengua totalmente suelto. Ballestra estaba todavía con vida cuando el asesino le ha cortado ese apéndice, un suplicio que se infligía en otros tiempos a los que habían descubierto un secreto, para asegurarse de que no hablarían. Todo indica que el modus operandi del asesino sigue el rito de la Santa Inquisición. En consecuencia, solo puede tratarse de un eclesiástico o de un historiador especializado. Seguramente las dos cosas. El cardenal se limpia los dedos con la sotana de Ballestra y deja escapar un suspiro.

—Entonces, ¿dónde lo han matado?

—Imposible saberlo, eminencia. Parece que el cadáver haya sido transportado, y no arrastrado, desde el lugar del crimen.

—¿Sin que el criminal haya dejado el menor rastro de sangre tras de sí ni haya sido visto por sus hombres mientras cruzaba la plaza de San Pedro llevando a su víctima cargada al hombro?

El comandante de los guardias suizos abre los brazos en señal de impotencia. Camano examina las sandalias de Ballestra. Tierra húmeda y minúsculas piedrecitas llenan los surcos de las suelas.

—¿Alguien sabe si ha llovido esta noche?

El comandante de la guardia niega con la cabeza. Prosiguiendo su examen, Camano observa que unos filamentos de polvo han quedado adheridos a la sotana del archivista. Pasa una mano por los cabellos del cadáver y contempla sus dedos a la luz de la linterna: yeso y telarañas, como si Ballestra hubiera caminado por un sótano antes de encontrar la muerte. Camano se inclina y nota el extraño olor de carne chamuscada que flota alrededor del cadáver. El círculo de cardenales se estremece cuando aparta la sotana de Ballestra. El torso del archivista es un amasijo de carne carbonizada sobre el que su asesino ha grabado cuatro letras con hierro candente: INRI. El comandante de la guardia suiza traduce en voz alta, en la oscuridad de la basílica:

—Este es Jesús, rey de los judíos.

—No. Este es Janus, rey de los Infiernos.

Incorporándose y mirando uno a uno a todos los cardenales, Camano añade:

—Lo que significa, queridas eminencias, que el Humo Negro de Satán se extiende de nuevo por el mundo y que sus miembros van a hacer lo imposible para apoderarse del cónclave. ¿Y quieren saber lo mejor?

Unos murmullos se elevan entre las filas de los prelados.

—Lo mejor es que, como los cardenales más poderosos del Vaticano están reunidos aquí en el momento en que les hablo, lo más probable es que al menos un miembro de la cofradía del Humo Negro esté escuchando mis palabras.

—¿Qué propone?

—Puesto que los cardenales conciliares ya han llegado, propongo saltarnos el plazo protocolario y convocar el cónclave inmediatamente después del entierro del Papa.

—¿No nos exponemos a hacerles el juego a nuestros enemigos?

—Al contrario, yo creo que nuestra única posibilidad de recuperar el control del cónclave es obligar a los miembros del Humo Negro a poner sus cartas boca arriba antes de lo previsto. Eso podría llevarlos a cometer un error y a delatarse. Después, si unimos nuestros votos y elegimos en unas horas a un papa de confianza, el Humo Negro habrá perdido la partida.

Tras una pausa, el cardenal camarlengo Campini pregunta en tono vacilante:

—Y en lo que se refiere al cadáver de Ballestra, ¿hay que avisar a la policía?

—¿A la policía romana? Y ya puestos, ¿por qué no al FBI? El cónclave va a empezar y las puertas del Vaticano se cerrarán. Así que nos veremos obligados a solventar esto internamente. ¿Me he explicado bien, señores? Ni una palabra sobre este asunto. En cuanto a usted, comandante, controle a sus guardias suizos o mando abrir una embajada en Teherán solo por el placer de mandarlo allí.

—Este es el tipo de secreto que deja montones de cadáveres tras de sí, eminencia.

Los cardenales se sobresaltan al oír la voz femenina que acaba de hablar. Camano, furioso, enfoca con su linterna la forma que avanza por el pasillo central taconeando. El haz de luz ilumina a una mujer alta y morena, vestida con un traje de chaqueta negro y una gabardina blanca. Detrás de ella, cuatro policías uniformados y algunos de paisano se despliegan por la basílica.

—¿Quién es usted y qué quiere?

—Inspectora Valentina Graziano, eminencia. He sido encargada por mis superiores de garantizar la protección de sus ovejas. Supongo que se habrá dado cuenta de que, desgraciadamente, esos asesinatos que intenta ocultar no van a acabar aquí.

—Sintiéndolo mucho, hija mía, por muy romana e inspectora que sea, el Vaticano es un estado independiente y en ningún caso tiene usted derecho a entrar en él sin una autorización escrita de Su Santidad.

—Un documento muy difícil de obtener en este período de luto, así que nos veremos obligados a prescindir de él.

Acercándose a la joven para tapar el cadáver de Ballestra, Camano aspira el perfume turbador que desprende la mujer.

—No me ha entendido bien, señora. Este crimen es un asunto interno que compete únicamente al Estado soberano del Vaticano. De modo que voy a pedirle que salga inmediatamente de aquí.

—Es usted quien no me ha entendido bien, eminencia. Sus tribunales solemnes están habilitados para tratar casos de anulación de matrimonio o derogación de dogmas, pero no asuntos criminales. Le propongo un trato: si acepta colaborar con las autoridades civiles de Roma, le garantizo discreción absoluta.

—¿Y si me niego?

Una lluvia de flashes crepita mientras los forenses de la policía toman fotos del cadáver desde cerca.

—Si se niega, las fotos del cadáver de monseñor Ballestra saldrán mañana en la primera página de los grandes diarios del planeta. Y el mundo entero leerá la impresionante lista de recoletas asesinadas que el Vaticano oculta desde hace semanas.

—Eso es un vil chantaje, señora Graziano. Dé por seguro que informaré de ello a sus superiores.

La joven deja escapar un suspiro.

—Hágame un favor, eminencia: llámeme Valentina.

127

Con la cara pegada al ojo de buey, Parks contempla cómo las olas del océano se recortan en la penumbra. Placas de hielo y gigantescos icebergs entrechocan en medio de las aguas grises. Luego, la cresta de las olas parece congelarse por efecto del frío y Marie distingue a lo lejos las costas recortadas de Groenlandia. Consulta su reloj. Todavía cuatro horas de vuelo. Después empezará lo desconocido, el paseo hacia el Infierno tras las huellas de una recoleta muerta en la Edad Media.

Parks se sobresalta, angustiada. Pensando en ese camino frío y sin retorno que le espera, acaba de recordar un día en el que estaba cenando en un restaurante con unos amigos y aceptó que una gitana le predijera el futuro. Un episodio que creía haber olvidado por completo. Fue un mes antes del accidente. Un estremecimiento desagradable le recorrió la piel cuando los dedos rasposos de la vidente se cerraron sobre su mano. Sus amigos estuvieron bromeando un rato, hasta que a Marie se le congeló la sonrisa al notar que las manos de la gitana apretaban la suya cada vez más fuerte. Al alzar los ojos, vio un destello de terror en la mirada de la vidente. Inmediatamente, las risas de los comensales se apagaron y un silencio mortal se abatió sobre ellos.

Después, la gitana se quedó con los ojos en blanco y empezó a hacer extraños ruidos con los dientes.

«Dios mío, está sufriendo un ataque epiléptico.» Eso era lo que la joven pensó mientras la vidente caía al suelo.

Parks contempla la noche a través del ojo de buey. Una semana más tarde, la gitana consiguió llamarla por teléfono burlando la vigilancia del servicio de psiquiatría donde había sido ingresada. Marie le preguntó qué había visto aquella noche. Tras una larga vacilación, la mujer le respondió que había visto cinco cuerpos crucificados en una cripta. Se produjo otro silencio. Luego, la voz de la gitana sonó de nuevo, aterrorizada, en el aparato:

—Escúcheme atentamente, me queda poco tiempo. Los Ladrones de Almas se acercan. La buscan. Cuatro mujeres van a desaparecer. Usted será la encargada de la investigación. No debe internarse en el bosque. ¿Me oye? ¡Sobre todo, no se interne en el bosque!

—¿Por qué?

—Porque la quinta crucificada es usted.

Parks se seca una lágrima con la mano. Unos días más tarde, la infeliz se suicidó. Dejó unas libretas llenas de dibujos de su visión: ancianas crucificadas, tumbas abiertas y bosques de cruces. Eso, y algunos croquis de una fortaleza en la cima de una montaña, un convento. El de las recoletas del Cervino.

Marie cierra los ojos. El padre Carzo tenía razón: secuestrando a las cuatro desaparecidas de Hattiesburg y dejando su ropa en la linde del bosque, Caleb sabía que era a ella a quien el sheriff Bannerman llamaría esa noche. Por eso mató a Rachel.

Extenuada por esos recuerdos, Parks se ha dormido. Cuando despierta unas horas más tarde, el aparato está iniciando el descenso hacia los Alpes.

Octava parte

128

Venecia, 13 horas

Cubiertos con una capa y oculto el rostro bajo una máscara de plata, se dirigen al desembarcadero del palacio Canistro a bordo de lanchas; los cristales ahumados reflejan el agua turbia de la laguna. Para no atraer la atención, llegan a intervalos regulares y en distintas embarcaciones. No se conocen, no han visto nunca a sus homólogos ni oído el sonido de su voz.

Han escogido Venecia porque se celebra el carnaval y a nadie le sorprenderá ver siete capas negras entre esa multitud de trajes y de antifaces que ha invadido las callejas y los puentes y que bailará hasta el amanecer en diversos bailes privados.

Mientras avanzan por el desembarcadero con sus trajes antiguos, nadie sospecha que esos mayordomos están recibiendo a siete de los cardenales más poderosos de la cristiandad. Tras anunciarse el concilio, salieron de sus lejanos obispados en Australia, Brasil, Sudáfrica y Canadá. Desde los mayores palacios del planeta hasta los *cottages* más discretos donde se reúnen una vez al año, nadie debe sospechar la razón de su presencia en esos lugares elegidos en el último momento. Por eso siempre se desplazan de incógnito y llegan enmascarados y provistos de distorsionadores de voz a las reuniones secretas de la orden. Por eso, no se conocen y no intentan conocerse. La supervivencia del Humo Negro de Satán depende de ello.

Los mayordomos los conducen a los salones privados, donde les sirven una colación mientras esperan la hora de la reunión. Allí, sin cruzar una sola palabra, los prelados se hunden en amplios sillones envueltos en el torbellino silencioso de los camareros.

Una hora más tarde, el gran maestre de la cofradía llega a bordo de una lancha motora que ni siquiera apaga el motor. Cuatro guardias suizos con traje de arlequín tienden la pasarela y vigilan los alrededores mientras él desaparece en el interior del palacio. Los chambelanes lo escoltan hasta la sala de las mazmorras, adonde los cardenales han sido conducidos al anunciarse su llegada. El murmullo de los prelados se apaga. Estos se levantan y se inclinan ante el recién llegado, antes de tomar asiento alrededor de una mesa rectangular que los camareros han puesto para la cena. Allí, degustan en silencio las codornices al vino y los dulces que disponen ante ellos. Cuando el gran maestre considera que han comido bastante, agita una campanilla de plata. Las copas de vino permanecen sobre la mesa y el tintineo de los cubiertos cesa.

El gran maestre se aclara la garganta y habla ante el aparato electrónico que lleva en la máscara y que deforma su voz antes de hacerla llegar a los asistentes.

—Queridísimos hermanos. Se acerca la hora en que un papa del Humo Negro se sentará por fin en el trono de san Pedro.

Unos murmullos se elevan entre la asamblea mientras las máscaras intercambian asentimientos de satisfacción.

—Pero antes debemos hacernos con el control del cónclave que comienza esta noche, maniobra para la que llevamos tiempo preparándonos aumentando los nombramientos útiles y los obsequios suntuosos. Lisonjas a las que la mayoría de los cardenales han permanecido insensibles. Esas viejas sotanas fieles al trono del usurpador no deben en ningún caso cambiar el resultado del voto. Encontrarán las direcciones de sus familiares y de sus allegados en sus habitaciones del hotel. Transmítanlas urgentemente a sus contactos para que puedan ejercer las presiones necesarias. Nosotros nos encargaremos de hacer saber a los miembros del cónclave afectados que el destino de los suyos depende de su voto.

—¿Y qué pasa con los que no tienen familia? —pregunta un cardenal con voz nasal.

—No son más de tres o cuatro. Tenemos que arreglárnoslas para que no formen parte del cónclave.

—¿No corremos el riesgo de que tantos ataques cardíacos llamen la atención?

—Nuestros enemigos saben que existimos, pero ignoran quiénes somos. Por tanto, explotaremos su miedo y su pesar para hacer triunfar nuestra causa.

Los cardenales reflexionan sobre lo que acaba de decir el gran maestre.

—Otra cosa —añade este—. Anoche, el prefecto de los Archivos secretos del Vaticano consiguió entrar en la Cámara de los Misterios. Temíamos que nos hubiera descubierto y nos vimos obligados a asesinarlo y crucificar su cadáver en la basílica.

—¿Por qué no haberlo hecho simplemente desaparecer?

—Por el miedo, queridísimos hermanos. El miedo, que es nuestro más precioso aliado, y que la muerte de ese imbécil desangrado ha dejado penetrar en el corazón de nuestros enemigos. Ahora saben que tenemos la capacidad de golpear en el corazón del Vaticano. Falta resolver el problema número uno: el de nuestro evangelio. Tenemos que encontrarlo sin falta antes que nuestros enemigos. Sabemos que un exorcista de la congregación de los Milagros acaba de aterrizar en Europa. Lo acompaña esa agente del FBI..., ¿cómo se llama?

—Marie Parks, gran maestre. Ha descubierto no pocos secretos en el convento de las recoletas de Denver. Otro riesgo considerable para nuestra orden.

—Un mal necesario. Recuerden que ahora es nuestra única posibilidad de encontrar el evangelio. Por lo tanto, debemos concentrar nuestros esfuerzos en el padre Carzo y en esa tal Parks. Procuren que no les pase nada hasta que hayan encontrado el evangelio.

—¿Y después?

—Después será demasiado tarde.

Un silencio.

—Una última cosa antes de separarnos. Una de las copas de las que han bebido esta noche contenía una dosis fulminante de ese veneno que ha hecho famosa a nuestra cofradía a lo largo de los siglos. La copa de Judas.

Un concierto de exclamaciones de horror acompaña este último comentario, a la vez que, en el otro extremo de la mesa, uno de los cardenales se acerca las manos al cuello respirando con dificultad.

—Armando Valdez, cardenal arzobispo de São Paulo, le acuso de alta traición al Humo Negro. Fue usted quien reveló al padre jesuita Jacomino la existencia de la Cámara de los Misterios. Haciéndolo, no solo actuó como un traidor sino también como un imbécil; por su culpa, en vez de imponernos mediante la astucia, ahora tendremos que actuar haciendo uso de la fuerza.

El cardenal Valdez consigue levantarse y quitarse la máscara para mostrar su rostro crispado de dolor. Luego, echando un borbotón de sangre negra por la boca, se desploma. Sus piernas se agitan espasmódicamente, pero su cerebro ya está muerto.

129

Parks y el padre Carzo han alquilado un 4 × 4 a bordo del cual circulan a toda velocidad en dirección a Zermatt. A medida que el vehículo engulle las curvas, la joven tiene la impresión de que la masa imponente y fría del Cervino aplasta el horizonte. Se vuelve hacia el sacerdote, que parece preocupado y triste. Hace una hora, tras desembarcar en el aeropuerto de Ginebra, se metió en una cabina telefónica de la terminal con la excusa de que un contacto en el Vaticano debía proporcionarle información importantísima. Parks lo miró mientras marcaba un número y tamborileaba contra el cristal en espera de que su contacto descolgara. Luego vio que su semblante se descomponía; cuando salió de la cabina, ella comprendió que Carzo acababa de perder a un amigo.

Zermatt. Después de dejar el automóvil en un aparcamiento desierto al pie de las pistas, Parks y Carzo se adentran en los senderos de mulas que avanzan por los contrafuertes del Cervino. El tiempo es desapacible y las cumbres desaparecen poco a poco bajo un espeso manto de bruma. Las botas de los caminantes crujen sobre la nieve en polvo. Parks, sin aliento, abre la boca para anunciar que no puede recorrer ni un metro más cuando el sacerdote se detiene y señala un punto perdido en la bruma.

—Es allí arriba.

Ella levanta los ojos. Por más que escruta la pared, lo único que distingue es roca gris y helada.

—¿Está seguro?

Carzo asiente. Entrecerrando los ojos, Marie logra ver finalmente la masa gris de una viejísima muralla. Recorre con la mirada la pared y observa que en la roca escarchada no hay ningún agarre. Deja escapar un suspiro que se hiela en el acto.

—¿Desde cuándo está vacío el convento?

—Nunca volvió a estar habitado desde la matanza de las recoletas. Salvo a principios de la Segunda Guerra Mundial, cuando una congregación de hermanas trapenses se refugió en él.

—¿No se quedaron?

—Cuando terminó la guerra, un destacamento del ejército norteamericano hizo saltar los cerrojos del convento. En el interior encontraron los cuerpos de las religiosas, algunos cadáveres mutilados y otros ahorcados. Se cree que las desdichadas se mataron las unas a las otras y que las supervivientes, enloquecidas, devoraron los cadáveres de sus víctimas antes de poner fin a su vida.

—¿Quiere decir igual que las recoletas de Santa Cruz?

El sacerdote no responde.

—Fantástico, gracias por haberme subido la moral. ¿Por dónde atacamos el ascenso?

—Por aquí.

A lo largo del precipicio ven sujetos a la pared unos barrotes de acero que les ayudan a avanzar hacia la cima.

130

Tras cruzar un puente de hielo tendido sobre una hendidura vertiginosa, Carzo y Parks avanzan pegados a la muralla hasta una brecha lo bastante ancha para dejar pasar a un hombre de lado. Cuando Parks entra siguiendo al sacerdote, el viento que aúlla fuera parece alejarse. En el interior, el aire helado permanece inmóvil.

Mientras escucha el ruido de sus pasos sobre el cemento, Parks cierra los ojos y aspira los olores de Tierra mojada y de polvo que flotan en los pasillos. También huele a cuero. Sí, el olor que domina es el de cuero, como si los manuscritos prohibidos ocultos durante siglos en ese convento hubieran impregnado sus paredes. La memoria de las piedras. Parks centra su atención en la tea que el padre Carzo acaba de encender. La corriente de aire hace oscilar la llama, como si se hubiera abierto una puerta en los pisos superiores.

Ahora avanzan por un ancho pasillo que asciende en pendiente suave. Escrutando el techo, Parks ve innumerables bolitas anaranjadas que la tea parece iluminar a su paso. Un roce de alas. Un grito agudo reverbera en el túnel. Ultrasonidos.

—¡Por el amor de Dios, Carzo, apague inmediatamente esa jodida tea!

Instintivamente, el padre se detiene y levanta la antorcha. Al principio, la luz parece perderse en una especie de denso follaje que recubre el techo y las paredes; luego, la cortina de follaje se pone a batir furiosamente el aire, como un bosque de alas y de bocas plagadas de colmillos.

—¡Jesús misericordioso! ¡Tápese la cara y corra tan rápido como pueda!

El techo y los muros parecen derrumbarse cuando los murciélagos se separan de la pared. El padre Carzo agita la antorcha ante él para abrirse paso. Con los sentidos embotados por el olor de carne chamuscada que invade el túnel, Parks se agarra a la sotana del exorcista a la vez que nota cómo unas garras se enredan en sus cabellos. Horrorizada, quita el seguro de su arma y dispara tres balas a quemarropa contra la cabeza del bicho, tres detonaciones breves que estallan en su oído mientras los restos del animal chorrean por su nuca.

—¡No se detenga o estamos perdidos!

Parks siente que la cólera estalla en el fondo de su vientre. No tiene ninguna intención de acabar devorada viva por unos vampiros que rebañarían su cadáver hasta los huesos. Obedeciendo al grito de Carzo, profiere un alarido de rabia y empuja hacia delante al sacerdote con todas sus fuerzas.

131

Roma, 14 horas

La inspectora Valentina Graziano cierra la puerta de la habitación de monseñor Ballestra. Un olor de viejo flota en el aire. Por lo que puede ver en la penumbra, la estancia se reduce a una gran cama tapizada en rojo; en la cabecera cuelga un crucifijo adornado con ramas secas. A la derecha, un pesado armario de madera de cerezo maciza, una mesa baja tallada en la misma madera y un aseo separado por una cortina. Sobre un escritorio, un montón de expedientes, un ordenador y una impresora.

Según el informe de los guardias de noche, monseñor Ballestra cruzó el rastrillo de los Archivos hacia la una y media de la madrugada. Una hora extraña para ir a trabajar. «No tanto», le replicó el cardenal Camano en la basílica, antes de añadir que Ballestra padecía insomnio y que empleaba a menudo sus horas de vigilia para sacar trabajo atrasado. Valentina asintió con la cabeza para que el cardenal creyera que se lo había tragado. Una vez fuera de la basílica, llamó a la comisaría central para que le facilitaran la lista de las llamadas telefónicas que el archivista había recibido y hecho entre las nueve de la noche y la una de la madrugada. En el otro extremo del hilo, el comisario Pazzi estuvo a punto de ahogarse.

—¿Estás segura de que no prefieres que pinche los teléfonos de la Casa Blanca?

—Solo necesito saber si la víctima recibió llamadas en las horas anteriores a su asesinato. Me importa un huevo que sea cardenal, astronauta o carnicero canadiense.

—Valentina, te he mandado ahí para garantizar la protección de los miembros del cónclave, no para ponerlo todo patas arriba como hiciste en Milán o en Treviso.

—Guido, si realmente hubieras querido evitar que se organizara un escándalo, habrías mandado a cualquiera menos a mí.

—En cualquier caso, ten cuidado. Esta vez no investigas en un círculo de jueces o de políticos corruptos. ¡Esto es el Vaticano, joder! Así que sé educada con los sacerdotes y persígnate cuando pases por delante de una imagen, o haré que te trasladen a Palermo para hacer de guardaespaldas de los padrinos arrepentidos.

—Deja de decir tonterías y envíame lo que te he pedido.

—Me sacas de quicio, Valentina. Para empezar, ¿quién te dice que lo es?

—¿Que es qué?

—Un crimen.

—Habría que estar bastante desesperado para clavarse uno mismo a doce metros del suelo después de haberse estrangulado y reventado los ojos, ¿no te parece?

—Vale, te lo envío, pero prométeme que te portarás bien.

Diez minutos más tarde, Valentina recibía por SMS la lista de las llamadas que monseñor Ballestra había recibido unas horas antes de morir. Las primeras, de largo las más numerosas, cubrían el lapso de tiempo entre las nueve y las diez de la noche; la mayoría eran llamadas internas del Vaticano, además de algunas procedentes de Roma y de varias ciudades italianas o europeas. Una cantidad normal en esas horas agitadas posteriores al fallecimiento del Papa. Seis llamadas entre las diez y las once. Después, ninguna más hasta la 1.02 de la madrugada. Esa llamada, procedente del aeropuerto internacional de Denver, había despertado al archivista en medio de la noche. Valentina lo comprueba mirando la hora a la que Ballestra había puesto el despertador: las cinco. El anciano era madrugador, no insomne.

La inspectora examina los indicios que Ballestra dejó al salir de su habitación. Las sábanas están revueltas, y sus prendas de dormir, tiradas en el suelo al lado de las zapatillas, que se quitó a toda prisa. Se tomó el tiempo justo de ponerse una sotana y las sandalias. Valentina pasa la mano por el interior del lavabo. Ningún rastro de humedad. Lo mismo en lo que respecta a la boca del grifo y el cepillo de dientes, cuyas cerdas examina con el pulgar.

Levanta un pesado frasco de cristal y huele el perfume que despide: el mismo olor de agua de colonia ambarina e intensa que flota en la habitación. Monseñor Ballestra dedicó un segundo a rociarse la cara con su perfume favorito. Después salió sin acordarse de tapar el frasco.

Ve un teléfono inalámbrico sobre la mesa baja. Se sienta en el borde de la cama, pulsa la tecla «bis» y mira el número que aparece: 789-907. El último de la lista que le ha mandado el comisario Pazzi. Esa llamada, interna del Vaticano, se hizo a las cinco y media de la mañana, o sea, más de cuatro horas después de que Ballestra hubiera desaparecido en los Archivos. Valentina escucha varias veces el tono hasta que alguien descuelga:

—Archivos, dígame.

Un acento suizo cortante como un cuchillo. La inspectora corta la comunicación y deja el aparato sobre la mesa baja suspirando. Una de dos: o bien Ballestra había vuelto para hacer una llamada antes de morir —y en ese caso, ¿cómo era posible que nadie lo hubiera visto salir vivo de los Archivos?—, o bien otra persona había utilizado el teléfono de su habitación, alguien que sabía que Ballestra estaba muerto. Su asesino, por ejemplo.

132

En el momento en que pierden la esperanza de llegar al final del túnel, Parks y el padre Carzo chocan por fin contra una puerta de roble que cierra el antiguo refectorio del convento. Luchando mientras reciben mordeduras y arañazos, consiguen cruzarla y cerrar el batiente tras de sí ante la masa vociferante de murciélagos. No obstante, una decena de animales han entrado agarrándose a la espalda de los fugitivos. Dos de ellos han clavado sus colmillos en los brazos y el cuello de Carzo; Marie tiene que matarlos para que lo suelten. El resto echan a volar. Parks apunta como en los entrenamientos y les mete dos balas de 9 mm en el abdomen. En el refectorio se hace el silencio.

Mientras el sacerdote enciende algunas antorchas, Parks cae de rodillas e inspecciona la habitación con la mirada. El refectorio de las recoletas está excavado en la montaña y mide más de doscientos pasos de largo y unos sesenta de ancho. Cuatro hileras de pesadas mesas colocadas a lo largo ocupan la sala. Allí es donde las recoletas de la Edad Media se reunían para compartir en silencio la bazofia de lentejas que constituía su comida cotidiana.

Al fondo de la sala, un estrado tapizado en rojo todavía sostiene un viejo sillón de madera misteriosamente salvado del deterioro del tiempo. A la derecha, un pupitre y un taburete cubierto con una sábana destacan entre el polvo y los excrementos de rata. La recoleta designada se sentaba allí para mascullar la lectura del día —epístolas terroríficas y fragmentos de Evangelios— entre la barahúnda de las escudillas y las bocas llenas de comistrajo.

Cerrando los ojos, Parks nota que esos viejos olores invaden poco a poco sus fosas nasales y que esos ruidos olvidados se graban en sus oídos. Los pasos del sacerdote se atenúan a medida que su mente se embota.

Cuando abre de nuevo los ojos, el padre Carzo ha desaparecido y una luz mortecina ha invadido el refectorio. Un fuerte olor de cera y de lámpara de aceite flota en el aire glacial. Reprime un grito de estupor al ver a las recoletas sentadas a la mesa. Oye cómo sus zuecos rascan el suelo y ve cómo sus manos se llevan a la boca el comistrajo, que sorben ruidosamente. Parks vuelve la mirada hacia el sillón, ocupado por una religiosa de edad indefinida, con los ojos cerrados. Parece dormir. Junto al estrado, la encargada de la lectura balbucea. Seguramente incomodada por la proximidad de sus hermanas, una religiosa profiere un gruñido animal al que las demás bocas llenas responden con un concierto de carcajadas, risas de locas que la fusta no logra acallar. Chillan, gruñen y barbotan ante los ojos de Marie, a quien se le hiela la sangre mientras en la torre suenan las campanas dando la alarma. Se sobresalta. La puerta del refectorio acaba de abrirse bruscamente y una recoleta entra corriendo. Las comensales dejan caer la cuchara y se vuelven hacia la madre superiora, que acaba de abrir los ojos. Entonces Parks comprende que se trata de la noche en que el convento fue atacado: el 14 de enero de 1348, justo después del primer oficio de la noche.

Parks se tapa la cara mientras las recoletas salen del refectorio gritando. Siente el contacto de todos esos cuerpos y todos esos olores. Se pone rígida. Una mano acaba de cerrarse sobre su hombro.

133

Valentina enfoca con la linterna el escritorio de monseñor Ballestra. Una luz roja parpadea bajo unos papeles. Aparta un montón de hojas y encuentra un contestador automático; la pantalla indica que hay dos mensajes grabados. El primero, a la 1.02 de la madrugada; el segundo, a las cinco y media, correspondiente a una llamada hecha desde allí a los Archivos. Valentina siente que la ansiedad la invade. Ballestra, despertado a media noche, debió de tardar en responder y por eso el contestador saltó antes de que descolgara. Falta averiguar por qué el contestador grabó también la llamada saliente de las cinco y media de la mañana. Seguramente a causa de un error en la manipulación del aparato. A no ser que el anciano archivista tuviera la costumbre de grabar todas sus conversaciones. Para volver a escucharlas o para anotar una cita después de haber colgado. O bien porque quizá desconfiaba de algo.

Valentina descuelga el teléfono y marca el número de la comisaría central. Un funcionario contesta.

—Diga...

Valentina sonríe al oír que el contestador se conecta automáticamente para grabar la conversación.

—Inspectora Graziano. ¿Algún mensaje?

—No, inspectora, pero el comisario Pazzi quiere que lo llame urgentemente.

Valentina cuelga. La pantalla del contestador indica ahora tres mensajes grabados. Borra el suyo y pulsa la tecla de lectura para reproducir el mensaje de la una de la madrugada, procedente de Denver. Una serie de bips. La voz metálica del archivista suena en el aparato.

La inspectora sigue la conversación hasta que la voz de Carzo se pierde entre los chisporroteos. Después, con los ojos cerrados, se queda un momento escuchando los latidos de su corazón. Si lo que acaba de oír no es fruto de su imaginación, el caso acaba de pasar de un simple crimen a un complot orquestado en el seno del Vaticano. Un billete de ida para el puesto de comisaria. O para el depósito de cadáveres.

La joven examina la telecopiadora. Con un poco de suerte, el archivista no sabía que los fax modernos conservan en la memoria los últimos mensajes recibidos. Valentina pulsa la tecla de reimpresión. De la impresora sale una hoja que la inspectora retira de la bandeja. Bingo. Siete citas correspondientes a siete manuscritos que hay que desplazar en la sala de los Archivos. Se guarda la lista en el bolsillo y pulsa otra tecla para pasar a la grabación automática de la llamada saliente de las cinco y media. El contestador se pone en marcha.

Un tono en el vacío. Un ruido de respiración en el aparato entre tono y tono. Fugazmente, Valentina espera que la voz que va a oír sea la de Ballestra; después recuerda su cadáver torturado bajo los flashes de los forenses en la basílica. Un último tono. Alguien descuelga.

—Archivos del Vaticano, dígame.

Valentina se sobresalta. El mismo acento suizo cortante como un cuchillo y la misma voz que le había respondido cuando ella había pulsado la tecla «bis» del teléfono. La voz del desconocido de las cinco y media de la mañana dice:

—Hecho.

Un silencio.

—¿Quién está al aparato?

—Yo.

—¿Usted?

—Sí.

—¿Desde dónde me llama?

—Desde su habitación.

—¿Se ha vuelto loco? Cuelgue inmediatamente y borre todas las huellas de su paso. ¿Ha encontrado la lista de citas?

—Estoy buscándola.

—Encuéntrela, por el amor de Dios, y váyase antes de que lo descubran.

Un clic. La voz de los Archivos ha colgado. Valentina saborea la deliciosa sensación de vértigo que se apodera de ella. Ballestra había caído en una trampa, pero antes había descubierto algo que firmaba su sentencia de muerte. Falta descubrir qué era ese algo. Para ello, tendrá que aventurarse en los Archivos del Vaticano.

134

—Despierte, Marie.

Cuando abre los ojos, Parks ve el rostro del padre Carzo inclinado sobre ella.

—No vuelva a cerrar los ojos antes de que se lo diga.

—¿Por qué?

—Porque fue en esta sala donde aquella noche torturaron a las recoletas hasta matarlas y porque este lugar no es seguro para quienes saben hacerlo revivir.

—Parecía un sueño.

—No lo era.

—Perdón...

—Marie, es muy importante que comprenda el peligro de muerte que corre durante esos trances. A causa de su don, no solo se traslada en el pensamiento, sino que está plenamente allí. Se halla en todo momento expuesta a quedarse bloqueada en sus visiones o a sufrir un gran daño.

Parks se acuerda del terrible dolor que siente cada vez que revive el suplicio de las víctimas de los asesinos en serie a los que investiga. El padre Carzo tiene razón: no se limita a asistir a su visión, forma parte de ella.

Guiada por el sacerdote, se dirige hacia el estrado y se sienta en el sillón, cuyo armazón carcomido gime bajo su peso. El padre Carzo abre una bolsita y llena una jeringuilla de un líquido transparente.

—¿Qué es eso?

El sacerdote aplica un torniquete alrededor del brazo de Marie y empuja el émbolo de la jeringuilla para expulsar las burbujas de aire.

—Una droga chamánica que actúa como relajante muscular. Es el producto que los brujos yanomami utilizan para ponerse en contacto con los espíritus del bosque. La ayudará a relajarse y a limitar el impacto que las visiones podrían tener en su mente.

Marie hace una mueca al notar que la aguja atraviesa su piel. El líquido que se propaga por sus venas quema tanto que casi puede seguir su avance mientras se diluye en su organismo. Luego la quemazón cesa y su mente comienza a flotar. Contempla al padre Carzo, cuyo rostro parece ahora rodeado por una aureola de un extraño resplandor azulado. Con la boca pastosa, pregunta:

—¿Y ahora qué?

—La anciana recoleta que huyó aquella noche con el evangelio de Satán era la madre Gabriella. Según los archivos que hemos podido recuperar, fue ella quien tomó el mando de la congregación después del suicidio de la madre Mahaud de Blois.

—¿La que se tiró desde lo alto de las murallas después de conocer el contenido del evangelio?

—Sí. Con toda probabilidad, la madre Gabriella estaba sentada en este sillón la noche en que los Ladrones de Almas atacaron el convento.

—La he visto.

—¿Cómo?

—Hace un momento, durante esa visión. Estaba aquí.

—Esto nos ayudará a establecer contacto con ella.

—¿Con ella?

—Quiero decir con su espíritu. O más bien con su recuerdo.

—No lo entiendo.

—En la superficie de la Tierra hay muchos lugares extraños que permanecen profundamente impregnados por los dramas de los que han sido testigos: casas encantadas, bosques malditos y conventos, como este, cuyos muros todavía recuerdan acontecimientos terribles que los hombres han olvidado.

—¿La memoria de las piedras?

—Algo así.

—Yo creía que quería ponerse en contacto con el inquisidor Landegaard.

—Después. Primero necesito saber qué ocurrió exactamente aquel día. Pero es muy importante que recuerde que la noche del 14 de enero de 1348 murieron todas las recoletas del Cervino con excepción de la madre Gabriella. Usted no debe en ningún caso influir en el curso de los acontecimientos que va a presenciar. Debe concentrarse únicamente en ella. Si modifica un solo detalle de lo que sucedió, la madre Gabriella podría morir. Y usted moriría con ella.

Silencio de Parks.

—¿Está preparada?

Con un nudo de angustia en la garganta, asiente con la cabeza.

—Cierre los ojos. Quiero que vacíe la mente. Quiero que la libere de todo asomo de miedo y de cólera.

La joven se esfuerza en soltar la tensión acumulada en sus músculos.

—Ahora quiero que únicamente escuche mi voz. A partir de este momento, no cuenta nada más. Mi voz es lo que la guiará por los meandros de su visión. A medida que vaya entrando en un estado de hipnosis cada vez más profundo, tendrá la impresión de que ya no la oye. Sin embargo, todas mis palabras continuarán grabándose en su subconsciente. Por eso es muy importante que se duerma escuchando mi voz. Porque ella y solo ella tendrá el poder de traerla de vuelta si la experiencia toma un mal giro.

Luchando cada vez con menos fuerza contra el embotamiento que la invade, Marie consigue articular las pocas palabras que todavía flotan en la superficie de su mente.

—¿Qué debo hacer si estoy en peligro?

—Chisss... No debe seguir hablando. Si se encuentra en peligro, no tendrá más que apretar los puños y yo la traeré de vuelta. Ahora quiero que concentre su atención en la madre Gabriella. Está sentada donde está usted. Sus manos están apoyadas donde usted ha apoyado las suyas. ¿Ya está?

Se ha levantado viento. La voz del padre Carzo va apagándose a la vez que Parks siente que su vientre aumenta de volumen y sus pechos se vuelven flácidos dentro del sujetador, que sus muslos se ablandan y la carne de los brazos le cuelga bajo la ropa. La tela áspera de un hábito sustituye el contacto de sus vaqueros y su anorak. Su cintura se ensancha y su sexo se estrecha. Nota que sus dientes se separan y se llenan de caries en su boca. Un olor ácido invade sus senos frontales. El mismo olor avinagrado que la despertó en el convento de Santa Cruz.

A medida que toma posesión del cuerpo de la madre Gabriella, Marie Parks empieza a oír de nuevo el ruido de las cucharas, el frotamiento de los zuecos y las risas contenidas de las recoletas sentadas a la mesa. Abre los ojos a la débil luz de las antorchas. 14 de enero de 1348, año de la gran peste negra... Aquella noche, acunada por la voz trémula de la recoleta que recitaba en su pupitre la letanía de los demonios, la madre Gabriella se había adormilado. Durante esos pocos segundos de relajación, soñó con gárgolas chorreantes de lluvia, cadáveres abandonados en los arroyos y perros vagabundos que frecuentaban las ciudades asoladas por la peste. También divisó a unos extraños jinetes vestidos con sayal y cogulla de monje, que llevaban teas y cabalgaban al galope hacia el convento. El ruido de la puerta del refectorio la despertó bruscamente. La religiosa que acababa de entrar gesticulaba señalando las tinieblas. Aquella noche, la madre Gabriella supo que los jinetes se acercaban.

135

Una vez informados los cardenales de que el cónclave va a empezar de manera inmediata, el cardenal camarlengo hace cerrar las pesadas puertas del Vaticano a fin de aislar a los prelados silenciosos de la multitud de fieles que continúa invadiendo la plaza de San Pedro. A continuación sitúa a la guardia suiza en la entrada de la basílica para canalizar la fila de peregrinos que van a arrodillarse ante los restos mortales del Papa, una fila interminable que se prolonga desde el puente de Sant'Angelo y que no cesará, pese a la llovizna romana, antes de varios días.

Abriéndose paso a través de la multitud, la inspectora Valentina Graziano acaba de llegar al edificio de los Archivos. Enseña su pase y cruza el cordón de guardias armados con alabardas que brillan bajo la lluvia.

En el interior, las bibliotecas y las estatuas están cubiertas con colgaduras negras. Valentina tiene la impresión de avanzar por un cementerio. Al verla acercarse, el oficial de guardia del rastrillo de los Archivos reservados hace que sus hombres crucen las alabardas. Luego alarga la mano para coger el pase que ella le tiende.

Mientras el oficial examina el documento, la inspectora se pregunta dónde ha visto antes esa cara de bulldog. Se pone tensa; ese coloso con jubón que mira con lupa el salvoconducto es el comandante de la guardia suiza del Vaticano en persona. Había visto su imponente silueta al lado del cardenal Camano cuando hizo su espectacular entrada en la basílica. Lo recuerda muy bien porque le pareció extraño que el comandante retrocediera para refugiarse en la oscuridad al acercarse ella. Como si no quisiera que memorizara su rostro. También es extraño que un oficial de su importancia pierda el tiempo junto al rastrillo de los Archivos cuando en la basílica han comenzado las ceremonias de recogimiento.

El comandante de la guardia mira de hito en hito a Valentina, que a duras penas consigue sostener su mirada; sus ojos son fríos y desprovistos de humanidad. Le indica con una seña que se quede donde está, descuelga un teléfono y se pone a susurrar. La joven desenvuelve un chicle y se lo mete en la boca para disimular su impaciencia. El coloso sabe perfectamente que el pase es auténtico porque él mismo lo ha refrendado. Eso significa que quizá intenta ganar tiempo porque sus muchachos ya están haciendo limpieza en los Archivos secretos.

Mascando el chicle, Valentina espera ante la mirada distante de los alabarderos. El teléfono suena. El comandante de la guardia descuelga y escucha la respuesta. Valentina aprieta los puños dentro de los bolsillos de la gabardina. No es precisamente la secretaría de Estado quien llama, sino probablemente su cómplice para informarle de que la limpieza de las pruebas ha terminado.

«Deja de delirar, Valentina; ese pedazo de cretino hace su trabajo y punto.»

El comandante cuelga y tiende el pase a la inspectora.

—Tenga cuidado, señorita, los peldaños son resbaladizos y no querría que cayese en la oscuridad y se partiera esa bonita nuca que tiene.

Valentina se sobresalta al oír al coloso hablar con acento del Valais. Es él el hombre que contestó cuando ella pulsó la tecla «bis» del teléfono de Ballestra y cuando el asesino del archivista llamó desde la habitación de su víctima.

—¿Algún problema?

—¿Cómo?

Valentina está a punto de desmayarse mientras los ojos del coloso se clavan de nuevo en los suyos.

—Está muy pálida.

—Es que tengo un poco de fiebre. Debo de estar incubando una gripe.

—Pues debería quedarse en casa antes de ponerse peor —dice con su acento del Valais cortante como un cuchillo.

Una chispa de ironía se enciende en su mirada. Valentina juraría que hay otra cosa, un destello de pura maldad. De demencia, incluso. Ese tipo está loco. Chiflado, como una cabra, completamente ido. «Por el amor de Dios, Valentina, está claro que sabe y que ha debido de apostar guardias al pie de la escalera. Mierda, pero ¿qué te creías? ¿Que te dejaría seguir el rastro de Ballestra hasta llegar a él?»

Valentina está a punto de renunciar cuando el tipo aparta de repente la mirada y hace señas a los guardias para que levanten el rastrillo. La joven siente que le tiemblan las rodillas. Debería largarse. Dar cualquier excusa e ir a avisar a la policía para detener a esos cabrones. «¿Ponerle las esposas al comandante de la guardia suiza del Vaticano en plena celebración del conclave? ¿Y con qué pruebas? ¿Una voz con acento del Valais grabada en un puto contestador? ¡Por el amor de Dios, Valentina! Son suizos, todos hablan con acento suizo. ¡Para de desbarrar!» Pese a todo, si hiciera caso de lo que su instinto le pide a gritos, le daría una patada en los cojones a ese tipo y saldría corriendo. En lugar de eso, mientras el rastrillo de los Archivos se levanta con un chirrido de acero, nota que sus pies se ponen en movimiento hacia la boca abierta de la escalera.

136

Arrodillado frente a Parks, que se retuerce en el sillón, el padre Carzo empieza a preocuparse. El trance había empezado bien y la joven parecía dormir plácidamente. Pero unas muecas de terror acaban de aparecer en su rostro, mientras que los músculos de sus brazos se crispan bajo las correas. Y sobre todo, aunque su mente se niegue a admitirlo, el exorcista acaba de darse cuenta de que Parks está envejeciendo. El cambio ha empezado por las facciones, que se han vuelto flácidas, y la piel, que se ha llenado de arrugas. Ahora, su cuello se marchita y su rostro parece descolgarse por completo, como si estuviera fundiéndose.

Carzo intenta achacar esta visión a la temblorosa luz de las antorchas, pero cuando el cabello de la joven empieza a encanecer el sacerdote no tiene más remedio que reconocer que Parks está transformándose. De repente, ella empieza a gritar con una potente voz que no es la suya:

—¡Atrás, malditos! ¡No podéis entrar aquí!

Esas palabras son las que la madre Gabriella acaba de gritar desde lo alto de las murallas a los jinetes que se congregan para tomar por asalto el convento. Monjes errantes sin Dios ni señor, bandidos y herejes degradados al estado salvaje, en esos tiempos de peste en que la ley de la espada ha sustituido a la de Dios.

Escupiendo llamas que lamen los tejados y devoran las vigas de las casas, la hoguera que consume el pueblo de Zermatt ilumina las montañas. Los jinetes han matado a sus habitantes e incendiado las granjas a su paso a fin de no dejar ningún testigo de lo que sucederá más arriba.

Piafando y arañando el suelo con los cascos, un centenar de caballos acaba de detenerse al pie del precipicio cuando la madre Gabriella les repite su advertencia. Los monjes levantan la cabeza al oír el grito que baja por la pared de piedra. Sus ojos brillan como gemas bajo la luna. Un bosque de luciérnagas que Parks contempla mientras la madre Gabriella se inclina en lo alto de las murallas. Luego oye que se eleva una voz de la tropa. Una voz que parece muerta:

—¡Echadnos las cuerdas para que podamos subir! ¡Echadnos las cuerdas o devoraremos vuestras almas!

Las recoletas, apiñadas en las murallas, empiezan a gritar, y la madre Gabriella tiene que dar una voz para hacerlas callar. Luego grita de nuevo dirigiéndose a los jinetes:

—¿Qué venís a buscar a estos lugares, vosotros que os dedicáis a saquear e incendiar como perros vagabundos?

—Vamos en busca de un evangelio que nos robaron y que conserváis indebidamente entre estos muros.

La madre Gabriella se estremece. Acaba de comprender quiénes son esos monjes y qué manuscrito pretenden recuperar.

—Las obras que se encuentran en este convento pertenecen exclusivamente a la Iglesia y todas están marcadas con el sello de la Bestia. Así que seguid vuestro camino si no sois portadores de una orden de requisición de Su Santidad el papa Clemente VI que reina en Aviñón.

—Tengo algo mejor que eso, mujer. Tengo una orden de marcha firmada por la propia mano de Satanás. ¡Echad las cuerdas o, por los demonios que nos guían, nos suplicaréis que os matemos!

—¡Volved con el Diablo, puesto que os envía él, y decidle que yo solo obedezco a Dios!

El alarido de los Ladrones de Almas se eleva por las murallas. Se diría que son miles y que sus voces se superponen hasta el infinito. Luego, mientras se hace el silencio, la religiosa se asoma de nuevo y lo que ve la deja helada hasta los huesos: clavando las uñas en las junturas del granito, los Ladrones de Almas están escalando la pared helada del convento con la misma facilidad que si reptaran sobre ella.

—Marie, ahora tiene que despertar.

El padre Carzo zarandea a la joven. Su respiración es entrecortada y sibilante.

La madre Gabriella corre. Conduce a sus monjas hacia los sótanos del convento. Justo antes de desaparecer en los pasadizos secretos, se vuelve. Petrificadas de terror, varias de sus hermanas se han quedado atrás. Algunas se arrojan al vacío para escapar a su suerte. A las que se arrodillan, llorando, mientras las sombras saltan por encima del parapeto, los Ladrones de Almas les parten el cuello antes de tirarlas por el precipicio.

Carzo levanta los párpados de Parks. Los ojos de la joven han cambiado de color. La droga ha dilatado sus pupilas y su mirada parece muerta, como si su conciencia se hubiera disuelto por completo en la de la recoleta. Una fusión mental extremadamente rara que Carzo solo ha observado hasta entonces en ciertos posesos en el estadio último del Mal. Zarandea a Parks con todas sus fuerzas. Debe encontrar como sea la manera de sacarla del trance; si no, se expone a encontrarse atada a una cama en un hospital psiquiátrico, con la mente atrapada para siempre en la de una vieja religiosa muerta hace más de seis siglos.

—¡Marie Parks! ¿Me oye? ¡Tiene que despertar inmediatamente!

El exorcista se incorpora cuando la mano de Parks salta del apoyabrazos y agarra la suya con una fuerza sorprendente. Intenta liberar sus dedos de esa presión que los machaca, pero se queda petrificado al oír la voz terrosa que escapa de entre los labios inmóviles de la joven:

—Dios mío, están aquí…

137

La madre Gabriella y sus monjas se han refugiado en la biblioteca prohibida de la fortaleza. Allí, entre los anaqueles polvorientos y las chimeneas donde acaban de encender montones de haces de leña, las religiosas forman una cadena para pasarse los manuscritos. La última de la fila arroja al fuego las páginas malditas que nadie debe leer.

Mientras ellas se ocupan en esta tarea, la madre Gabriella abre una puerta oculta y entra en otra sala secreta. Una vez cerrado el paso, la madre superiora se arrodilla y desprende un bloque de granito que disimula un escondrijo. En el interior, abre la cerradura de diversos estuches después de haberlos dejado en el suelo. De ellos extrae unos fardos de lona y unas sábanas de lino, que envuelven una colección de osamentas así como un cráneo coronado de espinos. Las manos de la madre Gabriella se ponen a temblar. Lo recuerda... Sucedió hace cuarenta años. Fue ella quien encontró el cadáver de la madre Mahaud de Blois al pie de las murallas, ella la que limpió la inscripción que la suicida había trazado con su sangre en las paredes de su celda. Al descubrir la razón de ese terrible acto en las páginas del evangelio de Satán, la madre Gabriella alertó al Papa, que envió una expedición secreta a Tierra Santa, ocupada por los ejércitos musulmanes. Un grupo de dominicos y de caballeros archivistas encontró la entrada de las cuevas del monte Hermón. Como habían llevado lo necesario para inmunizarse contra las arañas y los escorpiones que poblaban el santuario, pudieron exhumar el cadáver de Janus y se repartieron su osamenta antes de separarse para repatriarla cada uno por su lado. Unos restos que la guardia noble escoltó más tarde hasta el Cervino para confiarlos a las recoletas. Eso fue hace cuarenta años.

Después de haber hecho un hatillo de cuero con el cráneo, la madre Gabriella pone el resto de los huesos sobre la falda de su hábito y regresa con sus recoletas, que continúan alimentando el fuego de la chimenea con el contenido de las bibliotecas.

Un desagradable olor de cuero quemado impregna la atmósfera. Las religiosas miran a su superiora, que arroja los huesos al fuego. Saben que todo está perdido. Entonces, reprimen las lágrimas y reanudan su tarea. Están a punto de pasarse el manuscrito más precioso de la biblioteca cuando suenan unos golpes en la puerta de la sala.

—Dios mío, están aquí…

Con la cara enrojecida por las llamas, la madre Gabriella aprieta contra su pecho el evangelio de Satán; las filigranas rojas brillan en la penumbra. Mira tristemente el hogar mientras el ariete de los Ladrones de Almas empieza a agrietar las puertas. Las llamas no tendrán tiempo de consumir el manuscrito, lo sabe. Así pues, lo mete en una bolsa de lona y lo echa junto con el cráneo de Janus por el conducto de los residuos del convento. Escucha cómo bajan los paquetes por el tobogán de piedra que finaliza doscientos metros más abajo, en una fosa excavada en la montaña. Después se queda paralizada al oír los gritos de las monjas: las puertas acaban de ceder.

La madre Gabriella se vuelve. El jefe de los Ladrones de Almas camina hacia ella. Sostiene un puñal manchado de sangre con el que acaba de atravesar a una monja que intentaba cerrarle el paso. La superiora del convento percibe su hedor. Va calzado con pesadas botas de jinete, su rostro desaparece bajo una amplia capucha y tan solo sus ojos brillan en las tinieblas. Sus ojos y un pesado medallón de plata que golpea su torso y que representa una estrella de cinco puntas rodeando a un demonio con cabeza de macho cabrío. El emblema de los adoradores de la Bestia. Mientras se acerca, la madre Gabriella ve que sus muñecas y sus brazos, hasta los codos, han sido escarificados con una hoja cortante. Una cruz rojo sangre cercada de llamas cuyos extremos se retuercen para formar el *titulus* de Jesucristo.

—Señor, ¿quién sois?

Una voz cavernosa surge de la cogulla del monje.

—Mi nombre es Caleb. Soy el Viajero.

La recoleta siente que el pánico se apodera de su mente. Sabe que no puede esperar ninguna compasión de un demonio de esa especie. Entonces se abalanza sobre el puñal del Ladrón de Almas, que baja el arma rápidamente. Un grito de dolor. La madre Gabriella se ha herido. El puño de Caleb la golpea en el cuello. Las luces oscilan alrededor de la anciana religiosa, que se desploma. Siente el aliento de Caleb sobre sus labios.

—No os preocupéis, madre Gabriella, vais a morir muy pronto. Pero antes me diréis dónde está el evangelio.

138

—Marie, ¿me oye?

Carzo se muerde los labios para no gritar mientras los dedos de Parks se cierran todavía más alrededor de los suyos. Al bajar los ojos, observa que un ancho tajo acaba de aparecer en el antebrazo de la joven y que unas gotas de sangre caen al suelo. La fusión está volviéndose irreversible.

—¿Adónde nos llevan? ¡Señor! ¿Adónde nos llevan?

El exorcista clava las uñas con todas sus fuerzas en la muñeca de Marie para obligarla a que lo suelte. La mano de la joven se abre. El sacerdote masajea sus dedos doloridos; luego rasga el envoltorio de una jeringuilla esterilizada con la que aspira el contenido de otro frasco. Un antídoto destinado a provocar un choque nervioso que la haga volver. Entre la carne enflaquecida de Marie, las venas laten bajo la piel. Carzo ata firmemente su brazo con ayuda del torniquete y pincha a ojo. Las venas están tan duras que tiene que intentarlo dos veces antes de conseguir clavar la aguja en una. Inyecta la mitad de la jeringuilla. En el mismo momento, Parks empieza a gritar como una loca gesticulando como si se debatiera contra una fuerza invisible.

Después de haber apagado el fuego y revuelto las brasas en busca de los restos del evangelio, los Ladrones de Almas arrastran a las monjas supervivientes hasta el refectorio, donde las atan sobre las mesas. Atan asimismo a la madre Gabriella en su sillón para que no se pierda ni un detalle del espectáculo y acto seguido profanan a las religiosas con tizones y las desollan con cuchillas al rojo vivo. En vista de que no obtienen ninguna respuesta, les revientan los ojos y les rompen los dedos con pinzas. Después les machacan los dedos de los pies a mazazos y les atraviesan los brazos y las piernas con grandes clavos oxidados.

—¡Marie, despierte, se lo suplico!

La mayoría de las recoletas han sucumbido a estas torturas. Las demás se han vuelto locas y chillan de tal modo que los Ladrones de Almas se ven obligados a cortarles el cuello para acallar sus gritos. A continuación se ensañan con la madre Gabriella. Luego la dejan sobre la mesa y salen del refectorio para registrar el convento. Silencio. El crepitar de las antorchas. Los chillidos de las ratas que corren en la oscuridad para lamer los charcos de sangre.

Atrapada en el cuerpo de la recoleta, Parks es puro dolor. La madre Gabriella, en carne viva, intenta contener la respiración para morir cuanto antes. No lo consigue. Entonces comienza a tirar de sus ataduras y se queda petrificada. Un nudo mal hecho acaba de soltarse. Da un tirón y consigue liberar un brazo cubierto de sangre. Se retuerce unos minutos más sobre la mesa con los dientes apretados para no gritar; luego, la anciana religiosa se incorpora y apoya sus pies mutilados en las baldosas del refectorio. Atraviesa la sala. Una puerta. La madre Gabriella se aventura por los pasillos, recorre cojeando un centenar de metros hasta un gigantesco tapiz de Mortlake y lo levanta, dejando un rastro de sangre en la pared. Un chasquido. Un pasadizo secreto acaba de abrirse. La anciana recoleta se adentra en él. El lienzo de pared se cierra.

—Marie, ¿me oye?

Una escalera circular de piedra desciende por el vientre de la montaña. Mientras avanza pegada a las salas prohibidas, la recoleta se detiene un momento para escuchar a través de las paredes los gritos lejanos de los Ladrones de Almas, que hablan de una habitación a otra. Han descubierto algo: huesos calcinados en el hogar de las chimeneas. Tendrán que registrar los estantes y tantear las paredes durante horas antes de comprobar que el evangelio ya no está allí. Después subirán de nuevo para torturar a su prisionera.

La madre Gabriella ha reanudado la marcha. Haciendo muecas de dolor, Parks titubea con ella en las tinieblas, reprimiéndose para no gritar cada vez que da un paso.

Al llegar al final de la escalera, la anciana religiosa se desvía por una galería estrecha hasta el pozo de los residuos, donde revuelve febrilmente las inmundicias. Nota que sus viejas manos se cierran sobre la bolsa de lona y el hatillo de cuero. Después retrocede reptando por el conducto hasta el pasadizo que desciende en suave pendiente hacia el valle. En ese momento es cuando Parks siente que su mente se separa de ella. En ese momento, los dolores que torturaban su cuerpo comienzan a atenuarse. Marie, sola, contempla a la anciana recoleta que se aleja cojeando hacia el final del túnel. Se sobresalta. Una voz lejana la llama en las tinieblas:

—¡Parks, por el amor de Dios, despierte!

A medida que el antídoto recorre sus venas, el cuerpo de Marie empieza a rejuvenecer ante los ojos de Carzo. La piel de su rostro cobra firmeza y su cabello se oscurece. Luego, el sacerdote ve cómo se hunde el pecho de la joven mientras ella se incorpora buscando aire como si estuviera ahogándose. «Dios mío, se ahoga…»

Carzo la empuja hacia delante y le da unas palmadas en la espalda con todas sus fuerzas para obligarla a respirar. Una hipada. Mientras su pecho se eleva, Parks profiere un largo grito de terror.

139

Una vez dentro de los Archivos secretos del Vaticano, Valentina se quita los zapatos de tacón para no borrar los indicios y saborea durante un momento la tibieza del entarimado. Después se pone unos guantes de látex y avanza entre las estanterías de cedro que sostienen hileras de expedientes y de pergaminos ordenados por fecha. Impresionada por el silencio del lugar, tiene la sensación de estar recorriendo los departamentos desiertos de unos grandes almacenes donde se hubiera quedado encerrada durante la noche. Por lo que ha oído decir, en esta sala se encuentran archivados los procesos de Galileo y de Giordano Bruno, así como el discurso de Colón ante los sabios de la Universidad de Salamanca que se negaban a creer que la Tierra era redonda.

Deteniéndose en medio de la sala, deja escapar un suspiro de desaliento. Si de verdad debe encontrar las siete obras de Carzo entre los miles de manuscritos que atestan las estanterías, tiene para años. Así que lo mejor será empezar por descubrir en qué parte de la sala están. Por lo que recuerda, el padre Carzo le dijo a Ballestra que esos manuscritos se encontraban en la «gran» biblioteca de los Archivos. Valentina gira sobre sí misma y cuenta no menos de seis, una de las cuales, inmensa, cubre la totalidad de la pared del fondo.

Con la linterna entre los dientes, pasa un dedo por el suelo que queda delante de las primeras bibliotecas. Ni la menor mota de polvo. Se dirige hacia la sexta, tan alta que está provista de cuatro escaleras de mano con ruedas. Hasta allí, la tarima reflejaba el haz de luz de la linterna tan fielmente como lo habría hecho un espejo. Pero cuanto más se acerca la inspectora a la biblioteca, más intensidad parece perder el reflejo luminoso, como si la naturaleza del suelo estuviera cambiando… o, más bien, como si los que lo han pulido se hubieran detenido ahí. Una película de polvo, cada vez más espesa a medida que el haz luminoso se acerca al pie de la biblioteca, cubre el suelo.

Valentina se agacha y pasa un dedo por la tarima. Unas partículas negras y unos hilos de telaraña se adhieren al guante. Se diría que un pasadizo muy antiguo se ha abierto en ese lugar y ha cubierto la tarima con la suciedad que contenía.

Con ayuda de la linterna, no tarda en localizar unas huellas de sandalia sobre el polvo. Siguiéndolas una a una, el haz de luz se detiene sobre la más alejada: media huella; el resto desaparece bajo la biblioteca. Alguien ha permanecido de pie en medio de la nube de polvo en el momento en que el pasadizo se ha abierto.

140

—¿Está segura de que quiere volver?

Parks mueve lentamente la cabeza en señal de asentimiento. El terror que ha experimentado durante la primera sesión de hipnosis todavía hace latir la sangre en sus sienes. Carzo suspira.

—Lo que me preocupa son los estigmas.

—¿Los qué?

El sacerdote señala los brazos de Parks. La herida con la que ha regresado del trance se reduce ahora a una fina cicatriz en forma de media luna.

—¿Qué es eso?

—Una herida que ha aparecido en el momento en que Caleb atacaba a la madre Gabriella con el puñal. Ha empezado a cicatrizar en el instante en que usted ha despertado. Eso significa que su don es todavía más poderoso de lo que había imaginado y que sus trances son similares a los casos extremos de posesión. Si lo hubiera sabido, no la habría llevado ante los Ladrones de Almas. Por eso le pregunto si está realmente segura de querer ponerse en contacto con el inquisidor general Landegaard. Podría ser peligroso.

—No hasta que él llegue al convento de Bolzano. Leí sus informes secretos en el convento de las recoletas de Denver.

—Una parte de sus informes nada más. Solo Dios sabe si nuestras encantadoras bibliotecarias no destruyeron largos fragmentos.

—Por eso es por lo que quiere enviarme allí, ¿no?

—Sí.

—Entonces, vamos. Pero esta vez sin droga.

El padre Carzo saca de su bolsa cuatro correas provistas de grandes hebillas y de cierres de seguridad.

—¿Qué hace?

—Son correas de las que se utilizan en los manicomios.

—Preferiría una pulsera.

—No bromeo, Marie. Cuando estaba en contacto con la madre Gabriella, ha estado a punto de triturarme la mano, y eso que se trataba simplemente de una anciana inofensiva. Ahora va a penetrar en la mente de un inquisidor general en la flor de la vida, un hombre de unos treinta años capaz de matar a un buey con sus manos.

El exorcista pasa las correas alrededor de los brazos y de los tobillos de Parks y las abrocha en la última hebilla sin que la joven tenga ni por un instante la sensación de estar atada. Sin embargo, es incapaz de mover un milímetro los miembros.

—Menudo invento...

—Está ideado para que los trastornados no tengan la sensación de estar inmovilizados en la cama. Eso les evita un aumento de ansiedad. Yo utilizo estas correas para mis pacientes en el estadio último de la posesión. Ninguno se ha quejado por el momento.

Parks intenta sonreír, pero tiene demasiado miedo para conseguirlo.

—Y esta vez, ¿cómo va a traerme de vuelta si las cosas toman un mal giro?

—Todavía no lo sé, pero seguro que se me ocurrirá la manera de hacerlo.

Un silencio.

—¿Está preparada?

Marie cierra los ojos y asiente con la cabeza.

—Vale. Ahora voy a mandarla al 11 de julio de 1348. Es el día que Landegaard llegó al convento. Su Santidad el papa Clemente VI lo mandaba para investigar sobre el silencio de las recoletas del Cervino.

—Un poco lento de reflejos, el tal Clemente.

—Chisss..., no hable. En la época en la que va a despertar, hace casi un año que la Peste Negra arrasa Europa. En Italia y Suiza, la plaga ha dejado tras de sí cientos de miles de muertos, ciudades desiertas y campos donde solo se oye el graznido de los cuervos y el aullido de los lobos.

Mientras las palabras de Carzo invaden su mente como si fueran bruma, Parks siente que su conciencia se disuelve poco a poco. Tiene la impresión de que su cuerpo está alargándose, como si abriera desmesuradamente los brazos y las piernas.

141

—Año 1348. En la primavera de ese año de tristeza y de desolación, Landegaard sale de Aviñón con sus notarios, sus carretas celdas y su guardia para hacer el censo de los conventos y los monasterios que han sobrevivido al gran mal. Su misión es doble y cruel; no solo debe comprobar que esas comunidades continúan existiendo, sino también asegurarse de que la desesperación y la soledad no las han hecho establecer comercio con el Demonio. Dispone, pues, de plenos poderes para juzgar y condenar a la hoguera a los monjes y a las religiosas culpables de extravío.

A medida que la voz de Carzo se aleja, Parks tiene la sensación de que su cuerpo deja de alargarse. Ahora sus brazos empiezan a llenarse de músculos duros como sogas. Sus hombros se hinchan con un crujido de cartílagos y de tendones. Su cuello y su cara se ensanchan y, mientras lo que le queda de conciencia se desgarra, tiene la certeza de que el volumen de sus piernas también empieza a aumentar. A continuación, su pubis se estrecha y su vientre se endurece como una piedra. Entre sus muslos ha empezado a crecer un sexo. La voz de Carzo todavía canturrea en la superficie de su mente:

—Una última cosa antes de que se duerma: para poder entrar en plena posesión de la mente de Landegaard, es muy importante que comprenda lo que es un inquisidor en estos tiempos tormentosos. En 1348, esos servidores del Papa son ante todo investigadores, buscadores de verdades. En contra de lo que dice la leyenda, raramente torturan y solo queman como último recurso. Su tarea consiste ante todo en recopilar testimonios y dirigir las investigaciones exculpatorias o incriminatorias, exactamente igual que un juez de instrucción de nuestra época. Por ello, cuando reciben el encargo de instruir un caso particularmente candente en el seno de una cofradía contaminada por el Demonio, suelen presentarse bajo el disfraz de viajero perdido. Una técnica de infiltración que les permite presenciar los desenfrenos de que se acusa a la comunidad en cuestión.

Mientras la voz de Carzo se atenúa progresivamente, Marie siente que una mezcla de olores penetra en sus fosas nasales. Efluvios de sudor y de mugre con los que ni la piedra alumbre ni el polvo de arena han conseguido acabar. Y olor de ropa. Una tela rasposa y tosca que le irrita la piel y que huele a humedad y a leña quemada.

—Esas misiones pueden durar desde unos días hasta varias semanas, y no es raro que a un inquisidor desenmascarado lo maten los miembros de la congregación en la que se ha infiltrado. Lo más frecuente es que los asesinos despedacen el cadáver y dispersen los trozos. Los criminales piensan que, de ese modo, cuando otro inquisidor se presente unos días más tarde con sus carretas y sus guardias, podrán escapar a su justo castigo. Pero ignoran un punto importante de los usos de esta extraña policía de Dios: siempre que un inquisidor infiltrado se siente amenazado de muerte o hace un descubrimiento importante, graba un mensaje en una roca a la salida del monasterio o en el duodécimo pilar del claustro, utilizando un código que solo los demás inquisidores saben descifrar.

A medida que Parks pasa al otro lado, el universo se ensancha de nuevo a su alrededor y otros olores empiezan a flotar en el aire.

Algunas de las hierbas aromáticas más intensas que haya aspirado nunca. Olor de piedra caliente y de hierba mojada. Aromas de setas, de menta y de conífera. Ese día había llovido y la Tierra, rebosante de agua, restituía todas las fragancias que la impregnaban. Marie aguza el oído para captar la voz de Carzo, que murmura entre la brisa:

—El inquisidor dispone para ello de un estuche que contiene veinticinco pequeños martillos cuyas cabezas, forjadas en forma de letras del alfabeto, le permiten componer su mensaje grabándolo directamente en la piedra. Sabemos que, debido a la naturaleza secreta de su misión, las recoletas también estaban autorizadas a emplear este procedimiento en caso de peligro. Puesto que el claustro de Nuestra Señora del Cervino no ha resistido al paso de los siglos y al frío, esas marcas es lo que debe buscar con prioridad. Las que seguramente la madre Gabriella dejó tras de sí al huir y las que Landegaard grabó a su paso por el convento para alertar a los miembros de su orden de que seguía su pista a través de las montañas. Y no olvide que el tiempo obra en nuestra contra y que debe volver ineludiblemente antes de que Landegaard se marche del convento…

Silencio. Luego el susurro de la brisa. El chasquido de las gotas que caen de los árboles sobre las hojas secas. Un trueno suena a lo lejos. Los caballos piafan y resoplan en la pendiente. A medida que la voz de Carzo se apaga, lo que queda de la conciencia de Parks detecta nuevas sensaciones: un ruido de cascos, el frotamiento de las riendas en sus manos velludas y llenas de callos, sus antebrazos nudosos y fuertes, sus muslos musculosos contra los flancos del caballo.

Aunque ese día había llovido, ni las gotas sobre su sayal empapado ni el rugido de los truenos habían logrado turbar el descanso del inquisidor general, que dormitaba con la cabeza y la espalda inclinadas sobre su montura. Thomas Landegaard abre los ojos ante el cielo rojizo del atardecer, se yergue y aspira una gran bocanada de aire cargado de olor de pino y helecho. A lo lejos, los picos que dominan el pueblo de Zermatt se recortan en la bruma.

Landegaard esboza una sonrisa. Si Dios quiere, esa noche se acostará en una cama de verdad, con la panza llena de una pata de ese cabrito que uno de sus ballesteros mató hace unas horas. Mientras piensa en esas satisfacciones sencillas, el inquisidor no sospecha ni por un instante lo que le espera.

142

Arrodillada sobre la tarima de la sala de los Archivos secretos, Valentina agita un pulverizador de laca y rocía con esta sustancia las huellas que las sandalias de Ballestra han dejado en el polvo. Una vez solidificado el producto en la superficie de las huellas, dispone delante de cada una unos cartelitos numerados del uno al siete para indicar la dirección en la que el archivista se ha desplazado. Después saca su cámara de fotos digital; el flash rasga la oscuridad cada vez más deprisa.

A continuación pasa un dedo sobre las primeras huellas, claras y profundas, que se perfilan la una junto a la otra en el haz de luz. El reflejo de la linterna rebota sobre la tarima pulida, señal de que no hay la menor partícula de polvo; ahí es donde el archivista ha permanecido inmóvil mientras se abría el pasadizo.

Las huellas siguientes están más marcadas en el talón y en la punta. La forma de un pie en movimiento. Valentina pasa el haz de luz de su linterna; el reflejo ha desaparecido, lo que significa que el polvo del pasadizo ya había cubierto ese lugar cuando Ballestra colocó el pie allí.

A unos centímetros de la biblioteca, segundo grupo de huellas profundas la una junto a la otra, polvo acumulado al fondo de la huella, entarimado mate. Justo antes de adentrarse en el pasadizo, el prelado se ha detenido de nuevo en ese lugar: unos segundos de vacilación mientras escruta las tinieblas. El flash de Valentina relampaguea. Luego, la punta de la última huella desaparece bajo la biblioteca. Ballestra se ha internado en el pasadizo antes de que la estantería se cierre a su espalda.

La joven desdobla la lista de citas y recorre la biblioteca con los ojos. Catorce metros de largo por seis de alto, es decir, al menos sesenta mil manuscritos. Hace un cálculo rápido. Encontrar siete libros en una biblioteca que contiene sesenta mil da, en cada intento..., 1 posibilidad entre 8.752 de escoger el correcto. Una vez encontrados esos siete libros, todavía hace falta descubrir el orden en que esas obras deben ser retiradas de los estantes, o sea, 823.853 posibilidades. Lo que significa que la posibilidad de dar accidentalmente con la combinación correcta desplazando los libros al azar en la biblioteca es de una entre... setecientos mil millones. Ninguna caja fuerte ofrece en todo el planeta una seguridad comparable a ese procedimiento inventado en la Edad Media, ni siquiera en los bancos suizos mejor protegidos, ni en los sótanos blindados de la Reserva Federal estadounidense o las cámaras de hormigón del Banco Mundial. Sin contar con que, para modificar la combinación, basta sustituir los libros por otras siete obras designadas mediante una nueva lista de siete citas. Valentina siente que un sabor de Tierra le llena la boca. Día tras día durante siglos, miles de archivistas habían desplazado y vuelto a colocar varias veces esos miles de obras sin que ninguno de esos movimientos hubiera tenido la menor posibilidad de accionar el mecanismo.

La inspectora examina con los ojos la sala de los Archivos secretos. Como en todas las bibliotecas del mundo, la lista completa de los títulos tiene que estar forzosamente registrada en alguna parte. A fuerza de avanzar entre los anaqueles, acaba por distinguir la luz de un ordenador con un salvapantallas en el monitor. Una frase desfila sin fin: *Salve Regina, Mater Misericordiae*, las primeras palabras de la conocida oración dedicada a la Virgen María en latín. Valentina interrumpe el mensaje pulsando una tecla. La pantalla parpadea y luego aparece un cuadro pidiendo una contraseña.

—¡Mierda, no puedo creerlo! Pero ¿qué se creen estos gilipollas? ¿Espías?

Pasa los dedos por debajo de la mesa en busca de un duplicado de la contraseña. Nada. Prueba con varias combinaciones al azar. Fechas, números romanos y términos religiosos que le vienen a la mente. Cada vez que hace un intento, la pantalla muestra una ventana de fracaso. La joven se desanima, pero al cabo de un momento una sonrisa se dibuja en sus labios.

—Dios mío, haz que sea tan tonto como eso.

Tecleando a toda velocidad, introduce el mensaje del salvapantalla: *Salve Regina, Mater Misericordiae*. Luego pulsa la tecla «intro» y nota que el corazón se le acelera al oír crepitar el disco duro.

«*Grazie, signora...*»

La pantalla muestra ahora el escritorio del ordenador. Valentina hace un doble clic con el ratón sobre el icono de la base de datos. Aparecen miles de títulos en latín y en griego. En la parte superior de esta lista, un campo de búsqueda. Valentina introduce la primera cita. El ordenador empieza a ronronear mientras el procesador recorre el disco duro en busca de las obras que contienen esa frase. Una señal sonora. La pantalla muestra doce manuscritos que corresponden a lo solicitado. Valentina examina las respuestas. Dos obras contienen la frase exacta; las otras se limitan a reproducirla como cita. Se trata de un manuscrito en latín y de su traducción al griego. Como la cita enviada por Carzo estaba escrita en latín, Valentina hace un clic sobre el vínculo correspondiente. La pantalla muestra la respuesta: la *Prima Secundae*, segundo volumen de la *Summa*, de santo Tomás de Aquino. Según la base de datos de los archivistas, los cuatro tomos de esa considerable obra se encuentran, efectivamente, en la biblioteca. El emplazamiento exacto del volumen parpadea junto al título: hilera 12, tercer nivel, estante 6.

Valentina introduce la cita siguiente; la traducción aparece automáticamente en la pantalla. «En aquellos tiempos, provisiones de maná cayeron de las alturas.» Un fragmento del *Apocalipsis siríaco*, de Baruc, un relato apocalíptico del bajo judaísmo escrito cien años antes del nacimiento de Jesús. Hilera 50, undécimo nivel, estante 4. Valentina repite la misma operación con todas las citas y anota los resultados que obtiene. Al leer la última en la pantalla, abre los ojos con asombro: «Entonces vi a la Bestia surgir de las aguas y corromper la Tierra. En su vientre palpitaba el ser supremo, el hombre de iniquidad, el hijo de perdición. El que las Escrituras llaman Anticristo y que resurgirá de la nada para atormentar al mundo».

Un fragmento del Apocalipsis de san Juan. Hilera 62, primer nivel, estante 2. Es la última obra de la lista, la que acciona la apertura del pasadizo después de que las demás hayan desbloqueado el mecanismo.

Valentina vuelve a la biblioteca, empuja la pesada escalera hasta la duodécima hilera y sube los peldaños hasta el tercer nivel. Con la linterna entre los dientes, no tarda en localizar los volúmenes encuadernados en piel negra que componen la *Summa teologica* de Tomás de Aquino. Aprieta los dedos en torno al volumen y lo atrae lentamente hacia sí. Aguzando el oído, capta un ruido lejano que se asemeja a los crujidos de una amarra de barco tensada al máximo.

Dejando el manuscrito sobresaliendo del estante, baja y empuja la escalera hasta el punto siguiente. Cada obra que extrae de la biblioteca produce el mismo chasquido característico de los viejos mecanismos de ruedas. Finalmente empuja la escalera hacia un lado y contempla el Apocalipsis de san Juan, colocado a la altura de los ojos. Conteniendo la respiración, extrae lentamente el manuscrito para liberar el último mecanismo; las sacudidas se extienden al conjunto de los estantes. Retrocede unos pasos mientras un interminable chirrido de poleas y de cubos se eleva desde las profundidades de la pared. La pesada biblioteca se abre entonces entre una nube de polvo y deja escapar una corriente de aire tibio que envuelve a Valentina.

143

Hace más de un mes que el inquisidor general Landegaard salió de Aviñón con sus carruajes, su guardia noble y sus notarios. Subió hacia el norte hasta Grenoble y desde allí fue a Ginebra, donde pensó dirigirse hacia Italia atajando por los puertos alpinos. Doblada en un bolsillo de su hábito, lleva la lista de las congregaciones que tiene el encargo de inspeccionar desde las orillas del lago de Serre-Ponçon hasta los lejanos Dolomitas. Catorce conventos y monasterios que han dejado de responder a las exhortaciones de Su Santidad.

El Cervino es la sexta etapa de ese periplo a través de los Alpes. La más peligrosa también; aunque conoce personalmente a la madre Gabriella y confiesa sentir debilidad por esa orden silenciosa al servicio de los designios más altos de la Iglesia, Landegaard sabe también que esos muros albergan el evangelio de Satán y la osamenta de Janus, dos reliquias que constituyen el principal blanco para los innumerables enemigos de la fe. Esta circunstancia hace más preocupante todavía el silencio de las recoletas después del paso de la plaga; por eso esta sexta etapa es la que concentra la atención del inquisidor. Había intentado convencer a Su Santidad de ir directamente allí. Pero Clemente había objetado que cabalgar hasta el Cervino sin hacer un alto en las otras congregaciones que se encontraban en el camino podría atraer la atención sobre la verdadera misión de las recoletas.

Unas horas después de salir de la ciudad de los papas, el inquisidor y su escolta habían pasado junto a las últimas fosas abiertas en la Tierra de Provenza, donde hombres agotados cubrían de cal los cadáveres. Luego habían atravesado pueblos abandonados y campos vacíos sin volver a encontrar un alma viva.

El mismo silencio y la misma sensación de soledad se han abatido poco a poco sobre la pequeña tropa que se acerca al pueblo de Zermatt. Desde hace algunas leguas, un extraño olor de armazones de casas quemados y de fuego ha empezado a flotar en el aire, lo que hace fruncir la nariz de los jinetes, que buscan su procedencia.

Landegaard es el primero en ver las ruinas carbonizadas del pueblo. Cuatro guardias que bromean en la retaguardia de la columna se callan de golpe al descubrir la visión: granjas devoradas por el fuego y graneros derrumbados sobre familias enteras; el inquisidor encuentra sus esqueletos carbonizados en medio de los escombros. Landegaard alza los ojos hacia las murallas del convento, que se recortan a lo lejos a la luz rojiza del crepúsculo. Una bandada de cuervos traza círculos alrededor de las torres. Entonces, sin pronunciar una palabra, Landegaard monta en su caballo y toma el sendero de mulas que sube por las estribaciones del Cervino.

144

Tras detener a su caballo a tiro de piedra del convento, Landegaard alza los ojos hacia la cima del precipicio y las murallas desiertas. Se acerca la trompa a los labios y emite cuatro señales largas; el eco hace que se eleven algunos cuervos en el cielo lechoso. Acecha el silencio esperando distinguir el chirrido de una polea, pero solo oye los graznidos de los pájaros y el silbido del viento. Tal como temía, ninguna cuerda surge de la bruma para izar a la tropa hasta la cima.

Landegaard escruta las troneras. Nadie. Al volverse hacia sus notarios para hacerles constar en los registros que el Cervino no responde, su mirada distingue unas formas oscuras tendidas un poco más allá, al pie del precipicio. Golpea con las espuelas los flancos de su montura, que se pone en marcha piafando.

A medida que se acerca, Landegaard se crispa sobre la silla al descubrir que las formas encogidas llevan el hábito de las recoletas. Once cadáveres estrellados contra el suelo. La disposición de los cuerpos indica que las religiosas han caído las unas encima de las otras desde el mismo lugar de la muralla. Landegaard alza los ojos y ve, muy por encima de la masa de las murallas, un parapeto. Imposible caerse con semejante pretil, a no ser que uno lo escale, o que se precipite al vacío.

Landegaard se inclina hacia los cadáveres desde lo alto de su montura, que piafa, nerviosa. A juzgar por la negrura de su piel, las desdichadas han pasado todo el invierno a la intemperie y sus líquidos se han congelado por efecto del frío. Cuando la nieve ha empezado a ablandarse, sus cadáveres se han momificado. De ahí el olor rancio que transporta la brisa y el relativo buen estado de conservación en el que se encuentran.

El inquisidor general desmonta y se inclina sobre una religiosa; sus ojos vidriosos han permanecido muy abiertos por efecto del pánico. Seguramente el vértigo de la caída... No, se trata de otra cosa. Landegaard aparta la toca de la monja; el cuello de la desdichada ha sido devorado hasta los tendones por una potente mandíbula. Examina la herida con la yema de los dedos enguantados. Demasiado ancha para haber sido hecha por un lobo y demasiado estrecha para haberlo sido por un oso. El hielo habría impedido semejante mordedura después de la muerte, y ninguna otra parte de los cuerpos ha sido profanada. Lo que significa que las religiosas fueron mordidas por algo que se abalanzó sobre ellas en la cima de las murallas, algo que les arrancó la garganta antes de que cayeran al abismo. Landegaard ve brillar un objeto entre la carne reblandecida por el deshielo. Saca una pinza del bolsillo, hurga en la herida y, tras extraer el instrumento, lo levanta para exponerlo a la luz. Se queda mirándolo fijamente. Ese objeto que reluce ante sus ojos bajo los rayos del sol poniente es un diente humano.

145

La inspectora Valentina Graziano avanza por el pasadizo secreto que serpentea bajo el Vaticano. Está tan oscuro que tiene la sensación de estar nadando en una piscina llena de tinta. Entre estas tinieblas caminó Ballestra hacia su destino unas horas atrás. Para seguir mejor su rastro, se ha puesto unas gafas de visión nocturna que confieren una tonalidad azulada a la oscuridad del túnel. De ese modo puede ver a la vez las huellas que el archivista ha dejado en el suelo y las marcas térmicas que sus manos han dejado en las paredes.

La joven aspira los olores que impregnan el pasadizo: de piedras antiguas y de Tierra húmeda. Una estela de tabaco y canela flota aún en la superficie de esos viejos olores inmóviles: el agua de colonia de Ballestra. A juzgar por las profundas huellas que ponen de relieve en algunos lugares el paso lento y prudente del archivista, este se detuvo varias veces para examinar la arquitectura del sótano.

Cuando el eco de sus pasos parece alejarse y las paredes del sótano se separan, Valentina regula sus gafas nocturnas a la máxima potencia. Consulta el plano milimetrado de los sótanos del Vaticano que ha tenido la precaución de llevar consigo. Los cimientos de la ciudad están atestados de catacumbas excavadas en tiempos de los romanos. Algunas galerías muy antiguas datan de la época de Nerón y conectan varios lugares del centro, entre ellos los vestigios del Senado imperial y del palacio de los emperadores. Otros pasadizos subterráneos, la mayoría derrumbados, unen las siete colinas de Roma. Las últimas galerías, más recientes, enlazan las diversas dependencias del Vaticano, así como los edificios de la Iglesia que se alzan fuera de los muros de la ciudad.

La inspectora busca en vano en el plano el pasadizo que acaba de tomar, que debería aparecer como una línea de puntos bajo los adoquines de la plaza de San Pedro. Su dedo se desliza por el mapa. Por el número de pasos que ha contado en las tinieblas y por las dos curvas que hay, la Cámara de los Misterios debe de hallarse debajo de la basílica. Y para llegar a la basílica desde los Archivos en tan pocos pasos y trazando tan pocas curvas, el pasadizo subterráneo solo puede haber sido excavado bajo los adoquines de la plaza. Sin embargo, en esa zona del mapa el suelo está desesperadamente lleno.

Más extraño aún es que esa gigantesca abertura practicada en los cimientos de la basílica no aparece en ninguna parte, mientras que las grutas vaticanas en las que se inhuma a los papas forman amplias manchas claras en el plano que Valentina despliega. Lo que significa que la Cámara de los Misterios y el pasadizo subterráneo que conduce a ella fueron excavados en el más absoluto secreto. Un secreto que ha perdurado durante siglos y por el que un anciano ha muerto.

La joven avanza hacia el centro de la sala. Si sus cálculos son exactos, ahora se encuentra en la vertical de la tumba de san Pedro, a unos metros del lugar donde en estos momentos reposa el Papa sobre el catafalco que han montado para exponer sus restos ante la multitud de fieles. La inspectora pega la oreja al pilar central de la Cámara de los Misterios y oye las notas lejanas del gran órgano, que penetran a través de los cimientos. Imagina, a mucha distancia por encima de ella, los frotamientos de esas suelas que convergen lentamente hacia el catafalco. Una marea de almas en pena avanzando envueltas en el *Stabat Mater* de Pergolesi, con sus notas suspendidas en las brumas de incienso como lágrimas.

Valentina abre bien los ojos e inspecciona la estancia. Entre los pilares, extendiéndose hasta donde alcanza la vista, unos tabernáculos tapizados en terciopelo rojo parecen haber sido registrados. Los nombres de los diversos papas de la cristiandad están grabados en el mármol sobre los cubículos. Levanta algunas colgaduras. Los cubículos están vacíos. Según lo que Carzo dijo a Ballestra, aquí es donde se depositan los secretos más comprometidos de la Iglesia desde la noche de los tiempos. Aquí es también donde el archivista fue asesinado, a juzgar por la enorme cantidad de sangre que puede verse al pie del cubículo de san Pío X. Cuatro litros tirando por lo bajo. Aquí es donde el archivista fue torturado y degollado antes de que su asesino decidiera desplazar su cuerpo. Valentina sigue con los ojos los regueros de sangre que se alejan hacia el fondo de la sala. Sus gafas nocturnas perciben un reflejo bajo el cubículo. Se inclina y esboza una sonrisa en la oscuridad. El asesino de Ballestra, demasiado ocupado vaciando la Cámara de los Misterios, no vio la grabadora digital que su víctima había dejado en el suelo. La inspectora la recoge y pulsa la tecla de escucha. El aparato emite una señal sonora. Luego, el susurro aterrado de Ballestra retumba en medio de las tinieblas.

146

—¿Marie?

Acompañando su respiración entrecortada, un denso vaho escapa de los labios entreabiertos de la joven. Carzo tirita. Hace unos minutos que la temperatura del refectorio ha empezado a bajar, como si una ola de frío estuviera envolviendo el convento. No, es otra cosa, algo que Carzo se esfuerza en negar con la misma fuerza con la que se niega a admitir que el color de las paredes está cambiando y que los olores se transforman. Olores de lana y de estiércol empiezan a reaparecer. Olores humanos se reconstruyen asimismo en las corrientes de aire con el recuerdo de las recoletas. El convento despierta. Carzo se yergue al oír los susurros que llenan ahora el silencio, clamores amortiguados, gritos y cánticos. Ruidos de pasos también, sonidos de campanas y chasquidos de puertas. El convento recuerda. Como si el trance de Parks estuviera proyectando al sacerdote al pasado, junto con los muros, los olores y todo lo demás.

—Marie, ¿me oye?

La misma respiración rápida. El mismo vaho que escapa de entre los labios de la joven. Ve latir una vena en la frente de Parks. La chica, dormida, lucha contra algo.

Carzo oye que crujen las correas que sujetan los brazos de la joven. Baja los ojos y se queda petrificado. Los antebrazos de Parks están cubriéndose de cardenales bajo la presión que sus músculos ejercen sobre el cuero. Intenta zarandear por los hombros a Parks, pero sus articulaciones están tan duras que no consigue moverla ni un milímetro.

—¡Marie, esto está yendo demasiado lejos! ¡Tiene que despertar!

Parks abre los ojos. Sus pupilas están dilatadas al máximo. Su voz vibra en el silencio.

—Se está acercando. Dios mío, se está acercando...

147

—Me llamo monseñor Ricardo Pietro Maria Ballestra. Nací el 14 de agosto de 1932 en la Toscana. Mi madre se llamaba Carmen Campieri y mi padre Marcello Ballestra. Mi nombre secreto de archivista es fray Benedetto de Mesina. Doy estos datos para demostrar que soy el autor de esta grabación.

La inspectora Valentina Graziano se pega la grabadora digital a la oreja para oír mejor los susurros de Ballestra.

—Esta noche, a la una de la madrugada, me ha despertado el padre Alfonso Carzo; me llamaba después de haber dejado la Amazonia, adonde había sido enviado para investigar unos casos de posesión extrema. Afirmaba haber descubierto unos frescos muy antiguos en los vestigios de un templo azteca. Unos bajorrelieves que describían escenas bíblicas, lo que parece corroborar los testimonios de los conquistadores que desembarcaron después de Colón en las costas de América. Los indígenas que salieron a su encuentro los recibieron como si fueran dioses. Los testimonios relatan que ya habían ido hombres blancos allí hacía mucho tiempo y que los indígenas esperaban su regreso. Todo parece acreditar la tesis de numerosos estudios científicos que afirman que unos misioneros católicos llegaron a América mucho antes que los españoles. Con la diferencia, sin embargo, de que los frescos vistos por Carzo en la jungla amazónica no representaban al Jesucristo de las Escrituras sino a su doble satánico: una bestia feroz a la que los antepasados de los aztecas habían clavado en la cúspide de una de sus pirámides, algo que había provocado el fin de su civilización. Janus, el hijo de Satán. El azote de los olmecas.

Valentina sube el volumen para contrarrestar el crujido de los documentos que el archivista consulta mientras habla.

—Justo después de la llamada del padre Carzo, he descubierto en los cimientos de la basílica la Cámara de los Misterios, que tantos de mis predecesores han buscado antes que yo. Aquí se encuentran almacenadas las correspondencias secretas que los papas se transmiten desde hace siglos por el procedimiento del sello pontificio. Ha sido rompiendo esos sellos como he descubierto la existencia de una profunda investigación interna encaminada a poner al descubierto las obras del Humo Negro, una conspiración de cardenales que, desde hace siglos, extienden su poder en el seno del Vaticano. Hace más de seiscientos años que esa cofradía intenta encontrar el evangelio de Satán, un manuscrito que supuestamente contiene la prueba de una mentira tan enorme que la Iglesia se derrumbaría si llegara a ser revelada. Por lo que he podido descubrir, el Humo Negro también intriga y asesina con la finalidad de recuperar un cráneo humano que muestra unas heridas que aportarían la prueba definitiva de que los evangelistas han mentido.

Valentina cierra los ojos. Es más grave aún de lo que había imaginado.

—Si creemos lo que dice este manuscrito, después de la negación de Cristo en la cruz, unos discípulos se llevaron el cadáver de Janus a unas grutas del norte de Galilea. Allí escribieron su evangelio antes de enviar misioneros hacia el norte para extender la palabra del Anticristo. Actualmente sabemos, por las huellas de evangelización que dejaron tras de sí, que esos misioneros atravesaron Mongolia y Siberia. Desde allí, cruzaron los hielos del estrecho de Bering y bajaron por el continente americano bordeando las costas del Pacífico. Así fue como llegaron al litoral de México, de Colombia y de Venezuela. Esta es la tesis que según unos investigadores americanos explicaría la presencia del Diluvio y de los mitos de la Creación en civilizaciones que nunca habían tenido ningún contacto entre sí. En su momento, la Iglesia descartó esa teoría. Y sin embargo, sabía... Dios mío...

Crujido de papel. Ballestra desenrolla otros pergaminos.

—Acabo de encontrar en el cubículo del papa Adriano VI unos viejos cuadernos de piel, que parecen diarios de navegación, en los que los exploradores del Nuevo Mundo consignaban sus descubrimientos... El *Valladolid*, el buque insignia de Hernán Cortés... Uno de los cuadernos contiene una antiquísima carta náutica, cubierta de una espesa capa de cera, donde los cabos parecen seguir los vientos y la ruta de las estrellas. En el forro del segundo cuaderno, otro mapa, este terrestre, aparece cubierto de símbolos aztecas y mayas, así como de cruces de color rojo sangre que parecen indicar misteriosos emplazamientos dispersos por la cordillera de los Andes y los altiplanos de México.

Crujidos de papel. Ballestra murmura para sí mientras descifra los documentos. Luego, su voz suena de nuevo en la grabadora:

—Acabo de descubrir en el mismo cubículo unas cartas de Cortés dirigidas a la Inquisición española y a los eclesiásticos de la Universidad de Salamanca. En el momento en que envía estos correos, Cortés y sus conquistadores han llegado al corazón del imperio azteca con la orden de someterlo a traición. Cortés explica que el emperador Moctezuma los toma por unos dioses que habían prometido regresar. Por eso sus enemigos les ofrecen su hospitalidad y les permiten asistir a una extraña ceremonia religiosa. El templo azteca donde se desarrolla este culto está decorado con una pesada cruz de mármol sobre la que hay una corona de espinas ensangrentada, y la ceremonia es una réplica de la santa misa: un sacerdote con la túnica cubierta de plumas oficia ante un altar pronunciando palabras sagradas en una mezcla de varios dialectos. Turco y latín. Pero eso no es todo: cuando la ceremonia está tocando a su fin, Cortés ve que el sacerdote azteca pone en dos copas de oro unos trozos de carne humana y un líquido rojo que parece sangre. Luego, ante los ojos del conquistador, los fieles forman dos filas y se arrodillan delante del sacerdote para recibir la comunión.

Una pausa. Después, la voz de Ballestra rompe de nuevo el silencio. Parece agotado.

—¡Señor!... Esto demuestra que los aztecas fueron efectivamente evangelizados por misioneros herejes mucho antes de la llegada de las carabelas de Colón. Esto explica también los descubrimientos del padre Carzo en el templo amazónico y prueba que los discípulos de la negación bajaron hasta las costas de México después de haber cruzado el estrecho de Bering. Fueron ellos quienes hicieron creer a los aztecas que Janus era el azote de los olmecas y que debían venerarlo si no querían conocer la misma suerte que sus antepasados. Esto es lo que la Iglesia intenta ocultar desde hace siglos. La gran mentira.

Valentina empieza a tomar conciencia del atolladero en el que se ha metido. Oye cómo Ballestra registra los demás cubículos.

—Dios mío, te lo suplico, haz que no sea eso...

Crujido de papel. La voz del archivista se quiebra.

—Tengo la prueba de que, para ocultar esa mentira y recuperar el evangelio de Satán utilizando los medios que sean necesarios, los cardenales del Humo Negro asesinan a los papas desde el siglo XIV. Su primera víctima fue Su Santidad el papa Clemente V, que murió envenenado en Roquemaure el 20 de abril de 1314. Según los documentos que estoy encontrando en los últimos cubículos, la lista de los crímenes perpetrados por la cofradía del Humo Negro asciende en total a veintiocho sumos pontífices asesinados en algo menos de cinco siglos.

Un chasquido. El archivista acaba de dejar la grabadora en el suelo para tener las manos libres. Su voz queda cubierta un momento por el ruido de los pergaminos que desenrolla a toda prisa. Acaba de encontrar un informe pericial que data de 1908 y lo comenta a medida que va leyéndolo.

—El veneno utilizado por esta cofradía es un potente neuroléptico que sume a la víctima en un estado de catalepsia cercano a la muerte. Sin embargo, ese producto indetectable en los análisis deja al menos una huella fácilmente identificable para quien sabe lo que busca: una especie de depósito carbonoso que se forma en el interior de las fosas nasales de la víctima. Exactamente igual que el que he visto en el cadáver del papa que acaba de morir.

Valentina oye el ruido de la antorcha que el archivista acaba de dejar caer.

—Dios mío, hay que hacer pública a toda costa la mentira antes de que el Humo Negro se apodere del Vaticano…

Sus pasos se alejan. Se le oye murmurar en la distancia; luego vuelve a acercarse a la grabadora. Frufrú de sotana: se agacha. Un choque. Un grito sofocado. Unos ruidos húmedos y metálicos, como puñaladas. Una última queja resuena bajo la bóveda. Ahí acaba el camino de Ballestra. La inspectora se está inclinando para examinar más de cerca los rastros de su agonía cuando sus gafas de visión nocturna perciben una forma azulada que avanza disimuladamente entre los pilares de la Cámara de los Misterios.

148

Una vez ha guardado su macabro descubrimiento, Landegaard ordena a su escolta que abra un camino en el precipicio con cuerdas y clavijas a fin de izar a los notarios y sus baúles de registros. Por su parte, tras negarse a que tiren de él como si fuera una mula, se ata una cuerda a la cintura y efectúa el ascenso solo.

—Ánimo, muchachos, ya estamos cerca.

El inquisidor acaba de llegar a la cima de las murallas y pasa por encima del parapeto agarrándose de la mano que le tiende uno de sus guardias. Después se asoma al vacío para guiar con la voz a los aterrorizados notarios, a los que la escolta iza con la fuerza de sus brazos. Abajo, los cadáveres de las recoletas parecen contemplar el cielo.

Reunida su tropa en la explanada, Landegaard se dirige hacia la pesada puerta de hierro que comunica con el convento. Acerca los ojos al ventanillo, que está abierto. Al otro lado, una amplia sala con las paredes encaladas. Ni el menor movimiento en los pasillos, ni el menor ruido salvo los silbidos de la brisa que circula entre las vidrieras, que las recoletas han olvidado cerrar.

Después de abrir con su llave maestra de inquisidor, Landegaard y sus hombres se reparten el edificio: mientras que un puñado se reserva los pisos superiores, el inquisidor y su guardia toman la escalera que desciende hacia las salas secretas del convento. Allí, al ver las puertas derribadas y las bibliotecas volcadas, Landegaard comprende que lo irreparable se ha producido.

Arrodillado al pie de la chimenea, contempla los compactos montones de ceniza que las corrientes de aire arremolinan en el hogar. A juzgar por los cristales de hielo que se han formado en el conducto, los fogones deben de haber permanecido apagados durante largos meses. Removiendo cuidadosamente las cenizas con ayuda de un atizador, la mano enguantada de Landegaard halla fragmentos de papel chamuscado y trozos de cubiertas. Pasa un dedo por la capa de hollín adherida a los morillos. Su olfato identifica sin dificultad un depósito pegajoso: el olor del cuero con que se cubren los manuscritos. El inquisidor se vuelve hacia las estanterías derribadas. Las recoletas, atrapadas, aplicaron al pie de la letra la regla de las bibliotecas prohibidas: destruir las obras antes que dejar que el enemigo se apodere de ellas.

Landegaard continúa removiendo las cenizas. Esquirlas duras y blancas han caído al fondo del hogar. Las recoge y las examina en silencio. Parecen huesos. Después encuentra una muestra mucho mayor y la saca con unas pinzas: un trozo de tibia humana seca y quebradiza, que el fuego ha devorado en unos minutos. Guarda su hallazgo en un estuche de terciopelo y examina el suelo. Huellas de bota aparecen encima de las de sandalia; botas de jinete con las suelas llenas de barro han manchado ese lugar preservado. Otras huellas de sandalia se detienen al pie de una pared donde el ojo experto del inquisidor adivina el ligero hundimiento de una puerta secreta. Tocando el tabique, enseguida localiza el mecanismo que acciona la apertura. El tabique gira con un chirrido de bisagras. Una estancia secreta. Las mismas huellas de sandalia en el polvo. Un escondrijo abierto en la pared. En el centro de la habitación, Landegaard ve unos cofres abiertos y unos trozos de lona. Entonces comprende que los huesos que acaba de encontrar en el hogar proceden del esqueleto de Janus. Pero —en esto el inquisidor es tajante— entre las cenizas no había ni dientes ni articulaciones de mandíbulas, por lo que se aferra a esa esperanza. Con un poco de suerte, la recoleta que recuperó la osamenta quizá logró salvar el cráneo de Janus. A no ser que muriera en el transcurso del ataque y que las dos reliquias acabaran cayendo en manos del enemigo, lo que sería una catástrofe sin precedentes en la historia de la Iglesia. Porque, si los secretos que contiene el evangelio llegaran a ser revelados en estos tiempos de peste y de caos, la cristiandad se derrumbaría en unas semanas. Ciudades y continentes destruidos a sangre y fuego, el fin de los reinos y de los imperios, ejércitos de criminales incendiando las iglesias y colgando a los clérigos de los árboles antes de dirigirse a Roma para destituir al Papa. Mil años de tinieblas abatiéndose sobre el mundo. El reinado de la Bestia.

Landegaard se dispone a salir de la estancia secreta para reunirse con sus hombres cuando un largo toque de cuerno suena en los pisos superiores del convento. El destacamento enviado a esa parte del edificio acaba de encontrar algo.

149

El asesino que avanza en la Cámara de los Misterios parece desplazarse rozando el suelo. Lleva un sayal y una capucha de monje que oculta completamente su rostro.

Valentina se refugia detrás de un pilar y desenfunda su Beretta. Inserta una bala en la culata y hace saltar el seguro. A continuación aguza el oído. El monje no hace ningún ruido al caminar.

Cuando considera que el asesino se encuentra a menos de cincuenta metros de ella, sale de detrás del pilar y apunta a la forma que avanza a la luz azulada de sus gafas.

—¡Alto! ¡Policía!

La reacción del monje ante esta intimidación es prácticamente nula. Valentina siente que el estómago se le contrae. O ese tipo está sordo o es un tarado declarado. Levanta el martillo del arma.

—Se lo advierto, ¡deténgase inmediatamente o disparo!

Ve brillar en la oscuridad el destello de una hoja mientras el monje abre los brazos. Una potente oleada de cólera mezclada con terror la invade.

—Escúchame atentamente, cabrón de mierda, o sueltas el arma ahora mismo o te mato como a un perro.

El monje levanta la cabeza. Valentina ve brillar sus ojos en la oscuridad de la capucha. Siente que su vejiga se contrae. El asesino sonríe.

La inspectora dispara cuatro balas seguidas que alcanzan al monje en el hombro. El primer impacto lo detiene en seco. Los otros le hacen retroceder unos pasos. Valentina oye rebotar los casquillos en el suelo. Cuando lograr ver a través del humo que escapa de la culata, se da cuenta de que el monje sigue avanzando. Se esfuerza en calmar los latidos desbocados de su corazón y apunta con el arma al tórax del hombre. Luego, con un pie hacia atrás, como en los entrenamientos, dispara nueve balas blindadas que destrozan el pecho del monje y proyectan largos chorros de sangre tras producirse los impactos. El hombre cae de rodillas. Nueve casquillos humeantes quedan depositados sobre el polvo. Cuando Valentina vuelve a abrir los ojos, el olor de la pólvora le quema las fosas nasales. Se estremece al ver que el monje se levanta lentamente. Titubea un instante y luego echa a andar apretándose las heridas con una mano.

«Dios mío, es imposible…»

El pulgar de la joven libera el cargador vacío, que rebota en el suelo. El monje está a diez metros escasos. La inspectora introduce otro cargador y lo vacía gritando con todas sus fuerzas:

—¡Mierda! ¿Es que no vas a palmarla nunca, pedazo de bestia?

La capucha parece caer bajo la ráfaga de proyectiles que hacen estallar el rostro del monje. Este titubea y suelta el puñal, después de lo cual cae de rodillas y se desploma.

Valentina expulsa el segundo cargador, vacío, introduce el último que le queda y, con un chasquido, inserta una bala en la recámara. Sin aliento, avanza lentamente hacia el asesino. Apuntando a la capucha empapada de sangre, dispara cuatro tiros más que retumban en el silencio. Cuando está segura de que el monje no volverá a levantarse, rompe a llorar.

150

Hace cada vez más frío. El padre Carzo contempla las marcas violáceas que las tiras de cuero dibujan en los antebrazos de Parks. La respiración de la joven continúa siendo sibilante. Sin embargo, el ritmo al que su pecho se mueve no corresponde en absoluto a esa respiración, como si algo respirara a través de ella, algo que se apodera progresivamente de su cuerpo. O más bien como si, tomando poco a poco el control de Parks, esa cosa se hiciera cada vez más… presente. Sí, es eso lo que le hiela la sangre a Carzo mientras el rostro de la joven se contrae: la cosa que crece en Parks está imponiéndose.

—¿Marie?

Un silbido ronco y profundo. Las tiras de cuero se tensan debido a la presión de los antebrazos. Carzo se vuelve. Los colores del refectorio están cambiando y los antiguos tapices que lo decoraban en la Edad Media reaparecen. Sus motivos cubren ahora las manchas claras que dejaron en las paredes. Colgaduras cargadas de polvo y de recuerdos. Carzo se sobresalta al oír el lamento de un cuerno a lo lejos. Se vuelve hacia Parks y se da cuenta de que lo observa fijamente.

—¿Marie?

El sacerdote clava la mirada en la de la chica. No son sus ojos.

—¡Por el amor de Dios, Marie! ¡Tiene que despertar! ¡Estoy perdiéndola otra vez!

Silencio. Luego, un sonido de cuerno en las tinieblas. Carzo se yergue al oír ruido de botas en la escalera de la fortaleza.

—¿Marie?

Una voz grave y melodiosa hace vibrar la garganta de Parks:

—Mi nombre es Thomas Landegaard, inquisidor general de las marcas de Aragón, Cataluña, Provenza y Milán.

—Marie, sea buena y despierte.

Las correas ceden con un chasquido mientras la joven se levanta y se dirige hacia las mesas del refectorio.

151

Valentina abandona el cadáver del monje en la Cámara de los Misterios para seguir el rastro de sangre que este dejó en el suelo al arrastrar el cuerpo de Ballestra. Al fondo de la sala, toma un pasadizo secreto que ha quedado abierto en la pared.

Cada vez más fuertes a medida que la inspectora sube los peldaños, las notas del órgano hacen vibrar el silencio. Al final de la escalera, sale del pasadizo y examina el túnel estrecho y abovedado al que acaba de llegar. Reconoce el cubículo iluminado donde descansan los restos de san Pedro. Por tanto, se encuentra en la galería abierta al público que pasa por debajo de la tumba de la basílica. Tras guardar la automática, Valentina sube los pocos peldaños que la separan de la superficie.

El órgano ataca los primeros compases de la *Pasión* de Bach cuando ella sale en medio de la multitud de peregrinos. Se apoya en un pilar; después de la atmósfera cerrada de la Cámara, los vapores de incienso y las notas ensordecedoras de la música sacra han estado a punto de hacer que se desmaye. Expuestos ante el altar, los restos mortales del Papa están rodeados por un cordón de guardias suizos con uniforme de gala. Cuatro filas de cardenales con sotana púrpura están arrodillados al pie del féretro, un verdadero ejército de prelados que la multitud bordea al rodear el catafalco antes de dirigirse lentamente hacia la salida.

Apoyada en el pilar, Valentina piensa en qué haría esa multitud recogida y apenada si ella se pusiera de repente a gritar que tiene la prueba de que el Papa ha sido asesinado y de que son los cardenales quienes han cometido el crimen. Cierra los ojos para dejar de ver esos fantasmas que la rodean. Si gritara eso a través de los clamores del órgano, sin duda miles de rostros anónimos se volverían hacia ella, le sonreirían, tomándola por una loca, y reanudarían su procesión silenciosa al tiempo que los guardias suizos la detendrían sin brusquedad para entregarla a su comandante. «No. Se abalanzarían sobre mí para devorarme viva.»

Valentina se estremece. Por esa razón no dice nada y se deja llevar por la riada de gente hacia la salida. No obstante, echa un vistazo por encima del hombro y ve que el comandante de la guardia murmura algo al oído del camarlengo Campini, arrodillado en un reclinatorio. El anciano escucha con la cabeza baja. Luego susurra a su vez unas palabras al oído del comandante. Parece furioso. El coloso se incorpora y hace una seña a un destacamento de su guardia, que desaparece tras él por una puerta secreta.

La joven intenta abrirse paso a codazos para llegar más deprisa a la salida, pero la afluencia es tal que lo único que consigue es atraer miradas molestas y provocar murmullos de reprobación. Diez minutos más tarde, cuando llega por fin al pórtico azotado por la lluvia, el destacamento de los guardias suizos ya ha tomado posición allí. Apostado en lo alto de la escalera, el comandante mira pasar la multitud. No, escruta las caras. El viento que barre la plaza hace tiritar a Valentina. Su primer impulso es retroceder, pero la muchedumbre se lo impide. Entonces se refugia bajo un paraguas, dirige una sonrisa al peregrino que le presta cobijo y aprovecha para pegarse a él mientras la procesión pasa por delante de los guardias. Siente que la mirada del coloso se detiene sobre el paraguas. Intentando no apretar demasiado fuerte el brazo del peregrino, avanza. Ya está, acaba de llegar al final de la escalera. Mientras se pierde entre la multitud, echa un vistazo rápido por encima de su hombro. El coloso mira hacia otro lado. Suelta a su peregrino y se escabulle entre las columnas que bordean la plaza. Luego echa a correr sobre los adoquines húmedos del Borgo Santo Spirito y llega en unas zancadas al puente que cruza el Tíber. Allí, con los dientes castañeteando bajo la lluvia, conecta el móvil y marca el número personal de Mario Canale, el jefe de redacción del *Corriere della Sera*.

152

Mientras la alarma resuena en las tinieblas, el inquisidor y sus guardias corren por la escalera que conduce a las salas superiores del convento. Allí, llegan a un ancho corredor que asciende en suave pendiente. Al final, una puerta que da al refectorio y que Landegaard casi arranca de sus goznes empujándola con un hombro.

El hombre que ha tocado el cuerno está arrodillado en el suelo. Los demás guardias del destacamento están pálidos. Las recoletas asesinadas quedaron atadas sobre las mesas del refectorio con cuerdas de cáñamo. Como los cadáveres abotargados han empezado a descomponerse con el deshielo, regueros de líquidos corporales traspasan su ropa y se mezclan con la sangre seca que cubre la madera. Los olores se suman al de la sopa enmohecida que aún permanece pegada al fondo de las escudillas.

Pasando de una mesa a otra, Landegaard examina detenidamente los cuerpos. El estómago se le revuelve a medida que descubre el espantoso suplicio que las recoletas han sufrido: los ojos reventados, la lengua arrancada, el sexo profanado y los miembros desollados. Unas sevicias extremas que en ocasiones practica la Santa Inquisición. Pero con la diferencia de que, en este caso, esas torturas demuestran un odio y una furia tan desenfrenados que solo pueden haber sido cometidas por secuaces de Satán o por soldadotes abyectos. Quienes torturaron a las religiosas no solo intentaban hacerlas confesar; también querían vengarse de algo, como si ellos mismos hubieran sido interrogados de un modo similar en otros tiempos. Landegaard busca en su memoria. La última vez que la Inquisición había infligido semejantes tormentos fue cuarenta años atrás en las mazmorras del rey de Francia, cuando los templarios fueron torturados durante meses antes de confesar finalmente sus crímenes.

El inquisidor se vuelve hacia uno de sus guardias, que se acerca tendiéndole un medallón que ha encontrado entre el polvo. Enrollando la cadena alrededor de su mano enguantada, Landegaard examina los ornamentos. Una estrella de cinco puntas rodeando a un demonio con cabeza de macho cabrío. El símbolo de los Ladrones de Almas.

Landegaard examina los demás cadáveres del refectorio. Rostros machacados y cuerpos martirizados entre los que se esfuerza en vano en identificar el de la madre Gabriella. Catorce en total. Con las siete desdichadas a las que los Ladrones de Almas arrojaron desde lo alto de las murallas, veintiuna siervas de Dios perdieron la vida esa noche. Landegaard se acerca a uno de sus notarios, que acaba de encontrar el registro del convento. Aparte de una recoleta fallecida a causa de la gripe a principios del invierno, solo falta la madre superiora, de quien los guardias no han encontrado rastro alguno.

El inquisidor se acerca a la última mesa. Está vacía y cubierta de sangre seca. Se agacha para recoger unos trozos de cáñamo del suelo. Sobre esa mesa torturaron a la madre Gabriella a la vez que a sus monjas. Al no obtener ninguna respuesta, los Ladrones de Almas debieron de ir a registrar la fortaleza. Y la religiosa aprovechó ese momento para huir.

Landegaard sigue con la mirada el rastro de sangre seca en el suelo. La anciana recoleta encontró fuerzas para levantarse y atravesar el refectorio hasta otra puerta que da al claustro.

Siguiendo esa pista por el pasillo, Landegaard se detiene delante de un gigantesco tapiz de Mortlake. Las huellas se interrumpen ahí. El inquisidor levanta el tapiz y ve las huellas ensangrentadas que la recoleta dejó tanteando la pared. Coloca los dedos en los mismos puntos. Un chasquido. Una corriente de aire glacial escapa de la brecha que se abre en la pared. Al otro lado, una escalera desciende en las tinieblas: un pasadizo secreto que existe en todos los conventos y las abadías-fortaleza de la cristiandad y que los arquitectos de los monasterios designan con el término de «camino de huida». Por esa salida de emergencia es por donde las congregaciones tienen orden de escapar en caso de peligro de muerte. Ese camino secreto debe de llevar a varios kilómetros del convento. Por ahí es por donde la madre Gabriella escapó.

153

Mientras avanza por el puente que cruza el Tíber, Valentina escucha varias veces el tono de llamada a través del auricular de su móvil. Finalmente Mario descuelga. Al notar por la voz de la joven que algo no va bien, el jefe de redacción del *Corriere* dice sin rodeos:

—Supongo que no me llamas para hablar del tiempo.

—Estoy de mierda hasta el cuello, Mario.

—Te escucho.

La inspectora hace un resumen de la situación. Cuando ha terminado, Mario se queda un momento en silencio.

—Muy bien, ahora mismo llamo al periódico para que paren las rotativas y cambien la primera página.

—¿Y yo qué hago?

—Nos vemos dentro de diez minutos en la terraza del hotel Abruzzi, frente al Panteón. Trae la grabación de Ballestra.

—¿Por qué no quedamos en la redacción?

—Me has dicho que crees que los hombres del Humo Negro te siguen, ¿verdad?

—Sí.

—Entonces es demasiado peligroso. Si el camarlengo forma parte de la conspiración, hará vigilar las idas y venidas en todos los edificios de los periódicos de Roma. Así que pasa lo más inadvertida que puedas, no te apartes de la multitud y reúnete conmigo ahora mismo en el Panteón.

Un silencio.

—¿Valentina?

—¿Sí?

—Si de verdad el Humo Negro ha matado al Papa, estás en peligro de muerte. Así que ten mucho cuidado y mantente alejada de las farolas.

Un clic. Valentina se estremece al oír pasos a su espalda. Se vuelve. Nadie. A lo lejos, una riada de cirios avanza y converge en dirección a las cúpulas de San Pedro. La ciudad entera está de luto. Viendo a los peregrinos apretados los unos contra los otros, Valentina se da cuenta súbitamente de que un asesino podría matarla fácilmente entre la muchedumbre. Una puñalada en la espalda, su cuerpo que cae por encima de la barandilla y desaparece en las aguas fangosas del Tíber. Es tan fácil morir en medio de una multitud...

154

—¿Marie?

El padre Carzo sigue con los ojos a la joven, que avanza por el refectorio examinando las mesas. Se agacha. Ha encontrado algo en el suelo. Cuando se incorpora, su mano está vacía. Sin embargo, Marie la contempla. Luego echa otra vez a andar escrutando el suelo, como si siguiera unas huellas borradas desde hace tiempo. Delante de una puerta carcomida que da al claustro, olfatea el aire. Carzo la sigue. Acaba de detenerse ante una pared y ahora la toca con la yema de los dedos. Un chasquido. La pared se mueve. Parks coge la antorcha que le tiende Carzo e ilumina una antiquísima escalera que desciende en la oscuridad.

—¿Adónde conduce este pasadizo, Marie?

155

Empuñando la antorcha que uno de sus guardias acaba de tenderle, Landegaard se adentra en el pasadizo y sigue las huellas dejadas por la recoleta en los peldaños. Más abajo, la anciana religiosa se apoyó en una pared. A juzgar por la cantidad de sangre que hay en ese lugar, la madre Gabriella permaneció largo rato inmóvil. Seguramente buscando fuerzas para continuar.

La llama de la antorcha silba mientras Landegaard continúa bajando al tiempo que barre con ella el espacio para localizar las huellas siguientes. Las paredes están cubiertas de escarcha. Tiene la impresión de llevar horas bajando cuando llega al último peldaño. Las paredes del pasadizo se curvan. El inquisidor avanza ahora por una especie de garganta. Descubre un conducto más estrecho que sale del sótano principal y aspira los olores de detritos que emanan de él. El pozo de residuos del convento. Alargando el brazo, ilumina sus paredes. Rastros de sangre helada. La madre Gabriella fue en esa dirección. El inquisidor esboza una sonrisa. Recuerda haber visto la trampilla de un pozo de residuos en las salas secretas del convento, por donde la recoleta debió de tirar el evangelio y el cráneo de Janus antes de caer en manos de los Ladrones de Almas.

Landegaard avanza unos pasos por el pasadizo principal y encuentra las huellas que la recoleta dejó al regresar del conducto de los residuos. Aunque la llama de la antorcha oscila cada vez más debido a las corrientes de aire, camina otro kilómetro mirando cómo aumenta el punto blanco de la salida a lo lejos. La recoleta debió de perder tanta sangre que el inquisidor teme toparse de un momento a otro con su cadáver. Pero no. Movida por sabe Dios qué fuerza, logró resistir.

Pronto Landegaard no necesita la antorcha. Apaga la llama pisándola con el talón, tira el hachón por encima del hombro y llega en unas zancadas a la pesada reja que cierra la entrada del túnel. Un poco de sangre en los barrotes herrumbrosos, un poco de sangre también en la cerradura, que debió de dejar mientras tanteaba para meter la llave. Armado con su llave maestra, acciona el cerrojo y empuja la reja. Frente a él se extienden los picos de los Alpes.

Con los ojos inundados de lágrimas frente a la luz cegadora que hace titilar la nieve, Landegaard pasa la mano por una roca plana que se alza en la entrada. Si él hubiera tenido que huir por ahí, habría elegido ese emplazamiento para dirigir un mensaje a los inquisidores.

Sin dejar de contemplar los precipicios blancos de los Alpes, pasa los dedos por las nervaduras de la roca, allí donde el punzón de la recoleta indicó, efectivamente, el lugar al que se dirigía. La abadía-fortaleza de Maccagno Superiore, el monasterio de una congregación de trapenses que se alza justo encima de las aguas glaciales del lago Mayor. Unos monjes desolladores que practican el arte silencioso de los pellejeros. Es a ellos a quienes las monjas habían llevado el manuscrito para que lo cubrieran con varias capas de piel antes de colocar en la cubierta una cerradura envenenada. Después, las santas mujeres habían grabado en el cuero esas extrañas filigranas rojas que solo brillaban en las tinieblas.

Con una sonrisa en los labios amoratados por el frío, el inquisidor levanta la trompa que cuelga de su cinturón y sopla con todas sus fuerzas. Mientras el eco de su llamada rebota contra las cimas, Landegaard sigue con los ojos el camino de las crestas. Cuarenta leguas de una ruta glacial y difícil que serpentea hasta las lejanas fronteras de Hungría. El trayecto más peligroso. En esa dirección huyó la recoleta seis meses atrás, llevando consigo un cráneo reseco y un viejo libro.

156

Es de noche. La luna y las estrellas iluminan las cimas con una extraña luz azulada. Exhausta, Parks acaba de desplomarse sobre la estela donde la anciana recoleta grabó su destino. De aquella losa plana que Landegaard tocó con los dedos solo queda una vieja roca cubierta de musgo.

—Marie, ¿se encuentra bien?

Castañeteando los dientes por efecto de la corriente de aire, la joven nota cómo la mano del padre Carzo se cierra sobre su hombro. Se aferra a ese contacto. La visión que acaba de finalizar todavía hace latir sus sienes. El olor de Landegaard permanece en su mente. Marie se inclina y vomita. No solo a causa de su olor, sino también del recuerdo de su cuerpo. Como si los brazos y las piernas de ella no acabaran de recuperar su tamaño habitual. Marie Landegaard. Otro espasmo la obliga a doblarse por la cintura. Cuando se incorpora, el sacerdote la mira con inquietud.

—No se preocupe, Carzo, estoy de vuelta.

Marie se sobresalta; su voz no responde mejor que su cuerpo.

157

Valentina se abre paso a través de la multitud de fieles y gira a la izquierda, hacia las callejas desiertas de Roma.

Tarda menos de diez minutos en llegar a la piazza Navona, donde la atrapa otra procesión. Avanza a través de las llamas de los cirios, que iluminan fugazmente rostros bañados en lágrimas y niños dormidos. Acaba de adelantar a la multitud y se detiene para aspirar un momento el olor de pan caliente que despide un puesto ambulante. En el momento en que el mar de velas se cierra detrás de ella, Valentina se vuelve y se queda petrificada. Dos monjes acaban de aparecer al otro lado de la plaza y avanzan sin dificultad entre los fieles. Llevan amplias capuchas bajo las que sus ojos brillan débilmente a la luz de los cirios. Valentina recorre unos metros y se vuelve de nuevo. Los monjes han llegado al centro de la multitud. Se diría que avanzan deslizándose sobre el suelo y que el gentío ni siquiera repara en su presencia. «Dios mío, son ellos...»

Dominada por el terror, Valentina aprieta el paso y se adentra en una calleja estrecha que sube hacia el Panteón. Masculla un taco provocado por el dolor que siente al torcerse el tobillo entre los adoquines. Se quita los zapatos y echa a correr sin preocuparse del agua helada que le empapa los bajos de sus pantalones. Sin aliento, se dirige hacia las farolas que titilan a lo lejos. Unos perros ladran al pasar ella, como si intentaran alertar a los Ladrones de Almas. «¡Valentina, deja de desbarrar y corre!»

Justo antes de llegar al Panteón, la joven se vuelve y escruta la oscuridad a través de la lluvia. Nadie. Se refugia en la sombra de una estatua para examinar la plaza. Ve que Mario baja de un taxi a unos metros del hotel Abruzzi. Se queda petrificada. Los dos monjes acaban de aparecer al otro lado del Panteón y se dirigen hacia él. En vez de mirar al frente, el jefe de redacción está marcando un número en el teclado de su móvil. «Mario, por favor, levanta los ojos...»

Los monjes ya están a tan solo treinta metros. Valentina ve cómo uno de ellos desenfunda una hoja curva que lanza un destello bajo una farola.

—¡Mario! ¡Por lo que más quieras, lárgate!

El ruido de la lluvia ahoga su grito. Los monjes ya están a tan solo diez metros. Mario se ha detenido y vuelve a marcar el número, seguramente se ha equivocado en el primer intento. Luego, sin levantar la cabeza, el romano se acerca el teléfono al oído y reanuda la marcha. Valentina se dispone a echar a correr hacia él bajo la lluvia cuando su móvil vibra en su cinturón. Descuelga y nota que un aluvión de lágrimas inunda sus ojos al oír la voz de Mario a través del auricular.

—Valentina, ¿qué haces?

—¡Mario! ¡Cuidado! ¡Delante de ti!

El jefe de redacción se detiene.

—¿Cómo? ¿Qué dices?

—¡Mario, los monjes! ¡Van a matarte!

Ve cómo el periodista levanta los ojos en el momento en que el puñal del monje lo atraviesa por encima del ombligo. Mario suelta el móvil y vuelve la cabeza hacia Valentina, que corre hacia él para ayudarle. No tiene tiempo de hacerlo: tras retirar la hoja y limpiarla en el traje de Mario, el monje se vuelve hacia ella.

Novena parte

158

Lago Mayor, Italia.
Nueve de la noche

Parks y el padre Carzo no han intercambiado una sola palabra mientras el 4 × 4 atravesaba la noche para atrapar el tiempo. Tres horas de camino por Suiza y el paso de San Gotardo, cuando siete siglos atrás Landegaard y su escolta tardaron diez días en cruzar los Alpes.

Han aparcado a orillas del lago Mayor y se han dirigido a las ruinas carbonizadas de la abadía-fortaleza de Maccagno Superiore. De esta plaza fuerte trapense de la Edad Media, que defendió durante mucho tiempo el Milanesado contra los bárbaros, solo quedan cuatro cuerpos de edificio derrumbados y unos metros de murallas invadidas por zarzas. También un trozo de claustro, donde los niños de los alrededores encienden fogatas y se cuentan historias de miedo.

Carzo se ha vuelto hacia Parks. Con la mirada perdida, la joven ha señalado una vieja capilla cuyas paredes desmoronadas lindan con los vestigios del claustro. Ahí es donde han entrado. Parks se ha sentado en un antiguo sillón de celebrante; las patas, roídas por el tiempo, han crujido bajo su peso. Los mismos crujidos que el sillón de la recoleta en el refectorio de Nuestra Señora del Cervino. La misma tela también, ese terciopelo rojo y polvoriento que huele a siglos muertos.

—¿Está preparada?

—Sí.

Parks vuelve la cabeza hacia las troneras que atraviesan las murallas de Maccagno. A través de una estrecha ranura, la luna se refleja en la superficie del lago Mayor.

—Cierre los ojos.

Marie mira una vez más las paredes toscamente enyesadas y los bancos volcados. Después, cierra los ojos y abre su mente a la voz de Carzo.

—La envío a diez días después de la matanza del Cervino. Según los registros, el inquisidor Landegaard y su tropa llegaron a la fortaleza de Maccagno el 21 de julio de 1348 al amanecer. Sabemos que aquí sucedió algo. Algo que Landegaard no había previsto. Pero no sabemos qué es. Y lo que sucedió ese día sin duda es la clave que conduce al evangelio. Así que sea particularmente prudente, Marie, porque sabemos que Landegaard no fue bien recibido en este lugar y que estuvo a punto de perder la vida. Por esa razón necesitamos saber qué fue de los trapenses de Maccagno tras el paso del inquisidor y por qué…

A medida que la voz del sacerdote se aleja, la joven siente de nuevo que su cuerpo se distiende, sus manos se ensanchan y su piel y sus piernas se estiran. Su torso se cubre de vello y sus músculos aumentan de volumen. Por último, percibe el olor lejano de mugre que sube de sus axilas y su pubis. Como en el Cervino, otros olores empiezan a flotar en el aire caliente. Olores que se superponen poco a poco como las pinceladas de un cuadro. Olores apetitosos de piedra caliente, de miel y de matas de ortigas. Ruidos también: el ronroneo de una colmena, el chapaleo del agua sobre los guijarros, el chasquido de los zuecos sobre las piedras del camino, el zumbido de los insectos y los golpes que dan los caballos piafando en la pendiente. Luego, lo que queda de la conciencia de Parks detecta las mismas sensaciones que experimentó al meterse por primera vez en la piel de Landegaard. Reconoce el frotamiento de las riendas en sus manos y el estremecimiento de los flancos de su montura contra sus muslos.

Había hecho un calor atroz ese día, pero ni el ardor del sol ni los mosquitos sedientos de sangre habían conseguido turbar el descanso del inquisidor general, que se había dormido de nuevo a lomos de su caballo, con la espalda curvada y la barbilla contra el pecho. Cuando se yergue, Thomas Landegaard abre los ojos y contempla las aguas profundas del lago Mayor. A lo lejos, las torres de Maccagno Superiore se recortan contra el cielo rojizo del crepúsculo.

159

Con la piel de la cara enrojecida por el sol y el aire de las alturas, Landegaard y su escolta viajaron durante diez días por las crestas que unen el Cervino con el relieve abrupto de los montes de Ticino. Al amanecer del sexto día, el carruaje de un notario cayó por el precipicio. De pie sobre los estribos, Landegaard se asomó al abismo mientras el carricoche desvencijado rebotaba en las paredes. Sin una mirada para los supervivientes de su escolta, había hecho una seña indicando que reanudaran la marcha.

Ese día, al anochecer, tras horas buscando con los ojos el convento de las marianistas de Ponte Leone, cuyas torres deberían asomar en el horizonte, llegaron al fin a sus murallas carbonizadas e instalaron allí un pequeño campamento. Landegaard inspeccionó los pilares del claustro hasta encontrar las inscripciones que buscaba. La recoleta había hecho un alto allí y se había quedado unas horas, el tiempo de curar sus heridas. Cuando las marianistas descubrieron las reliquias que transportaba, la desdichada tuvo que proseguir su camino solitario hacia Maccagno. Landegaard adivinó sin dificultad qué sucedió después, al encontrar los restos de las marianistas crucificadas en las puertas del convento. Lo que significaba que los Ladrones de Almas se habían lanzado en persecución de la recoleta.

Los hombres de Landegaard se pusieron de nuevo en marcha cuando empezó a clarear. Bajaron de las cimas en dirección al lago Mayor, allá abajo, a lo lejos, en el valle. Hacía cada vez más calor. Apremiados por su señor, solo hicieron breves pausas hasta las murallas de Maccagno.

Parks, dormida, gime. Esos diez días de tristeza son los que acaba de descubrir en la memoria del inquisidor cuando este se despierta al acercarse a la abadía-fortaleza.

160

Al llegar al pie de las murallas, el inquisidor tira de la brida de su montura y levanta una mano enguantada. Detrás de él, los carruajes se detienen con un crujido de ruedas. Landegaard interroga al silencio. Ni un susurro, ni el menor graznido de cuervos. Levantándose sobre los estribos, grita tres veces el «quién vive» ante las murallas. Su voz rebota a lo largo de la pared y se pierde en el aire, entre el zumbido de los insectos. Landegaard aguza el oído. Nada. Entonces señala el mecanismo del puente levadizo a través de los barrotes del rastrillo. Sus ballesteros apuntan con el arma, pero, cuando se disponen a disparar, una vocecita procedente de las murallas pregunta quién va en esos tiempos de peste. Sorprendido, Landegaard tasca el freno de la boca de su montura, que se encabrita y levanta una nube de polvo. El inquisidor alza los ojos y ve una cabeza tonsurada que asoma por las almenas.

—¡Ah de las murallas! —dice, con las manos a modo de bocina—. Mi nombre es Thomas Landegaard, inquisidor general de las marcas de Aragón, Cataluña, Provenza y Milán. Tengo la misión de inspeccionar las congregaciones montañesas para comprobar que no les ha sucedido nada malo a las ciudadelas de Dios. Y te advierto, monje, que la peste está ahora en el norte y ya nada justifica que me desgañite como un cuervo para que bajes el puente a fin de recibir al embajador de Aviñón.

Otras tonsuras acaban de aparecer al lado de la primera. La brisa lleva a los oídos de Landegaard el conciliábulo que agita a los trapenses. Está a punto de montar en cólera cuando la primera tonsura se alza de nuevo por encima de las almenas.

—Gracias a Dios, excelencia reverendísima, nuestra congregación ha escapado al desastre. Pero me piden que os diga que deberíais seguir sin tardanza hasta la abadía de Santa Madonna di Carvagna, sobre el lago de Como. Unos vagabundos nos dijeron hace una luna que el gran mal ha sembrado muerte y desolación entre las filas de nuestros hermanos cistercienses.

Landegaard se vuelve hacia sus hombres, que le devuelven la sonrisa.

—Esa contestación me parece harto sospechosa, hermano trapense. Sabed que a un inquisidor de mi rango le tiene sin cuidado el parecer de los vagabundos sobre la dirección que debe tomar para cumplir su misión. Bajad el puente de inmediato para que compruebe con mis propios ojos que el mal no os ha afectado. ¡Bajadlo ahora mismo, o a fe mía que serán mis arietes quienes se encargarán de hacerlo!

Las tonsuras se mueven ahora en las almenas. El inquisidor cuenta dieciséis hombres, y una docena más que van y vienen agitando los brazos. Se oye un chirrido de cadenas mientras unas manos invisibles levantan el rastrillo. Tras haber dispuesto a sus ballesteros delante de él, Landegaard espolea a su montura.

Seguido de los carruajes, el inquisidor penetra en la fortaleza y observa a los trapenses, que se han agrupado en el patio. Cuarenta viejos monjes, sucios y atemorizados, que han sobrevivido milagrosamente a la plaga alimentándose de cuervos y de carne de perro, tal como atestiguan los esqueletos y los cráneos que alfombran el suelo. Esqueletos de gato y rabos de rata se descomponen entre el polvo. También restos de huesos de lechuza, que los viejos han roído para engañar el hambre. A estos extremos inconfesables había reducido la peste a los orgullosos pellejeros de

Maccagno. Sin embargo, aunque los trapenses parecen haber adelgazado, un resto de barriga continúa tensando su sayal. Eso no encaja. Eso y una extraña luz que brilla en su mirada.

161

Los ballesteros se reparten las líneas de tiro mientras Landegaard se inclina hacia uno de sus guardias, que le susurra unas palabras al oído. El inquisidor se yergue en la silla y se vuelve hacia los monjes.

—Me informan de que el cadáver de un apestado ha corrompido el agua de la fuente que alimenta vuestro monasterio. Espero vuestras explicaciones.

Un silencio mortal acoge esta observación. Luego, una voz cascada se eleva por fin entre las filas:

—Monseñor, hemos fundido la nieve y bebido agua de lluvia.

Uno de los notarios abre un grueso libro encuadernado en piel y lo coloca sobre las rodillas de Landegaard. El inquisidor consulta algunas páginas.

—Puedo admitir esa explicación en lo que se refiere a las nieves de este invierno, pero, según las muestras de lluvia registradas por los bailes de Como y de Carvagna, solo ha habido cuatro tormentas durante la primavera.

Nuevo silencio.

—Subíos las mangas y mostrad vuestros brazos a mis notarios.

Los monjes obedecen y descubren los numerosos tajos que recorren sus mugrientos brazos; la falta de agua los ha obligado a hacerse cortes en la piel para beber su propia sangre. Mientras los soldados montan sus ballestas, los trapenses caen de rodillas e imploran piedad al inquisidor. Landegaard los manda callar haciendo chascar las riendas de su montura.

—Dejemos que sea Dios quien juzgue y se apiade de nuestras almas en estos tiempos de infortunio. No son vuestros pecados los que me han traído hasta aquí. Estoy buscando a una vieja hermana recoleta que huyó de su convento del Cervino en pleno invierno. Sé que pasó por aquí y espero que me proporcionéis alguna información.

Otro silencio. Landegaard se impacienta.

—¿Acaso os habéis comido también vuestra propia lengua? Según mis registros, el superior de vuestra congregación es el padre Alfredo de Toledo. Que dé un paso al frente y se identifique.

Un murmullo recorre la congregación, arrodillada. Un anciano monje se acerca inclinando la espalda. Landegaard le hace levantar la cabeza con el extremo de la fusta. La mirada del hombre es huidiza.

—Os conocí tiempo atrás en el seminario de Pisa, don Alfredo. Si la memoria no me falla, en aquella época disimulabais bajo una capa de polvos una fea cuchillada que un bandido os había asestado en la mejilla. ¿Quizá el hambre y la sed la han borrado de vuestra cara?

—El tiempo, excelencia, ha sido el tiempo quien la ha borrado.

La fusta de Landegaard silba en el aire y rasga la piel del monje; su sangre salpica el polvo. El infeliz grita tocándose la cara.

—Aquí está de vuelta vuestra fea cicatriz, hermano mentiroso.

Dirigiéndose a los demás monjes, temblorosos, añade rugiendo:

—¡Puñado de cerdos, os concedo el tiempo que tarda en caer una piedra de mi mano hasta el suelo para decirme qué ha sido del padre Alfredo! Pasado ese plazo, me veré obligado a haceros torturar por mis verdugos.

Una voz trémula se alza de la fila de arrodillados:

—Excelencia, el padre Alfredo nos fue arrebatado hace una luna.

—¿Y de qué murió? Hablad.

—La voluntad de Dios se lo llevó. Exhaló el último suspiro y lo velamos antes de enterrarlo.

Landegaard interroga a sus notarios con la mirada. El anciano Ambrosio, que conoce bien las negruras del alma humana, se acaricia la barba. El inquisidor tampoco cree una sola palabra.

—En tal caso, conducidme al cementerio y mostradme su tumba.

Se produce un destello al pie de Landegaard. El monje herido acaba de desenfundar un puñal y se abalanza sobre el inquisidor, que encabrita su montura. Desviada por este gesto, la hoja se hunde en el cuello del animal. Una saeta de ballesta silba en el aire y alcanza al trapense en la garganta. Saltando del caballo, que se desploma, Landegaard manda rodear a los demás monjes. Luego, dejándolos estrechamente vigilados, hace abrir la tumba del padre Alfredo y comprueba sin sorpresa que está vacía. Entonces ordena a sus hombres que registren el monasterio de arriba abajo.

Apenas han transcurrido unos minutos cuando suena un cuerno en los sótanos. Landegaard se reúne con sus hombres, que acaban de encontrar al superior despojado de sus miembros en la bodega del monasterio. Se tapa la nariz y la boca con un pañuelo para examinar el cadáver. Los cortes practicados en el cuerpo del infeliz han sido frotados con sal gorda para que las carnes amputadas no se estropeen: día tras día, los monjes han ido cogiendo trozos de carne de los costados y las partes grasas del padre Alfredo. Landegaard se estremece al imaginar esas viejas bocas desdentadas masticando esa carne.

El inquisidor somete a tortura a los monjes durante toda la noche para arrancarles una confesión sobre la suerte infame que reservaron a la recoleta. En medio de los alaridos, acaba enterándose de que la anciana religiosa se presentó en la puerta del monasterio el decimotercer día de su huida. Gritó ante las murallas que venía del Cervino y que pedía asilo para pasar la noche. Pero los trapenses no la dejaron entrar; se limitaron a echarle unos trozos de pan y unos insultos. Y algunos escupitajos también.

Chillando como un condenado mientras la prensa le parte los huesos, el más joven de esa miserable congregación confiesa que oyó cómo la recoleta martilleaba algo sobre una roca, junto al puente levadizo. Después vio que se alejaba en dirección este.

—¿Y luego? ¿Qué pasó?

El trapense profiere un grito de dolor cuando el inquisidor espolvorea sus heridas con sal gorda.

—¡Habla, maldito!

—Dos días más tarde, unos jinetes gritaron ante la puerta que buscaban a una recoleta escapada del Cervino. Nosotros les contestamos que siguieran su camino, pero empezaron a escalar las murallas como si sus pies fueran tan ganchudos como las pezuñas de los machos cabríos.

—¡No te detengas, perro sarnoso! ¿Supieron por dónde se había ido la recoleta después de que la echarais?

—¡Por Dios, excelencia! ¡Nos obligaron a decírselo!

—¿Cómo es posible, entonces, que no acabaran con vosotros?

Soltando unas carcajadas demenciales, el trapense se incorpora y escupe al inquisidor en la cara.

—¿A ti qué te parece, asqueroso engendro de Dios? ¡Renegamos de la Virgen y adoramos al Diablo para que nos dejaran con vida!

Mientras los verdugos continúan torturando a los monjes, Landegaard corre hacia el rastrillo y localiza la roca donde la recoleta grabó la siguiente etapa de su itinerario. Sus dedos recorren febrilmente la piedra. De repente, se queda paralizado.

—Señor todopoderoso y misericordioso..., la abadía cisterciense de Santa Madonna di Carvagna.

162

—¡Despierte, Marie!

—¡La infeliz! Se ha metido ella sola en la boca de la peste.

La voz grave que escapa de los labios de Parks repite esa frase interminablemente. La joven tiene los ojos en blanco y la cabeza caída sobre el sillón. Hace unos minutos que Carzo le busca el pulso. Una venita azul se pone a palpitar cada vez más fuerte a medida que Parks vuelve a quedar atrapada en su trance. De repente empieza a sufrir convulsiones y Carzo tiene que administrarle una inyección de adrenalina para que su corazón, que acaba de superar las ciento setenta y cinco pulsaciones por minuto, aguante.

—Agárrese, Marie, estoy trayéndola de vuelta.

Parks, que siente arder sus arterias por efecto de la adrenalina, profiere un grito al emerger por fin de su visión. Abre los ojos y aspira aire como si hubiera estado a punto de ahogarse. Está empapada. Carzo la estrecha torpemente contra sí y la acuna para darle calor. La joven está aterrorizada.

—¿Qué ha pasado, Marie? ¿Qué ha visto?

Con la voz todavía quebrada por el timbre de Landegaard, Marie cuenta el final de su visión al padre Carzo, que abre los ojos con estupor. Insensible a las lágrimas de los comedores de hombres, Landegaard los enterró vivos. El inquisidor y su escolta incendiaron a continuación el monasterio y se alejaron por el camino de las crestas que la recoleta había tomado unos meses antes en dirección a los Dolomitas.

Notando que las lágrimas de Parks se deslizan por su mejilla, Carzo la estrecha con más fuerza entre sus brazos. La joven había asistido a los desenfrenos de la Inquisición e iba a hacer falta algún tiempo para que su mente digiriera lo que había visto.

—Ha dicho que la recoleta se dirigía hacia la abadía cisterciense de Santa Madonna di Carvagna, ¿no?

—Sí.

—Bien, por el momento es suficiente. Hay que dejarlo aquí; si no, los trances acabarán matándola.

—Entonces, ¿abandonamos?

—Imposible. Pero ahora sé que la recoleta no confió el manuscrito a ninguna de las comunidades a las que pidió asilo durante su huida.

—Quizá consiguió entregárselo a las cistercienses de Carvagna.

—Creo que no era esa su intención. Además, los trapenses de Maccagno Superiore dijeron la verdad a Landegaard al menos en una cosa.

—¿Cuál?

—La abadía de Carvagna fue efectivamente diezmada por la peste ese año. Sabemos, por nuestros archivos, que dejaron entrar a una mujer embarazada sin saber que era portadora del mal. Si la recoleta llamó a las puertas de esa abadía, nadie le abrió, pues solo quedaban cadáveres. Así que iremos directamente al convento de Bolzano, donde Landegaard y sus hombres encontraron la muerte y donde la Iglesia perdió definitivamente el rastro del manuscrito. Ahí es donde la pista de la recoleta se interrumpe.

Parks piensa en el último correo del inquisidor, que ella había leído en la biblioteca de las recoletas de Denver. Aquel en el que anunciaba al Papa que los fantasmas de sus guardias estaban derribando la puerta del torreón donde se había refugiado.

—No... no tendré fuerzas para revivir eso.

—No tenga miedo, Marie, no estoy tan loco como para enviarla hacia Landegaard justo antes de su muerte. Ya sé que no lo soportaría.

Abrazada al sacerdote, Parks escucha cómo los latidos de sus dos corazones se confunden en el silencio. Sabe que miente. Nuevas lágrimas brotan de sus ojos.

—Sin embargo, no tendré más remedio que meterme en la piel de la recoleta para encontrar el evangelio.

—Yo estaré con usted.

—No, Alfonso, estaré sola arañando con las uñas la Tierra del cementerio cuando las agustinas hayan enterrado su cadáver. Estaré sola y tú lo sabes.

Carzo siente la respiración de Parks en su mejilla. Se sumerge en su mirada aterrada. Los labios de la joven se cierran sobre los suyos.

—Marie...

El sacerdote intenta resistirse un poco más. Después, cierra los ojos y le devuelve el beso.

163

Roma.
Diez de la noche

Sentado en la parte trasera de la limusina que acaba de recogerlo en el barrio del Coliseo, el cardenal Patrizio Giovanni está inquieto. En el Vaticano reina un extraño silencio, una sensación de vacío y de espera, como si la Iglesia contuviera la respiración. Ni siquiera la multitud de peregrinos que sigue acudiendo a la plaza de San Pedro hace más ruido que un ejército de fantasmas. Pero lo que preocupa al cardenal Giovanni mientras la limusina se abre paso con dificultad entre las procesiones es que nada ha sucedido con normalidad desde la muerte del Papa. Es decir, nada de lo que prevén las convenciones y las normas sagradas de la Iglesia. Unas horas antes, el cardenal camarlengo Campini incluso ha anunciado el entierro inminente de Su Santidad y la cancelación del plazo protocolario antes del cónclave. Algo nunca visto desde hace siglos.

A media tarde, el anciano camarlengo había subido a la tribuna del concilio para anunciar la noticia al colegio de cardenales; había justificado su decisión por los desórdenes que agitaban la cristiandad y hacían urgente la designación de un nuevo papa. Giovanni recuerda los murmullos que habían recorrido las filas de los prelados. Luego, tras haber decretado la disolución del concilio en virtud del canon 34 de la constitución apostólica *Universi Dominici Gregis*, Campini había convocado a los cardenales al cónclave que se iniciaría inmediatamente después del entierro. A partir de ese momento, un silencio mortal se había abatido sobre Roma. Como si hubiera entrado algo en el Vaticano. Algo que estaba tomando el control.

El cardenal Giovanni contempla las calles húmedas de la vieja ciudad a través de los cristales de la limusina. El habitáculo huele a cuero y a malta añejo; es un Bentley de colección que pertenece al cardenal Angelo Mendoza, secretario de Estado del Vaticano y primer ministro de la Iglesia. Justo después de la intervención del camarlengo y mientras los conciliares comentaban su anuncio con un murmullo de voces, la mano arrugada de Mendoza depositó un sobre encima del pupitre de Giovanni. Este último lo tapó haciendo como que seguía recogiendo sus documentos. Después miró al anciano prelado que se alejaba con un frufrú de sotana, antes de abrir el sobre a salvo de las miradas. En el interior, una simple hoja en la que Mendoza había escrito unas palabras en latín que significaban: «El necio tiene los ojos abiertos, pero el sabio camina en las tinieblas».

Giovanni sonrió al leer esa nueva versión de la cita del Eclesiastés que Mendoza había copiado invirtiendo los sujetos. «El sabio tiene los ojos abiertos, pero el necio camina en las tinieblas», esta era la versión original de esa máxima. Al volver a desdoblar ahora la hoja, como ya hizo en su habitación del hotel inmediatamente después de haber salido del concilio, Giovanni no sonríe en absoluto mientras contempla las frases escritas con tinta roja que danzan ante sus ojos. Tinta luminiscente que solo aparece en la oscuridad, a la vez que el texto original desaparece. Es la firma de los caballeros de la orden de los archivistas, que utilizan este arte propio de las recoletas cuando quieren intercambiar secretos. Giovanni lee de nuevo las líneas rojas que parecen flotar sobre el papel:

> Mi limusina lo recogerá a las 22 horas
> en el número 12 de via di San Gregorio.
> No hable con nadie.
> Está en peligro.

Giovanni dobla el documento y se lo guarda en el bolsillo de la sotana. El cardenal Mendoza es el número dos en la jerarquía de los poderosos del Vaticano, un amigo fiel del papa que acaba de fallecer, un miembro de la vieja guardia. Fue él quien recomendó seis meses atrás a Su Santidad que elevara a Giovanni al rango de cardenal el día que este cumplía cincuenta y un años. De este modo se convertía en el príncipe más joven de la Iglesia, y también en el más ingenuo. Sin embargo, por poca experiencia que tenga comparado con esos carcamales llenos de malicia, Giovanni ha aprendido pronto que es preferible confiar en un solo hombre que desconfiar de todos. Así pues, ha depositado su confianza en el que lo ha convertido en lo que es. Por eso el mensaje de Mendoza le inquieta. Eso y el silencio que ha invadido el Vaticano.

El prelado abre los ojos. La limusina acaba de detenerse ante un callejón al fondo del cual brillan las luces de neón de un restaurante. Un maître refugiado bajo un paraguas espera delante de la entrada de servicio.

—Es aquí.

El prelado se sobresalta ligeramente al oír por el interfono la voz metálica del chófer. Dirige la mirada hacia el cristal de separación. El hombre ni siquiera ha vuelto la cabeza. Giovanni abre la portezuela y mira la suela de su mocasín, que desaparece en un charco de agua. Baja de la limusina, que se pone suavemente en marcha y se aleja.

El cardenal se adentra en el callejón. El maître sale a su encuentro y murmura:

—¿Es usted el Eclesiastés?

—¿Cómo?

Giovanni contempla los ojos fríos del hombre, que espera una respuesta. El cardenal va a dársela cuando ve unas sombras agazapadas en el callejón. Cuatro hombres. Da un paso atrás al reconocer al más cercano; su rostro acaba de aparecer bajo una luz de neón: el capitán Silvio Cerentino, jefe de la guardia personal del difunto Papa.

—Pero, por todos los santos, ¿qué ocurre aquí? ¿Qué hacen esos guardias suizos fuera del recinto del Vaticano?

—Señor, le he hecho una pregunta. ¿Es usted el Eclesiastés?

La voz del maître es glacial. Giovanni se estremece al ver que el hombre ha introducido una mano bajo la americana y que empuña un arma. Entonces contesta:

—El necio tiene los ojos abiertos, pero el sabio camina en las tinieblas.

El semblante del maître se relaja. Su mano suelta la culata. Acerca el paraguas para proteger al cardenal.

—El cardenal Mendoza le espera, eminencia.

Giovanni echa un vistazo hacia el fondo del callejón. Los guardias suizos han desaparecido.

164

En la plaza de San Pedro, la multitud de peregrinos es todavía mayor. Ahora son tantos que sus murmullos forman un rugido. Cientos de miles de labios rezando en medio de un bosque de cirios. Parece un monstruo, una hidra compuesta de miles de rostros tristes y de cuerpos inmóviles.

Desde lo alto de la escalera de la basílica, el cardenal camarlengo Campini contempla esa marea humana que se acerca. Tiene la impresión de que toda la cristiandad está convergiendo hacia el corazón de Roma, como si los fieles presintieran lo que está sucediendo en el interior del Vaticano.

Campini ve de reojo que a su lado se detiene la imponente silueta del comandante de la guardia.

—Le escucho.

—Tres cardenales no han acudido a la convocatoria, eminencia.

Campini se pone tenso.

—¿Cuáles?

—El cardenal secretario de Estado, Mendoza; el cardenal Giacomo, de la congregación de obispos, y el cardenal Giovanni.

—A los dos primeros se lo impide el límite de edad y no pueden formar parte del cónclave.

—Aun así, eminencia, el cardenal secretario de Estado y el máximo representante de la congregación de obispos, números dos y seis del Vaticano…

—Le recuerdo que, estando el número uno muerto, el número dos y el número seis no tienen más poder que su equivalente en un juego de cartas. El camarlengo es el único que manda cuando la Sede está vacante. Y el camarlengo soy yo.

—¿Cree que saben algo?

—Creo que creen saber algo. Pero, de todas formas, sea lo que fuere lo que traman, ya es demasiado tarde.

Un silencio.

—¿Alguna noticia del padre Carzo y de esa tal Marie Parks que ve cosas?

—Se han marchado de la abadía-fortaleza de Maccagno Superiore. Ahora se dirigen hacia el convento de Bolzano.

—Es imprescindible recuperar el evangelio para la misa solemne que se celebrará justo después de la elección del gran maestre.

—Quizá sería mejor intervenir.

—No se ocupe de cosas que lo superan, comandante. Nadie debe tocar al padre Carzo antes de que llegue el momento.

—¿Y qué pasa con los cardenales que no han acudido a la convocatoria?

—Yo me encargo de ello.

Campini dirige una última mirada hacia la muchedumbre.

—Refuerce los cordones de seguridad y cierre la basílica.

El comandante indica a sus guardias que cierren filas. Luego empuja las pesadas puertas detrás del camarlengo, que desaparece en el interior del edificio.

165

El maître conduce al cardenal hasta los salones privados del restaurante. Abre la puerta y se aparta para dejarlo pasar. En el interior, Giovanni descubre una estancia de atmósfera acolchada, con las paredes empapeladas y un viejo entarimado que cruje bajo sus pies. Sentados a la única mesa redonda, dispuesta en el centro de la habitación, se encuentran el cardenal Mendoza, el cardenal Giacomo, prefecto de la congregación de obispos, y un anciano con traje oscuro y sombrero de paño; su cara está tan arrugada que parece sonreír permanentemente.

Giovanni aspira los olores de cigarro y licores que flotan en la habitación. En esas pequeñas salas de Roma es donde los prelados se reúnen, lejos de oídos indiscretos, cuando necesitan discutir acerca de algún secreto. Los secretos que no se atreven a mencionar en el recinto del Vaticano y que se confían en voz baja entre dos sorbos de barolo y dos cucharadas de tarta de moka. Ahí es también donde intrigan para preparar la caída de los ambiciosos, la desgracia de los poderosos y la marginación de los pretenciosos.

Giovanni se sienta enfrente del cardenal Mendoza. Un camarero le llena la copa y coloca ante él una ración de tarta. Luego pregunta en voz baja si tienen intención de cenar. El anciano cardenal dice que no con la mano. El camarero sale y cierra la puerta.

—Me he permitido pedir una ración de este delicioso tiramisú y una botella de esta grapa de los Abruzos que a Nuestro Señor le habría encantado —interviene Mendoza.

—¿Y si me dijera qué está pasando aquí, eminencia?

—Coma primero. Después hablaremos.

Giovanni obedece. La mezcla de chocolate y alcohol le quema la garganta. Alza los ojos hacia Mendoza, que continúa observándolo a través del humo de su cigarro. El anciano del sombrero apenas ha tocado su pastel. Lía un cigarrillo y se lo pone entre los labios antes de encenderlo con un mechero. Luego se vuelve hacia un hombre vestido de paisano que acaba de entrar en el salón con un abultado sobre bajo el brazo. Inclinándose ante el anciano del sombrero, el hombre le susurra algo al oído. Giovanni se yergue. Sicilianos. El mensajero entrega el sobre al anciano antes de retirarse. El viejo siciliano se lo tiende a Mendoza.

—Le escucho, eminencia —dice Giovanni—. ¿Por qué me ha hecho venir aquí y quiénes son estas personas?

Mendoza deja el cigarro en el cenicero.

—Patrizio, tenemos buenas razones para creer que el Vaticano está a punto de pasar a unas manos distintas de las nuestras. El concilio no era más que un pretexto y el cónclave que se anuncia será una simple formalidad.

—¿El Humo Negro de Satán?

—Sabemos que han sido ellos quienes han hecho asesinar a monseñor Ballestra. Sabemos también que nuestro viejo amigo había descubierto algo en los sótanos del Vaticano.

—¿Qué?

—Pruebas de la conspiración, pacientemente reunidas a lo largo de los siglos.

—¿Y…?

—Tras la muerte de Ballestra y la del Papa, muy sospechosa, hemos extraído de nuestros propios archivos los certificados de defunción de los sumos pontífices desde el siglo XIV y hemos descubierto que otros veintiocho papas fallecieron como consecuencia del mismo extraño y fulminante mal.

—¿Está diciéndome que Su Santidad ha sido asesinado?

—Eso me temo.

—Entonces, ¿a qué espera para detener esta farsa y sacar la verdad a la luz?

—No es tan sencillo, Patrizio.

—¿No es tan sencillo? Eminencia, envía su limusina a recogerme al Coliseo después de haberme dirigido un mensaje utilizando el código de los archivistas, hace que un maître me reciba como si fuera un ladrón y me pide un santo y seña al fondo de una calleja vigilada por guardias suizos de paisano, y finalmente me ofrece una copa de grapa antes de anunciarme que el Papa ha sido asesinado y que el Humo Negro se dispone a tomar el control del Vaticano. ¡Imagínese lo que he entendido de todo esto! Pero lo que menos entiendo es qué espera de mí y por qué hablamos delante de un desconocido que le susurra cosas al oído en siciliano.

Una sonrisa aparece en los labios del viejo del sombrero. Mendoza toma un sorbo de grapa y deja la copa sobre la mesa.

—Permítame presentarle a don Gabriele.

—¿La Mafia? ¿Se ha vuelto loco?

—La Mafia, como usted dice, es una gran familia con sus primos, sus tíos y sus traidores. Don Gabriele representa a la rama de Palermo de la Cosa Nostra, la Mafia histórica con la que la Iglesia mantiene desde hace casi un siglo unas relaciones tan valiosas como inevitables. Nada definitivamente reprensible, tranquilícese. Don Gabriele es un amigo y es creyente. Ha venido a verme porque tiene revelaciones importantes que hacernos.

—¿Qué tipo de revelaciones?

El viejo deja escapar una nube de humo. Cuando empieza a hablar, Giovanni tiene la impresión de estar oyendo a un personaje de película.

—Anoche, nuestras familias aliadas de Trapani, Agrigento y Mesina nos alertaron sobre un trato que se estaba cerrando entre las ramas traidoras de la Camorra y de la Cosa Nostra. Los que nosotros llamamos los frutos podridos caídos del árbol.

—Me cuesta seguirle.

—La Mafia, como dicen los que no saben callar, está compuesta por cinco organizaciones principales. La Camorra y la Cosa Nostra son las más antiguas. Nos detestamos, pero lo hacemos con honor. Detrás viene la 'Ndrangheta, los calabreses. Esos son malos de verdad, muy crueles. Después está la Stidda, que significa «estrella» en siciliano. Son tránsfugas de la Cosa Nostra. A esos imbéciles se les reconoce fácilmente porque llevan una estrella de cinco puntas tatuada entre el índice y el pulgar. Trabajan con droga asiática y putas del Este. Malas piezas. Por último, los peores, los de la Sacra Corona Unita, son originarios de la región de Apulia. Esos son unos perros locos. Prostituyen a niños y asesinan a ancianas. O a la inversa, ya ni lo sé.

Giovanni, harto, se vuelve hacia el cardenal Mendoza.

—¿De verdad tenemos que oír todo esto?

—Vaya al grano, don Gabriele, por favor.

El viejo da una calada al cigarrillo y retira unas briznas de tabaco que se le han quedado pegadas en la punta de la lengua.

—El trato del que la Cosa Nostra ha oído hablar implica a varios clanes de la Stidda y de la Sacra Corona Unita. Dicen que anoche pasó mucho dinero de unas manos sucias a otras. Unos caballeros trajeados encargaron a esas organizaciones de sarnosos una misión un poco especial a cambio de unos maletines llenos de billetes. Un sacrilegio que la Camorra o nosotros, la Cosa Nostra, jamás habríamos aceptado cometer ni por todo el oro del mundo.

—¿Qué sacrilegio?

—Anoche, a la una de la madrugada, diversos grupos armados pertenecientes a la Stidda y a la Sacra Corona Unita tomaron como rehenes a un centenar de familias repartidas por toda Italia y el resto de Europa. Familias de cardenales que participan en el cónclave, sin duda para obtener de ellos el voto deseado en el momento oportuno.

Giovanni se yergue en el sillón.

—Me niego a creer las alegaciones de un hombre que se dedica a cortar el cuello a la gente.

—Hace mal, eminencia, porque podría ser que ese hombre que, según usted, se dedica a cortar el cuello a la gente salvara pronto el de usted.

—Creo que ya he oído suficiente por esta noche.

—Siéntese, Patrizio.

Giovanni se instala de nuevo en el sillón.

—¡Eminencia, supongo que no irá a decirme que cree a un padrino de la Mafia que le asegura que unos responsables del Vaticano han enviado a unos esbirros para presionar a unos cardenales e influir en los votos del cónclave!

Obedeciendo a una seña de Mendoza, don Gabriele le tiende a Giovanni el abultado sobre que uno de sus hombres le ha entregado hace unos minutos.

—Ábralo.

Giovanni saca una decena de fotografías. Reconoce el camino bordeado de olivos que conduce a la casa de sus padres en las montañas de Germagnano, en los Apeninos, y los macizos de flores que adornan la vieja construcción del siglo XVIII, así como el porche de entrada, de madera maciza. En las fotos siguientes, sus padres están sentados en el sofá del salón; su madre lleva su habitual vestido de flores y sus zapatillas de lana, y su padre, su vieja chaqueta de caza y unos pantalones de pana de color óxido. Les han atado las manos a la espalda y un trozo de cinta adhesiva les tapa la boca. En la última fotografía, un hombre de la Sacra Corona Unita apoya el cañón de una pistola ametralladora contra la sien de su madre, que está llorando. El joven cardenal levanta unos ojos llenos de odio hacia don Gabriele.

—¿Cómo ha conseguido estas fotos?

—He pagado lo necesario.

—¿Quién me dice que no son sus hombres los que aparecen en estas fotos?

—Mis hombres nunca se tapan la cara.

—¡Ya está bien!

Giovanni empuja el sillón y se pone el abrigo.

—¿Adónde va?

—Voy a llevar esto a la policía.

—¿Para qué?

—¿A usted qué le parece?

—Cardenal Giovanni, los equipos de la Stidda y de la Sacra Corona Unita se comunican entre sí cada cuarto de hora por walkie-talkie y utilizan mensajes cifrados. Si la policía actúa contra una u otra organización, todas las familias serán ejecutadas en el acto. ¿Es eso lo que quiere?

—¡Un padrino no tiene ninguna lección que darme!

—No recorrerá más de treinta metros fuera de esta habitación.

—¿Es una amenaza?

El viejo expulsa otra nube de humo. Ya no sonríe. El cardenal Mendoza interviene:

—Patrizio, el cónclave va a empezar. No podemos perder ni un segundo. Es posible que todavía tengamos una oportunidad para detener al Humo Negro, pero hay que actuar deprisa. Concédame unos minutos para convencerlo. Después, usted decidirá en conciencia lo que es más conveniente hacer.

Falto de argumentos, Giovanni se sienta de nuevo y bebe su

copa de grapa en dos tragos. El alcohol desciende por su garganta como un reguero de lava. Después deja la copa y clava los ojos en los de Mendoza.

—Le escucho.

166

—¿Ha oído hablar de la red Novus Ordo?

—No.

—Novus Ordo es una logia ultrasecreta creada a finales de la Edad Media. Todavía existe y está compuesta por los cuarenta hombres y mujeres más poderosos del planeta. Es una especie de club de dirigentes, de ricos industriales y banqueros que deciden en secreto los destinos de la humanidad. Nadie sabe quiénes son ni qué aspecto tienen.

—No recurrirá a la vieja teoría de los amos del mundo...

—Cardenal Giovanni, si desea hacer creer que algo no existe, arrégleselas para hacer correr el rumor de que existe realmente y luego encienda cortafuegos para convencer a la gente de que todo es un simple rumor. De ese modo, todo lo que parezca una prueba será inmediatamente denunciado como otro elemento del rumor y reforzará la certeza de que ese algo no existe. Así es como Novus Ordo pudo desarrollarse tranquilamente a través de los siglos. Todo el mundo ha oído hablar de esa red, pero todo el mundo piensa, como usted, que esa creencia no es más que un rumor sin fundamento.

—Entonces, ¿Novus Ordo se ha inventado una leyenda para ocultarse mejor detrás de ella?

—Sí, la de los Illuminati, esa supuesta logia todopoderosa creada en 1776 por un ex jesuita en Weinberg. La élite de la élite. Novus Ordo incluso dotó a ese mito de un símbolo: una pirámide cuyo vértice, separado de la base, está iluminado por el ojo del conocimiento supremo. La élite revelada y la masa de los pueblos ciegos. También hicieron imprimir ese símbolo y la divisa de los Illuminati en los billetes de un dólar estadounidense para que todos los tuvieran ante los ojos. Después hicieron correr el rumor de que los Illuminati eran responsables de todo. Mientras tanto, Novus Ordo pudo continuar desarrollándose sin ser molestado.

—De acuerdo, admitámoslo. Pero ¿qué relación tiene con el Humo Negro?

—Novus Ordo fue creado por el Humo Negro a finales de la Edad Media y creemos que sus cardenales, o por lo menos su gran maestre, forman parte de esa élite dirigente.

—¿Quiere decir que la cofradía del Humo Negro es la rama vaticana de Novus Ordo?

—Es en lo que ha acabado por convertirse con el paso de los siglos: una parte de un gigantesco conjunto creado por ella misma. Pero no una parte cualquiera, porque la cofradía del Humo Negro tiene entre manos la misión que Novus Ordo considera más importante.

—¿Cuál?

—Derrocar a la Iglesia desde el interior. Solo de ese modo, Novus Ordo podrá controlar todo el planeta.

—¡Es completamente absurdo!

—No, Patrizio, son solo rumores.

Un silencio.

—¿Cómo empezó todo?

—El 13 de octubre de 1307, día de la detención de los templarios, unos agentes del rey de Francia infiltrados en el Vaticano asesinaron a la mayoría de los cardenales que se habían convertido a la causa de la orden. Siete de los más importantes de esos prelados escaparon y crearon el Humo Negro de Satán. Al mismo tiempo, los altos dignatarios de la orden del Temple que habían sido arrestados en Francia fueron encerrados en los calabozos de París, Gisors y Chinon esperando la hora de morir bajo tortura o en la hoguera. Justo antes del inicio de las operaciones, estos dignatarios habían confiado a hermanos de su orden la misión de llevarse y esconder ocho cruces que contenían el código de los templarios. Las ocho cruces de las ocho Bienaventuranzas.

Otro silencio.

—Una vez encarcelados, estos mismos dignatarios grabaron cada uno en la pared de su calabozo el lugar donde se encontraba la cruz que le pertenecía. Ocho lugares secretos que se transmitieron de unos templarios a otros y llegaron hasta los oídos de los cardenales del Humo Negro, que eligieron emisarios para recuperar poco a poco las cruces dispersas.

Tras una pausa, el cardenal Mendoza prosigue:

—Gracias a las ocho cruces de las Bienaventuranzas, los cardenales del Humo Negro pudieron encontrar el emplazamiento donde el Temple había escondido su tesoro cuando terminaron las cruzadas. La unión de las ocho cruces indicaba ese lugar.

—¿Dónde era?

—Se cree que estaba en unas cuevas submarinas en las proximidades de la isla de Hierro, en el archipiélago de las Canarias, entonces todavía virgen e inexplorado.

—¿Se sabe a cuánto ascendía ese tesoro?

—En el apogeo de su poderío económico, la orden ingresaba el equivalente a quince mil millones de dólares al año. Los templarios, acreedores de los reyes y de los poderosos, financieros y armadores de las cruzadas, poseían sus propias naves, con las que comerciaban. Inventaron la banca, la letra de cambio, el agio y el crédito. Puesto que funcionaron a pleno rendimiento durante cerca de cuarenta y siete años, se calcula que durante ese período pasaron por sus manos no mucho menos de 780 mil millones de dólares actuales. Por supuesto, todo ese dinero no les pertenecía, pero, si tenemos en cuenta lo que les reportaban sus nueve mil encomiendas, sus Tierras, sus castillos y el comercio, así como los intereses y los agios que practicaban con los señores sin fondos y los reyes arruinados por las guerras que ellos mismos organizaban, es razonable estimar que en el momento de la destrucción del Temple el tesoro de la orden rondaba los 173 mil millones de dólares en monedas de oro y piedras preciosas. Se cree, pues, que utilizaron sus propias naves comerciales para transportar su tesoro hasta Hierro.

Un silencio.

—¿Y luego?

—En el transcurso de esta lenta y discreta recuperación del tesoro, los cardenales del Temple guardaron silencio. Se cree que aprovecharon ese período para estructurar su cofradía y empezar a establecer contactos con los grandes banqueros de la Edad Media: los lombardos, los genoveses, los venecianos y los florentinos, familias poderosas, cada una de las cuales recibió una parte del tesoro con la orden de hacerlo fructificar y de abrir más bancos por toda Europa. Gracias a esas fabulosas sumas, los banqueros de Novus Ordo se convirtieron a su vez en acreedores de los reyes y los poderosos, a los que armaron para la guerra de los Cien Años antes de arruinarlos tomando el control de sus finanzas.

—¿Quiere decir como el Temple en su apogeo?

Mendoza asiente con la cabeza.

—Sabemos que a mediados del siglo XV Novus Ordo estaba compuesto de once familias cuyo poder se extendía por Italia y Europa. Pero, como el Mediterráneo ya no bastaba para saciar su apetito devorador, necesitaban abrir otras rutas marítimas. Gracias a las fabulosas riquezas que habían amasado, los banqueros de Novus Ordo empezaron a construir naves cada vez mayores y más perfeccionadas. Fueron ellos quienes armaron las carabelas de Colón, de Cortés y de Pizarro. Fueron ellos quienes financiaron las expediciones de Cabral y de Magallanes, que con sus naves dieron la primera vuelta al mundo en 1522. El oro de los incas, las especias de las Indias y el gigantesco mercado de los esclavos. Así fue como Novus Ordo se mantuvo a lo largo de los siglos y construyó un inmenso imperio. Las familias sometidas a la organización derrocaron a los reyes y fomentaron las revoluciones; más adelante, financiaron la guerra de Independencia norteamericana antes de cruzar el Atlántico para fundar las grandes dinastías del Nuevo Mundo. Por último, esos banqueros desencadenaron la revolución industrial, la expansión del ferrocarril y del transporte aéreo, la explotación petrolera y el comercio internacional. Detrás de todos esos imperios y esas multinacionales está el tesoro del Temple. Siglos de comercio, de intereses y de dividendos. Esas poderosas familias se han pasado la antorcha, y la élite sigue formando la cabeza pensante de Novus Ordo, que actualmente controla la mayoría de las plazas bursátiles, las grandes multinacionales y casi todos los grandes bancos del planeta. Novus Ordo instaura las democracias y derroca las dictaduras. Financia las revoluciones y desestabiliza a los gobiernos cuya política consideran contraria a sus intereses. Como en las antiguas repúblicas de Génova, Florencia y Venecia, su propósito es controlar las riquezas del mundo y explotar a los pueblos para enriquecerse cada vez más. Pero su enriquecimiento es solo una consecuencia, en ningún caso un fin. Porque lo que persigue ante todo es la aniquilación de las religiones y la liberación de las mentes para que los sirvan mejor. El poder supremo.

Giovanni permanece un momento en silencio contemplando su copa vacía. Después, alza de nuevo los ojos y busca la mirada del cardenal Mendoza.

—Solo una pregunta, eminencia.

—Dígame.

—¿Cómo puede saber todo eso sin formar parte usted mismo del Humo Negro?

167

Mendoza cruza una mirada con el cardenal Giacomo, que no ha abierto la boca desde el comienzo de la conversación. El anciano prelado de la congregación de los obispos mueve la cabeza y dice:

—A principios de los sesenta, cuando iba a dar comienzo el Concilio Vaticano II, logramos infiltrar un agente en el seno del Humo Negro. No era la primera vez que el Vaticano intentaba una operación de este tipo. A lo largo de los siglos, once agentes habían sido hallados muertos tras haber fracasado en su intento. El error de nuestros predecesores era haber subestimado al enemigo. Pero ¿cómo podríamos reprochárselo, teniendo en cuenta que todavía hoy ignoramos exactamente a qué enemigo nos enfrentamos?

Un silencio.

—Con la experiencia de estas tentativas fracasadas, examinamos minuciosamente los expedientes de los futuros obispos hasta quedarnos con uno: un joven protonotario apostólico llamado Armondo Valdez; su ejemplar recorrido demostraba que era de una honradez y de una devoción sin fisuras. Así pues, lo convocamos para revelarle la existencia del Humo Negro y proponerle que se infiltrara en esa cofradía. No le ocultamos en absoluto los peligros que tal misión implicaba. Aceptó y, para finalizar su formación, lo enviamos a la Academia pontificia y a varias nunciaturas sensibles de todo el mundo. Al mismo tiempo, nuestros exorcistas se encargaron de iniciarlo en las fuerzas del Mal y el culto del innombrable.

Un silencio. El cardenal Mendoza toma el relevo.

—Transcurrieron cuatro años, durante los cuales Valdez llegó a obispo y luego a cardenal. Un ascenso fulgurante que solo podía ser imputable a la influencia del Humo Negro. Unas semanas después de este nombramiento, un mensaje cifrado por él nos informó de que había sido admitido en la cofradía. Una operación que nos había exigido cerca de siete años de paciencia y de noches en blanco.

Otro silencio.

—Tal como le habíamos ordenado, el cardenal Valdez permaneció inactivo durante tres años más a fin de implantarse lo más profundamente posible en el seno del Humo Negro. Luego, cuando nos hizo saber que ya formaba parte del círculo cerradísimo de los ocho cardenales que estaban a la cabeza de la cofradía, lo reactivamos. Entonces empezó a investigar a los arcanos del Humo Negro; sus informes llegaban a misiones que tenían orden de transmitírnoslos por canales de seguridad.

—¿Qué tipo de canales?

—Casi siempre por mediación de simples misioneros que estaban encargados de recoger los informes de nuestro agente en consignas de aeropuerto y entregárnoslos en mano.

—¿Qué había en esos informes?

—La misión del cardenal Valdez era doble: identificar las ramificaciones de Novus Ordo por el mundo y averiguar la identidad de los otros siete cardenales a la cabeza del Humo Negro. En particular la del gran maestre. La dificultad radica en que los dignatarios del Humo Negro no se conocen y acuden a las reuniones de la cofradía con máscara y distorsionador de voz. No se puede traicionar a los que no se conoce. Solo el gran maestre y su cardenal más fiel conocen a los demás miembros, pero ninguno de ellos ha visto nunca la cara de sus condiscípulos. Sin embargo, sabemos que hace una semana el cardenal Valdez consiguió fotografiar a uno de ellos en un pequeño *cottage* situado en el norte de Escocia. Envió a varias misiones repartidas por el mundo un pergamino escrito utilizando el código templario y las fotos en cuestión.

—¿El gran maestre?

—No. El cardenal camarlengo Campini, el número dos del Humo Negro.

Un silencio.

—¿Y quién es el número uno?

—Lo único que sabemos es que la cofradía lo ha designado a él para suceder al difunto Papa si el Humo Negro consigue orientar en su favor los votos del cónclave. Lo que parece confirmarse con lo que don Gabriele acaba de contarnos y con la desaparición trágica del sucesor oficial del Papa en el accidente del vuelo de Cathay Pacific sobre el océano.

—¿El cardenal Centenario? Señor, no pensará en serio que…

—Eso es lo que el cardenal Valdez también había descubierto: los preparativos del atentado y su ejecución la víspera de la última reunión del Humo Negro.

—Entonces, ¿el gran maestre es uno de los cardenales que ocupan un puesto en el Vaticano?

—Es posible. En cualquier caso, es alguien a quien conocemos muy bien.

—¿Y el cardenal Valdez no puede hacer nada para detener el proceso desde el interior?

Mendoza y Giacomo cruzan una mirada. A continuación, el anciano secretario de Estado añade con voz cansada:

—Desde el principio acordamos con el cardenal Valdez que, si llegara a sucederle algo, recibiríamos una carta sellada en la que se indicaría el lugar donde podríamos encontrar los informes completos de sus treinta años de investigación en el seno de la red de Novus Ordo.

—¿Y...?

Mendoza saca un sobre de su sotana. Giovanni cierra los ojos.

—Ese documento lo recibimos anoche por correo especial. Viene del Lazio Bank de Malta.

—Entonces todo está perdido.

—Quizá no.

—¡Vamos, eminencia! Valdez está muerto, Centenario y diez prelados desaparecidos en pleno océano, la mitad de los conclavistas van a enterarse de que su familia está amenazada de muerte si no votan a favor del candidato adecuado, el camarlengo controla el Vaticano en espera del desenlace del cónclave, ¡y nosotros no conocemos la identidad del gran maestre del Humo Negro!

—Es aquí donde yo intervengo, eminencia.

Giovanni se vuelve hacia don Gabriele, que sonríe de nuevo.

—Tengo curiosidad por saber cómo va a hacerlo.

—Mis hombres lo llevarán al aeropuerto, donde montará en un helicóptero que lo dejará en Marina di Ragusa, en el extremo sur de Sicilia. Desde allí irá en una barca de pesca hasta Malta. Si se pone en camino enseguida, puede estar en La Valetta cuando abran el Lazio Bank.

—¿Y por qué no hacer todo el viaje en helicóptero?

—Porque mi territorio acaba en Marina di Ragusa y porque los helicópteros hacen ruido y pueden caer.

—¿Y los barcos no se hunden?

—Los míos no.

Giovanni se vuelve hacia el cardenal Mendoza.

—Olvida un detalle importante.

—¿Cuál?

—Me esperan para participar en el cónclave. Es más, deben de estar empezando a preocuparse por mi ausencia.

El anciano cardenal le tiende a Giovanni una carpeta de cartulina que contiene unas fotos tomadas por la policía de una colisión en cadena que se ha producido a última hora de la tarde en las afueras de Roma. En una de ellas, el joven cardenal ve un Jaguar aplastado entre un gran camión de transporte y una furgoneta.

—¡Dios mío, es mi coche! Se lo había prestado a un obispo amigo mío que tenía que hacer un viaje rápido a Florencia. Iba a devolvérmelo esta noche.

—Monseñor Gardano. Ha muerto en la colisión. Un fallecimiento providencial.

—¿Cómo dice?

—Oficialmente, usted ha muerto en la ambulancia que lo trasladaba a la clínica Gemelli de Roma. El cirujano del difunto Papa se lo confirmará a los agentes del Humo Negro, que estaban sorprendidos de su ausencia en el cónclave. El cadáver de Gardano ha quedado en tal mal estado que el engaño debería poder mantenerse unas horas. Lo que le deja hasta el amanecer para llegar a Malta y traer los informes del cardenal Valdez.

—¿Y si se dan cuenta de que el cadáver que está en el depósito de la Gemelli no es el mío?

—Entonces tendrá usted razón en algo.

—¿En qué?

—En que todo estará perdido.

168

Mientras las últimas notas del órgano se pierden entre los efluvios de incienso, los enterradores bajan el ataúd del Papa a las grutas donde descansan los sumos pontífices de la cristiandad. El féretro golpea las paredes del pozo a medida que las cuerdas se deslizan entre las manos enguantadas. Los cardenales se inclinan para aspirar el perfume de eternidad que asciende de las catacumbas del Vaticano. Una última corriente de aire helado, y los enterradores vuelven a colocar la pesada lápida. El cardenal Camano escucha el ruido sordo que esa tonelada de mármol produce al caer sobre su pedestal. Después yergue la cabeza y contempla a los otros prelados.

Sin apartar los ojos de la lápida, el camarlengo habla en voz baja con el cardenal gran penitenciario, el vicario general de la diócesis de Roma y el arcipreste de la basílica vaticana. Este último tiene aspecto de estar furioso. Camano imagina por qué. Según las leyes de la Iglesia, las exequias del Papa deberían haberse celebrado durante nueve días seguidos. Y el plazo protocolario establecía un mínimo de seis días más después del entierro, durante los cuales las congregaciones deberían haberse reunido en el palacio apostólico para preparar el cónclave. O sea, un mínimo de dos semanas y un máximo de veinte días completos entre el fallecimiento del Papa y el comienzo de la elección. En lugar de eso, enterraban al Pontífice como si fuera un leproso y convocaban el cónclave la misma noche, como si se tratara de una reunión de conspiradores.

Ante tantos susurros irritados, Campini permanece impertérrito. Recuerda en voz baja los momentos particularmente graves que la Iglesia está atravesando y la obligación del camarlengo de dotar cuanto antes a la nave de un nuevo capitán. El arcipreste de la basílica se dispone a insistir cuando Campini se vuelve de sopetón y gruñe en la penumbra que no es ni el lugar ni el momento para ese tipo de conciliábulos. Pálido a causa de la afrenta, el arcipreste retrocede unos pasos.

Examinando a hurtadillas al resto de prelados de la curia, Camano se da cuenta de que todos se observan de reojo, como si trataran de averiguar qué cardenales forman parte del Humo Negro. Es lo malo de esa cofradía: ninguna marca distintiva, ni tatuaje, ni símbolo satánico, ni la menor señal que permita reconocer a sus miembros. Por eso el Humo Negro ha podido mantenerse a lo largo de los siglos sin dificultad; nunca ha habido más de ocho cardenales al frente de la organización y nunca ha quedado constancia de la menor de sus actividades.

Camano se yergue mientras su protonotario le susurra al oído que acaban de encontrar muerto en una laguna de Venecia a Armondo Valdez, cardenal arzobispo de São Paulo.

—¿Cuándo?

—Esta noche. Es preciso interrumpirlo todo, eminencia. Es preciso cancelar el cónclave y avisar a los medios de comunicación. La situación es demasiado grave.

Sin dignarse contestar, el cardenal Camano saca de su sotana un sobre y se lo tiende discretamente a su interlocutor. Contiene tres fotografías de los alrededores de Perusa: una vieja casa rodeada de viñas, una chica y tres niños esposados y amordazados, tres criminales encapuchados los apuntan con sendas pistolas. El protonotario susurra al oído de Camano:

—Señor, ¿quiénes son estas personas?

—Mi sobrina y sus hijos. Los criminales son sin duda esbirros del Humo Negro. La mayoría de los conclavistas han recibido el mismo tipo de sobre con un mensaje anunciando que se les darán las consignas de voto cuando empiece el cónclave.

—¿Se da cuenta de lo que eso significa?

—Sí. Significa que si alguien avisa a los medios de comunicación o a las autoridades, nuestras familias serán ejecutadas en el acto.

—¿Qué hacemos entonces?

—Esperemos al cónclave. Allí estaremos todos encerrados y el candidato del Humo Negro no tendrá más remedio que darse a conocer. En ese momento veremos lo que podemos hacer.

De pronto, el toque de difuntos suena en el campanario de San Pedro. Los cardenales de la curia se dirigen hacia la basílica. Fuera, las campanas hacen temblar los adoquines de la plaza y el corazón de los miles de peregrinos inmóviles bajo la llovizna. La multitud se abre para dejar paso a la doble fila de cardenales electores de camino hacia el cónclave: ciento dieciocho príncipes de la Iglesia con hábito rojo cruzan en silencio las puertas del Vaticano, que los guardias cerrarán en breve, para dirigirse a la capilla Sixtina, donde pronto comenzará la elección del próximo papa.

169

Una sacudida. El 4 × 4 acaba de adentrarse en un camino que conduce al corazón de un bosque de pinos negros. Parks abre los ojos y ve cómo desaparece la luna a medida que el coche se interna entre los árboles. Se estira.

—¿Dónde estamos?

—Llegando.

Con un ojo en la pantalla del GPS y el otro en el camino lleno de baches e iluminado por los faros, el sacerdote conduce a tumba abierta en medio de las roderas. De vez en cuando frena para leer en la penumbra los carteles de madera y luego pisa el acelerador y arranca de nuevo levantando una lluvia de barro.

Tres kilómetros más lejos, para el coche delante de un zarzal. Quita el contacto y señala un sendero.

—Es por ahí.

Parks baja. Los árboles huelen a moho y a musgo. Siguiendo los pasos de Carzo, camina entre las zarzas. Ni un soplo de viento. Ni un ruido. Tiene la impresión de que el aire es más puro, más fresco.

El bosque se hace menos denso y la luna llena ilumina de nuevo a los caminantes. El suelo, que se había inclinado bajo sus pies, vuelve a ser llano. Acaban de llegar a una especie de promontorio donde los árboles han renunciado a crecer, un claro natural. Ahí es donde se alzan las murallas del convento de las agustinas de Bolzano. Entre las murallas agrietadas de la fortaleza se entrevé un patio circular y unos edificios en ruinas.

—Es aquí.

—Lo sé.

170

—¿El Papa asesinado por una conspiración de cardenales satanistas? ¿Qué coño has fumado?

Valentina Graziano se moja los labios en la taza de café que Pazzi acaba de servirle. Traga un sorbo y sigue mentalmente el recorrido del brebaje ardiente, que se extiende por su estómago. Luego deja la grabadora de Ballestra encima de la mesa del comisario y pulsa la tecla de reproducción. Mientras Pazzi se arrellana en el sillón para escuchar, Valentina cierra los ojos y piensa en esas últimas horas en las que ha estado a punto de morir...

Petrificada de terror mientras los asesinos de Mario se dirigían hacia ella, la joven encontró finalmente fuerzas para huir. La plaza del Panteón estaba desierta. Giró hacia la fuente de Trevi, donde esperaba coincidir con una procesión que le permitiría librarse más fácilmente de sus perseguidores. Pero en la explanada de la fuente lo único que había eran unos farolillos abandonados. Sin aliento, Valentina profirió un grito al ver que los monjes seguían estando menos de cincuenta metros detrás de ella, a pesar de que no habían corrido ni en un solo instante.

Agotada, siente la tentación de detenerse. Sería tan sencillo arrodillarse y dejarse llevar... De repente, se acuerda del puñal del monje clavándose en el vientre de Mario. Se acuerda de su mirada. Entonces profiere un grito de cólera y echa a correr hacia delante, moviendo los brazos para acelerar la marcha. No necesita volverse para saber que los monjes siguen caminando. Sobre todo, no debe mirar hacia atrás. Si lo hace, el terror le paralizará las piernas.

Levantando agua de los charcos con los pies descalzos, sube la colina del Quirinal hacia el centro y pasa por delante del palacio de la Presidencia. Busca con los ojos a los guardias que deberían estar apostados delante de la verja. Las garitas están vacías. Continúa corriendo. Las paredes del palacio Barberini se alzan a lo lejos cuando Valentina ve a otros dos monjes cien metros delante de ella. Se adentra en una calleja atestada de cubos de basura. Distingue los cirios de una procesión en la via Nazionale. A su espalda, los cuatro monjes están ahora muy cerca. Luces azules: faros giratorios encendidos; cuatro coches de la policía acompañan el avance de los fieles. Un último esfuerzo, un último acelerón.

Justo antes de darse de bruces con la procesión, Valentina desenfunda su arma y vacía el cargador disparando al aire. Los casquillos ardientes aterrizan sobre el asfalto. La muchedumbre se dispersa gritando. Sin dejar de correr hacia los policías, que la apuntan, Valentina enseña la placa con las manos en alto a la vez que recita su número de placa. Acto seguido se desploma entre los brazos del cabo. Echa un último vistazo por encima del hombro mientras el policía la envuelve en una manta de lana. Los monjes ya no están.

171

En el antiguo cementerio del convento de Bolzano, donde ahora están el uno junto al otro, Parks y Carzo acaban de encontrar la tumba de la recoleta. En la lápida mohosa ya no hay ninguna inscripción; tan solo queda una cruz potenzada de contornos erosionados por el paso del tiempo. Ahí era donde las agustinas enterraron a la anciana recoleta un día de febrero de 1348. El día que la Bestia entró en el convento.

Marie aparta un arbusto de retama y descubre otra lápida cubierta de musgo. Rozando con los dedos las asperezas de la piedra, descifra en voz alta los epitafios que el tiempo y el hielo prácticamente han borrado.

—Aquí yace Thomas Landegaard, inquisidor de las marcas de Aragón y de Cataluña, de Provenza y de Milán.

Ahí es, pues, donde reposa el hombre con el que ha compartido algunos instantes de vida. Marie se siente extrañamente triste, como si lo que está enterrado ahí fuera un trozo de ella misma. O más bien como si el inquisidor recordara los terribles acontecimientos que se habían producido aquel año. Parks se pregunta cuáles debieron de ser los últimos pensamientos de Landegaard en el momento en que sus guardias muertos derribaban la puerta del torreón. ¿Pensó en las marianistas de Ponte Leone crucificadas por los Ladrones de Almas? ¿Oyó una vez más, la última, los gritos de los trapenses enterrados vivos? ¿O pensó en aquel perfume tan femenino y turbador que había cosquilleado sus fosas nasales mientras despertaba sobre su montura y aspiraba el aire helado del Cervino? Una lágrima brilla en los ojos de Marie. Sí, era en ella en quien Landegaard pensó mientras los fantasmas de sus propios hombres lo destripaban y moría, como si el trance la hubiera hecho realmente atravesar el tiempo y hubiera dejado algo en el fondo del corazón de Landegaard. Algo que no era muerte. Algo que no moría jamás.

Parks suelta el arbusto de retama y se seca los ojos mientras nota que la mano de Carzo se cierra sobre su hombro.

—Vamos, Marie, ya casi estamos.

172

Valentina abre los ojos en el momento en que la grabadora reproduce las últimas palabras de Ballestra. El rostro de Pazzi permanece impasible mientras el asesino apuñala al archivista. El dedo del comisario interrumpe la grabación.

—Me estás jorobando, Valentina.

—¿Cómo?

—Te había mandado al Vaticano para organizar la seguridad del concilio y vuelves con unos huesos ridículos, un evangelio de la Edad Media y una supuesta conspiración de cardenales.

—Te dejas los asesinatos de recoletas y la mentira de la Iglesia.

—¡Y tú, me cago en todo, en vez de venir corriendo aquí, llamas al jefe de redacción del *Corriere della Sera*! ¡Y encima con tu móvil!

Valentina siente que una nube de tristeza la invade.

—¿Habéis retirado el cadáver?

—No hay cadáver.

—¿Qué?

—Y tampoco hay rastros de sangre en la acera ni de monjes en las calles.

—¿Y los empleados del hotel Abruzzi, frente al que han asesinado a Mario? Forzosamente tienen que haber visto algo.

—Los han interrogado. No han visto nada.

Un silencio.

—¿Y tú, Valentina?

—¿Yo qué?

—¿Qué has visto tú exactamente?

—¿Me tomas por gilipollas?

—Valentina, tú y yo somos polis, así que ambos sabemos cómo funcionan estas cosas. Has quedado atrapada en un pasadizo secreto bajo el Vaticano, se te han fundido los plomos y te has puesto a imaginar salas llenas de cajas fuertes y asesinos disfrazados de monjes. ¿Me equivoco?

Valentina le arranca la grabadora de las manos.

—¿Y esto, joder? ¿Acaso he sido yo quien lo ha grabado en un estudio?

—¿Los delirios de un viejo archivista depresivo y alcohólico? ¡Sí, claro, eso causará furor en la prensa sensacionalista! Ya imagino los titulares: «Ajuste de cuentas en el Vaticano: un prelado excluido de la curia se inventa una conspiración para vengarse de un puñado de cardenales». Despierta, Valentina. Sin los documentos a los que se alude, tu grabación tiene tanto valor como un anuncio de una marca de preservativos.

—O sea que, si te entiendo bien, van a salirse con la suya. Enterrarán al Papa y manipularán al cónclave para que elija a uno de los suyos como cabeza de la Iglesia.

—¿Qué pensabas? ¿Que iba a enviar un regimiento de paracaidistas al Vaticano? ¿Esperabas que esposara a un centenar de cardenales o que les prohibiera inhumar al Papa? ¡Mierda! Ya puestos, podría llamar a la base aérea de Latina para que disparen una cabeza nuclear contra la basílica, ¿por qué no?

Apuntando con un mando a distancia, Pazzi enciende el televisor empotrado en la estantería. Plano general de la basílica. La voz del presentador acompaña el lento travelín de una de las once cámaras con las que la Rai Uno mantiene permanentemente enfocado el Vaticano. El periodista explica que el Papa acaba de ser inhumado en ese momento y que, a causa de los desórdenes que agitan la cristiandad, va a empezar el cónclave. La compacta muchedumbre de peregrinos que ocupa la plaza de San Pedro se aparta para dejar pasar a la fila de cardenales que se dirigen a la capilla Sixtina. Las puertas del Vaticano se cierran detrás de la procesión y un imponente destacamento de guardias suizos se despliega a lo largo de la verja. El comentarista de la Rai manifiesta su desconcierto a los millones de espectadores que lo escuchan en todo el planeta. Según él, la Iglesia nunca se ha precipitado de esa forma para elegir a uno de sus papas. Y también es extraño que el servicio de prensa del Vaticano permanezca mudo y que no se filtre ninguna información. Pazzi quita el sonido.

—¿Qué te decía, Guido? ¿Ves como están tomando el control del Vaticano?

—¿Quién lo está tomando? ¿Los marcianos? ¿Los rusos? ¿Tienes algún nombre que darme? ¿Tienes pruebas, huellas dactilares, muestras de ADN o cualquier cosa que pudiera adjuntar a un expediente para despertar a un juez y tratar de conseguir un mandato?

—¿Y el cadáver de Ballestra?

—El cadáver de Ballestra solo demuestra una cosa.

—¿Qué cosa?

—Que Ballestra está muerto.

—Guido, lo único que te pido son veinticuatro horas para terminar mi investigación.

Pazzi se sirve un whisky y le añade hielo picado. Luego clava su mirada en la de Valentina.

—Ese plazo que reclamas te lo va a dar el cónclave. Si dura tres días, tendrás tres días. Si dura tres horas, como parece que va a ser, no tendrás ni un minuto más.

—Mierda, es muy poco tiempo y tú lo sabes.

—Valentina, a partir del momento en que se elija a un nuevo papa, ningún juez italiano me firmará una orden y tus cardenales del Humo Negro ya no tendrán nada que temer de nosotros. Después de eso, aunque reproduzcas continuamente tu grabación por los altavoces de Roma, se quedarán tan panchos. Pero, hasta entonces, si lo que dices es verdad, estás en peligro de muerte.

El teléfono suena. Pazzi descuelga y escucha que su secretaria le anuncia que alguien desea hablar con él. El comisario pregunta el nombre del tocacojones en cuestión. Se yergue. La puerta se abre para dejar paso a un hombre de estatura media, tez pálida y mirada penetrante. Lo siguen dos gorilas con traje negro. El hombre le tiende a Pazzi un fajo de documentos expedidos por el Departamento de Estado norteamericano y el Ministerio de Justicia italiano. Un salvoconducto con autorización para investigar en todo el territorio de la península. Mientras Pazzi examina los documentos, el hombre de mirada de águila coge la grabadora de Ballestra y le tiende una mano glacial a Valentina.

—¿Señora Graziano? Stuart Crossman, director del FBI. Vengo de Denver y voy a necesitarla para acorralar a los cardenales del Humo Negro.

—¿Nada más?

—Sí. También he perdido a uno de mis agentes. Se llama Marie Parks. Tiene su edad y su sonrisa. Y si no hacemos nada en las próximas horas, morirá.

173

Carzo se adentra en la escalera que desciende hacia los sótanos de la fortaleza. Un pasadizo oscuro que despide un olor de hiedra y de salitre. El aliento del tiempo.

Al final de la escalera, ilumina con la antorcha las paredes polvorientas. En esas salas subterráneas es donde Landegaard encontró los cadáveres de las agustinas, trece esqueletos que habían arañado los cimientos con las uñas antes de morir de agotamiento.

Mientras avanza, Parks recuerda la penúltima carta que Landegaard le escribió al papa Clemente VI:

> Digo «volver a morir» porque todas las religiosas iban envueltas en un sudario, como si las hubieran enterrado primero en las trece tumbas del cementerio y después se hubieran levantado de entre los muertos para recorrer esos lugares sin luz.

Parks se sienta en el banco de piedra que Carzo le señala. Cierra los ojos.

—Marie, escúchame atentamente, es muy importante. Ahora voy a enviarte a este mismo lugar la noche del 11 de febrero de 1348, es decir, trece días después de la muerte de la recoleta. Esa es la fecha que hemos encontrado en la última página de los registros del convento, unas líneas garabateadas a toda prisa por la madre Yseult de Trento, la superiora de las agustinas de Bolzano. Afirma que el sol se está poniendo y que la cosa que ha matado a sus religiosas va a despertar de nuevo de entre los muertos. Dice que es preciso acabar con eso, que no tiene elección. Pide a Dios que la perdone por lo que se dispone a hacer para escapar de la Bestia. Eso es todo. Hemos buscado en los cementerios y en los registros de las congregaciones situadas a decenas de metros a la redonda. Ni rastro de la madre Yseult. Así que es con ella con quien tenemos que establecer contacto ahora.

—¿Y si murió ese día?

Marie nota que los labios de Carzo se posan sobre los suyos mientras se sumerge en la oscuridad. Nota la tela áspera de su hábito, su respiración tibia sobre sus párpados y su mano en sus cabellos. Luego, sus pechos se marchitan y sus carnes se reblandecen. Sus músculos se tensan como ramas. Tiene la sensación de flotar dentro de un vestido de basta tela que huele a Tierra y a leña. Una extraña sensación de quemazón invade su garganta, como si hubieran intentado estrangularla. Los recuerdos de la madre Yseult.

174

La luz temblorosa de una vela. Unas gotas de agua resuenan en el silencio. A lo lejos, el viento sopla desatado contra las murallas. La madre Yseult permanece encorvada en el hueco donde se ha emparedado. No es ni suficientemente alto para estar de pie, ni suficientemente ancho para sentarse. Su viejo cuerpo tiembla a causa de la fiebre y está empapado de sudor; cada parte de su ser le arranca sollozos de dolor. La anciana religiosa recita sus oraciones en espera de la muerte. Suplica a Dios en voz baja que la lleve con él. Susurra para combatir el miedo que la domina, para no pensar, para olvidar.

Los recuerdos de la madre Yseult llenan poco a poco la memoria de Marie. Un jinete surge de la bruma y grita en dirección a las murallas. Una carreta cruza las puertas y se detiene en el patio del convento. La madre Yseult se inclina: acaba de ver una figura tendida entre los víveres. La recoleta. Así es como ha llegado al convento de Bolzano. Al límite de sus fuerzas, se ha desplomado a unas leguas de las murallas, en medio del bosque, donde el campesino la ha recogido. La madre Yseult tiene miedo. Un hatillo de cuero y una bolsa de lona han caído del hábito de la recoleta mientras las religiosas levantan su cuerpo descarnado para llevarla a resguardo del frío.

Repitiendo los gestos de la madre Yseult, Marie se arrodilla sobre el polvo y siente cómo los dedos de la anciana religiosa desatan el cordón de terciopelo que cierra el hatillo. El cráneo de Janus. La visión de Yseult estalla en la mente de Marie.

El calor, la ardiente arena, esos martillazos contra la madera y esos bramidos de animal en el silencio. Marie abre los ojos a la luz blanca que inunda el cielo. El Gólgota. Las tres cruces plantadas juntas. Los dos ladrones están muertos. Jesucristo grita, lágrimas de sangre resbalan por sus mejillas. La decimoquinta hora del día. Unas extrañas nubes negras se acumulan sobre la cruz, parece de noche. Jesús tiene miedo. Tiene frío. Está solo. Acaba de perder la visión beatífica que lo unía a Dios. En ese instante es cuando mira a la muchedumbre y la ve tal como es: un montón de almas tristes, de cuerpos mugrientos y de labios retorcidos. Piensa que es por esos asesinos, esos violadores y esos cobardes por quienes va a morir. Por esa humanidad condenada por anticipado. Siente la cólera de Dios. Oye el rugido del trueno y siente el azote del granizo sobre los hombros empapados de sudor. Entonces, mientras grita de desesperación, la fe lo abandona como el aliento de un moribundo. Marie se muerde los labios. La agonía y la muerte de Dios. Ese día ganaron las tinieblas; el día que Jesucristo se convirtió en Janus.

Yseult cierra el hatillo y coge la bolsa de lona. Marie nota algo pesado en las manos de la madre superiora: un manuscrito muy antiguo, una obra encuadernada en cuero negro y provista de una pesada cerradura de acero. El evangelio de los Ladrones de Almas. El cuero está caliente como la piel de una criatura viva.

Unos gritos salen de la celda adonde las agustinas han llevado a la monja. Yseult corre por los pasillos. Tiene miedo. Se inclina sobre la religiosa agonizante, que murmura en una lengua desconocida. Luego, su respiración cesa y sus ojos se vuelven vidriosos. Yseult va a incorporarse cuando las manos de la muerta se separan de las sábanas y la agarran del cuello. Se ahoga, sus dedos se cierran sobre la empuñadura de una daga. Un chorro de sangre se extiende por las sábanas cuando la hoja se hunde en la garganta de la recoleta. Una corriente de aire glacial barre entonces la celda.

Huellas de bota. Los recuerdos de la madre Yseult se suceden. Ve el cadáver de sor Sonia clavado en la pared, el de sor Clemencia, que sale de la tumba y le sonríe en las tinieblas. Las huellas de esos pies en el barro y el ruido de sus pasos en la escalera que conduce al torreón donde ella y su novicia más joven se han refugiado. Trece noches, trece asesinatos. Así es como la Bestia mata a las religiosas: cada víctima sale de su tumba para asesinar a la siguiente. Los Ladrones de Almas.

Los recuerdos del último día. Marie ve cómo las manos de la madre Yseult enTierran a su última novicia en la Tierra blanda del cementerio. Ha cogido el evangelio y el cráneo de Janus. Se tuerce los tobillos bajando la escalera para ir a los sótanos del convento. Allí es donde se empareda. Mortero y ladrillos para rellenar la brecha en el muro de contención detrás del cual ha encontrado refugio, con unas cuantas velas y sus escasos efectos. Ya está, la madre Yseult acaba de poner la última piedra. No le queda más que esperar la muerte. Se esfuerza en contener la respiración para morir cuanto antes.

Abre los ojos y relee la advertencia que acaba de grabar en la pared. Marie tiembla. El monje que ha entrado en el convento para matar a las agustinas es Caleb.

175

Stuart Crossman escucha en silencio la grabación de Ballestra. Cuando algún pasaje le llama la atención, hace una seña a Valentina indicándole que vuelva atrás para oír de nuevo los susurros del archivista. Se queda pálido cuando el desaparecido enumera la lista de los papas asesinados por el Humo Negro. La grabación finaliza. Crossman deja escapar un suspiro.

—Es más grave aún de lo que pensaba.

—Nos bastaría con revelarlo todo a la prensa.

—El *Osservatore romano* y los órganos oficiales del Vaticano se apresurarían a publicar desmentidos rotundos. Además...

—¿Qué?

—¿Qué ocurrirá si mil quinientos millones de fieles se enteran de que la Iglesia les ha mentido durante siglos y de que unos cardenales de una organización secreta se disponen a tomar el control del Vaticano? Imagine por un instante el impacto que semejante noticia tendría sobre los cientos de miles de peregrinos que convergen hacia la plaza de San Pedro. ¡Veinte siglos de creencia desmoronándose de golpe! Habría una sublevación sin precedentes.

—Nos queda confiar en que el cónclave se incline a favor de los cardenales fieles a la Santa Sede.

—Me extrañaría.

Crossman le tiende una hoja a Valentina.

—¿Qué es esto? —pregunta la chica.

—La lista de los once obispos y cardenales que murieron la semana pasada en un accidente aéreo sobre el Atlántico. Entre ellos se encontraba el cardenal Centenario, el que se preveía que iba a suceder al difunto Papa. Una precaución que ahora garantiza al Humo Negro la mayoría absoluta en el cónclave.

En la pantalla, una marea humana ha invadido la plaza de San Pedro. Retransmitidos en veinte lenguas por todas las televisiones del mundo, los comentarios de los periodistas suceden a las intervenciones de los especialistas, desconcertados por el giro que han dado los acontecimientos. Las cámaras enfocan la chimenea de la capilla Sixtina, donde el humo aparecerá tras la incineración de las papeletas de voto. Humo blanco si el Papa es designado al término del primer escrutinio. Humo negro si los cardenales necesitan más tiempo para reflexionar.

Valentina se vuelve hacia Crossman:

—¿Cuál era la misión de Parks?

—Encontrar el evangelio de Satán antes que los asesinos del Humo Negro. Sabemos que la cofradía tiene la intención de utilizar ese manuscrito para revelar al mundo la mentira de la Iglesia en cuanto sea elegido el próximo Papa.

—¿Sabe dónde está en este momento?

—La última vez que la vi fue en el aeropuerto de Denver, donde se disponía a embarcar con el padre Carzo en un avión con destino Ginebra.

—¿Y después?

—No he vuelto a saber nada más.

—No se preocupe. El padre Carzo es exorcista. Él sabrá defender a Parks de los Ladrones de Almas.

—Me temo que el asunto sea algo más complicado.

—¿Por qué?

—Justo antes de despegar para Europa, el padre Carzo me dijo que acababa de regresar de un periplo por la Amazonia, donde había estado investigando por encargo de su congregación un caso de posesión suprema en pleno territorio de los indios yanomami. Me dijo también que un extraño mal había afectado a los chamanes de la tribu. Algo que se propagaba a través de la jungla y que parecía destruir todo signo de vida a su paso. Así que llamé a nuestros contactos en Brasil, que enviaron un equipo en helicóptero para comprobar si ese mal era algún virus mortal que los indios habían despertado. El equipo me ha llamado hace unas horas por teléfono satélite para decirme que había llegado al territorio de los yanomami y que acababa de encontrar un cuaderno perteneciente al padre Carzo en las ruinas de un viejo templo azteca. Un cuaderno en el que el padre había reproducido frescos antiguos y bajorrelieves. Creemos que es ahí donde estaba citado con la posesión suprema, porque las páginas siguientes están llenas de fórmulas maléficas y de frases incoherentes. Y de dibujos satánicos también: una criatura monstruosa en medio de un círculo de velas, almas atormentadas y campos de cruces. Como si la posesión suprema hubiera ganado la batalla y una fuerza misteriosa se apoderara de su mente. Pero el último dibujo representa otra cosa: un acontecimiento trágico que se había producido días antes en Hattiesburg y del que Carzo no podía estar al corriente.

—¿Qué?

Crossman le tiende a Valentina el documento procedente de la

Amazonia. El padre Carzo había dibujado a cuatro religiosas crucificadas en una cripta y una quinta cruz, en el centro, en la que estaba clavada una chica desnuda. En la parte inferior de la página, el sacerdote había escrito en rojo:

Marie Parks debe morir.

176

La mente de Marie se aparta poco a poco de la anciana religiosa emparedada. El olor de cera está disipándose. La joven reconoce los olores de salitre y de moho que acompañaron el inicio de su trance; oye que la antorcha de Carzo crepita en las tinieblas. Recobra lentamente la conciencia en los sótanos de Bolzano. Sin embargo, tiene la sensación de que sus manos continúan tocando la pared del cubículo, como si continuara emparedada con la madre Yseult y al mismo tiempo estuviera sentada en ese banco de piedra donde está despertándose. Con los ojos cerrados, se aclara la garganta reseca.

—Alfonso, sé dónde está el evangelio.

—Yo también.

Marie da un respingo al oír la voz de Carzo. Es más profunda, más grave, más melodiosa y también más fría. Algo ha cambiado. Marie percibe otro olor, un olor de cripta. Abre los ojos. El padre Carzo está de pie, se ha puesto la capucha para ocultar su rostro y sus ojos brillan débilmente en la oscuridad.

—Ave María.

Parks siente que se le hiela el corazón al reconocer la voz de Caleb. Intenta desenfundar el arma, pero se da cuenta de que no puede moverse. Sus párpados se cierran. En algún lugar del fondo de su mente, las manos de la madre Yseult tocan las paredes del cubículo.

Décima parte

177

Sentado en la terraza de un restaurante a orillas del mar, en Castellammare di Stabia, Stuart Crossman contempla la bahía de Nápoles. Dos horas antes, después de su entrevista con Valentina Graziano, el conserje de su hotel le había avisado de que tenía un mensaje urgente en la recepción. El mensaje, escrito en inglés, decía:

> El Humo Negro tiene un punto débil.
> Si quiere saber cuál es,
> esté dentro de una hora
> en la terraza del restaurante Frascati,
> en Castellammare di Stabia.
> No informe a la policía.
> No pierda tiempo.
> Vaya solo.

Crossman apenas dudó unos segundos antes de dar la orden de fletar el jet privado que lo esperaba en el aeropuerto de Ciampino. Cuarenta y cinco minutos más tarde, desembarcaba en Nápoles y montaba en una limusina para trasladarse a Castellammare di Stabia.

Había situado a una quincena de sus hombres alrededor del restaurante Frascati, que permanecía abierto a una hora en que los demás establecimientos de la costa habían bajado la persiana hacía mucho rato. Nadie en el interior. Crossman estaba sentado a una mesa de la terraza y esperaba.

Un bip en su auricular. Uno de sus hombres le anuncia que una Zodiac acaba de llegar a la playa.

—Cinco hombres a bordo, uno de ellos un viejo. Van armados. ¿Qué hacemos?

—Dejadlos tranquilos.

Otra señal sonora.

—Cuidado, se acercan.

Crossman ve cinco siluetas a la luz de las farolas. Cuatro hombres corpulentos. La quinta silueta, encorvada, avanza cojeando, sostenida por los tipos fornidos.

—Jefe, aquí francotirador 1. Tengo a los blancos en la mira.

Crossman dirige la mirada hacia el tejado de otro restaurante, donde el francotirador 1 está apostado. El viejo y sus guardaespaldas están a tan solo treinta metros. El director del FBI quita el seguro de su arma, tras desenfundarla bajo la mesa.

—Jefe, aquí francotirador 1. Espero sus instrucciones.

Crossman frunce el entrecejo mientras las siluetas pasan junto a una farola. El charco de luz recorta las facciones del viejo.

—Francotirador 1, no dispare.

—Confirme la orden, jefe.

—Lo confirmo: no dispare.

El viejo está muy cerca. Sus guardaespaldas se quedan en el muelle, mientras él sube los escalones que llevan hasta la terraza del restaurante apoyándose en un bastón. Sonríe al sentarse a la mesa de Crossman.

—Buenas noches, Stuart.

—Buenas noches, don Gabriele.

178

Estrecho de Malta.
Cuatro de la mañana

De pie en la proa de la barca de pesca que avanza entre un estruendo de motor cansado, el cardenal Giovanni alza los ojos hacia el cielo estrellado. La luna está tan llena que ilumina la noche con un extraño resplandor dorado. El joven cardenal contempla las costas de Malta a lo lejos. Una hora más de travesía y la vieja barca llegará al puerto de La Valetta. Antes, tendrá que echar sus redes a unos kilómetros de la costa para disimular. Solo después, los hombres de don Gabriele podrán desembarcar su cargamento humano.

Giovanni mete una mano en el bolsillo de su sotana y palpa el sobre del Lazio Bank. Contiene una tarjeta de plástico transparente provista de un chip con un código de once cifras para entrar en el banco, así como una contraseña cromonumérica para la identificación de la cuenta. Otro código, en este caso alfanumérico, sirve para abrir la caja fuerte de Valdez: la inscripción grabada en el dorso de la cruz de los Pobres que el cardenal del Humo Negro ha adjuntado a ese envío, una pesada cruz con rubíes incrustados y una cadena de plata que Giovanni se ha puesto alrededor del cuello. Solo queda confiar en que los informes merezcan la pérdida del único agente que el Vaticano ha conseguido infiltrar en el seno del Humo Negro.

Giovanni nota una presencia a su espalda. El capitán de los guardias suizos, Cerentino. El oficial había insistido en encargarse personalmente de su protección y Mendoza aceptó. Cerentino se acerca al oído del cardenal para que su voz no quede ahogada por el ruido del motor.

—Eminencia, tenemos que bajar a la bodega porque va a amanecer y los sicilianos no quieren exponerse a que lo vean con prismáticos mientras ellos echan las redes.

Sin contestar, el cardenal conecta el teléfono móvil que don Gabriele le ha dado en Roma. Cuando el clérigo le dijo que ya tenía uno, el padrino le replicó que los celulares de la Cosa Nostra funcionaban gracias a una red privada compuesta de antenas de repetición escondidas en las regiones más recónditas de la Península. Los mafiosos reservaban para las redes públicas italianas las comunicaciones destinadas a dar informaciones falsas a la policía.

Giovanni introduce el código de identificación facilitado con el teléfono móvil. La pantalla parpadea. Pulsa el botón de llamada para que aparezca el último número marcado. Don Gabriele le había dicho que el titular de ese número esperaba su llamada a las cuatro y media en punto. Giovanni consulta su reloj: 4.29. Bajo sus pies, las vibraciones que agitan la cubierta se espacian hasta detenerse. Los sicilianos acaban de apagar los motores y empiezan a desenrollar las redes mientras la barca se desliza silenciosamente sobre el agua. La noche se vuelve azul. El cardenal contempla un momento las luces de Malta. Luego pulsa el botón de llamada. El teléfono marca automáticamente el número memorizado.

179

Don Gabriele lía un cigarrillo y se lo pone entre los labios. Crossman le da fuego. El viejo tose.

—Así que me has reconocido, ¿eh, Stuart? Hace tanto tiempo…

—¿Cómo iba a olvidarlo? Usted era uno de los padrinos más peligrosos de la Cosa Nostra que se exilió a Estados Unidos a causa de una disputa con la Camorra. Nos dio mucha guerra.

—Y tú ya eras responsable de la oficina federal de Baltimore. Lo recuerdo… Fuiste tú quien estuvo a punto de echarme el guante por unas naderías.

—Una tonelada de naderías de polvo blanco, envasada en bolsas de un kilo.

—En fin, el caso es que eso me obligó a volver para poner orden en el país.

—¿Y ahora?

—Ahora soy el padrino de las ciento veinte familias. Ellas me temen y yo las protejo. Y tú has llegado a director del FBI. Muy bien.

—¿Por qué quería verme, don Gabriele?

—Tan impaciente como siempre. Como tu tirador de ahí arriba, que todavía se está preguntando si debe disparar o no contra un viejo.

—No lo hará mientras yo no le diga que lo haga.

—No me gusta, Stuart. Te había dicho que vinieras solo.

—No sabía que se trataba de usted, don Gabriele.

—¿Y si lo hubieras sabido?

—Habría venido con el triple de hombres.

El viejo sonríe.

—Me persiguen tantos policías por todo el mundo que no cabrían en un estadio de fútbol, así que unos cuantos más o menos...

—En su mensaje decía que el Humo Negro tiene un punto débil. ¿Cuál es?

—Una persona está en camino para recoger unos documentos sobre esa cofradía. Tienes una cita con ella dentro de muy poco.

—¿Qué tipo de documentos?

—De los que al Humo Negro le gustaría recuperar a cualquier precio si conociera su existencia.

—¿Y esa persona quién es?

El teléfono móvil de Crossman vibra bajo su chaqueta. Dirigiendo una mirada interrogativa a don Gabriele, contesta.

—Stuart Crossman, dígame.

—Soy el cardenal Patrizio Giovanni. Un amigo común me ha dado su número. Me ha dicho que estaría al corriente de un asunto que exige que nos veamos lo antes posible.

—Dígame dónde.

—En Le Gozo, un bar de La Valetta que está en una placita, junto a la iglesia de San Pablo. A las seis y media. ¿Es posible?

Crossman interroga a don Gabriele con la mirada. El viejo asiente.

180

Un silencio mortal se ha abatido sobre la capilla Sixtina. Los ciento dieciocho cardenales electores han tomado asiento en unos sillones enfrentados a ambos lados de dos hileras de mesas cubiertas con pesados manteles blancos y rojos. Sobre los prelados silenciosos, los frescos de la *Creación del mundo*, de Miguel Ángel, contemplan la asamblea. Encima del altar, la escena del *Juicio Final* parece recordar a los cardenales la gravedad de su misión.

El cónclave había comenzado oficialmente hacía dos horas, con una misa solemne en el transcurso de la cual se había invocado al Espíritu Santo. Luego, los cardenales se habían reunido en la capilla Paulina del palacio apostólico. A continuación, con las vestiduras de coro y a los sones del *Veni Creator*, habían ido hasta la capilla Sixtina. Por último, tras dividirse la procesión en dos filas, habían tomado asiento bajo la mirada de los frescos.

Ahora, el cardenal decano se levanta y pronuncia en latín la fórmula del juramento ritual que precede todas las elecciones. Ella sellará los labios de los cardenales electores, conminándolos a no revelar jamás nada del cónclave ni a comunicarse con el exterior so pena de excomunión inmediata.

Los cardenales escuchan atentamente la voz trémula del decano. Cuando por fin se hace de nuevo el silencio, los padres electores ponen la mano sobre el ejemplar de los Evangelios que han colocado delante de ellos y completan el compromiso colectivo del cónclave pronunciando un juramento personal: ciento dieciócho fórmulas breves e idénticas desgranadas bajo las bóvedas pintadas de la capilla.

De nuevo se hace el silencio. La votación va a empezar. El maestro de las celebraciones litúrgicas pontificias pronuncia el *Extra omnes*, con lo que invita a todos los que no son electores a salir de la capilla. Después sale él y deja a los cardenales cara a cara con su conciencia. Todos se miran. Casi todos lo saben. Antes de empezar el cónclave, la mayoría de ellos han recibido un extraño sobre con fotos de su familia secuestrada por unos hombres con la cara tapada. Un mensaje incluido en el sobre precisa que se les darán las consignas de voto en la segunda vuelta. En ese momento, el elegido sacará de su manga un pañuelo rojo y lo colocará delante de él. El mensaje añade que deben reducir a cenizas el sobre y su contenido antes de dirigirse al cónclave. De este modo quedan advertidos de que, si alguien llega a encontrar uno solo de esos sobres, todas las familias serán ejecutadas en el acto.

Los cardenales saben ahora que el Vaticano está cambiando de manos. Semejantes manejos serían suficientes para anular el cónclave y desencadenar una crisis profunda en el seno de la Iglesia; bastaría una palabra, una mano que se levantara... Sin embargo, nadie dice nada, como si cada uno esperara que otro se echase al agua y denunciara el complot. O, más bien, como si todos rezaran en silencio para que nadie hablara. Así pues, cada vez que sus miradas se cruzan, los cardenales bajan los ojos. Sienten vergüenza. Tienen miedo.

El cardenal decano se levanta de nuevo. Pregunta si todos se sienten preparados para proceder a la votación o si conviene aclarar alguna duda que quizá todavía oscurezca las conciencias. Camano se sorprende sonriendo. Esa frase hecha se parece a la que pronuncia el sacerdote justo antes de sellar un matrimonio. «Si alguien tiene algo en contra de esta unión, que hable ahora o que calle para siempre.» Los cardenales se miran. Es ahora cuando habría que hablar. Reparan en las gotas de sudor que brillan en las sienes del decano. Entonces comprenden que él también ha recibido un sobre. Él también tiene miedo. Él tampoco dirá nada. Bajan la mirada. El cardenal decano pide a los que están preparados para votar que levanten la mano. Ciento dieciocho brazos se alzan lentamente hacia los frescos.

181

El director médico de la clínica Gemelli levanta los ojos de los papeles al oír que la cristalera se abre con un siseo. Un prelado con sotana negra acaba de entrar. Lleva unas gafas de cristales gruesos y un maletín en la mano. El director médico se esfuerza en permanecer impasible. Sabe qué quiere ese hombre, ha estado toda la noche esperándolo. Incluso le había sorprendido que no apareciera antes. Después, incluso empezó a confiar en que no se presentara. Pero ahora está allí. El médico echa un vistazo rápido a su reloj: las cinco menos cuarto. El cardenal Giovanni necesita al menos una hora más para recoger los documentos de Valdez. Va a tener que actuar con cautela.

Los zapatos del prelado no hacen ningún ruido sobre la moqueta. Se detiene delante del mostrador de admisión y carraspea para atraer la atención del médico, que ha vuelto a concentrarse en las hojas de ingresos. Cada segundo cuenta: hace una seña al recién llegado indicándole que espere unos instantes y de vez en cuando anota algo en las páginas que finge leer. Finalmente, alza los ojos hacia el hombre y nota que se le hace un nudo en la garganta al encontrar su mirada fría.

—Usted dirá.

—Soy monseñor Aloïs Mankel, de la congregación por la Doctrina de la Fe.

El médico se yergue imperceptiblemente. La congregación por la Doctrina de la Fe, el nombre moderno de la Santa Inquisición. El hombre que está ante él es, por tanto, un inquisidor. Alguien familiarizado con los expedientes voluminosos y los secretos. Además, es un protonotario apostólico que lleva el título de monseñor, el equivalente de los inquisidores generales de la Edad Media. Lo más alejado de quienes charlan inútilmente o pasan por al lado de lo que buscan sin verlo. El director médico de la Gemelli esperaba que fuese un alto prelado o, en el peor de los casos, otro médico, pero no un inquisidor. La presencia de ese personaje significa que por lo menos una parte de la congregación por la Doctrina de la Fe se ha pasado al bando del Humo Negro. La batalla se presenta difícil.

—Lo siento, monseñor, pero las visitas no empiezan hasta las ocho.

Una sonrisa fría curva los labios del prelado.

—Vengo a ver a un muerto. No hay hora para los muertos.

—¿Cuál es su nombre?

—¿No se lo he dicho?

—Lo recordaría.

Un silencio. La mirada glacial del inquisidor escruta la del médico hasta el fondo del alma. La burda trampa no ha funcionado, cosa que parece ponerle furioso.

—Vengo a examinar los restos de su eminencia el cardenal Patrizio Giovanni.

—¿Le importaría decirme con qué objeto?

—Con el objeto de asegurarme de que se trata efectivamente de su eminencia, a fin de organizar su traslado a su región natal de los Abruzos.

Otra burda trampa. Giovanni es originario de Germagnano, en los Apeninos. El protonotario lo sabe. Intenta averiguar si el médico lo sabe también. Eso no sería forzosamente una prueba, sino una presunción. Y así es como actúan los inquisidores: con presunciones que tallan hasta forjarse una convicción. Por el momento, el prelado sospecha que el médico miente. En los minutos siguientes, habrá que hacer lo imposible para impedirle tener la convicción de ello.

—¿Tiene calor? —pregunta el clérigo.

—¿Cómo dice?

—Está sudando.

El médico ve que la mirada del prelado se clava en su frente, donde están formándose unas gotas de sudor. Se la seca con la palma de la mano. Una presunción más.

—He estado cuatro horas operando. Estoy agotado.

—Ya lo veo.

Otro silencio. Las supuestas cuatro horas de operación son las que el médico se ha pasado maquillando el cadáver del obispo fallecido en el coche del cardenal Giovanni. Al llegar al hospital, el desdichado tenía la cara destrozada y el cuerpo despedazado. Como Gardano y Giovanni tenían más o menos la misma edad y la misma estatura, el director médico había telefoneado al cardenal Mendoza para exponerle su idea. El anciano secretario de Estado dio su aprobación. Después, convocó a Giovanni en un restaurante para enviarlo a recoger los documentos de Valdez. Una hora más tarde, el móvil del médico sonó. El cardenal Mendoza le anunciaba que Giovanni estaba de acuerdo. El médico colgó y, con la ayuda del historial médico de Giovanni, se pasó cuatro horas reproduciendo sus marcas distintivas en lo que quedaba del cadáver del obispo: manchas de nacimiento, dos prótesis dentales de cerámica, otra de oro al fondo de lo que quedaba de la boca…

—¿Vamos?

El médico se sobresalta. La pregunta que acaba de hacer el inquisidor no es realmente una pregunta.

182

La votación comienza. Han dado a cada elector tres papeletas rectangulares con la frase *«Eligo in summum pontificem»** y una línea de puntos debajo donde él indicará el patronímico del cardenal al

* «Elijo como sumo pontífice.»

que le da su voto. Camano mira cómo los electores escriben con letra clara el nombre de su favorito. En espera de la segunda vuelta, casi todos votarán por ellos mismos. Pero Camano sabe también que algunos ven en él una posible puerta de salida a la crisis que sacude a la Iglesia. Es uno de los prelados más poderosos e influyentes del Vaticano. Controla la Legión de Cristo y la congregación de los Milagros. Contaba, además, con los favores y el afecto del difunto Papa. Tras la muerte del cardenal Centenario, es lógico que sea él quien vaya a recibir la mayor parte de los votos en la primera vuelta.

Tanto más lógico, piensan los cardenales, puesto que, si una parte suficientemente importante de los escrutinios va a parar a su persona, quizá pueda derrocar al candidato del Humo Negro en la segunda vuelta. A no ser que todos los cardenales hayan recibido un sobre, en cuyo caso el Humo Negro ya ha ganado la partida. Pero ¿cómo es posible que más de cien familias hayan sido tomadas como rehenes en una sola noche? Eso es lo que algunos cardenales se preguntan mientras alzan los ojos hacia Camano, sin saber que él también ha recibido un sobre.

Puesto que las consignas del Humo Negro no deben tenerse en cuenta hasta la segunda vuelta, Camano se vota a sí mismo. Dobla la papeleta por la mitad y la deja ante sí en espera de ir a depositarla a la urna.

Los cardenales han dejado el bolígrafo y doblado su papeleta. Uno tras otro, irán a votar y regresarán a su sitio. Camano es el último. Cuando llega su turno, se levanta y avanza lentamente hacia el altar con el brazo levantado, a fin de que los demás puedan ver que solo lleva una papeleta. Al llegar al pie del altar junto al que están los escrutadores, pronuncia en voz alta el último juramento de los electores:

—Yo, cardenal Oscar Camano, pongo por testigo a Jesucristo Nuestro Señor de que doy mi voto a quien, según Dios, considero que debe ser elegido.

A continuación se acerca al altar. Un gran cáliz cubierto por una patena hace las veces de urna. Camano deposita su papeleta sobre la bandeja y la inclina lentamente para que el papel caiga dentro del cáliz. Luego vuelve a colocar la patena en su sitio y retrocede unos pasos para inclinarse ante el altar.

Mientras vuelve a su asiento, el primer escrutador levanta el cáliz lleno y lo agita para remover el contenido. Hecho esto, el tercer escrutador saca las papeletas y las deposita una a una en un recipiente transparente, a la vez que las cuenta en voz alta para comprobar que ningún cardenal ha votado dos veces. Ciento dieciocho papeletas caen en el recipiente, que es llevado a una mesa dispuesta ante el altar donde los escrutadores han tomado asiento.

El primer escrutador coge la primera papeleta del recipiente, la desdobla y la lee sin pronunciar una palabra. Después se la pasa al segundo escrutador, que la lee también, pero en voz alta, antes de pasársela al tercer y último escrutador, que comprueba en silencio que el nombre que acaba de ser pronunciado es el que figura en la papeleta. A continuación, pincha el documento con una aguja enhebrada. Finalizado el escrutinio, todas las papeletas de voto ensartadas en el hilo serán quemadas en la chimenea de la capilla hasta quedar reducidas a cenizas.

El escrutinio prosigue. Once papeletas acaban de ser leídas. Seis repartidas entre otros tantos cardenales, dos a favor del cardenal Camano y tres por el cardenal camarlengo Campini, hacia quien convergen ahora todas las miradas.

183

El director médico precede en silencio a monseñor Mankel a lo largo de los desiertos pasillos de la clínica. Bajan por una escalera que conduce al depósito de cadáveres. El facultativo empuja una puerta de doble batiente, que se cierra con un chasquido detrás del inquisidor. Atraviesan varias salas con hileras de cámaras frigoríficas donde están almacenados los muertos en espera de la autopsia. Los climatizadores ronronean.

El médico entra en la última habitación. Un cadáver envuelto en una bolsa de plástico está tendido sobre la mesa de operaciones. Un enfermero limpia el suelo. El inquisidor, sin prestarle ninguna atención, le indica al médico que abra la bolsa. No retrocede instintivamente al ver lo que queda del difunto, ni siquiera pestañea.

—¿Esto es todo?

—El cardenal Giovanni se ha empotrado bajo un camión de treinta toneladas a ciento cuarenta kilómetros por hora y una furgoneta que circulaba a la misma velocidad lo ha embestido por detrás. O sea que sí, esto es todo.

—¿Ha efectuado la identificación dental?

—¿Para qué? Es el vehículo del cardenal Giovanni. Luego es forzosamente el cardenal Giovanni.

—Ha podido prestarle el coche a otra persona.

—Si fuera así, ¿dónde está, si no se encuentra en el cónclave?

—Buena pregunta.

Monseñor Mankel abre su maletín y saca una abultada carpeta de la que extrae varias fotos del cardenal Giovanni. Una buena noticia: el inquisidor ha debido de cruzarse con el joven prelado un par de veces en los pasillos del Vaticano, pero no lo conoce personalmente. El cardenal Mendoza lo ha elegido también por esa razón. Porque Giovanni acaba de ser elevado al rango de príncipe de la Iglesia y pocos prelados romanos lo conocen íntimamente. Es un alivio todavía mayor dado que la cara del obispo ha quedado destrozada casi por completo y que las fotos que tiene el inquisidor no van a serle de mucha utilidad.

—¿Ha tomado muestras de sangre?

Perdido en sus pensamientos, el médico se sobresalta ligeramente.

—¿Perdón?

—Le preguntaba si ha tomado muestras de sangre.

—La ley nos obliga a hacerlo. Por la alcoholemia.

—¿Y qué?

—No cabe ninguna duda: el cardenal Giovanni no había bebido ni una gota de alcohol.

Sin dejar de dar vueltas alrededor del cadáver, el inquisidor insiste:

—No es eso lo que le preguntaba. Quería saber si los análisis sanguíneos confirman que es el cardenal Giovanni.

—El laboratorio de genética está cerrado, monseñor. No tendré los resultados hasta las nueve.

—¡Vaya! Es una faena.

—¿Por qué?

Sin tomarse la molestia de responder, el inquisidor examina ahora las marcas de nacimiento y las cicatrices del cadáver para compararlas con las que figuran en el historial médico de Giovanni. El director médico empieza a relajarse. Seguro que Mankel no dispone de un historial tan completo como el que tiene la clínica desde que se ocupa del estado físico del joven cardenal. Lo demuestra el hecho de que no busca todas las cicatrices que el médico ha reproducido en el quirófano, ni tampoco pasa revista a las diversas marcas de nacimiento. En realidad, solo una parece interesarle: una mancha granulosa que Giovanni tiene en la nuca, una especie de lunar grande y abultado que había sido preciso dibujar en lo que quedaba del cuerpo de monseñor Gardano. Esa mancha era lo que había exigido más trabajo: aplicar sucesivas capas finas de látex, modelarlas y teñirlas. Eso y el color del pelo: había tenido que transformar los reflejos rojizos de monseñor Gardano en una cabellera negra. En cuanto al dedo meñique que faltaba en la mano derecha del cardenal, un simple corte con el escalpelo había sido suficiente. Después, había sido preciso suturar la piel alrededor del muñón y arreglárselas para que esa intervención no pareciera demasiado reciente. Un verdadero trabajo de cirujano plástico del que el director médico no estaba descontento. Hace varios segundos que el inquisidor pasa un dedo sobre la mancha y sobre el dedo amputado sin que nada le resulte sospechoso. Incluso parece empezar a creer que el cadáver que está examinando es efectivamente el de Giovanni. Formula una última pregunta, por puro formalismo:

—¿Y sus efectos sacerdotales?

—¿Se refiere al anillo de cardenal?

—Y la pesada cruz pectoral que los prelados de su rango suelen llevar sobre el pecho.

—Solo llevaba el anillo. He tenido que serrarlo para retirarlo. Está en el sobre, ahí, encima de la bandeja.

El inquisidor abre el sobre y examina los restos de anillo. Se dispone a dejarlo en la bandeja cuando le llaman la atención unas extrañas manchas negras en el papel, como de tinta. No. Manchas no, huellas. Más concretamente, huellas de dedo, a juzgar por los surcos concéntricos que hay sobre el papel. El inquisidor se mira las manos. Las yemas de los dedos que ha pasado por el pelo del cadáver están negras. Se vuelve hacia el médico. Él también ha comprendido: los cabellos de los muertos no fijan la coloración como los de los vivos. Se pueden teñir, pero el tinte tarda mucho más tiempo en secarse.

—Enhorabuena, doctor, ha estado a punto de engañarme.

Mankel marca un número en su teléfono móvil. Cuando alza los ojos hacia el médico, el inquisidor se queda paralizado al ver la boca negra de la pistola automática que el enfermero acaba de desenfundar y con la que lo apunta en la frente. Detrás del fino bigote y las gafas de cristales ahumados, el prelado acaba de reconocer a un teniente de la guardia personal del difunto Papa.

—¿Se ha vuelto loco?

Poniendo el dedo índice sobre sus labios, el teniente indica al inquisidor que se calle. Otro tono. Luego, alguien descuelga al otro lado de la línea y el eco de una voz lejana invade la sala de autopsias.

—El camarlengo, dígame.

El inquisidor cierra los ojos.

—Soy yo, eminencia.

—¿Quién?

—Monseñor Mankel.

Un silencio.

—¿Qué ha averiguado?

El inquisidor da un respingo al notar el contacto del cañón del arma sobre su frente. El teniente de los guardias suizos le dice que no con la cabeza. Mankel se aclara la garganta.

—Es el cardenal Giovanni, eminencia.

—¿Está totalmente seguro?

El teniente de los guardias suizos levanta el martillo del arma y dice que sí con la cabeza.

—Sí, eminencia. Estoy absolutamente seguro.

Otro silencio.

—¿Qué ocurre, Mankel?

—No estoy seguro de entender el significado de su pregunta, eminencia.

—Le noto la voz rara.

—Es que...

El inquisidor observa el índice del guardia suizo, que se curva alrededor del disparador.

—¿Es que qué, Mankel?

—El cadáver. Ha quedado en un estado lamentable y...

—Le ha impresionado, ¿no?

—Sí, eminencia.

—Vamos, Mankel, rehágase. No es momento de dejarse llevar por las emociones.

Un clic. La comunicación se interrumpe. El inquisidor se sobresalta al notar que una aguja se clava en su carótida. Un líquido caliente se extiende por sus venas. Hace una mueca. A través de la bruma que invade su mente, la cara del director médico se difumina.

184

Solo en su habitación de la casa de Santa Marta, el cardenal camarlengo Campini cierra sin hacer ruido la tapa de su teléfono móvil. Escucha el silencio. Situada en las proximidades inmediatas de la capilla Sixtina, la casa de Santa Marta es un lugar de oración y de recogimiento donde se susurra sin levantar nunca la voz. Ahí es donde los cardenales van a comer y a descansar entre una y otra votación. Según las leyes sagradas de la Iglesia, los cardenales electores no pueden comunicarse con el exterior durante el cónclave. Ni periódicos, ni mensajes, ni aparatos de radio, ni grabadoras, ni televisores. Y mucho menos teléfonos móviles.

Garantizar el estricto respeto de este reglamento forma parte de las tareas del camarlengo. Por eso Campini sabe que ha corrido un grave riesgo pasando clandestinamente su propio teléfono con sus efectos personales. Pero es preferible correr ese riesgo que dejar a un falso cardenal Giovanni en el depósito de cadáveres. Por esa razón el camarlengo ha aprovechado el descanso, después de la primera votación, para ir a su cuarto de la casa de Santa Marta y esperar allí la llamada de monseñor Mankel.

Había mandado a Mankel porque nadie sabía detectar las mentiras mejor que él. La conversación que el cardenal Mendoza había mantenido con el comandante de la guardia en la escalinata de la basílica era lo que había despertado la desconfianza de Campini. ¿Qué estaba tramando ese vejestorio? Según las últimas noticias, el secretario de Estado se había marchado a su villa de las afueras de Roma en espera del desenlace del cónclave. Campini lo había puesto bajo una discreta vigilancia. El último informe decía que, desde que había vuelto de una cena en la ciudad, el anciano cardenal no se había movido.

Otro problema resuelto: el de Giovanni. Su cadáver se encontraba efectivamente en el depósito de cadáveres de la clínica Gemelli. Quedaba la cuestión de la voz extrañamente tensa de Mankel por teléfono. Obligado a susurrar como un colegial en la penumbra de su habitación, Campini no había tenido tiempo de hacerle más preguntas. Sin embargo, ahora estaba seguro: Mankel parecía… aterrorizado.

El prelado intenta convencerse. ¡Vamos, ha sido la visión del cadáver de Giovanni lo que ha alterado al viejo inquisidor! Sí, seguro que es eso. Y sin embargo… El camarlengo lleva unos segundos sopesando los pros y los contras. Se pregunta si debe correr el riesgo de volver a llamar a Mankel para quedarse tranquilo. Es una opción muy peligrosa y lo sabe. Porque, si lo pillan telefoneando entre las paredes de la casa de Santa Marta, sabe que, por muy camarlengo que sea, será inmediatamente excluido del cónclave y excomulgado. La segunda sanción, al camarlengo le tiene tan sin cuidado que le hace sonreír. Es la primera la que plantea problemas, en la medida en que tendría como consecuencia la disolución de la asamblea y la posterior convocatoria de otro cónclave. Inaceptable.

Con todo, ardiendo en deseos de saber, el anciano camarlengo ve cómo sus dedos abren la tapa del teléfono móvil. Sin darse cuenta, ya ha marcado las primeras cifras del número de Mankel. Cuando pulsa la tecla de llamada, un ruido lo sobresalta: alguien recorre los pasillos llamando a las puertas de las habitaciones para avisar a los cardenales de que se va a reanudar el cónclave. Campini cierra la tapa del teléfono. La comunicación se corta. Los pasos se alejan. Nervioso, el camarlengo envuelve el aparato en un paño y lo deja en el suelo antes de pisotearlo. Los chirridos de las puertas y los crujidos de los pasos en el corredor cubren los ruidos amortiguados del teléfono rompiéndose bajo el zapato del camarlengo. Luego, el anciano recoge el paño y lo mete en el fondo de su maleta, donde nadie lo buscará.

Justo antes de salir de la habitación para dirigirse a la capilla Sixtina, se arrepiente un poco de lo que acaba de hacer. Ahora ya no podrá comunicarse con sus hombres para dirigirlos desde el interior. No tiene importancia: en vista de los resultados de la primera votación, muy pronto el cónclave habrá terminado.

185

Amanece. Salvo el rechinar de los mocasines de Giovanni y de las suelas de goma de los zapatos de Cerentino, ni un ruido turba el silencio de las calles dormidas de La Valletta. El capitán de los guardias suizos camina unos metros detrás del cardenal. Ha desenfundado su arma reglamentaria y la tiene preparada para disparar bajo la chaqueta.

Protegidos a distancia por la Crucia Malta, la rama maltesa de la Cosa Nostra, los dos hombres suben por Republic Street, una costanera bordeada de inmuebles que lleva al casco antiguo de la ciudad. El aire salado del puerto ha dejado paso a un soplo de brisa templada. Las persianas están bajadas. Ni un ladrido de perro. Ni un ruido de coche.

El número 79. El cardenal Giovanni se detiene. En la acera de enfrente, un edificio barroco y una gran puerta de madera maciza protegida por cámaras y una cerradura digital de tarjeta magnética. En la jamba derecha hay una placa de cobre con dos letras entrelazadas y, sobre ellas, una corona: LB, siglas de Lazio Bank, la sucursal anónima reservada a las grandes cuentas y las cajas fuertes numeradas.

—Espéreme aquí.

El capitán Cerentino asiente después de lanzar un rápido vistazo alrededor. A cincuenta metros a la izquierda, hay una furgoneta verde con cuatro hombres de la Cosa Nostra en el interior. Cuarenta metros a la derecha, otros dos matones disfrazados de empleados del servicio municipal de limpieza barren los arroyos.

Giovanni cruza la calle y se detiene ante la puerta. Las cámaras giran sobre su base mientras él introduce la tarjeta magnética y pulsa la combinación de once cifras en el teclado de la cerradura digital. Pasados unos segundos, suena un chasquido seco. La puerta se abre y a continuación se cierra detrás del cardenal.

En el interior, un vestíbulo de mármol, unos sillones y un tramo de escalera en semicírculo que conduce a un largo mostrador equipado con cristales antibalas. Una joven está sentada ante una hilera de pantallas. Giovanni se acerca. La chica levanta la cabeza. Le señala al cardenal un teclado multicolor. Su voz es fría, profesional, sin vida.

—Su identificación, por favor.

Giovanni introduce el código cromonumérico que contiene el sobre que le ha entregado el cardenal Mendoza y pulsa la tecla de confirmación. La chica vigila las pantallas en espera de la respuesta. Giovanni alza los ojos hacia los cuadros que decoran la pared que está encima del mostrador: rostros de ancianos, los retratos más antiguos a la izquierda, las telas más recientes a la derecha. Una dinastía.

—¿Quiénes son?

—El fundador y sus descendientes hasta Giancarlo Bardi, nuestro director actual.

Giovanni se estremece. Los Bardi. Mendoza había pronunciado ese apellido al referirse a las familias más poderosas de la red Novus Ordo. Son los propietarios del Lazio Bank y de decenas de establecimientos más en todo el mundo. El sudor perla la frente del cardenal. Ahí es donde Valdez escondió sus informes, justo en la boca del lobo.

Una señal sonora. La arruga de preocupación que cruzaba la frente de la chica se borra. Esta pulsa un botón, y una puerta se desliza en la pared de la derecha. Una puerta tan perfectamente integrada en la piedra que nadie sospecharía su existencia. Al otro lado, una escalera cubierta de moqueta lleva a los sótanos del banco. La chica alza de nuevo los ojos hacia el cardenal. Su voz metálica se suaviza un poco:

—Puede pasar, eminencia.

Giovanni empieza a bajar la escalera. La puerta secreta se cierra a su espalda.

186

Al pie de la escalera, una reja de acero se abre automáticamente al acercarse el cardenal. Un soplo de aire acondicionado. Giovanni entra en una enorme sala iluminada por un falso techo luminoso.

Avanza entre los pasillos de cajas fuertes. Cada compartimiento está separado de los contiguos por una gruesa pared provista de un ordenador. Las cajas son modelos muy antiguos y robustos, pero su mecanismo de apertura ha sido perfeccionado a lo largo del tiempo. En algunas todavía se ve la huella de dobles cerraduras y de ruedas de combinación: unas precauciones inútiles, ya que todas las cajas fuertes del Lazio Bank funcionan ahora con una cerradura electrónica digital.

Pasillo 12, bloque 213. Giovanni se detiene ante la caja del cardenal Valdez. Mide casi dos metros de alto por uno de ancho. Giovanni introduce las inscripciones grabadas en el dorso de la cruz de los Pobres. La pantalla parpadea y, tras una serie de chasquidos sordos, las barras de acero se desplazan y la puerta se abre.

La luz se enciende automáticamente en el interior de la caja. Giovanni siente una punzada de angustia al ver una docena de estantes polvorientos y... vacíos. Se pone de puntillas y pasa una mano por los estantes más altos. Su gesto se interrumpe al encontrar un delgado estuche de plástico con la inscripción NO escrita con rotulador negro. Lo saca de la caja: un disco informático de alta capacidad. Una gigantesca caja fuerte para guardar un pequeño disco lleno de datos sobre la red Novus Ordo. Treinta años de investigación sobre los arcanos del Humo Negro concentrados en un simple trozo de plástico. Giovanni sonríe. Hasta finales de los años ochenta, Valdez debía de haber acumulado miles de documentos sobre la red. Después, con el desarrollo de la informática, grabó esa información en montones de disquetes y más tarde en CD; el número se había ido reduciendo hasta llegar a este único disco de alta capacidad que podía contener el equivalente de cien mil páginas. Giovanni comprende ahora por qué las paredes de separación están provistas de un ordenador: las toneladas de papelotes guardados desde hacía siglos en las imponentes cajas fuertes del Lazio Bank debían de haber desaparecido con el paso del tiempo hasta encontrarse comprimidos en discos informáticos.

Giovanni inserta el disco de Valdez en el ordenador. El procesador crepita y muestra un sumario detallado del contenido. Un número incalculable de páginas archivadas, textos, hojas de cálculo y registros, los más antiguos de ellos, escritos en latín, parecen remontarse a los establecimientos bancarios de la Edad Media.

Las primeras páginas resumen los treinta años de investigación de Valdez y muestran los principales organigramas de la red Novus Ordo, cuya trama, pacientemente tejida a lo largo de los siglos, ya envolvía el mundo: bancos, algunas de las multinacionales más poderosas del planeta, empresas subcontratadas, Bolsas, fondos de inversión, compañías aéreas y de transporte marítimo, empresas de armamento, laboratorios farmacéuticos, gigantes de la informática... Innumerables ramificaciones en los medios financieros, del petróleo y de la industria pesada. También cámaras de compensación, paraísos fiscales y todo un entramado de bancos *offshore* que continuaban haciendo fructificar el tesoro del Temple.

Pero Novus Ordo no solo era un gigantesco conglomerado financiero. Después de financiar las herejías de la Edad Media, la organización había creado las grandes sectas enfrentadas al catolicismo; sus millones los manejaban ahora los bancos de la red. Detrás de todas esas organizaciones, detrás de todas esas ramificaciones, estaban el tesoro del Temple y los cardenales del Humo Negro.

187

Un sobresalto. El durmiente se despierta. Traqueteo y chirridos a su alrededor. Ruidos y vibraciones. Algo da sacudidas bajo sus pies. Unas ruedas. Reteniendo ese concepto que acaba de atravesar su mente, el durmiente se concentra. El crujido de los vagones y el susurro del viento. Un tren.

El padre Carzo abre los ojos. Sus manos tocan el asiento. Está oscuro. Unas luces amarillas desfilan por la ventanilla. El compartimiento está vacío. Carzo contempla el mosaico de recuerdos suspendidos en su memoria. Fragmentos de imágenes y voces.

Estaba acariciando los cabellos de Marie en los sótanos de Bolzano cuando sucedió. Sensación de estar flotando, vértigo, su visión se emborrona y las piernas le fallan. Después, su corazón empezó a latir cada vez más despacio. Sesenta pulsaciones por minuto. Veinte. Dos. Carzo cayó de rodillas al detenerse su corazón. Ya no palpitaba nada bajo su piel, y sin embargo, no estaba muerto. Luego tuvo la sensación de que su corazón volvía a ponerse en marcha. Unas pulsaciones profundas y fuertes. Carzo se buscó el pulso. Nada. A continuación se palpó el cuello, pero lo único que detectó fue su piel helada. Una piel de muerto. No era su corazón lo que se había puesto a latir en su pecho. No, esa sangre fría que corría ahora por sus venas era la de la cosa que se había apoderado de su alma. Se había metido dentro de él en los sótanos del templo azteca y había permanecido agazapada en el fondo de su mente esperando el momento de hacerse con el control.

Carzo abrió los ojos. Los colores habían cambiado. Los olores también. Y ese hormigueo en la yema de los dedos mientras sus manos se cerraban en torno al cuello de Marie… ¡Señor, cómo había deseado clavar sus dientes en esa carne plena y sentir la sangre de la joven mojando sus labios! El perfume de Marie. Agua de jengibre. El sacerdote se debatía para rechazar esa tentación. Al detectar su presencia, la cosa preguntó con una voz grave y melodiosa:

—¿Eres tú, Carzo?

Un silencio.

—Ahora ella es mía. Así que déjame morderla o devoro su alma.

En ese momento fue cuando Marie abrió los ojos. Dijo que sabía dónde estaba el evangelio. La cosa respondió:

—Yo también.

Luego, Carzo dejó de resistirse.

Las tinieblas.

El silencio.

188

Carzo pestañea en la penumbra. La puerta del compartimiento golpetea contra el marco. Una lata de cerveza vacía rueda por el suelo a capricho de los vaivenes. Carzo da un respingo al oír un ruido metálico: mira su pie, que acaba de aplastar la lata. La voz de la cosa resuena en el compartimiento. Parece sorprendida.

—¿Todavía estás aquí, Carzo?

La voz del sacerdote replica a través de los labios inmóviles de la cosa.

—¿Qué le has hecho a Marie?

—¿Tú qué crees?

—¿Te conozco?

—Te conozco mejor yo a ti que tú a mí, Ekenlat.

Carzo se sobresalta. *Ekenlat*. Significa «alma muerta» en la lengua de los Ladrones de Almas. El sacerdote acaba de ponerle por fin nombre a la voz de la cosa: un demonio al que ha combatido en varias ocasiones durante su carrera de exorcista. Calcuta, Belén, Bangkok, Singapur, Melbourne y Abiyán. Siempre había ganado la cosa: Caleb, el príncipe de los Ladrones de Almas. Un espíritu tan viejo como el mundo, cuyo patronímico demoníaco era Bafomet, el más poderoso de los caballeros del Mal, el arcángel de Satán. Como en el templo azteca donde intentó exorcizar a la posesión suprema, Carzo acaba de comprender que su fe es impotente contra semejante negrura. «La posesión suprema.» Siente que el terror se extiende por su mente. Recuerda el círculo de velas y a la cosa sonriendo mientras mira cómo se acerca en las tinieblas. Caleb. Fue él quien provocó la oleada de posesiones en todo el mundo. Movidos por él, todos los posesos repetían el nombre de Carzo. La letanía de los muertos. Así fue como Caleb lo obligó a lanzarse tras el rastro de la posesión suprema. Una pista que acababa en el corazón del territorio de los indios yanomami, donde el príncipe de los Ladrones de Almas despertó el gran mal antes de tomar posesión de Maluna. «Dios mío…»

Aquel día, al entrar en el círculo de velas, Carzo cayó de rodillas a los pies de Caleb y empezó a adorarlo. Fue entonces cuando el demonio lo tocó y penetró en él.

Caleb se echa a reír.

—Veo que por fin has comprendido, Carzo. Ahora ha llegado el momento de morir.

189

A través de los ojos de Caleb, Carzo ve el manuscrito que sus propias manos están sacando de una bolsa de lona. El evangelio de Satán, que el Ladrón de Almas ha recuperado de los sótanos de Bolzano y que ahora lleva al Vaticano.

—¿Por qué?

La Bestia sonríe en las tinieblas.

—¿Por qué qué, Carzo?

—¿Por qué yo?

—Porque eres el mejor. Percibes el hedor de los santos y el perfume de los demonios. Te sigo desde que naciste, Carzo. Oriento tus pensamientos. Susurro a tu mente. Estaba agazapado en el armario de tu habitación cuando te dormías por la noche. Estaba sentado detrás de ti en clase. Jugaba contigo en el patio. Dondequiera que tú estabas, estaba yo.

—Eso es falso.

—Y esos olores extraños que percibías al cruzarte con la gente… El perfume del odio, el hedor de la bondad y el aroma de las pulsiones. Simplemente tocando a una persona, sabías si era buena o irremediablemente mala. Sabías si había matado o si colaboraba con una asociación humanitaria. O ambas cosas. Como Martha Jennings. ¿Te acuerdas de ella, Carzo? Aquella mujer gorda, fea y tan amable a cuyo cargo tu madre te dejaba a veces cuando eras pequeño… La que olía a mimosa y a cubo de la basura abandonado a pleno sol. Un poco de mimosa y mucho de lo otro. ¿Quieres saber por qué despedía esos dos olores tan opuestos?

—Cállate.

—Había adoptado a dos deficientes mentales. Dos críos a los que nadie quería. Eso en lo tocante a la mimosa. Para hacerse merecedora del olor a cubo de basura, cuando su marido volvía a casa por la noche apestando a alcohol, mamá Jennings ponía la tele a todo volumen para no oír lo que le hacía a la niña pequeña en la habitación del fondo.

—¡Por el amor de Dios, cierra la boca de una vez!

Un silencio.

—Y Ron Calbert, ¿te acuerdas de ese viejo cabrón? No, claro, no puedes acordarte, solo tenías ocho años. Un tipo alto y delgado, con gafas redondas y el pelo largo. Lo rozaste en la cola del cine en el momento en que pasó por delante de tu padre y de ti para colarse. Apestaba tanto a amoníaco que estuviste a punto de desmayarte. El olor de los asesinos de niños. Catorce críos violados y enterrados vivos en dos años.

Carzo cierra los ojos. Lo recuerda. Aquel día, cuando tocó el brazo de Ron Calbert y su olor invadió sus fosas nasales, se quedó tan pálido que su padre lo sacó de la cola y le hizo sentarse en un banco.

—Sí, ahora lo recuerdas. Maldito Ron Calbert. Él también se dio cuenta de que habías notado algo ese día. Te miró fijamente mientras tu padre se ocupaba de ti. Incluso pensó en convertirte en su decimoquinta víctima. Pero cambió de opinión al verte subir en la camioneta de tu padre para volver a casa. Tú lo miraste a través del cristal trasero mientras el coche se alejaba. ¿Te acuerdas?

Sí, Carzo se acuerda. Miró a Calbert. Y el asesino le devolvió la mirada y le hizo una seña con la mano.

—¿Quieres saber por qué decidió no matarte ese día?

—No.

—Es igual, voy a decírtelo de todas formas. Porque en la cola, justo delante de tu padre y de ti, había una niña que se llamaba Melissa. Una niña rubia con trenzas. Exactamente el tipo de Calbert. Por eso pasó por vuestro lado. Para aspirar el perfume de los cabellos de Melissa. Después, esperó a que se apagaran las luces en la sala y durmió a Melissa y a su madre con cloroformo. ¿Quieres saber a cuántos niños más mató antes de que lo detuvieran? Es una pena que no dijeras nada aquel día.

—Nadie me habría creído.

—Seguro.

Otro silencio.

—Y después vino Barney.

—¿Quién?

—Barney Clifford, tu amigo de la infancia. Te pasabas todas las tardes y todos los fines de semana metido en su casa. Os queríais como hermanos. Hicisteis un montón de barrabasadas juntos y lo compartisteis todo. Los buenos momentos y los malos. Y las chicas... Ah, vaya, vaya..., así que no solo las chicas, ¿eh?

—Cállate.

Caleb emite un silbido.

—¡Por todos los demonios del infierno, Carzo! ¿Estabas enamorado de Clifford? ¡Mierda, menuda primicia! ¿Hasta dónde llegó aquello?

—¡Cierra el pico!

—Lo siento. Debe de ser un recuerdo doloroso. Por eso te hiciste sacerdote, ¿no?

—Barney murió en un accidente de coche. Tenía veinte años. Y sí, estaba enamorado de él. Después ingresé en el seminario.

—Fui yo quien mató a Barney. Era necesario. Por cierto, está aquí con nosotros. ¿Quieres hablar con él?

—Vete a tomar por culo.

El padre Carzo aprieta los puños al oír que la voz de su amigo sale de los labios de la Bestia.

—Hola, tío, ¿todo bien?

—Deja de hacerme perder el tiempo, Caleb, sabes perfectamente que no es Barney.

Caleb suspira.

—De acuerdo, sigamos. Así que ingresaste en el seminario y te hiciste sacerdote. Después aprendiste a reconocer los olores y te convertiste en exorcista de la Congregación de los Milagros. El mejor de todos. No se te resistía ni un solo demonio. Aparte de mí. Bueno... casi. ¿Te acuerdas de nuestro último encuentro en Abiyán? Me diste un trabajo de la hostia, incluso estuviste a punto de acabar conmigo. Fue allí donde me di cuenta de que estabas preparado. Entonces desencadené posesiones mucho más dirigidas para atraerte hasta la Amazonia.

—¿Y Manaus?

—¿Qué pasa con Manaus?

—Te había encerrado en el cadáver del padre Jacomino. ¿Cómo te las arreglaste para escapar?

—Esperé a que muriera y dejé salir su alma para que compareciese ante el otro.

—¿El otro?

—El viejo altivo que lleva siglos burlándose de vosotros.

—¿Dios?

—Sí. No me está permitido pronunciar su nombre.

—¿Y qué pasó?

—Pues que Jacomino debía de tener el alma más negra que el carbón.

—¿Fue condenado?

—Sin remisión. Eso anuló el efecto de tus oraciones, y de ese modo pude liberarme de su cadáver.

—¿Quieres decir que Dios no remite los pecados que los hombres perdonan en la Tierra?

—Tu ingenuidad me aburre, Carzo. El viejo os odia y vosotros no os enteráis. Cuando envió a Su hijo a la Tierra, tenía un plan para los hombres. Pero perdió. Desde entonces, se preocupa de vosotros tanto como el océano de las gotas de agua que lo componen. ¿Quieres que te diga qué hay después de la muerte?

—Habla.

—Después de la muerte, vuelve a empezar.

—¿Qué es lo que vuelve a empezar?

—Los muertos están aquí, a vuestro alrededor. Están todos aquí. Viven sin veros. No se acuerdan de vosotros. Viven otra vida y punto. Eso es la condena. La no muerte, el eterno volver a empezar. ¿Quieres hablar con tu madre? En su nueva vida, es una niña deficiente mental. La hija adoptiva de Martha Jennings.

—Vete a tomar por culo, Caleb.

190

El tren avanza velozmente en la noche. Pataleos. Chirridos.

—¿Qué, Carzo, cómo se las apaña un exorcista para exorcizarse a sí mismo?

—Dios te salve María, llena eres de gracia, el Señor es contigo…

—Y maldito es el fruto de tu vientre, Janus. ¡Para, Carzo, qué pinchazos!

Caleb rompe a reír.

—¿En serio crees que vas a conseguir expulsarme con palabras?

—*Credo in unum deum Patrem omnipotentem…*

—Yo creo en el Abismo eterno, matriz de toda cosa y de toda no cosa, el único creador de los universos visibles e invisibles.

—*Pater Noster qui es in caelis…*

—Dios está en el Infierno, Carzo, está al mando de los demonios, al mando de las almas condenadas, al mando de los espectros que vagan por las tinieblas.

El padre Carzo siente que las fuerzas lo abandonan y que su conciencia se diluye. Sabe que, si cede ahora, habrá perdido la batalla. Eso es justo lo que quiere Caleb: que Carzo abandone para poder tomar para siempre el control de su espíritu. Un espíritu inmortal en un cuerpo muerto. Un cadáver, que Caleb abandonará en un descampado o en el fondo de un pozo cuando ya no necesite su apariencia. Así que el sacerdote pasa mentalmente las páginas del rito de las Tinieblas que había hojeado en la cripta de la catedral de Manaus. Es la única solución contra un espíritu tan poderoso como Caleb.

—Eso no te servirá de nada, Carzo.

El sacerdote se sobresalta. El Ladrón de Almas lee su pensamiento. No, piensa al mismo tiempo que él.

—¿Quieres que te diga por qué?

—No.

—Porque tu fe está muerta, Carzo.

—Mentira.

—Murió cuando contemplaste los frescos del templo azteca. Murió en el momento en que te arrodillaste ante mí y adoraste el nombre de Satán. Murió cuando abandonaste a Marie en las tinieblas.

—Marie…

—Renuncia, no puedes hacer nada.

Sí. Todavía puede hacer algo. Por lo menos puede intentarlo. Cierra los ojos y se concentra con todas sus fuerzas. Caleb se sobresalta.

—¿Qué haces ahora, Carzo?

A fuerza de escudriñar las tinieblas que llenan el espíritu de Caleb, el sacerdote acaba de distinguir una lucecita a lo lejos, una vela que oscila en la oscuridad. Cuanto más se concentra, mayor se hace la luz. Ilumina las paredes de un cubículo condenado por una pared, donde el rostro de Marie parece dormir. La chica ha cerrado los ojos y sus lágrimas brillan a la luz de la vela.

191

Un chisporroteo de cera. La llama de la vela es ahora tan débil que su resplandor ha quedado reducido a un punto naranja en la oscuridad. Marie oye la voz de la madre Yseult: hace horas que suplica a Dios que le permita dejar de sufrir. Pero la madre Yseult no consigue morir.

La anciana religiosa está a punto de adormilarse cuando oye unos pasos en la escalera. Aguza el oído. La voz de sor Braganza la llama. Los zapatos de la muerta frotan la piedra al bajar los peldaños, la hermana olfatea. Acaba de detenerse al pie de la escalera. Ya no llora. Silencio. Marie se ahoga. La luz anaranjada acaba de apagarse. La noche envuelve a la religiosa, que solloza sin hacer ruido.

Un frotamiento. Tocando las paredes con la mano, Braganza susurra como una niña que juega al escondite:

—Dejad de huir, madre. Venid con nosotras. Estamos todas aquí.

Otros susurros responden a los de Braganza. Marie presta atención. Doce pares de manos muertas tocan las paredes al mismo tiempo que Braganza. Las trece muertas de las trece tumbas.

Cuando los frotamientos se detienen a su altura, Marie contiene la respiración para no delatar su presencia. Un silencio. Algo olfatea al otro lado de la pared. Con los labios pegados a esta, sor Braganza ha empezado otra vez a susurrar:

—Te huelo.

Nuevo olfateo, más sonoro.

—¿Me oyes, vieja marrana? Percibo tu olor.

Marie reprime un grito. No, la Bestia que se ha apoderado del cuerpo de Braganza no la huele. Si lo hiciera, ¿por qué iba a molestarse en llamarla? Se aferra con todas sus fuerzas a esa certeza. Después se da cuenta de que sigue conteniendo la respiración y de que un ronquido de asfixia se abre camino a través de su pecho. No logrará contenerlo. Entonces, mientras unas lágrimas de pesar trazan surcos blancos en la suciedad que cubre sus mejillas, siente las manos heladas de la madre Yseult que se cierran alrededor de su cuello. Intenta debatirse para escapar de la presión que ejerce la anciana religiosa, que clava las uñas en su tráquea para acelerar el estrangulamiento. Nota que la sangre resbala por su cuello. Está muriendo. Cierra los ojos. Al otro lado de la pared, sor Braganza y sus hermanas muertas susurran, furibundas.

192

La puerta oculta que da al vestíbulo del banco se abre automáticamente cuando Giovanni llega a los últimos peldaños de la escalera. Ha estado algo menos de una hora en la sala de las cajas fuertes. Saluda a la chica de detrás del mostrador. Con el disco en el bolsillo de la sotana, cruza la puerta. El sol ha salido y una luz de color paja ha invadido las calles. Ya empieza a hacer calor.

Giovanni dirige una mirada al capitán de los guardias suizos y se queda inmóvil: Cerentino hace un gesto negativo con la cabeza. Giovanni mira hacia la derecha. Una limusina sube lentamente la calle y pasa por delante de él. A través de los cristales, reconoce a Giancarlo Bardi, el director del Lazio Bank. El anciano, rodeado de tres guardaespaldas, está sentado en la parte trasera consultando unos papeles. Al levantar la cabeza, ve a Giovanni y suelta los documentos, que caen desordenadamente sobre sus rodillas. A medida que la limusina avanza, él vuelve la cabeza para mantener al cardenal en su campo de visión. De repente, Giovanni comprende su error: en el sótano del banco, después de haber introducido el código en el teclado de la caja fuerte de Valdez, ha olvidado volver a meter la cruz de los Pobres debajo de la sotana. La cruz de los Pobres se balancea a la vista colgando de la cadena y es eso lo que el viejo Bardi ha reconocido.

Mirada a la izquierda. La limusina acaba de detenerse unos metros más allá. La puerta de un aparcamiento se abre. Giovanni mira a Cerentino. El capitán de los guardias suizos le dice de nuevo que no con la cabeza, lo que significa: «No se mueva por nada del mundo». Acto seguido, el capitán se agacha para avanzar protegido por los coches aparcados.

Sin esperar a que el chófer le sujete la portezuela, el viejo Bardi sale de la limusina. Apoyado en el bastón, camina hacia Giovanni entre sus escoltas. Los hombres con auriculares y traje negro no ven a Cerentino, que cruza la calle a su espalda. Están concentrados en la furgoneta verde que acaba de arrancar y recorre la calle a poca velocidad. Bardi, rabioso, solo ve a Giovanni y la cruz de los Pobres que destaca sobre su sotana.

Cuatro disparos suenan en el aire templado. Los dos primeros escoltas se desploman, alcanzados en la espalda por el capitán de los guardias suizos. El tercero, desconcertado, empuja al viejo Bardi contra la pared mientras el chófer se vuelve y dispara cuatro tiros contra Cerentino. Herido en el cuello y en el pecho, el joven capitán todavía tiene tiempo de disparar una bala que alcanza al otro en medio de la frente. Bardi grita:

—¡La cruz! ¡Recupere la cruz!

El guardaespaldas, que protege al anciano manteniéndolo contra la pared, desenfunda su arma y apunta al cardenal. Petrificado, Giovanni contempla la boca negra del cañón que le apunta a la cara. El hombre está a escasos diez metros; no hay ninguna posibilidad de que falle. Sin embargo, con un chirrido de neumáticos, la furgoneta verde derrapa y se coloca entre Giovanni y el guardaespaldas. La puerta trasera se abre y aparecen dos matones de la Cosa Nostra armados con pistolas ametralladoras. Estos abren fuego contra Bardi y su escolta, que se desploman entre un charco de sangre.

Sirenas a lo lejos. Mientras los matones bajan para rematar al anciano, que se arrastra por el suelo, el conductor de la furgoneta le dice a Giovanni:

—Eche a andar, eminencia. No corra, camine con normalidad.

Coja la calle que tiene justo enfrente, gire a la derecha, hacia el puerto, y luego a la izquierda, hacia los campanarios de la iglesia de San Pablo. Acuda a su cita. Nosotros nos encargaremos de todo.

Giovanni cruza Republic Street. Mirada a la derecha. Unos faros giratorios a lo lejos. Antes de adentrarse en la calleja, se vuelve hacia el cadáver del capitán Cerentino, que los hombres de la Cosa Nostra están cargando en la furgoneta. Tiene tiempo de ver a la joven recepcionista, que sale por la puerta del Lazio Bank. La chica se acerca las manos a la cara y grita al ver el cuerpo sin vida de Giancarlo Bardi. Uno de los matones se le acerca por detrás y pega el cañón del arma contra sus cabellos. Una detonación. Un chorro de sangre sale proyectado hacia la acera. La chica cae de rodillas.

Giovanni aparta los ojos y se adentra en la callejuela que baja hacia el puerto. Oye que la furgoneta de la Cosa Nostra arranca con un chirrido de neumáticos. Las sirenas se acercan. A lo lejos se recortan los campanarios de la iglesia de San Pablo. Aprieta el paso.

193

Desde los incensarios que acaban de encender, una densa bruma olorosa se eleva hacia el techo de la capilla Sixtina. El cardenal camarlengo se acerca a su colega, a quien el cónclave acaba de designar después del segundo escrutinio. Poniéndose de puntillas, pregunta al elegido si acepta el peso de esa tarea. El nuevo Papa responde que hace suya la voluntad de Dios. El camarlengo lo conduce entonces hasta una estancia secreta donde la tradición exige que el elegido derrame una lágrima al contemplar las pruebas que le esperan. Sin embargo, los ojos del nuevo Papa permanecen secos. Campini le pregunta entonces con qué nombre desea ser llamado. El elegido se inclina y susurra el nombre escogido al oído del camarlengo, que despliega una amplia sonrisa. Libera al nuevo pontífice de su antiguo hábito de cardenal y le ayuda a abrocharse la túnica blanca. Luego, mientras el notario supremo del cónclave quema las papeletas, el cardenal camarlengo ordena abrir la puerta del balcón de San Pedro.

El nuevo Papa y el anciano cardenal salen de la capilla y avanzan juntos por el laberinto de escaleras y pasillos que conducen al primer piso de la basílica. Los suelos de madera chirrían bajo los pies de los que los siguen. Por el camino, el elegido se inclina de nuevo hacia el oído del camarlengo.

—Mande que abran las puertas de la basílica en cuanto se haya hecho el anuncio, para que comience inmediatamente la última misa.

El anciano camarlengo asiente con la cabeza. Al final del pasillo, las ventanas del balcón de San Pedro están abiertas. Se oye, procedente del otro lado, el estruendo lejano de la muchedumbre.

—Una cosa más. Pronto se presentará ante las puertas del Vaticano un monje. Traerá el evangelio. Diga a la guardia que lo deje pasar sin ponerle trabas.

—Así se hará, gran maestre.

194

Las sirenas han dejado de aullar. Giovanni gira a la izquierda en dirección a los campanarios de San Pablo. Su sotana está empapada de sudor. Ahora camina entre dos hileras de construcciones viejas con contraventanas que se entreabren a su paso. Un anciano lo mira desde el umbral de su casa. Giovanni se detiene. Acaba de ver, bajo un porche, a un hombre con traje y gafas negras que sale a su encuentro. El hombre mete una mano en el bolsillo de la chaqueta, saca un estuche de piel y lo abre para enseñárselo al cardenal. Una placa del FBI.

—Agente especial Dannunzo, eminencia. Siga recto. Stuart Crossman le espera.

Giovanni se vuelve y examina la calle.

—No se preocupe. No pasará nadie mientras yo esté aquí. Continúe, no podemos perder ni un segundo.

Giovanni obedece. Unos pasos más allá, se vuelve de nuevo. El agente especial Dannunzo ha regresado a la sombra del porche. El cardenal avanza. Se resiste a la tentación de echar a correr. Otro agente le señala una escalera que desciende en dirección al puerto. Empieza a bajar. El aire es más fresco. Abajo, una placita bordeada de tilos. Unas mesas y unas sillas están dispuestas alrededor de una fuente. Sentado a una mesa de hierro, a la sombra, un hombre con traje y gafas redondas le espera. El cardenal se acerca.

—¿Stuart Crossman?

El hombre levanta la cabeza. Tiene la mirada penetrante y la tez pálida.

—Le esperaba, eminencia.

195

El expreso Trento-Roma ha avanzado a toda velocidad a través de la Toscana hasta el amanecer. El final del viaje. De pie en el pasillo, el padre Carzo mira la campiña romana, que emerge lentamente de la bruma. Había luchado contra Caleb aferrándose al recuerdo de Marie, a ese beso que se dieron en las ruinas de la fortaleza de Maccagno Superiore, al olor de su piel y a sus manos, que estrechaban las suyas cuando se amaron en el suelo polvoriento de la capilla.

A medida que el Ladrón de Almas cedía, Carzo sentía que el calor regresaba a su cuerpo. La sangre había empezado a circular de nuevo por sus venas y su corazón se había puesto otra vez a latir. Dolor y pesar. En ese momento fue cuando perdió el contacto con Marie. Marie, emparedada en su cubículo, Marie, cuya llama se había apagado con la de la vela.

En la estación de Florencia, donde el tren se había detenido unos minutos, Carzo dudaba ante la portezuela abierta. Podía bajar y esperar el siguiente tren que fuera hacia el norte para tratar de salvar a Marie. O podía continuar hasta Roma y hacer que interrumpieran el cónclave antes de que fuese demasiado tarde. Sintiendo el peso del evangelio bajo su brazo, cerró los ojos mientras sonaba el silbido y la portezuela se cerraba con un chasquido. Su decisión estaba tomada. Desde entonces, el padre Carzo miraba desfilar el campo a través de la ventanilla.

Roma. El tren aminora. El final del camino. Carzo sopesa el arma de Marie, que acaba de sacar del bolsillo de su hábito. Una Glock 9 mm de culata cerámica. Tal como ha visto hacer a la joven, tira del cerrojo hacia atrás para introducir una bala en el cañón. Después comprueba el seguro y se guarda el arma en el bolsillo. Está preparado.

El tren se detiene con un chirrido de ejes. En la estación de Roma Termini, el padre Carzo abre la portezuela y aspira el aire tibio que inunda el vagón. Huele a lluvia. Un perfume de jengibre acaricia su rostro mientras baja del tren y se pierde en la riada de pasajeros: el olor de la piel de Marie.

196

Los agentes del FBI rodean discretamente la plazoleta soleada donde Crossman y Giovanni se han instalado. La fuente canturrea. Unos pájaros gorjean en los tilos. Unas cigarras se contestan entre los arbustos de tomillo. Crossman está leyendo el contenido del disco de Valdez en un ordenador portátil. Giovanni se seca la frente empapada de sudor.

—Relájese, eminencia. Aquí no corre ningún peligro.

—¿Y los Bardi? ¿Ha pensado en ellos?

—¿Qué pasa con los Bardi?

—Es una familia poderosa. Rastrearán la isla de arriba abajo para encontrar a los que han matado al viejo Giancarlo.

—No los sobrestime tanto. Ante todo son banqueros, aunque hayan llegado a acuerdos con algunos clanes de la Mafia. El hecho de que la Cosa Nostra y su rama maltesa le hayan ayudado a recuperar los documentos demuestra que les interesaba hacerlo y que van a continuar protegiéndole mientras esté en posesión de esos documentos. Quizá incluso después.

—No le sigo.

Sin levantar los ojos de la pantalla, por la que hace desfilar los datos de Valdez, Crossman prosigue:

—Don Gabriele no es ni un mecenas ni un niño de pecho. Es el *capo di capi* de la Cosa Nostra. Un intocable, tan sagrado como una reliquia. Emiliano Cazano, el jefe de la Camorra, es primo suyo. Entre los dos controlan el ochenta por ciento de los clanes sicilianos, napolitanos y calabreses. Creo que los banqueros de Novus Ordo han empezado a meterse en su terreno y que por esa razón don Gabriele le ha ayudado. Si no, no habría recorrido usted más de treinta metros desde el momento en que ha desembarcado en Malta.

Crossman termina de descifrar las ramificaciones de la red. Levanta la cabeza y contempla un instante la plaza. Se diría que ha envejecido diez años en diez minutos.

—Bueno, ¿qué?

—Pues que cuanto menos sepa, eminencia, mejor para su seguridad.

—Señor Crossman, soy cardenal y príncipe de la Iglesia en un momento en que la Iglesia está, sin duda alguna, a punto de caer en manos del Humo Negro. Yo creo, por el contrario, que cuanto menos sepa más en peligro estaré.

—Como quiera.

Un silencio.

—Resumiendo, eminencia, Novus Ordo versión moderna es

una red tan grande que sus contornos resultan confusos. Una constelación de logias, de grupos de presión, de clubes de multimillonarios y de círculos de influencia.

—Pero tienen muchas células identificables, ¿no?

—Por supuesto.

—¿Cuáles?

—El Millenium, por ejemplo. Se encargan de la esfera financiera de Novus Ordo. Son ellos quienes se ocupan de las inversiones, de los bancos *offshore*, de los fondos de pensiones y de las OPA para apoderarse discretamente de las empresas que todavía se mantienen fuera de la red. Se han infiltrado en la mayoría de las grandes instituciones internacionales. Son grandes banqueros, hombres de negocios, financieros, ministros. Se reúnen cada cuatro años en los grandes hoteles del planeta. Una procesión de limusinas con cristales ahumados y helicópteros que se posan y despegan sin cesar en el parque del hotel de turno. La última vez que el Millenium se reunió, lo hizo en el castillo de Versalles, a pleno día y ante el mundo entero. Evidentemente, el castillo estaba cerrado y protegido por un ejército de guardianes, pero montones de fotógrafos pudieron hacerles fotos mientras llegaban en sus limusinas.

—¿Quiere decir que conocemos sus caras?

—Las de algunos de ellos sí. En primer lugar, porque no se trata de las cabezas pensantes de Novus Ordo, y en segundo lugar porque saben que, cuanto más intenten esconderse, más tratarán de encontrarlos. Así que actúan a plena luz del día, aunque, por supuesto, no se filtra nada sobre el contenido de sus reuniones. Esa seudotransparencia es lo que permite a los verdaderos cerebros de Novus Ordo actuar en la sombra. A ellos nunca los ha visto nadie y nadie los verá jamás.

—¿Como los famosos Illuminati?

—Con la diferencia de que las cabezas pensantes de Novus Ordo existen de verdad, pero nadie intenta averiguar quiénes son porque nadie cree en su existencia.

—¿Qué más?

—Círculos mucho más cerrados a medida que se asciende en la jerarquía. Como el Syrius Group, el Nuclear Atomic Consortium y el Condor. Ellos forman la esfera científico-militar de Novus Ordo. Las industrias de armamento, las centrales nucleares, algunos grandes laboratorios farmacéuticos y los centros ultrasecretos especializados en tecnología nuclear, bacteriológica y química.

—Dios mío, es increíble.

Crossman esboza una sonrisa.

—Ese es precisamente el problema, eminencia. Y por eso nadie cree en la existencia de Novus Ordo.

—¿Y después?

—Después subimos un peldaño más en la jerarquía para llegar a sociedades secretas como el Círculo de Bettany, el Goliath Club o los discípulos de Andrómeda, que se encargan de la selección y el reclutamiento de la élite. Es la rama esotérica de Novus Ordo, la que se entrega al satanismo, el ocultismo y la mística. Sin lugar a dudas los más peligrosos. En cualquier caso, los más fanáticos.

—¿Y luego?

—Más arriba todavía están los Centinelas, los Vigilantes y los Vigías, que forman el tercer círculo alrededor de los cerebros de Novus Ordo. Borran las pistas y se ocupan de la comunicación interna de la red. O más exactamente de la ausencia de comunicación. Intoxican la prensa, extienden rumores, crean leyendas y hacen correr voces..., cortinas de humo destinadas a conseguir que el primer círculo sea indetectable. Según los organigramas de Valdez, los Centinelas controlan indirectamente el ochenta por ciento de los periódicos, las emisoras de radio y las cadenas de televisión del planeta.

El cardenal Giovanni se enjuga la frente.

—Están también los cardenales del Humo Negro. Son el segundo círculo. Controlan las sectas internacionales, las iglesias paralelas sudamericanas y asiáticas, las organizaciones satanistas y los grupos neonazis de todo el mundo: Neue Reich, el Caos, la red Armagedón. Su misión es desestabilizar las religiones, infiltrarse en ellas, reproducirse y extenderse exactamente igual que lo harían unas células cancerosas. Por último, arriba de todo, encontramos a los cerebros de Novus Ordo, de los que con toda seguridad forma parte el gran maestre del Humo Negro. Se cree que son unos cuarenta como máximo y que se reúnen una vez cada seis años, en el mayor secreto, para decidir la estrategia general de la red. No se sabe nada de ellos, ni siquiera Valdez logró dar con algo que no fueran rumores y pistas falsas.

—¿Y por qué demonios están contra la Iglesia?

—Porque destruir la Iglesia provocará grandes disturbios y Novus Ordo siempre se ha nutrido del caos.

197

Valentina había pasado el resto de la noche buscando la cara del padre Carzo en la multitud anónima de peregrinos, entre los innumerables rostros de facciones tensas, ojos brillantes y mejillas pálidas en las que la lluvia se mezclaba con las lágrimas.

Con el alba, los cánticos habían cesado. Ahora, ni un solo movimiento agita la multitud. Ni un solo pájaro en el cielo. Ni un solo ruido. Valentina presiona su auricular. Perdido entre el gentío, uno de los hombres de Crossman da su informe. Ella se vuelve y lo ve a través del bosque de capuchas. Está apoyado en un pilar. Sin apartar los ojos de él, levanta su emisor y le anuncia que ella tampoco tiene nada de que informar.

De repente, mientras las campanas de la basílica empiezan a chirriar, un espeso penacho blanco sale de la chimenea de la capilla Sixtina y se dispersa por el cielo romano. Un clamor ensordecedor se eleva entonces de la multitud de peregrinos y miles de brazos se tienden hacia la puerta que acaba de abrirse en el balcón de San Pedro. El clamor cesa de golpe. Al poco, el cardenal camarlengo anuncia por los altavoces que la Iglesia tiene un nuevo papa.

—*Annuntio vobis gaudium magnum! Habemus Papam!*

Una breve pausa hasta que el eco de esta primera frase se extingue en la plaza. Luego, la voz del camarlengo rasga de nuevo el silencio para pronunciar en latín el nombre de cardenal y de jefe de la Iglesia del hombre que sale lentamente de la penumbra.

—*Eminentissimum ac reverendissimum Dominum, Dominum Oscar Sanctae Romanae Ecclesiae Cardinalem Camano, qui sibi nomen imposuit Petrus Secundus!*

Petrus Secundus. Pedro II. El sacrilegio supremo mancillando la memoria del primer papa de la cristiandad. Entonces, mientras el rostro del cardenal Camano aparece a la luz y este extiende las manos sobre los peregrinos, el clamor ensordecedor que se había elevado de la multitud tras el anuncio del camarlengo se interrumpe. Los gritos y los aplausos cesan. Tan solo algunas manos continúan aplaudiendo.

El nuevo papa contempla la masa silenciosa con su mirada fría mientras las cámaras de las grandes cadenas retransmiten al mundo entero el estupor que se ha apoderado de la plaza. Los comentaristas y los especialistas se pierden en digresiones sobre la desafortunada elección del nuevo papa al adoptar ese nombre. Los altavoces chisporrotean y pitan mientras el camarlengo regula la altura del micrófono. Otro silencio. Luego, la voz glacial del nuevo papa anuncia que está pasando una página en la historia de la Iglesia y que se acerca la hora en que grandes misterios van a ser revelados. Un estruendo de murmullos se eleva de la multitud al ver que ya se retira del balcón. El silencio. El viento.

Un clamor de órgano invade el recinto a medida que las puertas de la basílica se abren. Se han montado gigantescas pantallas en la explanada para retransmitir la misa a los fieles que no puedan entrar. De nuevo el silencio. Valentina marca un número en su móvil.

198

Crossman deja escapar un suspiro al tiempo que cierra el ordenador. Giovanni lo mira:

—¿Y ahora?

—¿Ahora qué?

—¿Qué piensa hacer?

—¿Qué puede hacer una gota de agua en medio del océano? Novus Ordo es una red tan extensa que hasta es posible que yo mismo forme parte de ella sin saberlo.

—¿Eso es todo?

—¿Qué quiere que haga? ¿Detenciones al amanecer de los responsables de las esferas satélites de Novus Ordo? Sí, eso podemos hacerlo...

—Pero...

—Pero serán reemplazados dos horas más tarde por otros miembros de la red a los que no conocemos, y los treinta años de investigación de Valdez quedarán reducidos a nada. Aunque tuviéramos la suerte de conseguir acorralar a algunos de los verdaderos cerebros de la organización, no son más que hombres y mujeres, y detenerlos no cambiará las cosas. Ese tipo de red es exactamente igual que la Mafia con sus padrinos, que son inmediatamente reemplazados por otros padrinos. Pero hablamos de una mafia elevada a la enésima potencia. Como la hidra de Jasón: cortas una cabeza y crecen cien.

—Podríamos revelarlo todo a la prensa.

—¿A qué prensa? ¿Los periodicuchos locales, los diarios gratuitos o las publicaciones de anuncios por palabras?

—¿Por qué no a los grandes diarios?

—Porque la mayoría pertenecen más o menos directamente a los accionistas de Novus Ordo. ¿Qué aportará eso, en definitiva? ¿Un rumor más?

—¡Tenemos los organigramas de Valdez! ¡Eso es una prueba!

—No, eminencia, no es una prueba, es una presunción. Podemos sembrar cierto pánico en la red difundiendo esa información por internet, pero no se haga ilusiones, no servirá de nada.

Crossman se dispone a añadir algo cuando su móvil vibra bajo la americana. Se acerca el auricular al oído. Ruidos, murmullos. El rumor de una multitud.

—Señor Crossman, soy Valentina Graziano.

—¿Valentina? ¿Qué ocurre?

—Nada bueno, señor. El cónclave ha terminado. El nuevo papa acaba de ser elegido.

—¿Quién es?

Crossman escucha la respuesta. Un silencio. Luego, la voz de Valentina se superpone de nuevo al murmullo de la muchedumbre:

—Está a punto de empezar una misa solemne en el interior de la basílica. Creo que será durante la misa cuando el Humo Negro revele la existencia del evangelio. ¿Me oye?

—Sí, la oigo. No cuelgue, tengo otra llamada.

Crossman pulsa una tecla para contestar a la llamada en espera. Escucha atentamente. A continuación, sin pronunciar una palabra, vuelve con Valentina.

—Bien, Valentina, esto es lo que va a hacer: entre en la basílica con sus hombres y manténgame al corriente de todo lo que ocurra. Quiero saberlo todo, hasta el menor detalle.

—-Pero ¡por el amor de Dios! ¿Para que? ¡Está claro que es demasiado tarde!

—Cálmese, Valentina. Esto no ha terminado. Por el momento no puedo decirle más. Tengo un jet esperándome en el aeropuerto de Malta. La llamaré durante el vuelo.

Crossman cuelga y alza los ojos hacia Giovanni.

—¿Qué pasa?

—Que el gran maestre del Humo Negro ha tomado el control de la Iglesia, eso es lo que pasa, eminencia.

—¿Quién es?

—El cardenal Oscar Camano.

Un silencio.

—¿Qué nombre ha elegido?

—Petrus Secundus.

—¿El nombre del Anticristo? Entonces todo está perdido.

—Quizá no.

—¿Qué quiere decir?

—La otra llamada que he recibido era de uno de mis agentes apostado en la estación de Roma. Hace cinco minutos, un monje que responde a la descripción del padre Carzo ha bajado de un tren nocturno procedente de Trento.

—¿Y qué?

—Pues que, según mi agente, llevaba un manuscrito bajo el brazo.

199

La basílica está llena a rebosar de fieles. Los más numerosos, los que no han podido entrar y permanecen fuera, se conforman con seguir los últimos preparativos de la misa solemne en las pantallas gigantes que los técnicos del Vaticano han terminado de instalar. Un compacto cordón de guardias suizos protege la entrada.

En las unidades móviles de las grandes cadenas repartidas alrededor de la plaza de San Pedro, los periodistas se preguntan con impaciencia qué es lo que el nuevo papa piensa revelar durante esa misa. Nada sucede según los usos y costumbres. No se ha filtrado ninguna noticia. Ni una palabra del responsable de comunicación del Vaticano. Como si el nuevo papa ya hubiera empezado a realizar profundas reformas.

En el interior del edificio, el espacio ha sido organizado para permitir que las cámaras de todo el mundo retransmitan la misa en directo. Una generosidad que sorprende todavía más a los periodistas, acostumbrados a conformarse con imágenes que les facilitan los servicios de prensa del Vaticano. La Rai y la CNN incluso han obtenido autorización para instalar sus cámaras giratorias en contrapicado, de manera que puedan hacer un barrido de la multitud y hacer zooms a placer sobre el gigantesco altar situado bajo las columnas de la tumba de San Pedro.

Pero lo que más estupor produce a los periodistas y a los propios fieles es el silencio de muerte que continúa flotando en el Vaticano.

Valentina se ha abierto paso hasta el centro de la basílica. Otro cordón de guardias suizos delimita un semicírculo a diez metros de las columnas. Alrededor de la inspectora, los fieles se agolpan de tal modo que solo dejan libre un estrecho sendero de mármol en el pasillo central. Los mismos rostros. Los mismos peregrinos desconcertados y agotados después de una noche en vela. La misma impresión de muertos vivientes que había tenido al salir de la basílica tras escapar del asesino en la Cámara de los Misterios.

Valentina contempla las filas de cardenales arrodillados en los reclinatorios. Algunos sacristanes agitan alrededor de las columnas unos incensarios que acaban de encender. Un denso humo gris y oloroso envuelve poco a poco el altar y se extiende como una bruma por el resto de la basílica.

Surgidos de la escalera circular que asciende de las profundidades de la basílica, los cardenales de la curia, con hábito rojo, acaban de alinearse detrás del altar. No queda prácticamente ninguno de los prelados que rodeaban al anterior papa. Estos acaban de ser designados; la mayoría son desconocidos, excepto el camarlengo y dos prelados de la antigua curia. Valentina tiene ante los ojos al estado mayor al completo del Humo Negro de Satán; cardenales herederos del Temple que han tomado por fin el control del Vaticano y ahora pueden salir de la sombra. Se diría que ellos mismos se descubren y se observan a hurtadillas. Solo falta el elegido, el gran maestre.

El potente sonido del órgano sobresalta a Valentina. Vestido de blanco y apoyándose en su cayado de pastor, el cardenal Camano emerge de las profundidades de la basílica. Sube lentamente los peldaños que conducen al altar. Luego se vuelve y pasea su fría mirada por la multitud. Valentina aprieta los puños pensando que tuvo a ese viejo cabrón al alcance de la mano cuando fingió descubrir el cadáver de Ballestra en la basílica. El nuevo papa permanece impasible. Ha ganado. Toma asiento en su sillón, al lado de los cardenales de la nueva curia. La misa empieza.

200

El jet de Crossman acaba de despegar del aeropuerto de Malta. El jefe del FBI exige que el control aéreo de Roma deje libre un corredor de aproximación a poca altitud. Después ordena al piloto que vaya a todo gas. Las olas desfilan a gran velocidad bajo el vientre del aparato.

Cómodamente instalado en un sillón de piel, el cardenal Giovanni contempla por el ojo de buey las costas de Sicilia, sobre las que el jet acaba de pasar. El aparato sobrevuela ahora las colinas áridas de la provincia de San Cataldo. Frente al cardenal, Crossman y sus hombres preparan una síntesis de los organigramas de Valdez: un informe lo más detallado posible, que mandará traducir a un centenar de lenguas antes de colgarlo en internet a través de los grandes sitios de acceso libre. Con un poco de suerte, en el tiempo que los responsables de Novus Ordo tarden en reaccionar, el informe habrá sido consultado varios millones de veces y los internautas continuarán transmitiéndolo por todo el mundo. Lo suficiente para desestabilizar la red y provocar algunas detenciones, algunos suicidios, quiebras y disgustos.

Crossman alza los ojos de sus notas y mira a través del ojo de buey. El jet sobrevuela ahora Palermo y la punta norte de Sicilia. Más allá, las aguas azules del mar Tirreno; luego, Roma. Tal como establecen las leyes canónicas, desde que el nuevo papa ha aceptado la votación del cónclave, las puertas del Vaticano se han cerrado definitivamente. Lo que significa que, haya o no golpe de Estado, ningún juez tiene el menor poder sobre ese enclave. A partir de ese momento, es un asunto de diplomacia y de presiones internacionales. Con la salvedad de que el Humo Negro no piensa reinar en la Iglesia, sino destruirla desde el interior para provocar el caos de las religiones. Eso es lo que hay que impedir a toda costa. Y para ello, primero es preciso recuperar el evangelio de Satán.

Crossman consulta su reloj. El agente especial Woomak, que había localizado a Carzo en la estación de Roma, debería haberlo llamado ya. Tarda mucho, demasiado. El teléfono del jet suena por fin. Crossman descuelga. Giovanni ve que se le descompone el semblante.

—¿Cómo que ha perdido al padre Carzo? ¿Me toma el pelo o qué? Le doy diez minutos para encontrarlo y recuperar el evangelio, ¿me oye, Woomak?

—Recibido, señor. En este momento avanzo por un laberinto de callejas cercanas al palacio del Quirinal y bajo hacia la fuente de Trevi y la piazza Navona.

—¡Mierda, Woomak, no me diga que se ha alejado de las grandes arterias!

—No he tenido más remedio, señor. El padre Carzo ha atajado por el palacio Barberini. Entonces es cuando lo he perdido. Ha entrado en un palacio de la via Vinimal y no ha salido. Cuando he entrado yo, ya no estaba allí. Creo que se ha escabullido por una salida secreta y ha continuado hacia el Vaticano.

—¿Hay gente a su alrededor?

—Negativo, señor, se diría que toda la ciudad está metida en la plaza de San Pedro.

—Woomak, vuélvase y dígame qué ve.

Un silencio. Después:

—Nada.

—¿Nada o a nadie?

Woomak se vuelve de nuevo.

—Dios mío…

—¿Qué pasa? ¿Qué es lo que ve?

La respiración de Woomak se acelera. Acaba de ponerse a correr.

—A dos monjes, señor. Acaban de aparecer dos monjes en la esquina del Quirinal. Creo que me pisan los talones.

—Cálmese, Woomak. ¿Se dirige hacia el Vaticano?

—Sí, señor.

—Entonces coja inmediatamente cualquier calle de la izquierda para llegar cuanto antes a las grandes avenidas.

—Negativo, señor.

—¿Por qué?

—Porque he corrido doscientos metros a toda velocidad y siguen pisándome los talones.

—¿Qué cuentos son esos, Woomak?

—Es la verdad, señor. Yo corro y ellos van andando, pero siguen pisándome los talones.

Crossman oye el chasquido de un cerrojo de pistola.

—¿Qué hace?

—Voy a parar para cargármelos, señor.

—No lo haga, Woomak.

El agente no lo oye. Se ha metido el teléfono en el bolsillo antes de dar media vuelta. Crossman lo imagina apuntando a los monjes. Woomak es un profesional, el mejor tirador de su promoción, capaz de matar a sangre fría. Si alguien puede detenerlos, es él. Se oyen dos disparos, inmediatamente seguidos de otras nueve detonaciones encadenadas. Tintineo de los casquillos contra el suelo. Chisporroteo. Voz lejana de Woomak:

—Mierda, es imposible...

—¿Woomak?

Chasquidos de suelas. Woomak ha echado de nuevo a correr. Saca el teléfono del bolsillo. Expulsa el cargador vacío e introduce otro en la recámara.

—Woomak, ¿me oye?

La respiración de Woomak vuelve a oírse a través del auricular. El agente parece tranquilo.

—Esto no pinta nada bien, señor. Les he vaciado un cargador en el vientre y ni siquiera se han detenido. Deben de estar drogados hasta las cejas.

—¡Apresúrese a girar por cualquier calle a la izquierda, por el amor de Dios!

—Recibido, jefe. Me meto por via della Consula hacia el Corso.

—Muy bien, lo conseguirá.

Woomak ha comprendido. Se aferra a la voz de su jefe, acompasa su respiración para no ceder al pánico y empieza a dar zancadas más largas. Al cabo de un momento, su respiración se acelera bruscamente.

—Mierda...

—¡No, Woomak, sobre todo no se vuelva!

—Señor, están alcanzándome. Les he metido por lo menos cinco balas a cada uno y los tengo justo detrás de mí. Creo que estoy perdido. No voy a poder aguantar mucho tiempo. No...

Un choque. Una exclamación de estupor. Woomak acaba de caerse. Unos chasquidos de sandalias acercándose. Un grito inhumano suena en el aparato. Crossman aparta un instante el auricular de su oreja y luego lo acerca de nuevo.

—Oiga... Woomak...

Silencio.

—Woomak, ¿me oye?

Un frotamiento. Una respiración. Una voz glacial.

—*Renuntiate.*

Un clic. Comunicación interrumpida. Crossman levanta la mirada hacia Giovanni, que contempla el mar a través del ojo de buey.

—¿*Renuntiate*?

El cardenal se vuelve hacia Crossman.

—Significa «renunciad».

201

Como ha hecho decenas de veces en compañía de su viejo amigo el cardenal Camano, Carzo deja que sus pasos se pierdan por las callejas que descienden hacia el puente Sant'Angelo. Las torres de la fortaleza de los papas se recortan en el cielo gris. Los ángeles de piedra parecen sonreírle al verlo pasar. Con el evangelio de Satán bajo el brazo, nota el peso del arma de Parks al fondo de su bolsillo. Gira a la izquierda, por via della Conciliazione, y se dirige con la capucha puesta hacia las cúpulas del Vaticano, rodeado por la multitud.

A medida que se acerca, empieza a distinguir las pantallas gigantes instaladas en la explanada de la basílica. Una música de órgano sale de los altavoces. La misa ha empezado. Cuando llega a las inmediaciones de las cadenas que cercan la plaza, reconoce a los oficiales de los guardias suizos. Uno de ellos se dirige a su encuentro, mientras que otros se han detenido a unos metros de él. Parece aterrorizado.

—¿Lo tiene?

Con el rostro sumergido en la sombra de la capucha, Carzo asiente. El oficial empuja una verja para abrirle paso bajo las arcadas. La muchedumbre murmura mientras él avanza protegido por las bóvedas hasta la escalera de la basílica. Se oye por los altavoces la voz del camarlengo anunciando la lectura del evangelio. Flanqueado por cuatro guardas suizos, Carzo cruza la puerta. Está tranquilo. No tiene miedo.

202

—Valentina, ¿me recibe?

Valentina presiona discretamente el auricular con un dedo

para oír la voz de Crossman pese al estruendo del órgano. A su alrededor, la multitud inmóvil forma un muro.

—Estoy aquí, señor. Le oigo muy mal.

—Acabamos de aterrizar en el aeropuerto de Roma Ciampino. Estaremos ahí dentro de un cuarto de hora. ¿Por dónde van?

Valentina observa el ballet de los cardenales que se suceden ante el altar para inclinarse ante el Papa.

—La misa hace rato que ha empezado —susurra—, pero no respeta ninguna de las convenciones. Ni lectura de las epístolas, ni bendiciones, ni señales de la cruz. Comunión tampoco, por lo que parece. No hay ni cáliz ni hostias a la vista. Tengo la impresión de que están acelerando el ritmo.

Vuelve a hacerse el silencio en la basílica. Los órganos acaban de dejar de sonar. El eco de las últimas notas se pierde bajo la bóveda. Voz de Crossman:

—Valentina, tengo una mala noticia.

—¿De qué se trata?

—Nuestro agente ha perdido el rastro del padre Carzo por las calles de Roma. Eso significa que el evangelio todavía anda por ahí y que se acerca al Vaticano.

Valentina se dispone a contestar cuando el fragor de los órganos se reanuda y el Papa se levanta y se acerca al altar. Su mirada, vuelta hacia el fondo de la basílica, se ilumina. Valentina gira sobre sus talones y ve al monje que acaba de entrar, flanqueado por cuatro guardias suizos. Otros alabarderos empujan a la muchedumbre hacia los lados para despejar el pasillo central. El monje lleva en la mano un manuscrito grueso y antiguo. La voz de Crossman suena de nuevo en el auricular de Valentina.

—En este momento vamos por la autopista en dirección al centro de Roma. Estaremos ahí dentro de diez minutos.

—Demasiado tarde, señor. Está aquí.

Valentina mira al monje, que pasa a su altura, y trata de ver su rostro escondido bajo la capucha. Solo ve dos ojos que brillan en la penumbra. Voz de Crossman:

—¿Tiene el evangelio?

—Sí.

—¿Puede detenerlo?

—No.

—¿De cuántos hombres disponemos en el interior de la basílica?

—Cuatro agentes suyos y once policías de paisano. Los refuerzos esperan en el exterior del Vaticano.

—¿Bajo las órdenes de quién?

—Del comisario Pazzi.

Crossman piensa a toda velocidad.

—Valentina, es ahora cuando hay que actuar.

La escolta acaba de detenerse. Las alabardas golpean el suelo de la basílica. El cordón de los guardias suizos que rodea el altar se entreabre para dejar pasar al monje.

—Es demasiado tarde, señor.

203

Las notas furiosas del órgano hacen vibrar el aire cargado de incienso. Las cámaras que enfocan el altar no se pierden ni un detalle de la escena. En las furgonetas aparcadas en el exterior, periodistas provistos de cascos transmiten las imágenes a las unidades centrales de las grandes cadenas. Los especialistas reunidos en los estudios de televisión se han callado para mirar las imágenes sin intentar comentarlas. Tan solo uno de ellos se aventura a decir que ni siquiera la música tiene nada de sacro. Parece una sucesión de notas sin orden ni concierto. Sin embargo, esa sinfonía disonante tiene algo de turbador y casi bello que parece hechizar a la multitud.

El monje se detiene al pie de la escalera del altar. Está frente al Papa, que lo mira; luego entrega el evangelio de Satán a un protonotario, que sube la escalera y deposita el manuscrito abierto sobre el altar. El Papa pasa con una atención admirativa algunas páginas de la obra. Luego levanta los ojos hacia la multitud. Su voz retumba en el micrófono:

—Queridos hermanos, la Iglesia oculta desde hace siglos una gran mentira que ha llegado el momento de revelar, a fin de que cada cual pueda elegir libremente sus creencias. Pues en verdad os digo que Jesucristo jamás resucitó de entre los muertos y que la vida eterna no existe.

Una oleada de murmullos horrorizados recorre la asamblea. Los peregrinos se miran, familias dispersadas se buscan con los ojos, religiosos caen de rodillas y ancianas se santiguan sollozando. Los cardenales electores, agrupados a ambos lados de la basílica, muestran una palidez mortal que resalta más el rojo de sus hábitos.

Girando sobre su base, las cámaras hacen un barrido de la multitud y se acercan a los rostros para mostrarlos en primer plano. Luego, los objetivos se vuelven todos a una hacia el Papa, que levanta lentamente los brazos con la palma de las manos mirando hacia el cielo. Al pie de la escalera, el monje permanece absolutamente inmóvil. Se ha dejado puesta la capucha y ha cruzado las manos por dentro de las mangas del sayal. El Papa baja los ojos hacia el manuscrito. Su voz se eleva de nuevo a través de los altavoces. Anuncia alto y claro las referencias del evangelio que se dispone a leer:

—*Initium libri Evangeli secundum Satanam.*

204

En las unidades móviles y los estudios de televisión cunde el desconcierto y la confusión. Decenas de voces se superponen en los cascos de los periodistas.

—¡Por el amor de Dios! ¿Qué ha dicho?

En uno de los estudios de la Rai, un especialista, perplejo, susurra ante el micro:

—Creo que significa: «Inicio del primer libro del Evangelio de Satán».

Los productores se abalanzan sobre los teléfonos y piden estimaciones de audiencia. Los cursores suben como flechas. Sumando todas las cadenas, hay casi cuatrocientos millones de telespectadores pendientes de los labios del nuevo papa. Los realizadores de la CBS y de la Rai hablan por teléfono con los directores de las cadenas.

—Entonces, ¿qué hacemos? ¿Cortamos la emisión o seguimos?

El director de la Rai reflexiona un instante. El de la CBS, en comunicación transatlántica, enciende un cigarro. Él es el primero en tomar una decisión en lo que respecta a su cadena:

—Seguimos.

Por su parte, el director de la cadena italiana acaba de dar la misma orden a sus realizadores, que la transmiten a las unidades móviles y a los cámaras que están en el interior de la basílica.

205

La voz del Papa retumba de nuevo bajo la bóveda. Empieza la lectura del evangelio.

—Sexto oráculo del Libro de los Maleficios.

Un silencio. Un cámara de la Rai hace un zoom sobre los labios del Pontífice.

—Al principio, el Abismo eterno, el Dios de los dioses, la sima de donde habían surgido todas las cosas, creó seis mil veces un millón de universos para hacer que la nada retrocediera. Luego, dotó a esos seis mil veces un millón de universos de sistemas, de soles y de planetas, de todo y de nada, de lleno y de vacío, de luz y de tinieblas. A continuación les insufló el equilibrio supremo, según el cual una cosa solo puede existir si su no cosa coexiste con ella. Así pues, todas las cosas salieron de la nada del Abismo eterno. Y al articularse cada cosa con su no cosa, los seis mil veces un millón de universos entraron en armonía.

En la basílica se oyen sollozos. Cerca del altar, una religiosa se desploma. Un revuelo junto a las puertas. Guardias suizos y enfermeros evacuan a mujeres desmayadas y a peregrinos atónitos. Los cámaras vuelven a enfocar al Papa; sus ojos brillantes contemplan un momento a la multitud. Después reanuda la lectura.

—Pero, para que esas innumerables cosas engendraran a su vez las multitudes de cosas que iban a dar la vida, necesitaban un vector de equilibrio absoluto, el contrario de los contrarios, la matriz de todas las cosas y de todas las no cosas, el Bien y el Mal. El Abismo eterno creó entonces la ultracosa, el Bien supremo, y la ultra no cosa, el Mal absoluto. A la ultracosa le dio el nombre de Dios. A la ultra no cosa le dio el nombre de Satán. Y dotó a esos espíritus de los grandes contrarios de la voluntad de combatirse eternamente para mantener los seis mil veces un millón de universos en equilibrio. Luego, cuando todas las cosas se articularon por fin sin que el desequilibrio pudiera romper nunca más el equilibrio que lo sostenía, el Abismo eterno vio que eso era bueno y se cerró de nuevo. Mil siglos transcurrieron entonces en el silencio de los universos que crecían.

Las páginas que el Papa pasa lentamente crujen en los altavoces. El Pontífice prosigue:

—Llegó por desgracia un día en que, tras quedarse solos orquestando esos seis mil veces un millón de universos, Dios y Satán alcanzaron un grado tan elevado de conocimiento y de aburrimiento que, a despecho de lo que el Abismo eterno les había prohibido, el primero empezó a crear un universo más en su propio nombre. Un universo imperfecto que el segundo se afanó en destruir por todos los medios, para que ese universo que hacía el número seis mil veces un millón más uno no llegara a destruir el orden de todos los demás debido a la ausencia de su contrario. Entonces, puesto que la lucha entre Dios y Satán sólo se desarrollaba en el interior de ese universo que el Abismo eterno no había previsto, el equilibrio de los demás universos empezó a romperse.

Uno de los cámaras de la CBS, que ha tomado un plano general de la multitud, vuelve hacia el Papa cuando se da cuenta de que el monje que permanece ante el altar acaba de bajarse la capucha. Algo brilla en su mano.

206

—El primer día, cuando Dios creó el cielo y la Tierra, así como el sol para iluminar su universo, Satán creó el vacío entre la Tierra y las estrellas y sumió al mundo en las tinieblas.

Un silencio.

—El segundo día, cuando Dios creó los mares y los ríos, Satán les dio el poder de alzarse para engullir la creación de Dios.

Un silencio.

—El tercer día, cuando Dios creó los árboles y los bosques, Satán creó el viento para abatirlos, y cuando Dios creó las plantas que curan y que calman, Satán creó otras, venenosas y provistas de pinchos.

Un silencio.

—El cuarto día, Dios creó el pájaro y Satán creó la serpiente. Después, Dios creó la abeja y Satán la avispa. Y por cada especie que Dios creó, Satán creó un predador para aniquilar esa especie. Después, cuando Dios dispersó a sus animales por la superficie del cielo y de la Tierra para que se multiplicaran, Satán dotó de garras y de dientes a sus criaturas y les ordenó matar a los animales de Dios.

Con el rostro oculto bajo la capucha, el padre Carzo escucha cómo resuena la voz del Anticristo en la basílica. Desde que el nuevo papa ha empezado a leer el evangelio, el exorcista siente despertar algo en el fondo de sí mismo y comprende que Caleb no ha abandonado totalmente la partida: intenta regresar, volver a tomar posesión de lo que le pertenece. Carzo lo nota por su corazón, que late cada vez más despacio, por su sangre, que se hiela de nuevo en sus venas, y por sus piernas, que empiezan a fallarle. La voz del Papa penetra cada vez más en su mente, como si la mente de Caleb se alimentara de ella. Carzo sabe que debe reaccionar antes de que las fuerzas lo abandonen. El miedo empieza a invadirlo, la duda también, y los remordimientos. El aliento de Caleb.

Carzo sopesa el arma de Parks, escondida entre las mangas del sayal. Siente el frío del acero en la palma de su mano. Sin apartar los ojos del Papa, levanta un brazo y hace resbalar lentamente la capucha. Sonríe. Ya no tiene miedo.

207

Mientras el Papa prosigue su letanía, Valentina Graziano se abre paso lentamente entre la multitud para acercarse al cordón de los guardias suizos formado ante el altar. Estupefactos, obnubilados por lo que oyen, los peregrinos no le prestan ninguna atención. Por sus mejillas caen lágrimas, sus manos se crispan y sus labios tiemblan. Pero no se fijan en Valentina, que avanza pidiendo disculpas de mala gana.

La joven se detiene. Acaba de llegar al lado derecho de la basílica y ahora ve al padre Carzo de perfil. Impaciente, presiona con un dedo el auricular. Voz de Crossman:

—Valentina, estamos a tres minutos de la plaza de San Pedro. El cardenal Giovanni y el cardenal secretario de Estado Mendoza vienen conmigo. Este último da luz verde para actuar en el territorio del Vaticano en caso de que las cosas se compliquen. Acabo de transmitir la información al comisario Pazzi, que está preparado para intervenir con sus refuerzos.

Valentina está a punto de contestar cuando ve que Carzo se baja la capucha. Un destello metálico brilla entre sus dedos.

208

—El sexto día, cuando Dios decidió que su universo estaba preparado para engendrar la vida, creó dos espíritus a imagen y semejanza del suyo a los que llamó hombre y mujer. En respuesta a este crimen de los crímenes contra el orden del universo, Satán lanzó un maleficio contra esas almas inmortales. Después sembró la duda y la desesperación en su corazón y, robando a Dios el destino de su creación, condenó a muerte a la humanidad que iba a nacer de su unión.

El Papa tiene los ojos clavados en el evangelio y sus brazos continúan levantados, con la palma de las manos mirando al cielo. Él no ve que el padre Carzo se baja la capucha, ni el arma con la que el monje lo apunta. Termina la lectura del Génesis.

—Entonces, comprendiendo que la lucha contra su contrario era vana, el séptimo día Dios entregó los hombres a los animales de la Tierra para que los animales los devoraran. Luego, tras haber encerrado a Satán en las profundidades de ese universo caótico que el Abismo eterno no había previsto, dio la espalda a su creación y Satán se quedó solo para atormentar a los hombres.

209

—Valentina, ¿me oye?

Valentina levanta el emisor para responder a Crossman. La frase muere en sus labios. Al ver la Glock 9 mm con la que el padre Carzo apunta al Papa, pulsa maquinalmente el botón de su walkie-talkie:

—¡Atención todos, tiene una pistola!

El estruendo de la muchedumbre ahoga el grito de Valentina mientras el comandante de la guardia intenta apuntar al tirador.

Desde las naves laterales de la basílica, otros guardias suizos de paisano buscan un ángulo de tiro para disparar a Carzo. El cordón de alabarderos que protege el altar se vuelve. El Papa alza los ojos. En su mirada se lee vacilación. Valentina acaba de comprender que es demasiado tarde.

210

El padre Carzo contempla al Anticristo, que levanta los ojos del evangelio. Es imposible que falle a esa distancia. El incienso le quema las fosas nasales. Fuera, las campanas han empezado a repicar para acompañar la revelación. El sacerdote centra el rostro del Papa en su visor. A duras penas ve al comandante de la guardia suiza. Ya no presta atención a esa chica morena y tan guapa que, a su derecha, intenta abrirse paso a través de la multitud. Como mucho, piensa por un instante que tiene un extraño parecido con Marie. Sí, en eso es en lo que el padre Carzo piensa mientras vacía el cargador contra el Papa. Y mientras lo hace, apenas siente los proyectiles de los guardias suizos que lo alcanzan en el costado y en el vientre.

211

Un silencio mortal envuelve la basílica justo antes de que suenen los disparos. Con los brazos todavía levantados, el Papa baja los ojos hacia el arma que el monje apunta en su dirección. Ve al comandante de la guardia, que da un salto para tratar de alcanzar al tirador, y al cardenal camarlengo Campini que se acerca a él para protegerlo con su cuerpo. En el borde de su campo de visión, ve a unos guardias suizos de paisano que desenfundan su arma. Ve, por último, a una chica morena que avanza entre la multitud gritando. Pero, sobre todo, ve los ojos del criminal clavados en él: acaba de darse cuenta de que no es Caleb quien está allí. Mirada a la izquierda. El camarlengo está a tan solo un metro cuando una serie de detonaciones suenan en la basílica. Abriendo los ojos con expresión de sorpresa mientras la lluvia de balas lo alcanza en pleno pecho, el Papa ve que Carzo sonríe a través del humo que escapa del arma y se confunde con la bruma de incienso.

212

El Papa se desploma junto al altar al mismo tiempo que el camarlengo, al que una bala ha alcanzado en la garganta. Tendido sobre un charco de sangre en el mármol de la basílica, el padre Carzo sigue sonriendo. No siente dolor. Por encima de él, a lo lejos, las campanas han dejado de sonar.

Como en un sueño, oye gritos lejanos, órdenes y pasos, todo al ralentí. Percibe el estruendo de la muchedumbre acercándose y alejándose como olas de un océano furioso. Ve uniformes de policía en la basílica. Una corriente de aire, un destello de luz: han abierto las puertas de par en par para dejar salir a la gente, que corre hacia el exterior.

Carzo ve el rostro furioso del comandante de la guardia, que acaba de ser detenido por un oficial de policía. Se oyen unas órdenes en italiano. El coloso sabe que ha perdido. Lentamente, deja el arma en el suelo, pone las manos detrás de la nuca y se arrodilla.

Un movimiento. Una estela de perfume. Una respiración sobre la mejilla del padre Carzo. Este contempla el bonito rostro rodeado de cabellos castaños que se inclina sobre él. Luego cierra los ojos y toma conciencia del charco de sangre que se extiende bajo su espalda. Tiene la sensación de que es él mismo quien fluye de su cuerpo: su vida, su energía, sus recuerdos y su alma. Unas manos lo zarandean. Tiene mucho sueño. Abre de nuevo los ojos y ve que los labios de la chica se abren y se cierran mientras una voz grave y melodiosa desciende hasta él en una cascada de ecos lejanos. La voz le pregunta dónde está Marie. Carzo se concentra. Un destello de recuerdo flota en la superficie de su memoria. Un cubículo oscuro, un rostro blanco, unas lágrimas que brillan a la luz de una vela. El sacerdote nota cómo sus propios labios articulan la respuesta. La chica le sonríe. Parece feliz. Carzo cierra los ojos. Echa de menos a Marie.

213

Las unidades antidisturbios intentan canalizar a la muchedumbre que baja la escalera de la basílica y empuja a los fieles que se han quedado en la plaza de San Pedro. Han derribado las verjas para que los peregrinos se dispersen más fácilmente. A través de los altavoces se invita a la calma. La via della Conciliazione está repleta de gente. Una marea humana se extiende por las callejas, seguida por los equipos de periodistas, cámara al hombro. Gracias a los cámaras que continúan filmando, millones de telespectadores presencian la intervención de la policía en el interior de la basílica.

Acompañado del cardenal Giovanni y del secretario de Estado Mendoza, Crossman y sus hombres recorren el pasillo central pisando los talones a Pazzi, que imparte órdenes concisas a través del walkie-talkie. En cuanto se han producido los primeros disparos, los policías de paisano repartidos por la basílica han apuntado con sus armas a los guardias suizos. Ha habido un breve intercambio de tiros; luego, al ver que su comandante entregaba el arma y se rendía, los últimos focos de resistencia han hecho lo mismo.

Crossman se acerca a Valentina, que continúa arrodillada junto al padre Carzo; esta acaricia sus cabellos sin darse cuenta de que el charco de sangre ha llegado a sus rodillas e impregna la tela de sus vaqueros. Unos enfermeros atienden diligentemente al sacerdote. Le ponen un gotero con varias bolsas de plasma y de glucosa y preparan su evacuación. Fuera, un helicóptero se acerca. Valentina da un ligero respingo cuando una mano se posa en su hombro.

—¿Saldrá de esta? —pregunta Crossman.

Ella se encoge de hombros en señal de ignorancia. El jefe del FBI mira hacia el altar. El Papa está tendido en el suelo. Siete impactos rojo sangre han rasgado su alba blanca. Sentado junto a él, el camarlengo agoniza con los ojos muy abiertos. Giovanni sube los peldaños y se arrodilla junto al anciano. De repente, Crossman se da cuenta de que los sillones colocados detrás del altar están vacíos.

—Valentina, ¿dónde se han metido los cardenales del Humo Negro?

Sin apartar los ojos del padre Carzo, a quien los enfermeros están atando a una camilla, la joven señala la escalera que desciende a las profundidades de la basílica.

—¿Han huido por ahí?

Ella dice que sí con la cabeza.

—¡Por el amor de Dios, Valentina, reaccione! Voy a necesitarla para que me guíe por los sótanos.

Ella se levanta lentamente y mira cómo los camilleros se alejan. Después se vuelve hacia Crossman. Su mirada es gélida.

—Sé dónde está Marie.

—¿Dónde?

Valentina amartilla su Beretta con un chasquido.

—Primero los cardenales.

214

Al pie del altar, el camarlengo, al que una bala ha alcanzado en la garganta, nota que un espumarajo de sangre escapa de entre sus labios. Sabe que no sobrevivirá. Contempla el cadáver del Papa desplomado sobre el mármol. De rodillas junto a él, el cardenal Giovanni murmura:

—Eminencia, ¿quiere que le escuche en confesión?

El anciano parece tomar súbitamente conciencia de su presencia. Vuelve lentamente la mirada hacia él. Sus ojos brillan de odio. Un ronquido sube por su garganta.

—Creo en Satán Padre todopoderoso, Creador del cielo y de la Tierra. Creo en Janus, su único hijo, que murió renegando de Dios en la cruz.

Una inmensa tristeza invade el corazón de Giovanni. Tan cerca de la muerte, el camarlengo está perdiendo su alma. El joven cardenal casi le envidia semejante valor.

—¿Y si existe realmente? ¿Ha pensado en ello?

—¿Quién?

—Dios.

El anciano camarlengo se ahoga.

—Dios... Dios está en el Infierno. Está al mando de los demonios. Está al mando de las almas condenadas y de los espectros que vagan por las tinieblas. Todo es falso, Giovanni. Nos han mentido. Tanto a usted como a mí.

—No, eminencia. Jesucristo murió realmente en la cruz para salvarnos. Después subió a los cielos y se sentó a la derecha del Padre, desde donde regresará para juzgar a los vivos y a los muertos.

—Eso son patrañas.

—No, son creencias. Y por eso la Iglesia no ha mentido. Ha ayudado a los hombres a creer en lo que necesitaban creer. Ha erigido catedrales, ha construido pueblos y ciudades, ha dado la luz a siglos de tinieblas y sentido a lo que no lo tenía. ¿Qué otra cosa le queda a la humanidad que la certeza de no morir jamás?

—Ya es demasiado tarde. Saben la verdad. No la olvidarán.

—Vamos, eminencia, es lo invisible lo que alimenta la fe, nunca la verdad.

Un acceso de risa sacude el pecho del camarlengo.

—¡Pobre Giovanni! ¡Es usted tan ingenuo!

Intenta decir algo más, pero se asfixia, se ahoga en su propia sangre. Su pecho se inmoviliza, su cuerpo cae y sus pupilas se velan. Giovanni cierra los ojos del anciano. Luego se vuelve y ve a Crossman y a una chica morena que bajan con un destacamento de policías por la escalera que conduce a los sótanos de la basílica. Al incorporarse, nota cómo una mano glacial se cierra con una fuerza sobrehumana sobre su muñeca. Se sobresalta violentamente y se esfuerza en desasirse. Con los ojos muy abiertos, el camarlengo le susurra:

—Usted es el próximo.

—¿Qué dice?

—Esto no ha terminado, Giovanni. ¿Me oyes? Siempre vuelve a empezar.

El cardenal cierra los ojos y lucha contra la cosa que intenta penetrar en él, algo de una negrura tan profunda que su fe comienza a vacilar como la llama de una vela expuesta al viento. Luego, la mano del anciano cae al suelo. Giovanni abre los ojos; el camarlengo no se ha movido ni un milímetro. Seguramente se ha dormido unos segundos y ha tenido una pesadilla. Está casi convencido cuando nota que tiene la muñeca dolorida. Baja los ojos. La articulación está amoratada. «Siempre vuelve a empezar...»

El joven cardenal se levanta y contempla el evangelio abierto sobre el altar. Lo cierra y lo estrecha entre sus brazos. Bajo la tela de la sotana, la cruz de los Pobres late contra su piel.

215

Cuando el pasadizo secreto que Valentina había tomado para subir desde la Cámara de los Misterios se abre, una vaharada de aire viciado escapa por el hueco. Los pasos retumban en el silencio, las pistolas ametralladoras entrechocan. Crossman y Valentina avanzan por los sótanos siguiendo a los policías. Las linternas frontales barren las polvorientas paredes. La mano de Valentina roza la piedra, que parece desprender un extraño calor.

La cabeza del destacamento acaba de llegar a la escalera de caracol que se hunde en los cimientos de la basílica. Hace cada vez más calor. Vaharadas de aire ardiente se elevan, arrastrando con ellas remolinos de chispas. Crujidos, crepitaciones. El ronroneo de las llamas. Algo se quema en la Cámara de los Misterios.

Valentina y Crossman se abren paso a través del destacamento de policías. Los que acaban de entrar en la Cámara retroceden, pálidos. Valentina entra. Contempla las hogueras de papel que los cardenales del Humo Negro han encendido. Las llamas son tan altas que lamen las bóvedas y ennegrecen los arcos de los pilares. Lo que está ardiendo son los archivos del Vaticano, no solo la correspondencia privada de los papas y los informes de la investigación interna puesta en marcha por Clemente V, sino también todos los anaqueles de los archivos secretos de la cristiandad, que los cardenales han hecho transportar a la Cámara después de la elección del Papa. Están destruyendo todas las pruebas. Veinte siglos de historia y de tormentos consumiéndose en un remolino de llamas.

El aire se vuelve irrespirable. Los policías intentan cubrir a Valentina, que avanza sujetando su Beretta con los brazos extendidos. A su espalda, Crossman barre el espacio con su 45. Valentina se detiene. Acaba de ver a cinco cardenales con hábito rojo que acaban de apilar una montaña de manuscritos y de pergaminos contra uno de los pilares de la cripta y rocían la pirámide con gasolina.

Dispara dos tiros al aire. El estruendo del incendio cubre el ruido de las detonaciones. Con una sonrisa de demente en los labios, uno de los cardenales no nota que sus cabellos se consumen por efecto del calor. Los otros cuatro se han arrodillado junto a un enorme montón de papeles; a fuerza de arrojar los manuscritos al fuego, sus dedos han quedado reducidos a muñones carbonizados. El cardenal ni siquiera se ha dado cuenta de que la manga de su sotana está empapada de gasolina. Y frota una cerilla para encender la hoguera...

Valentina grita. La cerilla se enciende. La llama lame la manga de la sotana y se extiende por el brazo del prelado. Los policías, horrorizados, se han detenido. Mirando a la cara a Valentina, que le suplica que renuncie, el cardenal introduce la antorcha en que se ha convertido su brazo entre el montón de pergaminos y se inmola. Las emanaciones de gasolina prenden y forman una sola llama gigantesca, que devora la montaña de papeles. Las encuadernaciones de piel se funden, los rollos de varios siglos de antigüedad se inflaman como estopa. Valentina retrocede unos pasos mientras el fuego engulle a los cardenales arrodillados; sus rostros se funden como máscaras de cera. Jirones de amanecer rojo se arremolinan en el aire ardiente. Una mano agarra a Valentina de un brazo, la voz de Crossman suena en su oído.

—¡Por el amor de Dios, Valentina, hay que largarse antes de que el fuego nos cierre el paso!

—¡Las cruces de las Bienaventuranzas! ¡Hay que recuperar las cruces!

Hace tanto calor que se propagan pavesas de un foco a otro. En poco tiempo, la sala entera arderá. El aire apesta a carne quemada. Valentina contempla una vez más la hoguera y cree distinguir cinco formas acartonadas en medio de los pergaminos. Pero nota la mano de Crossman tirando de ella con todas sus fuerzas. La joven retrocede. Deja de resistirse. Renuncia.

216

El alarido de las sirenas. Una comitiva de coches de bomberos se abre paso con dificultad por las calles y los puentes de Roma invadidos por la muchedumbre. Nadie entiende qué está pasando.

En la plaza, las cámaras de la CBS y de la RAI filman sin parar al ejército de policías que ha tomado posiciones alrededor del Vaticano. Un espeso humo negro sale por los tragaluces de la basílica y del edificio de los Archivos secretos. Los comentaristas afirman que se ha producido un gigantesco incendio en los sótanos y que avanza por las galerías subterráneas que serpentean bajo la plaza de San Pedro. Los archivos arden. Dos mil años de historia convertidos en humo y en una lluvia de cenizas que cae sobre las cúpulas del Vaticano. La humareda es tan negra que tapa el sol. Parece que vaya a anochecer.

Los vehículos frenan, los bomberos desenrollan las mangueras y se ponen las máscaras antigás antes de entrar en los edificios para combatir el incendio por los sótanos. Pendientes de la maniobra, ningún cámara ve el cortejo de guardias suizos que avanza por la pasarela que une el Palacio Apostólico al castillo de Sant'Angelo: un camino de ronda en lo alto de una muralla que sigue el trazado de la via dei Corridori, es decir, ochocientos metros en línea recta por encima de la multitud. Por ahí es por donde los papas huían cuando el Vaticano estaba amenazado. El camino de ronda no se había utilizado desde hacía varios siglos, pero los pontífices se habían encargado de mantenerlo en condiciones por si acaso. Habían hecho bien.

El cardenal Mendoza y el cardenal Giovanni avanzan en silencio en medio del destacamento. Mendoza se apoya en su bastón. Giovanni lleva el evangelio según Satán envuelto en un grueso paño rojo.

217

El helicóptero del ejército italiano se dirige a toda velocidad hacia el norte. Sentados en la parte trasera, Crossman y Valentina contemplan el curso sinuoso del Tíber, que serpentea por los valles de Umbría. El aparato acaba de dejar atrás Perusa. Atraviesa el aire helado hacia la cadena de los montes Apeninos, cuyas estribaciones se recortan a lo lejos. Crossman cierra los ojos. Piensa en Marie. Se culpa por haberla sacado del hospital de Boston para meterla en ese maldito avión con destino a Denver. Sabía que llegaría hasta el final y que poseía la facultad de ver a los muertos y de ocupar el lugar de las víctimas de los casos que investigaba. Marie había encontrado el evangelio y seguramente eso le había costado la vida. Todo por ese maldito don cuya existencia Crossman había fingido olvidar.

En seis años de carrera juntos, solo habían hablado de ello una vez, durante una cena de gala en la Casa Blanca, y en voz baja para que nadie los oyera. Esa noche, Crossman había bebido unas copas de más. Simplemente para pincharla, le preguntó a Marie, que permanecía apartada, si veía muertos en medio de los vivos en aquellos salones donde la flor y nata de Washington bebía champán a mil dólares la botella. Ella se sobresaltó.

—¿Cómo dice?

—Muertos, Marie. Ya sabe, los generales de la guerra de Secesión, Sherman, Grant o Sheridan. O el viejo Lincoln. O, mejor aún, ese viejo zorro de Hoover. Nunca se sabe, a lo mejor todavía ronda por aquí.

—Ha bebido más de la cuenta, Stuart.

—Claro que he bebido, joder. Bueno, ¿ve muertos en medio de todos estos gilipollas o no?

Marie asintió con la cabeza. Al principio, él creyó que bromeaba, pero sus ojos se cruzaron con la mirada azul y triste de ella.

—Esta noche solo hay uno. Es una mujer —respondió Marie.

Crossman siguió bromeando, pero ya sin convicción.

—¿Es guapa al menos?

—Muy guapa. Está justo a su lado. Le mira. Lleva un vestido azul y una pulsera de ágatas.

Un perfume de lavanda invadió las fosas nasales de Crossman y las lágrimas se agolparon en sus ojos. En su vida había una herida abierta que no se cerraría nunca. Doce años atrás, su mujer, Sarah, se había matado en un accidente de tráfico con sus tres hijos. Cuatro cuerpos carbonizados en un Buick tan destrozado por el choque que habría cabido en una bañera. Poco antes de que muriera, él le había regalado una pulsera de ágatas. Eso no lo sabía nadie.

Tras la muerte de Sarah, Crossman se sumergió en el trabajo como otros lo hacen en el alcohol. Por eso había subido tan deprisa en la escala del FBI.

Ante la emoción de su jefe, Marie lo cogió de la mano. Crossman balbuceó unas palabras estúpidas tratándose de una muerta:

—¿Está… está bien?

—Sí.

Se produjo un silencio, durante el cual Crossman estrechó la mano de Marie. Después susurró con voz trémula:

—¿Necesita algo?

—No. Es usted quien la necesita a ella. Ella intenta hablarle, pero usted no la oye. Intenta decirle que hace doce años que está a su lado. No siempre, pero sí de vez en cuando. Va y viene. Se queda un rato y luego se va.

Con las lágrimas a punto de saltársele de los ojos, Crossman recordó todos esos instantes en los que había percibido extraños efluvios de lavanda flotando en el aire. Como allí, en ese gigantesco salón de la Casa Blanca donde el alcohol corría a raudales.

—¿Y qué dice?

—Dice que es feliz donde está y que quiere que usted lo sea también. Dice que no sufrió cuando murió. Los niños tampoco. Dice que es preciso olvidar y que usted debe empezar de nuevo a vivir.

Crossman reprimió un sollozo.

—Dios mío, la echo tanto de menos…

Un silencio.

—¿Puede... puede decirle que voy a intentarlo?

—Es usted quien debe decírselo. Ella está aquí. Le escucha.

—¿Y luego?

—Luego ¿qué?

—¿Volverá?

—Siempre que la necesite, estará aquí. Y un día, cuando su dolor haya pasado, se marchará.

—Entonces dígale que me niego a olvidarla.

—Es preciso, Stuart. Tiene que dejar que se vaya.

—¿Y dónde está ahora?

—Justo delante de usted.

Levantando despacio la mano, Crossman murmuró algo en medio del estrépito de los invitados. Le dijo a Sarah que le pedía disculpas por no haberle dicho adiós aquella mañana, que sentía mucho no haber podido besarla una vez más. Tras un silencio, bajó la mano y preguntó:

—¿Sigue aquí?

—Ahora se va.

Crossman aspiró el aire un momento para tratar de retener el perfume de lavanda que se disipaba. Después de ponerse las gafas oscuras para ocultar sus ojos, dijo:

—No volveremos a hablar nunca más de esto, ¿de acuerdo?

Marie asintió y no volvieron a hablar nunca más de ello. Lo que no había impedido a Crossman enviarla en misión al otro extremo del mundo para que se metiera en la piel de una vieja monja emparedada.

Da un respingo al notar que la mano de Valentina se posa en su brazo. Escondido detrás de sus gafas oscuras, se vuelve hacia ella y ve cierto parecido con Marie. Traga con dificultad; una bola de tristeza obstruye su garganta. A lo lejos, a través del ojo de buey, se dibujan los verdes valles del Po y las estribaciones de los Dolomitas. Marie está ahí abajo, en algún lugar de esas montañas. Una ráfaga de lavanda invade las fosas nasales de Crossman. El director del FBI cierra los ojos.

218

Sobre el Vaticano, a medida que las mangueras combaten las llamas en los sótanos la humareda negra se disipa poco a poco. La gente agolpada en las avenidas contempla la escena, las cámaras filman. Nadie levanta la vista, nadie ve al destacamento de guardias suizos y a los dos cardenales que avanzan por el camino de ronda. Prácticamente han llegado a las murallas de la fortaleza de Sant'Angelo, a unos metros de allí, cuando el cardenal Giovanni se vuelve y suspira.

—Ahora está todo perdido.

—¿A qué se refiere?

—A los archivos, los pergaminos, la correspondencia de los papas...

El viejo Mendoza sonríe.

—El Vaticano ha pasado por momento peores a lo largo de su historia y volverá a renacer de sus cenizas. Además, lo esencial no está ahí. Lo que arde a nuestra espalda no es más que papel. Algunos libros y pergaminos antiguos.

—¿Dónde está entonces lo esencial?

—Usted tiene una parte en las manos.

Giovanni baja los ojos hacia el volumen envuelto en el paño rojo.

—¿No sería mejor destruirlo?

—Sí, más adelante.

—¿Cuándo?

—Cuando lo hayamos estudiado y hayamos penetrado sus secretos. Es un tesoro inestimable, es lo único que puede informarnos acerca de la verdadera naturaleza de nuestros enemigos.

—¿En qué puede sernos útil, ahora que los últimos cardenales del Humo Negro están muertos?

—¿Muertos? ¿Está seguro?

—¿Qué quiere decir?

—Que las herejías nunca mueren en la hoguera. Los herejes

sí, pero las herejías no. Volverán. De una u otra forma, volverán. Y cuando llegue ese día, tenemos que estar preparados.

Un silencio. El destacamento acaba de llegar a la torre oeste del castillo de Sant'Angelo. La verja se cierra tras ellos chirriando. Bajan por una escalera de caracol, de piedra, que se hunde en las entrañas de la Tierra. El aire se vuelve más fresco.

—¿Adónde me lleva?

—Al lugar más secreto del Vaticano. Allí donde, desde hace siglos, se encuentra guardado lo esencial. Los verdaderos tesoros de la cristiandad. Como le he dicho, el resto no es más que papel.

Giovanni ha perdido la noción del tiempo. En sus brazos, el evangelio parece pesar toneladas, como si supiera que se dirige a su última morada y que va a volver definitivamente a la oscuridad.

El destacamento ha llegado a los últimos peldaños. Los guardias se han detenido al pie de un pesado rastrillo de acero permanentemente vigilado por unos alabarderos, que se eleva lentamente con un chirrido de poleas. Mendoza le explica a Giovanni que nadie puede cruzar ese límite salvo el Papa y el cardenal secretario de Estado.

—Nosotros éramos los únicos que conocíamos la existencia de este lugar. Puesto que el Papa ha muerto y la curia está desorganizada, compartiré con usted este secreto pero debo advertirle que tendrá que llevárselo a la tumba. ¿Me ha entendido?

Giovanni asiente con la cabeza. Cuatro pesados ganchos de acero inmovilizan el rastrillo, que ha desaparecido tras la piedra y cuyas puntas son lo único que continúa siendo visible. Una corriente de aire helado agita la llama que sostiene Giovanni. Este sigue a Mendoza por un estrecho corredor tallado en la roca. El suelo, en suave pendiente y cubierto de mosaicos, brilla a la luz de las antorchas. Caminan varios minutos, que a Giovanni le parecen horas y durante los cuales oye sonar el bastón de Mendoza en medio del silencio.

El anciano cardenal acaba de detenerse. Levantando la antorcha, ilumina una puerta medieval cuyos maderos, gruesos como un muro, han sido unidos de manera que puedan resistir todos los golpes de ariete. Grabada en la madera, se puede leer esta inscripción:

AQUÍ EMPIEZA EL FIN
AQUÍ ACABA EL PRINCIPIO
AQUÍ DESCANSA EL SECRETO DEL PODER DE DIOS
MALDITOS POR EL FUEGO SEAN LOS OJOS QUE SE POSEN EN ÉL

Los ojos de Giovanni se agrandan a causa de la sorpresa.

—¡Es la misma inscripción que figura en el evangelio!

—Es la divisa de las recoletas, la advertencia suprema lanzada a través de los siglos a los locos y a los insensatos que puedan sentirse tentados de profanar los secretos de la fe. Por eso la Inquisición reventaba los ojos de los que habían contemplado tales misterios.

—¿Qué hay detrás de esa puerta?

El cardenal acerca las manos a un cerrojo florentino que acciona un conjunto de pesadas barras hundidas en el corazón de los maderos, e introduce hasta la mitad una llave antes de darle un cuarto de vuelta hacia la derecha. Un chasquido. A continuación mete la llave hasta el fondo, da dos vueltas hacia la izquierda y una más hacia la derecha. Un ruido de engranajes dentados que se ponen a girar a la vez, una serie de chasquidos sordos: las barras se deslizan y la pesada puerta se abre chirriando.

—Espéreme aquí.

Giovanni ve cómo Mendoza se aleja. Sus pasos se pierden en lo que parece ser una sala tan amplia que, a lo lejos, la antorcha del cardenal secretario de Estado parece una cerilla consumiéndose en las tinieblas.

El anciano acaba de llegar al final de la sala por el lado derecho. Giovanni tiene la impresión de estar solo. Ve que la antorcha se inclina y transmite su llama a otra antorcha. Luego, sin que Mendoza tenga necesidad de moverse, el fuego se extiende a lo largo de las paredes: un rosario de antorchas que se encienden una a otra gracias a un ingenioso sistema de mechas cubiertas de cera.

Giovanni mira a su alrededor. La sala es todavía más grande de lo que le había parecido.

El joven cardenal ve interminables hileras de mesas de piedra sobre las que hay objetos de toda clase cubiertos con pesados paños rojos. El aire polvoriento se impregna de un denso olor de cera. Huele a piedra, a musgo y a tiempo. Giovanni se acerca a Mendoza, que ahora está en el centro de la estancia. El anciano cardenal le quita el manuscrito de las manos y levanta un extremo de uno de los paños. Giovanni tiene el tiempo justo de ver otros libros gastados antes de que el paño caiga de nuevo, entre una nube de polvo.

—Cardenal Mendoza, ¿qué hay exactamente en esta sala?

—Recuerdos. Piedras viejas. Trozos de la verdadera Cruz. Vestigios arqueológicos de civilizaciones desaparecidas y huellas de una religión muy antigua encontradas en cuevas prehistóricas. Los creadores de Dios.

Un silencio.

—¿Qué más?

—Manuscritos. Evangelios apócrifos que la Iglesia ha mantenido ocultos durante siglos. El evangelio de María. El de Matías, el decimotercer apóstol. El de José y el de Jesús.

—¿El de Jesús? ¿Qué contiene?

—Lo sabrá muy pronto, puesto que usted es el próximo.

Giovanni se estremece al oír las mismas palabras que el camarlengo agonizante susurró en la basílica.

—¿El próximo qué?

—El próximo papa.

—Eso nadie puede predecirlo.

—Ya lo creo que sí. Usted es muy joven y yo soy muy viejo. Los cardenales de la curia están tan aterrorizados que resultará fácil convencerlos. Ya lo verá. Lo convertirán en el próximo. Y entonces sabrá... Lo sabrá todo.

—Y seré el papa que reinará sobre unas cenizas, ¿no?

—Eso es lo que todos han hecho, Patrizio.

El cardenal Mendoza baja la palanca que acciona el apagado

de las luces. Los matacandelas de cobre que coronan las antorchas descienden simultáneamente con un chirrido de poleas. Giovanni oye que el bastón de Mendoza rasca el suelo mientras este se aleja. Toca una vez más el evangelio según Satán; tiene la sensación de que la tapa late débilmente bajo la tela y de que un extraño calor se extiende por sus dedos.

—¿Viene?

El joven cardenal se vuelve hacia Mendoza, que espera en la entrada de la sala. El anciano parece una estatua. Giovanni se reúne con él. Después, la pesada puerta se cierra a su espalda chirriando.

219

Las tinieblas. La madre Yseult está muerta desde hace mucho. Parks lo ha notado porque los dedos han aflojado la presión alrededor de su cuello, porque aquel envoltorio arrugado se ha desprendido lentamente de su cuerpo. Un capullo de carnes muertas abandonado sobre el polvo; eso es todo lo que queda de la anciana religiosa que se estranguló siete siglos atrás.

Ahora, atrapada en el trance que la tiene prisionera en ese cubículo, Marie está sola. Está sentada en un banco de piedra al otro lado del muro, mirando al vacío, y al mismo tiempo está ahí, encerrada en esa tumba. Hace mucho que en el cubículo no hay ni una molécula de oxígeno, y sin embargo, Marie no muere.

Postrada en la oscuridad, recuerda el hedor que invadió los sótanos cuando abrió los ojos. Caleb habría podido matarla. Pero no lo había hecho. Había preferido el lento suplicio del emparedamiento mental: la visión y el muro, una doble prisión de la que Marie no tenía ninguna posibilidad de escapar. Tan solo Carzo podía hacerla salir del trance susurrándole al oído las palabras precisas. Caleb lo sabía.

Marie siguió con el pensamiento al sacerdote mientras se alejaba de Bolzano. La lucha entre él y Caleb prosiguió en un compartimiento ruidoso y se prolongó toda la noche. Al amanecer, Caleb perdió. Marie tuvo la certeza de ello cuando oyó mentalmente la voz de Carzo. El sacerdote acababa de llegar a la estación de Roma, le quedaba una cosa por hacer. El final del camino.

Atrapada en su reducto mental, Marie oyó campanas, gritos y disparos. Se echó a llorar cuando el sacerdote se había desplomado sobre el suelo de la basílica, se quedó sin respiración como él mientras su sangre se extendía por el suelo y los latidos de su corazón se espaciaban cada vez más. Fue entonces cuando sus pensamientos se unieron por última vez. Después, Marie perdió el contacto. Sin embargo, estaba segura de que el corazón de Carzo seguía latiendo como un eco lejano. Él también estaba encerrado en el fondo de sí mismo y, al igual que ella, esperaba la muerte.

Un ruido de pasos. Marie nota que sus uñas arañan las paredes del cubículo. Intenta mover los labios para pedir auxilio. Confiando por un instante en que sea Carzo, que ha vuelto en su busca, murmura su nombre.

220

—¡Está aquí!

Al barrer las tinieblas con la linterna, Valentina acaba de iluminar un cuerpo sentado en un banco de piedra. Una chica. Crossman corre hacia ella mientras los policías entran en los sótanos de Bolzano.

—¿Marie?

Ninguna respuesta. Crossman enfoca con su linterna los ojos abiertos de par en par que contemplan el vacío. Alarga la mano y se pone tenso al notar la piel helada de Marie bajo sus dedos. Apoya una oreja contra el pecho de la joven. Se incorpora.

—Es demasiado tarde.

—Quizá no.

Valentina aparta a Crossman y busca en sus recuerdos la frase que el padre Carzo pronunció justo antes de perder el conocimiento. Después se inclina hacia la joven y le susurra al oído:

—Marie, ahora tiene que despertar.

Bajo los dedos de Valentina, la venita que traza un surco azul en el centro de la muñeca de Parks se hincha imperceptiblemente. Luego se deshincha y vuelve a hincharse. Valentina la escruta. Los cercos negros que oscurecen la mirada de Marie están atenuándose. Sus facciones se relajan y las aletas de su nariz empiezan a temblar. Un toque rosa tiñe la blancura de sus mejillas. Un hilo de aire escapa de sus labios. El pecho de la joven se eleva. Cierra los ojos y los abre de nuevo. Luego se acurruca entre los brazos de Valentina y rompe a llorar.

UN MES MÁS TARDE…

221

Cinco de la mañana

La agente especial Marie Parks duerme profundamente. Se ha tomado tres somníferos para intentar olvidar los gritos de Rachel y los dedos de la madre Yseult cerrándose alrededor de su cuello. Desde entonces se encuentra sumida en un sueño brumoso e incoloro donde no llega nada del mundo que la rodea. Todavía no ha empezado a soñar. Sin embargo, los torbellinos de su subconsciente ya tratan de atravesar la barrera química de los somníferos. Fragmentos de imágenes.

De repente, la garganta de Marie se estrecha. Unas gotas de adrenalina se extienden por su sangre y dilatan sus arterias. Su pulso se acelera, las aletas de su nariz se estremecen y en sus sienes las venas azules se hinchan. Las imágenes se articulan y cobran vida.

Unos cirios iluminan las tinieblas. Miríadas de moscas zumban. Un olor de cera y de carne muerta. La cripta. Marie abre los ojos. Está desnuda, desgarrada en la cruz. Los clavos que atraviesan sus muñecas y sus tobillos están profundamente hundidos en la madera. Tiembla de dolor. Al pie de la cruz, Caleb la mira. Sus ojos brillan débilmente bajo la capucha.

Marie tiene frío. Los cadáveres han desaparecido. En su lugar, decenas de recoletas están arrodilladas en los reclinatorios. Rezan contemplando a Marie. Caleb levanta los brazos y repite los gestos de la misa: los del sacerdote alzando el copón y el cáliz que contienen el cuerpo y la sangre de Cristo. Las recoletas se ponen en fila en el pasillo central para comulgar. Caleb acaba de desenfundar un puñal. Marie tirita. Ese cuerpo que las recoletas van a recibir en la boca y esa sangre que van a beber arrodilladas al pie del altar son los suyos. Se retuerce en la cruz. Caleb se acerca. Se baja lentamente la capucha. Marie se pone a gritar. Porque ese rostro que la contempla es el del padre Carzo.

222

5.10 horas. El timbre del teléfono desgarra el silencio. Marie se sobresalta. Tiene la boca seca, pastosa. Un mal sabor de alcohol y de cigarrillos impregna su garganta. A lo lejos, la sirena de una ambulancia. Abre los ojos y distingue las luces del amanecer a través de la ventana de la habitación del hotel. La brisa agita suavemente los visillos. Las luces de neón rojas de un rótulo parpadean en la penumbra: el hotel en el Sam Wong, barrio de Chinatown, San Francisco. Marie aspira a pleno pulmón los olores de la ciudad. Los rayos de luz de color paja que penetran ahora en la habitación terminan de poner fin a su pesadilla. Una bocina a lo lejos, un carguero pasa bajo el Golden Gate. Al sexto timbrazo, Marie descuelga. Es la voz del padre Carzo.

—¿Estaba durmiendo?

—¿Y usted?

—Yo ya he dormido bastante.

—Yo también.

Marie alarga un brazo para coger el paquete de tabaco que está sobre la mesilla de noche.

—¿Está ahí?

Ella aspira una bocanada de humo.

—Sí.

—La espero.

—Voy.

Cuelga, apaga el cigarrillo y entra en el cuarto de baño. Regula el agua de la ducha para que salga ardiendo. Después se desnuda y se estremece bajo el chorro que le abrasa la piel. Cierra los ojos para intentar despejarse. Mierda de somníferos...

223

Ciudad del Vaticano

La multitud congregada en la plaza de San Pedro es menos numerosa que durante la anterior elección. Menos silenciosa también. Unos cantan, otros rezan, otros tocan un instrumento. Todos intentan olvidar lo que han vivido. El trauma de esas últimas semanas ha sido demasiado fuerte. Tan fuerte, en realidad, que si se preguntara a los peregrinos qué recuerdan de esos días funestos, seguramente la mayoría respondería que tiene la sensación de que el asesinato del Papa se produjo hace varios años. Por lo demás, solo han conservado flashes en blanco y negro, imágenes desprovistas de color. Eso y las columnas de humo negro que salían por los tragaluces de la basílica mientras los archivos ardían.

Los encargados de la limpieza se habían deslomado para hacer desaparecer la capa de ceniza de las cúpulas del Vaticano. Habían pintado varios edificios a toda prisa, tapizado la plaza de rojo y blanco y organizado festejos y veladas de plegarias para animar a los fieles y ayudarlos a olvidar. Curiosamente, ni un solo peregrino se acordaba del evangelio que aquel monje surgido de ninguna parte llevó hasta el altar. Ni un solo fiel recordaba tampoco, al menos con precisión, el texto que el papa del Humo Negro leyó. Sabían vagamente que se hablaba de una gran mentira y de que Jesucristo no había resucitado de entre los muertos, pero el recuerdo de esas palabras no tardaría en diluirse en el olvido: palabras sin sentido, verdades tan inaceptables que había bastado un discurso del cardenal secretario de Estado Mendoza para ocultarlas.

Poco a poco, las cosas habían reanudado su curso. Dos semanas atrás, en las salas del Palacio Apostólico empezaron a celebrarse conciliábulos de cardenales a fin de preparar el cónclave que había empezado hacía dos días. Ya llevaban seis escrutinios sin haber elegido a nadie, seis columnas de humo negro por la chimenea. Pero hacia la mitad de la jornada había empezado a rumorearse que por fin había una mayoría coincidente y que esa noche habría un elegido. Así que la gente se había congregado de nuevo en la plaza de San Pedro para rezar, mientras que un bosque de cámaras seguía enfocando la chimenea de la capilla Sixtina.

Un murmullo recorre la multitud. Se alzan brazos, caen lágrimas. Las cámaras hacen un zoom de la chimenea, de la que sale un espeso humo blanco. Los comentaristas anuncian que el cónclave ha terminado. Las campanas repican. La gente se vuelve hacia el balcón de San Pedro, donde las puertas no tardarán en abrirse. Lo han olvidado todo. Ni siquiera piensan en ello.

224

Al salir del Sam Wong Hotel, Marie aspira los olores de toronjil que flotan en las callejas del barrio chino. Pese a ser tan temprano, Chinatown ya está llena de gente. Los puestos abren y exponen sus productos en las aceras. Marie cruza California Street y se detiene delante de una máquina expendedora de periódicos. La primera página del *USA Today* anuncia en grandes caracteres:

Suicidios y detenciones en cadena
en los medios financieros.
La gran limpieza prosigue.

Introduce un dólar por la ranura y levanta la tapa transparente. Tras coger un ejemplar, enciende un cigarrillo y pasa a la página 2 del periódico.

> Varios magnates financieros y directores de multinacionales han sido encarcelados en los últimos días tras la aparición de un informe explosivo en los sitios de acceso gratuito de internet. El informe en cuestión presentaba los organigramas de una gigantesca red de malversación de fondos; sus ramificaciones al parecer han llegado a la mayoría de las grandes empresas que cotizan en Bolsa. Antes de que las sociedades afectadas hubieran tenido tiempo de reaccionar, millones de internautas se habían bajado el documento y comunidades enteras continúan enviándoselo a través de todo el mundo. Así pues, parece que el seísmo que ha sacudido los mercados financieros tras la quiebra en cadena de varios bancos internacionales continuará. Ya se ha perdido la cuenta de las detenciones y los suicidios de banqueros y empresarios implicados en este asunto. Un duro golpe asestado por el FBI contra lo que parece ser la mayor red de blanqueo del siglo y que, según nuestras fuentes, alimentaba al crimen organizado y a las organizaciones terroristas internacionales.

Marie arruga el periódico y lo tira a una papelera. Las famosas organizaciones terroristas internacionales… Así es como Crossman había conseguido que el Departamento de Estado efectuara detenciones selectivas contra la red. Nada definitivo. Bastarían unos meses o unos años para que Novus Ordo se reorganizara en profundidad y pasara de nuevo a la ofensiva.

Marie aplasta el cigarrillo con el pie y se vuelve hacia el sol. El resplandor la hace parpadear. Contempla a lo lejos los pilares del Golden Gate medio sumergido en la bruma. Hoy hará calor.

Echa de nuevo a andar hacia el centro. En el cruce de Hyde, monta en un viejo tranvía de cables que sube por Market Street en dirección a las colinas de San Francisco. Agarrada a la barra exterior, observa los viejos inmuebles y las casas victorianas pintadas de colores que desfilan ante sus ojos. El viejo negro que conduce el tranvía agita la campana y maldice como un demonio. La joven sonríe. El viento tibio y salado mueve sus cabellos. Se siente bien.

225

En la capilla Sixtina ha vuelto a hacerse el silencio. Mientras los cardenales electores se inclinan ante el cardenal Giovanni, que acaba de ser elegido, encienden los incensarios. El decano le pregunta si acepta el resultado de la votación. Giovanni asiente. Luego, el decano le pregunta su nombre de papa. Giovanni responde que ha escogido el de Matías I, en recuerdo del decimotercer apóstol. Un nombre original que sin duda marcará la ruptura con los terribles acontecimientos que han sacudido al Vaticano.

El nuevo papa se ha puesto sus hábitos sacerdotales y ahora avanza al lado del decano y del nuevo camarlengo por el laberinto de pasillos que conduce al balcón de San Pedro. Con el cayado de pastor en la mano, Matías I camina detrás de la pesada cruz pontificia que un protonotario lleva con los brazos en alto. A medida que la procesión se acerca al balcón, el Papa oye cada vez más fuerte el estruendo de la multitud. Tiene la impresión de avanzar hacia la arena ardiente de un circo lleno de fieras. Junto a él camina el cardenal secretario de Estado Mendoza, con una sonrisa en los labios. Matías I tiene tiempo de inclinarse hacia él para preguntarle en un susurro un detalle que el cónclave ha relegado en el orden de sus preocupaciones.

—Por cierto, eminencia, no me ha dicho si los equipos de socorro encontraron las cruces de las Bienaventuranzas entre los restos del incendio.

La pregunta parece pillar desprevenido al anciano cardenal; desaparece la sonrisa de sus labios.

—La Cámara de los Misterios ardió durante horas. Desgraciadamente, no encontramos ni rastro de los cadáveres, y las cruces tuvieron tiempo más que de sobra de fundirse.

—¿Está seguro?

—¿Quién puede estarlo razonablemente, Santidad?

Sintiendo latir la cruz de los Pobres bajo su hábito, Matías I no encuentra nada que responder a esa frase enigmática.

El Papa y su séquito se detienen en el balcón mientras, a través del micro, la voz del cardenal decano presenta a la multitud al nuevo jefe de la Iglesia. La cruz pontificia ya está en el balcón. Cuando sus nombres de pila y de papa se oyen por fin por los altavoces, Matías I sale al exterior. Los gritos de la multitud entusiasmada lo envuelven. Se inclina y mira la marea humana que ha invadido la plaza y las avenidas y que espera un gesto, una sonrisa, una palabra de esperanza. Entonces, lentamente, Matías I levanta el brazo y traza en el aire una amplia señal de la cruz. Mientras hace esto, oye en el fondo de sí mismo las palabras que el viejo camarlengo susurró en la basílica: «Esto no ha terminado, Giovanni. ¿Me oyes? Siempre vuelve a empezar».

Una sonrisa aparece en los labios de Matías I cuando levanta los brazos para saludar a la multitud. Campini tenía razón. Siempre vuelve a empezar.

226

Marie ha llegado al convento de Nuestra Señora del Sinaí. Deja que una anciana monja la guíe en silencio por los pasillos. Al pasar por delante de algunas puertas, oye el murmullo de los televisores: estruendo de multitud y repicar de campanas. El nuevo papa acaba de ser elegido.

—Es aquí.

Marie se sobresalta al oír la voz de la anciana religiosa; se parece a la de la recoleta que la acompañó a su celda en el convento de Denver. La monja señala una puerta. Marie entra.

La habitación está sumida en la penumbra. El resplandor de un televisor ilumina el rostro del padre Carzo, tendido en la cama. Ha estado tres semanas en coma, tres semanas durante las cuales Marie lo ha velado sin descanso.

El sacerdote le hace una seña con la mano. Está al teléfono y habla en italiano. Marie se vuelve hacia el televisor y contempla la plaza de San Pedro abarrotada de gente. En el balcón, el nuevo papa levanta los brazos y bendice a la multitud. Carzo cuelga. Sin volverse, Marie pregunta:

—¿Quién es?

—Matías I, antiguo cardenal Patrizio Giovanni. Será un gran papa.

Marie se vuelve hacia Carzo. El sacerdote está muy pálido.

—¿Y la llamada de quién era?

—Del Vaticano. Para anunciarme que he sido propuesto para el cargo de secretario particular de Su Santidad.

—¿Por servicios prestados a la patria?

—En cierto modo.

Un silencio. Marie se inclina para besar al padre Carzo. Ve un destello fugaz en el escote del pijama, una cadena de la que cuelga una joya en forma de cruz. Se envara imperceptiblemente mientras sus labios rozan la mejilla del sacerdote. Su piel está helada. Marie escruta su rostro. Parece agotado.

—Le dejo.

—¿Ya?

—Volveré.

El padre Carzo cierra los ojos. Marie se aleja caminando de espaldas. Al pasar junto al televisor, lo apaga. La pantalla difunde una extraña luz fosforescente por la habitación. Marie se detiene ante la puerta.

—Alfonso, esa joya que lleva colgada del cuello, ¿qué es?

No hay respuesta. Marie aguza el oído. El padre Carzo se ha dormido. Marie pone la mano sobre el pomo de la puerta.

—Adiós, Alfonso.

—Ave María.

La joven se queda inmóvil al oír la voz grave que acaba de pronunciar esas palabras y cierra la mano alrededor de la culata de su arma.

—¿Qué ha dicho?

Se vuelve lentamente hacia el padre Carzo, que se ha incorporado en la cama. Los ojos del sacerdote brillan débilmente en la penumbra. Sonríe.